Stroke of Midnight
by Olivia Drake

午前零時のとけない魔法に

オリヴィア・ドレイク
宮前やよい[訳]

ライムブックス

STROKE OF MIDNIGHT
by Olivia Drake

午前零時のとけない魔法に

主要登場人物

ローラ・フォークナー……………逃亡中の令嬢
アレクサンダー・ロス……………コプリー伯爵。愛称アレックス
マーティン・フォークナー………ローラの父親
レディ・ジョセフィーヌ…………アレクサンダーのおば
ハヴァーシャム侯爵………………ローラの父親の元恋敵
レディ・イヴリン…………………ハヴァーシャム侯爵の娘。クリフィントン公爵未亡人
ノウルズ公爵夫人…………………盗まれた宝石ブルームーンの持ち主
ルパート・スタンホープ＝ジョーンズ………ローラの元求婚者
ヴァイオレット・アングルトン…ローラの友人
レディ・ミルフォード……………社交界の花形

《ロンドン・ガゼット》紙　一八三八年四月五日号

　ノウルズ公爵夫人邸で忌まわしい窃盗事件が発生してから、今日で一〇年になる。夫人がメイフェアでの夜会に出席しているあいだに、グローヴナー・スクエアの邸宅から貴重品数点が盗まれたのだ。その中にはブルームーンと呼ばれる高価な品――この世にふたつとない、完璧かつ巨大なダイヤモンドのネックレス――も含まれていた。

　徹底的な捜査が続行される中、その二週間後、夫人と懇意にしているコプリー伯爵が、盗まれたイヤリングをマーティン・フォークナーの自宅で発見。伯爵は彼をつかまえようとしたが、フォークナーは卑劣にもナイフを振りかざし、逮捕を免れたあげく、当時一八歳だった娘とともに逃亡した。多額の懸賞金がかけられたものの、その後ブルームーンの行方は杳《よう》として知れない……。

1

巡査を恐れる理由なんてない。

ローラはそう自分に言い聞かせると、並外れて大きな体の巡査のあとから墓地を進んでいった。どんよりと曇った午後の空が、ずらりと並ぶ墓石と木製の十字架に暗いかげりを投げかけている。手入れの行き届いた墓も少しはあるが、大半はほったらかしにされたままだ。貧民街にある酒場のほうから下品な男の笑い声がした。だがそれ以外、ぬかるんだ大地を踏みしめる巡査の長靴の音と、あとを追う自分の小走りな足音しか聞こえない。

こういう状況に置かれた女性なら、多少不安になって当然だろう。しかしローラにはさらに警戒せざるをえない、紛れもない理由があった。でも、この巡査がわたしの正体に気づくはずがないわ。またしても、そう自分に言い聞かせる。父とともにロンドンを逃げ出したのは、もう一〇年前のこと。それから名前を変え、別人として生きてきた。もはやシルクと宝石に身を包んだレディではない。今のわたしは、どこといって特徴のない一般市民だ。

広大な街ロンドンで、わたしを知る人はもうひとりもいない。社交界の華だったミス・ローラ・フォークナーは、目の前にある貧民者用の墓地に眠る人々と同じく、死んだも同然なのだから。

巡査は肩越しに振り返ると、暗い瞳でじっとローラの目をのぞき込んだ。

「もうすぐですよ、ミス・ブラウン」

ローラはつとめて無表情を保とうとしていた。もしかしてボンネットから髪がほつれていないかしら？　そうでないことを願いたい。警察は明らかに、わたしの人相の特徴として、人目を引く琥珀《こはく》色の髪をあげているだろう。

「もうここで大丈夫です。どっちに行けばいいか教えてください。そうすれば、あなたもお仕事に戻れます」

「ちゃんと墓の前まで連れていきますよ。まったく問題ありません」

巡査の態度に、ローラは不安を覚えずにはいられなかった。だが彼は大きな頭を左右に振り、墓石を確認しながら、勝手に前へ進んでいく。この人、名前はなんといったかしら？　そう、パンボーン巡査だ。本当は付き添いなどいらなかったのに、この巡査ときたら、犯罪が多発する地域に女性をひとりで行かせるわけにはいかないと言い張ったのだった。

彼の申し出を受けたのは、断ればかえって怪しまれるだろうと考えたからだ。そもそも警察に出向くこと自体、危険なことにほかならない。でも、どうしてもそうする必要があった。つい最近亡くなった父の死についての情報を得るために。そして父が永遠の眠りについた場所を突きとめるために。

ああ、お父様！

一陣の風が、ローラの顔に冷たい雨を吹きつける。ぶるりと震えて、彼女は外套《がいとう》をかき寄せた。長いことポルトガルの太陽の下で暮らしていたから、英国の春特有の湿り気のある冷たさをすっかり忘れてしまっていた。いいえ、お父様とこの国を飛び出して以来、ここでの思い出を封印していただけかもしれない。

そして今、お父様はここに眠っている。コヴェント・ガーデン近くの路地で、何者かに殺されたせいで。そう考えただけで、いまだ衝撃を覚えずにいられない。父が襲われたという知らせが届いたのは、ローラがポルトガルの山々に囲まれた小さな自宅で、庭の手入れをしていたときだ。あの日はツバキをきれいに刈り込み、アルムユリの花壇の雑草を抜き、どれほど満ち足りた気分だっただろう。静かで穏やかな時間がいつまでも続くと思っていた。村の少年が一通の手紙を届けに来たのはそのときだ。差出人はロンドン警視庁。〝マーティン・ブラウンが何者かに襲われて重傷。ポケットの紙に書かれていた住所に知らせている〟とあった。ローラがすぐに出発したのは言うまでもない。父のそばについて看病しなくてはと、何日もかけて陸路と海路を旅したものの、ようやく到着したとき、父はすでに亡くなっていた。手紙が投函《とうかん》されてすぐ、傷が治らずに息絶えたのだ。

ローラはこみあげてきたかたまりを、ぐっとのみ下した。出発前、父は商用で二週間ほど留守にすると言っていた。てっきりリスボンへ骨董品の売買をしに行ったのだと思っていた。それが父娘《おやこ》の唯一の収入源だったのだ。それなのに、父はわざわざ船で英国まで出かけていた。いったいなぜ？

「ここです」

パンボーン巡査が、共同墓地を示す背の低い石塀のそばで立ちどまる。中年の巡査は頬ひげを生やし、プロボクサーのごとき体格だ。傷ついたローラの父が路地に倒れているのを見つけたのも、巡回中のこの巡査だった。そして今、彼は目の前の墓地を警棒で指し示しながらも、ローラをじっと見つめたままだ。

彼女は肌が粟立《あわだ》つのを感じていた。パンボーン巡査は、わたしについて何か知っているんじゃないかしら？　そんな疑念をぬぐえない。まさかお父様は今わの際で、自分の正体を明かしてしまったのでは……？　この巡査は、わたしが一〇年前に社交界から締め出された宝石泥棒の娘だと知っているの？

そんなにびくびくしてはだめ。ローラは自分を戒めた。むしろパンボーンの興味は男ならではのものだろう。もう何年も、こういう輩《やから》に熱い視線を向けられて、そのたびにはねつけてきた。

ローラは巡査を冷たく一瞥《いちべつ》した。「大変助かりました」ひとりにしてほしいとさりげなくほのめかす。「では、どうぞよい一日を」

だが、巡査の分厚いウェリントン・ブーツは不動のままだ。

「わたしは命令を受けています。あなたが危険な目に遭わないよう守るようにと」

「巡査部長は、わたしを墓地まで送るようにとおっしゃっただけです。もうこれでじゅうぶんですわ」

「ここらは酔っ払いや盗人がうろついています。あなたのようなか弱い女性は格好の餌食になってしまうでしょう。家まで送りますよ」

家といっても、ここと同じうらぶれた地域にある安宿だ。泊まっている場所をこの巡査に知られるくらいなら、危険を覚悟でひとり歩きをしたほうがまだましだ。もし本当に正体を疑っているのなら、彼はわたしの旅行かばんを探し出し、一〇年前の窃盗事件について報じた英国の新聞の切り抜きを見つけてしまうかもしれない。そうなったら一巻の終わりだ。悪名高いミス・ローラ・フォークナーだとばれてしまう。

ローラは顎を引き、いかにも謙虚そうな態度を取った。

「ご親切にありがとうございます。もしよければ少しひとりになりたいんですが、入口で待っていてもらえますか？」

パンボーン巡査は一瞬疑うように眉をひそめて彼女を見たものの、そっけなくうなずくと、何度も肩越しに振り返りながら立ち去った。微風に乗り、近くにあるテムズ川の汚臭とともに、どこからか陽気な笑い声が聞こえてくる。

巡査が墓地の入口に着いたのを確認すると、ローラはようやく視線を落とした。新たに盛られた土の上には、すでに雑草が生い茂っている。墓地に置かれた小さな正方形の石碑に、死者の名前が刻まれていた。〝マーティン・ブラウン〟と。

地面のぬかるみも気にせず、ローラは灰色のスカートを大きくうねらせ、がっくりと膝をついた。涙を流しながら手を伸ばし、雑に刻まれた墓碑銘を指先でなぞる。

「お父様」涙をこらえ、とぎれとぎれにささやいた。「お父様」

父の死という厳しい現実を突きつけられ、改めて愕然《がくぜん》とせずにはいられない。ローラは墓石を抱きかかえるように体を丸め、すすり泣いた。もはや、こみあげる悲しみを抑えきれない。父は本当にすばらしい親だった。いつも明るくて快活な一方、ためになる助言もたくさんしてくれた。自分よりも娘の幸せを第一に考える人だった。息子が欲しかった父はいつもローラに対等に接し、息子にするような教育をしてくれたのだ。父は断じてこんな残忍な手口で殺されるような人ではない。それに貧民者用の墓地に埋葬されるような人でもない。天使や賛辞が刻まれた立派な大理石の墓石で追悼されるべきだ。

言うまでもなく、〝マーティン・フォークナー〟という本当の名前で。

ローラは震える指で雑草を引き抜き、脇へ投げた。ロンドンにいる何者かが、父の評判を台なしにした。名宝ブルームーンを盗んだ犯人であるかのような証拠をでっちあげたのだ。父が英国へ戻ったのは、その人物を追跡するため？　どうしてわたしに何も言わずに旅立ったのだろう？

きっと、あの新聞記事を見てけんかをしたせいだ。

新聞に載っていた小さな記事に気づいたのはローラだった。たちまち一〇年前に英国からの逃亡を余儀なくされたときの怒りがよみがえり、つい父を責めるような言葉を口にしてしまった。彼女にしてみれば、英国の社交界で立場を回復したい。そのことで父と激しい口論になった。だが父が悲しそうな顔をするのを見たとたん、どっと後悔の念が押し寄せてきた。

やはり、この話題は持ち出すべきではなかったのだ。それから父を安心させるべく、今の生活には満足しているとあわててつけ加えた。父が旅立つ一日前のことだ。でも、その旅が父の運命を決定づけてしまった……。

墓地の向こう側からこちらにやってくる巨体の男が見えた。腕を大きく振って歩いている。パンボーン巡査だ！

父の墓前から立ち去らなければいけない。今すぐに。ローラは心がねじれるような痛みを感じていた。とはいえ、ぐずぐずしている暇はない。かがみ込み、ささやき声で別れを告げる。「大好きなお父様……さようなら」

さっと立ちあがり、ローラは石塀めがけて走り出した。石塀は彼女の胸の高さしかない。楽に乗り越えられるだろう。スカートをたくしあげ、目に入った足がかりをよじのぼり、てっぺんに到達する。これも日々すべての家事をこなし、山をのぼりおりしていた鍛錬の賜物《たまもの》だ。つくづく感謝せずにはいられない。自分がもはや社交界にデビューしたての、か弱いレディではないことに。

「おい、こら！」パンボーンが叫ぶ。「待て！」

ああ、やっぱりあの巡査を信じなくてよかった。

ドレスの裾がイバラに引っかかり、逃げるのが少し遅れた。死に物狂いで裾を引っぱり、石塀を伝いおりる。地面に着地した瞬間、ぬかるみに足を取られた。両手でなんとかバランスを保とうとするが、まっすぐ立っているのがやっとだ。

ローラは危険を承知で、うしろを振り返ってみた。今や巡査は次々と墓を飛び越え、全力疾走で向かってきている。ひげ面に浮かんだ恐ろしい表情に、彼女はぞっとした。間違いない。あの巡査はわたしを逮捕しようとしているんだわ。

巡査が石塀に近づいた瞬間、ローラは狭い路地裏に逃げ込んだ。

2

ローラは死に物狂いで逃げた。路地は、すすで汚れた、今にも崩れ落ちそうなれんが造りの長屋のあいだを縫うように走っている。道行く人々は彼女のことを興味深そうに眺めていた。手押し車を押している行商人、木箱の上にだらしなく腰かけている老婆、ごみの山のあいだで鬼ごっこをしているみすぼらしい格好の子どもたち。そこここの戸口では、酔っ払いがぐったりとしている。眠っている者もいれば、焦点の定まらない目で走り去るローラをぼんやり見ている者もいた。

背後から聞こえるのは追いかけてくる足音だ。何度か叫び声も聞こえた。

「その女をつかまえろ！」

だが、協力しようとする者はいない。みな、よほど疲れきっているのだろう。あるいは警察に協力する気など、はなからないのかもしれない。

このささやかな幸運に、ローラは心から感謝していた。つまずかないようドレスのスカートを持ちあげ、ボンネットが脱げて首のうしろに引っかかったままでも走り続けた。ボンネットをかぶり直す暇などない。パンボーン巡査が背後に迫っている今は。

巡査は、闘牛士を追いかけまわす闘牛のごとく全速力で追いかけてきた。しかし、ローラには生来のすばしこさと断固たる意志がある。

窃盗事件の共犯者という汚名を着せられるわけにはいかない。父は真犯人ではないのだから、なおさらのこと。結果的に無罪放免になるとしても、裁判まで何カ月も牢獄に拘束される羽目になるだろう。もちろん弁護士を雇うだけのお金もない。それに頼りになる友だちも、親族も。

つまりは巡査の追跡から逃れるほかない。

目にもとまらぬ速さで角を曲がると、ローラはあたりを見まわし、隠れ場所を探した。ごみが散乱し、むかつくような悪臭が漂う薄暗い路地にすばやく身を隠す。古い樽《たる》の背後にうずくまり、追いかけてきた巡査をやり過ごした。

心臓は早鐘のように打っている。しばらくそこにとどまったあと、警戒しながら汚い路地を見まわしてみた。

頭の上では洗濯物が風にはためいている。路地はひっそりとしていた。窓からのぞいている者もいない。

どうにかパンボーン巡査をまくことができた。でも、彼が永遠に追いかけてこないわけではない。

通りに出た瞬間、視界の隅を何かがよぎった。ローラはこぶしを握りしめ、弾かれたように振り返った。けれども、そこにいたのはただの猫だった。猫は窓台にひらりと飛びあがると、割れた窓ガラスの内側に姿を消した。

雑然とした通りを早足で歩きながら、ローラはもと来た道を引き返した。ただし、来たときとは別の道を選ぶようにした。パンボーン巡査はこの貧民街を隅から隅まで知り尽くしているだろう。ここでなるべく彼を引き離さなければならない。

ふいに頭上の窓から女の声がした。「そこの姉ちゃん、泊まるところが必要じゃないかい？あんたみたいなべっぴんさんなら、きっとたくさんの客がつくだろうよ」

女のがさつな言葉を無視して、ローラはひたすら前に進みながらボンネットを直した。ほつれた髪を押し込んで見えないようにし、喉元でしっかりとリボンを結び直す。だめ押しとばかりに外套のだぶだぶしたフードを目深にかぶった。これで変装になるとは思えない。でも、やらないよりましだ。

十字路にたどりつくと、ローラはつと立ちどまった。いったいどちらへ進んだらいいのだろう？　中には、さらに薄暗い横道に枝分かれしている道もある。ああ、神様、どの道がいちばん安全なのでしょう？　これでは迷宮に迷い込んだも同然だわ。いいえ、迷ったわけじゃない。今は午後の遅い時間だ。雲間から薄日がかすかに差し込んでいる方角が西に違いない。

ローラはそちらの方向を目指すことにした。これで貧民街よりも治安のいい場所に出られるといいのだけれど。それにしても、あの巡査はなぜわたしをあんなに執拗に追いかけてきたのだろう。理由はただひとつ。彼がわたしの正体を疑っているからだ。盗まれたダイヤモンドの行方を知っていると考えたのだろう。

警察にしてみれば、わたしも父と同じく犯罪者なんだわ。

ようやく大通りに出た。荷馬車や小ぶりな馬車がひっきりなしに行き来している。歩道にあふれんばかりの歩行者たちの中に入った瞬間、ローラはほっと胸を撫でおろした。めいめい目的地に急ぐ彼らの中になら、すんなり紛れ込める。女性たちは買い物かごを持ち、メイドたちは小荷物を抱え、労働者たちがミートパイの売り子のもとへ集まっていた。

香ばしい匂いに、ローラはふいに空腹を覚えた。思えば、今朝チーズとパンをひと切れ食べて以来、何も口にしていない。警察署で数時間待たされたあいだも。外套の下、ドレスの隠しポケットの中では、残り少ない硬貨が音を立てている。英国へやってくるのに多額の費用がかかったため、できるだけ切りつめなければならない。これからどれだけお金がかかるのか、さっぱり見当もつかないのだから。

だがお金のことよりも、まずは考えなければいけないことがある。迷路のような路地を逃げまわったせいで、ローラは方向感覚を失っていた。いったいここはどこなのかしら？　なんだか懐かしい気がする場所だけれど。

かつては毎年ロンドンで楽しいときを過ごしたものだ。リージェント・ストリートで買い物をし、馬車に乗ってハイドパークの景色を眺め、メイフェアの良家で開かれる社交行事に出席していた日々。いつもとはひと味違う場所へ気分転換に出かけたこともある。アストリー・ローヤル演芸劇場やセント・ポール寺院、それにロンドン塔へも。

封印していた記憶がふいによみがえった。

わたしが座っているのは四輪馬車。手袋をはめ、鹿毛《かげ》の馬の手綱を握りながら。体に腕をまわし、荒々しい馬をいかに乗りこなすかを教えてくれているのはアレックスだ……。彼のしなやかな体の感触がなんとも心地いい……。でも、それよりたまらないのは、アレックスが身をかがめ、軽く唇を重ねてくるときの感触……。

誰かにぶつかられて、ローラは現実に引き戻された。はっとしてあたりを見まわす。とうとう巡査に見つかったことを半ば覚悟していた。

だが、ぶつかったのは漁師の妻だった。肉づきのいい肩越しにローラをにらみつけている。

「とっとと歩いておくれよ、ここはぼんやりする場所じゃないんだから」

ローラは自分が立ちどまっていたことに気づいた。歩き出しながらも、馬車での散策の思い出を振り返らずにはいられない。男らしい香りと軽いキスの感触が鮮やかによみがえり、彼女は思わず息をのんだ。一〇年前、心の中から消し去った記憶のはずなのに。

コプリー伯爵ことアレクサンダー・ロスは、これ以上ないほどひどいやり方でわたしを裏切った男だ。公爵夫人の宝石を盗んだ犯人として、わたしの父を警察に突き出そうとした。父に弁明の機会も与えようとせず、誰かが父の机に宝石を入れたという可能性すら考えようともしないで。わたしも父のために必死に懇願したけれど、アレックスは聞く耳を持たなかった。

　苦々しさがこみあげてきた。アレックスのことなど考えたくもない。今のわたしは、もう彼のことなどなんとも思っていない。ええ、これっぽっちも。

　ローラはきびきびと歩き出すと、いくつもの店を通り越した。煙草、薬、食料雑貨、古着まで、ありとあらゆるものが売られている。少なくとも、自分がどこにいるかはもうわかっていた。ロンドンの中心部を走る目抜き通り、ストランド街を西に向かって歩いているのだ。

　父が襲撃されたコヴェント・ガーデンは、ここからそう遠くない。父はただの追いはぎに襲われたのだろうか？　それとも襲撃者のことを知っていたの？　その疑問が歯痛のようにしつこくローラを苦しめ続けていた。もしかして父は、自分を陥れた悪者を探そうとして英国へやってきたんじゃないかしら？　そして結果的に命を落とす羽目になったのでは……？

　心をかき乱されながらも、彼女は行く当てもないまま前へ進んでいた。警察が信用できないなら、ほかに誰を信用すればいいの？　以前の友だちや知り合いは、絶対にわたしを受け入れようとはしないだろう。親戚はみな亡くなっている。父とわたし、ふたりきりだったのだ。そして今、とうとうひとりぼっちになってしまった。さながら人間社会という大海をさまよう、舵《かじ》のない筏《いかだ》のように。

　いちばんいいのはポルトガルの山々に囲まれた小さな自宅へ戻ることだろう。動植物の水彩画を描き、それを売れば、なんとか暮らしていける。それでもなお、彼女の中の何かが、次の船に乗ることをかたくなに拒んでいた。

もし父が殺されたのなら、犯人を許すわけにはいかない。復讐《ふくしゅう》しなければ。父を宝石泥棒に仕立てた悪者を特定し、父の汚名をすすぎたい。ローラは長いことそう願ってきた。危険すぎるからやめてくれと父に懇願されなければ、とっくに実行していただろう。もう何年も、父とはこのことを繰り返し話し合ってきた。いちばん最近そうしたのは、《ロンドン・ガゼット》紙に事件から二〇年経つという記事が載ったときだ。

でも、わたしを止めようとする父はもういない。

しょんぼりしていたローラの心に使命感がよみがえってきた。社交界において、父――そしてわたし――の破滅を願う人々の心当たりならある。問題は、どうやって彼らを問いただすかだ。まさかメイフェアにある彼らの邸宅を訪ねるわけにはいかない。英国貴族にとって、わたしは絶対に受け入れがたい人物なのだから。

ふいにローラは、目の前に高級店が並んでいることに気づいた。どの看板も金色に縁取られ、ウィンドウには最高級品が陳列されている。優雅な曲線を描く広々とした道路には堂々たる馬車が行き交い、入口に列柱のある背の高い建物がずらりと並んでいた。高価なドレスや羽根飾りのついた帽子を買い込んだレディのあとから、小包を抱えた従僕たちがせわしげに歩いていく。

大理石の列柱の下で、ローラはつと立ちどまった。どうやら物思いにふけっているうちに、リージェント・ストリートにたどりついていたようだ。いや、たぶん偶然ではないのだろう。来てはいけないとわかっているのに、この場所の魅力に引き寄せられてしまったのだ。

今すぐに引き返すのよ。ローラの理性はそう告げていた。昔の知り合いに見つかる危険を冒すわけにはいかない。わたしがロンドンにいることを決して知られてはならない。父の死にまつわる真相をどう暴くべきか、念入りに計画を練るまでは。

そうはいっても、かつての贅沢《ぜいたく》な暮らしぶりを思い出しながら、ウィンドウ・ショッピングを楽しみたい。アレックスと一緒にここをそぞろ歩いた、幸せな時代を振り返りながら。それに今後に備えて、最新の装いを学んでおくのは悪くないかもしれない。だって結局、わたしは社交界に紛れ込むつもりなのだから。

誘惑にはどうしても抗《あらが》えなかった。

ローラはフードをかぶり直すと、顔を伏せて使用人のふりをした。地味な色のさえない外套を着ているから、きっと女主人の用を足しに来たメイドに見えるだろう。たむろしているレディや紳士たちとはいっさい目を合わせずに、彼女はそろそろと歩道を歩きはじめた。

ただし、彼らの装いにはこっそり視線を走らせていた。つくづく思わずにはいられない。繕ってばかりのわたしのドレスは、なんて時代遅れなのかしら。スカートも、ドレスの袖も、もっとふんわりとしているのが今の流行りのようだ。わたしが社交界にデビューした一〇年前とは大違い。ポルトガルの山深い地域に暮らしていたので、最新のファッションなど知る由もなかった。ましてや、シーズンごとに新しいドレスを買うお金などあるわけがない。

ここに立ち並ぶ店に入り、金額を気にすることなくドレス一式を注文できたら、どんなに幸せだろう。もう一度、シルクのひんやりとしたなめらかな肌触りをじかに感じてみたい。

リボン飾りのついた帽子を小粋にかぶってみたい。ローラは扇を並べてあるウィンドウの前で立ちどまった。なんて繊細な作りだろう。骨には象牙があしらわれ、ひだの部分は美しく彩色してある。こんな扇をぱちんと開き、こちらをじっと見つめている殿方とこっそり視線を交わせたら……。

ちりんとベルが鳴り、店の扉が開くと、高価な香水の香りを漂わせながら三人のレディが出てきた。三人とも驚くほど若い。きっとわたしのことは知らないだろう。そう考えたローラはあわてて立ち去ることなく、女性たちの噂話に耳を傾けた。

「彼女のドレスのレースの色、見た？」ぽっちゃりとしたレディが言う。茶色い髪がソーセージのようにくるんとカールし、頬はリンゴのように真っ赤だ。

「もちろん」ピンク色をしたモスリンのドレス姿の、出っ歯のレディが答える。「洗濯女があのドレスを胆汁に浸け込んだに違いないわ。でなきゃ、あんな薄気味悪い黄色になるはずないもの」

馬面のレディが顔をしかめて言った。「彼女のお父様は石炭でひと山当てたそうよ。そんな卑しい家柄の人だもの、装いのセンスがないのは当然でしょう」

それが誰のことだか知らないが、ローラは女性たちのくだらないおしゃべりを残念に思った。デビューしたてのレディたちがどれほど意地悪く競い合うか、自分もよく覚えている。すべては最高の結婚相手を見つけるためだ。ローラは社交界のそういう一面を忌み嫌っていた。

三人はくすくす笑いをしていたが、ミス・ソーセージがふいに悲鳴のような声をあげた。

「まあ、どうしよう！　靴店から珍しい方が出ていらしたわ！」

ミス・出っ歯がほうっとため息をつく。「コプリー伯爵！　いやだわ、卒倒しそう。伯爵はめったにパーティへは出席されないんですもの。ママが言うには、頬にある傷のせいですって」

「あら、あれがあるから、いっそう格好よく見えるのに」そう言ったとたん、ミス・馬面は小さく悲鳴をあげた。「彼がこっちへやってくるわ！　さあ、一列に並びましょう。伯爵は結婚相手に最適ね。ちゃんとした紳士だもの、黙ってわたしたちの前を通り過ぎるわけがないわ」

三人は腕を組み、澄ました顔でローラの背後から近づいてきている人物を見つめた。

ローラはといえば、その場から動けずにいた。一気に理性が吹き飛んでしまったかのようだ。コプリー伯爵ですって？　アレックス？　そんな、だめ、だめよ！

うしろを振り向くことも、前に進むこともできない。今や三人のレディたちのふわふわのスカートが、店の入口前の歩道を完全にふさいでいる。

かぎられた選択肢の中からローラが選んだのは、外套の中で身を縮めることだった。アレックスはどれくらい近づいてきているのだろう？　全速力で通りの反対側へ渡ることはできないかしら？

通りの向かい側を見た彼女はわが身の不幸を呪った。間の悪いことに、歩道の縁石に大きくて立派な馬車が止まっている。どうしてさっきは気づかなかったの？

まるで、おとぎばなしの世界から抜け出してきたかのような馬車だ。堂々たる馬たちが引く四頭立て馬車は車体がクリーム色で、車輪に金箔《きんぱく》が貼られている。背の高い前席に御者の姿は見えない。ということは、馬車の持ち主がどこかの店に入っているということだ。御者は馬たちを押さえながらこちらに背を向け、かわいらしいメイドとおしゃべりに興じている。

ローラはせっぱ詰まっていた。一刻も早く隠れ場所を探さなければ。やむにやまれぬ衝動から、彼女は急いで馬車に近づき、扉を開けて中へ忍び込んだ。

3

ローラはあわてて扉を閉めると、薄暗い馬車の中に身をひそめた。かすかにライラックの香りが漂っている。濃い色をしたフラシ天張りのクッションと金色でまとめられた内装にすばやく視線を走らせ、ふと窓に目をとめた。ありがたいことに、ブロケード織りの緑色のカーテンがかかっている。これなら外から自分の姿は見えないだろう。

彼女は床にかがみ込み、カーテンの隙間から外の様子をうかがった。体にぴったりしたコバルトブルーの上着姿の背の高い紳士が、大股で歩いていく。紳士はおしゃべりな三人のレディの前で帽子を取ると、膝を曲げてお辞儀をした。

アレックス。

ローラは息苦しさを感じた。一〇年ぶりに見た彼の姿に、みぞおちを殴られたような衝撃を覚えてしまう。濃い茶色の髪、がっしりとした男らしい体つき、長い脚ですっくと立った姿。まったく変わっていないアレックスを目の当たりにし、ふいに苦々しい気分がこみあげてきた。

あのろくでなしを許すわけにはいかない！

アレックスは含み笑いを浮かべながら、三人のレディたちと会話をしている。たしか三人のうちの誰かが、アレックスのことを結婚相手に最適だと言っていた。ということは、彼はレディ・イヴリンとは結婚しなかったことになる。レディ・イヴリン。かつてアレックスの愛情を得ようと競い合った恋敵だ。なんて残念なのかしら。性格の悪いレディ・イヴリンはアレックスにお似合いなのに。

ローラは、アレックスが気さくな会話でレディたちを楽しませている様子をありありと想像することができた。どう見ても、彼は全然変わっていない。アレックスのような悪党が変わることなどないのだろう。

ローラ自身、その現実をこれ以上ないほどひどい形で思い知らされることになった。はるか昔、あの三人のレディたちのようにまだ若くて愚かだった頃の話だ。アレックスの魅力に夢中になるあまり、彼の別の顔に気づかずにいた。ようやく気づかされたのは、アレックスと最後に顔を合わせたあのときだ。

ローラが朝食のために階下へ向かっていると、父の書斎から男性の声が聞こえてきた。いかにも男らしい朗々とした声を聞き間違うはずもない。アレックスだ。これほど早い時間に彼が突然訪ねてきたことに、ローラは胸の高鳴りを覚えずにはいられなかった。もしかして、アレックスはお父様にわたしとの結婚の許しをもらいにやってきたのでは？　ああ、そうだったらどんなにいいだろう！　高まる期待と彼への愛情に、ローラは息が詰まりそうになった。

だが書斎の戸口までやってきたローラは、わが目を疑うような光景に思わず立ちどまった。あろうことか、アレックスが父の体をつかまえ、顔を書棚に押しつけている。父のほうは抵抗もせず、彫りの深い顔立ちに衝撃の表情を浮かべている。アレックスはひもを使い、父をうしろ手に縛りはじめた。

恐怖のあまり、ローラはふたりの男性の前に飛び出した。

「いったい何をしているの？　やめて！」

ローラはアレックスを突き飛ばし、ひもを手に取ると、結び目を解こうとした。アレックスに手首をつかまれたのはそのときだ。「許してくれ、ローラ。きみには見せたくなかった」

「見せたくなかったって何を？　なぜあなたはお父様にこんな仕打ちを……？　まるで犯罪者扱いじゃないの！」

「きみに手紙を書こうと思って、ここで紙とペンを探していたんだ。そうしたら引き出しの中にこれを見つけてしまった」アレックスは顎で机の上を指し示した。そこに燦然《さんぜん》と輝いていたのは、大粒の青みがかったダイヤモンドのイヤリングだ。「ひと目見てすぐにわかった。これはノウルズ公爵夫人の邸宅から、ブルームーンのネックレスと一緒に盗まれたものだ」

信じられない思いで、ローラは高価な宝石を見つめた。なぜイヤリングがここにあるのか、さっぱりわからない。この二週間というもの、貴族たちはあの窃盗事件の噂話ばかりしている。「何かの間違いよ。お父様が泥棒であるはずないわ」ローラは父の上着の袖を引っぱり、懇願した。「お父様、ちゃんと説明して！　イヤリングを盗んだのは自分ではないとはっきり言ってちょうだい」

父は当惑したように灰色の瞳を曇らせ、首を左右に振りながら言った。

「もちろんそうしたよ。だが、アレックスは信じようとしないんだ」

「誰かがここにイヤリングを入れたんだわ。お父様に濡れ衣を着せるために」ローラはくるりと振り返り、アレックスを見つめた。「父の言葉を信じて、真犯人探しを手伝ってちょうだい。お願いよ、せめて父にその機会を与えて」

ローラを見つめるアレックスの瞳に、ほんの一瞬、葛藤の色が浮かんだ。しかし彼は視線をそらすと、ふたたびローラを見た。「悪いが、彼をロンドン警視庁に連れていかなければならない。そこで治安判事による尋問を受けてもらう」

にわかには信じられない。今、目の前にいるのは、洗練された会話でわたしを楽しませ、うっとりするようなキスでわたしの興奮をかきたてた、あのアレックスと同じ人なの？「それでお父様はどうなるの？　あなたの証言で有罪になれば、死刑を宣告されてしまうわ」

アレックスはぞっとするほど冷たい目でローラを見つめた。「まだどうなるかは誰にもわからない。だが時が経てば、ぼくがこうするしかなかったことがきみにもわかるだろう。今はそう願うばかりだ。どうかわかってほしい。ぼくは自分の義務を果たさなければならない」

父の手首をきつく縛ろうとアレックスが背を向けた瞬間、ローラはふいに衝撃と絶望に襲われた。アレックスは少しも構わないんだわ、父やわたしがどうなっても。お父様が絞首刑になったとしても、きっと涙一滴すらこぼさないのだろう。たちまち恐怖に駆られ、彼女は息苦しくなった。そんなことを許すわけにはいかない。絶望のあまり、ローラはペンナイフを振りかざし……。

深く息を吸い込んで、彼女は生々しい記憶を脳裏から追い出そうとした。もう一〇年も経っているのに、アレックスに裏切られたという大きな衝撃はぬぐえない。彼はそれまで人から尊敬されていた父のことを、少しも信じようとはしなかった。おまけに、何者かがこっそり宝石を机の引き出しに入れた可能性についても、いっこうに考えようとしなかった。わたしの父をその辺のこそ泥と同じように扱ったのだ。

ローラはカーテンの隙間をにらみつけた。もし許されるなら、このまま馬車から飛び出し、アレックスの驚く顔を見てやりたい。そして公衆の面前で彼を罵倒し、恥をかかせてやりたい。何度そういう光景を思い描いたことだろう。裏切ったアレックスを厳しく非難し、こてんぱんにやっつける光景を。

でも、彼にわたしの計画を邪魔させるわけにはいかない。ブルームーンの行方は不明のままだ。もしわたしがロンドンに戻っているのがばれたら、アレックスはわたしを警察まで引きずっていくだろう。父の共犯者として。

馬車の窓枠を握りしめながら、ローラはアレックスがこちらを振り向くよう、心の中で念じた。彼の頬の傷を見たくてたまらない。そんな衝動に駆られていた。新聞報道とは異なり、アレックスの頬にペンナイフで傷をつけたのはローラなのだ。女ごときにやられたことを恥じるあまり、きっと彼は嘘をついたのだろう。

「ねえ、椅子に座ったほうが楽よ」

どこからともなく声が聞こえ、ローラははっと息をのんだ。うずくまったまま振り返ろうとして、バランスを失いかける。片手を床につき、なんとか体を支えると、彼女は薄暗い馬車の中で目を凝らした。

まるで魔法のように、突然ひとりの人物が姿を現した。馬車の片隅に腰をおろしている。暗さに目が慣れるにつれ、ローラにもようやく相手が見えるようになった。ほっそりとした女性だ。革張りの座席の色に溶け込むような濃い色のドレスを身にまとっている。ダイヤモンドのエイグレットがついたベール付きの帽子のせいで、顔はよく見えない。

気品ある声色には、どこか聞き覚えがあった。この女性はいったい誰？　でも、その答えが見つかるまでここに長居するつもりはない。

「も、申し訳ありません」メイドのふりをしていることを思い出し、ローラはそれらしいアクセントで話しかけた。「どうかお許しください、奥様。いらっしゃるとは思わなかったんです」

「そうでしょうね」

凛《りん》とした女性の声には、どこかおもしろがっているような調子が感じられる。ローラは赤面せずにはいられなかった。わたしの奇妙な行動を、この女性はどう思ったかしら？

「奥様に危害を加えるつもりはありません。すぐに失礼いたしますので」あわてて反対側の扉へにじり寄った。こちら側からなら、アレックスがいないほうの通りに出られる。顔を合わせることもない。ところが取っ手をつかんだものの、鍵がかかっていた。「奥様、鍵をお持ちですか？」

高貴な女性は、美しい子山羊革《キッド》の手袋をはめた手を扉のほうへ伸ばした。だが、鍵を開けたのではない。さっと手首をひと振りし、カーテンを開けたのだ。たちまち午後の鈍い日差しが馬車の中へ差し込んできた。

ローラはとっさに顔を背けた。

「思うに」女性は厳しい口調で続けた。「何かわけがあるようね、入ってきたのとは反対側の扉から出ていこうとするなんて」

なんと応えるべきかわからなかった。いったいどちらが最悪なのだろう？　逃亡中の宝石泥棒の娘という正体がばれてしまうのと、誰かの財布をくすねて逃げ出そうとしているこそ泥だと思われるのと。

「夫のせいなんです」ローラは罪のない嘘をついた。「夫婦げんかをして、夫に追いかけられています。ジンを飲んだせいで、夫はものすごく怒っているんです」

「そうなの。そういうことなら、すぐにあなたをここから遠ざけなければ」

危険を承知で、ローラはベールに包まれた女性の顔をちらりと見た。

「そんな！　奥様を巻き込むわけにはいきません。夫は……手荒なまねをするかもしれませんから」

「ふん、ばかばかしい。わたしには屈強な従僕ふたりと御者がついているのよ」その瞬間、馬車が少し揺れた。「ああ、ほら、荷物を取りに行っていた従僕たちが戻ってきたわ」女性はかがみ込むとローラの手袋をはめた手を取り、母親のように手の甲を優しく叩《たた》いた。「だから大丈夫よ、心配することはないわ。わたしといれば安心だから」

不安を覚えながら、ローラは手を引っ込めた。「奥様、ご親切にありがとうございます。でも――」

「反論しても無駄よ。さあ、座ってちょうだい。よかったら、わたしの隣に」

有無を言わせぬ口調だ。ローラは床から立ちあがると、恐る恐る女性のかたわらに腰をおろした。何時間も歩き続けた体に、ふかふかのクッションがなんとも心地いい。

けれど、このままゆったりくつろぐわけにはいかない。

アレックスはまだレディたちとおしゃべりをしているのかしら？　腹立たしいことに、ローラの場所からは確認できない。彼女が座っている側のカーテンの一部が、まだ閉じられたままだからだ。隙を見て馬車から飛び出し、自分の目で確かめることもできなくはない。しかし、フードをかぶっていても、彼にならなら正体を見抜かれてしまうかもしれない……。

馬車はガタンと動くと、軽快な調子で走り出した。反対側の窓から見える景色から察するに、通りからどんどん遠ざかっているらしい。ローラはみぞおちが締めつけられるような不安を覚えた。いったいどこへ向かっているの？　ようやく危うい状況から脱したというのに、またしても危険が迫ろうとしているの？

「奥様、お願いです、どうか次の角でわたしをおろしてください」

「戯言《たわごと》はおよしなさい。取り乱しているとしか思えないわ。それにメイドのふりをするのもやめてちょうだい」

「メイドのふり？」

女性はローラの顎をつかむと、顔を窓のほうへ傾けさせ、探るように見つめた。

「やっぱりあなたはただのメイドなどではないわね。わたしの第一印象は正しかったようだわ。あなた、あの悪名高いミス・フォークナーでしょう」

ローラの心臓は縮みあがった。鍵のかかっていないほうの扉から、石畳の通りに飛び出してしまおうか？　馬車の速度を気にしている暇などない。

「いいえ、人違いです、奥様」

「そうかしら？　わたしには、一度見た人の顔は絶対に忘れないという特技があるのよ。たぶん、あなたもわたしを覚えているはずだわ」

優美な動きで、女性は帽子の黒いベールをさっとあげた。現れたのは上品な顔だ。ふっくらとした女らしい唇、高い頬骨、そして何ひとつ見逃さないスミレ色の瞳。若くはないものの、濃い色の髪に白いものは見当たらない。年齢不詳の美しさを目の当たりにして、ローラはふいに思い出した。おぼろげな記憶の中から、ひとりの名前が浮かびあがってくる。

レディ・ミルフォード。英国社交界の花形だ。

彼女の鋭いまなざしにさらされながらも、ローラはひるまなかった。厄介な状況から抜け出すためには図々しくならなければならない。そして今、自分はまさに厄介な状況に直面している。レディ・ミルフォードがブルームーン窃盗事件について知らないわけがない。あの有名な事件は社交界を震撼《しんかん》させ、アレックスが父の書斎でイヤリングを見つける前から、すでに連日新聞の一面をにぎわせていたのだから。

ローラの頭の中で、ぼんやりとした計画が形になろうとしていた。もしかすると……この運命の皮肉を逆手に取れるかもしれない。

「ええ、そのとおりですわ、レディ・ミルフォード」フードをさげながら言った。見え透いた言い訳はもうおしまいだ。「何年も前、あなたに紹介されたことを覚えています」

「あなたが社交界デビューをした舞踏会の、出迎えのときだったわね。あなたは本当にかわいらしかった。あのシーズンで、あなたにかなうレディはひとりもいなかったわ」

ローラはつい、社交界の華だった当時と、今の自分を比べていた。でも、決まり悪さを感じている場合ではない。自分のせいでこうなったわけではないのだから、なおさらだ。

「ご存じのとおり、わたしを取り巻く環境は当時とはがらりと変わってしまいました。もはや、わたしは貴族社会では歓迎されない存在なんです」ローラは頭を垂れた。別に謙虚なふりをしているわけではない。自然に出た仕草だ。「別人になりすまそうとしたことをお許しください、レディ・ミルフォード。酔っ払いうんぬんに関係なく、わたしに夫はおりません。ただ……正体がばれるのが怖かったんです。ほかに隠れ場所が見つからず、この馬車に忍び込みました」

避けたかった相手がコプリー伯爵であることを打ち明ける必要はないだろう。あわや彼と鉢合わせしそうになった衝撃が、まだ生々しく残っている。一〇年ぶりに彼の姿を目にしたことで、ローラの心は千々に乱れていた。

レディ・ミルフォードはそっけなくローラを見た。「あなたが別人になりすまそうとしても驚かないわ、ミス・フォークナー。もう何年も身をひそめていたのでしょう？」

ローラはひるまなかった。「はい。つい最近までポルトガルで暮らしていました」

「あなたのお父様も？　彼もロンドンへ戻ってきているの？」

予想していた質問だったにもかかわらず、ローラは一瞬息をのまずにはいられなかった。

「父は……ごく最近亡くなりました」

そう口にするのがどれほどつらかったか。たしかに心のどこかで、レディ・ミルフォードの情に訴えかけられればいいとは思っていた。だがなんの努力をしなくても、すでに目には涙がたまっている。まばたきをしてポケットを手探りしたが、ハンカチは見つからない。

「あなたが考えていらっしゃることはわかっています。父は当然の報いを受けたのだ、生きている価値もない男だったとお考えなのでしょう？　でも、それは違います。父はブルームーンを盗んではいません。神かけて、やましいところは何もありません。父はあの事件の犯人ではないのです」

レディ・ミルフォードは、折りたたんである上品なリネンのハンカチをローラの手に握らせた。「でも、ノウルズ公爵夫人の宝石は彼の机の中にあったんでしょう？」

「どうしてそこにあったのか、わたしにも父にもわからないんです」目尻をハンカチで押さえながら答える。「もし父がブルームーンを盗んだ犯人なら、それを売って豪勢な暮らしができたでしょう。でもあれから、わたしたちは貧民同然の生活を強いられてきたのです」

レディ・ミルフォードが眉をひそめた。「まあ、気の毒に。これまでずいぶん苦労したのね。わたしが知るよりも、状況がかなり複雑だということがよくわかったわ」馬車が少し揺れ、完全に止まったのはそのときだ。「さあ、屋敷に着いたわ。お茶でも飲みながら、もっと詳しい話を聞かせてちょうだい」

4

　レディ・ミルフォードが屋敷に通してくれたのはいい兆候だ、とローラは考えていた。少なくとも、わたしを信頼してくれたということだ。邸内に並べられた数々の美しい装飾品の中から、銀製のものや宝石類をポケットに入れたりはしないだろう、と。今はただ自分の直感が正しいことを祈るほかない。レディ・ミルフォードは、わたしを欺いてロンドン警視庁に使者を走らせるような女性ではないはずだ。どうしても彼女を説得し、助けてもらわなければならない。

　白いかつらをかぶった従僕の案内に従い、中央階段までやってきたローラは、二階分の高さがある堂々たる玄関ホールを見て息をのんだ。最後にこんな立派なお屋敷に足を踏み入れたのはいつのことだろう？　もうはるか遠い昔に思える。若い頃は、こういった贅沢さを当然と思っていた。生まれたときからそういう暮らしをしていたからだ。父は英国でも名門一族の末裔《まつえい》だった。それゆえ、父もローラも社交界でもっとも高貴な人々と交流していた。

　母はローラを産んだときに亡くなったため、ひとり娘として、父との生活を楽しんできた。そんな愛娘《まなむすめ》が社交界にデビューする際、父が大喜びしたのは言うまでもない。高価なドレスを買い、ローラにふさわしい有望な若い殿方たちを引き合わせてくれた。今となっては夢としか思えないあの日々。舞踏会や買い物、殿方との恋の駆け引きに明け暮れた、おとぎばなしのような日々。なんて自由気ままで、愚かで、自分のことしか考えていなかったのだろう。当時は、そういう暮らしのすべてが一瞬にして崩壊することなど想像もしていなかった。

突然のつまずきにより、父とわたしはそれまでのすべてを失うことになった。窃盗犯の汚名を着せられ、英国から逃げ出さざるをえなくなったのだ。

とはいえ、ポルトガルの山々に囲まれた小さな自宅で過ごした日々を後悔しているわけではない。使用人は村娘ひとりのみで、水くみや衣類の洗濯といった、ローラだけではできない家事を手伝ってくれていた。そのほかの家事を一手にこなしながら、ローラが感じていたのは大きな満足感だ。小さな部屋をこぎれいに掃除し、庭の草取りをし、食事を作り、父とともに暖炉のそばで本を読む日々を楽しんでいた。

ローラは胸が詰まるのを感じた。あの簡素な生活もまた、運命の気まぐれによって一瞬で暗転してしまった。父の看護をしに英国へやってきたのに、その予期せぬ死を知らされた瞬間から。でも、今のわたしには新たな目的がある。どうにかして貴族たちの面前で、父の汚名を晴らさなければ。

方法はひとつしかない。ブルームーンを盗んだ真犯人をこの手で突きとめるのだ。

従僕はローラを広々とした居間に通し、立ち去っていった。淡いピンクと黄色の微妙な色合いでまとめられた、実に上品な一室だ。手彫りの白い大理石の炉棚の下で、赤々と火が燃えている。打ち解けた会話を楽しめるよう、金箔張りのひとり用の椅子と長椅子が置かれていた。

ようやく人心地がつくと、ローラはそろそろと背の高い窓へ近づき、外を眺めた。目の前に広がっているのは、広大で美しいバラ園だ。猫背の庭師が装飾のアクセントとして、ツゲの木を左右対称の形になるよう刈り込んでいる。なんと洗練された、完璧な英国庭園だろう。一〇年ぶりに帰国したにもかかわらず、ローラはふたたび家に戻ったような安心感を覚えていた。まるで一度もこの国を離れたことがないかのように。

気配を感じて扉のほうを振り向くと、室内帽をかぶったメイドが紅茶のトレイを運んできた。あとから入ってきたのはレディ・ミルフォードだ。

「暖炉脇へ置いてちょうだい」女主人から指示されると、メイドはすぐに従った。

ローラはレディ・ミルフォードの美貌に改めて衝撃を受けていた。ほっそりとした腰を強調した、瞳の色と同じスミレ色のモスリン地のドレス姿だ。外見からは年齢がわからないが、社交界にいる年配の既婚婦人たちとはまるで違う。そういえば、レディ・ミルフォードの過去にまつわる噂話を聞いたことがある。なんでも彼女はかつてジョージ三世の息子の愛人だったとか。こんな威厳ある物腰の女性だからこそ、皇族の注意を引きつけることができたのだろう。

「さあ、こちらへ、ミス・フォークナー」銀製のポットを手に取り、紅茶を注ぎながら、レディ・ミルフォードは言った。

ローラはいれたての紅茶が入ったカップをありがたく受け取った。椅子に腰かけ、砂糖をひとつ入れてかき混ぜる。目の前にあるのは、おいしそうなサンドイッチの皿だ。がつがつしないよう自分を戒めたものの、おなかがすいて目がまわりそうだ。どう見えるかなど気にしていられない。柔らかな白チーズとクレソンのスプレッドが塗ってある焼きたてのパンは、この世のものとは思えないおいしさだった。

ひとつ、またひとつとサンドイッチを手に取るうちに、ローラはレディ・ミルフォードが紅茶を飲むだけで、軽食を口にしていないことに気づいた。

「お許しください」手を引っ込めながら言う。「自分の分以上を食べるつもりはなかったんです」

レディ・ミルフォードはかすかに微笑んだ。「いいのよ、おなかがいっぱいになるまで食べてちょうだい。屋敷に招いたお客様に、ひもじい思いをさせるわけにはいかないわ。それに今までの物語を語るためには、それなりに考える時間が必要でしょう?」

気のせいだろうか? ローラには、レディ・ミルフォードが〝物語〟という言葉をやや強調したように聞こえた。

こちらの言い分を疑っていたとしても、レディ・ミルフォードを責めることはできない。父が有罪であることを示す、動かしがたい証拠が出ているのだ。とはいえ、父の無実をレディ・ミルフォードに確信してもらえなければ万事休すだ。

ローラはカチャンと音を立てて、カップをソーサーに戻した。「わたしにできるのは、先ほどの話を繰り返すことだけです。父は窃盗事件に関して何も知らないと言っていました。その証拠に、わたしたちはずっとかつかつの生活を送っていたんです。神に誓って、父は正直で誠実な人間です。決して他人様のものを盗むような人ではありません。長いこと一緒に暮らしていたからこそ、断言できます」

「それなら、どうして彼の引き出しからイヤリングが見つかったの？」

ローラは肩をすくめた。「それは……わかりません。たぶん警察の追及を逃れるために、犯人は誰かに罪を着せる必要があったのでしょう。おそらくは、父に恨みを持ち、破滅を願う人物に違いありません。ただもう一〇年前の話なので、真相は知る由もないのです」

犯人が自分を恨んでいたのではないかという疑いも、ローラは捨てきれずにいた。ただし、もっとじゅうぶんな情報を集め、父が殺されたのだという確証が持てるまで、レディ・ミルフォードには打ち明けないほうがいいだろう。この高貴な女性を巻き込みたくはない。それにレディ・ミルフォードが、ローラが疑っている人物たちに警告しないともかぎらない。貴族の世界はとにかく狭い。互いを守ろうとしてもおかしくはない。

「なぜ警察に行かなかったの？」レディ・ミルフォードが尋ねた。

貧民街でパンボーン巡査に追いかけられたことは言わないほうがいいだろう。事を複雑にするだけだ、とローラは考えた。「怖かったんです……つかまってしまうのが」

「あら、どうして？　あなたは窃盗犯として指名手配されていないのに」

「わたしが父と同じく汚名を着せられていることはご存じでしょう？　それにブルームーン

はまだ見つかっていません。追及すべき父が亡くなった今、疑惑の目はわたしに向けられて当然です」気丈にも、ローラは悲しげな表情を浮かべまいとした。これまで過ごしてきた長く苦しい日々を思えば、そう難しいことではない。「それに警察は、コプリー伯爵に傷を負わせた犯人がわたしだと考えている可能性もあるんです」

レディ・ミルフォードが眉をあげた。「新聞には、コプリー伯爵を刺したのはあなたのお父様だと書いてあったわ。でも、本当はあなたがやったの？」

ローラは凍りついた。うっかり口にしてしまったひと言を取り消したい。そうできればどんなにいいだろう。でも、もう遅すぎる。どんなに言い訳を重ねても、ペンナイフで貴族に切りつけた乱暴な女の戯言と思われてしまうだろう。

嘆願者のごとく両手を重ね、ローラは身を乗り出して、レディ・ミルフォードの目をじっと見つめた。「どうかわかってください。絶望のあまり、やってしまったことなんです。伯爵は父をとらえ、警察へ連行しようとしていました。でも、父をどうしても牢獄には入れたくなかったんです。そうなれば間違いなく絞首刑になっていたでしょう。まったくの冤罪《えんざい》だというのに」

レディ・ミルフォードは唇をすぼめ、少し間を置いたあとで口を開いた。

「たしかコプリー伯爵は、あなたに特別な関心を寄せていたわね。あなたたちが結婚するという噂を聞いたことがあるわ」

ローラは身を硬くした。「もうはるか昔の話です」

本当はアレックスを非難したくてたまらない。父の温厚な性格も、慈悲を乞うわたしの懇願も無視した、あの血も涙もない男のことを。アレックスは厳しく責められて当然の男だ。とはいえ、ここで彼をののしれば、すべて台なしになってしまう。今必要なのは、レディ・ミルフォードに、わたしは従順な女性だという印象を与えることなのだから。

抑えた声で、ローラはつけ加えた。「かつての華やかな暮らしは遠い過去の話になってしまいました。不当な仕打ちを受けましたが、わたしは誰に対しても悪意を抱いてはいません。どうかそれだけはわかってください。過去はもう変えられません。わたしにできるのは、ありのままの現実を受け入れ、未来に目を向けることです。それに父が永眠してしまった今、わたしは自分ひとりで世の中を渡っていかなければならないのです」

「ほかにご家族はいらっしゃらないの？」

「はい、レディ・ミルフォード。だからこそ、社交界にいらっしゃるきちんとした方で、家族のようになれる方にお仕えできればと考えております。できれば話し相手《コンパニオン》として。ただ残念ながら、わたしの評判はすでに傷ついてしまっています。それに推薦状を書いてくださるような雇い主もおりません。このままだと、わたしは路頭に迷ってしまうでしょう」

ローラはそこで言葉を切った。あまりに露骨なお願いだっただろうか？　レディ・ミルフォードは整った顔に謎めいた表情を浮かべている。そこから感情はいっさい読み取れない。

できることなら、コンパニオンという職業に就き、社交界への出入りがふたたび許されるようになりたい。レディ・ミルフォードの推薦状があれば、今まで閉ざされていた社交界への扉が確実に開かれるだろう。とはいえ、あまり強く出すぎるのも問題だ。厚かましい態度を取って嫌われては元も子もない。

レディ・ミルフォードは紅茶のカップを脇へ置くと、すっと立ちあがった。

「少しここで待っていてちょうだい」

それ以上何も説明しないまま、レディ・ミルフォードは居間から出ていった。あとに残されたのはローラと、シューッという音を立てて燃えている暖炉の火だけだ。レディ・ミルフォードがペンと紙を取りに行ったはずはない。わざわざ取りに行かなくても、この部屋の壁際にある優美な書き物机の上に置いてある。不安な気持ちのまま、ローラはひたすら待つほかなかった。もしかすると、この屋敷からつまみ出されるのかもしれない。きっとレディ・ミルフォードはここへ従僕をよこし、わたしを強制的に追い返すつもりなのだろう。

考えれば考えるほど、先の自分の話がうさんくさく思えてくる。ローラはレディ・ミルフォードの立場に立って想像してみた。自分の馬車に押し入った逃亡者を親切心で自宅まで連れてきたら、サンドイッチを平らげられたあげく、悲しい身の上話をさんざん聞かされ、あろうことか伯爵に重傷を負わせたという告白までされたのだ。おまけにその恥知らずのあばずれときたら、仕事に就くために推薦状を書いてほしいと言い出した……。

間違いない。レディ・ミルフォードはわたしをここから追い出すつもりだ。もしかすると、警察を呼んでいるのかもしれない。

ローラは弾かれたように立ちあがった。今すぐここを離れなければ。さらなる厄介事に巻き込まれるわけにはいかない。だが、ふいに襲ってきた絶望的な気分が、彼女の足を鈍らせた。父のために、自分のちっぽけなプライドをかなぐり捨てることはできないの？　もし今逃げ出せば、ブルームーンを盗んだ真犯人を見つける機会を永遠に失ってしまうのよ。父の汚名を晴らすこともできなくなる。父のためなら、自分はいくら恥をかいても構わない。やはりレディ・ミルフォードに必死にすがりつこうか……。

そんな物思いは突然中断された。ふたたび女主人が姿を現したのだ。ほっとしたことに、レディ・ミルフォードはひとりだった。両手に何かを持っている。遅い午後の日差しに、その何かがきらめいた。炎のように赤い色だ。ローラのところまでやってくると、レディ・ミルフォードはかがみ込み、手にしていたものを床に置いた。

ぼんやりと見おろしたローラは、そこにふたつのもの——一足のハイヒール——があるのに気づいた。クリスタルビーズの繊細な飾りがついた、極上のサテン地でできている。あまりにも豪華で美しい靴に、彼女の目は釘づけになった。

ローラは混乱して、目をしばたたいた。「レディ・ミルフォード？」

スミレ色の瞳には謎めいた光が宿っている。「もしよければ、これを試してちょうだい」

「でも……なぜです？」

「ずっと前に履いていた古い靴なの。着替え室の中で朽ち果てさせるのが残念に思えてね。それならあなたに履いてもらおうと思って——ただし、もちろんサイズがぴったり合えばの話だけれど」

ローラは衝撃を受けていた。レディ・ミルフォードが与えてくれたのは、たったこれだけ？　お古のハイヒール。それも、今後わたしが履く機会など絶対ないような代物だ。

悔しさのあまり、ハイヒールを蹴飛ばしたくなった。これではまるで、施しが必要な浮浪者と同じ扱いだ。そんなふうに見られたことが悔しくてたまらない。しかも、わたしの実生活ではまったく役立たないものをくれるなんて、傷口に塩を塗るような仕打ちだわ。

わたしが欲しいのは推薦状よ——靴じゃない。

レディ・ミルフォードは立ったまま、こちらを見ている。口元にかすかに浮かんでいるのは微笑だ。贈り物ができたことがよほど嬉しいのだろう。その瞬間、ローラは自分の身勝手さを悔やんだ。目の前のレディはわたしに親切にしようとしているだけ。極貧生活など経験したこともないレディ・ミルフォードには、この贈り物がいかに役立たずかさえわからないのだろう。

何より、レディ・ミルフォードのハイヒールがわたしの足に合うはずがない。

礼儀を重んじ、ローラは席から立ちあがると、茶色の革靴を脱いだ。ごつんという音を立てて絨毯《じゅうたん》に転がった自分の靴を見て、いかに不格好ですり切れているか、改めて思い知らされる。レディ・ミルフォードに何度も繕った白いストッキングを見られたくない一心で、ローラはすばやく美しいハイヒールにつま先を差し入れた。

驚いたことに、優美な靴はあつらえたようにローラの足にぴったりだった。片足を前後に揺らして、ガーネット色のサテン地とビーズのきらめきを楽しんでみる。ふいに嬉しさがこみあげ、これまでの悩みなど気にならなくなった。思えば、美しい装飾品を身につけるのがどれほどすばらしいことか、すっかり忘れてしまっていた。わたしには一度すべてを失うことが必要だったのかもしれないと思えてきた。こういう贅沢さを、心から喜べるようになるために。

椅子から立ちあがると、ローラは室内をくるくるまわりはじめた。軽々としたステップだ。ロンドンじゅうを長時間歩いたのに、もはや足の疲れは感じられない。むしろ、ひと晩じゅう踊り明かしたいという気持ちが、心の底からふつふつとわいてくる。そう、どこかのハンサムで――いいえ、アレックスじゃないわ――信頼に足る紳士の腕に抱かれて踊りたい。わたしに敬意を払ってくれる、すてきな殿方と。

「本当にぴったりですわ、レディ・ミルフォード」ローラは言った。「あなたのような華奢な方と、わたしの足が同じサイズだなんて驚きです」

「むしろ神からのご褒美と考えるべきね」謎めいた満足げな表情を浮かべて、レディ・ミルフォードは応えた。「きっと、これを履いてほしいというわたしの頼みを、あなたが聞いてくれたからよ」

「まあ、なんて優しいお言葉でしょう」ローラはスカートの裾を持ちあげると、切ないまなざしで赤い靴を見つめた。「でもたぶん、わたしよりもずっとこの靴にふさわしい方がいらっしゃいますわ。だってわたしには、これほど美しいハイヒールを履いていく場所がないんですもの」

「いいえ、その反対よ。あなたには舞踏会や社交行事にふさわしいドレスが必要だわ」ローラの全身に目を走らせると、レディ・ミルフォードはほっそりした指先で彼女の顎に触れた。「その前に、ドレスを用意するための服飾手当が必要ね。老貴婦人のコンパニオンとして仕えるのに、物乞いのような格好は許されませんよ」

ローラは目を見開いた。「コンパニオン？　どなたのですか？」

「わたしの知り合いのご婦人よ。つい最近、彼女の甥がおばの世話をする女性が必要だと話していたの」レディ・ミルフォードはまたしても謎めいた表情を浮かべた。「あなたほど、その職にふさわしい人はいないわ」

5

「迷惑じゃないかしら」レディ・ジョセフィーヌは杖の助けを借り、大階段を少しずつおりながら言った。丸々とした体に縞《しま》模様の黄色いドレスをまとい、白髪頭にはシルクのターバンを巻いている。さながら、気のいい小人ノームをほうふつとさせる装いだ。「無理にわたしを手伝おうとしなくてもいいのよ。こんなにかわいらしいお嬢さんなら、ほかにもっとやることがいっぱいあるでしょう」

ローラは老貴婦人の腕を優しく取り、体を支えてあげた。「あなたのお手伝い以上に大切なことなどありません、奥様。わたしはそのためにいるんですから」

レディ・ジョセフィーヌは太陽のような笑みをこぼした。「本当にいい人ね、ノーラ。あなたといると、とっても楽しいわ」

「わたしはローラです、奥様」

「まあ、あなたの名前を忘れるなんて！　招待客をもてなす女主人としては失格ね」

わたしは訪問者ではありません。あなたからお給金をいただき、ここで働いている使用人です。またしても同じ説明を繰り返しそうになり、ローラは口をつぐんだ。どのみち、説明しても聞き流されてしまうのがおちだ。名前はローラだという訂正と同じように。

とはいえ、ここへやってきてまだ四日足らずだが、ローラは目の前にいる老婦人をすでに好きになっていた。にぎやかなおしゃべりの内容から察するに、レディ・ジョセフィーヌはずっと話し相手に飢えていたらしい。未亡人であり、子どもがいない彼女にとって、身内は甥と姪がひとりずつだけ。彼らもそうひんぱんにはここを訪れないのだろう。

いちばん下の段へ近づくと、ローラは顎をさげ、鼻にちょこんとのせた眼鏡の縁越しに階段を見おろした。変装のために古道具店で買った安物だ。ただ面倒なのは、眼鏡のせいで視界がぼやけるので、たいていは縁越しに見なければならないことだった。

物があふれているこの屋敷で大切なのは、はじめに自分の行く手を確認することだ。玄関ホールには、これでもかとばかりにがらくたが並べられている。サイドテーブルには巨大な花瓶がいくつも置かれ、隙間という隙間を埋め尽くすように石膏《せっこう》の彫像が配されて、驚いたことに等身大の鎧《よろい》まであった。流行に敏感なロンドンっ子なら、すぐに田舎の別荘に運んでしまいそうな代物だ。壁には歳月のせいで黒ずんだ肖像画が数えきれないほどかけられ、邸内の空気はかびくさい。まるで半世紀、空気を入れ換えていなかったかのようだ。ローラはそういった品々を、もう少し見栄えのいいように並び替えたくてうずうずしていた。だが、レディ・ジョセフィーヌの寝室にいくつもある足のせ台を動かそうとしたとき、痩せて尖《とが》った顔の家政婦ミセス・サムソンから注意されてしまったのだ。〝奥様は今のままの状態がお好きなのだから、何ひとつ動かしてはいけない〟と。

本当にそうかしら？　ローラは疑わしく思っていた。余分な物を物置へ移動しても、きっとレディ・ジョセフィーヌは気づかないだろう。とはいえ、わたしは家事をしにここへ来たわけではない。それに、レディ・ジョセフィーヌのことをあまり好きになってはだめ。ここでの滞在は一時的なものなのだから。

しわだらけの顔をしかめながら、レディ・ジョセフィーヌは階段のいちばん下で立ちどまった。「あら、いったいどこへ行こうとしていたのかしら？　すっかり忘れてしまったわ」

「お外ですよ」ローラは答えた。「こんなに気持ちのいい日だから、庭園に座りたいとおっしゃっていました」

「ああ、そうよ、庭園ね」レディ・ジョセフィーヌは屋敷の端へ通じる廊下をよたよたと歩きはじめた。「わたしはね、お日様が大好きなの。ずっとそうだったのよ。でも最近の若い女の子たちときたら、幽霊みたいに真っ青な子が多すぎるわ」かたわらを歩くローラに微笑みながらつけ加える。「あなたのことじゃないのよ。あなたはほっぺたがつやつやして健康そうだもの。ところであなた、結婚は？」

「いいえ、結婚はしておりません、奥様」

「まあ、なんて残念な。あなたのようにかわいらしい人は結婚して、たくさん子どもを持つべきよ」レディ・ジョセフィーヌは深々とため息をついた。「大好きな夫、チャールズのために、ひとりも子どもを産んであげられなかったことだけは後悔してもしきれないわ。だけど、夫は決まってこう言ってくれたの。そんなことは気にしない、ふたりで生きていくことこそ自分のいちばんの望みだって」

ローラは心がほんわかと温かくなるのを感じた。

「本当にすばらしい旦那様だったんですね」

「ええ、あの人ほど思いやりがあって思慮深い夫はいないわ。でもね、最初に会ったときは、そんな人だとは思いもしなかったの。当時、夫はずいぶん颯爽《さっそう》としていて、恥知らずなほど女好きで、レディたちの憧れの的だったから。ただし、わたしだけは彼のつまらない誘いに乗ろうとしなかった。もちろん彼はそれが許せなかったんでしょう。夫がわたしの愛を勝ち取るまでのいきさつ、もうあなたに話したかしら？」

すでに何度か聞いていたものの、ローラは知らないふりをした。

「いいえ、どうか聞かせてください」

「夫がハイドパークで、わたしを見かけた日のことよ。わたしはそのとき、カシの木の高枝にのぼっておりられなくなっている子猫を心配そうに見つめていたの。するとチャールズは木にするするとのぼって、あっという間に子猫を助けて、上着のポケットの中に入れたのよ。でも木からおりている途中、子猫はポケットから飛び出して木の幹を伝って逃げてしまった。チャールズったら、よほど驚いたんでしょうね、植え込みに真っ逆さまに落ちてしまったのよ。それからわたしがこっぴどく彼を叱ったのは言うまでもないわ。だってひとつ間違えば、首の骨を折るところだったんだもの！」

ローラは老婦人のために裏口を開けた。封印していた記憶の中から、ふいに馬の背に乗ったアレックスの姿がよみがえる。馬屋をぐるりとひとまわりしながら、カーニバルの演者のように両腕をいっぱいに広げてみせる姿が。でも犬の吠える声に馬が驚いた拍子に、彼は転げ落ちてしまった。けがはしていないとすぐにわかったものの、あのときローラもアレックスを叱らずにはいられなかった。「誰もあなたを責めませんわ。激しく怒ったということは、それだけ心配していたという証拠ですもの、奥様」

節くれ立った指で杖を握りしめながら、レディ・ジョセフィーヌは庭園に通じる幅広の木製階段を三段、よたよたとおりた。「でもね、そんなに長いこと怒っていたわけじゃないの。お説教の最中、チャールズったらわたしを引き寄せて、とうとう笑い出すまでくすぐり続けたんだもの！　優しくキスされてからはもう、怒りなどどこかへ吹き飛んでしまったわ」はるか遠い昔を思い出して、彼女は微笑んでいる。「チャールズとはいつもそんな感じだった。たとえけんかをしても、すぐに仲直りしてたのよ」

ふぞろいな敷石につまずかないよう老婦人を手助けしながら、ローラはアレックスのことを思い出すまいと必死だった。とはいえ、記憶が鮮やかによみがえる。あのとき、彼も一度のキスで、わたしの怒りを消してしまった。わたしにとっては、はじめてのキス。それから何度も唇を重ねた……。ローラはレディ・ジョセフィーヌの記憶力に驚かずにはいられなかった。ずいぶん昔のことなのに、まるで昨日の出来事のように鮮明に覚えているなんてすばらしい。

やれやれというようにため息をつきながら、老婦人はバラの木の下にある、まっすぐな背もたれのついた木製ベンチに大きな体を預けた。「わたしと一緒に朝を過ごしてくれるなんて、あなたは本当に優しいわね」レディ・ジョセフィーヌが言う。「何かお返しをしなければ」

ローラはバラの木に杖を立てかけ、座面にこぼれたピンク色の花びらを手で払うと、老婦人の隣に座った。「ここにこうしていられるだけでじゅうぶん幸せです」

レディ・ジョセフィーヌはローラの言葉など聞こえなかったかのように話を続けた。「ああ、いいことを思いついたわ！　殿方を紹介してあげましょう。わたしだって、まださほど年を取ったわけじゃないもの。社交界でどの若者が結婚相手として有望か、見抜く目は鈍っていないわ。ねえ、わたしの甥はお勧めよ」青い瞳がぼんやりとなる。「たしか甥は結婚していなかったと思うんだけれど……」

思わぬ話のなりゆきに、ローラは身を硬くした。いちばん避けなければならないのは、自分に関心が向くことなのだ。「奥様、どうかそんなことはお考えにならないでください。考えるだけ無駄なんです。何しろ、わたしには持参金が一ポンドもないのですから」

「何をばかな。財力のある殿方は持参金など必要としないものよ。彼らが結婚相手に求めるのはかわいらしい顔と性格なの。チャールズがそうだったようにね」

「きっとそうなんでしょうね。でもわたし、本当に夫は必要ないんです」

「必要ないですって？　何を言うの。固く結ばれた夫と妻ほど幸せな関係はないのよ」レディ・ジョセフィーヌはからかうように、ずんぐりした指をローラに向けて振った。「新婚初夜に恐ろしいことが起こるなんていうレディたちの噂を気にしてはだめよ。むしろ正反対で、本当にすばらしいんだから！　ああ、わたしも自分の初夜のことは忘れられないわ――」

「ええ、そうでしょうとも」老婦人が詳細を話し出す前に、ローラはあわてて口を挟んだ。「たしか新婚旅行はイタリアへ行かれたんですよね？　ベニスにはいらっしゃいました？」

「ええ、もちろん！　運河と教会とすてきな邸宅に魅せられたわ。いくつもの個性的な橋を見てまわったものだから、チャールズもわたしも靴を何足も履きつぶしたのよ」

まんまとローラに話題を変えられたことにも気づかず、レディ・ジョセフィーヌは遠い昔の新婚旅行について語りはじめた。それから老婦人のまぶたは落ちはじめ、やがてがっくりと前かがみになった。昼前になるといつもこうだ。じきに彼女は軽くいびきをかきながら、ぐっすりと寝込んでしまった。

格子からしおれたバラを摘み取ると、ローラは柔らかなピンク色の花びらを指先でもてあそんだ。もし窃盗事件によって人生が変わらなければ、今頃わたしはどうなっていたのだろう？　アレックスと結婚していたかしら？　ええ、ふたりとも激しく惹《ひ》かれ合っていたから、当然そうなっていたはず……。

唇を引き結ぶと、ローラはしおれたバラをやぶへ放り投げた。アレックスはわたしが思っていたような男性ではなかった。結婚の誓いをする前に、彼の冷酷さに気づくことができてよかったのよ。アレックスのことは、もう何年も前に頭から追い出したはず。こうして思い出してしまうのは、運悪くリージェント・ストリートで偶然彼を見かけたから。ただそれだけのこと。

　でも、奇妙な形ではあるけれど、今回だけはアレックスがわたしのために役立ってくれたことになる。あのとき馬車に隠れたからこそ、わたしはレディ・ミルフォードと出会い、この仕事に就くことができたのだ。さまざまな偶然が重なってこうなったのだから、つくづく幸運だったと思わずにはいられない。自分がこれからやろうとしていることを、運命があと押ししてくれているような気分だ。もうすぐ〝計画〟を実行に移すつもりでいる。窃盗事件の真犯人を探し出すのだ。そうしてはじめて、父の死の謎も解き明かすことができるだろう。

　じっと座っていられず、ローラはベンチから立ちあがり、庭園の中を散策しはじめた。やや手入れが行き届いていない印象は否めないものの、曲がりくねった通路を歩き、ツタが絡まる石壁や、成長しすぎたハーブや花々を見ていると心が慰められる。片隅では低木の植え込みに、西洋ナシの木が数えきれないほどの白い花を落としていた。奥にある木製の扉は馬屋に通じている。馬屋では年老いた馬丁が、レディ・ジョセフィーヌのバルーシュ型馬車を引く二頭の馬たちの世話をしていた。

　そこここでパンジーが黄色や紫の顔をあげ、太陽を仰ぎ見ている。春の暖かさを楽しみながら、ローラも思わず顔をあげた。新鮮な空気を吸い込み、晴れやかな気分になる。なんて気持ちがいいのだろう。このところ室内にこもりきりだった。レディ・ジョセフィーヌのお世話や、自分用のドレスの仕立てで大忙しだったのだ。

　親切にも、レディ・ミルフォードは服飾手当を前払いしてくれた。おかげでローラは生地店へ行き、四着分の生地を買い込み、ふだん着用のドレス三着と、喪服にもイブニングドレスにもなる濃い茶色のドレス一着を縫いあげることができた。

ローラがレディ・ジョセフィーヌの書き物机の引き出しいっぱいに、未返信のままの招待状があるのを見つけたのは数日前のことだ。多くは古い日付のものだったが、新しいものもあったため、数通の招待状に対して参加する旨を記入し、レディ・ジョセフィーヌの署名とともに返信しておいた。

いよいよ明日の夜、待ちに待った機会が訪れる。レディ・ジョセフィーヌに付き添って、舞踏会に参加するのだ。貴族たちが使用人を透明人間であるかように無視することはよく知っている。だからこそ、彼らの会話を盗み聞きできるはずだ。まずは消えたブルームーンに関係があると思われる何人かの近況を知りたい。ローラはそう考えていた。

時間をかけて熟考した結果、特に怪しい人物をふたりに絞り込んでいる。真実を探り出さなければという使命感が、彼女を駆り立てていた。とはいえ、明日になるまでは何もはじめられない。今は仕事に没頭するしかないだろう。そうしないと焦りで頭がどうかなってしまいそうだ。

シャクナゲの茂みが、壁沿いにある小さな納屋に影を落としている。片手で納屋の扉を開けると、ギーッという音がした。薄暗い室内に入ったローラが見つけたのは錆《さ》びた鏝《こて》と、蜘蛛《くも》の巣が張る棚にあった園芸用手袋だ。くたびれた麦わら帽子もあったので、室内帽の上からそれをかぶり、顎の下でリボンを結んだ。

装備を完璧に整えると、ローラは花壇を整えるべくひざまずいた。眼鏡が鼻からずり落ちそうになったので、しばらくエプロンのポケットにしまうことにする。いつもながら、土に触っていると、なんとも穏やかな気分になる。彼女は雑草を抜き、積もった枯れ葉の山をきれいにしながら、垣根の中で作業にいそしんだ。ときどき顔をあげ、レディ・ジョセフィーヌがベンチで昼寝を楽しんでいるかどうか確認するのも忘れなかった。

一面スズランが咲き乱れている場所で、つややかな深緑色の葉をかき分け、小さな釣り鐘のような白い花を目で楽しんでみる。ここにはスケッチブック持参で来るべきだろう。こういった一瞬の繊細な美しさを紙とペンで残したい。物であふれ返っているあの屋敷のこと、探せば水彩絵の具も出てくるかもしれない。

鼻歌を歌いながら作業をしているうちに、ローラは幸せな気分に包まれていくのを感じていた。こんな気分は何週間ぶりかしら。大地の芳醇《ほうじゅん》な香りに、いやおうなく五感を刺激される。ラッパズイセンが生い茂る中、一本だけひっそりと咲いている赤いチューリップのまわりで蜂がブンブンとうなっている。フェンスの向こう側にある馬屋から馬のひづめの音が、続いて使用人たちの声が聞こえてきたが、ローラはほとんど注意を払おうとしなかった。今は何者にも邪魔されることなく、自分だけの夢のような時間を楽しみたい。

嬉しいことに、西洋ナシの木の下で遅咲きのスミレの一群を見つけた。雑草を取りながら、小さな紫色の可憐《かれん》な花を見つめていると、ふとヴァイオレット・アングルトンのことを思い出した。自分の名前の由来であるスミレの花飾りを装うのが好きだったヴァイオレット。一

○年前、同じシーズンに社交界デビューをしたヴァイオレットとは、すぐに仲よくなった。社交界にはびこる奇妙な人々をばからしいと思う感覚も似ていた。ローラにとって、ヴァイオレットは自分の希望や夢のすべてを打ち明けられる唯一の相手だったのだ。

しかしローラはさよならも言わないまま、英国から逃げ出さざるをえなくなった。それ以来、ヴァイオレットとは音信不通だ。

これから数週間のうちに、ヴァイオレットと再会できるだろうか？　もし会えたとして、彼女にだけは自分の正体を明かしてもいいものかしら？　旧友の彼女なら大丈夫だと信じたい。だけど、もしヴァイオレットが窃盗事件の犯人は父だと考えていたら？　今後、真犯人探しができなくなるような危険を冒すわけにはいかない……。

そのとき、きびきびとした足音が近づいてくるのに気づいた。次の瞬間、後門が勢いよく開き、男性が庭園に入ってきた。

西洋ナシの木陰でひざまずいていたローラは振り向いた。だがあいにく見えたのは、自分の麦わら帽子の大きなつばだけだ。もし配達人なら、ノックぐらいするべきだろう。老貴婦人のいこいの場所にずかずか入り込んでくるなんて。

次の瞬間、ローラは自分の間違いに気づいた。入ってきたのは背が高く、肩幅の広い紳士だ。黄褐色の膝丈ズボン《ブリーチズ》に濃い赤紫色の上着を合わせ、膝まである黒のブーツを履いている。そよ風になびいているのは豊かな茶色の髪。その紳士の横顔をひと目見た瞬間、ローラは凍りついた。

そんなばかな！　アレックスのはずがない。絶対に。彼女は懸命にまばたきをした。太陽の光に当たりすぎて、目がおかしくなってしまったんだわ。きっと他人の空似に違いない……。

紳士はローラがうずくまっている庭園の隅のほうは見ようともしなかった。そうでなくても、その場所は伸びすぎた低木の植え込みに半分隠れている。代わりに彼は敷石の小道を進み、バラの木のほうへ向かった。レディ・ジョセフィーヌが眠り込んでいる場所だ。

ローラはさっと身を硬くした。もしあの紳士が老婦人に危害を加えるつもりなら、すぐに飛び出さなければ。しかし彼はレディ・ジョセフィーヌのかたわらに座り、彼女の手を取ると、手の甲をぽんぽんと叩いただけだった。

レディ・ジョセフィーヌが目を覚まし、まばたきをした。一瞬、自分がどこにいるのかわからない様子を見せたものの、すぐにしわだらけの顔を輝かせた。

「アレクサンダー！　本当にあなたなの？」

彼はレディ・ジョセフィーヌの頬にキスをした。「おはようございます、ジョシーおば様。ここ数日うかがえなかったことを許してください。不動産屋との話し合いのため、ハンプシャーまで行く必要があったんです」

「何か大変なことがあったんじゃなければいいんだけど」

「配水管に関するつまらない問題です。去年の洪水で川の流れがすっかり変わったせいで、乳牛舎を移転せざるをえなくなりました。ですが、その件はすでに進行中です。実際仕事に取りかかるまで時間はかかりましたが、もう何も問題ありません」

「そうなの！」レディ・ジョセフィーヌが相づちを打つ。「ああ、本当にあなたが無事に戻ってきてくれてよかった！　ところで料理人のミセス・ブルームフィールドには会った？　彼女の息子さん、まだ独身のままなのか心配だわ」

ローラは驚きのあまり、ふたりの会話をうわの空で聞いていた。彼らは領地の誰だかわからない人々の近況を語り合っている。ジョシーおば様……。レディ・ジョセフィーヌが言っていた甥とはアレックスのことに違いない。

ローラは、かつて彼が大好きなおばについて話していたことをほとんど覚えていなかった。あのときはデビューしたてのシーズンで、パーティやら殿方とのおつき合いやらで、とにかく無我夢中だった。たくさんの紳士に追いかけられて有頂天だったあの日々。彼らの中にいたのが、社交界でもっとも有望な独身貴族である、若くて魅力たっぷりのコプリー伯爵だ。ふたりはほんの数週間のうちに激しく惹かれ合うようになった。彼の姉やほかの親族と顔を合わせる間もないほどだったのだ。

ああ、なんてこと。あそこにいるのは本物のアレックスだ。わたしの想像の産物ではない。一週間に二度も彼に出くわすなんてことがどうして起こるの？

ローラはみぞおちがむかむかするのを感じていた。リージェント・ストリートでアレックスを見かけたのは、まったくの偶然だった。でも、今度は違う。レディ・ミルフォードはアレックスとわたしが恋仲だったことを知っている。つまり、彼女はわざとわたしをこの屋敷に勤めさせたのだ。アレックスと再会するのを見越して。

だけど、どうして？　またアレックスとの仲を復活させるため？　それはありえない。だってレディ・ミルフォードは、彼の顔に傷をつけたのがわたしだと知っているんだもの。きっとレディ・ミルフォードはアレックスに機会を与えたかったのだろう。窃盗事件について、わたしに面と向かって問いただす機会を。

理由はどうあれ、お先真っ暗なことに変わりはない。

自分が崖っぷちに立たされていることに気づき、ローラは地面に園芸道具をそっと置いた。手袋を外し、手探りでポケットから眼鏡を取り出して、鼻の上にちょこんとのせる。

もしうまくいけば、アレックスはわたしに気づかないかもしれない。あの男はたくさんの女性といちゃついているろくでなしだもの、この一〇年間で数えきれないほどのレディたちと浮き名を流したに違いない。たぶん、ミス・ローラ・フォークナーのことなど忘れてしまっているはず。

自分の顔にペンナイフで傷をつけた若い女のことなど。

ローラは唇を噛んだ。どう考えても有利な状況とは言えない。アレックスは、窃盗犯と思われている男の娘など、おばのコンパニオンにふさわしくないと考えるだろう。わたしの壮大な計画が、今や台なしになろうとしている。でもこれ以外の方法で、どうやって貴族たちの中に紛れ込めるというの？

もっと悪いことに、アレックスが父の共犯者として、わたしを警察に突き出す可能性もある。そうなったらどうすればいいのだろう？

ローラは眼鏡の縁越しにアレックスをにらみつけた。もしかすると、彼はやってきたときと同じようにすばやく立ち去るかもしれない。直接顔を合わせずにすむかも。きっとアレックスは、わたしがここにいることにも気づかないだろう……。

突然、ローラは彼らが自分のことを話しているのに気づいた。

「屋敷に戻ってみると」アレックスがおばに話している。「レディ・ミルフォードから奇妙な手紙が届いていたんです。おば様のためにコンパニオンを雇ったと書いてありました。レディ・ミルフォードがおば様の古くからの知り合いなのは知っています。だが、なぜぼくになんの断りもなく、そんな立ち入ったまねをされたのか理解できません。しかも、その女性の名前さえ書いていなかったんですよ。さあ、教えてください。コンパニオンとは何者なんです？」

「コンパニオン？」レディ・ジョセフィーヌは一瞬眉をひそめたが、ぱっと顔を輝かせた。「ああ、きっとお客様のローラのことね。あんなにかわいらしくていい子はいないわ。あなたもきっと彼女のことが気に入るわよ」

ローラは身のすくむ思いだった。よりによって、どうして今回だけ彼女はわたしの名前をちゃんと覚えているの？

「ローラ？」アレックスはやや鋭い口調で繰り返すと、眉根を寄せておばを見た。「彼女の姓はなんというんです？」

レディ・ジョセフィーヌはゆっくりと首を横に振った。「わたし……思い出せないわ。あらあら、どうしてそんな簡単なことを忘れてしまったのかしら」

「いや、気にしないでください」アレックスはおばの肩に手を置いた。「ぼくが自分で尋ねてみます。ところで、なぜ彼女はおば様をここにほったらかしにしているんです？　今どこにいるかわかりますか？」

「ついさっきまで、ここで座っておしゃべりをしていた気がするんだけれど……そのあと、きっとわたしが眠ってしまったのね」

もはや隠れてはいられない。アレックスと顔を合わせるのは死ぬほど恐ろしいけれど、やぶの中に隠れているところをつかまるよりはずっといい。

すっと立ちあがると、ローラはスカートのしわを伸ばして咳払《せきばら》いをした。

「奥様、わたしはここにおります」低く抑えた声で言う。どうかわたしの声だとわかりませんように。「雑草を抜いておりました。会話のお邪魔になってはいけないと思いまして」

ローラは顎を引き、従順な使用人を装った。麦わら帽子の広いつばと眼鏡で、ちゃんと変装できていればいいんだけれど。

アレックスはわたしを見ているのかしら？　丸眼鏡のせいで、彼はぼんやりと黒く見えるだけだ。輪郭もあいまいで、顔の特徴などはわからない。

「ああ、そこにいたのね！」レディ・ジョセフィーヌが陽気な笑い声をあげた。「さあ、こっちへいらっしゃい。甥を紹介してあげるわ」

ローラは屋敷へ戻る道をじりじりとあとずさりしはじめた。「ありがとうございます。でも、お邪魔してはいけませんので――」

「ここに来るんだ」アレックスが言い放った。「今すぐに」

6

アレックスは有無を言わせぬ口調だった。ローラにしてみれば、彼の命令に従うほかない。心臓の激しい鼓動を感じながら、バラの木へ近づいていく。だが、のろのろとしか歩けない。気が進まないからというのもあるが、眼鏡で視界がゆがんでいるせいもある。ローラは極力目をあげないようにしていた。アレックスはわたしのブルーの瞳を覚えているかもしれない——かつて〝なんて美しいんだ〟と褒めたたえてくれた、この瞳を。

近づいていくと、アレックスがベンチから立ちあがった。いいえ、伯爵よ。ローラは心の中で言い直した。彼はコプリー伯爵。以前のように親しげに考えてはだめ。今はもう赤の他人なのだし、昔だって本当の彼のことをまるでわかっていなかったのだから。

にもかかわらず、アレックスを目の前にすると平静を装ってなどいられなかった。どうしてこんなに威風堂々としているのだろう？　見ないようにしようと思っても、なぜか目が行ってしまう。背が高く、引きしまった彼の体を意識したとたん、ローラの肌はほてりはじめた。不本意な自分の反応にいらいらする。何しろ目の前にいるのは、力ずくで父を押さえつけようとした男なのだ。もしあのとき、わたしがペンナイフで切りつけなければ、アレックスは父を牢獄まで引きずっていっただろう。結果的に、父は間違いなく死刑を宣告されたに違いない。

「ローラ、彼がわたしの甥、コプリー伯爵よ」レディ・ジョセフィーヌが明るい声で言った。「アレクサンダー、こちらはお客様のローラ……ごめんなさいね、あなたの名字はなんだったかしら？」

ローラは深々とお辞儀をした。アレックスはこんな敬意を表したお辞儀にふさわしい男ではない。でも少なくとも、こうすれば顔を隠せる。「ローラ・ブラウンです」

「ブラウン」アレックスがやや皮肉めかした調子で繰り返す。「ずいぶんとありふれた名前だな」

「仰せのとおりです、閣下」

アレックスの指が腕にかけられた瞬間、ローラは鋭く息をのんだ。しかしアレックスは彼女が上体を起こすのを手助けすると、すぐに手を引っ込めた。

「だが、貴族の中でブラウンという名前は聞いたことがない」彼が言う。「きみのご家族の出身は？」

「ノーサンバーランドです」ローラは嘘をついた。ロンドンから遠く離れた場所を言えば、アレックスもこれ以上追及してこないかもしれない。「ブラウン家は代々そこの地主を務めています。こちらのように高貴な一族とは比ぶべくもありませんが」

「では、教えてくれ。きみがこの仕事にふさわしいと言える根拠は？　どんな資格を持っているんだ？」

目を合わせないために、ローラは頭をさげたまま、従順そうな態度を取っていた。

「レディに必要とされることはすべて学んでおります。行儀作法やダンスはもちろん、ピアノも弾けますし――」

「おばに必要なのは特別な配慮だ。気晴らしを求めている老婦人とはわけが違う」

アレックスに言葉を遮られ、ローラははらわたが煮えくり返る思いだった。かつてはあれほど魅力的な男性だったのに、目の前にいるのはまるで別人だ。こういう失礼な態度ひとつ取ってみても、彼の感じのよさが見せかけにすぎないことがよくわかる。

「最後まで言わせていただければ、わたしは家事もこなせます。それに今までずっと、老いた家族の面倒を見てきたんです」

ローラは罪のない嘘をついた。亡くなる前の父が健康そのものだったことを、アレックスにわざわざ知らせる必要はないだろう。

「ローラといると本当に楽しいの」ベンチに座ったまま、レディ・ジョセフィーヌが言う。

「ねえ、アレクサンダー、本当よ。彼女と仲よくなったら、あなたもすぐにわかるわ」

「それは何よりです、ジョシーおば様。ですが、おば様の屋敷に住まわせる者の身元確認を怠るわけにはいきません」失礼きわまりないことを言うと、アレックスはふたたびローラに言った。「きみの前の雇い主は？」

「わたしの身元保証人はレディ・ミルフォードおひとりです」

だ」

「ぼくの知るかぎり、レディ・ミルフォードはコンパニオンを雇ったことが一度もないはず

ローラは自分が崖っぷちに立たされているのをひしひしと感じていた。アレックスの質問は鋭すぎる。しかも、声にあざ笑うような調子まで感じられる。

「レディ・ミルフォードはわたしの家族の友人です。わたしは長いあいだ外国で暮らしていたので、今回ご親切にも助けの手を差し伸べてくださいました」

「外国？　どこにいたんだ？」

ここはできるだけ真実に近い答えを口にしたほうがいい、とローラは思った。

「ポルトガルです。父がそこでの事業に関心を持っていたので」

アレックスが一歩近づく。「ならば、きみのお父上は今どこにいる？」

冷たい声色に、彼女は肌が粟立つのを感じた。危険を承知で、眼鏡越しにアレックスのほうを見てみる。はじめてはっきりと彼の顔が見えた。濃い色の瞳はローラを探るように見つめたままだ。かつて優しく微笑みかけてくれた彼の唇も、今はきっと引き結ばれている。アレックスの険しい口元を目の当たりにして、ローラは恐怖をかきたてられた。

この人はわたしの正体を見抜いている。いくら変装しても、彼の目はごまかせない。

その証拠に、アレックスは決定的な行動に出た。左頰に斜めに刻まれた傷を指先でたどったのだ。ローラは自分の手で生み出したその傷跡からどうしても目をそらせずにいた。以前は若々しくハンサムだった顔に、長く細い傷が刻まれている。彼はもはや、かつてわたしが

愚かにも愛した屈託のない青年ではない。一〇年という歳月のせいで、厳しい顔つきになっている。引きしまった表情から察するに、もう心安い人物ではないらしい。

一瞬、ローラの脳裏にあのときの光景がよみがえった。ペンナイフで攻撃され、手を顔に当てながら背後によろめくアレックスの姿。その指のあいだから滴っていた真っ赤な血……。

彼女は胃のむかつきを無視することにした。あのときも、今も、アレックスを傷つけたことは後悔していない。彼を攻撃したからこそ、父が書斎から逃げ出す時間を稼ぐことができたのだ。実際あのあと、わたしは書斎の扉を閉めて鍵をかけ、アレックスを閉じ込めた。

彼はさぞかし激怒したことだろう。男は女に出し抜かれるのを何よりも嫌う。アレックスのように傲慢な伯爵ならなおさらだ。

不穏な沈黙を破ったのはレディ・ジョセフィーヌのしゃがれ声だった。

「いやだわ、アレクサンダー。かわいそうじゃないの。彼女に個人的なことばかり質問するのはおよしなさい」

ベンチに座ったままの老婦人は、少し困惑したような表情でふたりを見あげている。

おばに向き直った瞬間、アレックスは表情を和らげた。

「ミス・ブラウンがこの程度の質問で気を悪くするとは思えません。何しろ、ポルトガルからはるばるやってきた女性です。ふつうのご婦人より精神的に強いに違いありませんよ」

レディ・ジョセフィーヌは元気いっぱいにうなずいた。

「ええ、彼女は本当にすばらしくて、しっかりしたお嬢さんよ。それにとても美人でもあるわ。あなたもそう思わない？」

アレックスはそっけなくローラを一瞥した。「あんな大きな麦わら帽子をかぶっていたらわかりません。まるで何かを隠したがっているように見えます」

すばやい動きで、アレックスはローラの顎の下にあるリボンをほどくと、麦わら帽子を引っつかんだ。ローラはあわてて止めようとしたが、その前に彼が放り投げた帽子は庭園の壁を越え、風に乗って馬屋のほうへ飛んでいってしまった。

激しい怒りを覚えながら、彼女はレースの室内帽に手を伸ばし、きっちりひとつにまとめた髪がほつれていないか確認した。「そんなことをなさる必要はありません、閣下」レディ・ジョセフィーヌを心配させないために、こわばった笑みを浮かべて言葉を継ぐ。「そうおっしゃってくだされば、帽子くらい自分で脱ぎます」

「ならば、その眼鏡を外してもらおう」

ローラは反抗的な目を彼に向けた。「でも、わたしには眼鏡が必要です」

「ねえ、本当にそう？」レディ・ジョセフィーヌがおずおずと尋ねる。「あなたが間違っているると言いたいわけじゃないのよ。でもね、わたし、あなたが眼鏡の縁越しにものを見ていることに気づいていたの。それも何度もよ。そんな美しいブルーの瞳を隠すなんてもったいないわ」

ローラは老婦人の無邪気な顔を見おろした。「わたしはまだ眼鏡に慣れていないだけなんです」

アレックスが濃い茶色の眉をあげた。「女主人の意見を聞き入れようとしないのは、コンパニオンとしてあるまじき態度だ。さあ、ここで言われたとおりにするかどうかはきみしだいだぞ」

今やローラの全神経が〝この男に従うのはやめなさい！〟と叫んでいる。でもアレックスに、わたしを解雇する口実を易々《やすやす》と与えるわけにはいかない。彼女は眼鏡を外すとエプロンのポケットにしまった。「これでご満足いただけたと思います、閣下」

「いや、むしろその反対だ」彼が低い声で言う。

一瞬、ふたりの視線が絡み合った。アレックスの無表情な顔の裏側に秘められた怒りを感じ取り、ローラは自分に言い聞かせた。彼が怒るのも無理はない。だって鏡を見るたびに、わたしにされた仕打ちを目の当たりにして、まんまと出し抜かれた瞬間を思い出さずにはいられなかったはずだもの。

そんなアレックスが、わたしに復讐を望んでも当然だ。

けれど、それはこちらも同じこと。父を犯人扱いした男に今すぐ報復してやりたい。とはいえ、ここは慎重にならなければ。アレックスにわたしの計画を台なしにされては元も子もない。いやでも憤りをぐっとこらえ、彼の怒りを和らげなければ。すべてはコンパニオンの職にしがみつくためだ。

アレックスがおばのほうを見た。「ミス・ブラウンの面接はこれで終わりにしたいと思います。もしよければ少しのあいだ、ふたりきりにしてほしいんですが」

「もちろんよ！　好きなだけゆっくりなさい」レディ・ジョセフィーヌはアレックスに指を振ってみせた。「ただ覚えておいてちょうだい。ローラをいじめてはだめよ。彼女を震えあがらせてここから追い出そうなんて、わたしが許しませんからね」

「心にとめておきます」

7

ぼくの煮えきらない返事に、おばが納得してくれればいいのだが。アレックスはそう心の中でつぶやいていた。目の前にいるコンパニオンに敬意を払うなどと約束する気は毛頭ない。ただ本音を言えば、これからどうすべきかさえ決められずにいる。

ローラが突然、姿を現した——しかも、おばの庭園に！　くたびれた麦わら帽子と縁なし眼鏡で変装していたものの、ひと目で彼女だとわかった。こちらに近づいてくる姿を見た瞬間、衝撃のあまり完全に調子が狂ってしまった。もう二度と彼女と会うことはないと、ずっと自分に言い聞かせてきたのに。

それなのに今、ローラが目の前に立っている。その強情さも、美しさも、昔と何ひとつ変わらぬままだ。

彼女はなんの目的でロンドンへ戻ってきたのだろう？　よりによってなぜ、ぼくのおばのコンパニオンになったんだ？　まさか、過去を完全に忘れ、ぼくとよりを戻すために？

全身がかっと熱くなったが、興奮はすぐ理性の声にかき消された。もしそうなら、どうしてローラは正体を隠している？　なぜ、いちばん会いたくなかった人物に会ってしまったかのような態度を取っているんだ？

それに何より、彼女の父親はどこだ？

まったく。どうしてもローラから答えを聞き出さなければならない。今すぐに。

おばに挨拶をしたアレックスは、すでにローラが屋敷に通じる小道の半分まで戻っているのに気づいた。灰色のドレスは襟が詰まり、長袖で、飾りがいっさいついていない。流行の最先端のドレスをまとっていた一〇年前とは違い、今のローラは使用人用の白いエプロンをつけている。とはいえ、いくらさえない格好をしても、ほっそりとしたウエストや魅力的に揺れるヒップは隠せない。室内帽がつややかな琥珀色の髪を隠せないように。実際のところ、飾り気のない服装はかえって彼女の希有《けう》な美貌を引き立てていた。

頭をそびやかしながら屋敷へ入ったローラは、追いついたアレックスの鼻先でぴしゃりと扉を閉めた。彼女が腹を立てているのは火を見るよりも明らかだ。そのことがアレックスをいらだたせていた。一〇年経った今でも、英国からの逃亡を余儀なくさせた張本人として、ローラはぼくを責めているに違いない。だが、なぜぼくなんだ？　責めるべきは、史上まれに見る窃盗事件——未解決のあの事件を起こした父親ではないのか？

屋敷の中に入ったアレックスは、薄暗さに慣れるべく目を細めた。廊下を半分行ったところでローラが立ちどまり、ミセス・サムソンと何か話している。頬のこけた家政婦は、濃い色のドレスの腰からじゃらじゃらと鍵束をぶらさげていた。

「……奥様をほったらかしにするなんて」家政婦はローラを叱りつけていた。「この屋敷で、そんなだらしない態度は許されないわ！」

ローラは身をこわばらせた。「自分のやるべきことはちゃんとわかって――」

「何か問題でも？」アレックスは割って入った、「ぼくがミス・ブラウンを面接に呼んだんだが」

「閣下！」ミス・サムソンは苦々しい表情を消し、へつらうような笑みを浮かべてお辞儀をした。「お許しください。閣下がご一緒とは思いませんでした」

「メイドを庭園へやって、おばの様子を見るように言ってくれ」

「はい、閣下。今すぐに」

命令を実行するべく、家政婦はあわてて出ていった。ローラはといえば、アレックスが会話に割り込んだことに感謝している様子はない。ぼんやりと彼のほうを見ると、かつてアレックスのおじの書斎だった部屋へすたすたと入っていった。

壁沿いの棚には数冊の簿記の本とともに、かぎ煙草入れや馬と犬をかたどった置物、くだらない品々がずらりと並んでいる。雑然とした室内を見るたびに、アレックスはいらいらしてしまう。だが、おじのチャールズが残した品々を手放すよう頼んでも、おばは涙目になるばかりだ。そのため、もう何年も前から仕方なくこのままにしている。

アレックスが扉を閉めると、ローラは窓のほうへ進み、木製の雨戸を勢いよく開いた。陽光がさっと差し込み、革張りの二脚の椅子と大ぶりなオーク材の机を照らし出す。机の上には、さまざまなインク壺《つぼ》や羽根ペンをはじめとした筆記用具がずらりと並んでいた。

ローラはわざとこの部屋を選んだのだろう、とアレックスは考えていた。わたしはあなたを正式な居間に通すまでもないと考えている、という暗黙のメッセージが感じられる。まあ、いい。ここは彼女にささやかな勝利感を味わわせてやろう。これから絶対に負けられない、もっと大切な戦いが控えているのだから。

彼女はアレックスのほうを見ると腕を組んだ。たちまち形のいい胸がいっそう強調され、彼はじっと見つめないようにするのに必死だった。ローラ・フォークナー。相変わらず息をのむほどの美しさだ。成熟した大人の女性となった今も、その魅力は変わらない。あれからずいぶん時が経ったにもかかわらず、女らしい体つきも、なめらかな肌も、自然な色気もそのままだ。それに深海のごときブルーの瞳。ぼくが知る女性の中でも、これほど大きな瞳を持つのはローラしかいない。〝あんな瞳の中でおぼれたい〟と男に思わせる瞳だ。

ふと頭をよぎった興味に、アレックスは胃がねじれるような痛みを覚えた。あれから大勢の男性がローラの気を引こうとしたに違いない。いったい彼女はどんな男たちとつき合ってきたのだろう？　自分のすべてを捧《ささ》げるほど夢中になった相手はいるのだろうか？

「ブラウンというのは結婚後の姓なのか？」アレックスは尋ねた。

ローラが眉をひそめた。「いいえ。父とわたしが使っていた偽名よ。外国にいても、誰かが探しに来るんじゃないかと心配していたの」

「ということは、きみたちは世間の目を避け続けてきたんだな」

「そうする必要があったから、そうしたまでよ」ローラはそっけなく応えた。「わたしがどうしてここにいるのか、あなたはさぞいぶかしく思っているんでしょうね。でも、本当に生計を立てるために雇われたの。もしレディ・ジョセフィーヌがあなたのおば様だと知っていたら、この仕事は絶対に引き受けなかったわ」

アレックスにしてみれば、話題を変えてほしくなかった。頬をペンナイフで切りつけられた一〇年前のあの日から、ローラが何をしていたのか知りたくてたまらない。とはいえ、今は彼女の個人的な生活より、ほかに追及しなければならないことがある。

机の端に腰かけると、アレックスは口を開いた。「レディ・ミルフォードが、ここでの仕事をきみに紹介した理由がようやくわかった」

「理由？」

「ここ何年も、レディ・ミルフォードは男女の仲を取り持つ名仲人として高い評判を得ている。きっとぼくらの不幸な過去を思い出して、おせっかいを焼こうとしたに違いない」

唇を尖らせると、ローラは行きつ戻りつした。「あなたのおば様も、わたしたちを結びつけたいようなことをおっしゃっていたわ。おふたりとも、わたしたちがどれほど憎み合っているかまるでご存じないのね！」

アレックスはローラをじっとにらんだ。彼女の全身から激しい怒りがにじみ出ている。輝くような微笑を振りまいていたうぶな少女の面影はどこにもない。かつてぼくの腕の中でとろけそうになっていた、愛すべき少女はもういないのだ。ローラがかつてぼくに感じていた愛情は粉々に砕け散ってしまった。そう、ぼくが彼女の父親の犯罪の決定的な証拠をつかんだあの日から。

もし盗まれたイヤリングを見つけなかったら、マーティン・フォークナーをつかまえたりはしなかっただろう。ローラがぼくに対して抱いていた信頼が憎悪に変わることもなかったはずだ。

しかし、過去は変えられない。

「おばもレディ・ミルフォードも、男女の仲を取り持つことしか楽しみがないんだ」アレックスは言った。「とはいえ、きみの帰国をぼくは不愉快には思っていない」

目を大きく見開いたものの、ローラはすぐに警戒するような顔つきになった。

「できればわたしの正体を明かさないでほしいの……ほかの誰にも」

彼女は恐れているのだろうか？　ぼくに警察へ突き出されるのではないかと？

アレックスはわざと冷笑を浮かべた。このままローラを落ち着かない状態にしておくためだ。そう、先ほどの庭園でのように。「まだどうなるかはわからないさ。ただ、ひとつだけわかっていることがある。おそらくレディ・ミルフォードは予想もしていないだろう。自分のささやかな計画が思いもよらない方向へ発展しようとはね」

「思いもよらない方向？」

「そうだ。ぼくたちのあいだには解決すべき問題がある。何しろ一〇年前、あれほど突然別れてしまったのだから」

負けん気たっぷりの顔で、ローラは瞳を鋭く光らせた。「もし、あの一件の仕返しをしようというつもりなら」彼の傷跡を指差して言葉を継ぐ。「あなたは紳士とは言えないわ」

すらりとした指の先をこすり合わせながら、アレックスは考えた。もしここで仕返しをするつもりはないと打ち明けたら、ローラはどう言うだろう？　頰の傷のことで、彼女を恨んでなどいない。なぜなら、ぼくもローラに不当な仕打ちをしていたからだ。実を言えば、一〇年前からずっと彼女をだましていた。少なくも当時ローラに近づいたのは、最初から計算ずくだった。父親のことを探るために、わざと彼女の気を引こうとしたのだ。

しかしそれを今、ローラに明かすつもりはない。そんなことをしても質問攻めに遭うだけだし、自分は立場上、彼女の質問に答えるわけにはいかないのだから。

「ぼくが何より知りたいのは真実だ」アレックスは言った。「まずきみのお父上はどこにいる？」

ローラは青ざめ、顔をさっと伏せると、握りしめたこぶしを見おろした。

「父は……亡くなったわ」

頭を垂れたままでは何もわからない。アレックスは机からすばやく立つと、彼女の顎をつかみ、目を合わせようとした。「きみはかつて父親を守ろうとした。今度もそうかもしれない。きみの言葉が正しいという証拠はあるのか？」

「父はセント・ジャイルズにある貧民者用の共同墓地で眠っているわ」ローラは低くかすれた声で言った。「埋葬されたのは、ほんの数週間前よ。なんなら自分の目で確かめてみたら？　墓碑銘はマーティン・ブラウン。父は本当の名前で埋葬されることすら、かなわなかったの」

涙を光らせながら、ローラは彼の手から逃れ、窓辺に行くと外を眺めた。アレックスには彼女が演技をしているようには思えなかった。ローラはもともと自分の感情をありのままに表現する女性だ。かつてぼくが惹かれたのも、彼女のそういう一面だった。自分とは違い、ローラは気持ちを素直に表す。

少なくとも今は、ローラの言い分を信じるほかないだろう。マーティン・フォークナー亡き今、手がかりを与えてくれるのは彼女しかいないのだ。そう、行方知れずのブルームーンにまつわる手がかりを。

ローラの顔がもっとよく見えるよう、アレックスはそばに寄った。頬に伝う涙を見たとたん、慰めてやりたくなった。だが、彼女がぼくの抱擁を喜ぶわけがない。今からぼくが窃盗事件のことを聞き出そうとしていると知れば、なおさらだ。

「心よりお悔やみを言うよ」彼は低い声で言った。「それでも答えてもらわなければならない。ブルームーンはいまだに発見されていないんだ。その後どうなったか知る必要がある。あれはもう売り払ったのか？　それともお父上が英国へ戻ってきたのは、隠し場所からブルームーンを取り出すためだったのか？」

ローラは弾かれたようにアレックスを見た。指の関節が白くなるほど、窓枠を握る手に力をこめている。「いいえ！　絶対に違うわ。前にも言ったとおり、父は泥棒なんかじゃない。誰かに罪を着せられたのよ」

「ならば、なぜ彼は英国に戻ってきたんだ？」

「それは……よくわからないわ。父はわたしに何も言わずにポルトガルを発《た》ったから。ただわたしは、父が自分に罪を着せた相手に会いに行ったのではないかと考えているの」

彼女は熱っぽく語っている。自分の父親が犯人ではないと本気で信じている様子だ。

その事実を目の当たりにして、アレックスは落ち着かない気分になった。つまり、ローラはマーティン・フォークナーの過去について何も知らないことになる。だが、あの男には秘密があるのだ。その秘密を娘に明かすのは得策ではないと考え、ひた隠しにしていたに違いない。それはブルームーン窃盗事件の犯人が彼と断定するにじゅうぶんな秘密だ。ただし、アレックスもここでそれを彼女に話すつもりはない。

アレックスにとって厄介なのは、いくらそうしたいと思っても真相を明かせないことだ。ある人物から盗まれた宝石を探し出す責任を任されたとき、沈黙を貫くと誓ったのだから仕方がない。

「では、その相手とは誰なんだ？」口論になるのを覚悟で彼は尋ねた。「お父上は疑わしい人物の名前をあげていたのか？」

「いいえ、残念ながら」ローラはやや視線を落とした。「でも、わたしにはわたしなりの考えがあるわ。これなら筋が通っていると思える相手はひとりだけよ」

「聞かせてくれ」

「あなたよ。ノウルズ公爵夫人の宝石を、父の机の引き出しに入れたのは」

もし彼女がピストルを取り出したとしても、アレックスはこれほど驚かなかっただろう。

「なんだって？　そんなばかげたことがあるものか」

「そうかしら？」ローラは彼を冷たく一瞥した。「だってイヤリングを見つけたのはあなたよ、そうでしょう？　たぶん、あなたはこう考えたんだわ。爵位が下の家柄の娘との結婚は避けたい。娘の父親が投獄されれば、社交界でのわたしの評判は台なしになる。そうすれば結婚指輪を差し出すことなく、わたしを自分の愛人として囲えると」

アレックスはあんぐりと口を開いた。引き出しの中にイヤリングを見つけた瞬間の衝撃は今でも忘れられない。マーティン・フォークナーの秘密は前もって知っていたものの、彼がそんな犯罪に手を染めるような輩ではないと信じたかった。そう、何よりローラのために。しかし義務感から真実を受け入れ、正義をまっとうせざるをえなかったのだ。

今やローラのばかげた発言のせいで、アレックスはこれ以上ない屈辱と心痛を感じていた。きっとそれが彼女の狙いなのだろう。

彼はローラに近づくと、手で顔を包み込み、親指を柔らかな唇に這《は》わせた。

「もしきみを愛人にしたいなら、そんな口実をでっちあげる必要はない。きみをぼくのベッドに連れていくまでだ——きみも喜んでついてくるだろう」

ローラの頬がかすかに染まる。こうして見つめ合っていると、まるで時が止まってしまったかのようだ。アレックスはすぐそばにいる彼女の息を吸い込んだ。太陽と花の香りがする。ローラを誘惑することを考えただけで、体がかっと熱くなる——ただし誘惑するのは、彼女がぼくに対する誤解を解き、信用しようという気になってからの話だが。

彼はローラの唇の輪郭を指でたどった。たちまち彼女が歓びに身を震わせる。

「ほらね」アレックスは低い声で言った。「ぼくらのあいだがどんなに親密だったか、きみは忘れていない」

ローラはかぶりを振り、彼の愛撫から逃れようとした。「わたしが忘れていないのは、あなたが礼儀を守らない人だということよ。紳士らしく振る舞ったことなど一度もなかったもの」

そこで彼女は口をつぐんだ。明らかに、かつて暗い庭園や閉ざされた馬車の中、それにパーティの途中に狭い個室でこっそり交わした抱擁のことを言っているのだろう。しかしアレックスにしてみれば、わざわざ思い出させてもらう必要はない。ローラと交わした吐息も、口づけも、愛撫も、ひとつ残らず記憶に刻み込まれている。目的があって近づいたにもかかわらず、ぼくは彼女にぞっこんだった。計算ずくで求愛したつもりが、すぐに本気になってしまったのだ。

あれは紛れもない愛だった。だからこそ、いまだにそういう気持ちがぼくの中でくすぶり続けている。

ローラの頬に吐息をかけながら、アレックスは言った。「かつてきみと交わした抱擁は、コース料理の最初の一品にすぎない。まだ序の口さ。だが、きみさえその気になれば、フルコースのごちそうを味わうことができるんだ」

彼女の唇がわずかに開く。とたんにアレックスはどうしようもないうずきを覚えた。今まで必死に我慢していたことをしたくてたまらない。目の前にある女らしい体をしっかりと抱き寄せ、ローラの情熱をかきたてて、彼女をとことん征服したい。ほんの少しだけ、アレックスは前に進み出た。あの柔らかくて罪深い唇をわがものにしたい……。

ふいにローラが身をよじり、彼の腕の中から抜け出した。机まで行き、ペンナイフをつかんで、切っ先をアレックスに向ける。「やめて！　さもないと、今度は右頬に傷をつけるわよ」

彼は降参とばかりに両手をあげた。

アレックスはローラに対してよりも、むしろ自分に対していらだっていた。はじめはローラを誘惑する気などさらさらなかった。結局のところ、彼女はもはや、社交界にデビューしたての愛らしい女性ではない。しかも自分に対して積年の恨みを抱えているのだ。

だがきっと、それは今のぼくにとっていいことなのだろう。雑念にとらわれず、ローラの父親がブルームーンをどうしたか探り出すことに集中できるのだから。

アレックスは大股で扉まで歩き、戸枠に肩をもたせかけて腕を組んだ。

「それ以上言う必要はない。女性に無理やり関係を強要するほど、ぼくも落ちぶれてはいない」

「わたしだって、あなたの意のままになるつもりはないわ。昔も今も」

「賢明な選択だな。もしぼくらが不埒《ふらち》な関係になれば、おばはまごつくに違いない」

ローラは疑り深い目でアレックスを見ると、ペンナイフをエプロンのポケットにしまった。

「それはつまり、わたしをここから追い出す気はないということかしら？　そう願いたいわ。レディ・ジョセフィーヌには話し相手が必要よ。人と一緒にいるのが何よりお好きな方だもの。なのに彼女は誰も訪問していないし、どこへも出かけていない。それにわたしがここに来て以来、この屋敷を訪ねてきた人はひとりもいないのよ」

「なんだって？　おばにはたくさん友人がいるはずだ」

「でも、お友だちを訪ねるためには、まず招待状に返事を出さなければならないわ」ローラはアレックスのほうへ一歩踏み出した。「けれど、忘れっぽくなった今のレディ・ジョセフィーヌがご自分の予定を管理できていないのは明らかよ。彼女の机の引き出しに、返信していない招待状が山のようにたまっているのを知っている？」

アレックスはかぶりを振った。そう言われれば、最後に社交界の催しでおばを見たのはいつだろう？　もう何年も前か？　最近はぼく自身、変化のない生活を送っている。紳士クラブでカードに興じ、議会に出席し、さまざまな領地の監督をする。いつもその繰り返しだ。ロンドンにいる友人を訪ねることもあるが、正直に言って、貴族の表面的なつき合いには飽き飽きしている。それに年を追うごとに、社交界にデビューする女性たちがうぶで、くすくす笑いばかりしているように思えて仕方ない。だから社交行事を極力避けるようにしていた。

数週間前、競馬場のレースの合間にレディ・ミルフォードと出くわしたときの記憶がふいによみがえってきた。おばのことをあまりにも心配する彼女を目の当たりにして、コンパニオンを雇うことにはたしかに同意した。だが、すぐにどの馬に賭けるか考えるのに夢中になり、そのことをすっかり忘れてしまったのだ。

「すべてぼくのせいだ」アレックスはしぶしぶ認めた。「ぼくは舞踏会にもパーティにも、めったに出席しない。結果的に、知らず知らずおばのことをほったらかしにしていた」

「あなたには、たしかお姉様がいたはずよね」ローラが言った。「なぜお姉様はレディ・ジョセフィーヌの面倒を見てあげないの？」

「シンシアはインド総督の補佐官と結婚して、ここ一二年ずっとカルカッタで暮らしているんだ」ふたりだけのきょうだいにもかかわらず、姉とは親しい関係とは言いがたい。何しろ年齢が六つも離れている。アレックスがまだ半ズボンをはいて遊んでいた頃、姉はすでに花嫁学校に通っていたのだ。

「そうなの」ローラはじっと彼を見つめた。「それなら、わたしにレディ・ジョセフィーヌのご予定の管理を任せてちょうだい。必ず彼女とお友だちとの友情を復活させてみせるわ。これからいろいろな行事に出席して、同年代のレディたちとの噂話を楽しめるようにする。あなただって、レディ・ジョセフィーヌに幸せになってほしいでしょう？」

「もちろんだ」

おばへの罪悪感から即答したものの、アレックスは自分がローラに誘導されていることに気づいていた。彼女は何かを隠している。自分の直感がそう告げている。でなければ、彼女がみずから社交界に顔を出すはずがない。何か目的があるに決まっている。

その目的とはなんだ？

一〇年前、機知に富んだ会話と目の覚めるような美貌で、ローラは常に注目の的だった。今のようなさえない格好をしていても、首尾よくだませるのは、彼女をよく知らない人たちだけだろう。誰かに正体を見破られたら、生き恥をさらすことになるのは確実だ。それくらい気づいているはずなのに、あえて危険を冒してまで、ローラは何をしようとしているんだ？　もし本当に生活のためなら、誰ひとり彼女の正体を知らない田舎で家庭教師の職にでも就くほうが、はるかに安全ではないか。

ローラが何を考えているのか、アレックスにはさっぱりわからなかった。彼女はぼくが思っている以上に演技がうまいのかもしれない。ブルームーンの隠し場所など知らないように見えるが、ひょっとして、ぼくはまんまとだまされているのかも……。

「ならば試用期間を与えよう」アレックスは言った。

彼女は安堵《あんど》のため息をついた。「ありがとうございます」やや堅苦しい口調で言う。「絶対に後悔はさせません。真心をこめて、レディ・ジョセフィーヌのお世話をします」

ローラのほっとした表情を見て、彼はあることを思いついた。つけ足すかのようにくるりと振り返って言う。「ちなみに、おばの宝石類はバークレー銀行の貸金庫に保管してある。おじの遺言執行者として、鍵を持っているのはぼくだけだ」

彼女は一瞬アレックスを見つめると、両脇でこぶしを握りしめ、彼のほうへ一歩進み出た。

「わたしが宝石を盗みにここへやってきたと言いたいの？」

アレックスは皮肉めかした笑みを浮かべた。不利な立場にある相手をひるませるにはじゅうぶんな笑みだ。「おばが宝石をつけたがったときのために、きみも知っておくべきだと思ったまでさ」

ローラは彼を鋭く一瞥した。「それなら教えて。彼女はエメラルドのネックレスをお持ちかしら？　緑と白のドレスにぴったりのものがいいんだけど。もし渡しても安全だと思うなら、明日ここへネックレスを届けてほしいの。レディ・ジョセフィーヌがスカーバラ伯爵の舞踏会へつけていけるように」

そう言うと、彼女は女らしい香りを残して、アレックスの脇を通り過ぎていった。まるで彼が取るに足りない従僕であるかのごとく、お辞儀も会釈もせずに。

アレックスは戸枠にもたれ、板張りの廊下を足早に去っていくローラを見送った。勢いよくひるがえったドレスの裾からちらりと見えたのは、白いストッキングに包まれた華奢な足首と不格好な靴だ。彼女が窃盗目的でここへ来たのではないかと疑っているわけではない。ただ、その考えが本当に正しいのか、相手の反応を確かめたかっただけだ。

そしてぼくの侮辱的な言葉に、ローラはひどく腹を立てていた。

アレックスは思わず髪に指を差し入れた。自分は何か見落としている。もしローラが本気で父親の無実を信じているなら、マーティン・フォークナーを盗人呼ばわりし、娘である自分をも非難した貴族たちと、なぜあれほど熱心につき合いたがっているのだろう？

そのとき、答えがひらめいた。そうか、ローラは父親の汚名を晴らそうとしているのだ。

真犯人を見つけ出すための計画を練っているに違いない。彼女のことだ、あと先を考えない無分別な計画を立てているのだろう。

アレックスはローラが去った方向をじっとにらみつけた。もし彼女が貴族の誰かを真犯人と勘違いして非難すれば、どれほどの騒動になることか。想像するだけで恐ろしい。醜聞はたちまち炎のように広まるだろう。しかも、そんな非難をしても無駄なだけだ。真犯人は彼女の父親で、すでに死んでいるのだから。

それなのにローラは、みずから苦境に陥ろうとしている。

8

翌日の晩、ローラは着替え室で、背の高い窓間鏡に映る自分の姿を確認していた。ろうそくの明かりの中、揺らめいて見えるのは、なんともさえない女性だ。濃い茶色のモスリンのドレスは、胸元が詰まった控えめなデザイン。琥珀色の髪は、両脇に肩までかかる垂れ飾りがついた白いレースの室内帽の中にきっちりと隠してある。

どこから見てもオールドミスだわ。ローラはそう思って満足すると、変装の仕上げに眼鏡を取り出して鼻の上にちょこんとのせた。きらびやかな蝶《ちょう》が舞い踊るスカーバラ伯爵の舞踏会では、さながら茶色い蛾《が》のように見えるだろう。

わざと野暮でみすぼらしく見えるようにしていたはずなのに、ローラはどういうわけか狭い着替え室を横切り、戸棚から美しいハイヒールを取り出していた。レディ・ミルフォードからの贈り物だ。

赤いサテン地に指先を滑らせてみる。美しいものに飢えているローラの目を楽しませてくれるのは、クリスタルビーズの輝きだ。こうして見ていると、舞踏会ごとに高価なドレスと宝飾品をまとっていた頃を思い出さずにはいられない。あの頃は、自分がいかに特権と富に恵まれているか、まるで気づいていなかった。そして数多くの求婚者に追いかけられてもいた。ハートを射抜かれた紳士はただひとりだったけれど。

でも、それはコプリー伯爵ことアレクサンダー・ロスがろくでなしだとわかる前の話だ。ローラは赤い靴をぎゅっと胸に抱きしめた。悔しいことに、アレックスはわたしが彼のおばの宝石を盗むかもしれないとほのめかした。あれは本気だったのだろう。実際、今日になっても頼んだネックレスは届けられていない。彼がわたしを疑っているという証拠だ。

それなら、どうしてアレックスはレディ・ジョセフィーヌの屋敷にわたしが残るのを許してくれたの？　考えられる理由はただひとつ。彼が女性の使用人に手を出しているからだ。わたしのことも、ちょうど熟れ頃のプラムくらいに軽く考えているのだろう。

わたしの唇を親指でなぞりながら、アレックスがささやく誘いの言葉を聞いたときは、体の震えをどうしても抑えられなかった。アレックスの魅力を目の当たりにして、雷に打たれたような衝撃を受けてしまった。ふたりのあいだに起きた現実にかかわらず、彼に強く惹かれてしまう。今でもなお、彼に触れられた感触を思い出すと全身がほてる。

でも、あんなろくでなしの前で隙を見せるなんて、愚かとしか言いようがない。昔のわたしはうぶだったから、アレックスにたちまち心を奪われてしまったけれど、今は違う。一〇年前より、ずっと賢くなっている。それもこれも、父に対するアレックスの非道な仕打ちをこの目で見たからだ。

いいえ、アレックスではなくてコプリー伯爵よ。ローラは心の中で訂正した。ここへやってきて以来、何度そう自分に言い聞かせたかわからない。彼のことを親しげに考えてしまうのは、ただの習慣からにすぎない。でも、もっと気をつけなければ。公衆の面前で彼のファーストネームを呼んでしまわないように。

とはいえ、そんなことはまずないだろう。アレックスは社交行事にめったに参加しないのだから。彼がこの屋敷におばを訪ねてきたときだけ、なんとか乗りきればいい。それにもう二度とアレックスとふたりきりになるつもりはない。じきに彼も気づくはずだ。いくら誘いかけても無駄だと。

赤い靴を見おろした瞬間、全身を奇妙な衝動が駆け抜けていくのを感じた。ばかね、一瞬でも、浮ついた気分の少女のままだったらよかったのになどと考えるなんて。今大切なのは、父を殺した犯人を探し出すことだけ。それに今夜の舞踏会では踊らないのだから、こんなにすてきな赤い靴を履いていく必要はない。いつもの地味な革靴でじゅうぶんだ。

そう決めると、ローラはレディ・ミルフォードからの贈り物を戸棚へ戻した。ろうそくの火を消し、黒い手編みのショールを取ると、薄暗い招待客用の寝室を通り抜けて廊下へ出る。廊下の壁にずらりと並んでいるのは、歳月のせいで黒ずんだ風景画だ。あたりを照らすものは、サイドテーブルに置かれたオイルランプの明かりしかない。

眼鏡の縁越しに前方を見つめながら、ローラは色あせた花柄の絨毯の上を進み、レディ・ジョセフィーヌの私室を目指した。だが扉が半分開いているのに気づき、部屋の手前でつと足をとめた。どうしたのだろう？

レディ・ジョセフィーヌは混乱して、部屋から出ていってしまったの？　ひとりで階段をおりてはいけないという、わたしの注意を忘れたのかしら？　それとも、ただメイドが扉を閉め忘れただけ？

ローラは扉を二度ノックして名乗ってから、レディ・ジョセフィーヌの寝室へ足を踏み入れた。数本のろうそくの明かりが、雲間に漂う天使たちが描かれた大きな天井に長い影を落としている。この部屋全体が天国というモチーフでまとめられていた。金箔張りの白い家具も、窓にかけられたブロケード織りの金色をしたカーテンも、四柱式ベッドも、火が優しく躍っている手彫りの白い炉棚も。

もしこれほど物が散乱していなければ、さぞ居心地のいい部屋になっただろう。隙間を埋め尽くすように、彩色された象牙の扇やオルゴール、台座にのった七宝焼きの壺が配されている。壁に沿ってずらりと並んでいるのは、女性の羊飼いから女神、騎兵隊、ギリシャの神々まで、ありとあらゆる種類の陶器の小像だ。どれも最愛の亡夫からの贈り物に違いない。

室内では、たくさんある時計がばらばらなリズムを刻んでいた。炉棚の上には金メッキの時計、書き物机の上には陶器の時計、さらにベッド脇の机にも金箔張りの時計が置かれている。どれも八時三〇分より少し前かあとを指し示していた。いったいどの時計が正しいのか、ローラにはわからなかった。

ふと見ると、部屋の隅に長方形の黄色い明かりが落ちている。どうやら着替え室の扉からもれているようだ。よかった、レディ・ジョセフィーヌはあそこにいるんだわ。

顎を引いて眼鏡の縁越しに前方を確かめながら、ローラは足のせ台や長椅子でいっぱいの室内を進みはじめた。明らかに、ここの使用人たちは、年老いた女主人が転んで骨折することなどまるで心配していないらしい。どんなものも勝手に動かすなというミセス・サムソンの命令を撤回できたら、どんなにいいだろう。あの家政婦がいるところで、レディ・ジョセフィーヌにそうお願いするといいかもしれない。そうよ、きっとうまくいくわ。レディ・ジョセフィーヌはいつもわたしの提案にうなずいてくれるもの……。

着替え室の前までやってきたとき、明かりが何かに遮られて薄暗くなった。ちらりと目をあげると、開かれた扉のところに立っている男性が見えた。背が高く、肩幅の広い紳士だ。濃紺の夜会服に純白の首巻き《クラヴァット》を合わせている。

アレックス。

たちまちローラの心臓は口から飛び出そうになった。レディ・ジョセフィーヌの寝室にアレックスがいたことに驚くあまり、片足を前に出したところで立ちどまる。

「どうしてあなたが？」早口で言ったとたんに気づいた。なんて無礼な物言いだろう。それを理由にアレックスから解雇されてしまうかもしれない。彼女はどうにかさっとお辞儀をした。「お許しください、閣下。あなたがここにいらっしゃるとは思わなかったものですから」

「ああ、ミス・ブラウン。おばにエメラルドを届けに来たんだ。きみに昨日頼まれたネックレスだよ」

着替え室の中からぼんやりと話し声が聞こえている。レディ・ジョセフィーヌとメイドの声だろう。時計のチクタクという音がやけに響く中、ローラは苦々しい思いをこらえるのに必死だった。やはりアレックスはわたしのことを信用していないのだ。

「レディ・ジョセフィーヌはいかがです？　今夜おば様がここに戻られたら、お帰りになるとき、執事に言いつけられてはいかがです？　今夜おば様がここに戻られたら、扉に鍵をかけて宝石をしっかり保管するようにと。わたしだって、奥様の大切な宝石が泥棒に盗まれるところなど見たくありませんから」

尊大な言い方なのはわかっているが、ローラはそう言わずにはいられなかった。

アレックスが口をゆがめてにやりとする。彼が不快に思っているのか、おもしろがっているのか、ローラにはわからなかった。「すばらしい提案だな。その滑稽な眼鏡のせいで、泥棒と廊下ですれ違っても、きみにはわからないだろうから」

「もしそんなことがあれば、ちゃんと泥棒だと見抜きます。さあ、よろしければ、レディ・ジョセフィーヌのご様子を見に行ってもよろしいでしょうか？　わたしの手助けが必要かと思いますので」

ローラが進み出たとたん、アレックスも前に踏み出した。眼鏡越しにぼんやりとした彼の輪郭を見つめようとして、足のせ台につまずきそうになる。彼はさっとローラの肘を取ると、彼女の体を支えた。「気をつけて」

ローラは自分が椅子やテーブルに取り囲まれ、行く手をアレックスに遮られていることに気づいた。ふいに全身が熱くなり、彼を強く意識しはじめる。今までアレックスと一緒に寝室に入ったことは一度もない。それだけに、いっそうよからぬ妄想が頭をよぎる。不適切で、いけない妄想が。

「お願いですから、どいてください」堅い口調で言う。「レディ・ジョセフィーヌはもうすぐお出かけの予定です。お待たせしたくありません」

「まだ時間はあるさ。メイドがおばの髪を整えているところだ」

ローラは顎をぐっとあげ、どこうとしない彼をにらみつけた。けれどもいかんせん、眼鏡のせいで視界がゆがんでいる。にらんでも焦点がぼやけているに違いない。鼻の下まで眼鏡をずりおろすと、腹立たしいことに、アレックスがじろじろ自分を見ていることに気づいた。野暮な白い室内帽から、地味な色のゆったりしたドレスとショール、さらに胸のあたりへ視線をさまよわせると、彼はふたたびローラの顔を見つめた。

アレックスの口元にかすかな笑みが浮かぶ。「家庭教師から教えられたよ、紳士たるもの、常にレディには賞賛の言葉をかけるようにと。正直に言って、その不格好なドレスを褒める気にはなれないが、これだけは自信を持って言える。きみの瞳は美しい」彼はローラの眼鏡を取り、上着の内側へしまい込んだ。「少なくとも、こうして瞳が見えている今はね」

彼の上着に手を伸ばし、今すぐ眼鏡を取り返したい。しかし、自分が使用人であることを思い出したローラは身動きできずにいた。「眼鏡を返してください!」

「いずれ返すよ。だが本当に、そんな変装が成功すると思っているのか?」

「もちろんです!　世の中、あなたのような目で女性を見ている男性ばかりではありませんから。さあ、そろそろ賭け事をしに紳士クラブへ行く時間ではないんですか？　それともデビューしたての若い女の子を引っかけに行く時間かしら？」

アレックスは含み笑いをした。低い笑い声に、ローラのみぞおちのあたりが急に熱くなる。

「今日ここへ来たのはおばのためだけじゃない」彼は言った。「きみにあるものを持ってくるためでもあったんだ」

「わたしに？」

無意識のうちに、ローラは興味津々でアレックスが上着の内ポケットへ手を伸ばすのを見つめていた。先ほど眼鏡を押し込んだのとは反対側のポケットだ。彼が取り出したのは長方形の箱だった。黒いエナメル製で、色とりどりの花飾りが施されている。

まるで……宝石箱みたい。

アレックスは箱を差し出した。だがローラが受け取ろうとしないのを見ると、彼女の冷たい手をつかみ、手のひらへ箱をのせた。「開けるんだ」

ローラは思わず箱に指先を滑らせていた。なめらかな表面がほのかに温かい。アレックスのぬくもりだ。だがローラが見ていたのは箱ではなく、彼の顔だった。濃い茶色の前髪が眉にかかり、傷跡のある頬がろうそくの明かりを浴びて浮かびあがっている。まるで堕天使のようだ。

いいえ、彼はただの人間よ。それもひどく不道徳な。領地の新妻たちに対して初夜権を主張した、封建制度時代の領主と変わらない。伯爵が使用人に高価な贈り物をする理由は、自分のベッドにわたしを引き込もうという邪《よこしま》な目的があるからに違いない。

箱を突き返そうとしたものの、彼は頑として受け取ろうとしない。「わたしが欲しいのは眼鏡だけよ」ぎこちない口調でローラは言った。

「それを開けたあとに返す」

「約束する？」

アレックスは胸に手を当てた。「紳士の名誉にかけて誓うよ」

しがないコンパニオンの気を引こうなんて、いったいどういうつもりなの？　どれほど美しい宝石を贈られようと、わたしは彼に純潔を捧げるつもりはない。

ローラは小さな掛け金を外すと、ゆっくりと箱を開けた。薄青のベルベット地の上にのせられた物をぼんやりと見おろす。金縁の眼鏡だ。

困惑して、彼女はアレックスを見あげた。「これは……？　どうしてわたしにこれを？」

彼は箱から眼鏡を取り出すと、進み出てローラの鼻にのせた。それからそっと眼鏡のつるを室内帽の内側に滑らせ、耳にかけた。アレックスの指先の感触に、ローラは肌がざわめくのを感じた。立ちのぼる男らしいコロンの香りにくらくらしてしまう。

しかし次の瞬間、ローラはあることに気づいた。

この眼鏡だと、アレックスの顔がこれ以上ないほどはっきり見える。顎に落ちたかすかな影から頬の細長い傷跡、濃い茶色の瞳の中に見える琥珀《こはく》色のきらめきまで、くっきりとわかった。「すごいわ、とてもよく見える！」

「当然さ」アレックスは満足げな笑みを浮かべた。「これはガラスを使った、度の入っていない眼鏡なんだ。きみの古ぼけた度のきつい眼鏡より、ずっと見やすいはずだよ。そうだろう？」

「でも……どこでこれを？　ストランド街をくまなく探したけれど、度の入っていない眼鏡なんて売っていなかったわ。こんな眼鏡が何に役立つというの？」ローラはいったん口をつぐんでから続けた。「もちろん変装には役立つでしょう。でも、変装したい人がそれほど多くいるとは思えない」

「いや、まんざらそうでもないだろう。ぼくなら、これを娘にかけさせるな。悪い虫が寄ってこないように」

ローラはまじまじとアレックスを見つめた。足元の床がぐらりと揺らいだような衝撃を覚える。「あなたには娘さんがいるの？　あ……愛人とのあいだに？」

彼は茶目っ気たっぷりに眉をあげて前かがみになると、ローラの目をのぞき込んで眼鏡の位置を少しずらした。「そんなに驚くことはないだろう、ミス・ブラウン。ぼくはただ仮定の話をしただけだ」

「まあ」それでも彼女は衝撃を受けていた。アレックスは今シーズン中に結婚相手を見つけるつもりなのかしら？　急に子どものことを言い出したのはそのせい？　今年の二月で三一歳になったから、世継ぎのことを真剣に考えるようになったの……？　彼の瞳はいたずらっぽく輝いたままだ。ローラはようやく言葉を継いだ。「言っておくけれど、わたしは驚いたわけじゃないわ。あなたが私生活でどんな罪を犯そうと、わたしには関係ないもの」

「経験から言えば、あなたのやることに興味はないと言う女性ほど、本当は興味津々なものだ」

「それを聞いただけでも、あなたがこれまでいかに嘘つきの女性たちとつき合ってきたかがよくわかるわ。さあ、教えて。あなたはこの眼鏡をどこで見つけたのか、まだ答えていないわよ」

「これはきみのために特別に作らせた」

ふいにローラは落ち着かない気分になった。金縁であることや、たった一日でできあがったことから察するに、アレックスは大枚をはたいたに違いない。わたしのために。

「いったいいくらしたの？　わたしのお給金から差し引いてもらえるかしら」

アレックスは手をひらひらとさせた。「たいしたことはない」

「でも、受け取るわけにはいかないわ。あなたから贈り物をもらうのは気が引けるもの」

ローラは手を伸ばし、眼鏡を外そうとした。しかしアレックスに手首をつかまれ、止められてしまった。「いや、そういうわけにはいかない。これはおばのための贈り物だと思えばいい」

「おば様のための？」

「もし誰かがきみの正体に気づいたら、おばは醜聞に巻き込まれ、ひどく動揺してしまうだろう」アレックスはローラの手首をつかんだまま、壁にかけられた金縁の姿見の前までいざない、彼女を自分の前に立たせた。まるで抱擁し合う男女のごとき至近距離だ。「ほら、わかるかい？　いつも眼鏡の縁からのぞき込んでいるよりも、このほうがよほどうまく正体を隠すことができる」

　ローラは姿見に映った自分の姿を見つめた。というより、自分とアレックスの姿だ。ろうそくの明かりの中、背後にアレックスが立っていた。動悸《どうき》が全身に広がり、体の奥底で脈動しはじめる。ローラは背中に寄せられたアレックスの体の熱や、両肩にのせられた手の重みを痛いほど意識していた。もしこのまま身を任せたら、彼はわたしの欲求を完璧に満たしてくれるだろうか。本来アレックスに感じてはならない禁断の欲求を。

　眼鏡を直すふりをして、ローラは姿見のほうへ近づいた。

「元の眼鏡でもなんとかやれるわ」

「おばをエスコートしているあいだに階段から転げ落ちたり、足のせ台につまずいたりするつもりかい？　だめだ。おばをけがから守るため、その眼鏡にしてくれ」

　どうかアレックスが言葉どおりに、レディ・ジョセフィーヌを心配していますように。そう願わずにはいられなかった。アレックスの世話になっているという負い目だけは感じたくない。とはいえ、嬉しくなかったと言えば嘘になる。たしかにこの眼鏡があれば、もっとうまく変装できるだろう。

「そうね。それならありがたく受け取っておくわ」

「よし。さあ、ちょうどいい時間だ。おばの支度ができた」

アレックスはあちこちに散乱している家具をうまくかわしながら、着替え室の扉へローラをいざなった。そこから出てきたのは杖をついたレディ・ジョセフィーヌだ。レースの縁飾りがついたブロケード織りの緑色のドレスは、彼女の丸々とした体形と明るい性格にぴったりだった。美しく整えられた白髪はストレリチアの花で飾られ、しわの寄った首元には息をのむほどすばらしいエメラルドとダイヤモンドのネックレスが輝いている。耳にはそろいのイヤリングがつけられていた。

ローラはレディ・ジョセフィーヌに微笑みかけた。「まあ、なんてすてきなんでしょう、奥様。今夜はすばらしい時間を過ごしましょうね」

レディ・ジョセフィーヌがかすかに戸惑ったような表情になる。

「あなたはどうして舞踏会用のドレスを着ていないの、レノーラ？」

「ローラですよ」アレックスはすばやく訂正すると、おばに腕を貸した。「彼女は教養のある《ブルーストッキング》知的な女性なんですよ、おば様。そういう女性たちは装いにはなんの興味も抱かないことで有名なんです。ですが、どんなに興味がないとはいえ、少しは見かけに気を配るべきでしょう。これからぼくたちと一緒に出かけるとあらば」

眉をひそめてアレックスの話を聞いていたローラは、最後の言葉に愕然とした。

「あなたも一緒に？」思わず尋ねる。「でも、あなたは舞踏会には出席されないんでしょう？昨日、ご自分でそうおっしゃっていたじゃないですか」

「今こそ悪しき習慣を改めるべきだと気づいたんだ。長いこと、おばをほったらかしにしていたからね」

アレックスがレディ・ジョセフィーヌの腕を軽く叩くと、彼女は嬉しそうに顔をあげた。そんなふたりの姿を、ローラは困惑しつつ眺めていた。アレックスには何か別の目的があるに違いない。彼のようなろくでなしが、老婦人とオールドミスと一緒にいたがるわけがない。ローラは無性に腹立たしくなった。アレックスはわたしを信用していないのだろう。今夜、舞踏会の主催者の屋敷で盗みを働くかもしれないと考えているのだ。

今夜は貴族たちの会話を盗み聞きし、過去の知り合いたちの近況を探るつもりだった。けれど、もしアレックスにひと晩じゅう見張られていたら、どうやって情報を集めればいいの？

「バルーシュ型馬車で行く予定なんです」途方に暮れながら、ローラは言った。「快適に座れるのはふたりまでですわ」

「ぎゅうぎゅう詰めなら三人乗れるわよ！」レディ・ジョセフィーヌが声をあげる。「いいでしょう、アレクサンダー？」

アレックスは勝ち誇ったような目でローラを見つめた。「もちろんです、そんなに楽しみなことはありません」

9

舞踏会って、こんなに楽しいものだったかしら。レディ・ジョセフィーヌと既婚女性たちが、六月末にある若きヴィクトリア女王の戴冠式について噂話をしているのを彼女たちの後ろの席で聞きながら、ローラはぼんやりと考えていた。少し前におばをこの場所へ連れてきたアレックスは、すでに立ち去っていた。老貴婦人たちが彼を崇《あが》めるように眺め、褒めそやしたのは言うまでもない。一方コンパニオンのローラに対しては、彼女たちはただ軽く会釈をしただけだった。ローラにとっては望みどおりの展開だ。

あふれんばかりの招待客を観察しながら、改めて驚かずにはいられない。なんてたくさんの人がいるのだろう。人里離れた山奥で孤独な生活を何年も続けていたせいで、ロンドンの舞踏会がどれほど込み合っているものか、すっかり忘れていた。

それに、どれほどわくわくするものかも。

会場の華やかでまばゆいばかりの雰囲気に、ローラは高揚感を覚えていた。広大な舞踏場には薄緑色の壁が広がり、背の高い円柱が堂々と延びている。天井から吊るされた三つの巨大なシャンデリアの金色の明かりが照らし出すのは、流行のドレスをまとったレディたちと、上等なあつらえのスーツ姿の紳士たちだ。長い会場の端にある両開きの扉は開かれ、庭園に通じている。もう片方の端では楽団が演奏しており、数えきれないほどの男女が、磨き込まれた寄木細工の床の上を優雅に舞っていた。

音楽に合わせて足でリズムを取っていることを、ローラは誰にも気づかれたくなかった。どうしてもそうせずにはいられない。何しろ、こんな甘美な調べを耳にしたのは一〇年ぶりだ。ダンスをしていないほかの招待客たちは、あちこちで笑ったり噂話に興じたりしている。耳をそばだててみたが、役に立ちそうな情報は何もない。

仕方がないわ。あの謎がひと晩で解けるはずがない。こういう催しに何度も顔を出し、細かな情報を地道に集めるほかないだろう。今この瞬間は、久しぶりに目の当たりにした上流社会の贅沢さを楽しめばいい。

ローラの弾んだ気持ちに水を差したのは、踊っている人々のあいだに見えたアレックスだ。眼鏡の縁越しに、ダンスの相手を確かめてみる。小柄で濃い茶色の髪の若い女性だ。肘まであるふわふわの袖がついた純白のドレスを着ている。いつの間にか唇を引き結んでいたことに気づき、ローラは意識的に体の力を抜こうとした。いやだわ、わたしは気にしてなどいない。アレックスが、今シーズンにデビューした令嬢たちの中から花嫁探しをしているかどうかなんて。

それにもし本当に探しているなら、これほど喜ばしいことはない。アレックスが結婚を真剣に考えているとしたら、わたしの行動に逐一目を光らせることもないだろう。もしわたしが——もうすぐ実行しようともくろんでいるように——今この場から離れるのを目撃したら、アレックスのことだ、貴重品を盗みに行くつもりかとわたしをとがめるに決まっている。

先ほど狭苦しい馬車の中で、アレックスの向かい側に座ったのが間違いだった。彼はことあるごとに膝を軽くぶつけてきたり、茶目っ気たっぷりの言葉をささやいたり、きざな笑みを浮かべたりして、わたしの心を千々に乱れさせたのだ。だがひとたび到着すると、アレックスは堂々たる伯爵に変身した。さっとおばの腕を取ってエスコートし、わたしのことはお構いなし。身分の低いコンパニオンとしてふたりのあとを歩いているあいだも、アレックスはわたしを無視したままだった。一度だけ、出迎えの列で紹介をしてくれたけれど、それも見下したような、そっけないものだった。結果的に、舞踏会の主催者も女主人も、眼鏡をかけたおとなしい〝ミス・ブラウン〟には目もくれなかった。

アレックスからは、身元を隠したままならレディ・ジョセフィーヌに仕えてもいいと言われている。こうしてブルームーンを盗んだ犯人探しを続けられているのは——アレックスは知る由もないだろうけれど——彼がそう言ってくれたおかげだ。もし真犯人を見つけ出し、社交界の人々の前で、特にアレックスの面前で正体を暴露できたら、どんなに胸がすっとするだろう。

アレックスががっくりする様子を見るのが、今から楽しみでならない。父を犯人だと決めつけたのは間違いだったと、絶対に認めさせてみせる。もしアレックスさえ父の無実を信じてくれていれば、父もわたしも英国から逃げ出さずにすんだし、父はまだ生きていたはずだ。

ローラは喉元に熱いかたまりがせりあがってくるのを感じた。かつて父は貴族の中でも人気者で、男性からも女性からも慕われていた。内気すぎて壁の花になっているレディにも声をかけるような人だった。だがローラが再婚を勧めるたびに、父は言ったのだ。ローラを産んですぐに亡くなった母のことが忘れられない、と。父は心優しく、穏やかで、気さくな人だった。

ましてや、ローラにしてみれば、そんな父の身の破滅を望む人物がいるというのは信じがたい。まして父の死を望む人物がいるなんて。

でも、そう望んでいた人物がいるのは明らかだ。その人物こそ、英国に戻った父が会っていた相手に違いない。今、ローラが疑いの目を向けているのはふたりの人物だった。今夜、大勢の招待客の中から、そのふたりを見つけ出せればいいのだけれど。

それがいかに難しいことかを考えると、つい弱気になってしまう。もうあれから何年も経っている。彼らの顔も髪型も変わっていて当然だ。おまけに父と逃亡するまでに、わたしが社交界の集まりに顔を出していた期間はたった六週間。そんな短期間では、友人や求婚者たちの名前を覚えることで精一杯だった。それ以外の人たちの名前など、ほとんど記憶に残っていない。

すばやく目を走らせていたところ、ローラは人込みの中に、以前自分の気を引こうとした男性たちがいるのに気づいた。たとえば、あそこにいる亜麻色の髪をした小粋な紳士。彼はなんという名前だったかしら？　たしか長ったらしい名前だったような……そう、ミスター・ルパート・スタンホープ＝ジョーンズだわ。彼のことはよく覚えている。いつも美しくて高価な贈り物をくれたから。でも、アレックスは違った。彼の場合はむしろ、ハイドパークを散歩中に、突然ヒナギクの花を摘んでプレゼントしてくれるようなことが多かった。それにときどき、びっくりするほど実用的な品物を贈ってくれたこともある。たとえばデッサンをするための鉛筆のセット。愛用しすぎて、今ではすっかりちびてしまっている。

そこへ来て、今度は眼鏡だ。

眉をひそめながら、ローラは背もたれがまっすぐな椅子の上で身じろぎをした。いいえ、わたしはアレックスになど興味はない。とはいえ、レディ・ジョセフィーヌとお仲間たちは噂話やら、若き日の思い出話やらに花を咲かせており、このまま聞いていてもなんの情報も得られそうにない。そろそろここを離れ、ほかにどんな客が来ているのか確かめに行くべきかもしれない。

前かがみになり、失礼する許しを得ようとした瞬間、年配の紳士が大股でレディ・ジョセフィーヌに近づいてきてお辞儀をした。

「レディ・ジョセフィーヌ、またお目にかかれて光栄です」

えらが張った赤ら顔には見覚えがあった。ローラはなんとか白髪頭の男性の名前を思い出そうとしたが、何も浮かんでこない。明らかにレディ・ジョセフィーヌも同じ様子だ。

「まあ、本当ですわね……ええと……」

「オリヴァー伯爵です」レディ・ジョセフィーヌの手の甲に優しくキスをしながら、彼は言った。「きっとお忘れになったんでしょう。わたしはあなたのご主人の友人でした」

オリヴァー伯爵はローラの父の知人でもあった人物だ。ふたりがパーティでカードに興じていた姿を、彼女はふと思い出した。まさにその瞬間、オリヴァー伯爵が鉄灰色の目をいきなりローラに向け、わずかに眉根を寄せた。まるで正体を見破ろうとするかのように。

どうかわたしの正体がばれていませんように。ローラはそう祈りつつ、顔を背けて椅子から立ちあがった。許しも得ないまま場を離れ、人込みの中へ紛れ込み、もう安心だと思える場所までたどりつくと、ちらりと振り返ってみた。

オリヴァー伯爵は立ったまま、レディ・ジョセフィーヌと話し込んでいる。もうこちらは見ていない。よかった、危機一髪で助かったわ。

安堵のため息をつきながら、ローラは心に決めていた。できるだけ人込みから離れた場所にいよう。さっきは一瞬警戒を緩めてしまったけれど、あんなことが二度とあってはいけない。こうして顔を伏せていれば、地味な服装を見て、周囲はわたしを取るに足りない人物と考えるだろう。そのほうが人々の様子をこっそり観察できる。実際すでにローラは、あちこちに見覚えのある顔を見つけていた。ただし探している人物はいまだ見当たらない。

それにしても、アレックスはいったいどこへ行ってしまったのかしら？　もちろん、そんなことを気にしているのは彼を避けるため。ただそれだけよ。楽団は休憩中なので、舞踏場にはいないはず。きっとわたしの行動を監視するつもりなど、はなからなかったのだろう。アレックスが今夜ここへ来たのは自分自身が楽しむためか、あるいは花嫁探しのためだったんだわ。

アーチ型をした出入口に近づいた瞬間、ローラはアレックスの姿を見つけた。ほかの紳士たちより頭半分背が高い彼が、舞踏場の片隅にいくつか置かれたシダの鉢の脇に立っているのが見える。ほっそりしたレディと会話中だ。女性はこちらに背を向けており、誰かはわからない。

優雅に整えられた女性の赤褐色の髪にはダイヤモンドが輝いている。群青色をしたドレスのウエストには薄青のサテンのリボンがきっちりと結ばれ、たっぷりしたスカートが女性の華奢な魅力をいっそう引き立てていた。女性は色っぽく頭を少しかしげると、手袋をはめた手をアレックスの上着の下襟にかけ、彼の言葉に微笑んだ。

その仕草がやけに引っかかった。たちまちローラの中で過去の記憶が呼び覚まされ、ふつふつと憎悪がわいてくる。アレックスと話しているのはハヴァーシャム侯爵の娘、レディ・イヴリンだ。

一〇年前、彼女はローラの恋敵だった。アレックスがローラに好意を示した瞬間から、彼の愛を勝ち取ることがレディ・イヴリンの使命となり、アレックスにべたべたしたり、彼に自分の飲み物を取りに行かせたり、ローラと踊っている最中に彼を横取りしようとしたりしたものだ。

イヴリンの捕食動物のごとき性質は父親譲りに違いない。ハヴァーシャム侯爵は貴族の中でも珍しくローラの父を見下し、尊大な態度を取る男だった。ふたりの不和の理由は、若い時分、ローラの母親をめぐって競い合ったことにあるらしい。結局、母の心を射とめたのは父だった。ハヴァーシャム侯爵はそれを根に持ち続けているのだ。

ハヴァーシャム侯爵こそ、父を陥れた人物ではないかしら？　ローラはそう疑っていた。おそらくは娘のイヴリンの助けを借りて。

そう考えるには相応の理由がある。父に窃盗犯の汚名が着せられた日の前日、イヴリンはローラの屋敷を訪ねてきたのだ。貴族が他家を訪問するにはずいぶんと早い時間で、ローラはまだ階上で着替え中だった。盗まれた宝石を父の引き出しに隠すだけの時間はじゅうぶんあっただろう。そうでなければ、あの日のイヴリンの訪問の説明がつかない。ほかに思いつく訪問の理由といえば、卑怯《ひきょう》な手を使ってアレックスと馬車で出かける約束を取りつけたことを、これ見よがしに自慢しに来たのではないかという程度だ。

どうやらイヴリンは、いまだにアレックスを追いかけているらしい。彼女はまだ結婚していないのかしら？　いいえ、たぶん結婚したからこそ、貞節を守る義務から解放されたのかもしれない。とにかく集中して噂話に耳を傾けるようにしよう。どんなささいな情報でもいい。断片的な情報でもつなぎ合わせれば、正義の鉄槌《てっつい》を下すための計画に役立つかもしれない。

そのとき年配の男女がローラの腕にぶつかり、謝罪の言葉を口にして去っていった。知らないうちに行き交う人々の中で立ちどまっていたことに気づき、彼女は最後にもう一度、アレックスとイヴリンに燃えるような一瞥を投げかけた。何を話しているのか知らないが、彼はすっかりイヴリンに夢中な様子だ。よりにもよって、彼女とつき合うなんて。

そのとき突然アレックスが目をあげ、人込みの中にいるローラをまっすぐに見つめた。たちまち彼女の全身がかっと熱くなる。

ローラはくるりと背中を向けると、あわてて舞踏場をあとにし、巨大な大広間へ入った。夜空が見えるガラス製の天井の下、あちこちに鉢植えのヤシの木がすっくと立っている。ダンスの合間なので、室内には大勢の客がうろうろしていた。急いで彼らの中に紛れ込み、ローラはアーチ型の出入口のほうを盗み見た。アレックスが追いかけてこないことがわかり、とりあえず安堵する。

彼女は早鐘を打つ心臓をなんとか静めようとした。このあいだはアレックスの態度にいらだつあまり、窃盗の真犯人を見つける計画をうっかり口走りそうになったけれど、なんとかこらえられて本当によかった。もし話していたら、彼はイヴリンに何か吹き込んだかもしれない。

アレックスがあの卑劣な女性とつき合っていることを知った以上、彼にはこれまで以上に注意を払う必要があるだろう。わたしが疑いの目を向けていることが、アレックスからイヴリンに伝わってしまう事態だけは避けたい。

行き交う客のあいだをすり抜けながら、ローラはカード室をのぞき込んだ。室内では紳士やレディが四人ずつ集まり、小さなテーブルを囲んでいる。ハヴァーシャム侯爵がふだん楽しんでいるカードゲームはホイストかしら、それともヴァンテアン？　わからない。一〇年前、デビューしたてのシーズンは自分の気を引こうとする若い紳士たちばかりに気を取られ、上の世代の男性には目もくれなかったのだ。

図書室には多くの紳士が集まり、煙草を吸っていた。紫煙のせいでぼんやりとしか見えないものの、ハヴァーシャム侯爵らしき姿は見当たらない。図書室の前を通り過ぎながら、ローラは思った。たぶん、わたしにとってこれはいいことなのだろう。もしハヴァーシャム侯爵とばったり会ったら、衝動的ににらみつけてしまいそう。動かしがたい証拠を手に入れ、侯爵に突きつけるまでは、正体を隠したままでいるほうが賢明だ。

ダイニングルームものぞいてみた。深夜の晩餐用の長テーブルが置かれ、黒いスーツを着た執事が数えきれないほどの従僕たちに、どの皿をどこへ置くべきか指示している。

ローラは金色の額に入れられた絵画がずらりと並ぶ広い廊下を進んでいった。ハヴァーシャム侯爵とレディ・イヴリンのことはずっと怪しいと思っていた。ブルームーンを盗み出し、父に責任をなすりつけたのは彼ら父娘に相違ない。けれど、父はそのことについて話したがらなかった。優しい性格の父は復讐など考えもしなかったのだ。

それなのに、とうとう英国へ舞い戻り、昔からの宿敵と直接対決をしたに違いない。それもこれも、すべてはわたしのために。

ローラは大きな罪悪感にさいなまれていた。ポルトガルの小さな家に、父がロンドンの新聞を持って帰った日、一〇年前の窃盗事件に関する小さな記事を見つけたのはわたしだ。なぜ英国から逃げ出さなければいけなかったの、とつい怒りをあらわにしてしまった。この一〇年、父とは何度そういう言い合いを繰り返してきたかわからない。でも今回、記事を読んでわたしが怒りを爆発させたとたん、いつも朗らかな父が悲しそうな顔をした。あわてて本当は怒っていないふりをしたものの、父はわたしの態度に深く傷ついたのだろう。そして翌日、本当の行き先を告げぬまま、わたしにキスをして旅立ったのだ。

それが、生きている父の姿を見た最後の日となった。

ローラは身を震わせて息を吸い込んだ。いくら自分を責めても父は戻ってこない。けれど真相を探り出し、父の汚名を晴らすことはできる。きっと、バークレー・スクエアにあるハヴァーシャム侯爵の屋敷に父が入っていく姿を目撃した人がいるはずだ。父は侯爵の悪事をばらすと脅しつけたのだろうか？　真相が明らかになるのを恐れて、ハヴァーシャムは卑劣にも父を殺したの？

あれこれ思案しながら、ローラは廊下の角を曲がり、そこにいる数人の客の様子を観察した。正面には甘い声でささやき合う男女がいる。お互いしか目に入っていない様子だ。とても若く、ローラの知らない顔だった。そのふたりを通り過ぎると、廊下の隅にもうひと組、男女がいるのが見えた。どちらも父と同世代で、何事か熱心に話し合っている。

ローラはつと立ちどまり、男性の顔をじっと見つめた。狐《きつね》のような長細い顔。修道士のようにはげ頭を縁取っている、まばらな茶色の髪。

ハヴァーシャム侯爵！

彼の相手はどっしりとした中年女性だった。金色と緋《ひ》色のドレスを着込み、喉元と耳元に大きなルビーの装飾品をつけ、同じく巨大な指輪を光らせている。つんと顎をあげてはいるが、どちらかと言うと平凡な顔立ちだ。ただ、その顔には一度見たら忘れられない特徴がひとつだけあった。鷹《たか》のくちばしのように鋭い鼻。

彼女こそ、ブルームーンを盗まれたノウルズ侯爵夫人だった。

10

ダンスはあとで踊ると約束し、アレックスはしつこいイヴリンからようやく逃れた。なんとか彼女を振りきったことに安堵して、大股で人込みをかき分けながら、アーチ型の出入口を目指す。

なるほど、イヴリンはたいそう魅力的な女性かもしれない。だが、わざとらしく目をしばたたいたり、それとなく情事をほのめかしたりする態度は、いかにも男に飢えた未亡人という感じでいただけない。仮に夫がまだ生きていたとしても、彼女なら平気で愛人を求めてうろついていただろう。なんの不思議もない。亡き夫のクリフィントン公爵は、彼女と結婚したとき、すでによぼよぼの花婿だったのだから。彼が結婚初夜はもちろん、結婚式自体をなんとか乗りきったのさえ不思議なくらいだ。どんな工夫をしたのかは知らないが、イヴリンは世継ぎを身ごもり、その数カ月後、公爵は呆気《あっけ》なくこの世を去った。そしてめでたく出産後、イヴリンはすぐに愛人とつき合いはじめた。ここ数年であまたの貴族の愛人を持ち、噂によれば使用人もはべらせているらしい。

折に触れ、イヴリンはアレックスにも誘いをかけてくる。しかしもちろん、彼女の毒牙にかかるつもりは毛頭ない。

アレックスの好みは、きちんと自分の言葉で気持ちを説明できる、しっかりした考えを持った女性だ。むやみにこちらの歓心を買おうとしない女性がいい。そう、たとえ眼鏡のようなつまらない贈り物を受け取るときでも、自尊心をにじませ、しばしためらってしまうような女性。

ローラ・フォークナーがふたたびぼくの人生に舞い戻ってきて以来、彼女のことで頭がいっぱいだ。ローラには、ぼくの興味を引きつけてやまない魅力がある。野暮ったい変装でも隠しきれない、生き生きとした魅力が。彼女は一〇年前となんら変わっていない。いや、むしろいっそう魅力的になっている。

知り合いに軽くうなずきながらも、アレックスは彼らと言葉を交わすことなく歩き続けた。数分前、人でごった返す会場の中、遠くにいた無粋な室内帽姿のローラと目が合った。その瞬間、雷に打たれたような衝撃を覚えた。だがそれから彼女は舞踏場を出ていき、人込みの中に消えてしまった。

いったいどこへ行ったのだろう？　マーティン・フォークナーの名誉を回復するという、ばかげた計画を実行しようとしているのだろうか？

そうでないことを願いたい。ローラがやろうとしているのは、うまくいくはずのない危険なゲームだ。もし貴族たちの私生活にまで首を突っ込み、やたらと詮索したりすれば、誰かに正体を気づかれてしまう。自分たちの世界に窃盗犯の娘が紛れ込んでいたと知れば、貴族たちは決してローラを許さないだろう。社交界から出入り禁止を食らう程度なら、まだいい。最悪の場合、窃盗事件の共犯者として尋問される羽目になるかもしれないのだ。

実はもうひとつ、アレックスを悩ませていることがあった。ローラは隠しておくべき事実を掘り起こしてしまうかもしれない。特に、絶対に秘密にするとぼくが誓いを立てた、ある事実を。

大広間に向かいながら、アレックスは人込みに目を走らせた。たいていの人より高い身長のおかげで、室内をくまなく見渡せる。だが、今はそれもまるで役に立たない。ローラの姿がどこにも見当たらないからだ。

そのあいだも人々はひっきりなしにアレックスに話しかけてくる。レディたちは微笑を浮かべてお辞儀をしながら、紳士たちは彼の背中をぴしゃりと叩きながら。しかしアレックスはそっけなくうなずき、言葉少なに返事をして、彼らと会話することはなかった。ただし彼の前に進み出た、赤紫色のシルクのドレスをまとった華奢な女性だけは例外だった。

レディ・ミルフォードはにっこりすると、手袋をはめた手を差し出してきた。

「コプリー伯爵、今夜あなたとおば様にお目にかかれて嬉しいわ」

いらだちを隠して、アレックスはレディ・ミルフォードの手に口づけをした。なぜ呼びとめられたかはよくわかっている。自分が引き合わせたローラとぼくの仲の進展具合を知りたくてたまらないのだろう。「申し訳ありませんが、今は急いでいます。あとでお話ししましょう――ふたりだけで」

「いやねえ。これはダービーレースではなくてパーティよ。せめて教えてちょうだい、レディ・ジョセフィーヌはわたしが見つけてあげた新しいコンパニオンを気に入ったかしら？」

「ええ」アレックスはちくりと言った。「ただし、雇う前にまずぼくに相談していただきたかったです」

レディ・ミルフォードが眉をあげた。「きっとあなたなら、あのかわいそうな子に優しくしてやるだろうと思ったのよ。自分はちっとも悪くないのに、ずっと我慢を強いられてきたんですもの」

「ローラには、正体がばれないかぎり、おばのコンパニオンを務めていいと言っておきました」そう言ったとたん、不用意にも彼女の名前を口にしてしまったことをアレックスは後悔した。まったく、如才ない笑みを浮かべているレディ・ミルフォードの前では、どんな感情もあらわにするつもりはなかったのに。彼女を鋭く一瞥してつけ加える。「ですが、それ以上のことは期待しないでください。ぼくは彼女に興味などありませんので」

レディ・ミルフォードは顎をしゃくり、部屋の反対側へ通じる廊下を指し示した。

「もし心変わりしたら、あちらのほうへ行ってみてちょうだい。数分前にローラが通っていったわ」

廊下の端にいる男女を見つめ、ローラは凍りついていた。ハヴァーシャム侯爵はノウルズ公爵夫人にお辞儀をし、歩き出すと、やがて角を曲がって姿を消した。ひとりきりになったノウルズ公爵夫人が、廊下を威厳たっぷりに進みはじめる。

公爵夫人が近づいてくるのを見て、ローラはあわてた。開いている扉があるのに気づき、さっと中へ滑り込む。

そこが控えの間だと気がついて、彼女はすぐ別の扉に向かったが、そこを開けたとたん困惑のあまり立ちどまった。その巨大な部屋には、数えきれないほどのレディたちがひしめいていた。室内には女性の話し声が反響し、甘ったるい香水の香りが充満している。競うように姿見の前でポーズを取るレディもいれば、ひざまずいたメイドにドレスの裾のほつれを繕わせているレディもいた。カーテンの向こう側にあるトイレの前には、順番を待つ長い列ができている。

ここに隠れるのはよそう。こんなに大勢の女性でごった返す部屋にいるのは、あまりに危険すぎる。ローラは瞬時にそう判断した。控えの間に戻ってみると、椅子に腰かけているレディが数人いただけだった。扇で自分をあおぎながら噂話に興じている彼女たちは、ローラをちらりと見たものの、それ以上の興味を示そうとはしなかった。

ローラは金箔張りの椅子に腰をおろし、かがみ込んで靴を直すふりをした。ひそかに扉のほうをうかがってみる。開いた扉からは先の廊下がわずかに見えていた。

こんなに動揺するなんてばかげているわ。ローラは自分を叱責した。たとえ眼鏡とさえないドレスで変装していなくても、ノウルズ公爵夫人がわたしに気づくわけがない。彼女に紹介されたのは遠い昔のこと。それも公爵夫人は、お辞儀をしているわたしに軽くうなずき、すぐに立ち去ってしまったのだから。もちろん言葉を交わしたこともない。公爵夫人は名門貴族としかつき合わない、お高くとまった人なのだ。

たとえばハヴァーシャム侯爵のような。

それにしても、ハヴァーシャム侯爵はどうやって公爵夫人からネックレスとイヤリングを盗んだのだろう？　当時の新聞報道によれば、宝石は寝室から盗まれたそうだ。ということは、侯爵は彼女の私室に自由に出入りできたということ？　ふたりが友人以上の関係ということはありうるかしら？

もし愛人だったら……？

そのとき、廊下の動きがローラの注意を引いた。控えの間の前を通り過ぎようとしていたノウルズ公爵夫人が、ふいに扉の前で立ちどまったのだ。豪華なドレスのうしろ姿だけが見えている。

次の瞬間、ローラには公爵夫人が立ちどまった理由がわかった。控えの間に朗々とした男性の声が聞こえてきたのだ。公爵夫人が立ちどまって話している男性は……アレックス？

椅子に座ったまま、ローラはたちまち身動きができなくなった。今いる場所からはアレックスの姿が見えない。けれど、あのなめらかな声を聞き間違うはずもない。きっと彼はわたしを探しに来たのだろう。靴を直すふりを続けながら、彼女は聞き耳を立てた。

「ずいぶん久しぶりね、社交行事に出席するあなたを見るのは」ノウルズ公爵夫人が責めるように言う。「若いレディたちは、あなたがいなくてずいぶん寂しがっていたのよ」

「ぼくのことをそんなふうにおっしゃってくださるとは、なんとお優しいんでしょう。とはいえ、彼女たちはぼくがいなくてもじゅうぶん楽しそうに見えますが」

「ばかをおっしゃい。あなたは裕福で、ハンサムで、申し分のない爵位があるんだもの……妻をめとるのはあなたの義務なのよ。今夜は花嫁候補を探しにやってきたんでしょう？」

アレックスが含み笑いをした。その低い笑い声を耳にして、ローラはふいに緊張を覚えた。さあ、アレックスはいったいなんと答えるのかしら？　興味津々で耳をそばだてる。

「今夜、ぼくがデビューしたてのレディたちと立て続けにダンスを踊ったと聞けば、きっとあなたも喜んでくださるでしょう。ただし、ぼくは自分の意見を胸に秘めておく質《たち》なんです」

「まあ、ずいぶんと口が堅いこと。でもね、名づけ親として、わたしにはあなたの結婚に口出しする権利がじゅうぶんあると思うの。そろそろあなたも身を固めて、子ども部屋をいっぱいにするべきよ。さあ、わたしを舞踏場までエスコートしてちょうだい。それと、そんな皮肉っぽい目でわたしを見るのはやめて。階上《うえ》でどこかのふしだらな女と密会するつもりだったとしたら、そんなことはさせないわよ。あなたの不品行のせいで、ここにいる若いレディたちを驚かせるわけにはいかないもの」

公爵夫人がドレスのスカートをひるがえして立ち去ると同時に、ローラは靴を直すふりをやめ、椅子の上で背筋を伸ばした。

名づけ親ですって？

アレックスから、ノウルズ公爵夫人が名づけ親だと聞かされたことは一度もない。どうして彼はそんな重要なことを黙っていたのだろう？

一〇年前、アレックスは熱心にローラに求愛し、いろいろなところへ連れていってくれた。馬車で公園をまわったり、美術館やサーカス、それにロンドン塔まで出かけたりして楽しい時間を過ごした。そして、ブルームーン窃盗事件が起こってから、父の部屋から盗まれたイヤリングが見つかるまでの二週間のあいだ、貴族社会がその話で持ちきりだった。アレックスが事件の被害者と自分の関係を口にして当然のはずだ。

それなのに、なぜひと言も口にしなかったの？


二時間後、ローラは待たせてあったバルーシュ型馬車に乗り込もうとするレディ・ジョセフィーヌの手助けをしていた。暗い広場には、長い行列を作った馬車のランプが星々のように輝いている。一方、屋敷の中からはまだ甘い音楽の調べが聞こえていた。ビュッフェ形式の晩餐が終わった今、年長の招待客のほとんどは帰路につこうとしている。まだ残っているのは夜通し踊ろうという若い客たちだ。

あれからアレックスに質問する機会はなかった。彼はただの一度もおばの様子を見に来なかったのだ。でも、きっとそれでよかったのだろう、とローラは考えていた。彼に質問したいのは山々だけれど、何しろ舞踏場には大勢の人がいる。それだけ聞き耳を立てる者も多いということだ。

最後にアレックスを見たのは、彼がレディ・イヴリンを舞踏場へいざなっているときだった。その瞬間、ローラは決めた。アレックスには何も言わないまま、ここを離れようと。質問するのは、彼が次におばを訪ねてきたときでいい。

二頭の馬が引く馬車では、すでに御者が出発の準備を整えている。ローラの助けを借りて、レディ・ジョセフィーヌは丸々と太った体を馬車の座席に落ち着かせた。満足げなため息をもらしながら言う。「もうひとり、誰か一緒にここへ来たような気がするんだけれど。あれは誰だったかしら？」

「きっと取るに足りない人ですわ、奥様」ローラは鉄製の階段に片足をかけ、転ばないようドレスの裾をつかんで、馬車によじのぼろうとしていた。「ふたりのほうが、よほどくつろげま——あっ！」

背後から誰かにウエストをつかまれた。男性の手だ。夜気に漂う男らしい香りに、心臓が大きく跳ねる。「なるほど、シンデレラは舞踏会から逃げ出すんだな」耳元でささやいたのはアレックスだった。彼の温かい吐息を感じ、ローラは首筋がぞくぞくするのを感じた。

鉄の意志でなんとか身震いを抑えて言う。「レディ・ジョセフィーヌがお疲れで、もう屋敷へ戻りたいとおっしゃったんです」

「よろしい。ならば帰ろう」

アレックスはローラを軽々と持ちあげた。馬車に乗り込んだ瞬間、全身にうずきが走り、彼女は困惑せずにはいられなかった。

ローラはすぐさまレディ・ジョセフィーヌの隣に座った。馬車の中はとにかく狭い。向かい側にある折りたたみ式の座席にアレックスが腰をおろした瞬間、彼の膝がローラの膝にぶつかった。

暗がりの中、レディ・ジョセフィーヌがじっと彼を見つめた。たちまち丸顔に笑みが浮かぶ。「アレクサンダー！　そうよ、思い出したわ。わたしたちをここへ連れてきてくれたのはあなただったわね」

「ええ。ただ、ミス・ブラウンはそれを完全に忘れて帰ろうとしていたようです」

その皮肉めかした言葉に、ローラはかっとなった。「あなたはダンスを楽しんでいるご様子でしたから」馬車が揺れ、石畳の街路を走り出す。「お邪魔してはいけないと思ったんです。それに、あなたを喜んで屋敷まで送ろうというレディは大勢いたでしょうし」

「きみがそこまで気づいてくれたとは嬉しいよ。さては、ずっとぼくのことを見ていたんだな？　ぼくと一緒に踊っているのが自分ならどんなにいいだろう、と考えていたんじゃないか？」

「まあ、なんてうぬぼれているんでしょう！　あなたのことなど、これっぽっちも見ていませんでしたわ」

レディ・ジョセフィーヌは物問いたげなまなざしで、ふたりを交互に見つめている。このやりとりに秘められた何かを感じている様子だが、あまりに疲れていて、その意味を考えられないようだ。あくびを嚙み殺しながら、彼女は言った。

「あなた、全然踊らなかったの、ローラ？　アレクサンダーが喜んであなたをエスコートしてくれると思っていたのに」

「ええ、そうしたら、さぞ楽しかったでしょう」アレックスが言う。「舞踏場には噂が飛び交ったはずです。ぼくの腕の中にいる不思議な生き物の正体についてね。もしそうやってみんなの関心を集めていたら、野暮ったい服装が大流行したかもしれません。来週には、きっと若いレディたちがこぞって眼鏡とさえないドレス姿になっていましたよ！」

彼のあまりに失礼な言葉に、ローラは怒りを覚えた。「なんてばかばかしい」夜空の下、車窓を流れる屋敷をちらりと眺め、あざけるような笑みを浮かべて言う。「たとえあなたでも、そんな流行は作り出せないはずです」

「言葉には気をつけたほうがいい。ぼくは少しでも挑発されたら、喜んで受けて立つことで有名なんだ」

「そうでしょうとも。時間をもてあました暇な紳士たちは、それくらいしかすることがないですものね」

「ぼくが受けて立つのは、その挑発が魅力的な場合だ。特に、美しい女性が関わっていればなおさらさ」アレックスが前かがみになる。薄暗さの中、彼が笑っているのがぼんやりと見えた。「今でもよく覚えているよ。昔々、ある若いレディにこう挑発されたことがある。もしぼくが馬の背中に立ったままサーカスの演者みたいに馬屋を一周したら、キスをしてあげるとね」

馬車の中はひんやりしているにもかかわらず、ローラは頬がかっと熱くなるのを感じた。アレックスの声ににじむのは、紛れもない親密さだ。昔ふたりが交際していたことをレディ・ジョセフィーヌに知られはしないかと、ローラは心配になった。けれども隣を見ると、レディ・ジョセフィーヌは首をがくりと垂れ、目を閉じている。馬車の心地よい揺れと遅い時間のせいで、老婦人はすっかり眠り込んでいた。

ローラは視線をアレックスに戻した。ということは、彼はあの出来事を忘れていなかったんだわ。当時は、まさか彼が本当にブーツを脱ぎ、鞍を外した馬に飛び乗って立ちあがるとは想像もしなかった。もちろん、そのあと突然犬が走り寄ってきて吠え出し、馬を驚かせることも。

アレックスの背後に座っている御者を意識して、ローラは遠まわしにちくりと言った。

「結局は馬から転げ落ちてしまわれたんですか、閣下？　もしそうなら当然の報いですわ」

「ああ、自業自得と言われても構わない。望んでいたキスができたのだから」

彼女の脳裏にそのときのキスが鮮やかによみがえった。わたしにとって生まれてはじめてのキス。アレックスがけがをしたのではないかと心配でたまらず、あわてて駆け寄った。忘れるはずもない。彼がどんなふうにわたしを反転させ、上に覆いかぶさり、引きしまった体に抱き寄せ、唇を重ねてきたか。最初はごく優しくだったけれど、しだいに熱を帯びてきて……。

ローラは体の奥底で欲求がわき起こるのを感じた。今すぐに振り払わなければ。アレックスはいつだって、あらゆる言葉を魅力的なほのめかしに変えてしまう達人なのだ。もしわたしがうぶで若い女性なら、今のような会話にうっとりしていただろう。でも、わたしはもううぶでも若くもない。今ならはっきりとわかる。彼は会話を操ることで仮面をかぶり、無節操な本性が露呈しないようにしているだけなのだと。

「これまで何度も同じようなお手柄をあげられたんでしょうね」ローラはそっけなく言った。「きっと、そういうお相手が数えきれないほどいたに違いありません。実際、爵位のある紳士なら、なんの罰も受けずにうまくやりとおせたはずです。特に名づけ親がノウルズ公爵夫人だった場合はなおさらでしょう」

自分の言葉がアレックスの痛いところを突いたことがわかった。彼がすぐに返事をしてこなかったからだ。夜気を満たすのは、馬のひづめの音とジャラジャラという馬具の音だけ。アレックスは馬車のヘッドランプを背にしていて、顔はよく見えない。けれどもローラは、彼がこちらをじっと見つめているのを感じていた。

いきなりアレックスが座席から立ちあがり、そんな空間の余裕などないのに、ローラの隣に座ろうとした。

ローラは両手を彼の胸に当て、必死に止めようとした。だが、まるでれんがの壁を相手にしているようで、とても押し戻せそうにない。たちまち心臓が早鐘を打ちはじめた。警戒心と、それとは別の何かのせいで。それがなんなのかは考えたくない。

「やめて！」彼女は悲鳴に近い声をあげた。「あっちに行って――」

アレックスはローラの唇に指を押し当てると顎をしゃくり、ふたりに背を向けている御者を指し示した。メイフェアの薄暗い通りで馬車を走らせつつも、御者はふたりの会話を盗み聞きしているかもしれない。気をつけなければ。何しろ屋根が半分開いている馬車なのだ。

「少しずれてくれ」アレックスが言った。なんとか聞き取れるくらいの低い声だ。「頼むよ、ローラ。自由に話し合うにはこうするしかない」

今の彼女にできるのは、素直にアレックスに従うか、騒ぎ立てるかのどちらかだ。どちらも気乗りがしなかったが、一瞬迷ったあと、レディ・ジョセフィーヌになるべく身を寄せるように座り直した。今、老婦人は軽くいびきをかいている。

すべて忘れてしまえるレディ・ジョセフィーヌが羨ましい、とローラはつくづく思った。とはいえ、アレックスにはどうしてもききたいことがある。今こそ絶好の機会かもしれない。

彼は体を斜めに傾けると、わずかな空間に腰をおろし、座席の背もたれに片腕をかけた。息がかかるほどの至近距離だ。アレックスが近くに座ったとたん、ローラは馬車が急に小さくなったように感じた。こんなに身を寄せ合うなんて不適切だ。まるで抱きあっているみたい。さらに悪いことに、彼女がいくら身を引こうとしても、馬車が揺れるたびにふたりの体がぶつかってしまう。

アレックスが前かがみになり、ローラの耳元でささやいた。「きみは婦人用の控えの間で聞き耳を立てていたんだな」

責めるような口調に彼女はむっとした。まるで悪いのはわたしみたいな言い方だ。

「そうよ」顎をあげ、新しい眼鏡越しにアレックスを見てささやき返す。「ふたりの関係を聞いて、わたしがどれだけ驚いたかわかるでしょう？　あなたは一度も教えてくれなかったわ。それがなぜなのか知りたいの」

「たいして重要ではないと思ったからだ」

「たいして重要ではない、ですって？」ローラは必死に声がうわずらないようにした。「あなたの名づけ親は、かの有名な窃盗事件の被害者なのよ。貴族たちのあいだでは何週間も、あの事件の噂で持ちきりだったというのに」

アレックスは一瞬視線をそらし、ふたたび彼女を見た。「ノウルズ公爵夫人がぼくの名づけ親であることは周知の事実だ。たぶん、きみが知らないとは思わなかったんだろう」

「たぶん？」すばやく繰り返す。彼が言い逃れをしているのは火を見るより明らかだ。だが少なくとも、父の机にあったイヤリングを見て、アレックスがすぐに公爵夫人のものだと気づいた理由がわかった。きっと彼は名づけ親がそのイヤリングをつけている姿を前に見ていたのだ。「失礼を承知で言わせてもらうけれど、もうひとつ、あなたがそのことを言わなかった理由が考えられるわ。それは、わたしの父を罠にはめたのがあなただからよ」

アレックスは鋭く頭をひと振りした。「ばかばかしい」

「そうかしら？　名づけ子として、あなたは公爵夫人の屋敷にも、彼女の宝石にも近づく機会があったはずよ。それにもし父が逮捕されたら、わたしの評判は台なしになり、誰も守ってくれなくなる。そうなれば、あなたはわたしを好きなようにできるわ」

正直なところ、本気でそう信じているわけではない。窃盗事件はハヴァーシャム侯爵が娘のイヴリンと結託して起こしたに決まっている。それでもなお、アレックスは何か隠しているような気がする。事件全体をパズルとすれば、その何かは鍵を握る重要なピースに違いない。そしてそれは、わたしがいまだに見落としているピースの可能性がある。だからこそアレックスをあおり立て、彼が隠している情報を打ち明けさせたい。

街灯の明かりがアレックスの顔に影を落としている。片方の頬に走る傷が、彼の危うい雰囲気をさらに高めていた。顔をぐっとローラに近づけると、アレックスは言った。

「ならば、きみは真実が知りたいというんだな?」

彼の熱い吐息がローラの頬をくすぐった。長い脚が彼女の脚に、がっしりした胸が彼女の腕に押しつけられる。アレックスの体を意識するあまり、ローラは会話に集中するどころではなかった。「そうよ。教えてちょうだい」

「仰せのままに」彼は指先でローラの下唇をなぞった。たちまち彼女の全身が熱くなる。かすれた声で、アレックスは続けた。「たしかにほかのみんなは窃盗事件のことばかり噂していた。だがぼくは、きみのことしか考えられなかったんだ、ローラ。ぼくにとって、何より大事なのはきみだった」

ひどくロマンティックなことを言いながら、彼は唇を求めてきた。ローラは驚きのあまり、何も考えられずにいた。アレックスが片手をローラの首筋に当て、親指で優しく顎を愛撫しはじめる。誘惑に負けてローラがみずから唇を開くのを待っているのだ。どうしようもない欲求に抗えず、ローラは唇を少しずつ開いていった。なんて甘やかな気分なのだろう。アレックスの愛撫がどんなに巧みか忘れていた。自分が彼の口づけをどれほど待ち焦がれていたかも……。

だめよ。アレックスは信用ならないろくでなし。父の人生を――わたしの人生も――台なしにした張本人なのだから。

つと顔を背けると、ローラは両手を彼の胸に当てて押しとどめた。

「やめて！　甘い言葉でだまそうとしても無駄よ。わたしはもう、花嫁学校を出たばかりのうぶな少女ではないんだから」

「たしかにそうだ」ローラの首筋で、アレックスの親指がうっとりするような動きを繰り返している。「きみはもう立派な女性だ――しかも、とても美しい」

ローラは心が震えるのを感じた。どうして？　アレックスの正体を知っているにもかかわらず、なぜ彼の甘い言葉にまだ嬉しさを感じてしまうの？

ローラはアレックスに対する怒りを口にした。「さっきあなたは、当時何より大事なのはわたしだったと言ったわ。それならどうしてあのとき、父を連れていかないでと懇願しても聞き入れてくれなかったの？　わたしを傷つけても構わないと思っていた証拠でしょう。それに父はそんなことができる人じゃないといくら言っても、あなたはわたしの言葉を信用してくれなかった」

首筋からおりてきた指先がローラの肩のところで止まる。ほのかな明かりの中、アレックスは一瞬困った様子で唇を引き結んだ。「きみを傷つけるつもりはなかったんだ。それだけは信じてほしい」

不思議なことに、ローラにはその言葉が信じられた――ある程度までは。たしかにアレックスは、わざとわたしの人生を台なしにしようとしたわけではないのだろう。当時の彼にとって、わたしは一時的な戯れの相手にすぎなかったはず。そして父の机にイヤリングを見つけた瞬間、彼の恋愛ゲームも終わったというだけのことだ。

馬車はガタガタと揺れながら進んでいく。御者は角を曲がると、レディ・ジョセフィーヌのタウンハウスの前の縁石に向かって二頭の馬を誘導しはじめた。

屋敷が見えた瞬間、ふたりははっとわれに返った。ローラはアレックスの体を突き放したが、その必要はなかったようだ。彼はすばやく自分の席へ移った。ローラも急いで元の位置に戻った。

レディ・ジョセフィーヌが目覚めたのはそのときだった。目をしばたたき、あくびをしながら尋ねる。「ここはどこ?」混乱している様子だ。

「屋敷に帰ってきたんですよ」アレックスがなめらかな口調で答える。直前までのことなどおくびにも出さない。「退屈な道中に眠ってしまうとは、おば様は賢明だ。気の毒に、ミス・ブラウンはぼくの話し相手をさせられていらいらしていたんです」

暗がりの中、ローラはアレックスに向かってしかめっ面をした。なんて自信たっぷりな物言いかしら。高い爵位に守られていると、こうも余裕しゃくしゃくになれるものなのね。ふたりで親密に話し込んでいる様子を誰かに目撃されても、彼は痛くもかゆくもないのだろう。でも、わたしは違う。屋根が半分しかない馬車の中では、プライバシーなどないも同然。わたしにとって唯一の救いは、今夜は時間が遅かったこと、それに通りに誰もいなかったことくらいだ。

今やアレックスは座ったまま、したり顔でこちらを見つめている。やはり彼はわたしを誘惑しようとしているんだわ。もし愚かにも先ほどのキスに応えていたら、どうなっていたかしら？　まんまとアレックスの思いどおりになるところだった。

11

「ローラ？　ローラ、本当にあなたなの？」

婦人用帽子店のウィンドウ近くで空色のリボンを眺めていたローラは、戸口に立っている女性の声に飛びあがった。店に入ってきたのは若い既婚婦人だ。顔にそばかすがあり、麦わら帽子の下から赤褐色の髪がのぞいている。明らかに妊婦だった。ふっくらした腹部のふくらみの上に、手袋をはめた両手を置いている。黄色の小枝模様のドレスに青葉色のショールといういでたちだ。

だがローラが思わず息をのんだのは、相手の顔を見た瞬間だった。温かな茶色の瞳とかわいらしい笑顔を忘れるはずもない。ヴァイオレット・アングルトン。

古くからの友人は、わが目を疑うかのようにためらいながら近づいてきた。わずかに眉をひそめ、信じられないと言いたげな表情を浮かべている。

ローラはなすすべもなく立ち尽くしていた。他人のふりをするべきかしら？　金縁の眼鏡にさえない黒のボンネット、そして地味なドレスという姿は、若い頃の自分とは似ても似つかない。まだ遅くはない。知らんぷりをして、店から出ていくほうがずっと簡単だ。

とはいえ、女主人を置き去りにするわけにはいかない。店内の反対側では、レディ・ジョセフィーヌが太った女店主に手伝われながら、姿見の前で駝鳥《だちょう》の羽根飾りのついた帽子を試着している。ふたりとも、こちらの偶然の再会には気づいていない。しかもありがたいことに、ボンド・ストリートの外れにある小さな帽子店にいるのはそのふたりと、ローラとヴァイオレットだけだ。

近づいてきたヴァイオレットが驚いたように言った。「まあ、やっぱりあなただわ。そうでしょう？　ねえ、ローラ、わたしのことを忘れてしまったの？」

懇願するような口調に、ローラは一気に緊張が解けていくのを感じた。彼女と話すのは一〇年ぶりなのだ。たとえ変装がばれてしまっても、旧友と言葉を交わしたい。そんな気持ちがどっと押し寄せてくる。

ローラはすっと歩み寄り、ヴァイオレットの両手を取ると、声をひそめて言った。

「もちろん覚えているわ、ヴァイオレット。あんなに仲よしだった親友を忘れるはずがないでしょう？」

ヴァイオレットは顔を輝かせた。ローラの首に抱きついて言う。

「今、フレデリックとここを通りかかった瞬間、あなただとわかったの。ねえ、今までどこにいたの？　本当に会いたかったんだから！　突然いなくなってしまって、すごく心配したのよ」

抱擁を返しながら、ローラは心が浮き立つのを感じていた。まるで長らく音信不通だった姉妹と再会したかのようだ。今この瞬間ほど、英国に帰ってきたのを実感したことはない。アレックスと再会しても、惨めな思い出やもつれた感情に苦しめられるだけだった。けれどヴァイオレットは違う。いちばん幸せだった時代に一気に逆戻りしたみたいだ。

ふいにローラはおなかが軽く蹴られるのを感じた。びっくりして体を引き、ヴァイオレットのふくらんだ腹部を見おろす。「あなたも積もる話があるようね」

「今、おなかにいるのは三人目よ」ヴァイオレットは誇らしげに腹部をさすった。「上のふたりは息子だから、今度は娘を授かりたいと思っているの。フレデリックもそう言っているわ。わたしが今はミセス・ブランケンシップだってことは話したかしら？」

「あなた、フレデリック・ブランケンシップと結婚したの？」ローラは思わず驚いて尋ねた。ヴァイオレットが陽気な笑い声をあげる。「わたしたち、いつも彼の物静かな態度や退屈な会話を笑っていたわよね。当時は本当に愚かだったと思うわ。今なら自信を持って言える。彼は最高の夫よ。そして同じように、彼も心からわたしのことを愛してくれているの」

親友の幸せそうな様子に微笑みながらも、ローラは羽根飾りやリボン飾りがついた帽子が並ぶ出窓のほうを見ずにはいられなかった。人目にさらされている気がして、にわかに不安になる。「ご主人は外で待っているの？」

「いいえ、彼は隣の仕立屋にいるわ。しばらくそこにいるはずよ」

「今わたしを見たこと、彼に話したの？」低い声で尋ねる。「わたしの名前を出した？」

いぶかしげに眉をひそめて、ヴァイオレットは首を横に振った。

「いいえ、本当にあなたかどうか自信がなかったから。それに彼ったら、注文した新しいクラヴァットについてぺらぺらしゃべり続けていたし……」彼女はローラの腕に手をかけると、共犯者のようにそっと身を乗り出して小声で尋ねた。「ねえ、どうしたの？　誰かから隠れているの？　いったいどうして？」

ローラはうなずいた。「お願いだから、このことは黙っておいてほしいの」

「もちろんよ！　あなた、眼鏡のせいで別人みたいに見えるわ。わたしだって簡単には見破れなかったくらいよ。変装しているの？」

「ええ、実はそうなの。こっちに来て話を聞いて」ローラは親友を引っぱり、帽子の縁飾りが並べてある店の奥の隅へ移った。「よけいな関心を引かないよう、ここで品物を見ているふりをしましょう」

「いい考えね」そう言うと、ヴァイオレットは張り子のサクランボの房を持ちあげて眺めた。ローラと目を合わせて言う。「さあ、知りたくてたまらないの。これまであなたがどんなふうに過ごしてきたのか教えてちょうだい」

孔雀《くじゃく》の羽根飾りを指でもてあそびながら、ローラはポルトガルでの暮らしぶりをかいつまんで話した。そして父の死により、ロンドンに舞い戻ってきたことも。ただし、父を殺した犯人を探しに来たことは言わずにおいた。秘密は自分の胸だけにしまっておいたほうがいい。

「わたしの評判は台なしになってしまったわ。だから今はローラ・ブラウンという偽名を使っているの。最近コンパニオンの仕事をはじめたばかりなのよ」

ローラはレディ・ジョセフィーヌのほうを見て、うなずいてみせた。老婦人はこびへつらう女店主を相手に、帽子をとっかえひっかえ試している最中だ。

ヴァイオレットが目を見開いた。「でも……あれはレディ・ジョセフィーヌよ！」声をうわずらせて言う。「コプリー伯爵のおば様だわ」

「ええ、不本意ながら。でも仕事の話を引き受けたとき、そのことを知らなかったのよ。もう伯爵には会ったし、屋敷にいてもいいと言われているわ……少なくとも試用期間のあいだは」

昨夜の馬車の中での親密な触れ合いを思い出し、ローラは体の芯が震えるのを感じた。わたしが今やっているのは、のるかそるかの危険なゲームだ。偽名を使っておばの屋敷に勤めていることを、いつなんどきアレックスが責め立てはじめるかわからない。

ヴァイオレットの顔に笑みが広がった。「やっぱりね。彼はまだあなたに気があるのよ。思ったとおりだわ！」

「気があるですって？　そんなはずないわ。どうしてそんなことを言うの？」

「あなたが英国からいなくなったとき」ヴァイオレットが小声で話しはじめる。「伯爵は舞踏会やパーティにいっさい出席しなくなってしまったの。みんなは、それが顔の傷のせいだと噂していたけれど、わたしはいつも思っていたわ。彼は傷心のあまり、そうしたんだろうって」

ローラはなんとも応えられなかった。自分が英国から逃げ出したあとに、アレックスの社交行事嫌いがはじまったとは初耳だ。でもだからといって、彼がわたしに気があると考えるのは早計だろう。きっとアレックスは紳士クラブでゲームに興じたり、大勢の愛人相手にいちゃついたりすることに興味を覚えたに違いない。

「そんなに情け深い人じゃないわ」ローラは反論した。「忘れてしまったの？　父とわたしが逃亡せざるをえなくなったのはアレックスのせいなのよ。彼は父をうしろ手に縛ろうとしたわ。警察に突き出すつもりだったのよ」

「まあ、ローラ。本当にひどい目に遭ったのね。噂を聞いたとき、わたしも信じられなかったわ」ヴァイオレットはサクランボの飾りを置くと、ローラの手を握りしめた。「コプリー伯爵の肩を持つわけではないんだけど……でもね、盗まれたイヤリングを見つけた瞬間、彼はそうするほかなかったんじゃないかしら？　たぶん、あなたのお父様がしたことを見逃すわけにはいかなかったんでしょう」

ローラは手を引っ込めた。社交界で父が誹謗《ひぼう》中傷されていた現実を知らされるのはつらい。たとえ親友の口からでも、父の悪口を聞くのは忍びない。父が無実だと信じてくれる人は誰もいないのだろうか？

ローラはヴァイオレットをしっかりと見つめた。「父は犯罪者ではなく、優しくてきちんとした紳士だったわ。どうして机から公爵夫人の宝石が出てきたかはわからない。でも、父が盗みを働く理由なんてどこにもないはずよ」

「でも、多額の借金は？　お父様は支払いのことでやきもきしていたに違いないわ」

借金？　衝撃を受けて、ローラは目を見開いた。「借金があるなんて、一度も聞いたことがなかったわ。父は遺産を受け継いでいたし、投資で収入も得ていたの。それに賭け事好きでも浪費家でもなかったし……わたしたち、倹約生活を心がけていたのよ」

ただし、わたしの社交界デビューのときだけは違った。父は大枚をはたいて豪華なドレスを新調してくれ、贅を凝らしたお披露目パーティを主催してくれたのだ。それにわたしが婚約したあかつきには、多額の持参金を用意してやろうと言っていた。

でも、たとえ借金があったとしても、父がブルームーンを盗んだということにはならない。父は立派な紳士だ。それは疑いようもない。

「わたしも詳しくは知らないの。きっと何かの間違いね」ヴァイオレットがあわてて言う。「でも、あなたとお父様が姿を消してから一年後に、借金返済に充《あ》てるためにお父様の所持品が競売にかけられたのはたしかよ。わたしも行きたかったわ。もしあなたが戻ってきたときに少しでも心の慰めになるよう、何か品物を買っておきたかったの。だけど競売なんてレディの行くところじゃないって、フレデリックが許してくれなくて。しかもはじめて妊娠していたときだったから、なおさら反対されてしまったのよ。ああ、ローラ、あのときやっぱり行けばよかった。そうしたら、あなたもすべてを失わずにすんだのに」

悲嘆に暮れるヴァイオレットを見て、ローラはなんとか笑みを浮かべた。

「気にしないで、すべて過去のことよ。それに父がもうこの世にいない以上、真相を知ることはできないわ」

ヴァイオレットはふんわりとしたレースを手に取り、指で挟んだ。

「できることなら魔法の杖を使って、あなたの評判を取り戻したいわ。あなたが仕事をするなんて、どう考えてもおかしいもの」

「わたしは仕事をしてお金を稼いでいるほかのレディたちと少しも違わないわ。それに、優しい女主人に仕えられたのは本当に幸運だったと思っているの」少しでも情報を得ようと思い、ローラは話題を変えた。「それにレディ・ジョセフィーヌのお供で、こうして街に出かける機会もあるしね。昨夜なんて、スカーバラ伯爵の舞踏会に出席したのよ。あなたはあそこにいたの？」

「いいえ。今は妊娠期間のうちでも、いちばん大事な時期だから……」ヴァイオレットはふいに目を輝かせ、レースを脇へ放り投げた。「わかったわ！　コプリー伯爵が舞踏会に出席したのはそのせいね！　今朝の《タトラー》紙に、伯爵がいよいよ花嫁探しに乗り出したのではないかという記事が出ていたわ。でも、わたしは違うと思う。伯爵が舞踏会に行ったのは、あなたが出席するのを知っていたからよ」

ローラは大きくかぶりを振った。ヴァイオレットはまだロマンティックな心を持ち続けているんだわ。かつてわたしがそうだったように。「言っておくけど、伯爵はわたしのことを完全に無視していたのよ。それにかなりの時間をレディ・イヴリンと過ごしていたわ。あのふたり、お似合いのカップルよ」

「知ってる？　彼女はクリフィントン公爵未亡人で、今では大金持ちなのよ。公爵夫人という地位を得て、自分はほかのレディたちよりも偉くて重要な人物になったと思っているみたい」

イヴリンが資産家と結婚したと聞いても、ローラは驚かなかった。それに未亡人になった今、ふたたびアレックスに狙いを定めていることにも。

「父親のハヴァーシャム侯爵も舞踏会にいらしてたわ。わたし、彼とノウルズ公爵夫人が一緒にいるところを見てしまったの」

ヴァイオレットが息をのみ、ローラの腕をつかんだ。「まあ、なんてこと。あなた、公爵夫人に姿を見られたの？」

「いいえ、大丈夫よ。でも、ハヴァーシャム侯爵とノウルズ公爵夫人はどんな関係なのかと不思議に思ったわ。だって、ずいぶん親しげに身を寄せ合っていたんですもの。あなた、何か噂を聞いたことはない？　彼らが……ただの知り合い以上の関係だというような……」

ところがヴァイオレットは聞いていなかった。出窓の外を歩いている、山高帽に茶色の上着姿の、やや若い男性をじっと見つめている。「フレデリックだわ！　もう行かなくちゃ。彼、あなたを見たら気まずい質問をするに決まっているもの。わたし、適当な口実を見つけてあなたのもとを訪ねるから、そのときにもっと話し合いましょう。くれぐれもコプリー伯爵に埋め合わせをする機会をあげてね。彼ったら、昔からなんとも言えない目つきであなたを見ていたのよ。すごく羨ましかったんだから。それじゃあ、またね！」

ヴァイオレットはすばやく抱擁をすると、急ぎ足で戸口へ向かい、頭上のベルをちりんと鳴らして店の外へ出ていった。

店内をゆっくりと歩いてレディ・ジョセフィーヌのところへ戻りながら、ローラは親友の言葉を思い返していた。アレックスに埋め合わせをする機会をあげる？　はるか昔、彼がなんとも言えない目つきでわたしを見ていたという理由で？

そんな機会はあげられない。

とはいえ、ともすると過去の甘やかな記憶を思い返してしまう。認めざるをえない。わたしはアレックスに触れられる歓びを求めているんだわ。ゆうべ馬車の中で愛撫され、つくづくそう思い知らされた。でも、なんだかとても無分別なことに思えて仕方がない。父と自分の不幸の原因となった男性に屈するなんて。

それよりも、自分の目的達成のためにアレックスを利用したほうがよほどいい。

「これは珍しい」ロジャー・バレルは赤ら顔でにやりとして立ちあがり、応接室へ入ってきたアレックスを迎えた。

「わざわざ立たなくてもいいさ」ゆっくりと手を振りながら、アレックスは言った。「お楽しみ中の男を邪魔する気はさらさらない」

「そんなこと言わずにこっちへ来いよ」ロジャーは椅子にどさっと腰をおろし、すぐそばにある足のせ台には目もくれず、ブーツを履いたままの片足をサイドテーブルにのせた。この独身男の性格を如実に物語る仕草だ。実にだらしない。体も肥満気味で、上着のボタンが腹のあたりではち切れそうになっている。室内には、彼がくゆらしている葉巻の煙が充満していた。その様子を見て、アレックスは昔を思い出さずにはいられなかった。ロジャーとはイートン校の寄宿舎の裏で、盗んだ安物の葉巻煙草をよく一緒にふかしたものだ。

「前に会ったのはいつだ？　ずいぶん前だよな」ロジャーが言った。「吸うかい？」

ロジャーがアレックスのほうへ葉巻ケースを押し出す。アレックスは一本選び出すと鼻先へ持っていき、良質な葉巻の匂いを吸い込んだ。

「それほど前ではないさ」ろうそくに葉巻の先端を近づけ、火をつけながらアレックスは答えた。「ニューマーケット競馬場で二週間前に会ったばかりじゃないか」

突然ロジャーが笑い出したので、暖炉脇のクッションに寝そべっていたスパニエルがびっくりして飛びあがった。犬は目をきょろきょろさせてご主人様の様子をうかがい、暖炉前でうろうろしている。「たしかにそうだ。なぜ忘れてしまったんだろう？　最終レースで大金をすったというのに。憎らしいことに、きみは大当たりしたんだよな」

「テンペストが遅れるのを予想できなかったのは、きみ自身の責任だ」

「テンペストが遅れたのは、つきまくっているきみのせいさ、コプリー。だが、ぼくはまだ信じられないよ。きみがロングショットという馬に、あれほどの大金を賭けるとは」

アレックスはスパニエルの子犬たちをよけて袖椅子のほうへ進み、腰をおろした。

「つきじゃない」そっけなく言うと葉巻を吸い、口から煙の輪っかを吐き出した。「ただ、パドックで馬たちをよく観察していただけだ」

「おやおや、ぼくら全員そうしてなかったか？　それなのに、あの馬の入賞はもちろん、一着になると見抜いたのはきみだけだ。まるで手を触れたものすべてが金になる、ギリシャ神話のミダス王のようじゃないか」

ふとローラのことを考えながら、アレックスは苦笑いを浮かべた。もしこの手で触れただけで、彼女のぼくに対する憎しみが消えればどんなにいいだろう。馬車の中で一瞬いい雰囲気になりかけたものの、ローラはぼくを断固として拒絶した。ぼくが彼女の考えているようなろくでなしじゃないとわかってもらうためには、我慢が必要だろう。我慢と――そして周到な計画が。今日ここへやってきたのも、その計画のためだ。

「ぼくだって、それなりに失敗はするさ」アレックスは応えた。「男にできるのは勝ち目を計算し、それに従って行動し、最高の結果を待ち望むことだけだからな」

それからしばらくさまざまな競走馬の特徴について語り合っていると、ロジャーがふざけた調子で言い出した。「サラブレッドといえば、きみはまだあのフランス人のオペラ歌手とつき合っているのか？　なんという名前だったかな？」

「ビアンカだ。それにイタリア人だよ。だが、彼女とは数カ月前に別れた」

「振ったのか？　あんなにすばらしい体つきなのに？　いやはや、彼女の胸ときたら！」

「しかし、あの気性だぞ」アレックスは言い返すと、ブーツの飾り房にかじりつこうとしている子犬をすくいあげた。だらりと垂れた耳を撫でたものの、子犬はおとなしくなるどころか、ふさふさの尻尾を金の懐中時計に叩きつけた。「馬車だの宝石だのを買い与えるのはごめんだと言ったら、ビアンカは怒りはじめたんだ。香水の瓶と汚れた皿を二階の窓から投げつけられれば、誰だって愛想が尽きるだろう？」

ロジャーが大声で笑い出す。「なんだか楽しそうじゃないか」

「きみならお似合いかもしれないな。もし彼女がぶしつけな態度のせいで島流しにならなければの話だが」

「いや、ぼくは遠慮するよ！　ビアンカは荷が重すぎる。もっとしとやかな女がいい。気分の浮き沈みの激しい女はいやなんだ」

アレックスは子犬をおろし、別の子犬を手に取った。今度の犬はおとなしく、撫でると幸せそうな顔をしたので、膝の上にのせてやることにした。

「それなら、壁の花になっている内気な女と結婚すべきだ」

「なんだって――ぼくが？」ロジャーが指に挟んでいる短い葉巻からは、今にも灰がこぼれ落ちそうだ。彼は空のグラスに葉巻を押しつけ、トルコ絨毯に染みを作るのをすんでのところで避けた。「ぼくは独身生活を謳歌《おうか》しているよ。ディナーのときの服装に文句をつけられたり、あちこちの店を引きずりまわされたりしていやな思いをせずにすんでいるのは、ひとえに口やかましい妻がいないおかげだ」彼は悪意に満ちた目でアレックスを見つめた。「いったいなぜここへ来たんだ？　聞いたところによると、スカーバラの舞踏会に出席して、たくさんの若い女性たちの目を釘づけにしたそうじゃないか。まさか結婚しようなんて考えているんじゃないだろうな？」

アレックスはかすかにあざけるような笑みを浮かべた。ぼくがおばの新しいコンパニオンに首ったけだなどと、いったい誰が思うだろう？　ローラを失って以来ずっと、もう心の痛手から回復できないと考えていた。しかしおばの庭園で彼女を見た瞬間、そんな心配は一気に吹き飛んだ、今では心を決めている。どんなに高い代償を払うことになっても、ローラを手に入れてみせる。「今はまだそんな気にはなれない。とはいえ、いずれは結婚しなければならないがね」

「ああ、ぼくと同じだな」ロジャーが悲しげにかぶりを振る。「いや、ぼくと同類扱いをしてはきみに失礼だ。ところで、今夜はどうしてこのむさ苦しい家にやってきたんだい？　何かよからぬ計画が思い浮かんだからか？　きみの顔にそう書いてあるぞ」

「よからぬ計画というわけじゃない」柔らかな子犬を撫でながら、アレックスは友人を鋭く一瞥した。「だが、きみにどうしても頼みたいことがあるんだ」

12

ローラは房のついた足のせ台を手に取り、レディ・ジョセフィーヌの高いベッドの下に置いた。ほかの足のせ台に比べると、これがいちばんベッドの高さに合っている。さあ、これでよしと。金色と青色のベッドカバーを引っぱり、元へ戻した瞬間、リネンのタオルを腕いっぱいに抱えたミセス・サムソンが寝室に入ってきた。家政婦は足を止め、けげんそうにあたりを見まわしている。

今日は雨粒が窓に吹きつける、薄暗くてうっとうしい日だ。レディ・ジョセフィーヌは長椅子にゆったりともたれ、自然画の画集のページをめくっている。天井いっぱいに天国をテーマにした絵が描かれた老婦人の寝室は、以前よりもずっと優雅な雰囲気に生まれ変わっていた。ローラが午後の時間を費やし、目にも鮮やかな花柄模様のカーテンをかけたり、小さめの家具類の配置を変えたりして、模様替えをしたからだ。

ミセス・サムソンがつかつかとやってきた。唇をねじ曲げ、苦々しい表情を浮かべている。

「いったいどういうつもりなの、ミス・ブラウン？」

「奥様がもっと自由に歩けるように空間を作ったんです」ローラはにらみつけている家政婦

を平然と見つめ返した。「こうしたほうが、杖をついていてもずっと歩きやすいわ」

ミセス・サムソンはリネン類を椅子に置くと、かがみ込んでベッドの下を見た。

「どうしてここに、こんなたくさんの物をしまい込んだの？　勝手に物を動かすのはやめてちょうだい」それからローラではなく、直接レディ・ジョセフィーヌに話しかけた。「奥様、いつものように旦那様の足のせ台を暖炉脇に置いておいたほうがよろしいのではないでしょうか？」

「ええ、愛しいチャールズが帰ってきてくれるなら、そのほうがいいわ……」レディ・ジョセフィーヌは口をつぐみ、悲しげな表情になった。「でも、彼はもういないんですもの……そうでしょう？」

ローラは長椅子の脇にひざまずき、レディ・ジョセフィーヌの染みの浮き出た手の甲を撫ではじめた。ときおり、老婦人の困惑ぶりがいつもよりひどくなる日がある。今日がそうだ。朝目覚めたときから、レディ・ジョセフィーヌは混乱状態でぼんやりしていた。そのためローラは従僕に今日は訪問者を受けつけないよう指示して、今夜レディ・ジョセフィーヌと一緒に行く予定だった音楽会も欠席することにしたのだ。

「ええ、旦那様はもういらっしゃいません」ローラは優しく話しかけた。「でも天国の旦那様も、奥様がつまずいて転ぶことを望んでいらっしゃらないと思うんです。旦那様の足のせ台は、必要ならいつでも取り出すことができますわ」

レディ・ジョセフィーヌはにっこりした。「まあ、なんて優しい子なのかしら……ところで、あなたの名前はなんといったかしらね？　ノーラだった？」

「ローラです、奥様。さあ、紅茶をもう一杯いかがです？」

「まあ、ありがとう」

ミセス・サムソンはわざとらしく咳払いをし、リネン類を引っつかむと、ローラをにらみつけてから着替え室へ姿を消した。ふたたび戻ってきたのは、ローラが紅茶をいれ、長椅子のそばのテーブルに置いたときだ。

ローラは家政婦の敵意に満ちた態度を気にしないことにした。使用人たちの噂によれば、ミセス・サムソンは一度も結婚したことがないという。それでも〝ミセス〟と呼ばれているのは、この屋敷にいる女性の使用人の中でも高い地位にある彼女に敬意を示してのことらしい。ミセス・サムソンは二五年間、屋敷の使用人たちを一手に仕切ってきた。それだけに、自分のやり方に異議を唱えられることに慣れていないのだろう。慣れるには時間が必要なはずだ。家族もなく、愛する者もいないまま、ずっと過ごしてきた人生。さぞかし孤独で寂しかったに違いない。

次の瞬間、ローラは気づいた。わたしだって同じだわ。一〇年間、父とひっそり暮らしてきた。ほかの人との関わりを極力避けながら。父の正体がばれるのが恐ろしかったからだ。そして今、二八歳になったわたしは明らかに婚期を過ぎている。将来結婚できる見込みもない。

わたしもミセス・サムソンのようにひとり寂しく年を取り、つんけんした態度の女性になってしまうの？

ローラは憂鬱な気分を振り払おうとした。父の死の真相を突きとめてからでも、自分の将来のことを考える時間はたくさんある。落ち込んでしまうのは、きっと雨模様のどんよりした天気のせいよ。それに女主人の具合が思わしくないあいだは何も探り出せないことに、焦りを感じているせいだろう。

レディ・ジョセフィーヌが長椅子で眠り込んでいるのに気づいて、ローラは老婦人の膝の上から分厚い画集をそっと取り去った。何か仕事をしていたくて、本棚や机の上にある小間物を片づけはじめる。背の高い戸棚や書き物机、それに窓枠にまで細々としたものが飾られており、中には明らかに捨てたほうがいいような品まである。

丸々とした天使の小像をつまみあげた瞬間、ヴァイオレットを抱きしめたときのことを思い出した。あのとき、たしかに赤ちゃんがおなかを蹴っているのを感じた。体の中に赤ちゃんがいるというのは、なんて不思議ですばらしいことだろう。わたしも今後そういう体験をすることがあるかしら？　もちろん、そのためには誰かと結婚しなければならない……。

ふいにアレックスが頭に浮かんだ。かつては彼からの求婚を待ち望み、自分が彼を愛しているように、彼もわたしを愛してくれていると思っていた。あまりに純真すぎて、アレックスの魅力がうわべだけであることに気づかなかったのだ。それでもなお、愚かしいほど純粋で喜びに満ちあふれていた当時の自分を懐かしく思い出さずにはいられない。

〝彼ったら、昔からなんとも言えない目つきであなたを見ていたのよ。すごく羨ましかったんだから〟

ヴァイオレットはわかっていないんだわ。アレックスがわたしに抱いていたのは真の愛情ではなく、単なる性的な興味だということが。その証拠に、彼は父を見逃してほしいというわたしの懇願に耳を貸そうともしなかった。それに、父はそんな人ではないというわたしの意見にも。

なんて情け容赦のない男だろう。アレックスは父をこそ泥のように扱った。彼が真に忠誠を誓ったのはわたしではなく、名づけ親であるノウルズ公爵夫人だったのだ。

アレックスは父に借金があるのを知っていたのだろうか？　そもそも、ヴァイオレットから聞いた父の借金の話は本当なの？　それとも父を非難するために、社交界の人々がでっちあげた噂にすぎないのかしら？

そのとき扉がノックされ、ローラは飛びあがった。レディ・ジョセフィーヌを起こさないよう注意しながら、天使の小像を置き、扉へ駆け寄る。きっと従僕が午後の郵便を銀製のトレイにのせて届けに来たのだろう。そう思いながら扉を開けた。

ふいにローラの心臓が一瞬止まった。

そこに立っていたのはアレックスだった。まるでローラの物思いが彼を呼び寄せたかのように。がっしりとした肩を強調するコバルトブルーの上着を着て、淡い黄褐色のブリーチズをはいている。頬の傷跡が醸し出しているのは、海賊のごとき危険な雰囲気だ。憎らしいほどのハンサムぶりに、ローラはぼうっとせずにはいられなかった。アレックスの匂いにくらくらする。スパイシーな男らしい香りをかいだとたん、衝動的に彼の肩のくぼみに顔をうずめたくなった。いったいどうして？　本当は彼のことが大嫌いなはずなのに。

アレックスの完璧な装いを目の当たりにして、ローラは自分のさえない姿に引け目を感じた。灰色のだぶだぶのドレスに室内帽、それに眼鏡。これでは美しい羽根を広げた雄の孔雀の横にいる、地味な雌の孔雀そのものだ。

予告もなく、いきなり階上にあがってくるなんてどうしたのかしら？

「入っていいかな？」首を伸ばして室内をのぞき込みながら、アレックスが言った。「おばに会いたいんだ」

ローラは半開きの扉をすべて開けようとはしなかった。「レディ・ジョセフィーヌは今、お休みになっています」低い声で言う。「従僕から聞いたはずです、今日の午後はどなたの訪問も受けつけないと」

アレックスが眉をひそめる。「具合でも悪いのか？」

「今日は少し混乱されているだけです。明日、またいらしてください」

「いや、明日では遅すぎる。おばの誕生日を祝いに来たんだ」

「お誕生日？」

ローラが驚いている隙に、彼は扉を軽く押して中に入ってきた。そんなアレックスを止められないほど、びっくりしていた。今日はレディ・ジョセフィーヌのお誕生日なの？　前もってわかっていれば、何か特別なごちそうを用意したのに。

続いて、ローラはふたつのことに気づいた。まずはアレックスが蓋のついた大きなバスケットを脇に抱えていること。そして、中から引っかいたり鳴いたりするような奇妙な音が聞こえていることだ。

アレックスは長椅子の脇へかがみ込むと、レディ・ジョセフィーヌの肩をそっと揺らした。

「ジョシーおば様？　起きてください」

老婦人が目を開け、ぼんやりしたまなざしで彼を見る。

「誰……？　おやまあ、あなたは……」

「アレクサンダーです」アレックスはおばのしわだらけの頬にキスをした。「あなたのお気に入りの甥ですよ」

混乱した様子でレディ・ジョセフィーヌは手を伸ばし、彼の頬の傷跡をなぞった。

「まあ、あなた、この傷はどうしたの？」

アレックスは一瞬ローラのほうを見てから答えた。

「ずっと前にけんかをしてやられたんです。もうどうでもいいことですよ」かすかな笑みを浮かべて一歩さがる。「さあ、今日はおば様のお誕生日です。贈り物を持ってきました。ご覧になりますか？」

ローラは疑わしげな目で彼を見つめた。頬の傷がもうどうでもいいこと？　アレックスの何気ないひと言で、ローラは狐につままれたような気になり、警戒せずにはいられなかった。彼はもう傷のことは怒っていないと、わたしに伝えたかったの？　過去のことは水に流せと言いたいのかしら？

そうやって度量の広さを見せつけていればいいんだわ。アレックスは頬に傷を受けて当然のことをした。それを棚にあげて、自分だけいい格好をしようとしても無駄よ。

レディ・ジョセフィーヌは丸々とした顔を輝かせ、長椅子の上にしゃんと座り直した。

「わたしの誕生日？　まあ、本当に？」

「ええ、本当です。こんな大切な日を祝わないわけにはいきません。さあ、贈り物を開けてもいいですか？」

アレックスはバスケットを床に置くと、片膝をつき、バスケットを縛っている革ひもを解きはじめた。興味を引かれて、ローラも長椅子の横へ進み出た。心の中で、おばの誕生日を覚えていたアレックスの優しさをしぶしぶ認めながら。

革ひもがはらりと落ち、彼が蓋を取ったとたん、バスケットの縁に小さな前足がかけられた。続いて現れたのは、黒と褐色のぶち模様のスパニエルの子犬だ。黒い両耳がだらりと垂れている。黒い目で抜け目なく三人を見まわすと、子犬はバスケットから出ようとよじのぼりはじめた。すぐにどすんと転げ落ちたが、勇敢にもまたのぼりはじめる。

ローラは思わず笑った。「まあ！　かわいそうなわんちゃんを早く助けてあげてくださいな」

アレックスはバスケットの中へ手を伸ばし、子犬をすくいあげた。子犬は愛らしい目でアレックスを見つめ、彼の手をなめようと身をよじった。

「さあ、お行儀よくするんだ」アレックスが言う。「いたずらは許さないぞ」

子犬はその言葉をちゃんと聞いたかのようにうなずき、おとなしくなった。

アレックスは子犬をおばの膝の上にそっとのせた。

「さあ、ジョシーおば様。この子のしつけはもうすんでいます。ぼくが小さい頃、おば様が犬を飼っていたのを思い出したんですよ。だから、きっとこの犬が気に入るんじゃないかと思って。でも、もし気に入らなければ……」

「まあ、もちろん気に入ったわ！」レディ・ジョセフィーヌは感激したように叫んだ。子犬をすくいあげ、豊かな胸に抱きしめる。「なんてかわいい子なんでしょう」

大きく尻尾を振りながら、子犬は老婦人の顎をぺろぺろとなめた。それから身をくねらせ、レディ・ジョセフィーヌの首元にすり寄って、たっぷりと撫でてもらった。

ローラも柔らかそうな子犬を撫でたくてたまらなかった。アレックスを見ながら言う。「この子はこれからたっぷり甘やかされることになりそうですね。こんなかわいい子犬をどこで見つけたんです？」

「古い友人が飼っているスパニエルが出産したばかりだったんだ。いい奴で、ぼくに最初に選ばせてくれたよ。四匹の子犬のうち、いちばんおとなしいのを選んだ」アレックスは言葉を切ると、濃い茶色の瞳でじっとローラを見つめた。「子犬のせいで、よけいな仕事が増えてしまうな。きみが気を悪くしていなければいいんだが」

彼に見つめられて、ローラは頬を染めた。懇願しているように見えたのは、きっとアレックスがまだひざまずいているせいだろう。とはいえ、彼の言葉の端々にはローラに対する気づかいが感じられた。「気を悪くするなんてとんでもない。あなたはレディ・ジョセフィーヌを幸せな気分にしてくれたんですもの。本当に心底感謝しています」

「心の底だけ？　きみの心丸ごとではなく？」かすかに微笑みながら、アレックスが低い声で言う。「いや、それでもたいしたことだな」

ローラはふたたび真っ赤になった。全身が熱くなっているのを無視して、子犬に注意を向ける。明らかに、子犬は忠誠を尽くす相手をアレックスからレディ・ジョセフィーヌへ変えたようだ。老婦人と子犬はどこから見ても幸せそうだった。

「奥様、この子に名前をつけてあげなければいけません」ローラは言った。「きれいなぶち《スポット》模様をしていますけど、スポットという名前はありふれてますね。こんなにハンサムな犬ですもの、もっと堂々とした名前がいいですわ……たとえばプリンスとか」

「あるいは、神々しいアドニスという名前もいい」アレックスが提案する。「さあ、どうでしょう、ジョシーおば様？　どんな名前がいいですか？」

老婦人は困ったような顔を一瞬アレックスに向け、また犬に視線を戻した。そしてそっと抱きあげて黒い鼻先にキスをすると、こう宣言した。「チャールズがいいわ」

驚いたローラとアレックスが顔を見合わせる。

「チャーリーのほうがいいかもしれません」機転を利かせて、ローラは言った。「旦那様の名前とこんがらからないように」

「チャーリー」レディ・ジョセフィーヌは子犬をひしと抱きしめた。「ええ、気に入ったわ。わたしのかわいい赤ちゃん、チャーリー」

子犬は賛成とばかりに尻尾を振りまわした。

「これで決まりだ」アレックスは立ちあがった。「ミス・ブラウンがときどきチャーリーを散歩へ連れていくことに同意してくれたら、散歩用のひもを買ってこよう」

「もちろんですわ。喜んで」ローラは応えた。

内心わくわくしていたが、彼女は必死に興奮を隠そうとした。ミセス・サムソンに常に見張られていては、思いきって出かけることもできない。けれど、これからは犬の散歩にかこつけて外出できる。近隣の様子を探ることができるのだ。

ローラはアレックスがこちらをじっと見つめているのに気づいた。深いまなざしにさらされ、落ち着かない気分になる。彼女は寝室を横切り、棚に置いてある小物の整理にふたたび取りかかった。ばかげているわ。アレックスに心の中を見透かされたような気になるなんて。ブルームーン窃盗事件の手がかりを探すというわたしの計画を、彼が知るはずもないのに。

それに、父を殺した人物と窃盗事件の真犯人が同一人物かどうかを探るという計画も。

そう考えたとたん、ローラは暗い喪失感に襲われた。ときどき、こういうことがある。父がもうこの世にいないというのが、まだ信じられない。計画をすべてやりとげたら、父のお墓にユリを植え、なけなしの貯金をはたいてちゃんとした墓石を買ってあげたい。ただ今は共同墓地に行くつもりはない。あの恐ろしい巡査が目を光らせているかもしれない……。

ふいにうなじがぞくぞくするのを感じ、ローラはアレックスがすぐ隣にいることに気づいた。近づいてくる足音が厚い絨毯にかき消され、聞こえなかったのだろう。女性の羊飼いの陶器の置物をつかむと、ローラは彼のほうを見た。

「ほかにも何か、コプリー伯爵？」

「ひとつ質問があるんだ。ただし、きみがそれをぼくに投げつけてこないと約束してくれたらなんだが」

「なんですって？」彼女は置物を置いた。「そんなこと、するわけがありません」

アレックスは人差し指で頰の傷跡をなぞった。「きみの前で用心深くなるのは当然だろう？」

ローラは彼のからかうような瞳に気づかないふりをした。それに、その瞳を見て全身がほてったことにも。ふと、アレックスはひげを剃るとき、傷跡が邪魔にならないのかしらと不思議になった。まだ小さかった頃、父が顔を泡だらけにしてかみそりを当てている光景にうっとりと見入ったものだ。とはいえ、上半身裸で肩にタオルをかけ、ひげを剃っているアレックスの姿を想像するわけにはいかない。あまりに不適切すぎる。

「それで、ご質問というのは？」

「この部屋を片づけてくれたのはきみかい？」

「はい。もしあなたのお許しが得られたら、ここにある細々としたものを保管庫へ移したいと思っています」

「きみに必要なのは、ぼくの許しではなくておばの許しだろう?」

「それでも、あなたからお許しを得たいのです」ローラは挑むように彼を一瞥した。「盗んだと非難されたくありませんので」

唇をゆがめて含み笑いをしながら、アレックスは肩越しにレディ・ジョセフィーヌを見た。老婦人は子犬とのやりとりにすっかり夢中だ。

「安心してくれ。何かなくなったとしても、ぼくは文句を言わない。だが、どうやって保管庫へ移動するつもりだ? おばはここにあるがらくた全部をたいそう気に入っている。ほとんどが亡き夫からの贈り物だからね」

「これほどあちこちに品物があるんですもの、中にはなくなっても、奥様が寂しがらない品もあるはずです。もし奥様が、あれがなくなって寂しいとおっしゃる物があれば、それは部屋に戻すつもりです。ただし少しずつ移動すれば、奥様もお気づきにならないでしょう」

一瞬、アレックスがローラの唇に視線をさまよわせた。

「みごとな戦略だな、ミス・ブラウン。恩に着るよ。きみはおばの面倒をよく見てくれている。これできみに借りができたな」

大股で歩き出すと、アレックスは長椅子に近づき、腰をおろしてレディ・ジョセフィーヌと話しはじめた。ローラは彼に褒められたことに喜びを感じていた。けれど易々とアレックスの魅力に屈するわけにはいかない。

ありがたいことに、この調子だとアレックスの訪問はすぐに終わるだろう。レディ・ジョセフィーヌはいつも驚くほど早い時間に夕食をとるし、アレックスのような遊び人には楽しい夜の予定が待っているはずだ。そんな彼が、ここで年老いたおばと夕食をともにするわけがない。

13

「突然夕食に押しかけて、気を悪くされてなければいいのですが」アレックスは長テーブルの上座に座ったレディ・ジョセフィーヌに言った。「こんな大切な日に、使用人のコンパニオンとふたりきりで夕食というのは、あまりに気の毒な気がしたんです」

レディ・ジョセフィーヌが彼に微笑みかけた。「あなたなら、いつでも大歓迎よ」

女主人の右隣に座っていたローラは、アレックスのからかいに反応せずにはいられなかった。「閣下にとって、使用人と一緒のテーブルにつくのはさぞかし不愉快なことでしょう。もしよろしければ、わたしは自分の部屋にさがって食事をとります」

「いや、ここにいてくれ、ミス・ブラウン。誕生日パーティというからには、少なくとも三人が列席してなければならない」ろうそくの明かりに、アレックスの瞳がきらめいている。レディ・ジョセフィーヌの左側に座っている彼はおばに話しかけた。「今日は誕生日のお祝いのディナーです。特別な機会ですから、ミス・ブラウンも眼鏡を外すべきだと思いませんか？　眼鏡のせいで、あまりに堅苦しく見えますよね」

「そうよ！」レディ・ジョセフィーヌがローラを見ながら言う。「本当にそのとおりだわ。

彼女はあんなにきれいなブルーの瞳の持ち主だもの」

「まさに美しい瞳です」アレックスが同意した。「さあ、ミス・ブラウン、眼鏡を取りたまえ」

従者がブルゴーニュ産のワインを注ぎ、別の従者がビーフコンソメをよそう中、ローラはアレックスの威圧的な態度に腹を立てていた。けれどもレディ・ジョセフィーヌの楽しそうな顔を見て、思い直した。ここで騒ぎを起こして、せっかくのお祝いを台なしにするわけにはいかない。ローラは眼鏡を取り、テーブルの中央にある塩入れの近くに置いた。

「さあ、眼鏡を外しました。これでよろしいでしょうか？」

だが、レディ・ジョセフィーヌは聞いていなかった。困惑した表情を浮かべ、ダイニングルームをぐるりと見まわしている。「ねえ、チャールズはどこへ行ったの？」

アレックスはおばの手に手を重ねた。純白の食卓用リネンに、彼の日焼けした肌がよく映えている。「残念ですが、チャールズおじ様はもうここにはいないんですよ」

老婦人はかぶりを振った。「いいえ、わたしが言っているのは小さなチャールズのことよ」

「チャーリーですわ」ローラは訂正した。「大丈夫です。チャーリーは厨房で、料理人からもらった骨にかじりついていますよ」

「それに残り物で作った豪華なディナーを楽しんでいます」アレックスがつけ加える。「使用人たちのかわいがりようを見ていると、チャーリーはすぐに太ってしまうのではないかと心配です」

困惑した表情から一転、レディ・ジョセフィーヌは声を立てて笑った。

「新しい飼い主と同じで、太って陽気な犬になるわね、きっと」スープ用のスプーンを手に取って言う。「チャールズとわたしが新婚旅行から持ち帰った子犬の話はしたかしら？　最初は痩せっぽちの雑種で、とってもいたずら好きだったの。ローマのホテルのテラスで、わたしの朝食のお皿からソーセージを盗んだのよ。手を嚙まないよう、あの子をしつけるのにチャールズがどれほど苦労したことか……」

スープを飲みながら女主人がとりとめもなく話すあいだ、ローラはおいしいワインを飲みながら、レディ・ジョセフィーヌの記憶の鮮明さに驚いていた。遠い昔のことなのに、なんてよく覚えているのだろう。過去を振り返っているとき、老婦人の頭はごく正常に機能しているように見える。彼女を混乱させているのは現在の出来事だけなのだ。

レディ・ジョセフィーヌは自分が飼ったことのあるほかのペットたちについても話し続けた。子どもに恵まれなかったため、彼女も夫もさまざまな種類の犬たちを溺愛していた。ローラにしてみれば、すでに聞いたことのある話もあった。おそらくアレックスもそうに違いない。しかし、彼はそんなそぶりをいっさい見せなかった。熱心におばの話に耳を傾け、ときおり質問している。どれもおばが気分よく話せるような、思いやりのある問いかけだった。ただし、レディ・ジョセフィーヌがアレックスの幼い頃の秘話を披露しはじめたときは違った。

「覚えてる？　あなたもわたしのわんちゃんたちと遊ぶのが大好きだったのよ。いつもあなたのことをかわいそうに思っていたの、ペットを飼うことを許されていなかったから」

「そうなんですか?」ローラは驚いてアレックスを見た。

彼は肩をすくめた。「ぼくは八歳のときに寄宿学校へ入った。犬を飼う時間などなかったんだ」

「でも、あんなに欲しがっていたじゃない」レディ・ジョセフィーヌは笑みを曇らせてフォークを手に取り、皿の上の魚のポシェをよけた。それからローラを見て言葉を継ぐ。「わたしの義理の弟、つまりアレクサンダーの父親は動物が嫌いでね、屋敷をペット禁止にしていたの。ああ、ブランチがあのかわいいスパニエルを連れ帰ったのは、本当に大間違いだったわ――」

「知らない人たちの話を聞かされても、ミス・ブラウンが退屈するだけですよ」アレックスがいきなり割って入った。「彼女にも話す機会を与えるべきではないでしょうか? きっとポルトガルでの思い出話を聞かせてくれるはずです」

アレックスの顔がろうそくの明かりに映し出される。顎に力がこもり、緊張している様子だ。なぜ彼はレディ・ジョセフィーヌの話を遮ったのかしら? 興味を覚えて、ローラは言った。「むしろあなたの思い出話を聞きたいですわ、コプリー卿。奥様、どうぞお話を続けてください。ブランチというのはどなたなんです?」

「わたしの妹でアレクサンダーの母親、レディ・コプリーのことよ。あの子は気まぐれで軽はずみな性格で、厳格な夫とは本当に正反対だった。妹は結果を考えずに行動するところがあったの。夫婦で怒鳴り合っている光景は本当にすさまじいものだったわ！　かわいそうに、アレクサンダーも小さい頃、いやというほど両親のけんかを見せられたはずよ」

ローラは確かめるようにアレックスのほうを見た。だが、彼は手にしたワイングラスに向かってしかめっ面をしているだけだ。「先ほどのスパニエルの話を聞かせていただけますか？チャーリーにそっくりのわんちゃんだったのでしょうか？」

「ええ、そうなの！　ブランチがアレクサンダーの七歳の誕生日祝いにあげたのよ。でも父親に見つかって、激しい言い争いになって……あの人ときたら、子犬を階段から突き落として、うしろ脚を骨折させたんだから」レディ・ジョセフィーヌの目にみるみる涙がたまっていく。「アレクサンダーは父親を止めようとしたわ。でも、彼は息子まで叩いたの。わたしが見つけたとき、アレクサンダーは大声でわめく父親から子犬を守ろうと、階段の踊り場で縮こまっていたわ」老婦人は声を震わせながら、リネンのナプキンの端で目頭を押さえた。

おいしいはずの魚料理の味がふいにしなくなったことに、ローラは気づいた。あまりの衝撃に息苦しくなり、ワインを飲まなければならなかったほどだ。「まあ、お気の毒に」アレックスに向かって言う。「そんなことがあったなんて知りませんでした」

彼は皮肉めかした笑みを浮かべた。自分にとって愉快とは言えない話題を終わらせようとするかのように言う。「もうずっと昔の話だ。そんなことがあったなんて忘れかけていたよ」

本当かしら？　それともアレックスは、自分の心を傷つけた出来事について、これ以上話したくないだけ？

前は気づかなかったが、彼は自分が話題の中心になると、巧みに会話の流れを変えようとする。一〇年前、まだ純粋無垢だった頃、ローラもふたりのあいだには秘密などないと信じきっていた。でも、今ではよく知っている。アレックスが自分の過去について、当たり障りのないことしか打ち明けていなかったことを。

だからこそ、彼に裏切られてあれほどの衝撃を受けてしまったのだろう。わたしは本当のアレックスをまるで知らなかったのだ。

この話題はもうやめるべきなのかもしれないけれど、やはり話の続きが知りたい。ローラはアレックスではなく、レディ・ジョセフィーヌに話しかけた。

「先ほど、コプリー卿がけがをした子犬を守ろうとしたとおっしゃっていましたね。それからどうなったんです？」

「もちろん、わたしは自分にできるだけのことをしたわ。ブランチときたら金切り声をあげ続けていたんだもの。だからアレクサンダーを家庭教師と一緒に子ども部屋へ連れていったの。それから子犬をわが家へ連れ帰って、元気になるまで面倒を見たのよ。あのわんちゃんの名前は……ええと……あら、いやだ、すっかり忘れてしまって」下唇を震わせて、レディ・ジョセフィーヌは助けを求めるようにアレックスを見た。

「たしかバトンズだったと思います」彼はそっけないまなざしでおばを見た。「さあ、もう昔のことを嘆くのはやめてください。終わりよければすべてよしですよ。おば様のおかげで、ぼくはここを訪れて子犬と遊ぶことができたんですから」

「恐ろしい光景を目撃されたんですね、閣下」ローラは言った。アレックスからなんらかの反応を引き出したかった。

「人はどんな経験をしても、じきに忘れてしまうものだ。きみだってそうだと思うよ、ミス・ブラウン」

今回だけはアレックスのからかうような言葉を聞いても憤りは感じなかった。かつて彼が父親から暴力を振るわれたことを知り、心を痛めていた。両親とも感情的になりやすい性格だったとしたら、アレックスもさぞ苦労したに違いない。輝かんばかりの魅力とは裏腹に、彼がときおり寂しさをちらりとのぞかせるのは、そういう生い立ちのせいではないかしら？

そんなことと関係ないわ。ローラは自分に言い聞かせた。アレックスのことなんてどうでもいい。ブルームーンを盗んだ真犯人を突きとめたら、わたしはすぐさまこの屋敷から去ることになる。アレックスの人生からも。永遠に。

「今夜はもう湿っぽい話はよしましょう」アレックスは決然と言うと、ワインを注ぎ足すよう従者に申しつけた。「さあ、大好きなおば様のために乾杯だ。これからもおば様がずっと長生きできるように！」

レディ・ジョセフィーヌが笑みを浮かべた。しわだらけの顔から悲しげな表情が消えていく。アレックスはおばに、夫からもらった中でお気に入りの贈り物は何かと尋ねた。老婦人があれこれと名前をあげはじめる。その答えにローラは熱心に聞き入った。こうすれば、レディ・ジョセフィーヌの大好きな品々を保管庫へ持っていかずにすむだろう。

アレックスは軽妙な会話を楽しもうと心に決めた様子だった。おどけた発言を連発し、おばを笑わせている。はじめはローラも彼らの会話に加わり、社交界の人々について質問しようと考えていたが、結局思い直した。レディ・ジョセフィーヌを混乱させるようなことはしないほうがいい。今夜は彼女の誕生日なのだから。

ローラは楽しい会話とおいしいごちそうを楽しむことにした。ここ一〇年、自分で作った素朴な田舎料理ばかり食べてきた。でも今夜は、腕によりをかけた料理がいくつも出されている。きっと伯爵に好印象を残そうと、料理人が張りきったに違いない。豆と小粒のタマネギを添えた羊肉のカツレツに、黄金色に揚がった薄切りポテト、最後にふわふわのホイップクリームがのったグースベリー・タルト・パイが登場した。グラスが空けば、すぐに従僕が赤ワインを注いでくれる。デザートのときには、それが白ワインに切り替わった。

豪華なコース料理が終わる頃には、レディ・ジョセフィーヌのまぶたは落ちかけていた。杖と甥の助けを借りながら、よたよたとアーチ型の扉へ向かう。そこでつと立ちどまると、老婦人はアレックスの腕にしがみついた。「厨房からわたしの赤ちゃんを連れてこないと」悲しげな声で言う。「そうしないと、ママがいないまま、あの子を今夜ひとりぼっちで過ごさせることになってしまうわ」

「ジョンが連れてきてくれますよ」アレックスがひとりの従僕にうなずいてみせると、彼は急ぎ足で地下貯蔵室へ続く廊下に向かった。それからアレックスはおばを階段へといざなった。

ローラは片手でマホガニー材の手すりをつかみ、もう一方の手でドレスのスカートをつまみながら、ふたりのあとに従った。ワインをたくさん飲んだせいで頭がくらくらしている。ドレスの裾につまずかないよう、気をつけなければならない。だが、どうしても数歩先を行くアレックスに視線が行き、ますます転びそうになってしまう。

襟のうしろに少しかかっている、アレックスの濃い茶色の髪に指を差し入れたい。ローラは、彼のシルクのようになめらかな髪の手触りをありありと思い出していた。それに体に押しつけられたアレックスの体の感触も忘れられない。たくましい肩、ぴったりしたズボンに包まれた隆々とした筋肉。アレックスがどんな性格であれ――今は頭がもうろうとして、そのことさえ思い出せないけれど――彼の体つきは完璧と言わざるをえない。できることなら、あのすばらしい体をスケッチしてみたい。そうしたくてたまらない。

裸のアレックスをスケッチできたら、どんなに刺激的だろう。

不適切きわまりない考えに脚の力が抜け、ローラは階段のてっぺんから転げ落ちそうになった。あわてて親柱をつかみ、自分を戒める。なんてこと。憎んでいる男性の裸を描きたいだなんて。一瞬でもそんなみだらな考えを抱いたことに衝撃を覚えずにはいられない。

でも、本当にわたしはアレックスを憎んでいるのかしら？　完全にそうとは言えない。今日、アレックスはおばに対してとても優しく、思いやりのある態度を取っていた。

腕にすがりついているレディ・ジョセフィーヌとともに、アレックスがランプの灯った廊下を進んでいく。老婦人のおぼつかない足取りに合わせた、ゆっくりとした歩調だ。アレックスは本当におば様のことを愛しているのね。彼の言動の端々に深い愛情が感じられる。

しばらくすると、レディ・ジョセフィーヌの寝室に着いた。スパニエルを連れた従僕と、女主人のベッドを整えるためのメイドもあとからやってきた。再会したレディ・ジョセフィーヌと子犬は、どちらも嬉しさを隠しきれない様子だ。アレックスはそんなおばの頬にキスをして、子犬の様子を見にまたすぐに立ち寄ると約束した。

アレックスはローラに軽く会釈をして一瞬彼女を見つめ、大股で寝室から出ていった。レディ・ジョセフィーヌがいそいそと子犬を着替え室へ運ぶあいだ、ローラは眉をひそめながら、アレックスが出ていったばかりの開いた扉を見つめていた。彼はパーティにでも行くのかしら？　夜はまだこれからだ。不ぞろいに時を刻むいくつもの時計によれば、まだ午後九時半をまわったところらしい。

どういうわけか、ローラはがっかりしていた。このままベッドに入るには、あまりに早すぎる。これから舞踏会やパーティがはじまる時間だというのに。本音を言えば、半ば期待していた。いつぞやの夜の馬車の中でのように、アレックスが自分にちょっかいを出してくるのではないかと。

正直なところ、そうしてほしいと思っていた。もちろんロマンティックな目的のためではない。アレックスに尋ねたいことが山ほどあるからだ。どうしても答えてほしいことがたくさんある。

でも、いいわ。アレックスをこのまま行かせることにしよう。絶望に駆られた若いレディのように追いかけ、彼を満足させるなんてごめんだ。

ローラはベッドの足元にある棚から折りたたんだ毛布をつかんだ。かがみ込み、バスケットの中で子犬が眠れるよう、毛布でベッドを作ろうとする。無意識のうちに顔に手をやっていた。身をかがめると、いつも眼鏡がずり落ちてしまうからだ。

だが、そこに眼鏡はなかった。食卓に置き忘れてきてしまったのだ。

ふいにローラは気づいた。これで階下へ行くための完璧な口実ができた。もし途中でアレックスに出くわせれば、なおさら好都合だわ。

ローラは急いで廊下に出て、早足で階段をおりていった。下のほうから人の声のようなものが聞こえる――いいえ、もしかすると、これは自分の胸の高鳴りの音かもしれない。ダイニングルームは数ある客間の中でも、いちばん手前に位置している。壁に取りつけられた燭《しょく》台《だい》の明かりはすでに使用人によって消され、中央広間には不気味な影が落ちていた。

ダイニングルームからは淡い黄色の光がもれ、食器類がぶつかる音が聞こえている。従僕たちがテーブルを片づけているのだろう。先ほど聞こえたのは彼らの声だったのかもしれない。

ローラは正面玄関を見渡せるバルコニーへと急いだ。手彫りのマホガニー材の手すりに手をかけ、階下に広がる暗い空間を見おろしてみる。

そのとき背後に誰かの気配を感じ、彼女は目を見開いた。だがアレックスの名前を口にする前に、自分の愚かさに気づいて目をしばたたいた。ただの置物の鎧だったのだ。

ローラは気分が沈んでいくのを感じた。アレックスはもう帰ってしまったに違いない。いくら探しても無駄だろう。

こんなに落ち込むなんて、ばかげている。ただ、わたしは彼とふたりきりで話したかっただけ。アレックスのキスを待ち望んでいたわけではない。彼から情報を引き出したかった。父の死にまつわる謎を解くために。

ため息をつき、ローラは階上へ戻ることにした。これからろうそくの明かりの下、本でも読むことにしよう。アレックスに質問するのは、また今度にすればいい。けれども体の向きを変えた瞬間、ぴたりと足を止めた。

目の前にぬっと現れたのは、背の高い男性の黒い影だった。ローラははっと息をのんだ。次の瞬間、その影に包まれた人物が誰かようやくわかった。「アレックス！」

14

ダイニングルームからもれてくる薄明かりの中、ローラはほれぼれするほど美しく見えた。いかにも驚いた様子で片手を胸に当てている。見開かれた目は、星がまたたく夜空のようにきらめいていた。

今、ローラはぼくの名前を呼んだ。だが彼女自身は、そのことにすら気づいていないのではないだろうか？　自分の名前が彼女の美しい唇から発せられるのを聞くのは、実に一〇年ぶりだ。そのあいだ、どうにかしてローラのことを心の中から追い出そうとしたが、うまくいかなかった。ふとした瞬間に、彼女の輝くような琥珀色の髪やレディらしい陽気な笑い声を思い出してしまうのだ。そしてついに一〇年ぶりに、ローラはおばの庭園に現れた。さえない使用人の格好で。

わが目を疑ったが、それはぼくの想像の産物ではなかった。運命――そしてレディ・ミルフォードの助け――により、第二の機会が与えられたのだ。今、ぼくがすべきことはただひとつ。ローラを二度と手放さないための方法を見つけ出すことだ。

わざと誘惑するような調子で、アレックスは言った。「ぼくを探していたのかい？」

「まさか！　わたしは……ただ眼鏡を忘れただけです。食卓に」

「だが、きみはダイニングルームには入ってこなかった。まっすぐバルコニーの手すりに駆け寄り、玄関ホールを見おろしていたじゃないか」

ローラは顎をぐっとあげた。「階下におりてきたとき、誰かの話し声が聞こえました。だから誰なのか確かめたんです」

「なるほど」

しかし言葉とは裏腹に、アレックスは納得していなかった。ローラはぼくを探しに来たのではないだろうか？　そうであってほしい。彼女がぼくを暗い部屋へ誘い込み、あの襟の詰まったお堅いドレスを脱ぎ捨て、〝わたしを好きにして〟と言うつもりだったなら、どんなにいいだろう。

いや、それはブルームーンが空から降ってくるよりもありえないことだ。

ローラ・フォークナーは、さながら元気がよすぎる牝馬《ひんば》だ。調教するには並々ならぬ忍耐力と説得力が必要になってくる。馬車の中でキスこそしたが、ほんの一瞬だった。彼女はすぐにぼくをはねつけた。

〝どうしてあのとき、父を連れていかないでと懇願しても聞き入れてくれなかったの？　わたしを傷つけても構わないと思っていた証拠でしょう。それに父はそんなことができる人じゃないといくら言っても、あなたはわたしの言葉を信用してくれなかった〟

ローラは一〇年かけて、ぼくに対する憤りを募らせてきた。それを一夜で手放せというほうが無理だろう。彼女が根負けするまで、少しずつ説き伏せるしかない。ゆっくりとローラの情熱に火をつけ、炎が彼女の抵抗を焼き尽くすのを待つことにしよう。

「ぼくたちは――」アレックスは口を開いた。

「話したいことがあるの――」ローラが同時に言う。

ふたりは言葉を切り、見つめ合った。アレックスは手を振って譲歩した。

「レディ・ファーストだ」

ローラは話そうとしたものの、考え直したように口をつぐんだ。使用人らしい口調で切り出す。「まだここにいらっしゃるなら、個人的なことでお話ししたいことがあるのです。もし急いでお発ちの予定でなければの話ですが」

「ああ、構わない。ろうそくを取ってくる。応接室で話そう」

アレックスは思わずにんまりしながら、ダイニングルームへと急いだ。そこにはまだ従僕がひとり残っていた。ちょうど長テーブルのリネン類を片づけ終えたところだ。

「もうここはいい」アレックスは従僕に言った。「ろうそくはぼくが出るときに消しておく」

白いかつらをつけた従僕はお辞儀をした。「かしこまりました、閣下」

アレックスはずしりと重い銀製の枝付き燭台を手に取った。細いろうそくが三本、ちらちらと燃えている。熱い蠟《ろう》が手の甲に垂れたが、気にもとめなかった。それより心配なのは、自分が戻る前にローラがどこかへ行ってしまわないかということだ。だが、彼女は階段ホールにいた。胸の下で両手を合わせ、落ち着かない様子で行きつ戻りつしている。

こちらを振り向いた瞬間、ローラが少しよろめいたのがわかった。そういえば、今夜の彼女はワインをたくさん飲んでいた。もしほろ酔い気分なら、かえって好都合だ。この機会をうまくものにすれば、ローラのかたくなな心も和らげられるだろう。彼女のためらいを払拭するべく全身全霊をこめて説得し、必ずや誘惑してみせる。

アレックスは暗い応接室へ入ると、家具だらけの室内を進んでいった。どんな話があるにせよ、今ローラの心を占めているのは重要なことに違いない。眼鏡のことをすっかり忘れてしまっているからだ。実を言えば、彼女の眼鏡は上着の内ポケットにしまってある。先ほどおばと一緒に階上へ行ったとき、ローラが眼鏡を忘れたことに気づき、ダイニングルームから回収しておいたのだ。少しでも彼女に好意を持ってもらいたい一心で。

状況は、ぼくが望んでいたよりもはるかにうまく進展している。ふたりだけの内密な会話ほど親密な行為はない。女性の心を引きつけるには、まさにうってつけだろう。

誘惑するという目的を考慮して、アレックスは室内の隅のほうへ進んだ。ここなら開いた扉からはすぐに見えないだろう。いくつかの小像を脇へよけると、テーブルの上に燭台を置く。それからローラの腕を取り、金色の縞模様をした長椅子へいざなった。小ぶりで、ふたりで腰かけるにはちょうどいい大きさだ。「座ろうか?」

ローラは前に進み出て、アレックスを鋭く一瞥すると、長椅子に対して直角の位置にある金箔張りの椅子に腰かけた。彼は思わずにやりとした。さすがはぼくのローラだ。

ぼくのローラ。そう思ったとたん、さらに決意が固まった。そう、ずっと前から彼女はぼくのものだった。ぼくらは互いに離れられない間柄なのだ。ローラはその事実をまだ受け入れようとしないが、今度こそ、絶対に彼女を手放したりしない。

アレックスは長椅子に座り、彼女を見た。ろうそくの金色の明かりに照らされて、背筋をまっすぐに伸ばし、膝の上で手を重ねている。ひどく堅苦しく見えるのは、レースの室内帽と襟の詰まった灰色のドレスのせいだ。もはや社交界にデビューしたての頃のような、屈託のない少女ではない。生き生きとした情熱的な魂を、オールドミスという仮面の下にひた隠している。だが、ぼくは知っている。その魂が今か今かと解放を待ち望んでいることを。

彼女がそっけない視線でアレックスを見た。「なぜあなたに話し合いを願い出たのか、きかないのですか?」

「もし今日、何か失礼なことをやらかしていたら許してほしい。わざとではないはずだ」

「失礼なこと?」形のいい眉をひそめながら、ローラが言う。「いいえ、あなたはお優しかったですわ。レディ・ジョセフィーヌをとても幸せな気分にしてくれたんですもの」

「ああ、それがぼくの狙いだったんだ」それにきみに気に入られる狙いもあった。

「子犬のプレゼントのおかげで、特別なお誕生日になりました。ただひとつ残念なのは、自分が贈り物を用意できなかったことです」

「そんなことを気にする必要はない。おばは屋敷じゅうを埋め尽くすほどの品々を持っているんだから」

ローラは弾かれたように笑い出した。その笑い声を聞き、たちまちアレックスは心が浮き立つのを感じた。この調子なら、彼女を誘惑するのはそんなに難しいことではないかもしれない。だが、ローラが楽しそうな様子を見せたのはほんの一瞬だった。次の瞬間、彼女はすっとまつげを伏せ、視線をそらしてしまった。

「それで」ローラが抑えた声で切り出す。「もう遅い時間ですし、そんなに長くお引きとめするつもりはありません、閣下。きっとあなたならご存じかと思うんです。最近、父にはかなりの額の借金があったという噂を聞きました。それは本当なんでしょうか？」

単刀直入な質問に、アレックスは不意を突かれた。「誰がきみにそんなことを？　おばはその話を知らないはずだが」

「誰が教えてくれたかは重要ではありません。どうか正直にお答えいただきたいのです」

アレックスは髪に指を差し入れた。端整な顔立ちに浮かぶ真剣な表情から察するに、ローラは本気で質問の答えを求めているのだろう。やれやれ、今夜はロマンティックな展開などまったく期待できそうにない。忌々しいマーティン・フォークナーめ。自分の財政状況が火の車だったことを、娘にひと言も打ち明けていなかったとは。

「きみの気持ちはよくわかった。ならば答えよう。きみの言うとおりだ。お父上には借金があった」

「どれくらいです？」

「数千ポンドだ」

表情豊かなブルーの目が驚きに見開かれる。「父の書斎で盗まれたイヤリングを見つけたとき、あなたはそれを知っていたんですか？」

「借金があるらしいとは聞いていた。だが、正確な金額を知ったのはあとからだ」

それを教えてくれた人物こそ、ノウルズ公爵夫人だった。借金の金額以外にも、ローラが絶対に知るはずのない情報も合わせて聞かされた。ただし、その情報を彼女に明かすつもりはさらさらない。秘密厳守という約束で教わった情報だからだ。名誉にかけても、名づけ親との約束は果たさなければ。

「競売があったそうですね」ローラはじっとアレックスを見つめて言った。「わたしたちの所持品はすべて売却されてしまいました。父の蔵書も、純銀製の飾りも、馬車も、馬も、家具も」ふいに声が詰まる。「それにきっと、母の宝石まで」

アレックスは彼女の悲しげな表情を見ているのがつらかった。かつてローラから、顔も知らない母親にまつわる切ない気持ちを聞かされたことがある。

「そう、気の毒だが、すべて売却されてしまったんだ」

「それで父の借金はすべて返済できたのでしょうか？」

「ああ、その点についてはもう心配しなくていい」

ローラは身を震わせて安堵の吐息をつき、一瞬目を閉じると、ふたたび彼を見て言った。

「わたしが請求できるようなお金は残っていないんでしょうか？」

できれば避けたかった質問だ。アレックスは目をそらし、家具の黒い影が浮かぶ薄暗い室内を見つめた。ローラにさらなる苦しみを与えるくらいなら、舌を切ってしまったほうがましだ。しかし今から述べる事実は、ぼくから伝えたほうがいいだろう。噂好きの意地悪な連中から聞かされるよりはずっといい。

アレックスは身を乗り出した。衝撃を少しでも和らげるために、この腕で彼女を抱きしめられたらどんなにいいだろう。「ローラ、きみのお父上は本人不在のまま裁判にかけられ、有罪判決を受けたんだ。競売の売上金の残りは、ブルームーン盗難に対する賠償金としてノウルズ公爵夫人に支払われた」

ローラは椅子の肘かけ部分を握りしめた。力が入りすぎて、指の関節が白くなっている。「なんですって？　彼女みたいな大金持ちに、父が残したわずかな財産など必要なものですか！　あの忌々しいダイヤモンドには、いったいどれくらいの価値があるんです？」

「三万ポンドと言われている」

「三万ポンド！」ローラは信じられないと言いたげな苦々しい笑みを浮かべた。「もしわたしがロンドンに戻っていることを知ったら、公爵夫人は債権者刑務所へわたしを放り込むつもりでしょうね。わたしが全額完済するまで！」

アレックスは手でローラの華奢な手を包み込んだ。衝撃のせいで、彼女の指は小刻みに震えている。あるいは肘かけ部分をきつく握りすぎていたせいかもしれない。

「誰もきみには何も要求してこないさ、ローラ。ぼくが保証する。きみがお父上の犯罪の責任を取る必要はないんだ」

そう口にした瞬間、彼は悔やんだ。しまった、もう少し言葉に注意するべきだった。ローラは娘として、父親が非の打ちどころのない男性だと信じきっているというのに。ぼくとは違って、彼女は親にも欠点があることなど考えもせず、すくすくと育ってきたのだろう。

ローラはアレックスの手を振り払って立ちあがり、ろうそくのほうへ駆け寄ると、くるりと振り向いて彼をにらんだ。「父は無実よ！　でも、父を非難している人たちにとって、そんなことはどうでもいいんでしょうね」

アレックスも立ちあがり、極力紳士らしいマナーを守るよう心がけた。ここはローラの怒りを和らげなければならない。彼女に真実と向き合ってもらうために。

そばに近づくと、彼は両手をローラの肩にのせ、親指で顎をそっと持ちあげた。

「きみはぼくよりはるかにお父上のことをよく知っているだろう」いったん譲歩して言葉を継ぐ。「だが、破滅するかもしれないという恐れに駆られると、どんな男も道徳心を忘れて行動してしまうものなんだ。それに実際、イヤリングがお父上の机の中にあったのは動かしがたい事実なんだよ」

彼女はすがるような目でアレックスを見つめた。「でも、ダイヤモンドのネックレスのほうは見つからなかったわ。わたしたちの屋敷が売却される前、きっと警察は血眼になってブルームーンを探したはずよ。けれど結局は見つけられなかったんでしょう？」

ローラは知る由もないが、当時アレックスも警察の捜査に協力していた。ローラたちの屋敷をほぼ一週間かけて徹底的に調べ、ネックレスの隠し場所を探し出そうとしたのだ。羽目板という羽目板を叩いて音を確認し、動かした形跡がないか床板も石もひとつ残らず見てまわった。屋根裏部屋から地下貯蔵室まで、ありとあらゆる部屋はもちろん、庭園や馬屋、敷地内の空き地までくまなく調べてみた。ブルームーンを発見したい一心だった。そうすれば、ローラの父親を非難した自分は間違っていたのではないかというかすかな疑いを払拭できると思ったからだ。そのせいで彼女の一生を台なしにしてしまったのではないかという、恐ろしい疑念も。

「そのとおりだ」アレックスは重々しい口調で言った。「ダイヤモンドは見つからなかった。屋敷の中にも、ロンドンのいかなる銀行の金庫にも見当たらなかった。となると、お父上が持って逃げたと考えるしかない」

ローラは身をよじり、彼の手から逃れた。「いいえ、そんなことはないわ。捜査に当たった人の中で、ほかの可能性を考えた人はひとりもいなかったの？　そんなの、あまりに冷たすぎる。父の机にイヤリングを入れた真犯人が、きっとどこかにいるはずよ。でも今となっては、それが誰か突きとめようとしても遅すぎるわ」

「そうかな、ローラ？　本当はきみが自分で真犯人を探そうとしているんじゃないのか？」

彼女の目が少しだけ大きくなるのを見て、アレックスは確信した。やはりぼくの考えは正しかったのだ。

「なんのことを言っているのか、よくわからないわ」

「いや、わかっているはずだ」今こそ、この件についてローラと話し合わなければならない。

「きみがおばのコンパニオンになったのは、社交界に自由に出入りして、自分なりの捜査ができるようにするためだろう？　ただ、わからないことがある。そうしたいなら、なぜもっと早くロンドンに戻ってこなかった？　お父上に止められたからじゃないのか？」

彼女は腕組みをした。「あなたには関係ないわ」

いらだちのあまり、アレックスは上着の裾をひるがえし、腰に両手を当てた。いっそのことローラの首を絞めてしまいたい――いや、それより唇にキスをするほうがはるかにいい。甘やかな口づけで、彼女が愚かな計画を完全に忘れてしまうまで。

「きみがやろうとしているのは危険きわまりないゲームだ」アレックスは警告した。「貴族の私生活に立ち入ることは許されない。ましてや、彼らの中でもとりわけ力のある貴族たちを非難するなど言語道断だ。そんなことをすれば、ここでの職を失うことになる。そうなったらどこへ行くつもりだ？」

「ということは、あなたはわたしを首にするつもりなのね。まあ、そうだとしても別に驚かないけれど」

アレックスは彼女をにらみつけた。「ぼくの言葉の意味を勝手に誤解するな。ぼくはただ、おばを醜聞に巻き込みたくないだけだ」

「醜聞になど巻き込まれるはずないわ――これからもずっと」

「そうとは言いきれない。さあ、きみはいったい誰を疑っているんだ？」

ローラがかたくなに口を閉ざした瞬間、ふいに彼はある計画を思いついた。ローラを――

そしておばを――いかなる危害からも守ることができる計画だ。それまで考えていたことをすべて忘れてしまうほど、実によくできた計画だった。

アレックスはローラのもとへ行き、彼女の手を両手で握りしめた。こうすれば二度と振り払われることもない。「ぼくなら、きみを助けられる。今のきみにないものを、ぼくはすべて持っている。きみの現状では、貴族を訪問することも、彼らに質問することもできないだろう。だが、ぼくならできる。きみが知りたがっていることがなんであれ、力になれるんだよ」

「あなたが？　そんなの、狐に鶏小屋を見張ってほしいと頼むようなものだわ」

「少なくとも、自分の本当の目的は否定しなかったね？」

ローラの頬がさっと染まった。戸惑った様子はとてもかわいらしい。しかし次の瞬間、彼女は顎をあげ、反抗的な態度を取った。「それなら教えて。なぜよりによってあなたがわたしを助けてくれるの？　何しろ、あなたは父をつかまえようとした張本人よ。それに自分の過去についてもほとんど話してくれていないのに」

「ぼくの過去だって？　それとこれの何が関係あるんだ？」

彼女は意味ありげな上目づかいでアレックスを見た。「まずひとつは、ノウルズ公爵夫人が名づけ親だと一度も話してくれなかったことよ。彼女はあなたのご家族とよほど近しい関係なんでしょう？　公爵夫人とは血縁関係にあるの？」

「いいや。彼女は父の友人だ。ふたりは同じ屋敷で育ったんだよ」

ローラは物問いたげに眉をあげた。「血のつながりがないのに？」

「彼女は孤児で、うちの祖父が後見人として指名されたんだ」アレックスは公爵夫人の話を早く切りあげたかった。もしローラが何か探ろうとしているなら、これ以上のことを聞かせるのは危険すぎる。「だが、そんなことはどうでもいい。大切なのは、きみが疑っている人物の名前だよ」

彼女は慎重な目でアレックスを見つめたあと、頭をひと振りした。美しい琥珀色の髪が少しだけ顔のまわりで揺れる。「だめよ。あなたはその人に——あるいはその人たちに警告するかもしれないもの。貴族なら、まず貴族を守ろうとするはずよ」

「ばかな。もしきみのお父上以外の人物がブルームーンを盗んだのだとしたら、ぼくだってためらわずに追いかけるさ。相手がどれほど位の高い貴族でも」彼はローラの手を自分の口元へ近づけ、すべすべした甲に唇を押し当てた。かすかな花の香りに、たちまち五感を刺激される。まるで媚薬《びやく》のようだ。「約束するよ、ローラ。この気持ちに嘘偽りはない」

アレックスは本気でそう言っていた。もちろん犯人はマーティン・フォークナーだと確信している。だが、ブルームーンの件に関してローラを納得させるためには、彼女のやりたいようにさせる必要があるのかもしれない。自分が追いかけているのが幻の人物だと知れば、彼女もぼくのことをふたたび信頼するようになるだろう。

ローラは大きく息を吸い込み、ため息をついた。手を振りほどこうとはしないものの、ひどく用心深い目でアレックスを見つめている。生き生きとした青い瞳は、彼女の思いを表す窓のようなものだ。ただ、かつては瞳を見ればすぐに彼女の気持ちがわかったのに、今は何を考えているのかわからない。目の前にいるローラは謎めいた雰囲気を身にまとっている。ああ、彼女の秘密をすべて暴いてしまいたい。あのみずみずしい唇の味わいから、ドレスの下に隠された女性らしい曲線まで、とにかくローラのすべてを。

ほかの女性が相手なら、すぐに欲望を満たしていただろう。ところが相手がローラとなると、なぜか一〇代の若者みたいにためらってしまう。こちらがさっと動いただけで、目の前の繊細な女性が壊れてしまいそうで恐ろしい。

だが驚いたことに、ローラはつま先立ちになるとアレックスの両肩に手を置き、顔を近づけてきた。たちまち欲望にとらわれ、彼の全身が熱くなる。彼女の開かれた唇が、今や目の前にあった。吐息の熱を感じられるほど近くに。

ローラが低い声で言った。「あなたのことは信頼できないわ、アレックス……信頼してはいけないのよ」

「いや、ぼくを信頼すべきだ」

これ以上じらされるのはごめんだ。唇を重ねたとたん、アレックスは欲望の波に圧倒されそうになった。ついに、この腕の中にローラをふたたび抱き寄せることができた。彼女が帰るべき場所はここしかない。全身の血がたぎり、下半身へと逆流していく。ローラほどぼくの妄想をかきたてる女性はいない。昼も夜も彼女のことを考えていた。アレックスはローラを歓ばせることに意識を集中しようとしていた。

彼女の体の未知なる部分を探険し尽くしたい。しかし、だからといって情熱に任せてローラを抱いてもいいということにはならない。いや、むしろそんなことはできない。ありったけの自制心を働かせ、アレックスは両手と口で彼女の歓びを高めようとした。顔を包み込み、指をつややかな髪へ差し入れながら、じらすような口づけを楽しむ。今後ローラがぼくのことを思い出すとき、どうしてもうずきを覚えずにはいられないようにしたい。ぼくの口づけや指の愛撫を恋い焦がれるようになってほしい。そうなれば、きっと彼女もかつてと同じように愛情たっぷりのまなざしで、ぼくを見てくれるようになるだろう。

キスを終えても、ローラはうっとりしたまなざしで、アレックスにもたれたままだった。

「あなたにとっては、このキスもなんの意味もないんでしょう?」

高まる情熱におぼれそうになりながらも、アレックスは頭のどこかで考えていた。ここでローラの女心を翻弄するのも悪くないかもしれない。「このキスはただ、ディナーのときに飲んだワインのせいだ」

「そうね」彼女がささやく。「ワインのせいね」

アレックスがローラの顔に鼻をすり寄せると、彼女は愛撫をねだる子猫のように頭を傾けた。ところがそのあと、突然アレックスの胸に顔をうずめ、それから二、三歩さがった。彼女の頬はかすかに紅潮し、唇も濡れてきらめいているものの、どういうわけか落ち着いているように見える。

「考える時間をください」ローラは言った。

アレックスはぼんやりと彼女を見た。情熱に駆られるあまり、頭が働かない。いったいローラは何を言っているんだ？　ぼくは彼女に何か申し出たのだろうか？　いや、そんなことはないだろう。もしそうなら思い出せるはずだ。「考える時間だって？」

「ブルームーンを盗んだ真犯人探しを、あなたに助けてもらうかどうかということです。どうか二日後にわたしを訪ねていただけますか？」

「明日、会いに来る」

「いいえ、考える時間が欲しいんです」彼女の口元には薄い笑みが浮かんでいる。まるで、いらいらしているアレックスをおもしろがるかのように。「では、おやすみなさい、閣下」

くるりと背を向けると、ローラは応接室から出ていった。ろうそくの明かりが揺れる室内に、満たされぬ欲望を抱えたままのアレックスをひとり残して。

アレックスは暗い扉をにらみつけた。先にキスをはじめたのはローラのほうだ。それは喜ぶべきなのだろう。ついに彼女がぼくの腕の中に飛び込んできてくれたのだから。とはいえ、キスを先に終えたのもローラだ。どうにも疑念がぬぐえない。もしかして、ぼくは彼女に出し抜かれたのだろうか？

15

よく晴れた春の午後、メイフェアは陽光を求めてそぞろ歩く人々でにぎわっていた。青空にはふわふわした雲が浮かんでいる。夜通し続いていた暴風雨で石炭の煙の悪臭が取り払われ、あたりには花々と新緑のかぐわしい香りが漂っていた。

ローラとともに歩道を嬉々《きき》として散歩しているのはチャーリーだ。長い耳をだらんと垂らしながら、ときおり立ちどまってやぶの匂いをかいだり、街灯柱に向かって脚をあげたりしている。チャーリーは実によくしつけられていた。決してほかの犬に吠えたりしないし、通りを走る馬車を追いかけたりもしない。ほんの少し悪さをしても、厳しい言葉をかけてひもをぐいと引っぱるだけで、こちらの言うことにおとなしく従ってくれる。だからローラは安心していた。チャーリーと散歩をしていても、無用な関心を引くことは絶対にないだろう。

外出するに当たって、ローラがいちばん気をつかったのが服装だ。給金をもらっているコンパニオンらしく、飾りがいっさいついていない地味な灰色のドレスを着込んでいる。この格好をして、従順さを示すために顎をさげ、通り過ぎる人々とはいっさい目を合わせないようにすれば完璧だろう。顔の特徴をうまくごまかして変装するべく、つばの広い帽子と丸眼鏡も忘れてはいない。

朝起きたときは丸眼鏡が見当たらず、ローラはたいそう心配した。眼鏡をかけずに外出したくはなかったのだ。けれどもそのあと、従僕が密封された手紙とともに眼鏡を届けに来てくれた。手紙にしたためられた黒々とした文字が今も頭から離れない。


次に会えるのを心から楽しみにしている。今度はもっとワインを飲もうか？

アレックスより

ローラは高揚感を覚えていた。どんなに自分を戒めても、羽が生えたように心が浮き立ってしまう。〝今度はもっとワインを飲もうか？〟彼の言葉に隠された意味をあれこれ考えるなんて愚かすぎる。それに昨夜、自分からアレックスにキスをしたのも、愚かな振る舞いとしか言いようがない。

だがまぶしい陽光の下では、真実を見つめざるをえない。わたしのアレックスへの思いは、一〇年という長い歳月を経てもなお消えてはいなかったのだ。たしかに、ひどい幻滅を味わされた父との一件以来、アレックスには侮蔑の感情しか抱いていなかった。レディ・ジョセフィーヌの誕生日に、彼の優しい一面をかいま見るまでは。

それにアレックスが不幸な子ども時代を送っていたという話を聞き、彼に対する憤りが和らいだのも事実だ。どうしても想像せずにはいられない。父親に残酷な仕打ちをされていた少年時代のアレックスの姿を。

しかも応接室でふたりきりになったとき、アレックスはブルームーン窃盗事件について率直な意見を聞かせてくれた。紳士の多くはその場だけを取り繕おうとするものだが、彼は下手に事実を隠そうとはせず、ありのままの真実を教えてくれた。そして真犯人を突きとめようとするわたしに力を貸そうとまで言ってくれたのだ。

アレックスの申し出は受けるつもりだった。だからこそ、自分から彼にキスをした。彼が本気でわたしを手伝ってくれるつもりかどうかを見きわめるために。返事をするまで二日間置いたのは、アレックスのわたしを助けたいという意欲をさらに高めるためだ。

社交界に身を置く彼の協力があれば、真犯人を見つけ出す機会はさらに大きくなるだろう。ローラにはそれがよくわかっていた。ただし、いいことばかりではない。難点もある。まずひとつは、アレックスが名づけ親のノウルズ公爵夫人について、あまり話したがらないことだ。公爵夫人とハヴァーシャム侯爵の関係について尋ねても、知らんぷりを決め込むかもしれない。それにもうひとつは、アレックスがまだわたしの父を犯人だと信じていること。最悪の場合、彼はわたしを愛人にするために、その気もないのにあんな申し出をした可能性だって考えられる。

唇をすぼめたローラは、バークレー・スクエアのすぐ近くまでやってきたことに気づいた。目の前にはプラタナスの青々とした緑が広がっている。なんて気持ちがいいのだろう。今日はレディ・ジョセフィーヌが長椅子で昼寝をしている隙を見計らい、こうして犬の散歩に繰り出した。ローラが角で立ちどまり、行き交う馬車をやり過ごすあいだも、チャーリーはひもをぐいぐいと引っぱっている。さまざまな匂いに誘われて、もっと散歩を楽しみたい様子だ。

ローラは通りに沿って、きびきびとした歩調で歩いた。公園よりも、着飾った人々が歩く街路を選び、やがて屋敷が立ち並ぶ地域に出た。公園周辺にあるのはロンドン屈指の名家が住まう高級住宅地だ。背の高い四階建ての屋敷がほとんどで、屋根には無数の煙突が立ち並んでいる。ほとんどの屋敷の窓にはレースのカーテンがかけられ、室内の様子は見えない。扉に掲げられた真鍮《しんちゅう》製の番号表示板を確認しながら、彼女は進んでいった。どうやら調べたい人物の屋敷は、広々とした通りのいちばん端にあるらしい。

通りにいる人々とすれ違いながら、ローラは歩き続けた。帽子と赤い上着姿の郵便配達人、小さな男の子と女の子を公園へ連れていく途中の女性家庭教師、話し込んでいる年配の紳士ふたり。細心の注意を払い、彼らの誰とも目を合わせないようにする。何しろ重要な目的があってここへ来ているのだ。とはいえ、ローラは自分が無意識のうちに微笑んでいたことに気づいた。

こんなに晴れやかな気分になったのは、すばらしい天気のせいに違いない。心地よい微風が帽子のつばを引っぱり、木々では鳥たちがさえずったり、元気よく飛び立ったりしている。空から降り注ぐ太陽の光が暖かく、なんとも心地いい。ポルトガルでは、ほとんどの時間を庭園で過ごしたものだ。だからこそ、こうして戸外で過ごす時間を待ち望んでいた。レデイ・ジョセフィーヌのことは大好きだけれど、物があふれた彼女の屋敷から一歩出るだけでほっとしてしまう。何より、とうとうこうして重要な一歩を踏み出せたのは大きい。そう、これからハヴァーシャム侯爵と彼の高慢な娘、イヴリンについて調べるつもりだ。

アレックスは今日これからのわたしのもくろみを知らない。けれど、こうやって外出する機会を与えてくれたのは、ほかならぬ彼だ。アレックスがレディ・ジョセフィーヌにチャーリーをプレゼントしたおかげで、メイフェアを散歩する口実ができた。

ふと気がつくとアレックスのことを考えている。それは認めざるをえない。きっとこんなにいい気分なのは、彼のキスのおかげもあるのだろう。口づけのあと、アレックスが見せた当惑の表情が忘れられない。それほど彼の興奮をかきたてられたことが嬉しかった。都会的で洗練された物腰の、あのコプリー伯爵が、わたしとのキスに夢中になっていたのだから。

でも、もう二度とアレックスにキスを許すつもりはない。これ以上、彼の気を引くのは危険だ。だって、今のわたしの立場は一〇年前とは完全に違う。もはや特権階級のレディではない。それに父は——不当にも——窃盗事件で有罪判決を受けている。わたしの評判は地に堕《お》ちたも同然。アレックスとつき合うにしても、愛人になるほかないだろう。

それにアレックスからの交際の申し出など、こちらから願いさげだ。生きているかぎり、父をうしろ手に縛りつけようとしたアレックスの姿を忘れることはないだろう。彼は父を警察に突き出そうとしていた。もしわたしがペンナイフで切りつけなければ、父はニューゲート監獄に勾留され、死刑宣告を待つ羽目になったに違いない。

ローラは深く息を吸い込み、忌まわしい記憶を振り払おうとした。目的地はもうすぐだ。よけいなことに気を取られ、注意力が散漫になっては元も子もない。角にあるハヴァーシャム侯爵の屋敷の住所は従僕から教えてもらった。父と不仲だったため、ローラは一度もハヴァーシャム侯爵の自宅を訪れたことがなかったのだ。

ずらりと並ぶほかの屋敷は正面がれんが造りだったが、この屋敷だけは灰色の石造りだ。二階部分に張りめぐらされた背の高い窓の上には、三角形の付け柱が施されている。おそらく、あの二階には応接室があるのだろう。敷地の前面には装飾的な鉄製の手すりが延びており、屋敷の前の短い進入路の両脇には、手入れの行き届いた赤いチューリップの列が並んでいる。

お父様がロンドンに帰国したのは、ここを訪れるためだったのかしら？　なんとしても答えを探さなければならない。

縁石に沿って止まっているのは、小粋な若い紳士が好みそうな黄色の四輪馬車《フェートン》だ。今は御者が馬の面倒を見ている。ハヴァーシャム侯爵を訪ねてきた客人の馬車なのだろう。

できることなら、花崗岩《かこうがん》でできた三段の階段を駆けあがって玄関までたどりつき、真鍮製の飾りがついた扉を堂々とノックしてやりたい。自分の屋敷の玄関ホールに宿敵だった男の娘が立っているのを見たら、ハヴァーシャム侯爵はどんな反応を見せるかしら？　衝撃のあまり、真っ青になってしまうのでは？

そうよ、侯爵は心ひそかに心配しているかもしれない。お父様の殺害を計画したのは侯爵ではないか、と娘のわたしが疑っていることを。

ひもを軽く引っぱりながら、ローラはチャーリーの歩くペースを緩め、自分の歩調に合わせた。屋敷の正面に見とれているふりをしてみたものの、冷たい石造りの建物の内外に人の気配は感じられない。残念ながら、わたしがロンドンに戻っていることが、いつハヴァーシャム侯爵にばれるかわからない。なんとしてもその前に、父の殺害にまつわる確固たる事実を突きとめなければ。

理想を言えば、メイドが真鍮を磨いていたり、従僕が郵便箱から郵便を集めていたりすると好都合だった。そうすればポケットから父の似顔絵を取り出して、彼らに近づき、こう尋ねることができる。六週間くらい前に、この人がここを訪ねてきませんでしたか、と。

だが、そううまくはいかない。がっかりしながら、ローラは入口の前を通り過ぎ、まっすぐ角を目指した。たぶん、もう少し午前中の早い時間にやってくれば、使用人たちと遭遇する確率が高くなるだろう。ほとんどの使用人は、家人たちが目覚める前に掃除をしているものだ。もし時間帯を変えて、一日に二回チャーリーの散歩に出かけるようにすれば、使用人に出くわすはず……。

背後から、扉が開く音と誰かの話し声、さらにレディらしい華やかな笑い声が聞こえてきた。ローラは肩越しにちらりと様子をうかがった。お仕着せを着た従僕が正面玄関の扉を押さえる中、屋敷からひとりの女性が現れた。レディ・イヴリンだ！

いいえ、今はクリフィントン公爵未亡人ね。ヴァイオレットによれば、イヴリンは大金持ちの未亡人になったという。

ローラはまわれ右をして、通りにある鉄製のベンチに腰をおろした。チャーリーが首をかしげ、戸惑ったようにこちらを見あげている。ローラはかがみ込み、子犬の垂れ耳を撫でてやった。「少しだけここで休みましょう。すぐにまたお散歩再開よ」

子犬をかわいがっているふりをしながら、帽子の縁の下から屋敷の玄関を盗み見る。今日のイヴリンはエメラルドグリーンの美しいドレスに、細いウエストを強調するカナリア色のサッシュを合わせている。麦わら帽子を小粋にかぶり、流行のスタイルに整えられた赤褐色の髪が整った顔立ちをいっそう引き立てていた。ミルクのように白い肌とほっそりした体つきのイヴリンは、とても二八歳の寡婦には見えない。むしろ社交界にデビューしたての若いレディのようだ。

イヴリンに続いて、ひとりの紳士が戸口に現れた。陽光の下、亜麻色の髪に黒い山高帽をかぶっている。銀白色をした縞模様の上着に赤紫色のベスト、そして糊《のり》のきいたクラヴァットという、こざっぱりした服装だ。そのいでたちを見て、ローラはすぐに彼が誰かわかった。

ミスター・ルパート・スタンホープ＝ジョーンズ。スカーバラ伯爵の舞踏会の人込みの中でも彼を見かけていたことを、ローラは覚えていた。ずっと前、スタンホープは自分の崇拝者だった。実際、熱心に求婚してきた紳士のひとりだったのだ。でも今はどうだろう、彼の愛情は完全に、陽気な未亡人へと移ってしまったらしい。

なんて興味深いこと。イヴリンはアレックスの気も引こうとしていた。一〇年前のように、ただ彼の気を引こうとしているだけなのかしら？　それともイヴリンは今、あまたの愛人を自分のベッドへ連れ込んでいるの？

ローラは歯を食いしばった。イヴリンが何をしようと、どうだっていい——たとえ相手がアレックスでも。今大切なのはただひとつ、ハヴァーシャム侯爵の共犯者として、父の机に盗まれたイヤリングを入れたのはイヴリンだと証明することだ。

金の飾りが冠してある杖を手に持ったスタンホープはイヴリンに腕を貸し、階段の下までエスコートすると、フェートンが待つ場所へといざなった。ローラは気づかれないよう膝の上にチャーリーをのせ、優しく抱きしめながら聞き耳を立てた。でも悔しいことに、一台の馬車が通りかかり、ふたりの会話はとぎれとぎれにしか聞こえない。

「……公園を馬車でまわるには完璧な一日だわ」イヴリンの声だ。「ただ……」

「……どれもきみの美しさにはかなわない……」

風に乗って笑い声が聞こえてくる。「……いやだわ、そんなお世辞を言って、ルパートったら……まあ、見て！　あんなに小さくてかわいい子を見たことがある？」

ローラは膝の上にいる子犬を撫で続けていた。構われて嬉しいらしく、チャーリーは彼女の顎をなめ、ちぎれんばかりに尻尾を振っている。

そのとき突然、ローラは近づいてくる足音に気づいた。視界の隅に入ったのは、敷石に沿って近づいてくるエメラルドグリーンのドレスだ。

恐ろしいことに気がついて、ローラはぞっとした。だが、もう遅い。そう、イヴリンが

〝あんなに小さくてかわいい子〟と言ったのは、ほかならぬチャーリーのことだったのだ。

白いかつらをかぶった従僕に案内されて、アレックスはアーチ型のドアの前に立った。コプリー伯爵の到着を告げ、従僕が静かに立ち去っていく。アレックスはピンク色と黄色の淡い色調でまとめられた、広々とした居間に足を踏み入れた。内装は女性らしさにあふれ、優美そのものだ。窓際にある金箔張りの椅子に腰かけた女性と同じように。彼を見ると、女性は本を閉じて近くの机の上に置いた。

アレックスはまっすぐ進み、女性の華奢な手を取った。「レディ・ミルフォード、直前の通知だったにもかかわらず、訪問を受けてくださり光栄です」

「直前の通知ですって？　いいえ、あなたは知らせもなく突然やってきたじゃないの。こんなにお天気のいい日に、わたしが屋敷にいるなんて珍しいのよ。自分の幸運に感謝なさい」叱責の言葉とは裏腹のからかうような口調だ。レディ・ミルフォードは温かな笑みを浮かべて、アレックスを歓迎していた。「ただ残念なことに、あと三〇分で出かけなければいけないの。メルボーン伯爵と馬車で公園に出かける予定なのよ」

総理大臣の友人がいることでも、レディ・ミルフォードがいかに影響力のある女性かがわかるというものだ。「お時間は取らせません。ただ個人的なことで、あなたのご意見をうかがいたいのです」

「まあ、興味深いわね。さあ、どうぞ自分でブランデーを注いで座ってちょうだい」

アレックスは、クリスタルのデキャンタがずらりと並ぶサイドテーブルのほうへ行った。中の液体が陽光を浴び、琥珀色に輝いている。「興味深いというよりは、むしろ謎めいていると言ったほうがいいかもしれません」デキャンタの栓を抜き、グラスにたっぷりブランデーを注ぐ。「何しろ、打ち明けることができるのはあなただけなのです」

ラベンダー色をしたシルクのドレス姿のレディ・ミルフォードは、近くの椅子に腰かけたアレックスをじっと見つめた。「ということは、たぶんレディ・ジョセフィーヌの新しいコンパニオンについてのことね？」

「おっしゃるとおりです。ミス・フォークナーの正体を知っているのは、ロンドン広しといえども、あなたとぼくのふたりだけですから」

アレックスはブランデーをあおった。最高の味わいだが、アルコールも今のぼくの波立つ心を静めてはくれない。昨夜はまんじりともせず、暗闇を見つめながら、ローラの心をなんとか読み解こうとした。だが、もはや彼女はぼくのことを憧れのまなざしで眺めてはいなかった。適度に距離を置き、自分がそうしたいと思ったときだけ距離を縮めてくる。ゆうべがそうだ。自分からぼくにキスをしてきたのに、途中で切りあげてしまった。今のローラは驚くほど自制心を働かせている。一方のぼくは、たぎるような情熱で頭がどうかなりそうだというのに。実を言えば、ぼくの助けを受け入れるかどうかの返事を二日後まで待つと約束してしまったことを、激しく後悔している。

何を迷うことがあるだろう？　ローラも知っているはずだ、社交界においては自分よりぼくのほうがはるかに有利な立場であることを。好むと好まざるとにかかわらず、それが厳然たる現実なのだ。

レディ・ミルフォードが礼儀正しく自分の言葉の続きを待ってくれていることに、アレックスは気づいた。「実は困惑しているんです」彼は言った。「ミス・フォークナーは、自分の父親がブルームーンを盗んだ犯人ではないと信じきっています。社交界の誰かが彼をおとしめるためにやったと言い張っているのです。彼女が愚かにも自分の手で犯人を突きとめようとしているのではないかと心配で」

レディ・ミルフォードが美しい眉をあげた。「本当に？　ではコンパニオンの仕事に就きたがったのも、そういう理由からかもしれないのね？　一応きいておくけれど、それはただのあなたの想像ではないのね？　彼女があなたにそう言ったの？」

「はい。昨夜、彼女はぼくの前でそれを認めました――ワインを何杯か飲んだあとで」レディ・ミルフォードの眉がさらにあがり、スミレ色の瞳に鋭い光が宿る。アレックスはあわててつけ加えた。「昨日はおばの誕生日だったんです」

「なるほど。それで、ミス・フォークナーは真犯人だと考えている人物の名前を明かしたの？」

「いいえ。そこが問題なんです。彼女は頑として言おうとしません」アレックスはグラスの底にある琥珀色の液体をにらみつけると、ふたたびレディ・ミルフォードに視線を戻した。

「社交界にお詳しいあなたなら、きっと答えがわかるのではないかと思って、ここへやってきました」

レディ・ミルフォードは表情を変えず、美しい顔のまま何かを考え込んでいる様子だ。陽光を受け、豊かな髪は黒々としたつやを放っている。アレックスは不思議に思わずにはいられなかった。いったいレディ・ミルフォードは何歳なのだろう？　ぼくの両親くらいの年齢のはずだが、とてもそんなふうには見えない。

「まずあなたに尋ねなければならないわ。わたしはずっと気になっていたの」レディ・ミルフォードが口を開いた。「当時、ミス・フォークナーには、父親の潔白を証明するための機会が少しでも与えられたのかしら？」

その質問にアレックスはたじろいだ。まるで痛烈なパンチを食らったかのような衝撃だ。それは彼自身、何年も自問自答してきた問いかけでもある。ただし、真実の究明のために自分はできることをすべてやったという自信はあった。「いいえ」アレックスは短く答えた。

「まったく与えられませんでした」

レディ・ミルフォードがうなずく。「そう。わたしはマーティン・フォークナーのことをそれほどよくは知らないけれど、彼はまっすぐな性格の紳士だと思っていたわ。だからみなと同じで、彼が窃盗犯だと知ったときは衝撃を受けたものよ」彼女は一瞬口をつぐんだ。

「ねえ、ミス・フォークナーはあなたに特定の人物について尋ねなかった？」

「ぼくの名づけ親についてだけです……いや、まさか、ノウルズ公爵夫人が自分でイヤリングを机に入れたと？」アレックスは言葉を切った。レディ・ミルフォードは知っているのだろうか？　ノウルズ公爵夫人には、マーティン・フォークナーの破滅を願うれっきとした理由があることを。「ばかな。そんなことをする意味がありません」

「あなたがミス・フォークナーに関心を寄せていることに気づいて、公爵夫人が婚約発表を未然に防いだとしたら？」

いや、むしろ正反対だ。父親をひそかに調査する手段として、ローラの気を引くようぼくに命じたのはノウルズ公爵夫人なのだから。だが、それを知る者は誰もいない。ましてやローラが知るはずもない。

アレックスはかぶりを振った。「公爵夫人がブルームーンを盗まれたふりをしているとでもおっしゃるんですか？　そんなことをしたら、二度とあの高価なネックレスをつけられなくなるというのに？　たかが婚約を阻止するために、そこまでするでしょうか？　たしかに彼女は名づけ親として、ぼくを気に入ってくれています。だが、そこまではしないはずです！」

レディ・ミルフォードは彼を鋭い目で見つめた。「わたしはただ、ミス・フォークナーの立場に立って考えているだけよ。彼女にとってはそれも可能性のひとつかもしれない。ミス・フォークナーとの交際について、公爵夫人に反対されたことはないの？」

「いいえ。もしそんなことがあれば、ローラ――ミス・フォークナーからそう聞かされたはずです」名づけ親に話題が集中していることに不安を覚え、アレックスは切り出した。「ほかの可能性も考えられると思うんです。マーティン・フォークナーは昔、ハヴァーシャム侯爵とけんかをしたことがあると聞きました。それについて何かご存じですか？」

レディ・ミルフォードは沈んだ表情になった。「もう三〇年ほど前の話よ。ふたりはある女性をめぐって争っていたの。わたしの記憶に間違いなければ、その女性こそミス・フォークナーのお母様、アイリーンだったのよ」陽光が差し込む室内を眺めながら、彼女は指先で顎を軽く叩いた。「アイリーンは目を見張るような美人だったわ。なんでもアイルランドの貴族の血を引いていたとか。結局ミスター・フォークナーが彼女の心を射とめると、ハヴァーシャム侯爵はふたりをうとんじるようになった。でも、そんなことをしても無意味だったのよ。だってアイリーンはローラを産んですぐに亡くなってしまったんだもの。なんて悲しい結末かしら」

「マーティン・フォークナーは娘に、ハヴァーシャム侯爵との確執について話していたに違いありません。彼女が大人になってからは、そういうことがたびたびあったのでしょう。彼女が父親から侯爵に対する嫌悪感を受け継いでいる可能性はあります」

「イヤリングを引き出しに入れたのは彼女だ、と考えた可能性もね」レディ・ミルフォードが唇をすぼめる。「たしかに父親と侯爵の長年の確執のせいで、彼女は思い違いをしているのかもしれないわ。ただ……」

「ただ？」

「ミス・フォークナーが疑いを抱くとすれば、ハヴァーシャム侯爵の娘のほうではないかしら？　あのふたりはあなたの愛情を得ようと競った恋敵同士だったんだもの」

「イヴリンに？」アレックスは皮肉めかした笑い声をあげた。「なるほど、彼女はずる賢い女性です。だが、あんな大胆な計画に手を染めるほど、ぼくに夢中になっていたとは思えません」

レディ・ミルフォードはうっすらと笑みを浮かべた。「あなたは自分の魅力を過小評価しているわ、コプリー伯爵。レディたちがどれほどあなたにうっとりしていることか」

彼は否定するようにかぶりを振った。「ミス・フォークナーは思慮分別のある女性です。たとえイヴリンにその気があったとしても、彼女に宝石を盗む機会などないことは百も承知でしょう。あのイヴリンがこそ泥よろしく、真夜中に公爵夫人の屋敷に忍び込むと思いますか？　いや、絶対にありえません」

「ミス・フォークナーは、ハヴァーシャム侯爵が娘を手助けしたかもしれないと考えたのよ。だから、侯爵がノウルズ公爵夫人の寝室に自由に出入りできるかどうか探ろうと決めたんだわ」

アレックスはすっと真顔になった。「そんなことは――」

「公爵夫人がときどき浮気をしていることは、ほとんど誰も知らないわ」レディ・ミルフォードが遮った。「何しろ公爵夫人は恐ろしく用心深い人だから。この件をほじくり返そうとすると、ミス・フォークナーは窮地に立たされてしまうことになる」

彼はブランデーの残りを飲み干した。「おっしゃるとおりです」顔をしかめて言う。「かといって、一日じゅう彼女をつけまわすわけにもいきません。ぼくはどうやって彼女を止めればいいんでしょうか?」

「その方法はあなた自身で見つけなければだめよ。ただ、あなたがミス・フォークナーを止められなければ、彼女は社交界の厳しい批判にさらされることになるわね」レディ・ミルフォードはアレックスに鋭い一瞥をくれた。「だからこそ、あなたの出方が大切になってくる。これ以上、父親の罪のせいでローラ・フォークナーを苦しませてはいけないわ」

イヴリンが近づいてくるあいだ、ローラは身も凍る思いで、チャーリーの温かい体を抱きしめていた。どうすればいいの? ベンチからいきなり立ちあがり、通りに向かって走り去ってしまおうか? でもそんなことをすれば、よけいに関心を持たれてしまうだけだ。使用人なら、そんな奇妙な振る舞いはしない。

ここはどこまでもしらを切るほかないだろう。身分の高い貴族とはうまく話せない、臆病なコンパニオンを演じるしかない。

イヴリンがローラの前で立ちどまった。「ねえ、そこのあなた」傲慢な口調で話しかけてくる。「あなたのスパニエル、かわいいわね。なんてハンサムなのかしら。何歳なの?」

ローラは顎を引き、消え入るような声で答えた。「わ、わたしにはわかりません、奥様」

「もっと大きな声で!」イヴリンが命じる。「何を言っているかわからない使用人ほど、いらいらするものはないわ」

イヴリンはチャーリーを見つめたままだ。ローラは少し声を大きくして答えた。

「わたしにはこの子の年がわかりません、奥様」

「なら、飼い主は誰なの？　この子のきょうだいをもらえるかどうか、あなたの雇い主と直接話すわ」

ローラは押し黙ったまま座っていた。どうしよう？　ここでレディ・ジョセフィーヌの名前を出すわけにはいかない。今は顔が帽子の広いつばで隠れているからまだいい。でもイヴリンがレディ・ジョセフィーヌを訪ねてきたら、そうはいかないだろう。

スタンホープがイヴリンの隣にやってきた。ローラに見えるのは、彼の磨き込まれた黒いブーツの先端と、きっちりしたズボンの折り返しだ。金を冠した杖にかかっている指先はマニキュアで整えられている。「まあまあ、公爵未亡人、哀れな使用人を困らせてはいけないよ。彼女はあなたのように身分の高い女性と話すのが怖いんだろう」

「だけど、どうしてもこの子が欲しいの」イヴリンはかがみ込むと、キッド革の手袋をはめた手をチャーリーに伸ばし、先ほどまでの不機嫌が嘘のように赤ちゃん言葉で話しはじめた。「まあ、かわいい。あなたにはママを必要としている弟か妹はいないんでしゅか？」

あろうことか、チャーリーはイヴリンに尻尾を振り、関心を引こうと舌を出してはあはあしている。

なんとかしてイヴリンを撃退しなければ。ローラはおびえたように頭をさげ、震える声で言った。「奥様、この子にもうきょうだいはいません。みんなもらわれたと、う、うちの女主人が言ってました」

「みんなもらわれた？」イヴリンは怒ったように言うと背筋を伸ばした。「そんなの許せない。絶対に許せないわ！」

「じゃあ、ぼくがロジャー・バレルにきいてみるよ」スタンホープが弱々しい声で言う。

「彼のスパニエルは、いつもごろごろ子犬を産んでいるんだ」

「いやよ！」イヴリンは小ぶりな緑色のハイヒールのつま先で歩道を軽く蹴った。「こんなにかわいいはずないもの。まあ、なんて愛らしい顔かしら。ルパート、あなた、金貨を持っている？」

「ああ、だが、どうしてだい？」

「いいから出して」

スタンホープはポケットに手を入れ、金貨をイヴリンに手渡した。すかさず彼女はローラの前で金貨を振ってみせた。「ほら、これを取っておきなさい。あなたの女主人には、犬が逃げてしまったと言えばいいのよ。きっと別の犬を買うでしょう。それにあなたもこんなご褒美がもらえるのよ」

スタンホープが含み笑いをする。「イヴリン、いくらなんでもやりすぎだと思わないか？」

イヴリンは彼を無視した。「さあ、早く金貨を受け取って。これがあれば、あなたもそれよりずっとすてきな帽子が買えるわ。こんなうまい話、断るのはばかよ」

ああ、もういいかげんにして。人をだます計画をこれほど易々とひねり出すとは、なんと腹黒い女だろう。

ローラはチャーリーを地面におろした。顎をぐっと引いてベンチから立ちあがり、ひもを指にきつく結びつける。ありったけの自制心をかき集め、彼女は従順なふりを続けた。

「すみません。わ、わたしにはできません。これで失礼します……」

ローラはすばやく歩き出し、角を目指した。横にいるチャーリーも早足だ。まるで彼女が急いでいるのを感じ取ったかのように。ここでイヴリンを非難できたら、どんなに胸がすっとするだろう。よその家の犬を盗んで、そこの哀れな使用人を買収しようとするなんて。明らかにイヴリンには罪の意識というものが欠けている。

次の瞬間、誰かに腕を取られて振り向かされた。あまりに突然で、ローラは顎を引くこともできなかった。「じゃあ、これでどう――」

金貨二枚を差し出してきたイヴリンが唐突に言葉を切った。眉根を寄せ、ローラの顔をじっと見つめている。

ローラは身をよじってイヴリンの手を振りほどくと顔を背けた。

「いいえ、結構です、奥様。お金は受け取れません」

そのままチャーリーを連れて急いで角を曲がった。心臓が早鐘を打っている。イヴリンはわたしに気づいたかしら？　いいえ、そんなはずはない。どこかで見たような顔だと思い、一瞬困惑したのだろう。とはいえ、こんなさえないドレスに眼鏡をかけた地味な使用人に、かつてアレックスをめぐって競い合ったあでやかなレディの姿を重ね合わせるわけがない。

それでもなお、ローラはずらりと並んだタウンハウスの背後にある馬屋を通り抜けることにした。大通りを歩き続けるより、よほどいいだろう。長く延びる裏庭のれんが壁に、木々が影を落としている。あたり一帯に漂うのは馬たちの匂いだ。ふいに背後から、大通りからやってきた馬車のガタガタという音が聞こえてきた。すんでのところで、ローラはチャーリーを引っぱり、馬屋の扉のうしろに隠れた。

スタンホープが運転する黄色のフェートンが、ものすごい勢いで馬屋を通り過ぎていく。彼のうしろではイヴリンが座席に腰かけ、前方の通りにある何かを——あるいは誰かを——指差していた。ふたりともローラには気づかないまま、走り去っていった。

ああ、神様、ありがとう。ローラは心の中でつぶやいた。屋敷には遠まわりをして帰ろう。あのふたりに見つかってしまわないように。

16

「ああ、もう、どこもかしこも犬の毛だらけだわ」石造りの床に足音を響かせて厨房に入ってくるなり、ミセス・サムソンは愚痴をこぼした。「今も応接室の敷物にごっそり抜け落ちているのを見つけたところよ。まったく、ミス・ブラウンのいるところには厄介事が絶えないわね」家政婦は、オーク材のサイドボードの棚から紅茶のカップとソーサーを取り出しているローラをにらみつけた。「いったいここで何をしているの?」

「レディ・ジョセフィーヌが、クランペットと黒イチゴのジャムを食べたいとおっしゃっているんです。従僕の姿が見当たらなかったので、わたしが代わりに――」

「ジャムとクランペットですって! そんなのありきたりすぎるわよ」ミセス・サムソンが大きくかぶりを振る。「だめだめ。特に今、応接室で待っているお客様たちには絶対に出せないわ」

「お客様?」

「社交界でも最高の地位にあるふたりのお客様がいらしてるの。さあ、すぐにクレソンのサンドイッチをお出しして。ベティ、プラムケーキを取ってきてちょうだい」家政婦が両手を叩くと、どっしりした体格の料理人はあわてて地下貯蔵室に行き、長テーブルでニンジンの皮むきをしていたメイドがあとに続いた。「公爵夫人が召しあがるんだから、上品にスライスするのよ。この屋敷に公爵夫人をお迎えするなんて、めったにないことなんだから！」

ローラの指からソーサーが滑り落ち、銀製のトレイに当たってカチャンと音を立てた。公爵夫人？　イヴリンのこと？

いいえ、そんなはずはない。ハヴァーシャム侯爵の鼻持ちならない娘が、よぼよぼの老婦人を訪問する理由がないもの。仮に先日わたしの正体に気づいたとしても、彼女がここまで追いかけてくるわけがない。黄色のフェートンと鉢合わせしないよう、慎重に道を選んで屋敷へ戻ってきたのだ。

「気をつけて！」ミセス・サムソンがぴしゃりと言う。「それは奥様が持っていらっしゃる中でも最高級の、スタフォードシャーの茶器なんだから。もし壊しでもしたら、お給金から弁償してもらうわよ」

「ごめんなさい」ローラは低い声で言った。

引き出しから銀製のティースプーンを取り出しながらも、ローラの頭は目まぐるしく回転していた。今日はアレックスに訪ねてくるよう頼んだ約束の日だ。訪問客がイヴリンのわけがない。きっとアレックスが名づけ親のノウルズ公爵夫人を連れてきたのだろう。家族ぐるみの友人として、公爵夫人はレディ・ジョセフィーヌともつき合いがあるに違いない。

だがそう考えても、ローラの緊張は少しも和らがなかった。どうしてアレックスは名づけ親をここへ連れてきたのかしら？　ノウルズ公爵夫人がわたしの正体に気づくかもしれないのに。

アレックスはじっと二日間待つよりも、きっぱりけりをつけるほうを選んだのだろう。ふたたび醜聞まみれにさせることで、わたしを止めようとしているのだ。そのためには窃盗事件の被害者であるノウルズ公爵夫人にわたしを会わせるのが、いちばん手っ取り早い。

ローラは背筋も凍るような恐怖を覚えた。だが、次に襲ってきたのは炎のような怒りだった。なんとかしてアレックスを出し抜かなければならない。ここに隠れて、誰にも会わないようにしていれば……。

「ミス・ブラウン！」ミセス・サムソンが紅茶の缶を作業台の上にどんと置いた。「ぼんやりしている暇はないわよ！」

ローラは振り向き、痩せて尖った顔の家政婦を見た。「えっ？」

「まったく、人の話もろくに聞けないんだから」ミセス・サムソンが不機嫌そうな調子で言う。「すぐに階上へ行って」

「階上へ？」

「そう、階上の応接室よ。レディ・ジョセフィーヌにお給金をもらっているんでしょう？　さあ、こんなところで油を売ってないで、早く行って！」

ローラはおせっかいな家政婦に言い返したかったが、なんとか我慢した。全身のあらゆる神経が、言いなりになるものですかと叫んでいる。でも、ここで内心をさらけ出すつもりはない。アレックスが何をたくらんでいるのか、はっきりと見きわめるまでは。自分の立場を強く意識しながら、ローラは厨房から出て、狭く急な階段をあがった。

羽目板に隠された使用人用の扉から廊下に出ると、応接室から人の声が聞こえてきた。男性の太いくぐもった声に続き、レディ・ジョセフィーヌの陽気な笑い声が、さらに犬の鳴き声がした。お客様を迎えて、チャーリーは大喜びしているのだろう。

追いつめられたような焦りを覚えながら、ローラは野暮ったい灰色のドレスに両手を滑らせた。こんなさえない室内帽をかぶることなく髪を美しく結いあげ、ピンク色のドレスをまとっていたら、どんなによかっただろう。高慢なノウルズ公爵夫人の前で萎縮するより、むしろ誇りを失わずに堂々と対面したかった。まったく忌々しいアレックス。地獄に堕ちればいいんだわ！

いざ闘いに臨むべく、ローラは応接室の前に立った。緋色のカーテンが開けられ、室内は午後の日差しに照らされている。ほかの部屋と同様、応接室も物であふれていた。テーブルや棚いっぱいに陶器の像がずらりと並び、部屋のあちこちに椅子と長椅子が置かれている。大理石の暖炉の正面に、三人の人間がこぢんまりと座っていた。

室内へ入りかけた瞬間、ローラはつと足を止めた。みぞおちにねじれるような痛みを覚え、まばたきをする。わが目を疑わずにはいられない。訪問者はアレックスとノウルズ公爵夫人ではなかった。なんとイヴリンとスタンホープだったのだ。

どうしてここがわかったの？

レディ・ジョセフィーヌとともに、ふたりは暖炉前の敷物を見おろしている。チャーリーのかわいい仕草に見入っているのは明らかだ。衝撃を受けたローラは、誰にも気づかれないうちに部屋から立ち去ろうとした。

ところが一歩あとずさりした瞬間、イヴリンが顔をあげ、まっすぐローラのほうを見た。美しい麦わら帽子の下、イヴリンの淡褐色の瞳が猫の目のようにきらりと光る。

「ああ、彼女よ。昨日、父の屋敷の前でわたしたちが出会った不思議なコンパニオンは」

ほくそ笑んだ表情から、すぐにわかった。イヴリンはもうわたしの正体に気づいている。スタンホープも抜け目ないまなざしで、じっとこちらを見つめていた。

「まあ、こっちへいらっしゃい、ローラ」レディ・ジョセフィーヌが声をかけてきた。しわだらけの顔をくしゃくしゃにして、嬉しそうに手招きしている。「思いがけないお客様が見えたのよ！」

ここから逃げ出したい。ローラはそんな衝動と必死で闘っていた。でも、もはや逃げようとしても無駄だろう。彼らはわたしの変装を見抜いているのだから。ありったけの勇気をかき集め、顎をあげると、訪問者たちのほうへ歩き出した。なんとしても、この絶体絶命の危機を乗り越える手段を考えなければならない。

そのうえ、わたしにはレディ・ジョセフィーヌを守る義務がある。ここで老婦人に不快な思いをさせるわけにはいかない。レディ・ジョセフィーヌにねちねち質問するのをイヴリンたちに許すくらいなら、わたしが直接答えたほうがずっといい。

ローラは使用人のふりを続け、客のふたりにお辞儀をすると、長椅子に座っている女主人の脇へ腰をおろした。「お客様をご紹介いただけますか、奥様?」

レディ・ジョセフィーヌがふいにぼんやりとした表情になる。

「ええと……公爵夫人よ……その……」

イヴリンは軽蔑したようなまなざしでレディ・ジョセフィーヌを見ると、ローラに視線を戻した。「わたしはクリフィントン公爵未亡人よ。こちらはミスター・スタンホープ＝ジョーンズ。あなたは……」

「ミス・ブラウンです」

「ほう、ミス・ブラウン」スタンホープは金製の片眼鏡を持ちあげ、ローラの顔をのぞき込んだ。「ミス・ローラ・ブラウンか。ローラというのは、よくある名前とは言えないな。実際、ぼくもこれまでひとりしか会ったことがない」

ローラは押し黙ったままだった。彼らはわたしに何を期待しているのだろう?　正体を打ち明けること?　いいえ、そんなつもりはさらさらない。ローラはイヴリンに視線を戻し、彼女が悪意を持って父の机にイヤリングを入れている姿を想像してみた。わたしと父が英国から逃げ出さざるをえなくなって、イヴリンはさぞ喜んだに違いない。

レディ・ジョセフィーヌがローラの腕を引っぱった。「ねえ、ごらんなさい!　かわいいチャーリーにお友だちができたのよ」

そのときローラは、暖炉前の敷物に犬が一匹ではなく二匹いることにはじめて気づいた。

どちらもうなり声をあげながら、じゃれ合っている。窮地に追い込まれたせいで、跳ねまわっている子犬たちにまったく気づかなかったのだ。

悲惨な状況にもかかわらず、ローラはレディ・ジョセフィーヌに向かってどうにか微笑んだ。「まあ、よかったですね。どちらもスパニエルで、しかも同じくらいの年ですわ」

イヴリンは小さいほうの子犬をすくいあげ、青いブロケード織りのドレスの膝の上にのせた。「なんてかわいいの。このちっちゃなデイジーは、ルパートがわたしのために見つけてくれたのよ。スパニエルをたくさん飼っている知り合いがいるからって」

「ロジャー・バレルはキングチャールズ・スパニエルの飼育者として有名なんだ」スタンホープが言う。「きみを通りで見かけたあと、すぐに彼のところへ行って、デイジーを買ったんだよ、ミス・ブラウン」

スタンホープがわざと偽名を強調したのを、ローラは聞き逃さなかった。態度こそ慇懃《いんぎん》なものの、彼は射るような目でこちらを見ている。かつてわたしに求婚した男。たぶん、わたしの変わり果てた姿が物珍しいのだろう。「子犬を無事に手に入れられたのですね」礼儀正しさを装いながら、彼女はちくりと言った。「金貨一枚程度の出費ですめばよかったのですが」

スタンホープが含み笑いをした。「これを手に入れると一度心に決めたら、公爵未亡人は金に糸目をつけないんだよ。それに驚くべきことに、バレルの話によればコプリー伯爵も数日前、子犬を買いに彼のもとを訪れたらしい」

「ちょうどゆうべ、アレックスを訪ねたのよ」イヴリンは勝ち誇ったような笑みを浮かべて言った。「彼、おば様のために子犬をあげたと言っていたわ。そんなことを教えてくれるなんて、ロマンティックでしょう？　だってこれからわたしたち、チャーリーとデイジーを一緒に遊ばせることができるんですもの」

イヴリンは美しい胸元を見せびらかすようにかがみ込むと、身をよじっている子犬をチャーリーの待つ暖炉前の敷物に戻した。

イヴリンたちにとって、わたしを追跡するなどたやすいことだったんだわ。ローラは苦々しい思いにとらわれていた。このふたりが今日やってきたのは、わたしがここにいるか確かめるために違いない。どうしてアレックスはイヴリンに子犬の話などしたのだろう？　なんの気なしに話してしまったの？

そうであってほしいと思った瞬間、ローラは心の中で自分を叱りつけた。そんなにお人よしでどうするの？　この二日間でアレックスは心変わりしたと考えるほうが、よほど理にかなっている。彼はこれ以上問題を起こさないよう、わたしを阻止しようと決めたのだろう。わたしがロンドンに戻っているという衝撃的な知らせを、社交界じゅうに広めようとしているのだ。そのための駒のひとつとしてイヴリンを利用し、わざとここへやってこさせたに違いない。

貴族は同じ貴族を守ろうとするもの。昔から、そうわかっていたはずなのに……。ローラは歯噛みする思いだった。苦境に陥った今こそ、しっかりと肝に銘じなければならない。二度とコプリー伯爵を信頼してはいけないと。

従僕がワゴンにのせた紅茶のトレイを運んできた。その瞬間、ローラには廊下をうろついているミセス・サムソンの姿がちらりと見えた。もし子犬たちにめろめろのレディ・ジョセフィーヌがいなかったら、なんとしてでも客たちを追い返すのに。わたしがそんなことを考えていると知ったら、あの家政婦は仰天するだろう。もちろんそんな思いはおくびにも出さず、ローラは仕方なく紅茶を注ぎはじめた。本来は女主人のやるべきことだが、レディ・ジョセフィーヌは手元がおぼつかないからだ。

ローラは紅茶のカップをイヴリンとスタンホープに手渡した。ふたりは礼儀正しく、子犬についてあれこれ話すレディ・ジョセフィーヌの相手をしている。だが、ローラがプラムケーキとおいしそうなサンドイッチを取り分けて席に戻ると、スタンホープがまたしてもこちらに視線を向けてきた。

「ぼくらがきみに並々ならぬ興味を抱いたことを許してくれるだろうね、ミス・ブラウン？」スタンホープは銀製のスプーンで紅茶に入れた砂糖をかき混ぜながら言った。「きみはぼくらのかつての知り合いにそっくりなんだ」

「ミス・フォークナーね」イヴリンが意地悪そうな笑みを浮かべる。「彼女、恐ろしい窃盗事件の共犯者としてずいぶん騒がれたのよ。一〇年前、父親と一緒にどこかへ消えてしまったわ。あのかわいそうな人、今頃どうしているのかしら。ずっと気になっていたの」

ふたりは秘密めいた笑みを交わした。

「その人の父親は最近ロンドンに戻ってきたかもしれませんね」ローラはイヴリンを見つめて言った。「本当の窃盗犯を探し出して、汚名を晴らすために」

イヴリンが目を大きく見開いた。本当に驚いているような表情だ。次の瞬間、彼女はあわててカップをソーサーに戻し、ガチャンという音を立てた。

「そんなこと、ほのめかすだけでも許されないわ……あの男がこの街に戻ってきているなんて。慎み深い生活を送るわたしたちにとって、彼は脅威そのものなんだから！」

ローラはなんとか見きわめようとした。イヴリンは本当に父がロンドンに戻ってきたことを知らないのかしら？　それとも女優のように演技がうまいだけなの？　イヴリンが父の帰国を知らない可能性はじゅうぶんにある。ハヴァーシャム侯爵は娘を守るために、何も話していないのかもしれない。「わたしは何もほのめかしたりしていません」紅茶を飲みながら、ローラは応えた。「わたしたちは仮定の話をしているだけですよね？」

「わたしたち？　いやね、わたしは何も関係ないわ。マーティン・フォークナーは刑務所に行って当然の危険人物なのよ」

スタンホープが軽く咳払いをした。「まあまあ、ミス・ブラウンは別にきみを驚かせるつもりではなかったんだよ、公爵未亡人」

「どうしてそう言えるの、ルパート？」イヴリンはローラに厳しい一瞥をくれた。「なんなら、すぐに警察へ通報したっていいのよ」

その言葉を聞いて、レディ・ジョセフィーヌが困惑したように言った。

「警察？　どうして？　何かあったの？」

ローラはなだめるように、女主人の丸々とした腕にそっと手を置いた。

「なんでもありませんわ、奥様。ただあれこれと噂していただけです。ほら、見てください。チャーリーとデイジーが遊び疲れたらしくて寝転がっています。牛乳を持ってきましょうか？」

「まあ、ありがとう！　少し紅茶を足すといいわ。うちの犬たちは代々そうするのが好みなの」

イヴリンがデイジーをさっとすくいあげた。まるでローラに毒を盛られるのを恐れるかのように。「デイジーはいいわ。さあ、そろそろ失礼しなくては」

ふたりが立ちあがり、スタンホープは礼儀正しくレディ・ジョセフィーヌにお辞儀をした。

「楽しい時間でした、奥様。また今夜、ウィザースプーン伯爵のパーティで奥様と――ミス・ブラウンにも、お会いできるのを楽しみにしています」

スタンホープがローラをちらりと見る。なんとか笑みを浮かべていたものの、彼女は内心悔しさでいっぱいだった。彼も、イヴリンも、わたしの正体をみなにばらす瞬間を心待ちにしているのだろう。悪名高いローラ・フォークナーがロンドン社交界に戻ってきた――そんな悪意に満ちた噂を、ここぞとばかりに吹聴《ふいちょう》するに決まっている。でも、このふたりを止める手立てはない。

完全にお手あげだ。

アレックスが助けてくれるとは思えない。もし貴族じゅうにわたしの噂が広まってしまったら、彼は醜聞に巻き込まれないよう、まずおばと名づけ親を守るだろう。

わたしは完全にひとりぼっちなのだ。

17

ローラとレディ・ジョセフィーヌが舞踏室にゆっくりと足を踏み入れたとたん、室内がどよめいた。いや、少なくとも、神経が高ぶっているローラにはそう思えた。

さすがに、今シーズンでも最大規模の舞踏会だけのことはある。アーチ型天井とクリーム色の壁が特徴的な広々とした舞踏室は、数えきれないほどの招待客でごった返していた。細長い室内を見おろす廊下では、ダンスのための調べを奏でる音楽家たちが楽器の調律をしている。シャンデリアにきらめく何百本ものろうそくのせいで、室内の空気はむんむんして暑いくらいだ。

それとも、この息が詰まるような感じは、わたしが場の雰囲気にのまれているせいかしら？ ここにいる全員の目が自分に注がれている気がしてならない。誰も彼も、自分のことを噂しているように思えてしまう。それでもなお、ローラは今夜ここへ来ることを選んだ。

今日の午後、イヴリンとスタンホープが帰ったあとすぐに、アレックスがレディ・ジョセフィーヌの屋敷を訪ねてきた。けれどもローラは彼と会うのを拒んだ。頭痛がすると言い訳をして寝室に引きこもり、アレックスが栗毛《くりげ》の馬にまたがって走り去るのを窓から見送ったのだ。そして、ウィザースプーン伯爵の舞踏会へ行くための馬車が予定時間より三〇分早く屋敷に到着するように手配した。舞踏会へおばをエスコートするためにアレックスが戻ってくるかもしれないと思ったからだ。

どうしても、アレックスには今夜の舞踏会への出席を禁じられたくなかった。わたしにとって、今夜は情報を集めるための最後の機会になるかもしれないのだから。

それなのに、杖をついてゆっくり進むレディ・ジョセフィーヌに付き添いながら、ローラは心の中で願っていた。既婚婦人たちが集う部屋の隅にたどりつくまで、まだ果てしない距離がある。こうして歩いているあいだに、アレックスがそばに来てくれればいいのに。彼がいれば、レディ・ジョセフィーヌに恥をかかせなくてすむ。アレックスが皮肉めかした一瞥をくれるだけで、相手は凍りついてしまうだろう。

ローラは顎をあげたまま、目が合った招待客たちに小さく会釈をしたり、うっすら笑みを浮かべたりしていた。レディたちは扇の陰で何かささやき合っている。紳士たちは談笑しながら、無礼なほどじろじろとローラを眺めていた。さっと顔を背けて知らんぷりをする者もいれば、わざと彼女を無視している者もいる。おそらく、ここにいる誰もが噂を聞いているわけではないのだろう。これほどの大人数なのだから、噂話が全員に伝わるのに時間がかかって当然だ。

今夜、ローラはレディ・ミルフォードからもらった赤いハイヒールを履いていた。ばかげた考えかもしれないが、最高級の靴を履いていれば、それだけ勇気が出るような気がした。

足を踏み出すごとに、コーヒー色をしたモスリンのドレスの裾から、きらめくクリスタルビーズが見える。ただし赤い靴を除けば、ローラはいつもの装いだった。さんざん考えたあげく、丸眼鏡をかけ、垂れ飾りのついたレースの室内帽をかぶり、地味な服装をしようと決めたのだ。結局わたしはお給金をもらっている、ただのコンパニオンにすぎないのだから。

そのとき、白髪頭で赤ら顔の紳士に行く手を遮られ、ローラは息をのんだ。前にも一度、レディ・ジョセフィーヌに近づいてきたことがあるオリヴァー伯爵だ。かつてわたしの父と親交のあった紳士。ふたりはときおりパーティで、カードゲームに興じていたものだった。

「レディ・ジョセフィーヌ、今夜はまた一段とお美しい」

老婦人はこぼれるような笑みを浮かべた。今夜のレディ・ジョセフィーヌは、黄色いリボンがついた青いシルクのドレスに黄色いシルクのターバンを合わせている。

「まあ、ご親切に。前にお目にかかったことがあったかしら……？」

伯爵はレディ・ジョセフィーヌの手を取ってキスをした。「オリヴァー伯爵です、奥様、あなたの亡くなったご主人、チャールズとは友人でした。きっと彼は今頃、醜聞に巻き込まれないよう、わたしにあなたを守ってほしいと思っていることでしょう」

オリヴァー伯爵にとがめるような目で一瞥され、ローラは頬が熱くなるのを感じた。目を伏せて、レディ・ジョセフィーヌのかたわらに立ち尽くす。わたしはふたりの会話を遮る立場にない。だから何も言い返せない。でも、あまりの屈辱にはらわたが煮えくり返る思いだ。

「醜聞ですって？」レディ・ジョセフィーヌが陽気な笑い声を立てた。「わたしは年を取りすぎているわ。醜聞になるとしても、せいぜい紅茶を飲みながら寝てしまったという噂程度でしょう」

「それは何よりです、奥様。でもわたしの助けが必要なときは、いつでもおっしゃってください」

レディ・ジョセフィーヌが微笑んで歩きはじめると、オリヴァー伯爵はいきなりローラの腕をつかんだ。呆気に取られている彼女に、伯爵が非難がましい口調で言う。

「スカーバラ伯爵の舞踏会できみを見たとき、そうじゃないかと思ったんだ。きみはマーテインの娘だったんだな」

「ええ。閣下と父はときどきホイストゲームを楽しむ仲でしたね」

「悲しいかな、わたしは彼が本当はどんな人物か見抜けなかったのだ」オリヴァー伯爵は射抜くような灰色の目でローラを見つめた。「あらかじめ警告しておく、ミス・フォークナー。レディ・ジョセフィーヌの人のよさにつけ込んだら許さんぞ。わたしはきみから目を離さないからな」

伯爵の腕から逃れると、ローラはレディ・ジョセフィーヌのあとを追った。オリヴァー伯爵と同じく、周囲にいるほかの招待客も彼女を冷ややかな目で見ている。〝わたしはきみから目を離さないからな〟

伯爵の冷たい物言いに、ローラは背筋がぞっとするのを感じていた。これほど自分はひとりぼっちなのだと感じたことはない。せめてもの救いは、レディ・ジョセフィーヌがこの状況に気づいていないことだ。できることならもう一度、誰にも注目されない立場に戻りたい。内装の一部であるかのように無視されていたほうがまだましだ。とはいえ、しかめっ面をされたり、小突かれたりしても、今はひたすら耐えるしかない。そう、父の汚名を晴らすまでは。

その一心で、ローラはハヴァーシャム侯爵のはげ頭と痩せた貧相な体を探し出そうとした。結局、彼は見つけられなかったが、取り巻き連中にちやほやされているイヴリンの姿を発見した。明らかにイヴリンはご満悦の様子だ。社交界に紛れ込んだ悪名高いミス・フォークナーの正体をいかに見破ったか、自慢げに語っているのだろう。

ローラとレディ・ジョセフィーヌはようやく、既婚婦人たちが座っている場所へたどりついた。青々と生い茂るシダの前で、みな嬉々として噂話に興じている。明らかにローラのことを話していたのだろう、彼女たちはローラを横目でちらりと見ると、扇を揺らしながら一段と熱心にささやきはじめた。

集団の中心にいた、髪をソーセージのようにカールした中年のレディが立ちあがった。ブルドッグみたいな顔をしたミセス・ドーカス・グレイリングだ。彼女はまっすぐレディ・ジョセフィーヌのところへやってきた。「あなたのためにお席を取っておいたんですよ。さあ、こちらへ。お友だちと楽しいひとときを過ごしましょう」

「まあ、ありがとう……でも、あなたの椅子に座るわけにはいかないわ」

「いいんですよ、ジョセフィーヌ。あなたのお手伝いをさせてちょうだい」

ミセス・グレイリングが老婦人の手を取ったため、ローラは脇へしりぞくほかなかった。屈辱に頬がかっと染まる。ここにいる女性はみな、レディ・ジョセフィーヌと同じ程度の地位にあるレディたちだ。誰ひとりとしてローラの目をまっすぐ見ようとはしないのに、ときおり横目でちらちらと盗み見ている。詮索好きで意地悪な視線にさらされて、ローラはなすすべもなくヤシの鉢植えの横に立っていた。

レディ・ジョセフィーヌを座らせると、ミセス・グレイリングはつかつかとローラのほうに戻ってきて、冷たい声で告げた。「今夜、ジョセフィーヌの面倒はわたしたちが見るわ。あなたはどこか別の場所へ行ってちょうだい」

女性たちのリーダーから袖にされてしまった。なんてひどい仕打ちだろう。冷静さを保とうとしていたにもかかわらず、ローラは怒りを覚えずにはいられなかった。彼女たちの無礼な態度をとがめたいところだが、あえて唇を引き結ぶ。口汚くののしっても、かえって軽蔑されるだけだろう。

ローラはミセス・グレイリングの脇を通り、レディ・ジョセフィーヌのほうへ向かった。

「奥様、わたしは舞踏室を見てまわろうと思います。しばらく失礼しても大丈夫でしょうか？」

老婦人は信頼しきった目でローラを見た。「もちろんよ。わたしはここでお友だちとおしゃべりを楽しむことにするわ」

間違いなく、彼女たちはレディ・ジョセフィーヌにわたしにまつわる噂を聞かせようとするだろう。そう考えて、ローラは切ない気分になった。もしレディ・ジョセフィーヌまでがわたしに背を向けたらどうしよう？　そんなの、耐えられそうにない。

周囲にいる冷たい表情の女性たちの顔を意識的に見まわしながら、ローラは言った。

「レディ・ジョセフィーヌはお体の具合があまりよくありません。どうか奥様を混乱させるようなことがないよう、よろしくお願いします」

中には、そう言われて恥ずかしそうな表情になった良識あるレディも何人かいた。少なくとも、そういうレディたちが思いやりを示し、噂話をレディ・ジョセフィーヌに聞かせようとするほかの女性たちを止めてくれるだろう。

「なんて思いやりのある子なんでしょう、そんなにわたしのことを心配してくれて」レディ・ジョセフィーヌがローラの手を軽く叩いて言った。「さあ、お行きなさい。あなたのような若い人たちがこういうパーティでどれほど踊りたがっているか、わたしにだってわかるのよ」

喉に熱いかたまりがせりあがってくるのを感じながら、ローラはその場から離れた。といっても、もちろんダンスをしに行くわけではない。そもそも、わたしにダンスを申し込もうという相手などいない。そんなことをすれば、ほかの客たちから非難されるだけだ。実際、この会場には弱虫で臆病な男か、先のオリヴァー伯爵のように鼻持ちならない男のどちらかしかいないのだから。

それでもなお、ローラは広々とした舞踏室の反対側をちらりと見ずにはいられなかった。

今や楽団が奏でるワルツに合わせ、多くの男女がくるくるとまわりはじめている。まばゆいばかりの光景だ。今履いている赤い靴でダンスを踊れたらどんなにいいだろう。もしアレックスがここにいてくれたら……。

いいえ、彼がわたしとダンスを踊るわけがない。もしここにいたら間違いなく、アレックスはわたしを舞踏室の外へ追い出そうとするだろう。わたしの正体が明らかになってしまった今、彼は醜聞からおばを守ろうとするに違いない。思えば、コンパニオンとして、わたしはまだ試用期間中だ。きっとアレックスはわたしを首にする。どんなにそうでないことを祈っても。

アレックスは今夜、ここへ来るかしら？　レディ・ジョセフィーヌの屋敷に立ち寄って、もうわたしたちが出かけたと気づいたなら来るかもしれない。あるいは先ほどわたしが頭痛を理由に追い返したから、今夜の舞踏会には出席しないと考えたかもしれない。

招待客でごった返す室内の隅を歩きながら、ローラはアレックスの姿を探し続けた。ただし、誰とも言葉を交わさないようにしていた。これ以上、屈辱的なことを言われるのには耐えられそうにない。それでも周囲のひそひそ話やぶしつけな視線がやむことはなかった。もう変装がなんの役にも立っていないのは明らかだ。今となっては、わたしのさえない格好は流行のドレスをまとったほかのレディたちとの歴然たる違いを強調するものでしかない。

ある考えが頭に浮かび、ローラは思いきって舞踏室から出て、廊下を歩きはじめた。角を曲がると、静まり返った廊下に裏階段があるのに気づいた。玄関ホールの大階段とは違い、無遠慮な視線を向けてくる者は誰もいない。

鉄製の手すりをつかみながら、彼女は階段を駆けあがった。やがて見えてきたのは広々とした廊下だった。おそらくこの先に寝室があるに違いない。壁沿いに等間隔で配されたいくつものテーブルの上に、火のついたランプが置いてある。家族か、あるいは招待客のためのものだろう。

ローラはランプを手に取ると、右側にあった最初の扉をノックした。返事がないので、大胆にも室内に足を踏み入れてみる。ランプの明かりに照らされて浮かびあがったのは四柱式ベッドだった。純白の上掛けがかけられ、ふくらんだ枕がいくつも置いてある。周囲にある椅子やテーブルが、室内の広々とした雰囲気をいっそう引き立てていた。

思いきって着替え室に入ったローラは、そこががらんとしていることに気づいた。棚にも戸棚の中にも、個人的な品はいっさい見当たらない。もしここが使われていない客用の寝室だとすれば、まさに願ったりかなったりだ。ここで少し時間をつぶしていても、誰にも気づかれないだろう。

ローラはランプを化粧台の上に置くと、スツールに腰をおろした。さあ、今こそ変装を解くべきときだ。

丸眼鏡を外して網目模様の小さな手さげ袋《レティキュール》の中へしまい、続いて室内帽を取った。それから胴着《ボディス》に押し込んでいた、大ぶりなレースの三角形のスカーフ《フィシュー》も取り去った。これで少なくとも、ドレスの襟元からほんの少し胸が見えるようになったわけだ。

続いて彼女はきつく結わえてシニヨンにした髪からピンを次々と引き抜き、琥珀色の髪を腰まで垂らした。うねっている髪を手ぐしで整えてねじりながら、別の髪型に結いあげ、ふたたびピンで固定する。何度かやり直して完璧なスタイルに仕上がった。化粧台の楕円《だえん》形の鏡をのぞき込むと、先ほどとは別人のような自分がいた。女らしくて柔らかな雰囲気だ。取り澄ましたお堅いコンパニオンには見えない。

ローラは立ちあがり、長細い窓間鏡に全身を映してみた。濃い色の長袖のドレスは依然としてあまりに慎み深すぎる。そこで彼女はくるくるとまわりはじめた。裾が持ちあがると、現れたのは美しい赤いハイヒールだ。ランプの明かりを受けて、クリスタルビーズがきらきらと輝いている。ローラは微笑まずにはいられなかった。ああ、ようやく気がついたわ。これまで野暮ったい変装のせいで、どれだけ気分がどんよりしていたことか。今はなんだか身も心も軽くなり、若返ったような気分だ。じろじろ見つめてくる無遠慮な相手にも、正真正銘のレディとして勇敢に立ち向かえそう。

何より大事なことに、これで自分の計画を実行に移す準備が整った。そろそろハヴァーシャム侯爵がパーティに出席しているかどうか、確かめに行こう。

数分後、ローラは巨大な広間を歩いていた。隣にある舞踏室からは音楽が聞こえている。だが、彼女はすぐに舞踏室へ戻ろうとはしなかった。顎をぐっとあげ、人込みの中をまっすぐに進んでいく。臣下たちなど気にもとめない、若きヴィクトリア女王の気分で。

ほっとしたことに、もうほとんど誰もローラに注目しなかった。客たちは丸眼鏡に室内帽姿の地味なコンパニオンを探しているに違いない。中にはこちらを見てひそひそ話をする者もいたが、それは無視することにした。もしこれがわたしにとって社交界の行事に参加する最後の機会なら、最大限の成果をあげなければならない。父のために。

ローラはカード室をのぞいた。あちこちで四人組が小さなテーブルを囲んでいる。しかし、ハヴァーシャム侯爵の姿はない。この屋敷には舞踏室以外にも、客を楽しませる部屋がいくつもある。だからこそ、彼女は決めたのだ。人が押し合いへし合いしている舞踏室よりもまず、ほかの部屋でハヴァーシャム侯爵を探そうと。

廊下を歩きはじめたとき、誰かに声をかけられた。「ミス・フォークナー?」

振り向いた瞬間、ローラはすぐに後悔した。急ぎ足で追ってきたのはスタンホープだ。青い目で彼女の変身ぶりを熱心に眺めている。いつもながら、スタンホープは非の打ちどころのない装いだ。赤紫色をした細い縦縞の上着に黒いブリーチズを合わせ、純白のクラヴァットにダイヤモンドの飾りピンをつけている。亜麻色の髪に、いかにも育ちのよさそうな顔立ちは、まさに英国紳士そのものと言っていい。

ただしローラに言わせれば、スタンホープよりどぶ鼠のほうがまだましだ。

「まったく、あなたという人は」彼女はそっけなく言った。「よく平気でわたしに声をかけられますね」

スタンホープはローラの腕を取ると、ふたりきりになれるアルコーブへと連れていった。

「ぼくにはきみに許しを請う資格がない」いかにも謙虚そうな声で言う。「だが、ああするしかなかったんだ。イヴリンが通りできみを見つけたとき、追いかけようとする彼女をぼくはなんとか止めようとした。でも、彼女がぼくの説得に耳を貸すはずがない」

ローラはだまされなかった。彼の黄色いフェートンがかなりの速度で自分を追いかけてきたことを忘れてはいない。それに紅茶を飲んでいたとき、スタンホープがじろじろとこちらを見ていたことも。「いいえ、あなたはイヴリンが噂を広めるのを嬉々として手伝ったはずです。あなたたちふたりのせいで、わたしは間違いなく職を失うでしょう」

スタンホープはわずかにうつむき、反省するそぶりを見せた。

「そんなつもりはなかったんだ、ミス・フォークナー。いつもきみのことを崇拝してきた。かつてぼくがどれほど熱心にきみに求婚していたか、忘れてしまったのかい？」

たしかに一〇年前、ローラに結婚を申し込んできた紳士たちの中にスタンホープもいた。

「わたしにとって、そんな日々はもう二度と手の届かない遠い過去です。きっと今の暮らしもそうなってしまうでしょう。では、ごきげんよう」

立ち去ろうとした彼女をスタンホープが押しとどめた。「待ってくれ。職を失ったら、きみはどこへ行くつもりだ？　どうやって生計を立てるんだ？」

ローラは眉をひそめた。その答えがわかったら、どんなにいいか。蓄えはかぎられている。それに今や、身元保証人なしにわたしを雇う人など誰もいないだろう。けれど、それを目の前にいる男に明かすつもりはない。「なんて感動的だこと、あなたがわたしのこれからを心配してくださるなんて」彼女は言った。「でも、ご心配いただくには及びません」

「古い友人として、きみに助けの手を差し伸べたいんだ」スタンホープが早口で言う。「ぼくに償わせてほしい」彼はローラの手首をつかむと、彼女の全身に視線を走らせた。「きみは本当に美しい。もし許してくれるなら、全面的に援助するよ」

ローラはみぞおちにねじれるような痛みを感じた。必死でスタンホープの手から逃れようとするが、彼は動じることなく手首を握りしめたままだ。

「今すぐ放して。さもないと叫ぶわよ」

「親愛なるローラ、聞いてくれ。ぼくはきみが望むものならなんだって与えてやれる。屋敷も、馬車も、宝石も。きみにはほんのわずかな見返りしか求めない。ただときどき、ぼくと一緒に楽しい時間を過ごしてくれれば――」

ローラはスタンホープの足の甲を、赤い靴のヒールで思いきり踏みつけた。あまりの痛みに彼がくぐもったうめき声をあげ、手の力を緩める。その隙にローラはあわてて廊下へ戻った。

心臓が狂ったように打っている。走り出したい気持ちを抑え、早足で歩いた。人の注意を引かないよう、気をつけなければいけない。スタンホープの卑劣な申し出を思い出すだけで吐き気がする。アレックス以外の男性からあんなことを言われるなんて。これがわたしの運命なの？　パーティに参加している男性全員が、オリヴァー伯爵のようにわたしを厳しく糾弾する批判家か、安物の宝石と引き換えにベッドへ引き込もうとしている好色漢のどちらかなのかしら？

涙がこぼれそうになったが、必死にまばたきをしてこらえた。もしアレックスがここにいたら、わたしはレディ・ジョセフィーヌを不名誉な醜聞に巻き込んだ張本人として、屋敷を追い出されることになる。一文なしのはみ出し者として、頼りにできる人はひとりもいないまま、社会に放り出されるのだ。ああ、アレックスは最初からそんなわたしを愛人として囲うつもりだったの？

ローラの心の中では怒りと苦痛がせめぎ合っていた。なんて忌々しいアレックス。もし彼を失墜させるための方法があるなら、なんのためらいもなく実行してやるのに……。

そのとき目の前で、ひとりの紳士が図書室から出てきた。頭のてっぺんははげており、下のほうにわずかに白髪交じりの茶色い髪が残っている。黒い夜会服姿で、傲慢そうに首を傾けている男にローラは見覚えがあった。

男の姿を見たとたん、それまで考えていたことなど忘れ、ローラは声をかけていた。

「ハヴァーシャム卿！」

彼がくるりと振り向いた。細長い顔に侮蔑の表情を浮かべている。だが灰色の目の様子から察するに、ローラが誰だかわかっていないらしい。幸い、彼のかたわらに娘はいない。もしいたら、真っ先にローラの名前を父親の耳元でささやいていただろう。

「何か？」ハヴァーシャム侯爵が尋ねた。

ローラはお辞儀をした。口の中がからからに乾き、心臓が早鐘を打っている。とうとう待ちに待った瞬間がやってきた。父に窃盗犯の汚名を着せ、殺害したのはあなたでしょう、と侯爵に問いただす機会が。これを逃せば次はもうない。「よろしければ、ふたりきりでお話ししたいことがあるのですが、閣下」

「今ここで？　きみは誰だ？」

「あなたの古い知人の娘です」とりあえず今のところは、それ以上正体を明かすつもりはない。侯爵の苦々しい表情を和らげるべく、ローラは遠慮がちな笑みを浮かべて言葉を継いだ。「お願いです。一緒に歩きながら、お話しさせていただくだけでも……」

図書室から男性がもうひとり現れた。彼がローラの全身にちらりと視線を走らせる。たちまち彼女は何も言えなくなってしまった。

「残念ながら、それは許されない」アレックスがローラに言った。「ハヴァーシャム卿はお帰りになるところだ。これから紳士クラブに行かれる」今度は侯爵に向かって言う。「ぼくがこの若いレディと話をします。もっとも、あなたが明日の明け方に彼女をめぐってピストルで決闘したいというなら話は別ですが」

ハヴァーシャム侯爵は皮肉めかした笑みを浮かべた。「そんなばかげた振る舞いをするには、わたしは年を取りすぎている。それよりもゲームとワインを楽しむほうがいい。こたたはごめんだ。では、失礼」

軽く会釈をすると、侯爵は玄関ホールへ通じる廊下を歩き出した。ローラは愕然として叫んだ。「待って――」

アレックスがすかさずローラの腕を取り、もう片方の手を彼女の背中に当てて、反対側の方向へ歩きはじめた。「いったいどこにいたんだ？　ずっと探していたんだぞ」

「あなたにわたしと侯爵の会話を邪魔する権利はないわ」ローラは肩越しに振り返った。だが侯爵の姿はすでに人込みに消えていたので、しぶしぶアレックスに視線を戻した。今夜の彼は一段とハンサムだ。がっしりした肩を強調する紺色の上着をまとい、喉元に純白のクラヴァットをあしらっている。けれども怒りのあまり、ローラはもう一度抗議せずにはいられなかった。「そんな権利は全然ないわ！」

「そうかな？　ぼくにはじゅうぶん権利があると思うが。舞踏会の最中に、おばのコンパニオンにひと騒動起こされてはかなわない。なんとしても止めなければならなかった」アレックスは射るようなまなざしでローラを見つめた。ただし、詮索好きな客たちの注意を引かないよう、歩調を緩めはしなかった。「ハヴァーシャム侯爵ときみのお父上が不仲だったことは知っている。だがなんの証拠もないのに、きみに彼を窃盗犯呼ばわりさせるわけにはいかない」

「もしあなたが邪魔しなければ、証拠が手に入ったかもしれないのに！」

「ほう？　ぼくはてっきり、きみはただ侯爵にダイヤモンドを盗んだのはあなたかと尋ねるつもりなのだと思っていたよ。そして、彼がその場で罪を告白するのを期待しているのだとね」

「まさか！　わたしにはきちんとした計画があったわ。でも、あなたのせいですべて台なしよ」

ローラは腕を組んでアレックスをにらみつけた。正直なところ、はっきりした計画などなかった。マーティン・フォークナーが最近訪ねてこなかったかと尋ねた瞬間、ハヴァーシャム侯爵がうしろめたそうな顔をするのではないかと期待していた。彼がうっかり口を滑らせればさらにいいと思っていた。でも、もはや侯爵を問いつめる機会さえ失ってしまったのだ。

次の瞬間、ローラはふと不思議に思った。どうしてアレックスは、わたしが疑っているのがハヴァーシャム侯爵だと考えたのだろう？　最後にふたりで会ってから二日のあいだで、アレックスは父の過去をあれこれ探ったに違いない。わたしの考えが間違っていると証明するために。これでまた、彼がいかに信用ならない男かということがよくわかった。

アレックスはローラの胸元や結い直した髪に視線をさまよわせると、ふたたび彼女の顔を見つめた。「ハヴァーシャムがきみの正体に気づかなかったのは幸運としか言いようがない。たぶんイヴリンから、きみは丸眼鏡に室内帽でさえない姿をしていると聞かされていたんだろう」

「今さっき階上に行って、変装を解いてきたのよ。あなたもご存じのとおり、もう変装している意味がなくなってしまったから」

「たしかに。舞踏室を歩いているだけで、少なくとも一〇人からきみの噂を聞かされたよ」

彼は口をつぐむと、熱っぽい目でローラを見つめた。「きみをめぐる状況はたしかに変わってしまったんだ」

ローラは背中に置かれたアレックスの手の熱さを意識していた。前よりも親密で、興奮をかきたてるような触り方だ。もちろん彼はわざとそうしているに違いない。一〇年前、もしあんな窃盗事件さえなければ、アレックスから妻になってほしいと求婚されていたかもしれない。それがどうだろう、今のわたしは彼の愛人にしかなれないのだ。

なんて数奇な人生かしら。まるでシンデレラの人生とは正反対だ。はじめは貴族の令嬢だったのに、いきなり社交界から追いやられてしまった。そして王子様だったはずの男性が、今や信用ならないろくでなしだと判明したのだ。

「もちろん状況が変わったことはわかっているわ」こわばった口調でローラは応えた。「明日の朝に間に合うよう、荷造りをするつもりよ。でもそれまでは、わたしがコンパニオンとして雇われていることに変わりはない。よければレディ・ジョセフィーヌの様子を確認しに行かせてちょうだい」

アレックスはかぶりを振った。「まずはきみとぼくで話し合う必要がある」

「今はだめ。人が見ているわ」ローラの頭の中には、ある計画がぼんやりと浮かんでいた。あまりに向こう見ずで、ひどく愚かしい計画だ。けれど、また愛人にならないかという申し出を必死でかわすくらいなら、ばかげた計画を実行したほうがましだ。かつて心から愛した男性から、そんな申し出を受けるなんて耐えられない。

「今、何時かしら?」

眉をひそめながら、彼は懐中時計を確認した。「一一時だ。晩餐が終わったら、おばを連れてすぐに帰ったほうがいい。ぼくらのあいだで話し合わなければいけないこともある」

話し合わなければいけないこと？　やはりアレックスは、いちばん恥ずべきやり方でわたしを支配しようとしているんだわ！

ローラは誘うような笑みを浮かべた。「どうして屋敷に戻るまで待たなければいけないの、閣下？　この廊下の突き当たりに裏階段があるわ。それをのぼってすぐ右手に、誰もいない寝室があるの。あと一時間後にその部屋で待っているわ」

アレックスは瞳を曇らせ、探るようなまなざしでローラの顔を見つめた。かがみ込んで唇を耳元へ近づけてきた瞬間、ローラには彼の体の熱がありありと感じられた。

「ローラ」彼が優しい声でささやく。「どう考えても、ここは密会には向かない」

アレックスの頭に最初に浮かんだのは、やはり〝密会〟なのだ。予想どおりの結果に、ローラは思わずかっとなった。でも少なくとも、これではっきりしたわ。もうあれこれ思い悩むことはない。この高慢ちきな男の鼻をへし折ってやる必要がある。

上目づかいにアレックスを見つめながら、ローラは彼の手の甲に指先をそっと走らせた。

「階上の寝室に来て」低い声でつけ足す。「一二時の鐘が鳴ったら」

18

そのあとの準備は実に簡単だった。アレックスと別れたあと、ローラがまず取りかかったのは紙とペンを探すことだ。それらを見つけたのは、ひと気のない廊下沿いにある居間だった。室内に入った彼女はろうそくの明かりの下、小さな机に腰かけ、一通の手紙をしたためはじめた。何度か書き直して、ようやくこれで完璧と思える手紙ができあがると、折りたたんで赤い蜜蠟で密封した。それからドレスの袖口に手紙を入れて見えないように隠し、舞踏室へと戻った。

周囲の人々は、すぐにローラだとは気づかない様子だ。たぶん丸眼鏡と室内帽を取ったせいだろう。無用な関心を持たれることなく、彼女は人込みをかき分けていった。視線の先にいるのは、大勢の紳士たちに囲まれているイヴリンだ。生き生きした表情から察するに、彼女は衝撃的な醜聞を広めた今夜の主役として、すこぶるご機嫌なのだろう。

イヴリンもまた、高慢ちきな鼻をへし折るにじゅうぶん値する相手だ。

ローラはシャンパングラスのトレイを運んでいる従僕を呼びとめ、手紙を手渡した。

「これをクリフィントン公爵未亡人に渡してちょうだい。あそこにいる緑色のドレスを着た、赤褐色の髪のレディよ」

シダの鉢植えの陰に隠れながら、ローラは従僕が手紙をイヴリンに手渡し、ふたたびシャンパンを配りはじめたのを確認した。イヴリンが脇へ寄り、手紙を開けて文面をじっと見つめている。やがて紳士たちのもとへ戻った彼女が秘密めいた微笑を浮かべているのを見て、ローラは確信した。イヴリンは手紙を信じたに違いない。

さあ、これで最後の準備を整えたら、わたしの計画は完了だ。あわててひねり出した奇想天外な計画だけれど。

ローラは既婚婦人たちが集まる席へ近づいていった。ありがたいことに、レディ・ジョセフィーヌはしわくちゃの顔に楽しそうな笑みを浮かべている。噂好きな女性たちも、さすがにローラの警告に耳を傾けてくれたのだろう。

彼女たちのそばへ近づくと、ローラは小さく手を振り、ブルドッグのような顔をした女性の注意を引こうとした。ミセス・ドーカス・グレイリングだ。彼女は一瞬ローラに気づかなかったものの、目を大きく見開き、あわてて椅子から立ちあがった。

「なんですか、そんなおめかしをして」ミセス・グレイリングがとがめるように言う。「まったく、あなたは恥というものを知らないの？」

ローラはなんとか悲しげな表情を浮かべた。「お許しください、奥様。実は気分がよくないんです。ここへやってきたのは、レディ・ジョセフィーヌに自分の居場所を伝えるためです。わたしは少しのあいだ横にならせていただきます。もしご用があったら、誰かを呼びによこしてください。裏階段をあがった右手にある、いちばん手前の寝室で休んでおりますので」

「あなたの具合が悪ければ、レディ・ジョセフィーヌがいやな思いをすることもないわね」

「はい。どうか心配しないでほしいとレディ・ジョセフィーヌに伝えてください。ご親切にも、ある紳士が付き添ってくださると約束してくれたのです……わたしに何か必要なものがあった場合に備えて」

ミセス・グレイリングの顔がたちまち怒りで真っ赤になる。

「ある紳士が？　寝室であなたに付き添うですって？　いったい誰が——？」

聞こえなかったふりをして、ローラはふたたび人込みに舞い戻った。あのミセス・グレイリングのこと、ほかの女性たちに自分の憤りをぶちまけずにはいられないはずだ。彼女たちはしばらくのあいだ、いらいらと気をもむことだろう。そしてローラの期待どおり——本当にそうなるか自信はないが——数人の女性が階上へ駆けつけ、悪名高きミス・フォークナーの恥ずべき行為を暴こうとするに違いない。

ただし、彼女たちがそこで見つけるのはわたしではない。アレックスとイヴリンだ。

ローラは少しも良心の呵責《かしゃく》など感じていなかった。たしかにわたしの計画は悪意に満ちたものだ。けれども今回のことで、少なくともあのふたりは社交界で立場を失うというのはどんな感じか思い知ることになる。誰かを出し抜こうとする前に、もう一度よく考えるようになるはずだ。

舞踏室から出たローラは、両開きの扉がついた時計を確認した。一一時四五分。そろそろ自分がひねり出した計画の結果を見きわめるために、どこか隠れる場所を探したほうがいい。あたりに注意を払い、こちらに注目している者が誰もいないか念入りに確認する。それから急ぎ足で裏階段へ戻り、階上の廊下へたどりついた。あちこちのテーブルに、まだ丸いガラスケースに入ったランプがまだ灯されている。遠くにある舞踏室からもれ聞こえてくるのは、優雅な音楽の調べだ。

それ以外に聞こえる物音はなく、通りかかる人もいない。

ローラは右側の寝室ではなく、わざと左側の扉へ向かった。完全に閉ざされてはいなかったので軽くノックして、誰も応えないのを確認すると、すばやく室内をのぞき込んだ。炉床にくべられた石炭の明かりに照らされ、高い天井にはいくつかの長い影が伸びている。ぼんやりと浮かびあがっているのは四柱式ベッドをはじめとする家具の輪郭だ。火がくべられていることから察するに、この部屋は誰かが使っているに違いない。ただし舞踏会のあいだ、その人物がここへ戻ってくることはまずないだろう。

ローラは部屋の中に滑り込み、扉をほんの少し開けたままにしておいた。扉の隙間から廊下をのぞいてみる。思ったとおりの眺めだ。反対側の寝室の扉がよく見える。あとはここで、獲物がやってくるのをひたすら待てばいい。

そのとき、背後から彼女のウエストに手がまわされた。

驚きのあまり、心臓が止まりそうになる。はっと息をのみ、その手から逃れようとしたとたん、がっしりした男性の体にぶつかった。いくら身をよじっても相手は放そうとしない。助けを求める叫びが唇まで出かかったとき、スパイシーな男らしい香りに気がついた。

続いて聞こえてきた低い声で恐怖が一気に吹き飛び、ローラはくずおれそうになった。ウエストをつかむ指を意識するあまり、息が荒くなっている。

「叫ばないと約束してくれるかい？」

ローラが大きくうなずくと、相手は彼女の体の向きをくるりと変えさせて顔をのぞき込んだ。暗がりにいる、背の高い男性の腕に指を滑らせながら、彼女は言った。

「アレックス！」息も絶え絶えだ。「お願いだから脅かさないで。死ぬほどびっくりしたわ」

「すまない。てっきり、きみはぼくが来るのを待っていると思ったのでね」

「もちろんよ！」ローラはあわてて言い直した。「でも、この部屋じゃないわ。廊下の右手の寝室と言ったはずよ」

「ああ、わかっている。ただ、きみが何か悪だくみをしているんじゃないかと疑ったんだ。なぜあんな手紙をイヴリンに渡した？」

彼女の全身にさっと震えが走る。ああ、なんて忌々しいアレックス。彼はずっとわたしのことを監視していたに違いない。どうして気づかなかったのだろう？　ローラは顎をあげて答えた。「なんのことを言っているのかわからないわ」

アレックスはまだローラのウエストに手を添え、じっとしたままだ。だがふいに彼女の体を放すと、つかつかと扉へ近づき、隙間から外をのぞいた。廊下からもれてくるランプの光が、彼の顔に鋭い影を落としている。頬の傷跡のせいで、まるでよからぬことをたくらむ海賊のように見えた。

ローラは腕組みをした。「気持ちが変わったの。あなたとはこれ以上話したくないと思って――」

「しいっ、誰か階段をあがってきた」

彼女は押し黙り、アレックスとともに扉の隙間から外をのぞいてみた。反対側の寝室の扉に近づき、室内へすっと滑り込むイヴリンの姿が見えた。

アレックスはぴたりと扉を閉めた。「なるほど、そういうことか」低い声で言う。「きみは悪魔のような心の持ち主だな、ミス・フォークナー。あの寝室にぼくを訪ねてくるのは美しいきみではなく、噂好きの公爵未亡人だったのか。きみはぼくらが一緒にいるところを見つかるよう、陰で画策したに違いない」

ローラは無言のままだった。激しい憤りがこみあげてくる。どうしてアレックスはいつもすべてを台なしにしてしまうのだろう？

彼が一歩前に出た。「さあ、教えてくれ。きみはイヴリンをここへ来させるために、どういう手紙を書いたんだ？」

ローラはもう黙っていられなかった。「あなたの筆跡をまねて書いたのよ。ミス・フォークナーの正体を見破ったきみの賢さには感服した、だから午前零時にあの寝室でふたりきりでサパーダンスを踊り、きみを祝福したい、と」

アレックスは笑い声をあげた。「その手紙はきみが思うよりずっと効果的だったと思うよ。何しろ彼女は一〇年間、ずっとぼくを誘惑し続けているんだ」

暗闇の中、ローラは彼をじっと見つめた。「それなら、あなたと彼女はまだ一度も……」頬が染まるのを感じて口をつぐむ。それに続く言葉は口に出すにはあまりに不適切すぎる。それにアレックスが誰とくっつこうが、わたしには関係ない。

ローラがあれこれ考えている隙に、アレックスは彼女を腕の中に抱きしめた。

「もちろんだ。ぼくはイヴリンを抱いたことなど一度もない。だから彼女に嫉妬する必要はどこにもないんだよ」

「嫉妬ですって！」ローラはさまざまな感情がどっとわき起こるのを感じた。いちばん強いのはアレックスに対する怒りだ。まだわたしのことを〝イヴリンと競い合って自分の愛情を勝ち取ろうとしている女〟として見ていたなんて。アレックスの胸をぐいと押し、ローラは彼の腕から逃れた。「よくもそんなことが言えるわね！　嫉妬だなんて？　わたしが変装していることをイヴリンに教えたのはあなたじゃないの！　あなたのせいで、わたしは彼女に見つかってしまったのよ」

アレックスが彼女の両手を取った。「ローラ、ぼくの話を聞いてほしい」真剣な声で言う。「昨日イヴリンは新しい子犬を連れて、ぼくの犬と一緒に遊ばせたいと訪ねてきたんだ。だからぼくは、チャーリーをおばにプレゼントしたと答えざるをえなかった。もちろん、チャーリーを散歩させていたきみの姿をイヴリンが目撃していたなんて知る由もない。ただ彼女を追い払いたい一心だった。まさかそのあと、イヴリンがきみの正体を暴こうとして、おばを訪ねるとは思いもしなかった」

彼は本当のことを言っているように見える。けれど、ローラはこのまま引きさがりたくなかった。「何よ！　こうして真実が明るみに出ても、あなたは痛くもかゆくもないくせに。今やわたしは堕落した女という烙印《らくいん》を押されてしまったわ。そんなわたしに不道徳な申し出をする気でいるんでしょう？

「なんだって？」アレックスは彼女を抱く両腕に力をこめた。「あいつはきみになんと言ったんだ？」

「あなたが言おうとしていることと、たいして変わりないわ」ローラは必死に彼の腕から逃れようとしたが、無駄だった。でも、かえってよかったのかもしれない。この機に乗じて、アレックスに面と向かって言ってやりたいことがある。ああ、ここが薄暗くなくて、彼の顔がもっとはっきり見える場所ならいいのに。「だから、イヴリンとあなたが一緒にいるところを誰かに見られるよう仕組んだのよ。あなたたちふたりに思い知らせたかったの、恐ろしい醜聞に巻き込まれるというのはどんな感じなのか。みんなにじろじろ見られて、手厳しい判断を下され、軽蔑されるのがどういうことなのか」

悔しいことに、最後には涙で声が詰まってしまった。せっかくアレックスを痛烈に批判し、一矢報いたと思ったのに。

彼はローラをひしと抱きしめた。男らしい体をぴったりと彼女の体にくっつけ、唇を髪に押し当てている。「今夜はさぞかし恐ろしかっただろう？　だが、もう心配しなくていい。ぼくは最初からここへやってきて、きみを守るべきだったんだ。つまらない自尊心など捨てて……」

「つまらない自尊心？　そうでしょうとも。まさにあなたにぴったりの表現だわ。それに言わせてもらえば、あなたは堕落しているし、傲慢でもあるわ！」

厚かましくも、アレックスは少し笑った。髪に彼の吐息がかかるのを感じる。

「話を最後まで聞いてくれ。今日の午後、面会を断られたとき、きみはぼくの助けを借りないことにしたのだと確信した。はっきり言って衝撃を受けたし、怒りも覚えた。だから二度とおばの屋敷を訪問しないと心に誓ったんだ」

「レディ・ジョセフィーヌはイヴリンがやってきたことをあなたに話さなかったの？」

アレックスはかぶりを振った。「おばの記憶力があいまいなのは、きみもわかっているだろう？　おばはイヴリンについてはひと言も言わなかった。それに使用人たちの噂をもれ聞いた従僕から聞くまで、ぼくもおばの屋敷で今日の午後何があったのかまるで知らなかったんだ。話を聞いたあと、すぐにおばの屋敷へ行ったが、きみたちはすでに舞踏会へ出発したあとだった」彼がローラのうなじにそっと指先を這わせる。彼女は背筋がぞくぞくするのを感じた。「だから全速力でここへ駆けつけたんだ。だが悲しいかな、すでに手の施しようがないほど噂は広まっていた。おまけにどこを探してもきみの姿が見当たらず、心配しはじめていたんだ。もしかして、きみが逃げてしまったのではないかと」

心配した？　わたしがいなくなることを？　笑い飛ばそうとしたものの、アレックスの低く魅力的な声を聞き、ローラの怒りは一気に静まった。うなじを撫でる彼の指の動きも心地いい。ああ、アレックスがただの愛人としてではなく、恋人として本気でわたしのことを気にかけてくれたらいいのに。

そんなことはありえない。そうわかっているにもかかわらず、ローラはアレックスの肩に顔をうずめた。頬に上着のなめらかさを感じる。懐かしい彼の香りを吸い込むと、深い安堵と興奮を同時にかきたてられた。「わたしが変装を解く前に、あなたがここへ来てくれたらよかったのに」

「それに、きみが悪意ある計画を考え出す前にね」アレックスは指で彼女のこわばった首筋をもみはじめた。「ただし、ぼくはみごとにその計画をくじいたが」

ローラは首を傾け、暗闇の中、彼をにらみつけた。「まあ、なんてプライドの高い、鼻持ちならない人なの」

「プライドの高い？　ああ、そうさ。だからこそ、自分にふさわしい女性を見つけられたんだ」

アレックスが唇を近づけてくる。最初はごく軽いキスだった。だがそれはしだいに激しさを増し、ローラはへなへなとくずおれそうになった。それでもつま先立ちになりながら、夢中でキスに応えようとする。唇を開き、懐かしい彼の舌の味わいを堪能したい気持ちでいっぱいだった。両腕をアレックスの首にまわして、深く刺激的なキスを思う存分楽しんだ。今や全身を駆けめぐっている興奮を、さらにかきたてるために。

〝自分にふさわしい女性〟アレックスは本気でわたしのことをそう思ってくれているのかしら？　それともただそう言って、わたしの気を引こうとしているだけ？　どうしても知りたくてたまらない。一〇年前、わたしが英国からいなくなったとき、彼もわたしと同じように突然の別れに苦しんだの？　当時のアレックスは口説くときも慎重な態度を崩さず、愛の言葉などほとんどささやいてくれなかったのに？　人目を盗んで交わした数々の口づけには、紛れもなく彼の熱意が感じられたけれど……。

でも今この瞬間、アレックスがわたしの中にかきたてている情熱と比べれば、そんな記憶も色あせてしまう。かつて、これほど業火にあぶられるような思いを感じたことがあったかしら？　いいえ、こんな情熱を覚えるのははじめてだ。わたしを夢中にさせ、理性をはぎ取り、恐ろしいとさえ感じさせるほどすさまじい情熱を。

落ち着きを取り戻すべく、ローラは少し体を引いた。「わたしはあなたの愛人にはならないわ、アレックス」

彼は含み笑いをしながら、親指でローラの濡れた唇をなぞった。

「ぼくがいつそんなことを頼んだ？　一度も頼んだことはないはずだ。きみににべもなく拒絶されるのはプライドが許さないからな」

「からかうのはやめて。わたしは本気よ。あなたに誘惑されるつもりはないわ」

「本当に？」片手でローラを抱いたまま、アレックスはもう一方の手で彼女の胸のふくらみを撫でた。「それは残念だ。きみのドレスとコルセットを脱がして、心ゆくまで愛撫したいのに」

彼の手に胸を持ちあげられ、指先で頂を撫でられて、ローラはあえいだ。こんなに大胆な愛撫は経験がない。これに比べれば、一〇年前のキスなど愛撫とは言えない。欲求に身を震わせながらも、彼女はアレックスを止めようとした。けれども言葉が見つからない。それに彼もやめる気はさらさらないようだ。驚いたことに、アレックスは彼女の脚のあいだに手を滑らせた。ドレスの上からでも、彼の指の感触は伝わってくる。

「一糸まとわぬ姿のきみを見たいんだ、ローラ。きみの美しい体をくまなく知るために」

「アレックス……そんなことを言ってはいけないわ……」

とはいえ彼女自身、自分の言葉とは矛盾する行動を取っていた。いつしか顔をあげ、アレックスの口づけを求めている。今やローラの意識は、体の下のほう――彼がドレスの上からゆっくりと指先を動かしている部分――に集中しつつある。背徳の歓びに全身が熱くなった。アレックスの手にウエストを支えられていなければ、くずおれていただろう。体じゅうの血がたぎるようなリズムを刻んでいる。彼の愛撫に抗うよりも、身を預けてしまいたい。そんな思いに押し流されそうになる。部屋の薄暗さが興奮をいっそう高めているようだ。アレックスが欲しい。ローラの体全体が脈打ち、全神経がそう叫んでいる。

アレックスがふいに手を引っ込めた。彼女は思わずあえいだ。もうすぐ手が届くはずだった歓びを、急に奪われてしまったようで悔しい。だが、はっと気づいた。誰かが扉をどんどん叩いている。

次の瞬間、扉が大きく開かれた。ランプの明かりのまぶしさに、ローラは思わず目を細めた。顔は見えないが、廊下から数人がどやどやと入ってきた。

その人たちがいっせいにはっと息をのんだ。いちばんに部屋へ踏み込んできた人物をランプの明かりが照らし出す。ブルドッグのような顔。ローラはほてっていた体に冷水を浴びせられたような衝撃を感じた。ミセス・ドーカス・グレイリング。

思わずうめきそうになった。なんてこと。わたしの計画は台なしになってしまった。しかも最悪な形で。わたしがアレックスと一緒にいるところを目撃されるとは。

「これはどういうこと?」ミセス・グレイリングがぴしゃりと言う。「コプリー卿、あなたともあろう人が、なぜこんな女の誘惑に引っかかっているの? このあばずれ女」視線をローラに移して続ける。「良識ある社交界から即刻追い出してやるわ!」

アレックスはまだローラを腕に抱いたままだ。彼は上体をかがめ、ローラの耳元でささやいた。「ぼくが何を言っても反論しないように。ぼくを信じてくれ」

アレックスを信じる? いったいどういうこと?

でも、わたしにほかの選択肢はない。彼のほうが面目を失ったコンパニオンよりはるかに影響力を持っている。わたしが何を言っても、ここにいる女性たちは聞く耳を持たないだろう。それにどのみち、言うべきことなど何もない。そう考えて、ローラは暗い気分になった。

わたしは恥ずべき姿を見られてしまった。たとえ気の利いた説明をひねり出せたとしても、自分の行動を弁明することはできないだろう。

アレックスはローラの手を取ると体の向きを変えさせ、目をむいているレディたちと対峙《たいじ》させた。女性たちの中にイヴリンがいることに気づき、ローラは激しく動揺せずにはいられなかった。少しの慰めがあるとすれば、イヴリンが不満げな表情をしていることだ。唇を引き結び、眉間にしわを寄せた顔は魅力的とは言いがたい。

「これはみなさん、お目にかかれて光栄です」とびきり魅力的な笑みを浮かべながら、アレックスは一同を見まわした。「これ以上のタイミングはありません」

「なんですって？」ミセス・グレイリングがむっとしたように言う。

ローラもただ困惑していた。アレックスがどんな策を講じたとしても意味がない。目の前の女性たちは、すでにわたしを社交界から追放しようと心を決めているのだから。今はひたすら首をすくめ、部屋から出て、この厳しい試練から逃げ出したい。それなのにアレックスに手をしっかり握られて、身動きが取れない。

「ただし、実際ぼくらに許しを乞わなければならないのはあなた方のほうなんです」軽い口調でアレックスがたしなめる。「ぼくらにとって最高にすばらしい瞬間を邪魔したのですから。ぼくがこれから発表する知らせが何か、もうおわかりですね？」

イヴリンがすっと前に進み出た。「知らせですって？　どんな知らせかしら？　あなたはここで何をしていたの……こんな……こんな破廉恥な女と。あなたはわたしに手紙をよこしたくせに……」そこで彼女は口をつぐんだ。アレックスに会うためにみずからここへやってきたことを明かすのは得策ではないと気づいたようだ。

アレックスは皮肉めかした笑みを浮かべた。「ご質問に答えましょう、公爵未亡人。ぼくはあなたに真っ先に祝福していただきたかったんですよ。めでたいことに、ミス・フォークナーはたった今、ぼくの求婚を受け入れてくれました。彼女はぼくの花嫁になるんです」

19

悲鳴やため息がいっせいにあがる中、ローラはなすすべもなく立ち尽くしていた。何も考えられない。体の感覚がなくなっている。ただわかったのは、自分がアレックスの腕に引き寄せられたことだ。まるで本当に愛しい婚約者であるかのように。彼はローラの額に軽く口づけすると、この女性のおかげで世界一幸せな男になれたのだと、レディたちに宣言してみせた。

〝ぼくが何を言っても反論しないように。ぼくを信じてくれ〟

ローラはぎこちない笑みを浮かべ、ためらいがちに祝福の言葉を述べた女性たちに感謝の言葉をもごもごと返した。ただひとり無言だったイヴリンは、ドレスの裾をひるがえして廊下を立ち去っていった。

アレックスは引き続き、生まれも育ちもよく公平な心を持つあなた方のようなレディが、何年も前の父親の行為をあげつらい、自分の花嫁となる純真なローラを責めるだろうか、いや、そんなはずはない、と声高に言い放った。さらに、あなたたちはじきにローラが自分の完璧な妻になる姿を目の当たりにするだろう、コプリー伯爵夫人として、彼女は新婚夫婦がはじめて開くパーティに必ずやあなた方を招待するはずだ、とだめ押しをした。

アレックスの熱弁に耳を傾けながら、ローラは確信していた。これは何かのいたずらに違いない。いつなんどきアレックスがこう言い出してもおかしくない。〝みなさん、本気でぼくが彼女と結婚すると思ったんですか？　もちろん、ただの作り話ですよ！〟

けれど、いつまで経ってもアレックスはそう言わなかった。それどころか女性たちに、もしこのことを黙っていてくれたら、結婚の知らせを自分の口からおばに伝えられるとまで言い出した。さらに婚約期間中、結婚式の準備が整うまでのあいだ、付き添い役としてぜひ彼女たちの力を借りたいとつけ加えたのだ。

「たしかに、ミス・フォークナーとぼくがふたりきりで寝室にいたのは不適切な行為だと認めざるをえません」アレックスはレディたちに言った。「ぼくたちが話すあいだ、少し扉を開けたままにして、あなた方に見守っていただいたほうがいいと思うのですが？」

噂好きの女性たちが、これほど魅力的な誘いを断るわけがない。アレックスは背もたれのまっすぐな椅子を数脚集めると、それらを開いた扉のすぐ外側に並べた。

ようやく衝撃から立ち直ったローラはランプを手に取り、寝室の隅へ歩いていった。ランプを机の上に置くと、青いカーテンのそばにあった長椅子の端に腰かけ、膝の上で手をきつく握りしめたまま、アレックスがやってくるのを待っていた。

希望にあふれた花婿らしい意気揚々とした足取りで、彼は部屋の中に戻ってきて、ローラのすぐ隣に腰かけた。ローラの手を取り、唇に押し当てる。よく響く声で、アレックスは高らかに言った。「ローラ、愛しい人。この瞬間をどれだけ待ち望んだことか」

扉の外では、椅子に腰かけた女性たちが興奮気味にぺちゃくちゃしゃべっている。まるで餌を与えられたばかりの雌鶏《めんどり》のようだ。先ほどアレックスにさんざん持ちあげられ、彼女たちがいい気分になっているのは明らかだった。どうやらレディたちは、悪名高いミス・フォークナーもそんなに不道徳な人物ではない、と考えることにしたらしい。結局のところ、上流階級であるアレックスと婚約したのだから。

さまざまな感情が渦巻き、どう向き合ったらいいのかわからず、ローラは胸がむかむかするのを感じていた。ひとつだけ理解できたのは、信じられないという気持ちだ。彼女は小声で言った。「もうじゅうぶんでしょう。こんな見え透いたお芝居はやめて。こんなことをしてなんになるの？」

「見え透いたお芝居？」アレックスは顔をローラに近づけ、低い声でささやいた。「芝居しているることがあるとすれば、ただひとつ。きみがすでにぼくの求婚を受け入れたと言った点だ。たぶん、最初からやり直すべきなんだろう」

アレックスに見つめられ、ローラは目をそらせずにいた。ランプの明かりが映り、彼の濃い茶色の瞳が金色にきらめいている。これほど熱い視線にさらされたら、とても理性的になど考えられそうにない。ローラはぼんやりと尋ねた。「やり直すって何を？」

「求婚だよ。ぼくが考えていたやり方とはずいぶん違う。こんなに大勢の人に見られているんだからね……だがローラ、ぼくの妻になってくれるかい？」

ほとばしる喜びに、ローラは必死に張りめぐらしていた防御の壁が呆気なく崩れそうになるのを感じた。そんな自分にはっと気がつき、目を閉じて顔を背ける。

「そんなこと言わないで」ほとんど聞き取れない声で答えた。「本気ではないくせに」

彼は温かな手のひらでローラの頬を包み込むと、顔を上向かせた。「ぼくを見るんだ」優しく命じる。「彼女たちに、ぼくらがけんかをしていると思われたらまずい」

ローラは目を開け、付き添い役たちの目をごまかすべく、うっすらと微笑んだ。ふたりの会話を聞こうと必死になっているものの、彼女たちには聞こえていない様子だ。

「でも、わたしたちは実際けんかをしているのよ」抑えた声で言った。「あなたはわたしを単に愛人として求めているだけ。自分でもわかっているはずだわ」

彼が含み笑いをした。「ぼくが一度でもそんなことを言ったかい？　言ったのはきみだ。はじめからずっと、ぼくはきみと結婚するつもりだった」

「はじめからずっと？」

今度はアレックスが視線をそらす番だった。ただし、ほんの一瞬だけ。ふたたびローラを見つめて言う。「一〇年間で、きみのことを忘れられたと思っていた。だが、きみがおばの庭園にふたたび姿を現した瞬間、ぼくのきみに対する情熱は少しも消えていなかったと気づいたんだ」

「情熱ですって！　ほら、やっぱりそうなんだわ」

彼はローラの頬に軽く口づけた。たちまち、見物しているレディたちのあいだに興奮したようなざわめきが広がる。耳元に唇を近づけて、アレックスは言った。

「情熱というのは不義密通だけにまつわる感情じゃない。結婚にもすばらしい情熱が感じられるはずだよ」

ローラはドレスに隠されている部分がうずくのを感じた。少し前、ふたりきりだったときにアレックスに触れられた部分だ。ふと新婚初夜のことを想像し、たちまち胸が苦しくなる。どうするつもり？　本気でアレックスの申し出を受け入れるの？

いいえ、そんなわけにはいかない。彼を嫌うための理由ならごまんとある。

「あなたはわたしの父をつかまえようとしたわ。それに父は無実だというわたしの意見に耳を貸そうともしなかった。しかも、いまだに父の潔白を信じてはいない。そういうことをわたしが忘れられるとでも思うの？」

アレックスは目をそらし、ランプの明かりを見つめた。「言っておくが、ぼくは事件の調査に関して、きみを全面的に助けたいと思っている。だがもしぼくの申し出を断れば、きみを助けるわけにはいかない。ぼくの保護がなければ、社交界の誰もきみの質問に答えようとはしないだろう」

「助けと引き換えに賄賂を差し出せと？」

「むしろ魅力的な誘惑と考えてほしい」唇の片端を持ちあげて、アレックスが言う。「ただし、これは誘惑のほんの一歩にすぎないが」

彼を見つめた瞬間、ローラの心臓は跳ねた。濃い茶色の髪の下に見えるのは断固たる表情だ。きりっとした男らしい眉、射るようなまなざし、いつもながらの皮肉めかした笑み。

ローラは体の奥底から欲求がわき起こるのを感じずにはいられなかった。アレックスに対する一〇年分の積年の恨みを、この体が、そして魂までもが否定しているかのようだ。

ああ、この圧倒的な切望には抗えない。わたしもアレックスのことが欲しくてたまらない。とはいえ、彼が口にしたのは肉体的な欲望だけ。愛については何も口にしていない。「あなたは何を得るというの？　わたしたちの……婚約で」

「ぼくもそろそろ妻をめとり、世継ぎをもうけてもいい頃だ。ぼくらふたりとも、子どもを持つという体験を楽しめるに違いない」

アレックスは彼女の手を取り、親指でゆっくりと手の甲を撫でた。彼に愛撫されて全身がかっとなった瞬間、ローラははっきりと悟った。ええ、わたしも心から子どもが欲しい。そしてその子の父親はアレックス以外に考えられない……。だが、ふいに切なくてたまらなくなった。わたしに肉体的な欲望しか抱いていない男性に、どうして結婚の誓いなどできるだろう？　しかも相手はわたしのことを完全には信用していないのに。

とはいえ、わたしに残された選択肢はそれしかない。アレックスの申し出を断れば、父を殺した犯人に正義の鉄槌を下す計画をあきらめなければいけなくなる。同時に、アレックスのこともあきらめることになるのだ。一〇年間ずっと、心をわしづかみにされてきた男性だというのに。

「ということは、あなたはわたしに息子を望んでいるのね。それ以上は望まないの？」

「息子はふたり欲しいんだ。世継ぎと次男がいるのが望ましい」

「わたしは女の子を産むかもしれないわ」

「きみのような女性が母親なら、きっと美しい娘が生まれるさ。そのあとでも、男の子が産まれる機会はいつだってある」アレックスは指先をローラの手首に這わせはじめた。今や彼の指先はドレスの長袖の下にまでもぐり込み、素肌をじかに愛撫している。付き添い役たちの目には平凡な触れ合いのように見えるだろう。しかし彼の指先の動きで、ローラは全身に震えが走るのを感じていた。「きみとベッドで幾晩も長い夜を過ごすのを楽しみにしているんだ、ローラ」

その言葉を聞いたとたん、胸の頂がつんと尖り、体の芯がぞくりとうずいた。全身を駆け抜ける歓びに、われを忘れてしまいそうになる。たぶんアレックスは、自分の愛撫が与える影響に気づいているのだろう。かすかに満足げな笑みを浮かべている。ただし彼の態度には、なぜか冷静さも感じられた。ローラはふと、先ほどのアレックスの警告を思い出した。〝だがもしぼくの申し出を断れば、きみを助けるわけにはいかない。ぼくの保護がなければ、社交界の誰もきみの質問に答えようとはしないだろう〟

そう、やはりアレックスはわたしを愛してなどいない。ただ体が目当てなのだ。

ローラは手を引っ込め、膝の上できつくこぶしを握りしめた。

「法的な契約書を交わしたいの」そっけない口調で言葉を続ける。「息子をふたり産んだら、好きなように生きる自由をわたしに与えて」

アレックスの顔から自信たっぷりの表情が消えた。「愛人を作るつもりか？　そんなことは許さない！」

彼から強い反応を引き出せたことに、ローラは満足した。とんでもないという彼の表情に喜びを覚えつつ、前かがみになってささやく。「そんなに大きな声を出してはだめよ。わたしたちの様子を見ているレディたちがいることを思い出して」

アレックスは声をひそめたものの、にらみつけてきた。「ならば理由を説明してくれ」

「簡単なことよ。わたしは自分名義の屋敷と、じゅうぶんなおこづかいが欲しいの。もしわたしがそうしたいと望んだら、自分の屋敷で子どもたちと暮らせるように」

「いったいなんのために？　ぼくはロンドンのタウンハウスのほかに、三軒の屋敷を持っている。きみは好きな場所を選べるんだぞ」

「いいえ、わたし個人の名義の屋敷が欲しいの」ローラは頑として譲らなかった。「二番目の息子が誕生したら、屋敷を買ってちょうだい。その旨を記した書類に署名するまでは、いかなる誓いもするつもりはないわ。これが、あなたと結婚するためのわたしの条件よ」

アレックスは目を細め、指先でぎゅっと自分の膝をつかんだ。顔を背け、感情を抑えるかのように荒い息を吐き出す。怒ったような顔をふたたび向け、ローラをにらみつけると、歯を食いしばりながら言った。「もしほかの男といるところを見つけたら、即刻きみとは離婚する。これがぼくの条件だ」

こんな状況でなければ、ローラもすぐに言い返していただろう。けれども今、アレックスの激しい反応に不思議な感動を覚えていた。彼の顔は怒りで青ざめている。そんな姿は今まで見たことがない。ローラは心を揺さぶられずにはいられなかった。これは単なる男性特有の所有欲の表れなの？　それとも、アレックスはこれほど強烈な反応を示さずにはいられないほど、わたしに対して深い感情を抱いてくれているの？　そういう感情を表に出さないのは、わたしに知られたくないから？

ローラは両手で彼の顔を挟み込みと、顎の線を優しく撫でた。たちまちアレックスの肌が熱を帯び、その熱さが彼女の指先にも伝わってくる。「あなたの求婚を受けるわ。さあ、キスをして。あのレディたちに、この契約が結ばれたことを教えてあげましょう」

目を閉じると、ローラは唇を軽く彼の唇に押し当てた。一瞬アレックスはなんの反応も示さなかったものの、次の瞬間うなり声をあげ、彼女を引き寄せてむさぼるようにキスを返してきた。ローラも負けじと激しいキスで応える。あたかも、自分たちは対等なパートナーだと示すかのように。ほとばしる情熱がふたりを結びつけ、キスの応酬はいつしか純粋な歓びへと取って代わった。

そのとき咳払いが聞こえ、ふたりはさっと離れた。茫然《ぼうぜん》自失の状態で、付き添い役のレディたちのほうをくるりと振り向く。

ミセス・グレイリングが椅子からさっと立ちあがった。震える指をふたりに突きつけ、にらみながら言う。「こんな茶番はたくさん！　もうごめんだわ！」

突然邪魔が入り、アレックスはむっとした様子だ。彼があとで悔やむような暴言を吐かないよう、ローラは立ちあがり、彼に腕を差し出した。「そろそろ舞踏会へ戻りませんこと、閣下？　わたしたちの知らせを、あなたのおば様に伝えるべきときだわ」

「ゆうべは本当にすてきな夢を見たのよ」翌日の朝、ローラの腕を借りて寝室をそろそろと進みながら、レディ・ジョセフィーヌは打ち明けた。「きっとあなたは信じてくれないでしょうねえ！　実はアレクサンダーとあなたが婚約する夢だったの。しかも社交界の人たち全員が見ている前で、あなたたちはふたりきりでワルツを踊ったのよ！」

ローラは微笑んだ。舞踏室には明らかに衝撃が走っていた。だからこそ、ダンスフロアで踊るふたりに誰も加わろうとしなかったのだ。彼らの目には、コプリー伯爵を誘惑してつかまえたローラは、依然として悪名高きミス・フォークナーとして映っていたに違いない。

それでもなお、ローラはわくわくせずにはいられなかった。なんとかして浮かれ気分を振り払おうとする。もう結婚に夢を抱いていた若い頃とは違う。しかもアレックスとは恋愛というよりも、交換条件として結婚するのだから。「いいえ、奥様、それは夢ではありません。あなたが覚えていらっしゃるのは現実に起きたことなんです」

「本当に？」ローラに助けられて長椅子に腰をおろすと、老婦人は顔を輝かせた。「まあ！ということは、あなたはわたしの……わたしの……」

「あなたの義理の姪になります。もうじき、わたしは甥ごさんと同じように、あなたのことをジョシーおば様と呼ぶようになるんです。それともお望みなら、ジョセフィーヌおば様とお呼びしましょうか？」

「そんなことどちらでもいいわ。まあ、こんなに嬉しいことがあるかしら！」レディ・ジョセフィーヌは両腕を広げ、ローラを抱きしめた。ぽっちゃりした体の感触とローズウォーターの香りに、ローラは思わず涙ぐんだ。こんなふうに家族の愛情に包まれたのは、ずいぶん久しぶりな気がする。もちろん大好きな父がいてくれたけれど、母のことは知らない。わたしを産んですぐに亡くなってしまったから。

チャーリーが長椅子に飛びのり、尻尾を振りまわしながら体をすり寄せてくる。ローラは笑いながら身を引いた。「あなたの愛情を勝ち取ろうと強敵が現れたようですわ、奥様」

「まあ、この子にはたっぷり愛情をかけているのよ」レディ・ジョセフィーヌは膝の上に子犬をのせた。「小さなかわいいチャーリー。ママがいつもあなたをかわいがっているのがわからないの？」

チャーリーはピンク色の舌で老婦人の指先をなめた。まるで笑っているかのような表情だ。

そのとき扉をノックする音がして、ローラが応える前にミセス・サムソンが寝室へ入ってきた。ローラを見るなり、家政婦はつと立ちどまり、唇を引き結んだ。

「ミス……フォークナー、ずっと探していたのよ。すぐに階下へ行ってちょうだい」

横柄な物言いから察するに、家政婦はローラの立場が変わったことにまだ慣れていないらしい。ミセス・サムソンにとって、それは難しいことなのだろう。何しろ今まで自分より地位が低かったローラが、いきなり女主人の甥の婚約者になり、将来的にはレディ・コプリーになるのだから。

家政婦にほんの少し同情を覚えなくもないが、ミセス・サムソンの高飛車な態度を許すわけにはいかない。とはいえ、ローラはレディ・ジョセフィーヌの前でよけいなもめ事を起こしたくなかった。老婦人がくつろいでいるのを確認すると、断って中座し、廊下へ出た。

ミセス・サムソンは階段まで進むと立ちどまり、くるりと振り向いて、骨張った指で親柱をつかんだ。「あなたが偽名を使っていたことにどうしても納得がいかないわ、ミス・フォクナー。だって、あなたはこの屋敷にいるわたしたち全員をばかにしたも同然だもの。それにあなたの魂胆はお見通しよ。今日あなたが眼鏡と室内帽を外しているのは、まんまと獲物をつかまえたからでしょう？」

いわれのない非難に、ローラはすぐさま反論した。どう考えても筋が通っていない。社交界一の人気を誇る男性を誘惑するために、さえない変装をするはずがないではないか。

「ぶしつけにもほどがあるわ。あなたが言う〝獲物〟とはコプリー伯爵のことよね？　もし自分がそんな失礼な言われ方をしているのを聞いたら、ご本人はどう思われるかしら？　きっといい気持ちはしないでしょう」

ミセス・サムソンにも目を伏せるだけの分別はあった――ただし、ほんの一瞬だけ。

「それでも、あなたがわたしたち全員をだましていたことに変わりはないわ。なんてことかしら、屋敷内に泥棒の娘が忍び込んでいたなんて！」

先ほどまで感じていた家政婦への同情は一瞬にして消えた。「もうじゅうぶんでしょう、ミセス・サムソン？　これからはあなたの――それにわたしの立場にふさわしい態度を心がけてほしいわ。今後はわたしに対して敬意を払ってちょうだい。階下へ行けと命令するよりも、一緒に行ってもらえますかと丁寧に尋ねるのが筋というものではないの？」

「とにかく、あなたには階下に行ってもらわないと。応接室でお客様がお待ちなの」家政婦は痩せて尖った顔にかすかな冷笑を浮かべた。「ノウルズ公爵夫人よ」

20

ローラは廊下にある楕円形の姿見の前で立ちどまり、ほつれた髪をシニヨンに押し込んだ。スカーバラ伯爵の舞踏会で盗み聞きした会話によれば、ノウルズ公爵夫人は名づけ子の私生活に大いに関心を抱いているらしい。結局、彼女はアレックスの父親とひとつ屋根の下で暮らしていた、家族ぐるみの友人なのだ。アレックスが花嫁として選んだ女性と面会するのも当然ということになる。

毅然《きぜん》とした笑みを浮かべながら、ローラは応接室へ入っていった。背の高い窓から朝の光が差し込み、物があふれ返っている大きな部屋を照らし出している。訪問者を受けつけるにはまだ早い時刻だ。だがもちろん、公爵夫人は自分がここへ来たことを誰にも知られたくなかったに違いない。

ノウルズ公爵夫人は火のない暖炉のそばにある椅子に腰かけていた。どっしりとした体にオリーブグリーンのブロケード織りのドレスをまとった姿からは、女王さながらの傲慢さが漂っている。つばが波形の帽子に縁取られているのは、鋭いかぎ鼻以外、これといって特徴のない顔だ。宝石のついた指輪をいくつもはめた手で、椅子の金箔張りの肘かけ部分を握りしめている。

彼女はローラに笑みを返してはこなかった。

前に進み出ながら、ローラは甘い考えを抱いた自分を戒めていた。この面会が楽しいものになるはずがない。公爵夫人は祝福の言葉を述べにここへやってきたわけではないのだ。とはいえ、家庭内の平和を保つためにも、ここはできるだけ礼儀正しい態度を取らなくては。

ローラは深々とお辞儀をした。「おはようございます、公爵夫人。たぶん覚えてはいらっしゃらないでしょうが、一〇年前、あなたとお目にかかったことがあるのです」

「よく覚えていますよ」ノウルズ公爵夫人は非難がましい目でローラの全身をじろりと見た。「あなたは当時から、わたしの名づけ子に色目を使っていたわね」

ローラは夫人の反対側にある椅子に腰かけた。感じのよい表情を保ちつつ、膝の上で手を重ねる。「むしろ、わたしに注目していたのはアレックスのほうです。そして今回ロンドンへ戻ったと知り、彼はまたわたしに関心の目を向けてくれました」

「どうせわざとジョセフィーヌの屋敷に雇われたんでしょう？　アレックスを誘惑する目的で」

一瞬、ローラは考えた。ここでコンパニオンとして雇われた本当の理由を言うこともできる。レディ・ミルフォードがアレックスとわたしを再会させるために仕組んだことなのだ、と。でも公爵夫人相手に、そんな説明をしても無駄だろう。

「昨日までわたしは眼鏡をかけ、こんな不格好なドレスで変装をしていました」ローラはひらひらと手を振り、襟の詰まった茶色い長袖のドレスを指し示した。「どう考えても、男性を誘惑する女性の装いではありません」

公爵夫人が憤懣《ふんまん》やるかたない様子で小鼻をふくらませる。「ばかにしないでちょうだい、ミス・フォークナー。重大なことだから率直に言わせてもらうわ。あなたはコプリー伯爵の妻になるには、もっとも不適切な女性よ。名づけ子の顔に泥を塗らせるわけにはいかないわ。さあ、アレックスとの婚約を取り消してちょうだい！　今すぐに！」

ローラは公爵夫人をまっすぐに見つめた。「いいえ、取り消すつもりはありません」

「なんですって？」ノウルズ公爵夫人は前かがみになり、陽光に手をかざすと、いくつもの指輪をきらきらと光らせた。「あなたの父親は、わたしからブルームーンを盗んだ犯人として有罪判決を受けているのよ。もしわたしの言うとおりにしなければ、彼の共犯者としてあなたを逮捕させるわ」

ローラは内心おじけづいていた。アレックスはわたしが起訴されることはないと請け合ってくれた。けれど共同墓地から貧民街まで、恐ろしい形相の巡査に追いかけまわされたときのことを思うと心配になる。もし警察がわたしもブルームーン窃盗事件に関与していると考え、おまけに公爵夫人から圧力がかかれば、治安判事もわたしの投獄に同意してしまうのではないかしら？

でも公爵夫人はひとつだけ、大事なことを忘れている。

「コプリー伯爵がわたしのために闘ってくれるはずです」ローラは言った。「あなたは彼と敵対関係になるおつもりですか？　名づけ子と疎遠になり、反目しても構わないと？」

「何を生意気な。アレックスを困難な状況に陥れたのはあなたじゃないの。あなたの評判は地に堕ちているのよ。何しろ泥棒の娘なんだから」

ローラは皮肉な笑みをこらえた。先ほどミセス・サムソンにも同じようなことを言われたばかりだ。まだ一一時にもなっていないのに、すでに家政婦と公爵夫人に鼻であしらわれるとは。

「わたしの心配をおもしろがっているようね」公爵夫人が鼻を鳴らして言う。「教えてちょうだい、マーティン・フォークナーはブルームーンを売ってしまったの？　さあ、今すぐ答えて！」

「父はあなたのダイヤモンドを盗んでなどいません。机からイヤリングが出てきたことも、わたしは気にしていないんです。だって、あれは誰かが入れたものですから――父に濡れ衣を着せるために」

「そんなでたらめを！　もし本気でそう信じているなら、あなたはあばずれというだけでなく、おつむも相当弱いのね」

もうこれ以上侮辱されるのはごめんだ。礼儀正しい態度を保てそうにない。代わりに、ローラはこの機に乗じて真実を探り出そうとした。「わたしの父には敵がひとりいました。あなたもよくご存じの方です。教えてください、公爵夫人。一〇年前、もしかするとハヴァーシャム侯爵はあなたの寝室へ自由に出入りできたのではありませんか？」

公爵夫人が薄青の目を大きく見開く。そのとき、ローラは彼女の瞳に何かがよぎるのを目の当たりにした。けれどもあまりにすばやく消えてしまったので、それが何を意味するかはわからなかった。

険しい表情に顔をゆがめながら、公爵夫人はさっと立ちあがった。

「あなたみたいな人に侮辱されるなんて。もうこれ以上、ここにはいられないわ。父親が高価な宝石を盗んだだけではまだ足りないの？　あなたはわたしの名づけ子の将来の幸せまで奪うつもり？」

ローラもまた立ちあがった。お高くとまった不愉快な公爵夫人を負けじとにらみ返す。

「アレックスの将来はあなたが決めるべきものではありません。もしわたしとの結婚を彼自身が選んでいるなら、誰も止められないのです。たとえあなたであっても」

「ふん！　こんな話し合い、しても無駄だわ。もう帰るから従僕をよこしてちょうだい」

「でしたら、わたしが喜んであなたを玄関までご案内しますわ！」

いらだったローラは応接室からさっと出ると廊下を通り抜け、階段をおりはじめた。うしろから怒ったような足音が聞こえてくる。ローラは驚いている従僕の右脇をすり抜けると、玄関扉を大きく開けて外へ出た。扉を押さえ、でっぷりとした公爵夫人が屋敷から出るのを見送ろうとする。

公爵夫人はローラを冷たく一瞥し、最後にわざとらしく咳払いをすると、緋色のお仕着せを着た従僕の手を借りて、待たせてあった黒い馬車に乗り込んだ。御者が馬車を出した瞬間、タウンハウスの正面に別の馬車が止まった。見覚えのない馬車だ。遅まきながら、怒りに駆られてつい感情的な振る舞いをしてしまったことにローラは気づいた。まだ早い時刻だが、噂好きな人々は、卑怯な手を使って社交界最大の獲物を釣りあげ、急に成りあがったミス・フォークナーの様子を知りたくてたまらないだろう。こんなところにいれば、誰かに呼びとめられて話しかけられる可能性が高くなるだけだ。噂話がよけいに広まってしまう。

だが、馬車の扉から出てきたのは見覚えのある若い女性だった。麦わら帽子の下からのぞく、明るくて陽気な顔立ちを間違えるはずもない。まぶしい黄色のドレスをまとっている彼女は明らかに妊婦だった。

ローラは階段を駆けおりた。「ヴァイオレット！」

ふたりは抱き合った。友人のそばかすのある顔も、温かみのある大きな茶色の瞳も喜びに輝いている。「《タトラー》紙の記事を読んで、すぐに駆けつけたの。でも……今ここを出ていった馬車に乗っていたのはノウルズ公爵夫人だったのでは……？」

「ええ、そうなの。わたし、今ものすごく不機嫌な顔をしていないかしら？」

「まあ！　あの意地悪ばあさんに何を言われたの？　きっと、あなたの婚約に反対しに来たんでしょう？」

「ええ、そうなの」味方をしてくれる友人を心強く思いながら、ローラはヴァイオレットの腕に腕を絡めた。「さあ、中に入って、わたしの話を聞いてちょうだい」

ふたりは屋敷へ入ると、誰にも邪魔されずに話せる階上の居間へ行き、窓のすぐそばにある長椅子に座った。開かれた窓からは美しい庭園が見おろせる。

「あれからここへやってきたくてうずうずしていたのよ」ヴァイオレットが言う。「でも下の子のマイケルが熱を出してしまって、放っておくわけにはいかなかったの。そのあいだにこんないろいろなことが起きるなんて！　コプリー伯爵があなたに求婚して、あなたも承諾したんでしょう？　ああ、わたしにはわかっていたわ、彼がどれほどあなたにぞっこんだったか！」

「そういえば、彼に埋め合わせをする機会をあげるように忠告してくれたのは、あなただったのよね」婚約の詳細については説明せず、ローラは言葉を濁した。アレックスと交わした契約が愛情とは無関係であることをヴァイオレットに明かすのはためらわれた。

アレックスが欲しいのは世継ぎだ。一方、わたしが求めているのは父の汚名を晴らすこと。そしてふたりを結びつけているのは情熱だ。それも激しく、荒々しく、力強い情熱にほかならない。大っぴらに認めるつもりはないけれど、新婚初夜のことを考えると、期待で胸がいっぱいになる。体の奥底がどうしようもなく熱くなり、熱に浮かされたようになってしまう。

「本当によかったわ」顔を輝かせて、ヴァイオレットが言う。「結婚式の日取りは決めたの？」

「ええ。三日後に――」

「なんですって？」ヴァイオレットはローラの腹部を見つめた。「あなた……まさか？」

ローラは笑った。「いいえ、わたしは妊娠していないわ！　だって、わたしがロンドンへ戻ってきたのはほんの二週間前なのよ」

「それなら、伯爵は特別許可をもらう手間もいとわないほど、早くあなたと結婚したがっているのね！　なんてロマンティックなのかしら！」

ふいに切なさに襲われたものの、ローラはあわててその感情を振り払った。

「むしろ常識を働かせてそう決めたのよ。今シーズンが終わるのを待っていると、結婚式が女王様の戴冠式に重なってしまうでしょう。それにとにかく、わたしはこぢんまりとしたお式を静かにあげたいの。父が亡くなって、まだ二カ月も経っていないから」

ヴァイオレットは腕を伸ばし、慰めるようにローラの手を握りしめた。

「お気の毒に。もちろんあなたの言うとおりだわ。そんなつらい状況だからこそ、すぐに結婚式をあげたかったのよね。でも、それで嫁入り道具《トルソー》は間に合うの？　ねえ、わたしたち、すぐにお店へ行かなくちゃ！」

ローラはかぶりを振った。「そんな贅沢をするお金の余裕はないわ。今日の午後、奥様がお昼寝をしているあいだに、ウェディングドレス用の生地を買ってくるつもりよ」

「たった一着のドレスですませるつもり？　しかも自分の手縫いで？」ふくらんだ下腹部を両手で押さえながら、ヴァイオレットは信じられないという顔をした。「ローラ、最高の装いをしなければ社交界ではやっていけないことくらい、あなただってわかっているはずよ。新しいドレスが山のようにいるわ。だって、あなたはレディ・コプリーになるんですもの。結婚に反対している人たちを見返すためにも、最善を尽くさなくては。それにお金の心配をする必要などないわよ。伯爵は正真正銘のお金持ちなんだから」

「わたしは彼がお金持ちだから結婚するわけじゃないわ」ローラは堅い口調で言った。

「もちろんそうよね、愛し合って結婚するんですもの。でもプライドを優先させるあまり、現実的なことがおろそかになっては元も子もないわ。こういうときはあなたの好きなものをなんでも買っていいのよ。だって結局、請求書が届くのは結婚の誓いをしたあとだもの！」

アレックスの財産を使うことに、ローラはためらいを覚えていた。何しろ庭園で再会した日、彼は父と同じくわたしも宝石泥棒ではないかと疑っていたのだ。そのことをヴァイオレットに話すのはさすがに気が引けるが、もう少し説明しておく必要があるだろう。

「ヴァイオレット、わたし、打ち明けなければいけないことがあるの……正確に言うと、これは恋愛結婚じゃないわ。わたしがアレックスのお金を使うことをためらってしまうのは、たぶんそのせいだと思うの」

ヴァイオレットが驚いたように頭を傾けた。「恋愛結婚じゃないですって？　でも、わたしはてっきり――」

「おはよう、美しいレディたち」驚くようなタイミングで、到着を告げる従僕の声もないまま、アレックスが扉から入ってきた。「きみたちの会話を邪魔してしまったかな？」

ローラは心臓が口から飛び出しそうになった。アレックスが大股で近づいてくる。どこから見ても非の打ちどころのない装いだ。赤褐色の上着がたくましい肩を、淡黄褐色のブリーチズが筋肉質の長い脚を引き立てている。その姿があまりに魅力的すぎて、ぼんやりと見つめることしかできなかった。この男性がもうすぐ自分の夫になるなんて、まだ信じられない。アレックスがすぐそばまで来たとき、ローラは彼の瞳がきらりと光ったことに気づいた。

もしかしたら、わたしたちの会話を聞いていたのかしら？

身をかがめると、アレックスはローラの頬に唇を押し当てた。ことさら優しい声で言う。

「今日のきみはまた一段ときれいだね……かわいい人《マイ・ラブ》」

そうよ、彼は聞いていたんだわ。だからわざとこんなふうに優しくしているのだろう。案の定、ヴァイオレットは興味津々な目でふたりを見ると、ローラに向けてにやりとしてみせた。ほら、わたしの言ったとおりでしょう、彼はあなたにぞっこんなのよと言いたげに。

ローラは頬が染まるのを感じた。けれど隠そうとしても無駄だろう。今は何をしても、アレックスはロマンティストだというヴァイオレットの確信をさらに深めるだけだ。

ローラが考えをまとめて適切な返事をする前に、アレックスはヴァイオレットのほうを向いた。「ミセス・ブランケンシップですね？」

ヴァイオレットは笑みを浮かべて彼の手を取った。「ええ、閣下。あなたはすばらしい記憶力の持ち主ですね」

「かわいらしいお顔の方の名前は忘れないんですよ。だが悲しいかな、あなたはすでに人妻だ。だから仕方なくローラをぼくの妻にすることにしたんです」ヴァイオレットがくすくす笑う中、アレックスは椅子を引き寄せてローラの正面に座った。身を乗り出してその手を取り、指を絡めてくる。「もちろん今のは冗談だよ」瞳をじっと見つめて言った。「ローラ、ぼくにとって、きみは理想の妻だ」

今日のアレックスはことのほか魅力的だわ。くらくらするような幸福感を覚えながら、ローラはそう思った。つくづく残念なのは、これがヴァイオレットのためのお芝居だということだ。ゆうべ彼が見せたさまざまな感情は、いったいどこへ消えてしまったのだろう？　あれはわたしの想像にすぎなかったの？　いいえ、彼はいちばん奥深い感情をひた隠しているんだわ。そういう感情をすべて解き明かしたい。解き明かしたくてたまらない。

でも、今はそのときではない。

「残念ながら」手を引っ込めながら、ローラは言った。「あなたの名づけ親にとって、わたしは理想の妻ではないみたい。今朝ノウルズ公爵夫人がいらして、はっきりそう告げられたの」

アレックスがわずかに眉をひそめた。「なるほど。だから、さっきぼくが訪問しても彼女は留守だったんだな」

「ええ。公爵夫人は先ほどお帰りになったばかりよ」ノウルズ公爵夫人のいわれのない侮辱にまだ腹を立てていたものの、ローラは彼女とのあいだに亀裂を生んでしまったことを後悔していた。アレックスの親族と不仲になれば、そのぶん結婚の障害が増えるだけだ。「できるだけ礼儀正しくしようとはしたの。でも、どうしても無理だったわ。それで公爵夫人は怒って帰ってしまわれたのよ」

「公爵夫人のことは気にしなくていい。彼女とはあとで話すつもりだ」

「ただ話すだけでは、公爵夫人の怒りはおさまらないかもしれないわ」

「そんなに怒っていたのか？」アレックスは冷笑を浮かべた。「まあ、どうなるか様子を見よう。ところで、きみには新しいドレスが必要なようだね。もう少し……華やかな装いがいいと思うんだ」アレックスは横目でローラのさえないドレスをにらむと、しばらく彼女の胸元に視線をさまよわせ、それからヴァイオレットを見た。「あなたもそう思うでしょう、ミセス・ブランケンシップ？」

「ええ、おっしゃるとおりですわ、閣下！　まさに今、わたしもローラにそう話していたところなんです。わたしと一緒に、今すぐ仕立屋へ行くべきだと」

「すばらしい。ならば、ローラと一緒に行ってもらえますか？　彼女が費用を惜しまないよう、見張っていてほしいんですが」

「もちろんです。喜んでお引き受けします！」

ふたりのやりとりにローラはいらだちを覚え、きっと顎をあげて言った。

「本当にいいの、アレックス？　わたしはあなたに、泥棒の娘だからやはり金目当てなんだとだけは思われたくないわ」

アレックスは無邪気に眉をあげてみせた。「ぼくはそんなことを言ったことがあったかな？もしそうなら心から謝罪する。許してほしい」

ヴァイオレットはやや戸惑った表情で、アレックスとローラを交互に眺めた。

「ねえ、ローラ、贈り物は素直に受け取るべきよ。未来の旦那様が、あなたにもっと美しいドレスを着てほしいとお考えなんですもの。彼に感謝するのがいちばんよ！」

ローラは笑った。「ふたりとも、とんでもない策略家ね。わかったわ、アレックス、あなたの気前のよさに感謝します。でも、今すぐ出かけるわけにはいかないの。レディ・ジョセフィーヌと一緒に過ごすのが、わたしの務めだもの」

「それなら彼女もお誘いしましょうよ」ヴァイオレットが言う。「きっと楽しいわ！」

「ならば、これで一件落着だな」アレックスはローラの手を取って言った。「ただし、きみに買い物を許すには、ひとつだけ条件がある」

彼が親指をローラの手のひらにゆっくりと滑らせた。たちまち血がたぎるような感じを覚え、何も考えられなくなった。ややあえぎながら応える。「何かしら？」

アレックスは秘密を共有するかのように前かがみになり、ローラの耳元でささやいた。

「ぼくらの新婚初夜のために、何か特別なものを選んできてほしい」

「彼女はブルームーンの行方を知っているに違いないわ」ノウルズ公爵夫人は言い張った。

「あの女はあなたをばかにしているのよ」

アレックスは大理石の炉棚にもたれながら、顎をこわばらせて無関心を装った。だが、腹の中は煮えくり返るような思いだ。オリーブグリーンのスカートを揺らして緋色の絨毯の上を行きつ戻りつしている名づけ親をじっと見つめる。アレックスは今、グローヴナー・スクエアにあるノウルズ公爵夫人の屋敷にいた。彼女の怒りをおさめようとやってきたのだが、冷静さを保つのが予想以上に難しい。「最初はぼくもそうではないかと疑っていました。だがすぐに、それが間違いだと気づいたんです。ローラは父親の無実を信じきっています」

「ローラは何も知りません」アレックスは応えた。「最初はぼくもそうではないかと疑っていました。だがすぐに、それが間違いだと気づいたんです。ローラは父親の無実を信じきっています」

公爵夫人が立ちどまり、アレックスをひたと見据えた。「彼女は今日わたしに、ハヴァーシャムと不倫関係にあったのではないかと尋ねたのよ。あなた、彼女に当時のことを疑わせるようなことを何か言ったんじゃないの？」

なんてことだ。もし真相を知れば、ローラはぼくを決して許さないだろう。一〇年前、ぼくは彼女に嘘をついていた。父親のことを調べる目的で、わざとローラに近づいたのだ――結局は彼女の魅力にめろめろになってしまったが。

「まさか。ぼくは何も言っていません」アレックスは公爵夫人のほうへ一歩踏み出した。「ですが、あらかじめ警告しておきます。ローラは父親の汚名を晴らしたいと考えています。自分の手で真相を暴き出す可能性もあるんです」

「だったら、あなたが彼女を止めなさい！」

「もちろんそうするつもりです。だが、ローラは意志の強い女性です」

「それを言うなら、野心の強い女でしょう？　父親がブルームーンを盗んだという事実を知っていながら、あの女は自分の汚名をすすごうとしているんだから。あなたもそのことに気づくべきよ！」

アレックスは公爵夫人の手を取った。「ぼくは自信を持って言えます、ローラはブルームーンの行方を知りません。この命を賭けても構いません」

「だめよ、あんな女ごときに命を賭けるなんて。今日、あの女がわたしにどれだけ無礼な言葉を吐いたか、あなたに聞かせてあげたかったわ」手を引っ込めながら、公爵夫人はアレックスから離れ、くるりと振り返った。「それに彼女には家族がひとりもいないわ。しかも母親はアイルランド人の血を引いているし、父親は宝石泥棒で有罪判決を受けているのよ」

「デブレット貴族名鑑によれば、マーティン・フォークナーは名家の血筋です。ただ、ぼくの記憶に間違いがなければ、あなたの先祖には羊毛商として財を築いた人がいたはずですが」公爵夫人の頬が真っ赤になるのを目の当たりにして、アレックスは溜飲《りゅういん》をさげた。これでローラを中傷した彼女に、一矢報いることができただろう。「別にあなたを侮辱するつもりはないのです、公爵夫人。ぼくが言いたいのは、先祖にまつわることまでどうこうできる者はひとりもいないということです。ローラは独立したひとりの人間です。たとえ父親が間違いを犯しても、そのことで彼女を非難し続けることはできません」

「父も娘も似た者同士よ。彼女が狙っているのはあなたの財産と、あなたの爵位によって得られるあらゆる特権に決まっているわ。骨の髄まであなたをしゃぶり尽くすつもりなのよ」

無意識なのだろうが、公爵夫人は痛いところを突いてきた。昨夜以来、アレックスはローラが要求してきた法的な取り決めについて、あれこれ考え続けていた。世継ぎと次男を産んだら自分名義の屋敷が欲しいとローラは言った。いつでもぼくから独立できるようにということらしい。熱心に言い張る彼女の姿を目の当たりにして、正直なところアレックスは傷ついていた。もし男の子をふたり授かったら、ローラはぼくの人生から姿を消してしまうつもりなのだろうか？

ばかな！　ぼくが本当に彼女を手放すとでも？

ローラは本気でぼくから離れたいと考えているのだろうか？　いちばん重要なのはそこだ。一〇年前のように、激しい愛情でふたたび彼女と結びつきたい。それこそがぼくの望みなのだ。しかし仮にそれが無理でも、ローラをぼくに縛りつけておく方法がひとつだけある。情熱の炎で彼女を魅了することだ。

公爵夫人が答えを待っているのに気づき、アレックスはどうにか笑みを浮かべた。

「どうかぼくを信じてください。自分の財産も、妻も、ちゃんと管理する能力くらいありま す」

「あなたより強い男性でも、財産目当ての女にだまされて結婚してしまった人はたくさんいるわ」

「ばかな。ぼくより強い男などいません」

「そんなおふざけを言っている暇はないのよ」両脇でこぶしを握りしめながら、公爵夫人は落ち着かない様子で行きつ戻りつを繰り返している。「あなたの父親の結婚生活がどんなだったか思い出してみなさい。彼もかわいらしい顔に惹かれてブランチと結婚したけれど、結局彼女の無鉄砲な性格のせいで、最悪な結婚生活を送る羽目になったじゃないの。あなたの父親はほかの女性と結婚すべきだったのよ。彼の厳格で慎重な性格に合うような相手とね」

ふいにアレックスは強烈な嫌悪感に襲われた。たしかにぼくが育ったのは、いつも父が怒鳴り母が泣き叫ぶ、けんかの絶えない家庭だった。ただ、責めるべきは母だけではない。父も同罪だろう。しかし、ここで公爵夫人の思い違いを正すつもりはない。

「ローラはぼくの母とは違います」彼は言った。「ぼくたちは完璧な夫婦になるはずです」

公爵夫人はかぶりを振った。「あの女は自分のことしか考えていない成りあがり者よ。あなたに次々と災いをもたらすに決まっているわ。もしあなたの父親が生きていたら、こんな浅はかで性急な結婚など絶対に許さなかったでしょう」

〝女とは平気で男を傷つける、うぬぼれの強い、わがままな生き物だ〟何度父からそう言われたことだろう。母が泣きながら寝室へ駆け込んだあと、父の愚痴をいやというほど聞かされたものだ。ぼくとローラも、結局はあんなふうにいがみ合うようになってしまうのか？

その考えをアレックスは振り払った。そうだとしても、ローラとの結婚をやめるつもりはない。今や、ぼくは熱に浮かされたように彼女のことしか考えられないのだから。

「たとえ生きていたとしても、父はぼくの結婚に関して何も言わなかったでしょう」彼は言った。「ローラとはコプリー・ハウスで三日後に結婚します。あなたにも、ぜひ出席していただきたいのです」

「だめよ。そんな茶番につき合うつもりはないわ。絶対にあのこざかしい女を受け入れるものですか。彼女を屋敷へ招待しようとする貴族はひとりもいないはずよ」

公爵夫人のあまりに傲慢な物言いに、アレックスはかっとなった。屋敷へひんぱんに遊びに来るノウルズ公爵夫人のことが、子どもの頃から好きだった。だが、もはや違う。ぼくの花嫁を中傷する者は、誰であっても我慢ならない。

アレックスは一歩踏み出した。「もしローラに関して悪意ある噂話や悪口を広めるおつもりなら、あなたとの約束はなかったことにします。それでいいんですか？」

「生意気なことを！　紳士ともあろう者が約束を破るつもり？　まったく、あの女はあなたに何をしたの？　あなたの道義心はどこへ行ってしまったの？」

アレックスはさっとお辞儀をした。「この件について、ぼくに何をおっしゃっても無駄です。では、これで失礼します」

大股で扉から出ると、背後から公爵夫人の声が聞こえた。「いつか自分の態度を後悔する日が来るわ。わたしの言うことを聞いていればよかったとね！」

もちろんアレックスは名付け親の秘密をローラに打ち明ける気などなかった。そんなことをすれば、自分がローラを利用していたことに気づかれてしまう。

歯を食いしばり、大広間を通り抜け、大階段をおり、正面玄関へと向かう。その間、一度も振り返ることはなかった。

21

「ああ、わたし、結婚式って大好きなの」混雑するメイフェアを馬車で通り抜けながら、レディ・ジョセフィーヌは言った。だがふいに笑みを消し、当惑したようにブルーの瞳を曇らせる。「あなた、アレクサンダーと今日結婚するって言ったわよね?」

「ええ、奥様。おっしゃるとおりです」

全身に震えを覚えていたものの、ローラはなんとか愛想のいい笑みを浮かべた。キッド革の手袋の内側では、手のひらが汗で湿っている。アレックスが手配してくれた豪華な黒い馬車の中で老婦人の向かい側に座っている今、王女様——あるいは未来の伯爵夫人——のような気分にもっと浸ってもいいはずだ。それなのに、ローラはまた別の変装を余儀なくされているかのような違和感を覚えていた。

今日のローラは最高級のシルクでできた、紫がかったグレイのドレスを身にまとっている。控えめな色にしたのは、喪中であることに配慮したためだ。ウエストと短い袖には暗紅色のリボンがあしらわれており、裾の内側にはレディ・ミルフォードから贈られた赤いハイヒールがのぞいている。琥珀色の髪はメイドに手伝ってもらってふんわりと結いあげ、髪飾りとして、今朝庭園で摘んだばかりのピンク色のバラのつぼみをいくつかつけていた。

みごとな変身ぶりだ。着替え室の姿見鏡で全身を確認したとき、自分でもそう思った。地味でさえないオールドミスは、もうどこにもいない。姿見に映っているのは、どこから見ても優雅な貴族令嬢だった。しかし奇妙なことに、がらりと変身したことで、とめどない不安が一気に押し寄せてきた。心から愛して信頼していた男性に自分の世界を粉々に打ち砕かれた、一〇年前のうぶな少女に戻ってしまったかのようだ。今ふたたび、わたしはアレックスの腕の中に舞い戻ろうとしているのに。

彼と永遠に結ばれようとしているのに。

ローラは不安を覚えずにはいられなかった。アレックスとの結婚は本当に正しいことだったのかしら？　先日、彼の顧問弁護士の事務所で婚前契約書を交わした。アレックスは終始魅力たっぷりで、機知に富んだ態度を貫いていた。早くそんな彼の妻になりたいという思いを、ローラは抑えきれなかった。

それなのにどうだろう、今日は夢から目覚めた苦々しい現実に直面したかのような心境だ。かつて手ひどく傷つけられた男性と結婚するのは、大きな間違いなのではないかしら？　今からでも遅くはない、引き返して……。

そのとき馬車がコプリー・ハウスの正面で止まり、従僕が馬車の扉を開けて階段をおろした。ローラは従僕の手を借りてぎこちない足取りで馬車からおりると、従僕がレディ・ジョセフィーヌに手を貸しているあいだ、アレックスの屋敷をまじまじと見あげた。

ハイドパークの向かいにある屋敷は人目を引く堂々とした印象だ。正面は薄青色で統一されており、両開きの扉の向こう側に柱廊のある玄関ポーチが続いている。四階建ての背の高い建物には何本もの煙突がついていた。二階の背の高い窓から、金色の房かけがついた空色のカーテンが見えている。一度も屋敷の中に入ったことはないけれど、おそらくあの部屋こそ、これから結婚式が行われる応接室に違いない。

ローラは体がこわばるのを感じた。あと一時間もしないうちに、わたしはこの屋敷の女主人になる。使用人たちに指示を出したり、室内を改装したり、パーティを計画して招待客をもてなしたりする権利を得ることになる。裕福でハンサムな伯爵の妻になることで、追放されていた社交界に復帰するのだ。

レディ・ジョセフィーヌがローラの腕を引っぱり、あどけない笑みを向けてきた。

「さあ、いらっしゃい。遅れてしまうわよ」

ローラはレディ・ジョセフィーヌの手に手を重ねた。不思議なことに、老婦人の手の温かさに救われたような気分になり、玄関ポーチへと続く三段の階段をのぼることができた。正面扉から広い玄関ホールに入ると、目の前には二階へと続く、左右に分かれた堂々たる階段があった。

レディ・ジョセフィーヌの物であふれた屋敷に比べると、アレックスの屋敷は家具の数が少なく整然とした印象だ。しかも、どの家具も明らかに最高級品とわかる、厳選されたものばかりだった。扉の両脇には金箔張りの椅子が配され、クリーム色をした大理石の床の中央にある台座には、翼のついたギリシャの女神の石膏像が鎮座している。淡い緑色の壁に飾ってあるのは風景画のみごとな連作だ。いつかここにある絵画コレクションをじっくりと鑑賞したい。ローラはそう思わずにはいられなかった。

屋敷の中はとにかく趣味がよく、広々としており、贅が凝らされていた。それだけに、彼女は不安が高まるのを感じた。呼吸が浅くなって、今にも恐慌状態に陥りそうだ。本当にわたしはここの住人になるの？　いっそのこと、ポルトガルにある居心地のいい家に帰ってしまおうかしら？

ふいに一階の出入口から足音が聞こえてきた。そばかすのある顔に満面の笑みを浮かべて近づいてきたのはヴァイオレットだ。おなかのふくらみを薄緑色のドレスで包み、赤褐色の髪を美しくカールさせている。

茶色の瞳を輝かせながら、ヴァイオレットは言った。「ローラ、なんてすてきなの！　あなたがやってくるのを待っていたのよ。さあ、一緒に来て。もうあまり時間がないわ」

「でも……レディ・ジョセフィーヌが……」

「彼女は従僕が二階まで連れていってくれるわよ」

すでに大柄な従僕が老婦人に手を貸していた。いつもと変わらぬ機嫌のよさで、レディ・ジョセフィーヌは従僕の手にすがり、よたよたと大階段をのぼりはじめた。

ローラはすかさず図書室に入った。コーヒー色とクリーム色という男性的な色調でまとめられた室内には、革張りの椅子と巨大な書棚が配されている。机にあった分厚い本を手に取り、何気なく開くと、色鮮やかな植物の挿し絵に目を奪われた。椅子に丸まったまま、ここで美しい花々の絵を眺めていられたらいいのに……。

「こんなところで何をしているの？」ヴァイオレットがたしなめて本を閉じた。「読書なんかしている場合じゃないでしょう。今日はあなたの結婚式なのよ！」

「わかっているわ……でも……」涙があふれそうになり、ローラは片手を口元に当て、懇願するようなまなざしで友人を見た。「ああ、ヴァイオレット、わたし、どうしたらいいかわからないの。今日一日、乗りきれそうにないわ……」

ヴァイオレットは表情を和らげて彼女を抱きしめた。「ああ、ローラ、わたしも自分の結婚式の朝はあなたと同じような心境だったわ。恐ろしくて気絶しそうだった。でもね、階上に行って伯爵との結婚の誓いを口にしたとたん、気分がよくなるはずよ。ええ、絶対に！」

その言葉を強調するかのように、ヴァイオレットのおなかの中の小さな足がローラを蹴った。ローラは思わずうしろにさがった。

ヴァイオレットが愛しそうにおなかをさする。「ね？　ペネロープも言っているわ、元気を出しなさいって」

ローラは力ない笑みを浮かべた。「ペネロープはきっと男の子ね。でも、どうやって元気を出せばいいの？　わたしは父をつかまえようとした男性と結婚しようとしているのよ」

わたしが心の奥底で感じているジレンマの原因は、たぶんそこにあるのだろう。恐ろしいことに、アレックスはまだ父を泥棒だと信じている。ああ、そんな彼にどうして人生をゆだねようなどと考えてしまったの？　父の思い出を裏切るような、許されざる行為に思えて仕方がない。

「お父様は何よりあなたの幸せを望んでいらっしゃったはずよ」ヴァイオレットがさっぱりと言う。「そして実際、コプリー伯爵はあなたを幸せにしてくれるわ。わたしにはわかるの」

不安を覚えつつも、ローラは一縷《いちる》の望みを抱かずにはいられなかった。でも、本当に？

「そう信じられたらいいんだけど」

「あなたのトルソーを買うとき、伯爵はお金に糸目をつけなかったわ。おまけにもう一瞬たりとも待てないとばかりに、あなたとすぐに結婚しようとしたのよ。さあ、これを見てちょうだい。彼からの結婚の贈り物よ」ヴァイオレットは手のひらにのせた小箱を見せた。「彼から渡してほしいと頼まれたの。だからわたし、ここであなたが来るのを待っていたのよ」

ローラは長方形の箱を手に取った。銀色の細い縁取りのある、濃い茶色の革張りの宝石箱だ。

彼女は唇を噛んだ。前にアレックスから似たような箱をもらったときは、中身が金縁の眼鏡だった。けれども今日は間違いなく、宝石が入っているに違いない。伯爵の花嫁にふさわしい高価で美しい宝石が。

ローラはふいに泣き出したい気分になった。わたしが求めているのは高価な宝石なんかじゃない。アレックスの愛情だ。それにもうひとつ、彼にはなんとしても認めてほしい。父についてのわたしの判断は間違っていないということを。

「さあ、開けてみて」ヴァイオレットがせかす。「中に何が入っているのか、見たくてたまらないわ。コプリー家に伝わるダイヤモンドかしら？　昨日うちの母から聞いた話によれば、伯爵のお母様はどこへ行くにもそのダイヤモンドを手放さなかったらしいわ。乗馬用道路《ロットン・ロウ》へ乗馬に出かけるときでさえも」

　ローラはゆっくりと蓋を開けた。だが中に入っていたのは、燦然と輝くダイヤモンドではなかった。緋色のベルベット地にのせられているのは真珠のネックレスだ。

　ローラははっと息をのんだ。驚愕のまなざしでネックレスを見おろす。

「そんな」かすれた声でつぶやいた。

「どうしたの？」ヴァイオレットは尋ねると、ローラの背後から箱をのぞき込んだ。

　ローラは答えられなかった。あわててネックレスを手に取り、急ぎ足で窓辺に向かうと、留め具を陽光にかざしてみた。心臓が早鐘を打っている。そこには〝ＡＦ〟という小さなイニシャルが刻まれていた。

　アイリーン・フォークナー。ローラを産んですぐに亡くなった母親だ。

　まばたきをして嬉し涙を振り払い、ローラはネックレスを両手で握りしめた。真珠からは温かみと優しさが伝わってくる。ヴァイオレットが不思議そうに見つめているのに気づき、ローラは微笑んだ。「これはわたしの母のネックレスなの。父が結婚式の日に母に贈ったものなのよ。わたしも社交界にデビューするパーティで身につけたことがあるわ。でも、アレックスはなぜそれを覚えていたのかしら？　いったいどうやってこのネックレスを見つけたの？」

「まあ、彼は何年も前の競売でそれを買ったに違いないわ」ヴァイオレットが感動したように言う。「ああ、なんてすてき！　こんなにロマンティックな話、聞いたことがないわ。当時から彼があなたに首ったけだった証拠じゃない！　伯爵は、あなたと再会してネックレスを返すことを待ち望んでいたのよ」

にわかには信じられなかった。アレックスがわたしに首ったけだなんて。ローラはふいに彼の顔が見たくてたまらなくなった。

ネックレスを首にかけながら言う。「お願い、留め具をとめてくれる？」

ヴァイオレットは言われたとおりにすると、ローラを壁にかかっている鏡の前へと連れていった。「まあ、なんてすてきなの！　こんなに美しい花嫁姿を見たら、伯爵もびっくりして腰を抜かしてしまうわ！」

たしかに真珠のネックレスのおかげで、ドレスの紫がかったグレイがいっそう美しく引き立っていた。しかし何より重要なのは、今自分が肌で感じている真珠の重みと温かさだ。まるで、まったく知らない母とつながったかのように感じられる。お母様も結婚式の日は、こんなにさまざまな感情を抱いていたのかしら？　幸せになりたいと切ないほど願っていたの？

ローラは深く息を吸い込んだ。「心の準備ができたわ。さあ、行きましょうか？」

彼女とヴァイオレットは大理石の階段をあがり、二階へとたどりついた。ふかふかの深緑色の絨毯のおかげで、足音が響くこともない。目の前に広がる大広間は玄関ホールよりもさらに壮麗だった。神話の光景が描かれたドーム型の天井からぶらさがっているのは、巨大なクリスタルのシャンデリアだ。アーチ型の扉の前へ進み出ると、ヴァイオレットは壁沿いにある金箔張りの机の脇で立ちどまり、ローラにピンク色のバラのブーケを手渡した。

ローラの頬にキスをして、ヴァイオレットがささやく。「音楽が聞こえてきたら中に入ってね。恐れることはないわ、伯爵はあなたにぞっこんだもの。わたしにはわかるのよ」

今はそうだと信じたい。襲いかかる不安を振り払うために、どうしても信じる必要がある。

薄緑色のスカートを揺らしながら、ヴァイオレットは部屋の中へと消えていった。ひとり残されたローラはどきどきしながら、そのときを待った。一時間くらい経ったような気がしたが、チクタクと音と立てている両開きの時計で確認すると、まだ一、二分しか経っていない。次の瞬間、ハープとバイオリンの調べが聞こえ、ローラは堂々たる応接室に足を踏み入れた。

金色とブルーでまとめられた、落ち着いた内装だ。ローラは心ここにあらずの状態であたりを眺めた。部屋の隅に陣取っているのは音楽を奏でている四重奏団。細長い部屋の中央には、クリーム色の炉棚前に招待客用の椅子が三列並べられていた。

客たちがいっせいに振り向き、ローラのほうを見て興奮したようなささやき声をあげた。ヴァイオレットの夫フレデリックとレディ・ジョセフィーヌ、レディ・ミルフォード、それにローラの知らない人々が何人か座っている。

ノウルズ公爵夫人は招待を断ってきた。アレックスからさばさばした口調で公爵夫人とは縁を切ると告げられたとき、ローラは悲しいとは思わなかった。少なくとも、結婚式当日ににらみつけられないのはありがたい。

だが暖炉のそばに立つ背の高い紳士に目を向けた瞬間、ローラはその男性のこと以外考えられなくなってしまった。今、彼は頭を傾け、黒い衣装をつけた牧師と何か言葉を交わしている。

コプリー伯爵アレクサンダー・ロス。チャコールグレイの燕尾服《えんびふく》に暗灰色のベストという正装は、くらくらするほど魅力的だ。純白のクラヴァットが、彼の男らしさをいっそう引き立てている。まさに誇り高い紳士そのもの。しかも、頬の傷が危うい魅力をつけ加えていた。

アレックスは背筋を伸ばすと、部屋の反対側からローラをじっと見つめた。彼女の頭からつま先まで、熱い視線を這わせている。目と目が合った瞬間、彼はかすかな笑みを浮かべた。いつもの皮肉めかした冷笑ではなく、どこか温かみの感じられる微笑だ。それを見た瞬間、ローラは希望がわき起こるのを感じた。

後列に座っていた、猫背で茶色の髪が薄くなりかけた紳士が立ちあがり、急ぎ足でローラのそばへやってきた。アレックスのいとこで、爵位の継承者であるミスター・ルイス・ロスに違いない。今日は亡き父の代わりに、彼がローラをエスコートしてくれることになっている。ミスター・ロスは重々しくうなずくと、ローラに腕を差し出した。ふたりして椅子のあいだの通路を静かに進んでいく。

ついにローラはアレックスの横へたどりついた。牧師に向き合う形でふたりが並んで立つと、牧師は祈禱書《きとうしょ》を開いて祈りはじめた。「みなさん、わたしたちが今日ここに集まったのは……」

式が進んでも、ローラは夢見心地のままだった。牧師の言葉に集中しようとするものの、横にいるアレックスを意識してしまう。つくづく不思議だ。アレックスとの再会を恐れつつ、偽名を使ってロンドンへ戻ってきたのはつい数週間前のこと。それなのにどうだろう、今はこうして彼の屋敷にふたりで並び、牧師の問いかけにそれぞれ〝誓います〟と答えているなんて。

それからふたりは向き合った。アレックスがローラの右手を取り、強く握りしめる。揺るぎないまなざしで彼女を見つめると、アレックスは誓いの言葉をおごそかに述べはじめた。

「わたし、アレクサンダーは、あなた、ローラを妻とし、よいときも悪いときも、富めるときも貧しきときも、病めるときも健やかなるときも、死がふたりを分かつまで、愛し慈しみ貞節を守ることをここに誓います」

今度はローラが誓いの言葉を述べる番だ。ひと言ひと言が心に染み渡っていく。アレックスも同じように感じてくれていると信じたい。もしそうでなければ、彼がわたしを愛し慈しんでくれるよう努力してみせる。

心を尽くして。

ついにローラが手袋を取ると、アレックスは彼女の薬指に金の指輪を滑らせ、頭をさげて唇に軽く口づけた。その瞬間、彼の上着の下襟に両手を添えたまま、ローラは心臓が壊れそうなほど高鳴るのを感じていた。やがてふたりが体を離すと、牧師が最後の祝福として、列席者の前でコプリー伯爵とレディ・コプリーの結婚を高らかに宣言した。

アレックスがローラを見おろし、ふたりは一瞬視線を熱く絡ませた。それから彼は客たちのほうを向いた。実に穏やかな表情だ。そして……満足げだった。でもローラには、彼の表情の意味を考えている時間がなかった。弦楽四重奏団が調べを奏ではじめると、みなが祝福しに押し寄せたのだ。レディたちが次々とローラを抱擁し、紳士たちも頰に軽いキスをしていく。そのあいだアレックスはローラの背中に手を当て、終始くつろいだ笑みを浮かべていた。

牧師が持ってきた婚姻登録簿にふたりで署名し終えると、アレックスは招待客たちをダイニングルームへ案内した。これから結婚を祝う昼食がはじまるのだ。ただし、花婿と花嫁はあとから参加することになっている。「結婚式のあと、すぐに新しい伯爵夫人を屋敷の使用人たちに紹介するのがわが家の慣例なんです」アレックスは説明した。「ぼくとぼくの妻も、すぐに同席します」

ぼくの妻。

ローラは喜びで全身が震えるのを感じた。さりげなく指を滑らせてアレックスと手をつなぎ、客たちを残してダイニングルームから出る。彼は茶目っ気たっぷりの瞳でローラを見おろした。「ずいぶん来るのが遅かったね、伯爵夫人。さては真珠のネックレスを持って姿をくらましたかと、やきもきしていたんだ」

「真珠！」ローラは指先でネックレスに触れ、なめらかな手触りを確かめた。「ああ、アレックス！　このネックレスがわたしにとってどれほど大切か、いくら説明してもしきれないわ。父の所持品の競売でこれを買ってくれたの？」

「ああ、きみがそのネックレスをつけていたパーティに特別な思い出があったからね。あのパーティで、ぼくらは人込みから逃れてふたりきりになろうと控えの間に忍び込んだ。だが、人の声がして――」

「彼らから隠れるために、あなたはわたしをリネン用戸棚に引きずり込んだのよ。扉の向こうで人々が話しているあいだ、三〇分近くも暗闇でじっとしていなくてはいけなかったわ」

「むしろ、ぼくらはあの三〇分を大いに楽しんだのではなかったかな？　あれほどキスをするのが楽しかったことはない。もっとも、ぼくの望みとはほど遠い、ずいぶんと控えめなキスだったが」アレックスは声を落とし、かすれ声で続けた。「だが、もう礼節に縛られる必要はない。ぼくらは好きなだけ、お互いを楽しめるんだ」

その言葉を聞いたとたん、ローラは体の奥底がかっと熱くなるのを感じた。少しうぬぼれたような笑みから察するに、アレックスはこちらの反応もお見通しらしい。ローラは負けじとつま先立ちになり、彼の耳元でささやいた。「今すぐに好きなだけお互いを楽しみたいのに、お客様たちがまだいらっしゃるなんて残念ね」

アレックスがふいに瞳を曇らせ、激しい欲求不満の表情を浮かべた。

「ならば、彼らを即刻帰らせよう」

「とんでもない」ローラは微笑みながらたしなめた。「結婚したばかりだというのに、そんな振る舞いは許されないわ。まずはみなさんに結婚を祝っていただかなければ」

玄関ホールには食器洗いのメイドから、もっと位が上の者まで、二〇人近い使用人がずらりと並んでいた。アレックスがひとりひとりにローラを紹介していく。ローラはといえば、彼らの名前を覚えることに意識を集中していた。執事はホッジという名前の威厳ある男性だ。家政婦はミセス・メイヒュー。ぽっちゃりとした笑顔の絶えないおばあちゃんといった風情で、ミセス・サムソンとは大違いだった。ローラ付きのメイドは、中年の地味なウィニフレッドという女性だった。

母親がいない家庭で育ったため、ローラは若いときから屋敷を切り盛りするすべを心得ていた。一〇年の空白期間があったにもかかわらず、屋敷の女主人としての仕事に違和感なく取りかかれたのは、そのおかげだろう。ローラは食事のメニューや細々した問題を決めるために、さっそくミセス・メイヒューと話し合いの場を設けることにした。レディ・ジョセフィーヌの新しいコンパニオンを雇う件についても、そのときに検討すればいい。

「面接はわたしがするつもりよ」招待客たちが待つ階上へ戻りながら、ローラはアレックスに言った。「わたしたちの結婚があまりにあわただしかったので、レディ・ジョセフィーヌが混乱されてしまうのではないかと心配だわ」

「おばは大丈夫さ。屋敷の使用人たちが、ちゃんと見守ってくれる」

「おば様をここへ呼んで、一緒に住むべきではないかしら？」

「あのがらくたがないと、おばは幸せには暮らせない。きみだってわかっているだろう？」

階段の上までのぼりきると、アレックスはローラを引き寄せて額に口づけた。「さあ、くよくよ心配するのはもうおしまいだ。ぼくらにとって記念すべき日を大いに楽しまなければ――それに、来《きた》るべき今夜に大いに期待しよう」

彼の微笑に隠された欲望を感じ取り、ローラは興奮に胸を震わせずにはいられなかった。

ダイニングルームに到着すると、ふたりは長いテーブルの両端に着席した。陽光が差し込む明るい室内には笑い声と話し声があふれている。シャンパンが注がれる中、何人もの従僕がごちそうを運んできた。勇猛果敢にも、ローラはどの料理も味わおうとしていた。

ローラの右隣にはヴァイオレットが座り、その隣には彼女の夫のフレデリック・ブランケンシップが座っている。地味で礼儀正しいフレデリックが妻をいかに愛しているかを目の当たりにして、ローラは心から嬉しく思った。ヴァイオレットを見る彼のまなざしも、妊娠中の妻が疲れてしまわないかと案じている様子だ。ふたりのあいだにはなんとも言えない親密な雰囲気が漂っていた。羨ましいわ、とローラは思った。何年も経ったら、わたしとアレックスもあんなふうになれるかもしれない……。

ローラの左隣に座っているのはレディ・ミルフォードだ。プラム色をしたシルクの華やかなドレスが、今日の彼女の瞳をアメジスト色に見せていた。

「ねえ、ローラ」レディ・ミルフォードがくつろいだ様子で話しかけてきた。「状況はかなり好転したようね？」

「あなたのおかげです」ローラはシャンパンを飲み、笑いながら答えた。

レディ・ミルフォードが謎めいた笑みを浮かべた。「あら、すべてがそうだとは言いきれないわ。それはそうと、今日はわたしのあげた赤い靴を履いてくれているのね。本当に嬉しいわ」

「ええ、アレックスに求婚された夜も履いていたんです」

「それなら、きっとこの靴があなたに幸運をもたらしたのね」

年齢を超越した美しさを感じさせる貴婦人の顔を見つめながら、ローラは無意識のうちに言った。「たぶん、今がこれをあなたにお返しすべきときだと思うんです。わたしはもう新しい靴をたくさん持っておりますので」

「実にすばらしい考えだわ。それなら、あとでそのハイヒールを返してもらうことにするわね」レディ・ミルフォードはいっそう謎めいた笑みを浮かべた。「この靴を必要としている若いレディを、また見つけることにしましょう」

22

ローラは四柱式ベッドのふわふわした枕の山に寄りかかっていた。ベッドにはエメラルドグリーンのシルクの布がかけられており、炉床では小さな炎が揺らめいている。白い炉棚の両脇には銀製のろうそく立てが配され、最高級の家具が置かれた広々とした室内を照らし出していた。

彼女は驚くべき早さで身支度を整えた。といっても、すべてメイドがやってくれるのだから楽なものだ。コルセットのひもをほどくのも、ペチコートとストッキングをたたむのも、温かい湯で体を洗うのも、髪を三つ編みにするのも、すべてウィニフレッドにお任せだ。彼女は実に優秀なメイドで、仕事も手早かった。個人付きメイドの手際のよさに感心しながら、ローラは自分の地位が格段にあがったことを感じずにはいられなかった。

別のときなら、ローラはウィニフレッドと仲よくなろうとしただろう。思いやりを示せば、それだけ使用人の忠誠心を高めることができる。だが今夜のローラは気もそぞろで、誰かと会話をするどころではなかった。薄いナイトドレスにすばやく袖を通すと、メイドを早々にさがらせた。

いやおうなく高まる期待にそわそわしてしまう。ベッドのマットレスはふかふかだし、寝具類も柔らかい。それなのに、ローラは体の力を抜いて目を閉じることができずにいた。部屋の隅にある、隣室へと通じる扉にどうしても視線が行ってしまう。あの扉の向こう側にあるのが伯爵の私室だ。

アレックスはどこへ行ったのだろう？　彼と別れたのは、もう三〇分以上も前のことだ。いとこのルイスに本を貸すのだと言って、階下におりていった。

まだ彼らは話しているのかしら？

ため息をつくと、ローラは長い髪をふんわりとおろすことに決め、三つ編みをほどきはじめた。こんなことなら、もっと早くに図書室へ本を取りに行けばよかった。ナイトドレス姿となった今、階下におりていくわけにはいかない。それによく考えてみれば、こんなにぴかぴかに磨きあげられた寝室では、どんな本を読んでも頭に入ってこないだろう。

もちろん歳月が経てば、いつかこの部屋も模様替えの必要が出てくるのかもしれない。だがそんなとりとめもないことを考えても、ちっとも気は休まらない。

なんとか気をそらしたくて、ローラは純白の上掛けをじっと見つめた。ピンク色のバラと緑色の葉が複雑な模様に組み合わされ、みごとに刺繍《ししゅう》されている。亡き伯爵夫人は刺繍が趣味だったのかしら？　レディ・ジョセフィーヌの話によれば、アレックスの母親は気まぐれで、気分がころころ変わったらしい。そんな女性が何時間もかけて、これほど複雑な刺繍を完成させるだろうか？　ブランチという女性のことをほとんど何も知らないローラにはわからなかった。

はじめは、部屋に入ってきたアレックスを新妻らしく恥じらいつつベッドで迎えたいと考えていた。でも、ただ座って待っているだけなんて退屈すぎる。こうなったら計画変更だ。ローラは上掛けをはぎ、ベッドからおりた。柔らかで心地よい絨毯を素足に感じながら窓辺へ近づき、薄緑色のカーテンを少しだけ開けて、開かれた窓から外の様子をうかがってみた。屋敷の裏側にある、すっかり暗くなった庭園が見える。すでに夕焼けが終わった空は藍色に染まり、近隣の屋敷にはちらちらと明かりがまたたいていた。

まさに貴族たちが舞踏会やパーティへ出かけるための支度をしている時間だ。そういう催しの多くは、午後一〇時を過ぎないとはじまらない。人々は今宵踊り明かしながら、コプリー伯爵と悪名高いミス・フォークナーの結婚についての噂話に花を咲かせることだろう。アレックスとわたしが抱き合い、親密な時間を過ごしているあいだに。

ローラはこれからアレックスと過ごす時間のことを考えずにはいられなかった。夫と妻のあいだにどんなことが起きるのか、なんとなく察しはつくものの、詳しくは知らない。今夜、そのすべてが知りたい。そんな思いに心が騒ぎ、なんだか落ち着かない。

わたしの夫はどこへ行ってしまったの？

ローラは早足で暖炉脇にあるどっしりした書き物机のほうへ行き、背もたれがまっすぐな椅子に腰をおろした。サクラ材の机の表面が、ろうそくの明かりを受けて輝いている。もし絵を描く道具が見つかれば、スケッチをして時間がつぶせるかもしれない。

ひとつしかない引き出しを開けた瞬間、ローラは誰かの持ち物をこっそり調べている泥棒のような気分になった。あわてて自分に言い聞かせる。室内にあるものはすべて、もうわたしのものでもあるのよ。だがいくら言い聞かせても、まだ現実をちゃんと受け入れられていない今は、どうしてもうしろめたさを感じてしまう。

浅い引き出しの中にあったのは、コプリー家の紋章が刻された便箋と銀製のインク壺、さまざまな種類の羽根ペンだ。一本だけ鉛筆が転がっているかもしれないと考え、ローラは引き出しのいちばん奥へ手を滑り込ませた。

だが、指先に触れたのは鉛筆ではなく小さな楕円形の物体だった。それを取り出し、ろうそくの明かりにかざしてみると、驚いたことに細密画だった。保護ガラスは粉々になり、小さな絵そのものにも何本かひびが入っている。

ひび割れているにもかかわらず、ローラにはそこに描かれた年長の紳士が誰かはっきりとわかった。こわばった顎にむっつりした顔、目と髪の色は濃い茶色だ。驚くほどアレックスによく似ている。

これは前の伯爵、つまりアレックスの今は亡きお父様では？　きっとそうだわ。

でも、どうしてガラスが粉々なのだろう？　もしかして、アレックスのお母様が細密画を落としてしまい、あとで修理に出そうと引き出しの奥へしまい込んでおいたの？　それとも彼女は怒りに任せてこれを投げつけ、誰にも見つからない場所に隠したのかしら？　レディ・ジョセフィーヌは、アレックスの両親が絶えずけんかをしていたと話していた。

そのとき、隣接する扉が開いた。ローラはびっくりして、急いで細密画を元の場所へ戻すと引き出しを閉めた。椅子に座ったまま、肩越しに振り返る。

大股で入ってきたのはアレックスだった。

たちまちローラの心臓が跳ね、鼓動が速くなる。アレックスは結婚式用の正装から、ゆったりとしたリネンのシャツとブリーチズに着替えていた。その姿を見たとたん、ローラの頭の中に、ナイフを口にくわえて船からひらりとおり立つ勇ましい海賊のイメージが浮かんだ。

アレックスは部屋の中央までやってきて立ちどまり、彼女をじっと見つめた。

「遅くなってすまない」いつものように皮肉めかした冷淡な口調で言う。「ルイスを図書室から追い出すのに手間取ってしまったんだ。あいつときたら、戦争史について語り出すと止まらなくて……」

ローラが椅子から立ちあがり、何歩か近づいたとたん、アレックスは言葉を切ってナイトドレスをじっと見つめた。そのとき、遅まきながらローラも気づいた。ナイトドレスの下には何も身につけていない。背後から暖炉の火に照らされて、薄物のドレスに包まれたローラの体の曲線があらわになっていた。

恥ずかしさのあまり、ローラは頭のてっぺんからつま先までかっと熱くなるのを感じた。しとやかな妻らしく顎まで上掛けを引っぱりあげ、ベッドの中でアレックスを待っていたかったのに。でも、彼が今見せているうっとりした表情もたまらない。ひどくそそられる。

いろいろな考えが次々にローラの頭の中をよぎっているあいだも、アレックスは新妻の姿に釘づけになるあまり、動けずにいる様子だ。ローラはふと思った。もっと大胆になってもいいのかしら？　そうよ、わたしたち、もう夫と妻なんだもの。

「戦争史ですって？　あなた、自分の花嫁より、そんなもののほうが大事なの？」

「まさか！　ぼくはただ、きみには準備の時間が必要だと思っただけだ……女性はそういうものだろう？」

アレックスのそばに近づくと、ローラは彼の胸に両手を当てた。薄いシャツの生地越しに肌の熱が伝わってくる。柔らかな声でローラは言った。「わたしに必要なのはあなたよ、アレックス。あなただけなの。もう待たされるのはいやだわ」

アレックスはローラをひしと抱きしめ、むさぼるようなキスをしてきた。アレックスの唇から伝わってくる紛れもない欲望を感じ取り、ありったけの思いをこめてキスを返す。アレックスが両手をローラの全身にさまよわせ、ヒップを強く引き寄せて、ぴたりと体を密着させてくる。その瞬間、ローラにははっきりとわかった。男性の欲望の証《あかし》がそそり立っている。もっと身を押しつけて、彼自身の高まりを感じたい。

アレックスが喉の奥からうなり声をもらし、やや体を引いた。荒い息を吐きながら、ローラの髪に鼻を押しつけてくる。彼の心臓が早鐘を打つ音を、ローラはじかに感じ取った。

「まいったな」アレックスが低い声で言う。「焦る必要はない。今夜ひと晩、たっぷり時間をかけて愛を交わそう」

そう言うと、彼はローラの体をすくいあげた。アレックスにしがみつき、スパイシーな彼の香りを胸いっぱいに吸い込む。彼はローラを抱いたまま炉床の脇にある椅子へ行くと、そこに腰かけて膝の上に彼女をのせた。

がっしりした腕に抱かれて、ローラはもうとろけてしまいそうだった。なんて心地いいのだろう。こうして彼の筋肉質の体にもたれ、抱きしめられているのは。とはいえ、アレックスの取った行動に疑問も抱いていた。「ベッドには……入らないの？」

「あとでね」ローラの額に口づけながら、彼が答える。「こうしてきみを抱きしめるのを、ぼくは本当に長いこと待っていたんだ。今夜、そんなにあっという間にすべてを終わらせるつもりはない」

「でも……」

「時間をかけて互いの歓びを高め合うべきだよ。信じてくれ、ローラ。きみが何を求めているか、ぼくにはよくわかっている」

今回だけは、ローラも主導権を握ろうとするアレックスにいらだったりはしなかった。彼を信じよう。彼のやり方で、未知の世界へ連れていってほしい……。ローラはアレックスの手を取り、手の甲に唇を押し当てた。「あなたの好きなようにして。でも、あまりじらさないでね」

彼は含み笑いをした。「仰せのとおりに、奥様《マイ・レディ》」

たっぷり時間をかけて、アレックスは甘い口づけをした。彼の巧みな唇と手の動きに、ローラはいやおうなく興奮をかきたてられた。濃い茶色の瞳に熱っぽく見つめられ、ぶるりと身を震わせる。彼はボディスについている真珠のボタンを外すと、あらわになった胸のふくらみを片方の手で持ちあげた。もどかしいほどゆっくりと親指で先端を愛撫され、とめどない快感がローラの体の芯まで届いた。

思わずため息をもらす。「ああ、アレックス、わたし、こうしてほしかったの」

彼は小さく笑うと、頭をさげて胸の頂を口に含んだ。ローラは驚きに息をのんだが、彼は愛撫をやめようとはしない。容赦なく胸にしゃぶりつき、未知の甘い嵐の中へ巻き込んでいく。アレックスがもう片方の胸を攻めはじめても、ローラはなすすべもなく、彼の頭を見つめるほかなかった。これまで男女の営みについて、あれこれと想像してきた。けれど、まさかこんなに神々しいものだったとは。アレックスの舌と唇の動きに、これほど歓びをかきたてられるなんて。

ローラは励ますかのように、彼の豊かな髪に指を差し入れた。ほんの二週間前、目の前にいる男性のことを憎んでいたのが不思議でならない。わたしは一〇年前のアレックスとの恋愛を、遠い記憶のかなたへ押しやろうとしていたはず。なのにどうだろう、今わたしはアレックスの妻となり、彼に対してレディらしからぬ激しい欲求を抱いている。

やがてアレックスは頭をあげると、ふたたび唇に熱烈なキスをした。ローラの下唇を軽く噛み、ナイトドレスの裾を持ちあげはじめる。それに協力して、ローラは無意識のうちに体を浮かしていた。下半身があらわになるにつれ、呼吸が浅く速くなっていく。むき出しの脚に感じるアレックスのブリーチズの生地のなめらかさが、ぞくぞくするほど心地いい。それに、太腿からヒップへと滑っていく彼の手の感触も。

アレックスがにやりとした。「伯爵夫人、なんてすてきなナイトドレスなんだ。さっき、きみが立っているのを見た瞬間……ああ、まだあのときの衝撃が忘れられないよ」

すべてヴァイオレットのおかげだわ、とローラは思った。このナイトドレスを買うのをためらっていたわたしを、時間をかけて説得してくれたのは彼女なのだ。たしかにアレックスは崇めるような表情でわたしを見つめている。薄いナイトドレスに、こんな嬉しい効果があるなんて。

ローラはアレックスの頬に手を当てた。「気に入ってくれてよかった。本当は、あまりに危険すぎるんじゃないかと心配していたの」

「きみは危険とはいっさい無縁だ――このぼくと一緒にいるかぎり」アレックスは言葉を切り、ローラのあらわな胸を熱っぽく見つめた。「それと言っておくが、ほかの男に目移りするのは許さない」

彼の独占欲むきだしの態度に、ローラは大きな満足と興奮を覚えていた。アレックスは結婚前に交わした契約書のことを気にしているのだろう。あの契約は、彼がわたしに対する興味を失った場合に備えてのものなのに。

脚の付け根を愛撫された瞬間、ローラの理性はどこかへ吹き飛んでしまった。アレックスの指先が、しっとりと濡れた秘めやかな部分をゆっくり探っていく。軽くこするような動きに、彼女は全身が深い歓びに包まれていくのを感じた。燃えるような欲求にくらくらしながら、ローラは彼の両腕をつかんだ。「ああ、なんて気持ちがいいの……いったい何をしているの……？」

アレックスが彼女の首に鼻をすりつける。「しいっ、愛しい人《ダーリン》。何も考えずに楽しめばいいんだ」

彼はゆったりした指の動きを止めようとはしなかった。とろけそうになりながら、ローラはなすすべもなく彼に身を預けた。こんな感じははじめてだ。甘やかな興奮と混乱がないまぜになり、どんどん情熱が高まっていく。花心の手前でアレックスの指が止まった瞬間、ローラは思わず背をそらした。まるで時が止まったかのようだ。何かを迎えようとしているのに、それがなんだかわからない。彼がふたたび愛撫をはじめると、ローラは身もだえし、腰を揺らして、それが何か必死で探ろうとした。とうとうアレックスの指に体の芯をとらえられた刹那、生まれてはじめての歓喜の渦にのまれた。

衝撃的な体験にぐったりとなったローラを、アレックスがベッドへ運んでいく。背中にシーツの冷たさを感じたとたん、ほんの少し理性を取り戻したものの、ローラはぼんやりと微笑むことしかできなかった。

アレックスがベッドの脇に立って、シャツを脱ぎはじめる。ろうそくの明かりの中、くっきりと浮かびあがったのは完璧な上半身だった。がっしりした肩、うっすらと毛に覆われた男らしい胸、引きしまった腰。腹部のうねるような筋肉を見て、ローラは思わずうっとりした。

片肘をついて身を起こし、ブリーチズのボタンを外しているアレックスを見つめる。「あなたは本当にすばらしいわ」心の中に最初に浮かんだ言葉をそのまま口にした。「あなたの体をスケッチしたい……」

アレックスがブリーチズを脱ぎ捨てた瞬間、ローラは口をつぐんだ。夫はその下に何もはいていなかった。屹立《きつりつ》したものを目の当たりにして、ローラは言葉を失った。本でギリシャやローマの彫像を見て、男性のその部分がどうなっているかは知っていた。でもアレックスのそれは、彫像とは比べものにならないほどに大きく見える。

いたずらっぽい笑みを浮かべながら、アレックスは全裸のままベッドの端に腰をおろした。体の重みでマットレスが沈む。彼は身をかがめてローラの口元にキスをした。

「すばらしい光景だろう?」

さっと頬を染めつつも、彼女はアレックスの下腹部に視線を走らせずにはいられなかった。なんと驚くべき光景かしら。「それに破廉恥でもあるわ」

「きみも破廉恥になればいい。さあ、起きあがって、そのナイトドレスを脱いでくれ」

ローラは一瞬ためらった。でもこの先、どんな歓びが待ち受けているのか知りたい。知りたくてたまらない。

ローラは体を起こし、ナイトドレスを頭から脱いだ。はずみで琥珀色の髪が数房、むき出しの胸にこぼれ落ちる。その様子をアレックスは食い入るように見つめていた。ローラと同じく熱っぽいまなざしだ。瞳を欲望でたぎらせながら、彼は視線を落とし、ローラの胸をじっと見つめた。

ちょっとした思いつきから、彼女は指で自分の長い髪を伸ばすように梳《す》きはじめた。ふんわりと肩に広がり、胸までかかるようにする。つややかな髪が波のように動くたびに、アレックスの視線が熱を帯びてきた。

しかし数分後、彼は眉をひそめてローラの顔を見つめた。ようやく、ローラがわざと興奮をあおるためにそんな仕草をしていると気づいた様子だ。次の瞬間、アレックスは訳知り顔でにやりとした。

彼はローラの両肩をつかみ、枕の山へ押し倒すと、体をぴったり重ねてきた。

「まったく不道徳な女だな。いったいどこでそんな仕草を覚えた？」

笑っているにもかかわらず、アレックスの声にはまたしても独占欲がにじんでいる。ローラは思った。たとえ一瞬たりとも、彼にはわたしがほかの男性とこういうことをしたと思われたくない。なぜアレックスは女性に対して、こんなに疑り深いのかしら？ なんとしてもその答えを知りたい。けれど、今はそれを探るべきときではない。

ローラは彼の顎に優しく触れた。「あなたがこうさせたのよ、アレックス。わたしもあなたを幸せにしてあげたかったの。あなたがわたしを幸せにしてくれたように」

アレックスは安堵のため息をつくと、濃い茶色の瞳に不可思議な表情を浮かべ、唇を近づけてきた。「ローラ」彼女の口元でささやく。「きみがここにいてくれるだけで、ぼくは幸せだ」

荒々しいキス。ローラも負けないくらいの激しさで応えた。全身に感じるアレックスの体の重み、愛撫してくれる彼の両手、そして彼の切なげなうめき声。すべてが愛おしくてたまらない。すでにローラの奥底では、ふたたび情熱が熱く脈打ちはじめていた。ローラは無意識に両脚を広げていた。あの歓びをもう一度体験したい。今度はアレックスと一緒に。

「お願い」今すぐ彼を迎え入れたい一心で、ローラはささやいた。「ああ、お願いよ……」

アレックスがわずかに体を持ちあげた次の瞬間、ローラは彼が入ってきたのを感じた。一瞬、ひりつくような痛みが走る。続いてアレックスに隙間なく満たされ、顔をしかめずにはいられない。彼は動きを止め、じっとしている。全身をこわばらせて荒い呼吸をしながらも、ローラの髪を指で優しく梳きはじめた。

アレックスは探るような目でローラを見つめた。「痛いかい?」かすれ声で尋ねる。

「いいえ、大丈夫よ」ローラは両手で彼の顔を包み込んだ。ようやくひとつになれたことに喜びがこみあげてくる。「ああ、アレックス、わたし――」〝あなたを愛しているわ〟と言いそうになったものの、すんでのところで言葉をのみ込んだ。だめよ、アレックスを愛するなんて。絶対に愛してはだめ。だって、これは互いの都合で決めた結婚なのだから。「あなたのことがずっと欲しかったの」

「ぼくらはひとつだ」アレックスは荒々しい声で言い、さらに奥深くを突きはじめた。「これからもずっと」

彼の両腕が震えている。まるで情熱を必死で抑え込むかのように。だが、ローラは自分を抑えたくなかった。欲望のおもむくまま、ふたりで奔放に愛し合いたい。頭をうしろに傾けて枕の山にもたせかけると、ローラは体を弓なりにし、さらに深くアレックスを受け入れようとした。

ローラの名前を呼びながら、アレックスが彼女の喉元へ顔をうずめる。深く貫かれるたびに、ローラの興奮はどんどん高まっていった。ふたりはいつしか競い合うように、同じリズムを刻みはじめていた。口づけを交わし、互いを愛撫して貪欲に求め合う。もう自分の激しい鼓動と、アレックスの動きが生み出す官能的な歓びしか感じられない。そう思った瞬間、ついに解放のときが訪れた。この世のものとは思えないほどの快感が押し寄せてくる。そのときアレックスがうめき声をあげ、身を震わせると、ローラの上にどさりと倒れ込んだ。

呼吸と鼓動がもとに戻るまで、ふたりは体を絡ませたままだった。わたしはアレックスの妻になったんだわ。襲いかかる眠気を感じながら、ローラは満足感とともに思った。もう引き返すことはできない。わたしと彼は、夫婦という運命共同体になったのだから。

何も文句を言わなかったものの、ローラはさぞ痛い思いをしたに違いない。アレックスは寝返りを打ち、彼女の柔らかな胸に手を置いたまま、優しく抱き寄せた。ローラがアレックスのウエストにゆっくりと片方の腕を巻きつけてくる。もうまぶたが落ちかけており、輝くような琥珀色の髪はもつれている。どこから見ても満足しきった女性だ。

「うーん」頬をアレックスの肩に寄せて、ローラが言葉にならない何かをつぶやいた。

その瞬間、たまらないほど彼女が愛おしくなり、アレックスはぶるりと身を震わせた。感傷的な思いを振り払い、ローラの頭のてっぺんに顎をのせて、寝室の隅の暗がりをじっと見つめる。彼女は想像したとおり、いや、想像以上にすばらしかった。これ以上なまめかしく魅力的な妻は望めないだろう。ベッドでのローラは信じられないほど熱心で、情熱的な反応を返してきた。だが今は、ある瞬間のことが気になって仕方がない。

〝ああ、アレックス、わたし――あなたのことがずっと欲しかったの〟

ローラは最初からそう言うつもりだったのだろうか？　それとも、あれはぼくへの愛情から思わず口にした言葉なのか？　明らかに、すべてを言いきるまでに少し間が空いた。まるで最初に言おうとした言葉を、すんでのところでのみ込んだかのように。

いや、いくらローラの愛情をひとり占めしたいからといって、期待しすぎてはいけない。もちろんあれは衝動的に口にした言葉だろう。あの瞬間、彼女が理性など吹き飛んだ状態だったことを考えれば、ごく自然な反応と言える。何しろ、ぼくが彼女の秘めやかな部分に身を沈め、愛の行為を手ほどきしていた瞬間なのだから。

アレックスは圧倒的な満足感を覚えていた。今やローラはぼくのものだ。これからもずっと、ベッドで彼女にとろけるような幸福感を与えよう。結婚前に交わした書類――息子をふたり産んだあと、ローラが自分名義の屋敷を所有する――など忘れてしまうくらいに。そうとも、ローラがぼくから離れるのを許せるはずがないじゃないか！

独占欲を誇示するようにローラをぎゅっと抱きしめると、彼女は顔を傾け、夢見るような笑みを浮かべた。自分に押しつけられている彼女のすらりとした体を意識せずにはいられない。柔らかな胸、形のよいヒップ、長い脚。ふたたび愛を交わすのに、少し時間が必要なのがなんとも悔しい。今この瞬間は、生気も体力もすっかり吸い取られてしまった状態だ。

アレックスはローラの唇に軽く唇を触れさせた。「正直に言うと、この一〇年、さみが言い寄ってきた男たちに体を許さなかったことが本当に嬉しいよ」

「近づいてきた男性も何人かいたわ。でも、相手にしなかった」彼女の笑みが少し悲しげな表情に変わる。「知ってのとおり、父とわたしは必要に迫られて、ふたりきりでひっそり暮らしていたの。山の中の小さな家に住んでいたわ。誰かと親しくなってあれこれきかれるのが怖くて、できるだけ友だちも作らないようにしていたのよ」

社交界から切り離されたローラの苛酷な暮らしぶりが、ふいにアレックスの脳裏をよぎった。後悔しながら彼女の額に口づける。「許してくれ、ダーリン。不幸な日々を思い出させるつもりはなかったんだ」

「ええ。でも、わたしは不幸ではなかったわ。本当に美しい土地なのよ。いつかあなたにも見せてあげたい」美しいブルーの瞳をぱっと輝かせて、ローラがアレックスの頬に手を当てた。「新婚旅行にポルトガルへ行くのはどうかしら？　今すぐでなくても、たとえば夏の終わりとか？」

アレックスはまたしても甘い感傷に浸っていた。地球の果てまで行こうが構わない、それで彼女を幸せにできるのなら。「ならば、来週旅立とう。手配がすんだらすぐに」

「いいえ、まだいいの」ローラははっとしたような顔になり、かぶりを振った。「まずはハヴァーシャム侯爵と話をしなければ。わたしはどうしても父の汚名を晴らしたいのよ。そのことをどうか忘れないで」

アレックスは必死に無表情を保とうとした。ローラが真犯人探しに心を奪われているのが、どうにも気に入らない。「その件はぼくに任せてくれ。真相を突きとめてみせるよ」

「でも、わたしは自分で侯爵を問いただしたいの。亡き父の思い出にかけて」彼女は美しい顔に物悲しげな表情を浮かべた。「アレックス、実はまだあなたに話していないことがあるのよ。わたし……父は誰かに殺されたんじゃないかと考えているの」

もしローラに飾りピンで突き刺されたとしても、これほど驚きはしなかっただろう。

「なんだって?」

「きっとそうに違いないわ」彼女が声を詰まらせながら言う。「父が亡くなったときの状況について、前もってあなたに話すべきだったわ。父はロンドンで亡くなったの。英国へ帰国した直後に」

その言葉に困惑しながら、アレックスは上半身を起こして枕に寄りかかり、腕の中にローラを抱き寄せた。彼女の頬にかかる、ひと房のほつれ髪をそっと払いながら言う。

「すべて聞かせてくれ、ローラ。どんなささいなことも省略しないで聞かせてほしい」

彼女はロンドン警視庁から速達の手紙が届いてからのいきさつを語りはじめた。手紙には、マーティン・フォークナーがコヴェント・ガーデン近くの路地で何者かに襲われて重傷だと書かれていたこと。父を看護するつもりで、あわてて英国へ戻ってきたこと。それなのに、父は容体が悪化してすでに亡くなったと聞かされたこと……。

「警察は追いはぎの仕業だろうと言っていたわ。でも、単なる偶然とは思えないの。父が帰国したとたんにハヴァーシャム侯爵の屋敷の近くで亡くなるなんて、どう考えても不自然よ」

アレックスは不安を覚えていた。もしマーティンがロンドンへ戻ってきたのが、秘密の隠し場所からブルームーンを取り出すためだったら？　その行動の一部始終を悪人たちに見られて、襲われたのだとしたら？

だが、その疑念は胸にしまっておくことにした。ローラはかたくなに父親の潔白を信じている。真犯人はハヴァーシャムだと確信している様子だ。けれども彼女は、当時起きた出来事をすべて知っているわけではない。それにぼくもすべてをローラに打ち明けられる立場にない。

しかし、ぼくが秘密を守り通すためには、ローラに真実を暴かせてはならない。もし本当のことを知ったら……。

彼女の両肩を抱きながら、アレックスは言った。「ぼくの話を聞いてほしい、ローラ。ぼくはずっと前からハヴァーシャムを知っている。たしかに彼は気難しいが、人を殺すような男ではない」

ローラは唇を噛んだ。「もしかしたら、彼は人を雇って父を殺させたのかもしれないわ。

もし一〇年前の自分の犯行をばらされるのを恐れていたら、どんなに非情な手段を使ってでも、父を止めようとするはずよ」

彼女の言い分にはいくつか穴がある。だが、アレックスはあえてそれを指摘しようとは思わなかった。まず、かつて父親と反目していたという理由だけで、ハヴァーシャムを犯人だと決めつけるのはおかしい。それに彼が犯人だという証拠は何ひとつないのだ。しかし思いつめた様子から察するに、ハヴァーシャムに対するローラの疑惑は簡単には打ち消せないだろう。それに何より、大切な結婚初夜を台なしにしたくはない。

「そのことについて考える時間をぼくにくれないか？　明日、もっと理性的に考えられるようになったら話し合おう」ローラを引き寄せると、アレックスは彼女のなめらかな背中に指先を滑らせた。「今は……あまりに気が散ってしまっているからね」

アレックスはわざとからかうような口調で言った。ローラを悲しみから救い、ふたたび笑顔を取り戻してほしい一心だった。だがこちらを見あげたとき、彼女の顔からは心配そうな表情が消えていた。挑発するように目をしばたたいて、ローラは言った。

「あら、あなたがなんのことを言っているのか、わたしにはわからないわ」

なまめかしい表情に興奮がかきたてられる。「ならば教えてあげよう」

唇を重ね、熱烈なキスを交わしながら、アレックスは思った。キスにこんなに時間をかけたことはない。だが、ローラが相手だと話は別だ。狂おしく愛を交わしたあとだけに、今度はもう少しゆっくりと互いを味わうのもいいだろう。体の回復を待ちながら、時間をかけて彼女の胸やヒップを愛撫すればいい。ゆったりとした愛の営みの歓びを、ローラにたっぷりと教えてあげよう。

ところがアレックスは計画を変更せざるをえなくなった。ローラがいきなり片手を彼の太腿の内側へ滑らせ、欲望の証をつかんだのだ。たちまち下腹部が硬くなり、一気に血が逆流しはじめる。アレックスは息をのんで、自分を抑えようと荒い息を吐いた。

「ローラ……」

彼女が無邪気な笑顔を向けてくる。「わたし、大胆すぎるかしら?」

「ぼくも大胆すぎるかな?」そう言い返すと、アレックスは彼女に覆いかぶさって、熱く潤った部分に押し入った。

アレックスの名前を呼びながら、ローラがゆっくりと両脚を開く。アレックスは世界が崩れ落ちるような感覚に襲われた。とめどない歓びに、今この瞬間のことしか、目の前にいる彼女のことしか考えられない。ローラの体に、そして魂に、ぼく自身をしっかりと刻みつけたい。こんなに生々しい感情を呼び起こせるのは彼女だけだ。

歓喜の頂に達したローラが腕の中で眠り、ろうそくの火が消えたあとも、アレックスは寝室の暗がりを見つめながら、彼女の父親の非業の死について考えていた。何か大切なことを見落としている気がしてならない。ブルームーン窃盗事件に関する、とても重要なことを。犯人はローラの父親だとずっと信じてきた。だが先ほど彼女から聞いた話で、真実は別にあるのかもしれないと思いはじめている。

ローラが正しいという可能性はあるのだろうか？　犯人は彼女の父親以外の誰かなのか？　もしそんな可能性が少しでもあるなら、どんなことをしてでもローラを助け、真相を暴いてみせる。

23

翌朝、大広間にある両開きの時計が一一時を告げる頃、ローラは大階段をゆっくりとおりていった。今日は新調したてのコバルトブルーをした波紋絹のドレスに、共布のリボンがついた麦わら帽子というういでたちだ。これほど優美な屋敷の女主人として、こんな流行の装いをしていることが、なんだか不思議でたまらない。彼女はすでに一時間以上かけてミセス・メイヒューに邸内を案内してもらっており、家政婦の優れた管理能力に大いに満足していた。

階段の下に広がる玄関ホールには、両脇にずらりと並んだ背の高い窓から太陽の光が差し込み、薄緑色の壁とクリーム色の大理石の床の美しさをいっそう引き立てている。中心に配された台座で存在感を放っているのは、翼のついた等身大の女神像だ。壁には田園風景の絵画コレクションが飾られている。まだじっくり鑑賞する時間の余裕はないものの、それらが有名画家の手によるものだということはわかった。

ほんの二カ月前はポルトガルの山の中にある小さな家で暮らしていた。庭の雑草取りも、食事の支度も、部屋の整理整頓も、すべて自分の仕事だった。それが今はどうだろう、わたしには庭師もいれば、フランス人のシェフもいる。それに命令をすぐに聞いてくれる使用人も山ほどいる。ベルのついたひもを引っぱれば、すぐに従僕かメイドが駆けつけてくれるだろう。実際に今朝、こうして歩いているだけで、使用人たちから何度お辞儀をされたかわからない。きっと、ポルトガルにいた一〇年間にお辞儀された合計回数をはるかにうわまわっているはずだ。

　正直に言えば、なんだか息が詰まりそうだし、圧倒されてもいる。もしアレックスがそばにいてくれたら、もっと気が楽なのに。

　今朝目覚めたとき、アレックスはベッドにいなかった。おそらく夜明け前、わたしの寝室を出ていったのだろう。そう、庭園で小鳥たちが眠そうにさえずっている中、ふたたび愛を交わしたすぐあとに。わたしはしばらくうとうとしてしまい、ふたたび目覚めたのはすでに日がのぼったあとだった。それからウィニフレッドの指揮のもと、メイドたちが次々と湯を張ったバケツを持ってきて、着替え室にある真鍮製の浴槽を満たしてくれた。そして入浴中にメイドから、アレックスが行き先も告げずに外出したことを知らされたのだ。

　がっかりしないようにしなければ。ローラはそう自分に言い聞かせていた。たぶん、昨夜の激しい行為の名残りで、体だけでなく心も敏感になっているのだろう。ただそれだけのこと。新婚一日目、妻のそばから片時も離れようとしないロマンティックな夫を、アレックスに期待してはだめよ。だって彼の目的は世継ぎをもうけることなのだから。もともとわたしたちは互いの都合で結婚したことを忘れてはいけない。決して愛情からではなく、欲望から結びついただけなのだ。

それでもなお、ベッドであれだけ優しかったアレックスの姿を目の当たりにして、期待せずにはいられなかった。彼は本当にわたしを愛してくれているのではないかしら？　母のネックレスを買い戻してくれたのも、単に一〇年前の出会いの記念品というだけではなくて、それ以上の思い入れがあったのかもしれない。とはいえ、アレックスは〝愛している〟という言葉を一度も口にしていない。今朝は置き手紙も残さず、どこかへ行ってしまった。

いったいどこへ行ったのだろう？

数かぎりない可能性が考えられる。貴族の夫と妻は、日中は別行動を取るのが一般的だ。紳士は馬で公園に出かけたり、仕立屋へ行ったり、紳士クラブへ行って新聞を読んだり、政治を論じたりする。けれどもローラは、アレックスが突然いなくなったのは、父が死んだ状況を自分が打ち明けたせいではないかと考えていた。もしかすると、アレックスはひとりでハヴァーシャム侯爵に会いに行ったのかもしれない。そう考えるとひどく動揺してしまう。

侯爵に質問をぶつけるときは、自分も絶対その場にいたい。ローラはそう強く願っていた。アレックスはまだ窃盗犯がわたしの父だと信じているのだ。だからこそ、自分で侯爵を問いただしたい。

どうしても、わたしはハヴァーシャム侯爵に会いに行く必要がある。

階段のいちばん下までおりると、ローラは淡い色をした玄関ホールの大理石の床を突っ切っていった。正面玄関の前には、白いかつらに青色のお仕着せを身につけた従僕が待機している。ローラが近づくと、従僕は手袋をはめた手で扉を開けた。

「奥様、ちょっとよろしいでしょうか？」近づいてくる足音とともに、背後からうやうやしく尋ねる男性の声がした。

ローラが振り向くと、長い廊下を歩いてくる執事が見えた。黒いスーツ姿は威厳たっぷりで、顔にはしわが寄り、白髪は薄くなりかけている。執事は一瞬、心配そうに眉をひそめた。

彼女は微笑みかけた。「おはよう、ホッジ」

執事がお辞儀をする。「おはようございます、奥様。お呼びとめして申し訳ありません。馬車がご入り用だという話はうかがっておりませんでした。すぐに玄関におつけしましょうか？」

「大丈夫よ。散歩に出かけるだけだから」

「ですが、閣下から、奥様をおひとりで外出させてはならないと命じられております。従僕かメイドをおつけしましょうか？」

アレックスがそんなことを？　単にわたしの身を案じたから？　それとも、ひとりで散歩をするのは伯爵夫人にはあるまじき行動だと考えたから？

そんなふうに過保護に扱われるのはごめんだ。「ありがとう。でも、必要ないわ。伯爵がお戻りになったら、わたしは彼のおば様を訪ねていると伝えてちょうだい」

まったくの嘘というわけではない。実際、レディ・ジョセフィーヌを訪ねようと思っている。ただし、その前にハヴァーシャム侯爵の屋敷を訪問するつもりだけれど。

従僕が扉を開くと、ローラは柱廊のある玄関正面へすばやく出た。つと足をとめ、目の前に広がる光景に見とれる。コプリー・ハウスはハイドパークの正面に立っている。大通りにはさまざまな乗り物がせわしなく行き交っていた。最高級の大型四輪馬車も、それらと競うように走る小型馬車や荷馬車も見える。馬に乗った恰幅《かっぷく》のいい紳士は、ハイドパークのロットン・ロウに向かっているのだろう。どこまでも長く延びる、ほこりっぽいロットン・ロウは、午後遅い時間になると貴族たちの馬車で大混雑することで知られている。

よく晴れた六月の午前中、広大な公園にはすでにかなりの数の人が出ていた。鉄製のフェンス越しに、青々とした木々の中をそぞろ歩く人々の姿が見える。小さな子どもを連れている乳母たち、おしゃべりをしているレディたち、愛をささやき合っている恋人たちなど、さまざまだ。大通り側に面したフェンスからは、行商人や作業人、主婦たちが小包や買い物かごを持ち、急ぎ足で歩道を行き来する姿が見えた。

玄関正面から階段をおりようとしたとき、ローラは大通りの真向かいにある街灯柱のあたりをうろつく、ひとりの男性に気づいた。がっしりした体つきにはどこか見覚えがある。ローラはたちまち不安になり、肌が粟立つのを感じた。目を細め、男の正体を見きわめようとする。帽子を目深にかぶっているものの、特徴的な頬ひげとボクサーのような体格は隠しようがない。

そのとき、相手がまっすぐこちらを見返したような気がした。

あまりによく似ている。わたしを父のお墓に案内したあと、貧民街を追いかけまわしたあの巡査に。

ローラは口から心臓が飛び出しそうになった。考えている暇などない。くるりと体の向きを変え、重い扉をなんとか開けて、安全なコプリー・ハウスに戻ろうとした。

玄関ホールではホッジと従僕が話をしていた。ふたりともローラを見て、びっくりしたような顔になる。従僕があわてて扉に駆け寄り、ローラが中へ入れるよう手伝った。

年老いた顔に心配そうな表情を浮かべて、執事が近づいてきた。

「どうなさいました、奥様？　何か問題でも？」

自分の行動がいかに奇妙に見えるかに気づき、ローラはなんとか笑みを浮かべた。

「いいえ、大丈夫よ。ただ……思ったより外が暑かったの。やっぱり馬車で出かけることにするわ」

「かしこまりました。すぐに手配いたします」

執事が屋敷の奥へ立ち去ると、ローラはまっすぐ図書室へ向かった。ありったけの自制心をかき集め、ぎこちない歩き方ではなく、レディらしいしとやかな歩き方を心がける。

パンボーン巡査は、マーティン・フォークナーの娘がコプリー伯爵と結婚したという噂を聞きつけたのかしら？　通りの向こう側をうろついて、わたしがひとりになる瞬間を狙っているの？

恐怖にとらわれるあまり、ローラは図書室の落ち着いた内装を楽しむどころではなかった。チョコレートクリーム色で統一された室内にはくつろぐための椅子が数脚置かれ、壁沿いに背の高い本棚がずらりと配されている。通りを見おろす窓へと近づき、そっと外の様子をうかがった。ガラスから離れて立ち、巡査からは見えないよう細心の注意を払う。

街灯柱のそばには誰もいなかった。あわてて通りを行き交う人々に目を走らせ、平たい帽子をかぶった筋骨隆々の男を探してみたものの、どこにも見当たらない。

パンボーン巡査の姿は消えていた。


馬車がすぐ近くにあるバークレー・スクエアに到着する頃には、ローラも確信していた。あれは自分の思い違いだったのだ。わたしが目撃した男性は、ただあそこでちょっと休んでいただけの労働者だったのだろう。ロンドンの労働者の中には、筋肉質で頬ひげを蓄えた男性などごまんといる。

こんな思い違いをしてしまったのは、ゆうベアレックスに父が殺害された可能性があると打ち明けたからに違いない。そうとしか考えられない。彼には話さなかったものの、パンボーン巡査に共同墓地で追いかけられた一件はそれだけ衝撃的だったのだ。とはいえ、今日わたしが感じた恐怖はいわれのないものだ。ただ少しばかり似た人物を見かけたというだけなのだから。

そんなことより、今はハヴァーシャム侯爵との面会に集中すべきだろう。平静さを失ったまま、彼との直接対決に臨むわけにはいかない。

馬車が停止すると、従僕が扉を開けた。御者に待っているように告げ、ローラは正面に低い鉄製の手すりが配された、灰色の石造りの建物へとまっすぐ向かった。チャーリーを連れてこの屋敷の前を通りかかったときと比べると、状況は大違いだ。伯爵夫人という新たな地位のおかげで、わたしは身分の差を恐れることなく、正々堂々とハヴァーシャム侯爵を訪問できるのだから。

ローラは頭の中で、なんとしてもぶつけたいいくつかの質問を繰り返していた。父と侯爵との長年の反目を知らないアレックスでは、絶対に思いつかない質問だ。

アレックスは今朝、ここへやってきたのかしら？　答えはもうじきわかる。

手袋をはめた手を真鍮製のノッカーにかけると、ローラは意識を集中し、思いきり叩いた。ノックの音が邸内にこだましている。すぐに扉が開かれ、物問いたげな表情の執事が姿を現した。頰の肉がだらりと垂れた、ブルドッグのような顔だ。

「おはよう」ローラは言った。「ハヴァーシャム卿はご在宅かしら？」

「申し訳ありませんが、侯爵閣下は外出されています。もしよろしければ、お名刺をいただけますでしょうか」

彼女はまだ自分の名刺を持っていなかった。とはいえ、たとえ持っていても、ここで執事に渡すつもりはない。面と向かって会えるまで、侯爵にはわたしの名前を明かさないほうがいいだろう。そうしないと面会を断られてしまう危険性がある。

「ハヴァーシャム卿はわたしの結婚後の姓をご存じないかもしれないわ」ローラは言葉を濁した。「わたしはハヴァーシャム卿の古い知人の娘なの。閣下はいつお戻りになる予定かしら？」

「おそらく来週末になるかと思います」

「来週末ですって！」ローラはがっかりした。「ハヴァーシャム卿はどちらに？」

執事がしかめっ面をした。ローラの質問を厚かましいと感じた様子だ。

「リンカンシャーです、マダム。来週土曜日に、またお越しください」

執事は扉を閉めようとしたが、ローラは片手をあげて制した。「待ってちょうだい。少しお邪魔してもいいかしら？」

不快そうに執事が唇をすぼめた。だが、よく教育された使用人というのはレディの頼みを断らないものだ。彼は脇へどき、ローラを中へ通した。

彼女の目の前に広がったのは、薄明かりが灯された、音がうつろに響く玄関ホールだった。黒と白の格子模様の床に、巨大な階段がそびえ立っている。奥まで延びる廊下に沿った部屋の扉がいくつか開け放されており、一方に図書室が、もう一方には来客用の控えの間があるのが見えた。

ローラは胸が痛むのを感じた。数週間前、お父様も控えの間で待たされていたのかしら？あの部屋に立ち尽くし、ハヴァーシャム侯爵に何を言うべきか思案をめぐらせていたの？侯爵とお父様が口論している声を、使用人の誰かが聞いていたのでは？

執事がわざとらしく咳払いをした。

自分がここへ来た目的を思い出し、ローラはビーズのついたレティキュールを開け、一枚の紙を取り出して広げると執事に手渡した。「もしよければ教えてほしいの。この男性がハヴァーシャム卿を訪ねてこなかった？」

執事は紙をちらりと見た。ローラが細かい部分まで描いた父の似顔絵だ。

「申し訳ありませんが、いらしたお客様全員のお顔を覚えているわけではありませんので」

「六週間から八週間くらい前のことよ」彼女は食いさがった。「お願い、とても大事なことなの」

執事はふたたび似顔絵を見ると、首を横に振った。「いいえ、こういう男性は見たことがありません」

「仕事中の従僕はいるかしら？　その人にもこれを見てほしいの。そう取り計らってもらえたら、ありがたいわ」

「申し訳ありませんが、閣下がお戻りになるまで、そういうご質問を勝手に受けつけるわけにはいきません。さあ、もしご用がおすみなら……」

ローラは頑として動こうとしなかった。せっかくここまでやってきたのに、手ぶらで帰るわけにはいかない。屋敷の誰かがハヴァーシャム侯爵と会っている父の姿を見たはずなのだ。

「本当に手間は取らせない――」

「いったいなんの騒ぎ？」淡い黄色のドレス姿のほっそりしたレディが、廊下の中ほどにある開かれた扉から姿を現した。「コーウィン、父はいないとはっきり言いなさい」

ローラはさっと身を硬くした。玄関ホールは薄暗い。それに今日は新調したばかりのドレスを着ている。きっとイヴリンには、訪問者がわたしだと気づかれないはずだ。彼女とは極力関わりたくない。ここは顔を合わさず、外へ出てしまうのが賢明だろう。理屈ではそうわかっていたものの、やはりローラはせっかくの機会を無駄にしたくなかった。

ローラは急いで似顔絵を折りたたみ、レティキュールの中へ滑り込ませた。それから執事の背後から前に進み出ると、伯爵夫人らしく顎を高くあげた。「おはよう、イヴリン。あなたにお会いできるとは光栄だわ」

トパーズ色の目が驚きに大きく見開かれる。ほんの一瞬、イヴリンはいらだった表情を見せた。ローラの新たな身分が気に入らないのだろう。ここ数日、社交界はコプリー伯爵の性急な婚約、そして結婚にまつわる噂で持ちきりに違いない。

イヴリンは唇を尖らせた。「ローラ・フォークナー。よくもここにやってこられたわね」

「あなたもご存じのはずよ、昨日からわたしがレディ・コプリーになったことを」ローラはそっけなく言った。「よかったら、ちょっとお話しできないかしら――ふたりだけで」

イヴリンは顔をゆがめたが、すぐに無表情になり、執事を一瞥した。執事はいつでも攻撃できるよう身構えるかのごとく、ローラの近くをうろついている。

「コーウィン、さがっていいわ。彼女と話すから」

そう言うとイヴリンは体の向きを変え、流行のスカートをひるがえして、部屋のひとつへ入っていった。ローラもあとを追う。そこは男性用の書斎だった。窓には赤紫色のカーテンがかけられ、暖炉のそばには座り心地のよさそうな椅子が二脚置かれている。だがそこに座る代わりに、イヴリンは部屋の真ん中にあるマホガニー材の机まで行き、その背後の椅子に子なのだろう。

ひどく座り心地が悪い。きっと屋敷の主《あるじ》が反抗的な使用人を呼びつけて叱るときのための椅子なのだろう。


腰をおろした。

ローラは机の正面に置かれた、背もたれのまっすぐな椅子に座った。クッションが硬く、ひどく座り心地が悪い。きっと屋敷の主《あるじ》が反抗的な使用人を呼びつけて叱るときのための椅子なのだろう。

ローラは膝の上で手を重ねた。「正直に言って、あなたとここで会えるとは驚きだわ、イヴリン。あなたはお父様と一緒に住んでいるの？　クリフィントン公爵未亡人なら、てっきり自分の屋敷にお住まいかと思っていたのに」

イヴリンは怒りに頬を染めた。「長いこと社交界から遠ざかっていたから、あなたにはメイフェアの最高級住宅地の事情がわからないようね。わたしは息子である公爵と一緒に、ハノーヴァー・スクエアに住んでいるわ。今日は珍しく、父にここへ来るよう言われただけよ。招待状のお断りの返事を書いてほしいとね」

たしかに机の上には、羽根ペンと一緒にふたつ折りのカードがどっさり置かれている。まるであわてて放り出したかのように。その光景を見て、ローラは思案をめぐらせた。わたしの正体が明らかになったとたん、ハヴァーシャム侯爵はあわただしくロンドンを発った。ふたつの出来事には何か関連があるんじゃないかしら？

「じゃあ、ハヴァーシャム卿は突然ロンドンをお発ちになったの？」

「わたしの祖母の具合が悪くなったのよ――でも、あなたには関係ないわ」イヴリンは机越しに厳しい一瞥を投げかけてきた。「あなた、どうしてここに来たの？　あなたのような人が、うちの父になんのご用？」

ローラにはわかっていた。ここで話したことはすべて、イヴリンからハヴァーシャム侯爵へ筒抜けだろう。侯爵をロンドンへ引き戻すために罠を仕掛けなければならない――たとえ、この場で計画を無理やりひねり出す必要があっても。

「ご存じのとおり、ハヴァーシャム卿はかつてわたしの父と知り合いだったわ。わたしが父の私物の中から見つけた手紙に、きっとハヴァーシャム卿も関心を持たれるに違いないと思ったの」

イヴリンは鼻で笑った。「しがない泥棒風情の手紙に、父が興味など持つものですか」

「いいえ、きっと持つわ」ローラは嘘をついた。「だって、手紙の中にはあなたのお父様に関する情報が書かれているんですもの」

そう聞かされれば、ハヴァーシャム侯爵もいぶかしく思うだろう。もしかして父がブルームーン窃盗事件への侯爵の関与を事細かに記録していたのではないか、はたして娘のわたしがどこまで真相を知っているのか、と心配になるはずだ。

「まあ、ばかなことを。何があっても、わたしの父があなたの父親なんかと関わっているはずがないでしょう」イヴリンがぴしゃりと言う。「マーティン・フォークナーは死んだという噂を聞いたわ。まったく、いい厄介払いだわね。ただ残念なのは、罪を犯したにもかかわらず、彼が刑務所で朽ち果てなかったことよ！」

ローラは全身がこわばるのを感じた。今まで生きてきた中で、これほどひどい屈辱感を抱いたことはない。姿勢をまっすぐに保ちながら、ローラはすっと立ちあがった。「物事は必ずしも見かけどおりとはかぎらないものよ」厳しい口調で言う。「ハヴァーシャム卿も、そのことはよくおわかりのはずだわ」

イヴリンもすばやく椅子から立ちあがり、ローラをにらみつけた。

「それはどういう意味？　父親同様、あなたも相当なぺてん師じゃないの！　なぜコプリー伯爵があなたなんかと結婚したのか、わたしにはさっぱりわからないわ」

あることにはっと気づいて、ローラは衝撃を受けた。イヴリンはわたしたちの結婚に激怒、いいえ、嫉妬しているんだわ。思えば、アレックスがわたしとの婚約を発表した夜も、イヴリンは妬ましそうな表情をしていた。実際、イヴリンに何年も追いかけられているとアレックス自身も認めていた。イヴリンは本気でアレックスのことを狙っていたのだ。そう考えて、まず間違いないだろう。

少なくともローラにはわかった。今朝、アレックスはこの屋敷を訪れていない。もし訪れていたら、イヴリンは得意げに吹聴したに決まっている。

気分が高揚するのを感じながら、ローラはかすかに微笑んだ。

「彼がどれだけわたしに首ったけか、あなたにわかっていただかなくても結構よ。では、ごきげんよう、公爵未亡人」

24

ハヴァーシャム侯爵の屋敷を出てから数分後、レディ・ジョセフィーヌの屋敷に到着したローラは、イヴリンの悪意に満ちた言動や侯爵の疑わしい態度よりも、はるかに切実で悩ましい問題に直面した。レディ・ジョセフィーヌが行方不明になっていたのだ。

従僕からそう聞かされたローラは、すぐに階上にある老婦人の私室へ向かった。誰もいないのを確認すると、同じ階にある別の部屋を、さらに違う階にある部屋をくまなく探してみた。裏窓から庭園も確認してみたが、バラの木の下にあるベンチには誰の姿もない。正面玄関に立っていた従僕も、応接室にあるがらくたのほこりを払っていたメイドも、ここ一時間女主人の姿は見かけていないと言う。

地下貯蔵室へ通じる狭い階段をおりていたローラは、廊下を進んでいく全身黒ずくめの家政婦の姿を見つけた。洗濯室へ行こうとしているようだ。「ミセス・サムソン！」

痩せた顔の家政婦は弾かれたように振り向き、ぼんやりとローラを見つめた。なぜ上等な紺色のシルクドレス姿の貴婦人が、使用人のいるべき場所に紛れ込んでいるのだろう、といぶかしむような表情だ。次の瞬間、ミセス・サムソンは目を見開き、短くお辞儀をした。

「レディ……コプリー」

ふたりの上下関係が逆転したことに、家政婦はいまだに当惑している様子だ。だが、ローラはそんな相手の態度を無視して尋ねた。「レディ・ジョセフィーヌはバルーシュ型馬車でお出かけになったの？」

「お出かけ？　いいえ、まさか。庭園に奥様を座らせてから、まだ三〇分も経っていません」

「庭園にはいらっしゃらなかったわ。屋敷のどこにも姿が見当たらないの」

「そんな！　あなたの思い違いです！」

「そうかしら？　それなら今すぐレディ・ジョセフィーヌのところへ連れていってちょうだい」

ローラは木製の急な階段をあがり、薄暗い廊下へ出ると屋敷の奥へと急いだ。たぶん、わたしが気づかなかっただけなのだろう。庭園には屋敷の窓から見えにくい場所に、木製のベンチがひとつある。先ほど裏窓から庭園をのぞいたとき、そこに座っていたレディ・ジョセフィーヌを見落としてしまったに違いない。

裏口を開けると、ローラは屋根付きの柱廊《ロッジア》に出た。日陰になったこの場所は空気がひんやりと涼しく、バラの香りが漂っている。左側にあるベンチを見たが、レディ・ジョセフィーヌの姿はない。

彼女はどこへ行ってしまったの？

ミセス・サムソンが腰にさげた鍵束をじゃらじゃら鳴らしながら、外へ飛び出してきた。節くれ立った指で白いエプロンをつかみ、小さな庭園を見まわしている。

「奥様はいつものように、バラの木の下でうとうとされていました。膝の上に子犬をのせていたし、まさかどこかへ行ってしまうとは思わなかったんです」

彼女をこんな場所にひとりきりにするなんて。そう叱責しそうになったが、ローラはすんでのところでこらえた。「三〇分しか経っていないなら、まだそう遠くには行っていないはずよ。あなたは屋敷の上から下まで、くまなく確認してちょうだい。それと従僕を外へやって、通りを徹底的に探させて。わたしは裏門から馬屋のあたりを探してみるわ」

感心なことにミセス・サムソンは反論しなかった。黙ってうなずくと、屋敷の中へ戻っていった。

ローラは曲がりくねった石畳の小道を急いだ。どういうわけか罪悪感を覚えてしまう。もしハヴァーシャム侯爵の屋敷に寄り道などせず、ここへまっすぐやってきていれば、こんな事態は起きなかったかもしれない。自分のことに夢中になるあまり、レディ・ジョセフィーヌをほったらかしにしてしまった。伯爵夫人という立場になったものの、新しいコンパニオンが見つかるまでは、アレックスのおばの面倒は自分が見なければという責任を感じている。ときどきレディ・ジョセフィーヌがどれほど混乱してしまうか、いちばんよく知っているのはこのわたしなのだから。

裏門を開けると、ローラは馬屋へ足を踏み入れた。長方形をした飼育場には干し草と馬たちの匂いが漂っている。馬車がじゅうぶん通れる広さが確保されており、長い側道から裏通りへ出ることができた。ここなら女主人の姿を見た馬丁か御者がいるかもしれない。ローラはそう期待していたが、あいにく馬車置き場の扉はすべて閉ざされていた。

ローラはほこりだらけの側道を進んでいった。ふと見おろすと、地面に丸い跡が等間隔についている。もしかしてレディ・ジョセフィーヌの杖の跡じゃないかしら？　そばに小さな前足の跡があるのに気づき、ローラは確信した。レディ・ジョセフィーヌはひもにつないだチャーリーとともに、この道を通ったに違いない。

でも、どうして？　なぜ庭園から出てしまったの？

玉石で舗装された裏通りへ出ると、ローラは狭い通りの左右を見渡した。歩いているのは数人だけだ。乳母車を押している子守りの女、馬車からおりたばかりの中年紳士、背中に麻袋を担いだ労働者。ゆっくりしか歩けないはずなのに、レディ・ジョセフィーヌの姿はどこにもない。

彼女はどちらの方角へ向かったのだろう？

ピカデリーでないことを願いたい。あそこは交通量が多すぎる。ピカデリーと反対方向へ行けば、もっと静かな広場や通りが広がっている。いかにも老婦人が好みそうな場所だ。ただし、レディ・ジョセフィーヌは道に迷ってしまっているかもしれない。だとしたら、彼女の居場所を突きとめるのは至難の業だ。

もしレディ・ジョセフィーヌがけがでもしていたら、わたしは絶対に自分を許せないだろう。

シルクのスカートをつまみ、ローラは歩道を急いだ。脳裏に恐ろしい想像がいくつも浮かんでは消えていく。もしレディ・ジョセフィーヌが疾走する馬車の前に飛び出してしまったら？　側道で追いはぎに襲われていたら？　チャーリーのひもにつまずいて転んでいたら？　ああ、レディ・ジョセフィーヌは脚を骨折したまま、どこかで倒れているかもしれない。助けを求めることもできずに。

角にたどりつくと、ローラは立ちどまり、目の前に広がる通りの左右を確かめた。ここは人通りが多い。歩行者や馬車の数も格段に増えている。歩いている誰かが老婦人を見かけたかもしれない。あるいは、ずらりと並んだれんが造りのタウンハウスの住人たちが外を見て、レディ・ジョセフィーヌに目をとめていたかも。ただし、すべての住戸の扉を叩いて確認しようとすると、恐ろしく時間がかかってしまうだろう。そんなことをしているあいだに、レディ・ジョセフィーヌは災難に巻き込まれてしまうかもしれない。

そのときローラは目を大きく見開いた。街区のはるか向こう側に、鮮やかなオレンジ色のドレス姿の、でっぷりとした老女が見えたのだ。杖をつき、スパニエルの子犬を連れている。

ほっと安堵しながら、ローラは急いでレディ・ジョセフィーヌに近づいていった。ほかの歩行者がたくさんいたため、最初は気づかなかったが、レディ・ジョセフィーヌの横には小粋な紳士が歩いていた。老婦人の歩調に合わせているその男性もまた、ひもにつないだスパニエルの子犬を連れている。

紳士は暗緑色の外套に黄褐色の長ズボンといういでたちだ。茶色の山高帽からは亜麻色の髪がのぞいている。それが誰かわかった瞬間、ローラは驚いて会釈をした。

「ミスター・ルパート・スタンホープ＝ジョーンズ」

それからローラはレディ・ジョセフィーヌを軽く抱擁した。どこもけがはない様子を見て、ほっと胸を撫でおろす。「おば様！　ああ、ようやく見つけたわ。本当に心配したんですよ」

「まあ、ノーラ、こんにちは」レディ・ジョセフィーヌがあいまいな笑みを浮かべ、ローラの腕にしがみつく。「あなたったら、どこかへ行ってしまうんだもの。だからチャーリーと一緒に探しに来たのよ」

ローラは胸を締めつけられる思いだった。今日のレディ・ジョセフィーヌは具合があまりよくないに違いない。それゆえ、あえて名前も訂正せずに会話を続けた。

「庭園で待っていてくだされればよかったのに」優しい声で言う。「誰にも言わずに門の外へ出てはだめですよ」

「でも、わたしはちゃんと言ったのよ。ここにいる親切な若い男性に――」

「散歩の途中、通りをうろうろされているレディ・ジョセフィーヌを見かけたんだ」スタンホープが遮るように言った。「彼女を訪問したのがつい先週だというのに、またこうして屋敷まで送ることになるとは思ってもみなかったよ」

そう、あの日、彼とイヴリンはわたしの正体を暴くためにレディ・ジョセフィーヌを訪問したんだわ。

「ほら、見て、チャーリーの妹よ」レディ・ジョセフィーヌがしわだらけの顔に満面の笑みを浮かべて言う。「なんて愛らしい二匹かしら。そう思わない？」

子犬たちは転がるように地面を駆けまわり、尻尾を振ってじゃれ合っている。

レディ・ジョセフィーヌがふたたび幸せな気分になったのを見て、ローラはほっとしつつ、老婦人の手からチャーリーのひもを取った。子犬たちがこれ以上活発に動きまわれば、レディ・ジョセフィーヌはバランスを崩し、道路でつまずいてしまうかもしれない。もしそこで運悪く全速力で走ってきた馬車や馬にひかれでもしたら大変だ。

ローラはスタンホープに注意を向けた。どういうわけか不安と混乱を覚える。スタンホープが犬の散歩に出かけるなんて、どう考えてもおかしい。虚栄心の強い彼のこと、こんな仕事は使用人に任せて当然なのに。

「その子はデイジー？」ローラは尋ねた。「イヴリンが飼っている子犬かしら？」

「ああ」スタンホープが答えた。「昨日、クリフィントン・ハウスでちょっとした騒動があったんだ。幼い公爵に尻尾を引っぱられ、デイジーが彼に噛みついてしまった。イヴリンがものすごい剣幕で怒っていたから、一日か二日、ぼくが子犬を預かると申し出たんだよ」

ローラはいつもスタンホープのことを自己中心的で浅はかな男だと考えていた。それに舞踏会の夜、彼から受けた屈辱的な申し出にまだ腹を立ててもいる。けれど、もう彼を許してあげるべきなのかもしれない。少なくとも、こうしてレディ・ジョセフィーヌに優しくしてくれたのだから。

ローラは心からの笑みを浮かべた。「ご親切にありがとうございます、レディ・ジョセフィーヌを助けてくださって」

スタンホープは青い瞳を輝かせた。少しあとずさりすると、彼女の手を取って甲にキスをする。「ぼくはいつもあなたの忠実なしもべだよ、ローラ。もしぼくが必要なときは――」

「これはこれは、感動的な眺めだな」ローラのうしろからアレックスの声がした。ゆったりとした口ぶりで、彼は続けた。「しかしきみはまず、ぼくらの結婚を祝福すべきじゃないか?」

ローラはあわてて手を振りほどき、夫のほうを振り向いた。栗毛の馬にまたがったアレックスの姿を見たとたん、心臓が早鐘を打ちはじめた。今日の彼は濃い赤紫色の外套に鹿革のズボン、膝まである黒いブーツを身につけている。帽子はかぶっておらず、そよ風に濃い茶色の髪がなびいて、前髪がはらりと額にかかっていた。

アレックスは唇をゆがめ、あざけるような笑みを浮かべている。傲慢そのものの表情だ。昨夜ローラを抱きしめ、夜中まで愛を交わしていた情熱的な男性と同じ人とは思えない。

「アレックス!」考える間もなくローラは尋ねた。「どうしてここに?」

彼は馬からおりると手綱を手に持ち、ゆっくりと近づいてきた。ローラの質問に答える前に、レディ・ジョセフィーヌの頬にキスをする。「おばを探しに来たんだ。数分前、屋敷を訪れたら、使用人たちが大騒ぎしていたのでね」

「おば様は庭園の門から外へ出てしまったの。でも見てのとおり、ご無事だわ。ミスター・

スタンホープ＝ジョーンズがおば様をたまたま見かけて、屋敷まで送ろうとしてくださったのよ」

「本当に？　彼にしては珍しく親切だな」

ふたりの男性は一本の骨を取り合う二匹の犬のごとく、にらみ合っている。だが、ローラは彼らのけんかの原因にはなりたくなかった。

「そろそろレディ・ジョセフィーヌを屋敷に連れ帰ったほうがいいわ」ローラは老婦人にさっと腕をまわした。「では、ごきげんよう、ミスター・スタンホープ＝ジョーンズ。本当にありがとうございました」

ローラは通りを進み、ひとつ目の角を曲がった。馬屋までの長い道を戻るよりも、そちらのほうが近道だからだ。ふと気づくと、馬に乗ったアレックスが歩道を歩くローラとレディ・ジョセフィーヌの横にぴたりとつけている。彼はいったいどこへ行っていたのかしら？　レディ・ジョセフィーヌを見つけた瞬間、彼女が口にした言葉にどれほど衝撃を受けたか、今すぐアレックスに打ち明けたい。

〝あなたったら、どこかへ行ってしまうんだもの。だからチャーリーと一緒に探しに来たのよ〟

老婦人の悲しげな言葉が今でも頭の中でこだましている。だが、ローラはアレックスには何も言わないことにした。今、レディ・ジョセフィーヌはチャーリーにとって近所に小さな友だちができたのは本当にいいことだと嬉しそうに話し、子犬の耳がパタパタ動くのを見てくすくす笑いをしている。

杖をつき、ローラの腕を借りているため、レディ・ジョセフィーヌの歩みは遅々として進まなかったが、それでもなんとか屋敷にたどりついた。アレックスが鉄柵に馬をつないだあと、おばに手を貸して屋敷の中に入ると、使用人全員が叫び声をあげて玄関に駆けつけた。ミセス・サムソンの姿もある。

家政婦はおどおどして言った。「本当に申し訳ありません、閣下。こんなことになるなんて思いもしなかったのです」

「あとで話がしたい、ミセス・サムソン」アレックスはきびきびした口調で応えた。

彼はレディ・ジョセフィーヌを階上へ連れていくと長椅子に座らせた。暖かい日中にずいぶん歩いたせいで、レディ・ジョセフィーヌの顔は紅潮している。アレックスが片膝をつき、おばの靴を脱がしているあいだ、ローラは扇で老婦人をあおいでいた。チャーリーはといえば、ピンク色の舌をだらりと垂らしながら、嬉しそうに床を駆けまわっている。そうこうするうちに、メイドがよく冷えたレモネードを運んできた。レディ・ジョセフィーヌは満面の笑みでグラスを受け取った。

レディ・ジョセフィーヌが落ち着くと、アレックスは立ちあがった。「すぐに戻る」

ローラは彼のあとを追って廊下へ出た。「どこに行くの?」

彼がくるりと振り向いた。だが、表情からは何を考えているのかわからない。

「庭園の門に南京錠《なんきんじょう》をつけるよう、鍛冶屋の手配をしてくる。おばの新しいコンパニオン探しのほうはどんな具合かな？」

「今朝、ミセス・メイヒューが斡旋所《あっせんじょ》に候補者を数人よこしてほしいと頼んだところよ」

「いいだろう。こんなことが二度とあってはいけない」

いかにも主らしい堂々たる態度の裏側に、もっと別の感情が隠されているのではないだろうか？　ローラは疑念を抱いた。一歩前へ近づき、彼の袖に手をかける。「しばらくのあいだ、レディ・ジョセフィーヌをわたしたちの屋敷にお連れしたほうがいいんじゃないかしら？　そんなに心配そうな顔のあなたを見たくないわ」

アレックスの片方の眉があがる。「ならば、なぜぼくの言うことを聞かずにハヴァーシャム侯爵の屋敷へ行った？」

予期せぬ質問に驚き、ローラは手を引っ込めた。「どうしてそれを――？」

「きみが御者に行き先を言っているのをホッジが聞いていたんだ」彼は傲慢な表情を浮かべてローラを見つめた。「てっきり、ぼくらは同意したと思っていたんだが。その件に関してはぼくがきちんと考えるまで、きみも調査を一時中断する約束だっただろう？」

ローラは顎をあげた。アレックスだって、はじめから知っていたはずだ。わたしがずっと父の汚名を晴らしたいと考えていたことを。

「今朝あなたがいなかったから、わたしを連れずに侯爵の屋敷へ行ったのではないかと思ったの。それで、あなたはどこへ行っていたの？」

「ボウ・ストリートの警察署だ。きみのお父上の死にまつわる詳細を調べに行っていた」

ローラはこぶしを握りしめた。アレックスの行きそうな場所をあれこれ考えていたけれど、まさか警察署へ行っていたとは思いもしなかった。「それならパンボーン巡査と話したのね？」

「いいや、担当の巡査部長と話しただけだ。パンボーンというのは路地に倒れているお父上を発見した巡査だったね？　たしか報告書にそう書いてあった」

ローラは歯がゆい思いだった。もしアレックスがパンボーンと話していれば、コプリー・ハウスの向かいにある街灯柱のそばをうろついていたのはあの巡査ではないという証明になったのに。もちろん、あれは自分の見間違いだったと思っている。けれど不安が一掃されたわけではない。アレックスに話しておくべきかしら？　そんなことを話したら、彼はわたしの頭がどうかしたと思うかもしれない。夫はすでに、ハヴァーシャム侯爵が真犯人というわたしの説も思い過ごしだと考えているのだから。

どうすべきか考えあぐねているうちに、アレックスが言った。「お父上の所持品に貴重品はひとつもなかったそうだ。きみにとっては耳の痛い話だろうが、その事実からも、やはり彼が追いはぎに襲われた可能性は高い」

「でも、そう見せかけることもできるわ」

彼は髪に手を差し入れながら一瞬遠くを見やると、ふたたびローラと目を合わせた。

「認めざるをえないな。たしかにそういう可能性もある」前に進み出て、両手でローラの肩をつかむ。「たとえきみの考えが正しくて、ほかの誰かがブルームーンを盗んだ可能性があったとしても、その調査できみを危険な目に遭わせるわけにはいかないんだ、ローラ。ぼくが同席していない場所でハヴァーシャム侯爵を――あるいは別の誰かを尋問することは許さない」

ローラは唇をすぼめた。だからアレックスは執事に、わたしをひとりで外出させるなと申しつけたの？　わたしのことが心配だから？

ローラの心の一部は夫に同意することをためらっている。それでもなお、たとえ条件付きであれ、アレックスが自分を信じてくれたことに嬉しさを覚えずにはいられない。

「それなら、あなたも同じ約束をわたしにしてくれる？」

彼はローラの両肩に置いた手に力をこめた。「ばかなことを。ぼくにはきみよりもはるかに自分自身を守る能力があるんだ」

たしかにアレックスの言うとおりだが、ローラはその言葉を認めたくなかった。ただ彼の言いなりになり、甘やかされるわけにはいかない。「どのみち、それは今は重要なことではないわね。だって侯爵は来週末までロンドンに戻らないいんですもの」

「ああ、ぼくもそう聞いた」

アレックスは何かに気を取られている様子だ。もしかすると、彼はわたしのあとにハヴァーシャム侯爵の屋敷を訪ねたのではないかしら。そうだとしたら、イヴリンは彼に何を言ったのだろう？　ローラはみぞおちにねじれるような痛みを覚えた。でも、あんな悪意むき出しの女性に注意を奪われて時間を無駄にするのはしゃくだ。

夫の関心を取り戻すべく、ローラは彼の上着の下襟に両手を滑らせた。

「アレックス、まだわたしの質問に答えてくれていないわ。おば様をしばらくわたしたちの屋敷へお連れしてはどうかしら？　新しいコンパニオンが決まるまで」

彼は鋭くローラを一瞥すると、かすかな笑みを浮かべた。声を落として言う。

「ぼくらのハネムーンを台なしにしたいのかい？」

たちまち、あたりに濃密な雰囲気が漂いはじめた。彼女の手のひらにアレックスの激しい鼓動の音が伝わってくる。男らしいコロンの香りに、筋肉質な体から発せられる熱に興奮せずにはいられない。彼の口元に視線をやった瞬間、昨夜の巧みな唇の愛撫の記憶がありありとよみがえってきた。

たとえアレックスがわたしを愛していなくても、彼が与えてくれる肉体的な快感や親密さには抗えない。つま先立ちになり、ローラは小声で言った。

「おば様がいらしても、わたしたちのお楽しみの時間は作れるわ。そうでしょう？」

アレックスは両腕を彼女の肩からウエストへと滑らせ、ひとつ大きく深呼吸をした。濃い茶色の瞳には欲望の色がありありと見て取れる。彼が顔を近づけてローラに唇を重ねた瞬間、階段をあがってくる足音がした。

ふたりはあわてて体を離した。

重い足取りでやってきたのはミセス・サムソンだった。ふたりに目をとめると、彼女はぴたりと足を止めた。アレックスが見つめる中、家政婦は水差しを手にしたまま、お辞儀をした。「失礼をお許しください。奥様のご様子を確認しに参りました」

「もっとそうするべきだ。それがおまえの義務だろう？」アレックスが言う。

彼の厳しいまなざしにさらされ、背が高く痩せたミセス・サムソンの体が少し縮んだように見える。指の関節が白くなるほど、青い陶器の水差しを持つ手には力が入っているようだ。

「はい、閣下。今回のことはわたしのせいです。完全にわたしの不注意でした。もしよろしければ……名誉を挽回《ばんかい》するための機会をいただけないでしょうか？」

ずっと反感を抱いていたにもかかわらず、今ローラはミセス・サムソンを哀れに思っていた。彼女はここで二五年も勤めている。年齢的に、推薦状なしでよその屋敷に雇われるのはまず無理だろう。

ローラは夫の腕に手をかけた。「きっと大丈夫よ。閣下は一度の失敗であなたを首にするような方ではないわ」

アレックスがローラに向かって謎めいた目つきをした。「よし、妻の寛大さに譲歩するとしよう」続いてアレックスは家政婦に命じた。「おばのために旅行かばんを用意してくれ」

感謝と同時に、ミセス・サムソンは女主人の世話をもう任せてもらえないのではないかと、新たな不安を抱いたようだ。「あの……奥様はどちらに行かれるのでしょうか？」

「新しいコンパニオンが見つかるまで、安心して滞在できる場所だ。一日か二日、おばにはコプリー・ハウスに泊まってもらう」

25

三日後、レディ・ジョセフィーヌは新たなコンパニオン——快活できびきびした未亡人のミセス・ダンカーフ——とともに自分の屋敷へ戻った。ローラは数えきれないほどの候補者たちの面接を行い、ついに自分の基準を満たす女性を見つけ出した。有能で優しい性格のミセス・ダンカーフは、この仕事にうってつけだった。実際、彼女はチャーリーに優しく話しかけることで、あっという間に女主人と打ち解けた。

レディ・ジョセフィーヌを無事に屋敷まで送り届けたローラが、お茶のあと帰ろうとしたときも、ふたりの女性は仲よく寝室に座っていた。若い頃の思い出話をしたり、足のせ台の下にある革製のボールを取り戻そうとチャーリーが悪戦苦闘する姿を見て笑い合ったりしていた。

ただし一瞬だけ、レディ・ジョセフィーヌは混乱した様子を見せた。ローラが立ちあがって行こうとすると、手をつかんで言ったのだ。「ああ、ローラ、あなたに注意しておかなければならないわ。どうかブランチのように逃げ出さないでね」

ローラは当惑せずにはいられなかった。ブランチ。レディ・ジョセフィーヌの妹で、つまりはアレックスの母親のことだ。「逃げ出す？」

「わたしにも伯爵にも言わずに行ってしまったのよ」せっぱ詰まった調子で、レディ・ジョセフィーヌが言う。「どうかあなたはそんなことをしないで。絶対にだめよ。でないと恐ろしいことが起きてしまうわ」

伯爵……アレックスの父親のことかしら？　きっとそうに違いない。誕生日のディナーのとき、レディ・ジョセフィーヌは彼がアレックスの子犬の脚を骨折させたと言っていた。前の伯爵は妻のことも虐待していたのかしら？　そんな夫を恐れて、ブランチという女性は逃げ出してしまったの？

ローラはもっと詳しいことが知りたくてたまらなかった。とはいえ、赤の他人の前で一族の秘密を話したくはない。しかも、わたしに両親の話を聞かせるのはアレックスであるべきだろう。ここでレディ・ジョセフィーヌをせっつき、詳細を話させるわけにはいかない。

「大丈夫です、わたしは逃げ出したりしませんわ」ローラは老婦人のぽっちゃりした頰にキスをした。「はっきりとお約束します。明日また、こちらへ遊びに来ますね」

ミセス・ダンカーフは知性を感じさせる青い瞳で一部始終を見つめていたが、機転を利かせてすぐに老婦人の気をそらした。「まあ、奥様」指差して言う。「チャーリーを見てください。あんなに頑張っているのに、奥様のお膝にまだあがれずにいますわ」

レディ・ジョセフィーヌの膝の上に飛びのろうとして絨毯に転げ落ちるチャーリーの姿を見て、三人とも笑い声をあげた。あやすような声を出し、ミセス・ダンカーフは子犬をすくいあげるとレディ・ジョセフィーヌに手渡した。老婦人はチャーリーを胸に抱きしめて満足げな様子だ。

ローラは気づかれないようにそっと寝室から出た。ミセス・ダンカーフにはレディ・ジョセフィーヌの日課について、詳しい指示を書き残してある。庭園の門にはすでに南京錠をつけてあるし、正面玄関には従僕が常駐している。混乱したレディ・ジョセフィーヌが近隣の屋敷に迷惑をかけるようなこともないだろう。ようやく肩の力を抜くことができて、ローラは思案をめぐらせていた。ハヴァーシャム侯爵がロンドンにいないあいだに、もうひとつ気になっている問題に取りかかることにしよう。

夫の過去の秘密を解き明かすのだ。

その日の晩、ローラはシーツがしわくちゃになった巨大なベッドの上で脚を組み、膝の上にスケッチブックをのせていた。アレックスが脱ぎ捨てたガウンを羽織り、ウエストに青銅色のベルトをゆったりと巻きつけている。つい先ほどまでふたりして抱き合い、めくるめく歓びにおぼれていた。その余韻のおかげか、スケッチをする彼女の鉛筆の動きは実になめらかだ。

今、ローラは自分にとってかけがえのないものを描こうとしていた。

少し離れたところに横たわっているアレックスは、片肘をついて自分の上体を支えている。下腹部には白い布がかけられていた。ベッド脇のテーブルにあるろうそくの明かりが、その美しい体を照らしている。

気だるそうな目で、彼はスケッチをするローラを見つめていた。

ローラは体の奥に甘いうずきを感じた。なんてすばらしい裸体だろう。くしゃくしゃに乱れた濃い茶色の髪といい、厚い胸板といい、引きしまったふくらはぎといい、この世のものとは思えない。でももちろん、そんなことを口にして、アレックスをうぬぼれさせるつもりはない。すでに彼の口元にはかすかな笑みが浮かんでいる。

あなたの男らしい体をスケッチしたい。ローラがそう言うと、アレックスはひどくおもしろがり、絵を描き終えたら自分の好きなやり方で必ず対価を払ってもらうという約束でモデルになってくれたのだ。目の前の彼の魅力にぼうっとなりながらも、ローラは自分に言い聞かせていた。アレックスの口から重要な話を引き出せるよう、もっと意識を集中しなくてはいけない。

「おば様はご自分の屋敷に戻れて本当に幸せそうだったわ」ローラは紙に鉛筆を走らせながら言った。「もちろん、ここでわたしたちと暮らしているあいだは不幸せだったと言いたいわけじゃないの。ただ住み慣れた環境に戻って、本当に落ち着かれた様子だったものだから」

「言っただろう？　おばはあのがらくたに囲まれているのが好きなんだ。至るところに亡き夫の思い出が詰まったものがあふれているからね」アレックスは体を前に傾け、スケッチブックをのぞき込もうとした。「まだ終わらないのか？」

「たったの一〇分で？　それは無理よ！　さあ、横になって。そうしないとうまく描けないわ」

彼はむっとした表情で、ふたたびポーズを取った。「少なくとも、こうしてきみの言うとおりにしていれば、あとで褒美をもらえるわけだ」ローラの胸元へ視線をさまよわせる。そのとき、彼女はガウンの前が大きく開き、胸のふくらみが少し見えていることに気づいた。

「たっぷりと時間をかけて、褒美を楽しませてもらうぞ」

たちまちローラの体の芯が熱くなる。「ええ、あなたのお望みどおり、なんでもするわ」

アレックスに向かって微笑むと、彼女はふたたびスケッチに取りかかった。腕と胸の部分に影をつけ、筋肉の盛りあがりをいっそう強調する。鉛筆や筆を動かして絵に魂を吹き込む作業は、いつだって楽しい。けれど今夜は違う。ともすると、屋敷を立ち去ろうとしたときにレディ・ジョセフィーヌから言われた言葉を思い出してしまう。

「そういえば今日、レディ・ジョセフィーヌから奇妙なことを言われたの。〝どうかブランチのように逃げ出さないで〟とお願いされたのよ」

じっと観察していなければ、アレックスの顎がわずかにこわばったことに気づかなかっただろう。彼は受け流すように含み笑いをした。「最近、おばはわけのわからないことをよく言うからね。さあ、そろそろ絵を見せてくれ。きみのことだ、ふた股の尻尾に二本の角を生やしたぼくの姿を描いているんだろう？」

アレックスがスケッチブックをつかもうとする。ローラは叫び声をあげてうしろへさがり、彼の手から逃れた。つかまらないよう急いでベッドから出て、スケッチブックを背後に隠す。

「アレックス、お願いよ！　描き終わったら、ちゃんと見せるわ。三〇分間ポーズを取ってくれるという約束だったでしょう？　もし約束を守らなければ、ご褒美はお預けよ」

またしても彼はローラの胸元に視線をさまよわせた。「ならば、あと五分だ」

「いいえ、二〇分よ」壁の棚に置かれた時計をちらりと見ながら、ローラは訂正した。「それにそんなに動きまわるなら、じっとしているよう縛っておかなければいけないわね」

「ぼくもきみのことを縛りつけておきたいよ」アレックスが誘いかけるようにシーツをぽんぽんと叩く。「さあ、ガウンを脱いでこっちへおいで」

本当はそうしたくてたまらなかった。でも、同じくらい疑問の答えも知りたい。その答えがわかれば、アレックスという男性をもっとよく理解できるだろう。

「辛抱は美徳よ」厳しい声で言った。

「辛抱など軟弱な男のすることだ。それに今夜のぼくは、美徳を追い求める気などさらさらない」

「あら、だめよ。ご褒美がなくなってもいいの？」

裸足のまま書き物机に近づくと、ローラはスケッチブックと鉛筆を置き、引き出しを開けて、結婚初夜に見つけた楕円形の細密画を手で探った。ガラスに入ったひびの部分が指に触れる。

ローラは細密画を手にしてアレックスのほうへ向き直った。彼の上機嫌な笑みを見て、思わず躊躇《ちゅうちょ》する。こんなにくつろいでいる彼を、過去を持ち出すことで不機嫌にさせたくない。心のどこかでそんな声が聞こえる。でも、やはり疑問はぶつけなければならない。そうしないと、アレックスの感情や考えを一生理解できないままだろう。

ローラはベッドに近づいた。「これを持ってほしいの」

にやりとしながら、アレックスは細密画を受け取った。「こんなものを持たせてどうしようと――」父親が描かれた小さな細密画に視線を落としたとたん、彼は口をつぐんだ。満足げな表情がたちまちしかめっ面に変わる。彼は上半身を起こしてぴしゃりと言った。「いったいこれはなんだ？　どこで見つけた？」

彼女はベッドの端に腰をおろした。「書き物机の引き出しの奥よ。ずっと前に、あなたのお母様がしまったんじゃないかしら」

それが汚いものであるかのように、アレックスは細密画を指先でつまんだ。

「この寝室は徹底的に掃除する必要がありそうだな。明日の朝、ミセス・メイヒューにそう命じなければ」

彼の怒ったような表情に、ローラは同情を覚えずにはいられなかった。アレックスが背負っている過去の重みを、わたしも共有したい。そうすれば、彼もこれほど苦しまなくてすむはずだ。

「家政婦を叱りつけることはないわ。こんな小さなもの、誰だって見落としてしまうわよ」

ローラは前かがみになり、細密画をのぞき込んだ。「これはあなたのお父様でしょう？　なぜガラスを交換して肖像画がよく見えるようにしないの？」

アレックスが射るようなまなざしでローラを見た。「わかった。明日、手配しておこう」

彼は顔を背けると、細密画をベッド脇のテーブルに放り投げた。ぞんざいな投げ方だったため、細密画はテーブルの上を滑って絨毯に落ちてしまった。それなのにアレックスは拾おうともしない。

ローラは細密画を手に取ると机の上に戻した。彼の無造作すぎる態度をとがめたい。でも彼がこれほど冷淡な振る舞いをするのは、子ども時代の心の痛みのせいなのだろう。

ベッドに入ってアレックスの横へ戻ると、ローラは羽根枕を胸に抱きしめ、彼の端整な顔をじっと見つめた。「あなた、ガラスを交換しないつもりでしょう？」彼女は言った。「あの細密画を捨ててしまうつもりね。いったい……なぜ？」

アレックスはあざけるような冷笑を浮かべた。厄介な質問をかわすときによく見せる表情だ。「壊れたものにはもう利用価値がない。さあ、スケッチを終わらせてくれ。完成品が見たいんだ」ちらりと時計を確認して言う。「あときっかり一五分で」

ローラはスケッチブックと鉛筆を取りに行こうとはしなかった。

「ねえ、気づいてる？　あなたは昔のことを尋ねると、いつも話題を変えようとするわ。だからわたしはあなたの小さい頃のことをほとんど知らないのよ」

「話すことなど何も――」

「それなら、まずあなたのお母様が逃げ出した理由を聞かせて。それともレディ・ジョセフイーヌから無理に聞き出しましょうか？」無表情なアレックスを見て、ローラは声を和らげた。「お願い、教えてくれないかしら、アレックス？　わたしはあなたの妻よ。あなたの過去について知るべきだわ」

しかめっ面の彼は枕にもたれ、片脚を曲げると腕を膝の上に置いた。明らかに不安で落ち着かない様子だ。子どもの頃の思い出は、彼をどうしようもなく不安な気持ちにさせてしまうらしい。

アレックスはぼんやりと寝室の暗がりを眺めたままだ。何も答えないための言い訳を探すかのように、片方の眉を指でこすっている。だが次の瞬間、彼はローラをにらむと大きく息を吸い込み、不機嫌そうに吐き出した。「どうしてもと言い張るなら教える。ぼくの母親は父親を捨てたんだ。ぼくが一三歳のときの話だ。イートン校から夏休みで戻ってきたら、母は屋敷からいなくなっていた」

「まあ、アレックス……なんてこと。あなたのお父様はお母様に対して冷酷だったの？　お母様はご自分の人生を生きるために逃げ出したのかしら？」

彼は皮肉な笑い声をあげた。「自分の人生を生きるため？　まさか。母は別の男と駆け落ちしたんだ」

ローラは衝撃を受けた。てっきり前の伯爵がひどい態度を取っていたからだろうと思っていた。「別の男の人と！」

「ああ」冷めた目で彼が言う。「ぼくが覚えているかぎり、母はしょっちゅう誰かと浮気をしていた。そして父はいつも離婚すると母を脅しつけていた。実際は離婚しなかったがね」

アレックスは淡々とした口調で、両親の騒々しいけんかの様子を語った。その光景を思い浮かべただけで、ローラはぞっとせずにはいられなかった。なんとかして彼を慰めてあげたい。でも今は、思い出に浸りきっている様子だ。一度でも遮ったら、また黙り込んでしまうかもしれない。だからローラは枕をしっかりとつかみ、アレックスの話に耳を傾けていた。

気分屋の母親はアレックスと姉に贅沢な贈り物をするときもあれば、何カ月も子どもたちに構わず情事にふけっているときもあったという。さらにアレックスは、自分の父親が手荒な手段に訴えて、妻の行きすぎた言動や止まらない浮気癖を直そうとしていた様子も語った。

ローラにしてみれば、前の伯爵にはすでに共感できずにいた。子犬を階段から放り投げるなんて、ひどく卑劣な行為にほかならない。けれども今、ようやくわかった。まずかったのはアレックスの父親だけではない。母親も同罪だ。彼女は夫が動物嫌いなことを知っていたにもかかわらず、息子に子犬を与えた。そういう無責任な振る舞いで、いつも夫を挑発していたのだろう。

そしてアレックスは、そんなふたりの板挟みになっていたのだ。

ローラは泣き出したい気分だった。幸せで屈託のない子ども時代を送れなかった、傷つきやすい少年のために。アレックスが言葉を切ったタイミングを見計らい、彼女は優しく尋ねた。「それでどうなったの……あなたのお母様が屋敷を出ていったあとは？」

彼はちらりとローラを見た。「もちろん父は母と愛人の行方を追ったが、つかまえることはできなかった。ふたりの逃げ足は早く、一気にドーヴァーの港へたどりつき、大陸に向かう船に乗り込んだんだ」険しい顔のまま、一瞬言葉を切る。「そして運命の定めにより船は嵐に巻き込まれ、母と愛人は……溺死した」

ローラはこぼれ落ちる涙を止められなかった。両親のせいで、彼の結婚観はゆがめられてしまったのだろう。

ローラのほうを見つつも、アレックスの目はどこか遠くを見ているようだった。彼は言葉を継いだ。「どうにかして、父は母の醜聞をもみ消すことができた。母がイタリアに旅行へ出かけたという話をでっちあげたんだ。その話を信じた人が社交界にいたかどうかは疑問だがね。とはいえ、人々は父の爵位に敬意を表して話を合わせてくれた」

「でも、一緒にいた男性は？」ローラは低い声で尋ねた。「その人が死んだと聞いて、みんな驚いたはずよ。特に紳士とレディが同じ船に乗っていたとなれば――」

「あいつは紳士なんかじゃない。賭博場に雇われていた、社交界の底辺を生きるうじ虫のような奴だ」アレックスが唇をゆがめる。「そう、コプリー伯爵夫人は自分の人生も、夫も、家族も捨てて、生まれの卑しい男と駆け落ちしたのさ」

彼のわびしげな表情に、ローラは胸を突かれた。アレックスが人と距離を置いてしまうのも無理はない。それにわたしを独占したいと思うのも当然だ。わたしが結婚の条件として、息子をふたり産んだら屋敷を買ってほしいと要求したときは、さぞ神経に障ったことだろう。わたしもまた、彼を置いて逃げ出してしまうのではないかと恐れたに違いない。

母親が駆け落ちしたことを考えると、アレックスがあの婚前契約書に署名してくれたのは驚きだ。そうしたのは、きっとわたしをそれだけ深く思いやってくれたから……。

持っていた枕を放り出すと、ローラは思わず彼に抱きついた。

「ああ、アレックス。今までのつらい思い出を、わたしたちの幸せな思い出で塗り替えましょう」

彼はローラのウエストをつかむと熱っぽい目で彼女を見たが、つと視線をそらした。まるで超然とした態度を貫くかのように。「もうどうでもいいんだ」ぽつりと言う。「過去のことさ。終わったことなんだ」

でも、終わってはいないわ。今のアレックスはそういう過去が作りあげたのよ。だから心の奥深くまで踏み込んでこようとする相手に対して防御の壁を張りめぐらせ、冷たい態度を取ってしまう。彼の斜に構えた世界観は、そうやって築かれたもの。だからこそアレックスは誰も信用せず、心を開こうとしないんだわ。

ローラは両手で彼の頬を包み込むと、一〇年前に自分がつけた傷を指でたどった。いくら父は無実だとわたしが訴えても、アレックスは信じようとしない。それは彼自身が自分の両親を尊敬したことがないからだろう。

ローラはアレックスの顔をこちらに向かせて目を合わせた。「過去を完全に消し去ることはできないわ。それでも、あなたは過去に支配されることを拒んできたのね。あなたがこんなに立派な紳士に育ったことを誇りに思うわ」

彼は冷笑を浮かべるとローラが羽織っていたガウンのひもをほどき、手で肌を愛撫しはじめた。「むしろ、ぼくのこういう巧みな愛撫を誇りに思ってほしいな」

とめどない欲求を感じ、ローラは吐息をもらした。アレックスの手首をつかんで押しとどめる。「ええ、本当にそうね。でも、こういう体の触れ合いだけじゃないの。お願いだから、これから大切な話をしようというときに、わたしの気を散らさないで」

手首をつかまれても、彼の指先はまだゆっくりとローラを愛撫していた。

「こうすること以上に大切なことなどないさ」

「ひとつだけあるわ。愛よ」アレックスが手の動きを止め、じっとローラの瞳を見つめた。完全に注意を引いたことを意識しながら、ローラは前かがみになり、彼の唇に向かってささやいた。「愛しているわ、アレックス。本当に大切なのはこのことよ。わたしは全身全霊であなたを愛しているの」

そのとき、アレックスの瞳から超然とした色が消えた。代わりに現れたのは、心の底から愛情を求めているかのような、もっと奥深い感情のうねりだった。ローラはその一瞬を見逃さなかった。だが次の瞬間、アレックスはローラを膝の上にのせると、むさぼるようなキスをはじめた。ローラの肩からガウンを押しやり、はじめて体を重ねるかのような熱心さで、なめらかな肌を愛撫していく。

ローラははじめて知った。愛情とは、相手が欲しいという強い欲望によって、さらに高まるものだということを。ささやきながら愛撫を繰り返し、自分にとってアレックスがどれだけ大切な存在か、彼に伝えようとする。アレックスの上にまたがり、ローラは彼の猛々《たけだけ》しく奮い立った欲望の証を深く受け入れた。さらに奥深くまで貫こうとする彼の動きと、ローラのあえぎが完璧なリズムを生み出していく。激情の嵐に巻き込まれ、もうこれ以上耐えられないという瞬間に達したとたん、ふたりの情熱は一気に爆発した。絶頂を迎えて互いにしがみつきながら、このうえない歓びに身を震わせる。

ベッドに横たわり、アレックスの肩のくぼみに頭を休めた瞬間、ローラはふと気づいた。彼は一度も愛しているとは言ってくれなかった。その言葉を待っていたのに……。それでもなお、彼女はアレックスの愛撫に思いやりと優しさを感じ取っていた。今も彼はローラの髪に指を差し入れ、うなじを優しくもんでくれている。続いて、ローラの額にそっとキスをした。肌にかかる彼の温かな吐息が心地いい。

どっと押し寄せる幸福感に、ローラは思わず笑みを浮かべた。もしアレックスが愛の言葉をはっきり言えないのなら、ありのままの彼を受け入れるほかない。でもいつかきっと、アレックスもわたしを愛していると言ってくれるはず。彼が張りめぐらしている防御の壁を、わたしが少しでも崩せれば。

頭を傾けてアレックスを見あげながら、ローラは指先でゆっくりと彼の引きしまった顎の線をたどった。「ねえ、これってすごく不公平だと思うの」

「不公平？　なぜだい？」

「あなたはちゃんとご褒美をもらったわ。それなのに、わたしはあなたのスケッチを終えていないのよ」

アレックスは含み笑いをした。「ぼくにとっては好都合だ。何しろ、きみが何をたくらんでぼくを描きたいと言い出したのか、見当もつかないからね」

ローラはうっとりと、彼のたくましい肩から腕へ手を滑らせた。

「あら、これはただの下絵よ。ゆくゆくはもっと大きなサイズの油絵を描いて、応接室の炉棚の上に飾るつもりなの」

アレックスが体を引き、ローラをまじまじと見つめた。眉根を寄せていたが、ローラの茶目っ気たっぷりな笑みに気づくと、にやりとして彼女のヒップを軽く叩いた。

「なんて悪い女なんだ。このぼくを一瞬でもからかうとは」

「あら、別に驚くほどのことではないわ」ローラはきっぱりと言った。「特に、わたしのことを恥知らずだと考えている人たちにとってはね。結局、わたしは悪名高いローラ・フォークナーだもの」

まじめな表情になって、アレックスは彼女の両肩をぎゅっとつかんだ。

「きみはぼくの妻であり、伯爵夫人だ。社交界は絶対にきみのことを受け入れるさ」

その力強い宣言に、ローラはぞくぞくするほど気持ちが高まった。とはいえ、現実を受けとめるだけの理性は残っている。たしかに上流階級の人々はアレックスの爵位に敬意を払い、わたしを屋敷へ招いてくれるだろう。でも、わたしのことをまだ嫌悪の目で見るはずだ。

もしわたしがハヴァーシャム侯爵こそブルームーン窃盗事件の犯人だと証明したら、どうなるかしら？　真実を暴いたからといって、わたしに対する人々の偏見が和らぐとは思えない。侯爵を失脚させたと、わたしを非難する者さえいるかもしれない。

ローラはアレックスの頬を指で撫でた。「あなたがいてくれるかぎり、そんなことはどうでもいいの。きっとわたしを認めようとしない高慢な人たちがいるはずよ。でも、好きにさせておけばいいわ」

「だが、ぼくはそうはいかない」鋭い目つきで彼は続けた。「それにそろそろ、ぼくもきみも社交界に顔を出すべきときだと思う。あの危険きわまりない、ライオンの巣窟のような場所に」

26

バラの切り花を入れたバスケットを持ち、ローラは庭園をあとにすると、ひんやりとした屋敷の中へ戻った。午前中は太陽の下、バラの交配について驚くほど豊富な知識を持つ年老いた庭師とのおしゃべりを楽しんだ。屋敷の正面へ向かいながら、教わったばかりのバラの品種の名前を心の中で繰り返してみる。ダマスク、プロバンス、ガリア。なんてロマンティックで詩的な名前だろう。ローラは香り高いバラを階段の下にある七宝焼きの花瓶に生けるつもりでいた。

アーチ型の天井の下、長く延びた廊下に男性の声が響き渡った。たちまちローラの心臓が跳ねる。靴音を大理石の床に響かせて、ローラは急ぎ足で玄関ホールへと向かった。アレックスが戻ったのかしら？　そう考えるだけで微笑んでしまう。

アレックスは明日のヴィクトリア女王の戴冠式への出席を正式に依頼されている。そのため、今朝はウェストミンスター寺院での最後の打ち合わせに出かけていた。結婚して三週間経つが、彼とこれほど長い時間離れていたことは、まだ数えるほどしかない。

一刻も早くアレックスに会いたい。この体に腕をまわして頬に口づけてほしい。そして濃い茶色の瞳で優しく見つめてほしい。その一心で、ローラは夢中で歩を速めた。彼とは、このほかすばらしい結婚生活を送っている。日中は美術館や博物館を訪れたり、ボンド・ストリートで買い物をしたり、動物園へ遊びに行ったりしていた。レディ・ジョセフィーヌも一緒のことがほとんどだ。夜になると、ふたりで劇場や晩餐会に出かけたり、来るべき戴冠式を祝う舞踏会に出席したりしている。いくら大丈夫だと言っても、アレックスは片時もローラのそばから離れようとはしなかった。誰かに非難されたり、侮辱されたりしないようにという配慮からだ。

ローラの心配とは裏腹に、彼女の評判を回復しようというアレックスのもくろみは成功しつつある。なんといっても大きかったのは、アレックスがレディ・ミルフォードを説得し、ふたりの結婚を祝う小さな宴の主催者になってもらったことだろう。社交界でも身分の高い人々しか招待されなかったため、戴冠式前に行われたあらゆる催しの中でも、その宴の招待状の人気はいちばん高く、貴族たちのあいだで羨望の的になった。結果的に、ローラに否定的な態度を取っていた者たちを見返すことになったのは言うまでもない。亡き父の知人だったあのオリヴァー伯爵でさえ、ローラに対して礼儀正しい態度を取るようになった。とはいえ、ローラはオリヴァー伯爵の態度にどこかぎこちなさを感じていた。

それでも全体として見れば、貴族たちがローラを受け入れはじめていることに変わりはない。以前に比べれば、これ見よがしに冷笑したり、当てこすりを言われたりすることが格段に少なくなった。それはひとえにレディ・ミルフォードの影響力のおかげだろう。

運命とはなんと不思議なものか。ローラはつくづくそう感じていた。もし数週間前、レディ・ミルフォードの馬車に隠れなければ、アレックスとの関係を修復する機会も与えられなかっただろう。それにアレックスがわたしの父のすばらしさを頑として認めようとしない原因が、彼の子ども時代にあることにも気づかなかったはず。あのままひとりぼっちでいたら、わたしはアレックスを憎んでいたに違いない。もちろん彼の妻になる喜びも、彼を心から愛する喜びも知ることのないままに。

一瞬、ローラは心に切ない痛みを覚えた。アレックスは一度も〝愛している〟と口にしたことがない。相変わらず、自分のいちばん奥深い感情については話したがらないままだ。ローラが彼の気持ちを深く探ろうとすると、以前のような冷淡な態度に戻ってしまうときもある。

それでも、アレックスの温かな笑みやからかいの言葉には愛情が感じられる。もちろん愛の行為を通じて味わう、魂を揺さぶられるような恍惚《こうこつ》状態にも。毎晩がまるで天国のようだ。アレックスとひとつになる陶酔感は何物にも代えがたい。今、心底願っているのは、アレックスに対するこのあふれんばかりの愛情が、いつか彼の過去の心の傷を癒すことだ。そうなれば彼も素直に認められるようになるだろう。欲望以上の大切な気持ちを、自分も持っているということを。

そんな日が、いつかきっとやってくる。わたしがそうしてみせる。これからもありったけの愛情をアレックスに注ぐつもりだ。そう、彼がこちらに愛情を返さずにはいられなくなるくらいに。

軽やかな足取りで、ローラは廊下から玄関ホールへたどりついた。ヒップにバスケットが当たるのも気にせず、大理石の床を足早に横切っていく。男性の声が聞こえているのは図書室だ。急ぐあまり、図書室の扉から出てきた従僕とぶつかりそうになり、彼女はあわてて立ちどまった。

バラの花が落ちないよう、バスケットをしっかり押さえる。「ごめんなさいね、ジェラルド。伯爵が戻られたのかしら？」

若い従僕はお辞儀をした。「いいえ、奥様にお目にかかりたいと、ハヴァーシャム侯爵がいらしています」

ハヴァーシャム侯爵が！

その知らせを聞いて、ローラは満足感を覚えた。もう二週間ほど前になるが、ハヴァーシャム侯爵がロンドンへ戻るはずだった日、ローラはアレックスにエスコートされて、パークレー・スクエアにある侯爵の屋敷を訪ねた。ところがブルドッグ顔の執事から聞かされたのは、侯爵がもうあと一、二週間、リンカンシャーに残ることを決めたという話だった。とはいえ、戴冠式の前には間違いなく戻ってくるに違いない。だからアレックスとは、もう一度今日の午後、侯爵の屋敷を一緒に訪ねようと約束していたのだった。

だが、ハヴァーシャム侯爵はみずからここへやってきた。

ローラは呼吸が速くなるのを感じた。アレックスとは、ひとりで侯爵の屋敷を訪ねないと約束している。もし本当に侯爵が父を殺した犯人なら、彼女の身も危ないからだ。アレックスを安心させるために、しぶしぶながらそう約束をした。

けれど、ここはわたしの屋敷だ。身の危険はない。声が聞こえる距離に従僕が常駐している。それにもしアレックスの帰宅を待っていたら、この千載一遇の機会をみすみす逃してしまうことになるだろう。

「侯爵を階上の応接室へお通ししたほうがいいでしょうか？」従僕が尋ねる。

「いいえ、図書室でお目にかかるわ。ただし、彼が帰るまで近くにいてちょうだい」

従僕が持ち場に戻るのを見届けると、ローラは図書室に入り、助けが必要となった場合に備えて扉を少し開けておいた。背の高い窓から正午の日差しがさんさんと降り注ぎ、茶色とクリーム色で統一された男性的な内装をいっそう引き立てている。あたりに漂うのは革製本の匂いだ。ローラも今では、本棚がずらりと並び、ふかふかの椅子があちこちにある広々としたこの部屋が大のお気に入りだった。めったにないことだが、出席する行事がない夜には、ここの長椅子でアレックスと抱き合いながら、ランプの明かりで読書を楽しむこともある。

だが緊張の瞬間を迎えて、そういう楽しい記憶も今はぼんやりとしか思い出せない。

ハヴァーシャム侯爵は本棚の正面に立ち、分厚い本をめくっていた。こちらに背を向けているため、てっぺんのはげあがった頭がよく見える。白髪交じりの茶色の髪が、頭の下のほうにかろうじて残っていた。侯爵は足音を聞きつけて振り向くと、ローラの全身にすばやく目を走らせた。いかにも傲慢そうな顔には、かすかないらだちがにじんでいる。

侯爵は頭を少しだけ傾けた。「レディ・コプリー」

濃紺のシルクのドレスは、人前に出るにふさわしい服装だ。それでも相手の批判的な視線を目の当たりにして、ローラは居心地の悪さを感じた。テーブルの上にバラを入れたバスケットを置き、優雅にお辞儀をしながら言う。「なんと嬉しい驚きでしょう、閣下。無事にロンドンへお戻りになったのですね」

ハヴァーシャム侯爵は本をばたんと閉じて本棚に戻した。「わたしの旅のことなどどうでもいい。きみはなぜうちの屋敷をひんぱんに訪問しているんだ？　理由を聞かせてくれ。ウィザースプーンの舞踏会で、わたしに声をかけてきたのもきみだったんだな」唇をゆがめてつけ加える。「イヴリンから聞いた、きみがマーティン・フォークナーの娘だと」

「ええ、おっしゃるとおりです」侯爵のぶっきらぼうな態度に動揺していたものの、ローラは負けじと言い返した。優雅な手つきで暖炉のそばにある椅子を指し示す。「さあ、どうぞおかけになってください、閣下」

侯爵はいらいらした様子で手を振った。「今すぐに説明してほしい。なぜ娘に、わたしに関する情報が書かれた手紙を持っているなどという話をしたんだ？」

立っていると不利だ。そう知りつつも、ローラはしぶしぶそのままでいた。できれば、こちらの質問に答える侯爵の顔をじっくりと見ていたい。かすかな表情の変化も見逃すまいと、彼女は早足で窓辺に向かった。ここにいれば、太陽の光に照らされた侯爵の顔がよく見えるだろう。

体の前で手を組み、ローラは低い声で答えた。「たしかに、父の遺品の中にそういう手紙があったとお話ししました。でも、まず最初におうかがいしたいのです。あなたと父は、かつてわたしの母をめぐって争っていたと聞いています。それは本当ですか？」

ハヴァーシャム侯爵がにらみつけてくる。「今さら何を言い出すんだ？　もう三〇年前のことだぞ！」

「とはいえ、それからも長いあいだ、おふたりは互いに反目していました。一〇年前にわたしが社交界デビューをしたときも、あなたが父に対して冷たい態度を取っていたのを覚えています」

侯爵は片方の眉をあげた。「もしきみの繊細な心を傷つけたのなら謝る。それでいいだろう、レディ・コプリー！」

これほどあざけるような態度を示しているのは、侯爵がもともと冷淡な人だから？　それともマーティン・フォークナーに対する根深い憎悪を、娘であるわたしにも向けているからなの？

ローラは侯爵をひたと見据えた。「当時、父を不幸に陥れた事件があったことはご存じですよね。ノウルズ公爵夫人のイヤリングが父の書斎で見つかったんです」

「ああ」侯爵の冷徹な灰色の目が、彼女の全身に向けられる。「ただし、フォークナーは不幸に陥れられたわけじゃない。実際、公爵夫人の宝石を盗んでいたんだ。率直に言わせてもらえば、彼が自分の犯した罪のせいで投獄されなかったのが残念でならない」

ローラは相手の顔をじっと見つめ、どこか芝居じみたところがないか見きわめようとした。けれども冷たい憎悪以外、何も感じられない。数週間前、本当にお父様はこの冷酷な男性と顔を合わせたのかしら？　真実を公表されないように、侯爵は父を殺せという命令を下したの？

「いいえ」慎重に言葉を選びながら言う。「父は何も罪を犯してはいません。公爵夫人の宝石を盗んだ犯人ではないのです」

「犯人じゃないだと？　何をばかな。事実、イヤリングがフォークナーの机から見つかったんだ。彼は卑劣にもコプリーに襲いかかり、英国から逃げ出した。それが無実の男のすることか」

アレックスの頬に傷をつけた犯人は自分であることを、わざわざ侯爵に教える必要はない。

「父は自分が犯してもいない罪に問われ、死刑になることを恐れたんです」

ハヴァーシャム侯爵は決然とした表情でかぶりを振った。「いいや、フォークナーがブルームーンを盗んだのは火を見るよりも明らかだ。あれを売り払って大金を手にしたに違いない」一歩ローラのほうへ進み出ると、嫌悪感たっぷりに彼女を見つめる。「あのとき、きみも彼と一緒に姿を消した。その後ブルームーンがどうなったか、おそらくきみもよく知っていることだろう。もし良識のかけらでも持ち合わせているなら、盗まれた宝石がどうなったか公爵夫人に話すのが筋ではないのか？　そうすればブルームーンも見つかるかもしれないんだ」

ローラは身をこわばらせた。こんなふうに攻撃的な物言いをするのは、わたしを責め立てることで、自分の罪悪感を押し隠そうとしているからに違いない。これほど熱くなっているのは、きっと侯爵自身が窃盗事件と関わっているからなんだわ。

「ダイヤモンドを盗んだのは父ではありません。わたしは裁判所でそう証言する心の準備もできています」つくづく残念なのは、父が申し開きの機会すら与えられなかったことです。

ローラは顎を引いた。あまり挑戦的な態度に見られてはいけない。ここでもっとも避けたいのは、侯爵に危害を加えられることなのだ。「むしろわたしは、真犯人はノウルズ公爵夫人の寝室へ自由に出入りできた人物ではないかと考えています。ブルームーンは夫人の寝室に保管してあったのですから」

ローラの言葉を聞いていた侯爵は一瞬疑わしげな表情を浮かべると、すっと目を細めた。いかにも何か隠しているような、秘密めいた表情だ。だからこそ、彼はすぐには反論しなかったのだろう。ローラの話の続きを待っている様子だ。

いよいよ真実がわかるかもしれない。そんな期待に胸をふくらませながら、ローラは心の中で祈った。どうか、わたしがこれからつく嘘を侯爵が信じてくれますように。

「そう考えたのは、わたしが父の遺品の中からある書類を見つけたからなんです。イヴリンには手紙と言いましたが、実際は日記の一部でした。父は日記に、窃盗事件があったときのことを事細かに記録していました。そこにあなたの名前を見つけたんです」

「わたしの名前を？　あいつはわたしのことをなんと書いていたんだ？」

ローラはいかにも無邪気そうな瞳で侯爵を見た。「父はとても興味深いことを書き残していました。不用意な発言をお許しください、閣下。でも、父は……公爵夫人は浮気をしており、その相手はあなただと書いていたんです」

ハヴァーシャム侯爵はうつろな目で彼女を見つめた。

それから顔をゆがめると、手近にあった机にこぶしを叩きつけた。すさまじい衝撃に辞書の本棚がガタガタと音を立て、ローラは思わず飛びあがった。

「まったく忌々しい！」侯爵が感情を爆発させる。「よくもそんな見え透いた嘘を！　なぜフォークナーがそのようなでたらめを書いたのか、わたしには見当もつかない。とりわけ彼が……」

「彼が……なんだというんです？」ローラは言葉を繰り返した。

侯爵がローラのほうを振り向いた。だが、怒った目はローラの肩越しを見つめている。まるで過去をじっとのぞき込むかのように。「今ようやく、きみの父親が不愉快きわまりない策をめぐらせていたことがわかった。フォークナーはすべての責任をわたしに押しつけようとしていたんだ。公爵夫人の寝室へ自由に出入りしているのも、ブルームーンを盗めるのもわたしだと人々に信じ込ませようとした。だから、フォークナーの机にイヤリングを入れたのもわたしだと。なんと壮大な筋書きだ。わたしは彼の屋敷にすら一度も入ったことがないのに！」

「イヤリングが見つかる前日、イヴリンがうちの屋敷に来ました」ローラは低い声で言った。

「わたしは階上にある自室にいたんです。だからイヴリンは階下でひとりきりで――」

「もういい！　わたしの娘の名誉まで傷つけるつもりか？　そんなことは許さん」ハヴァーシャム侯爵は、悪ふざけをした子どもにするように彼女に人差し指を突きつけた。「これは紛れもなく名誉毀損だ。すぐに彼の日記を燃やせ！」

ローラはふいに不安になった。侯爵は自分と出入口のあいだに立っている。ひどく激高している様子だ。窓際に立ったのは間違いだったかもしれない……。

ローラは暖炉の脇へじりじりと進んだ。もし侯爵が危害を加えようとしたら、火かき棒が武器の代わりになるだろう。ここで一歩たりとも引きさがるつもりはない。当時本当は何があったのか、あともう少しで解明できそうなのだから。

「不愉快な思いをさせて本当に申し訳ありません、閣下」ローラは冷静さを装って言った。「でも父の日記がどれだけ重要か、これでおわかりいただけたと思います。先ほども言ったとおり、わたしの父は無実です。だからこそ正義の名のもとに、どうしてもこの件を追及しなければと考えました」

「正義だと！　まったく聞いてあきれる」ハヴァーシャム侯爵は、またしてもローラに人差し指を突きつけた。「どうしても知りたいというなら教えよう。公爵夫人と浮気をしていたのはわたしではない。きみの父親だ。いいか、きみの父親だぞ！　奴はわたしの鼻先からアイリーンをかっさらっただけでは飽き足らず、公爵夫人とも関係を持っていたんだ」

ローラは目を見開いた。お父様がノウルズ公爵夫人と？　あのかぎ鼻の、いつも人を見下したような高慢ちきな公爵夫人と？

まさかそんな。絶対にありえない。

けれど、もしそれが本当なら……そして、もしアレックスがそれを知っていたなら……窃盗事件のあと、彼がわたしに熱心に求婚してきたのも説明がつく……。

ふいにローラはめまいに襲われた。ハヴァーシャム侯爵の姿が揺らぎ、ふたつに見えはじめる。くずおれそうになり、椅子の背もたれをつかんで体勢を立て直そうとした。唇からうめき声がもれる。

侯爵がそばに駆けつけ、ローラの腕を取った。ローラはすかさず相手の腕を振り払おうとした。だが、かえってめまいがひどくなるばかりだ。

侯爵はローラを椅子へといざなった。「まったく、こんなことをわたしに言わせるなんて」つっけんどんに言う。「さあ、気を失う前にそこへ座りなさい」

「気を失う？　そんなことは……」

脚に力が入らず、ローラは椅子の柔らかなクッションに倒れ込んだ。前かがみになって両手で頭を抱え、目を閉じてなんとかめまいを和らげようとする。落ち着きを取り戻さなければならない。侯爵はひと思いにわたしの首を絞めることだってできる。そうされても、今のわたしは抵抗できない。

ぼんやりした意識の中で、侯爵の足音が遠ざかっていくのがわかった。扉のところへ行き、従僕を呼んでいるようだ。そのとき、玄関ホールに男性の声が響き渡った。何か叫んでいる様子だが、ローラはひと言も聞き取れなかった。

やがて大股で近づいてくる男性の足音がした。侯爵と闘うべく、ローラはなんとか目を開けた。ありがたいことに、めまいは完全におさまっていた。背の高い本棚からテーブルに置いたバラのバスケットまで、すべてがふつうどおりに見える。

ローラは自分のほうへ足早にやってくる背の高い男性を見つめた。男らしい体つきだ。あの体なら、自分の体と同じくらい隅々まで知っている。

「アレックス、帰ってきてくれたのね！」

彼は乗馬用の手袋を脱ぎ、椅子に放り投げた。深刻そうな表情で、ローラが座っている椅子の脇に片膝をつく。アレックスはローラの手を取って握りしめると、探るような目で顔を見た。「いったいどうしたんだ？　気分が悪いのか？」

ローラはなんとか微笑もうとした。心のどこかに何かが引っかかっている。でも今は、先ほどの恐ろしい疑念のことは考えたくない。「少しめまいがしただけよ。きっと今朝、太陽の光に当たりすぎたんだわ。もう平気だから」

だがアレックスはまだ心配そうな顔で、ローラの顔をのぞき込んでいる。

「すぐに階上へ連れていくよ。医者に診てもらったほうがいい」

彼は立ちあがると、ローラを抱きあげようとした。しかしローラは手を振って、それを押しとどめた。「だめよ、アレックス！　わたしは本当に大丈夫。ハヴァーシャム侯爵とのお話が終わるまでは、ここを動きたくないの」

ローラはアレックスの隣に立つ侯爵をちらりと見た。眉間に深くしわを寄せている。明らかに居心地の悪そうな様子で、彼は体の重心を一方の足からもう片方へ移した。

ハヴァーシャム侯爵が空咳をした。「もう話すことは何もない、レディ・コプリー。話しすぎてしまったくらいだ。では、これで失礼する」

彼が背を向けた瞬間、ローラはぴしゃりと言った。「待って！」

くるりと振り向いた侯爵はローラをにらみつけていた。明らかに、無作法な言い方で呼びとめられたことに憤っている様子だ。けれどもローラにしてみれば、侯爵の自尊心が傷ついてもいっこうに構わない。そう、わたしが求めているのはただひとつ、真実を暴くことだけ。侯爵はその鍵を握る人物なのだ。

ローラは不安を宿した目でアレックスを見た。「ハヴァーシャム卿は、ノウルズ公爵夫人が関係を持っていた相手が……わたしの父だとおっしゃっているの。でも、父からはそんな話を一度も聞いたことがないわ。アレックス、公爵夫人はあなたにそういう話を打ち明けていたの？　うちの父との関係を、公爵夫人から聞かされたことはある？」

アレックスはじっとローラを見おろした。厳しい表情を浮かべており、濃い茶色の目からは何を考えているか読み取れない。彼は次にハヴァーシャム侯爵を一瞥した。ふたりの男性は言葉を交わさず、目と目で会話している様子だ。少なくともローラにはそう見えた。

次の瞬間、アレックスが口を開いた。「ハヴァーシャム卿、ぼくの名づけ親の私生活に関して、そういう憶測をされるのは不愉快です。実に受け入れがたい。あなたがそんなにぶしつけなまねをするとは驚きですよ」

「自分に関して悪意ある噂話を広められるのが耐えられなかったのだ」侯爵が低い声で反論する。「レディ・コプリー、もしわたしを疑っているなら、直接ノウルズ公爵夫人に尋ねてみればいい。ただし、彼女がきみの質問に喜んで答えるとは思わないがね。公爵夫人は自分の宝石類よりも、プライバシーをはるかに大切にしている方だから」

「もうそれくらいに」アレックスがぴしゃりと言う。「すぐにぼくの屋敷から出ていってください」

ハヴァーシャム侯爵は険しい顔でうなずいた。「きみの妻が見つけたという書類は絶対に処分してほしい。死人のマーティン・フォークナーに中傷されるなんてごめんだからな」

そう言うと、侯爵は大股で図書室から出ていった。遠ざかる足音が玄関ホールにこだまし、やがて正面玄関の扉がばたんと閉まる音がした。

「書類だって？」アレックスが物問いたげな目でローラを見おろす。「いったいなんの書類だ？　どこで見つけた？」

「書類なんてないわ。まったくの嘘よ」考えをまとめながら、ローラは深く息を吸い込んだ。「ハヴァーシャム侯爵には、父が書いた日記にこう書かれていたと言ったの。侯爵が公爵夫人と関係を持っている、だから宝石を保管してある彼女の寝室に自由に出入りできたはずだ、と。そう言えば侯爵を自白に追い込めるかもしれないと思ったのよ。でも侯爵はあろうことか、公爵夫人と関係があったのはわたしの父だと……」

ローラの言葉は尻すぼみになった。考えまいとしていた恐ろしい疑念が、ふいによみがえってくる。もし……もしハヴァーシャム侯爵の言っていることが正しくて、本当に父がノウルズ公爵夫人と関係を持っていたら？　アレックスはそれを知っていたのかしら？　さっき彼がわたしの質問をはぐらかしたのはそのせいなの？

「きみは神経が高ぶっているんだ、ローラ」アレックスは手を伸ばし、ローラの頬を撫でた。「そんな不愉快なことは、すぐに頭の中から追い出したほうがいい。さあ、歩けるかい？めまいがしたのはきっと空腹のせいだろう。きみの寝室へ昼食のトレイを届けさせるよ」

その言葉にはほとんど耳を貸さず、ローラはアレックスの感情をひた隠すような目と、こわばった顎を見つめていた。彼の表情には何か秘められたものが感じられる。わたしの体を気づかう以上の何かが。

ローラはふいに確信した。アレックスはわたしに話した以上の何かを知っているんだわ。それがなんであれ、わたしに打ち明けるつもりはないのよ。

「ごまかされないわ、アレックス。わたしは寝室には行かない」ローラはひるむことなく、彼の目をまっすぐに見た。「扉を閉めてちょうだい。そろそろ本当のことを話してくれてもいい頃よ」

27

今だけは、自分の妻とふたりきりでいたくない。それがアレックスの偽らざる心境だった。それにローラとは体調のこと以外、何も話したくない。彼女は朝食を抜いたに違いない。ためまいを起こさないためには何か食べる必要がある。先ほど屋敷に帰ってきたときは、ひどく動揺してしまった。ちょうどハヴァーシャム侯爵が従僕に、気つけ薬を持ってこいと怒鳴っているところだったのだ。

しかし今は、あのとき以上に動揺している。

アレックスは骨の髄まで凍りつくような恐怖に襲われていた。もはやローラの美しい顔からは、ふだんの愛情に満ちた優しい表情が消えている。そこに見て取れるのは冷淡さと疑念だけ。ロンドンに戻ってきて以来、ローラが一度もぼくに見せなかった表情だ。数週間かけて彼女の信頼を取り戻し、愛情を深め、結婚にまでこぎつけた。結婚生活はありえないほど完璧なものだった。だが今、ハヴァーシャム侯爵の不用意な発言のせいで、すべてが台なしになろうとしている。

まったく、忌々しいハヴァーシャムめ。ローラが彼に質問をするときは、自分も同席するつもりでいた。過去の秘密をほじくり返されないためだ。ローラは侯爵とのやりとりを通じて、マーティン・フォークナー殺害に侯爵がなんの関与もしていないと知るはずだ。そうすれば、父の汚名を晴らすという計画をあきらめるだろうと考えていた。

だが今や、その機会は失われた。ローラの決然とした表情を見ればわかる。一瞬のうちに、彼女はすべてを悟ったに違いない。どんなに手を尽くしても、彼女の受けた衝撃を和らげることはできないだろう。

扉のほうへ向かうと、屋敷の奥から急いでやってくる従僕の姿が見えた。従僕はアレックスに、鎮静剤が入ったコルク栓付きの小瓶を手渡した。「お医者様を呼んでおきましょうか、閣下？」

ローラはいやがるだろう。でも、医者に診せないと安心できない。

「ああ、頼む」

アレックスは扉を閉め、必要なときに備えて小瓶を机の上に置いた。テーブルの上にあるバラの切り花がかぐわしい香りを放っている。ハヴァーシャム侯爵が到着したとき、ローラは外の庭園にいたに違いない。

ぼくがもう少し早く帰宅できればよかったのに。

ローラとの対決は避けられないだろう。そう覚悟を決め、アレックスは彼女の近くへ椅子を引き寄せて腰をおろした。手を伸ばし、彼女の手を握りしめる。結いあげた琥珀色の髪はわずかにほつれ、頬にかかっていた。いつもながら息をのむほどの美しさだ。肌が抜けるように白い。ただし今日の瞳は暗い青色をしている。アレックスはふいに、なんとも言えない愛おしさを覚えた。今すぐローラを膝の上にのせてキスをしたい。抱き合う歓びに彼女がわれを忘れてしまうまで。

「そんなに疲れた様子のきみを見るのはいたたまれない」アレックスは口を開いた。「話し合いはあとにしたほうが――」

ローラは手を引っ込めた。「わたしの決心を変えようとしても無駄よ。どうぞ正直に答えてちょうだい。隠し事がひとつもない夫婦になるために。あなたは父がノウルズ公爵夫人と関係を持っていたことを知っていたの？」

歯を食いしばりながら、アレックスは絨毯を見おろした。ここはローラの質問をできるだけうまくかわすのがいいだろう。ありったけの意志の力をかき集め、アレックスは彼女の瞳を見つめた。「どうかわかってほしい。ぼくの名づけ親は非常にプライバシーを大切にする女性だ。彼女の私生活について明かす権利は、ぼくにはない」

「もし彼女の私生活にわたしの父が関わっていれば話は別だわ。さあ、イエスかノーか答えて。簡単な質問よ」

「答えられない」低い声で言った。「その件に関しては絶対に口外しないと約束したんだ。紳士として公爵夫人に誓ったんだよ」

ローラは寂しそうな表情を浮かべ、ゆっくりとかぶりを振った。「ああ、なんてこと」力ない声で言う。「侯爵の話は本当なのね。そうでなければ、あなたがそんな誓いを立てるわけがないわ。父は公爵夫人と関係を持っていた――そして、あなたは今までそれをわたしにずっと隠してきたのね」

非難に耐えきれず、アレックスは椅子からすばやく立ちあがると暖炉のほうへ歩き出した。さりげなく炉棚に片肘をついて、内心の動揺を悟られまいとする。

「そう信じるも信じないも、きみの自由だ」

彼女は震える吐息とともに低い声で尋ねた。「ふたりの関係はどのくらい続いていたの？」

アレックスは顎に力をこめた。紳士には約束を守る義務がある。ローラにはそれがわからないのだろうか？　もし約束を破ったら、ぼくの紳士としての面目は丸つぶれだ。だが……相手はローラだ。ぼくの妻だ。絶対に嘘をついてはいけない相手なのだ。

ローラは前かがみになり、こぶしを握りしめて、彼をじっと見つめた。

「お願い、アレックス、教えてちょうだい！　これはわたしの父親の話なのよ」それでも彼が黙っていると、ローラは立ちあがり、厳しい一瞥をくれた。「あなたが答えてくれないなら、公爵夫人にじかに尋ねるまでだわ」

ローラが体の向きをくるりと変えたとたん、アレックスは彼女の前に進み出て腕を取った。くそっ、紳士としての名誉など、もうどうにでもなれ。これまで必死に名づけ親の秘密を守ろうとしてきた。その結果、こんな苦々しい状況に直面することになってしまったのだ。

「わかった」アレックスはしぶしぶ口を開いた。「そんなに知りたいなら教えよう。きみのお父上は、窃盗事件の数週間前から公爵夫人と関係を持っていた。ぼくの知るかぎり、ふたりの関係はすぐに終わったらしい。終わらせたのはお父上のほうだ。だから公爵夫人は彼を疑った。お父上が近づいてきた目的は、自分の寝室にある金庫の場所を調べるためだったのではないかと」

ローラは落胆したような声をもらした。一瞬目を閉じて、ふたたびアレックスを見る。

「あなたは一〇年前からすでに、ふたりの関係を知っていたの？」

そうじゃない。アレックスは即座に否定したかった。だが冷たい青色の瞳が要求しているのは、紛れもない真実だ。「ああ」しぶしぶ打ち明ける。「知っていた」

彼女は静かに立ちあがると、胸の前で腕を組んだ。まるで心の痛みから自分を守るかのように。「そう。それなら、あなたがわたしに隠しているもうひとつの秘密を教えて」

アレックスは口の中がからからになるのを感じた。「どういう意味だ？」

「一〇年前、あなたがわたしに求愛したのは別の目的のためだったということよ。公爵夫人は父を見張らせるためにあなたを使ったに違いないわ。あなたは父の動向を探る手段として、わたしを利用したのね」

そんなふうに言われると、ぼくの取った行動はいかにも浅ましく聞こえる。しかし当時は、正義をまっとうしなければという使命感に燃えていた。盗まれた宝石を取り戻すために公爵夫人の手助けをするのは、自分の義務だと考えていたのだ。

たとえそのために、誰をだますことになろうとも。

ローラを傷つけたことを償いたい一心で、アレックスは彼女の両肩をつかんだ。

「ダーリン、たしかに最初はそういう目的できみに近づいた。名づけ親を助けなければという義務感からだったんだ。だがすぐに、きみが自分にとってどれほど特別な存在か、どんなにきみのことを求めているかに気づいた。誓って言う、ぼくのきみに対する気持ちは本当に真剣な――」

「嘘よ！　あなたはうちの屋敷へ自由に出入りするために、わたしを利用したんだわ」ローラはにべもなく言うと、アレックスから離れて何歩かあとずさりした。「盗まれたイヤリングを偶然見つけたとき、あなたは父の書斎で紙とペンを探していたと言った。あれも嘘なのね。あなたはブルームーンがないかどうか探していたんだわ。父が犯人だという証拠を見つけた瞬間は、さぞかし勝ち誇った気分だったでしょうね！」

彼女の言葉がかみそりのようにアレックスの魂を切り刻んだ。そう、ぼくは偶然を装ってマーティン・フォークナーの机の引き出しをのぞいた。だがイヤリングを見つけた瞬間、勝ち誇った気分になったわけではない。むしろ感じたのは不安だった。ぼくが恐れたのは――あのとき感じたのはまさに〝恐怖〟だ――もう二度とローラから愛されることはないだろうという現実だった。

そして今、ローラの嫌悪感に満ちた表情を目の当たりにして、アレックスは胸が締めつけられる思いだった。ぼくはまたしても彼女を失おうとしている。あれほど愛情深い瞳でぼくを見つめてくれたのに。数えきれないほど愛の言葉をささやいてくれたのに。愛。ぼくが何よりも必要とし、心から求めているものだ。

アレックスは彼女のほうへ進み出た。「ダーリン、誓って言う、ぼくは決してきみを傷つけるつもりでは――」

「やめて」ローラは手をひと振りして遮った。「もう言い訳はたくさん。あなたは一〇年前、父が犯人だと信じていたわ――そして今も」

アレックスは何も言い返せなかった。あのあと警察の報告書をじっくりと読み、捜査責任者だった巡査部長にも話を聞いてみた。フォークナー家に雇われていた使用人たちの行方を追い、数人にふたたび質問もしてみた。しかし、新たな事実は何も浮かんでこなかったのだ。

アレックスは両腕を大きく広げた。「きみのために、お父上が無実だと信じられたらどんなにいいだろう。だがそうなると、真犯人はいったい誰なんだ？　ハヴァーシャムが事件に関与しているという証拠はひとつもないんだぞ」

「ハヴァーシャム侯爵は父を憎んでいたわ。嘘をつくだけの理由がある。そうでしょう？」

「しかし、裁判所が何より必要としているのはたしかな証拠だ。しかもハヴァーシャムは公爵夫人と関係を持ったことがない。彼女の寝室へ自由に出入りできる立場ではなかったんだ」

ローラは長椅子の前を行きつ戻りつした。「それならきっと、侯爵はノウルズ公爵夫人のメイドを買収したんだわ。あるいは使用人の誰かを。たしかに侯爵がどうやって宝石を盗み出したか、わたしにはわからない。でも、イヴリンが手助けしたということは知っているの。あなたが発見する前日、イヴリンは父の机にイヤリングを入れることができたのだから」

「なんだって？　そんな話は聞いていないぞ」

「あの前日、イヴリンは突然わたしを訪ねてきたの。ふつう訪問客が訪れないような早い時刻に。わたしは階上で着替えをしている最中だったから、彼女にはイヤリングを隠す時間がたっぷりあったはずよ」

アレックスは眉をひそめた。イヴリンがどういう性格かは、いやというほど知っている。たしかにずる賢くて貪欲な女性だ。だが、彼女がそこまで下劣な行為に手を染めるとは思えない。「もしよければ、ぼくが彼女に話を聞こう」

「あら、気をつかってくれなくても結構よ」ローラが冷たい口調で言う。「あなたはこれまでも、わたしの調査を手伝いたくなかったんでしょう？　結局、わたしはひとりで調査していたも同然だったんだわ。パンボーン巡査に貧民街で追いかけられたあの日からずっと」

アレックスははっと息をのんだ。「追いかけられた？　いつのことだ？」

「ロンドンに到着してすぐよ。父の身に何が起きたのか調べるために警察へ行ったら、パンボーン巡査が父の埋葬されている共同墓地までわたしを案内してくれたの」ローラはふいに寒気を覚えたかのように両腕をこすった。「でも巡査といると、なんだか不安で仕方がなかった。だから逃げ出したの。リージェント・ストリートでレディ・ミルフォードと偶然会ったのと同じ日よ」

衝撃のあまり、アレックスは言葉を失っていた。コヴェントト・ガーデン付近の路地でローラの父を発見した巡査にも話を聞こうと、彼は交番を訪れていた。だがたまたま巡査が非番だったため引き返し、たいして重要な話も聞けないだろうとそのままにしていたのだ。

けれども今、アレックスはもっと巡査のことが聞きたかった。

「彼のどんなところに不安を感じたんだ？」

「なんとなく妙な感じがしたの。彼がわたしの正体を知っているような気がしたわ。それに、父がたまたま追いはぎの犠牲になった〝マーティン・ブラウン〟という名の男性ではないことも。だから、パンボーン巡査はハヴァーシャム侯爵から賄賂をもらっていて、わたしがロンドンに到着するのを見張っていたのではないかと考えたの。それに……」

「それに？」

「数週間前、通りの向こう側からコプリー・ハウスを見張っている巡査を見かけたわ。でも、気づいたらいなくなっていた。だからてっきり、あれはわたしの勘違いだったんだろうと思ったのよ」

アレックスは理性的に考えようとした。しかしどう考えても、巡査の振る舞いは怪しい。

「なぜすぐに話してくれなかったんだ？」

ローラはそっけなく彼を一瞥した。「あなたは本気で父の汚名を晴らそうとしていないんじゃないか、ただわたしの怒りをなだめようとしているだけじゃないかと疑っていたからよ。本当にそのとおりだったと、今はっきりわかったわ」声を落とし、かすれ声で続ける。「それに、あなたがわたしのためを思ってくれているなんて信じられない。結局あなたがわたしと結婚したのは愛情からではなく、単なる欲望からだったんだもの」

アレックスは喉が締めつけられるような息苦しさを感じていた。何も言い返せず、ただ黙って見つめることしかできない。ローラが体の向きを変え、濃紺のドレスの下でヒップを揺らしながら図書室から出ていくのを。いつかこんな日が来るのではないかと恐れていた。許しがたい真実を告白したら、自分に対する彼女の信頼は粉々に崩れてしまうのではないかと。

ふいにローラがめまいを起こしていたことを思い出し、アレックスはあわてて扉のほうへ駆け寄った。

すでにローラは大階段のいちばん上へたどりつこうとしていた。もう具合はよくなったようだ。できることなら、今すぐ彼女のあとを追いかけたい。しかし、アレックスはそんな衝動を必死にこらえた。追いかけて、ローラになんと言うつもりだ？　きみは間違っていると？　本当はぼくもきみに対して深い愛情を感じている、ただ意気地がなくてそれを口に出せなかったのだと？　今さらそんなことを言っても、彼女はぼくを信じてくれないだろう。

〝女とは平気で男を傷つける、うぬぼれの強い、わがままな生き物だ〟

いや、父は間違っている。完全に大間違いだ。ローラの心臓を突き刺したのはぼくのほうだ。今まで重大な秘密を口にせず、だまし続けていたせいで、彼女を失ってしまった。今度こそ永遠に。

ローラが視界から消えると、アレックスは大股で屋敷の奥を抜けて馬屋へと向かった。なんとしても忌々しい巡査を見つけ出そう。なぜそいつがローラを見張っているのか突きとめてやる。もし答えようとしないなら、どんな手段に訴えてでも吐かしてみせる。たとえ相手の首を絞めてでも。

ローラが目覚めたとき、寝室は夜明けの優しい光で満ち、庭園からは鳥のさえずりが聞こえていた。まどろんだ状態のまま、夫のほうへ手を伸ばしてみる。けれども指先に触れたのはアレックスの温かな体ではなく、ひんやりしたリネンのシーツだった。

目を開くと、ベッドの隣は空っぽだった。羽根枕はふくらんだままで、誰かが眠った形跡もない。ひどく体がだるかったため、前日早い時間に横になったことをローラはぼんやりと思い出した。でも、どうしてアレックスはここに来てくれないのだろう？

ふいに前日の出来事を次々に思い出し、ローラは胸が悪くなった。ハヴァーシャム侯爵の一件でアレックスと言い争ったこと。彼がわたしに隠し事をしていたこと。父がノウルズ公爵夫人と関係を持っていたこと。そして何より恐ろしいのは、アレックスがずっとわたしを利用していたこと……。彼は計算ずくでわたしに求婚していたのだ。すべては父を調べるために。

父の汚名を晴らそうとするわたしを、アレックスが思いとどまらせようとしたのも当然だ。自分の裏切り行為がばれてしまうのを恐れたのだろう。

おまけに今や思いもよらぬ新事実が発覚し、ローラの世界を揺るがしていた。アレックスの不誠実な行為による衝撃を受けとめる間もなく、昨日往診にやってきた医者に問診され、月のものが一週間遅れていたことに気づいたのだ。優しげな中年の男性医師は、彼女を力づけようとした。あなたのような大事にしなければならない時期にある女性は、ときどきめまいを起こすものなのですよ、と。

ローラは妊娠していた。

ひとりベッドに横たわったまま、平らな下腹部に片手を置いてみる。悲喜こもごもの感情がどっと押し寄せ、口元をほころばせつつも、唇を震わせずにはいられない。赤ちゃん！あまりの驚きに、どう考えていいのかわからなかった。アレックスには、まだこの知らせを伝えていない。わたしが第一子を身ごもったことを、彼は喜んでくれるかしら？

いいえ、これ以上アレックスの振る舞いに期待してはだめ。彼が望んでいるのは世継ぎをもうけることだけ。わたしと結婚したのはそのためなのだから。

それと――欲望を満たすためだ。

なんて愚かだったのだろう。アレックスの優しい愛の行為が、わたしへの深い愛情のしるしだと誤解していたなんて。そもそも父の屋敷を調べるために、社交界にデビューしたばかりのわたしに近づくなど、冷酷でなければできない所業だ。そんな彼が今になって変わるわけがない。期待するだけ無駄だ。

そのとき、寝室の扉を軽くノックする音がした。ウィニフレッドがこんな早い時間にやってきたことに驚きながらも、ローラは肘をついて起きあがった。ベッドの上に座ったとき、ふいに気分の悪さに襲われた。

どうしようもない吐き気がこみあげてくる。すんでのところで、彼女はなんとかしびんを手に取った。吐き終えたとき、パタパタと近づいてくるメイドの足音が聞こえた。

「まあ、奥様、お気の毒に」

ウィニフレッドは手際よくローラをベッドに寝かせ、頭を柔らかな枕にもたせかけると、ひんやりと湿った布を額にあてがった。吐き気はおさまったものの、気分はまだ優れない。

「厨房には、奥様の朝食のメニューをいつもと変えるよう申しつけておきます」寝具を直しながら、ウィニフレッドが言う。「紅茶とバターなしのトーストなら召しあがれるでしょう。どうか心配なさらないでください。こういう症状は最初の数カ月、特に朝起きたときによくあるものなのです」

「あなた、知っているの？　わたしが――」

平凡な顔立ちのウィニフレッドが賢そうな笑みを浮かべる。「わたしは一二人きょうだいの長女なんですよ、奥様。これとそっくりな状態になった母のことを、よく手助けしたものです。さあ、奥様の食事の手配をして参りますので、ゆっくりお休みになっていてください。心配することは何もありませんよ。お支度をする時間はたっぷりありますから」灰色のスカートをぐいっと引っぱると、メイドは寝室から出ていった。

ローラは目をしばたたき、ぼんやりした頭をはっきりさせようとした。お支度をする？　まだ早い時間だというのに、わたしがどこへ出かけるというのだろう？

遠くから教会の鐘の音が聞こえてきた。申し合わせたように次々と別の教会の鐘も鳴り出し、美しい音色が重なっていく。ローラははっと気づいた。今日は戴冠式の日だ。いろいろ大変なことが続いて、すっかり忘れていた。ここ数週間というもの、ロンドンではひっきりなしにパーティや祝賀会が行われ、通りも郊外からやってきた人たちでごった返している。

つい昨日までは、ローラもそんなお祭り騒ぎに心躍らせていた。今夜はたくさんの舞踏会が催され、美しい宝石で着飾った貴族たちが集うことだろう。一九歳のヴィクトリア女王の戴冠式は、まさに誰にとっても一生に一度の記念すべき出来事と言っていい。

それでもなお、ローラはふかふかのベッドにもぐり込み、少なくとも一カ月は眠り続けたい気分だった。思わず目を閉じる。さまざまな飾りのついた、手の込んだドレスを着ることを考えただけでうんざりだ。

数分後、まどろんでいたローラは、寝室の扉が開かれるカチリという音に気づいた。困惑しながら、室内に入ってきた正装の男性を眺める。

誰かわかるのに、少し時間がかかった。「アレックス?」

ローラが体を起こそうとすると、彼は足早にベッドの脇へやってきた。

「そのままでいい。起きなくてもいいんだ」

吐き気をのみ込みながら、ローラは素直に従った。アレックスの戴冠式用の正装に嘔吐《おうと》でもしたら大変だ。面と向かって言うつもりはないけれど、今日の彼はひときわすばらしい。勲章をつけた黒の上着に、白いベストとズボン、染みひとつないキッド革の手袋を合わせている。肩から羽織っているのは床まで届く長さの、白いシルクで裏打ちされたアーミン毛皮の緋色のマントだ。腰に緋色のベルトを巻き、金色の脇鞘《わきさや》には礼服用の剣をおさめている。

あまりに神々しいアレックスの姿を前にして、ローラは口が利けなくなっていた。それにまだ昨日のことを引きずっている。彼に嘘をつかれていたという心の痛みと、求婚したのは別の目的のためだったという衝撃は忘れようもない。

「メイドから、きみの様子を見に行ったほうがいいと言われたんだ」アレックスが言う。「今朝も具合が悪そうだね」

彼は少し眉根を寄せている。どこか冷たく超然とした表情だ。まるで夫と妻ではなく、他人であるかのように。今後、わたしたちはこんな関係になってしまうのかしら？　こんなに冷ややかで他人行儀な生活を送ることになるの？

いいえ、胸を刺すような悲しみに負けてなるものですか。ローラは自分に言い聞かせた。わたしも学ばなければいけないわ。アレックスと同じくらい、何にも影響を受けない超然とした態度を取ることを。

彼女は上掛けを握りしめ、ぎこちない笑みをなんとか浮かべた。

「今はもう大丈夫よ。わたしのような状態にある女性には、よくあることなんですって。まだ言っていなかったけれど、アレックス、わたし……」ローラは言いよどんだ。ふたりにとって記念すべき知らせを、こんなに淡々とした声で伝えるなんて……。思い描いていたのとはまるで違う展開だ。

「ぼくの子を身ごもったんだろう？　昨日遅くに医者のところへ立ち寄ったときに聞いたよ」アレックスは身をかがめると、手袋をはめた指先でローラの頬を撫でた。「ローラ」ぶっきらぼうな口調で言う。「どんなにぼくが喜んでいるか、わかるかい？」

ふたりはしばし見つめ合った。アレックスの顔から冷徹な仮面がはがれ落ち、濃い茶色の瞳が生き生きと輝きはじめる。ふたりのあいだにあんなことがあったにもかかわらず、怒りや心の痛み、辛辣な思いが一気に吹き飛ぶのを感じて、ローラは一縷の望みを抱かずにはいられなかった。もしかすると、アレックスは本当にわたしを愛してくれているのかもしれない。彼の両腕にわたしを引き寄せてほしい。強く抱きしめ、愛の言葉をささやいてほしい。わたしの愚かな心がそう叫んでいる。きっとアレックスもそうしたいと思っているはずよ。けれど、どうしてわたしにアレックスの考えていることなどわかるだろう？　きっと彼は、この結婚の目的を果たせた喜びしか感じていないに違いない。おそらく頭の中は、あと九カ月で生まれてくる世継ぎのことでいっぱいなのだろう。

そのとき扉が開き、ウィニフレッドが銀製のトレイを運んできた。彼女はふたりを見たとたん、短くお辞儀をした。「お許しください、閣下。奥様の紅茶とトーストを置いたら、すぐに失礼いたします」

「さがる必要はないわ」枕から頭を少しあげて、ローラは言った。「伯爵は行列に参加なさるために、すぐ出発のご予定だから」

「本当に大丈夫か？」アレックスが尋ねる。

「言ったでしょう？　もう大丈夫よ」

ローラのそっけない物言いに、彼はふたたび無表情になってあとずさりした。病人のように見られたくない一心で、彼女はなんとかベッドの上に起きあがった。けれども悔しいことに、またしても吐き気が襲ってきた。

今度は浅い呼吸を繰り返すことで、どうにかやり過ごすことができた。とはいえ、肌がじんわりと湿っている。アレックスにも気分が悪いことがわかってしまっただろう。

磁器のカップを手にしたウィニフレッドがベッドの脇へやってきた。

「さあ、奥様。何も入っていない紅茶です。これをお飲みになれば楽になりますよ」

メイドがローラの唇にカップを当てる。ローラはほんの少し紅茶をすすり、またひと口すすった。紅茶の温かさは心地よかったが、気分の悪さはあまり解消されない。これ以上飲めそうになかったので、ローラはメイドからカップを受け取り、冷たくなった指先を温めながらアレックスを見あげた。彼は眉根を寄せてローラを見つめている。

「どこにも出かけられそうにないな」アレックスは言った。「きみはずっとベッドで休んでいたほうがいい」

「そんなことはできないわ！　あなたのおば様を戴冠式へお連れすることになっているのよ」

それは数週間前に決めたことだった。アレックスはほかの貴族たちと式に出席しなければならないため、ローラがレディ・ジョセフィーヌをウェストミンスター寺院へ連れていき、ほかのレディたちと一緒に翼廊に座って式を見守ることになっている。世紀の一大行事を見逃すなど考えられない——たとえ、これほど気分が悪い状態でも。

しかしアレックスは、ローラの懇願に耳を貸そうとはしなかった。

「寺院には人が押し寄せ、息苦しいだろう。それに戴冠式がはじまるまで、何時間も待たなければならない。そんなに長時間、きみに苦しい思いをさせるわけにはいかないよ。おばもきっとぼくと同じ意見のはずだ」

反論しようとローラは唇を開きかけたが、考え直した。たしかにこんなときに無理をするなんて愚かだ。座席に何時間も座りっぱなしで、きついコルセットに締めつけられ、呼吸もままならずに吐き気をこらえるなんて、想像しただけでぞっとする。

とはいえ、立ち去ろうとするアレックスを見て、ローラは悲しく惨めな気分を感じずにはいられなかった。けんかはしているものの、夫がベッドまでやってきて、行ってくるよと優しく口づけしてくれることを期待していた。

だが、その期待は裏切られた。アレックスはただそっけなくローラにうなずくと、緋色のマントをひるがえして隣接する扉へと消えていった。

28

ローラは石造りの窓台に手をかけると、三階にある客用寝室の窓から身を乗り出した。離れてはいるが、見晴らしのよいここからなら、近づいてくる行列が少しだけ見える。残念ながら、コプリー・ハウスのすぐ前にある通りは戴冠式の行列の経路に含まれていない。それにハイドパークの青々とした緑に遮られ、行列は切れ切れにしか見えなかった。

それでもなお、遠くに聞こえる群衆のどよめきに、ローラは心が震えるのを感じた。ケンジントン宮殿から女王が出発したことを知らせる銃声が鳴り響いたのはつい数分前、一〇時きっかりのことだ。今や、馬に乗った者たちや馬車の長い列がゆっくりとペルメル街の方向へ進み、ウェストミンスター寺院を目指している。

「もう少しよく見える場所があったらよかったのですが、奥様」ウィニフレッドが別の窓から眺めを確かめながら言った。「なんと残念なんでしょう！　そんなにおかげんがよくなったのに、戴冠式をご覧になれないなんて」

朝食に紅茶とトーストを食べたあと、ローラはあまりに具合が悪かったので、ベッドでまどろむことにした。そして二時間後に目覚めたときは吐き気も完全におさまり、すっかり気分がよくなっていたのだ。これ幸いとばかりに急いで着替えをし、こうして屋敷の正面部分に陣取っている。ここからでも、世紀の瞬間を固唾をのんで見守る街の雰囲気が手に取るようにわかった。

「文句を言うよりも、むしろこんな特等席から見物できることに感謝しなければいけないわね」ローラは笑いながら言った。「しかもこんな人込みの中、今馬車を出してもウェストミンスター寺院には到底たどりつけないわ。これほど大勢の人が集まっているのを見るのは生まれてはじめてよ」

行列が通る道沿いには群衆が押し寄せ、ヴィクトリア女王を乗せた国賓用の馬車が通るのを今か今かと待ちわびている。遅れてきた者たちは通りを走り、公園の南側を目指していた。あちこちで振られているのは帽子にスカーフ、そして英国国旗だ。叫び声と歓声があたりにこだましている。

「本当にみごとな光景ですね！」ウィニフレッドが幸せそうなため息をもらす。「もう少し近くで女王様をひと目でも見られたら、どんなによかったでしょう。わたしの妹は二本先の通りに面したお屋敷でメイドをしているんです。きっとすばらしい眺めを楽しんでいるに違いありません！」

ふだんは控えめで無口なウィニフレッドが興奮している姿を見て、ローラは嬉しくなった。

「あら、今すぐ妹さんのところへ行けばいいのに。急げばきっと女王陛下の馬車を見ることができるわ」

「でも、奥様を置いてはいけません」

「あら、大丈夫よ。気分はすっかりよくなったのだから。さあ、行ってちょうだい。反論するなんて時間の無駄よ。ほら、急いで！」

灰色の瞳を興奮で輝かせながら、ウィニフレッドは短いお辞儀をした。

「奥様、ありがとうございます」いかにも嬉しそうに言う。「一時間以内に必ず戻って参ります。詳しい話を楽しみになさっていてくださいね」

寝室からあわてて出ていくメイドを見送ると、ローラは近づきつつある行列に視線を戻した。木々の緑のあいだから小さな乗り物が動いているのが見える。きらりと光っているのは、馬車に施された金箔だろう。あの行列のどこかに、アレックスも馬に乗って参加しているのだ。

彼との言い争いを思い出し、ローラは急に気分が落ち込むのを感じた。たった二四時間前は、アレックスが自分に思いやりを抱いてくれていると信じていた。たとえ今はまだそうでなくても、いつか彼がわたしを愛してくれるときがやってくる――そんな希望を抱いていたのだ。けれどもアレックスにだまされていたことがわかり、すべてが一変してしまった。現実はひどく残酷でつらいものだった。彼は父を見張るためにわたしを利用していたのだ。

名づけ親を助けるのが自分の義務だとアレックスは言っていた。でも、若い女性をだまして傷つけることの、どこに正義があるというのだろう？　彼はそれほど冷酷な性格だったのかしら？

控えめなノックの音にローラは振り向いた。開かれた扉のところに立っていたのは、銀製のトレイを手にした従僕だった。「失礼します。奥様宛に手紙が届いております。緊急の手紙だと言われたものですから」

困惑しながら、ローラはトレイに近づいて手紙を手に取った。赤い蜜蠟をはぎ取り、便箋を開いて細長い筆跡に目を走らせる。

親愛なるレディ・コプリー
恐ろしい知らせをお伝えしなければなりません。レディ・ジョセフィーヌが行方不明になりました。どうかすぐにいらしてください。奥様以外、頼れる方を思いつきません。
よろしくお願い申しあげます。

ミセス・サムソン

外の喧騒《けんそう》は遮断されているものの、ウェストミンスター寺院内部も、戴冠式への招待状を受け取った幸運な者たちのざわめきで満ちあふれていた。ヴィクトリア女王の到着を告げる銃声があがったのは、つい今しがたのことだ。ただ、着飾った貴族たちは女王の姿をまだ目にしていない。女王は到着するとすぐに入口近くの着替え室へ入った。そこで長い緋色のマントをつけたあと、通路を進んで玉座へ座ることになっている。

アレックスはほかの貴族たちとともに翼廊にある座席に腰をおろし、貴婦人たちの座席のほうを見た。ローラが座るはずだった席がぽっかり空いている。できることなら今すぐ屋敷へ戻り、彼女のそばにいたい。ローラの具合はどうだろう？　気分の悪さは治っただろうか？　彼女の青白い顔を見た瞬間、衝撃を覚えずにはいられなかった。そしてローラがぼくを軽蔑するあまり、抱擁を拒んでいるとわかった瞬間も。

彼女は終始冷たい態度を貫いていた。子どもの話をしたときを除いて、その瞳には愛情のかけらも感じられなかった。ぼくが犯した大罪を許せないのだろう。何しろ父親の調査のためにローラを利用しようとしたのだから。もし彼女が永遠にぼくを許さなかったら……いや、そんなことには耐えられない。

「あなたが奥様に捨てられたと考えるのは高望みかしら？」

そう耳元でささやかれ、アレックスは不意を突かれた。横に立っていたのはイヴリンだ。凝ったデザインの白いサテンのドレスに身を包み、赤褐色の髪と首元、さらに耳にもダイヤモンドが輝いている。

「ここで何をしている？」彼は低い声で言った。「自分の席に戻るんだ」

「すぐに戻るわ」アレックスの腕にわざと胸が触れるようにしながら、イヴリンは彼に身を寄せた。「あなたが昨日の夕方、うちの屋敷を訪ねてきたと聞いたの。外出していて本当に残念だったわ。もしその場にいたら、喜んであなたをお迎えしたのに」

アレックスは眉根を寄せて彼女を見た。ローラを心配するあまり、思い出すのに少し時間がかかった。そういえば昨日、ローラの父親の潔白を証明するための証拠が何か――なんでもいいから――ないかと、必死であちこちを調べたのだ。パンボーン巡査にも話を聞きに行った。だが巡査は二日前に突然辞職したと知らされ、ランベスにある下宿にも行ってみたが、彼は家賃を支払わないまま行方をくらましていた。

パンボーンは跡形もなく姿を消してしまったのだ。

奇妙な状況を目の当たりにして、アレックスの恐怖と欲求不満はかきたてられた。ローラの身が危ないのではないかという不安を振り払えなかったため、その足でイヴリンを訪ねたのだ。だが、イヴリンは自分に関心があるから、ぼくが訪ねてきたと勘違いしているに違いない。

これほど厳粛な席なのだ、イヴリンを即刻追い払うべきだろう。しかし、アレックスは考え直した。この状況を逆手に取ればいい。女王が姿を現すまでの時間を利用して、イヴリンから情報を聞き出そう。周囲はみな、おしゃべりに興じている。こちらの会話に聞き耳を立てる者などいないだろう。

アレックスはイヴリンのほうへ顔を近づけた。

「ローラと彼女の父親が英国から逃げ出す前日、きみはローラを訪ねたそうだな。それはなぜなんだ？」

彼女はぼんやりとアレックスを見た。「なんですって？」

「聞こえただろう。さあ、答えてくれ」

「もう一〇年前の話よ。どうして今さらそんなことを尋ねるの？　まさか、うちの父を非難している彼女の話を信じているんじゃないでしょうね？」

彼は背後をちらりと見た。ハヴァーシャム侯爵はすぐ近くでダラム司教と話し込んでいる。アレックスは視線をイヴリンに戻した。「ぼくはただ、いくつかの事実を明らかにしたいだけだ。通常の訪問時間よりも早くローラを訪れたのには、きみなりの理由があったに違いない。そうでなくても、きみたちふたりは親友とは言いがたい間柄だった。それなのに、なぜきみはひとりきりでローラを訪ねたんだ？」

いらだちの表情を浮かべると、イヴリンはつんと顎をあげた。「ひとりきりなんかじゃないわ。わたし、男性の同伴者には事欠かないのよ」

アレックスは驚きに眉をあげた。「男性の連れがいたのか？　いったい誰なんだ？」

イヴリンが名前を口にした瞬間、アレックスは凍りついた。まさか、その男がブルームーン窃盗事件と関係があるとは夢にも思わなかったのだ。頭の中でめまぐるしくパズルのピースを組み合わせてみる。全体像はまだ見えてこないものの、アレックスにはじゅうぶんな確信があった。「妙だな。彼がきみと一緒にいたことを、ローラはひと言も口にしなかったが？」

「たしか彼女が階下へおりてくる前に、あの人は屋敷を出ていったのよ。でも、そんなことはどうでもいいでしょう？　もう古い話なんだから！」アレックスのほうへ身を乗り出し、イヴリンは甘えた声を出した。「あら、そんなににらみつけないでちょうだい。今朝わたしが彼にここへ送ってもらう予定だったことを誰かに聞いたのね？　それで焼きもちをやいているんでしょう？　大丈夫よ、あの人から土壇場になって、今日は送れないと言われたの。わたしはもう完全にあなたのものよ」

ローラがレディ・ジョセフィーヌの屋敷へ到着するのに、一時間もかかってしまった。まず馬車を屋敷前につけるまでに長いこと待たされた。ようやく乗り込んでからも、沿道を埋め尽くす群衆のせいで、馬車は遅々として進まない。ローラが頼んだのは、屋根を半分開けられるバルーシュ型馬車だった。通りのどこかでレディ・ジョセフィーヌを見つけられるかもしれないと考えたからだ。けれどもすさまじい数の群衆を見たとたん、それは至難の業だと思い知らされた。今回は、前にレディ・ジョセフィーヌが庭園から抜け出したときのように簡単にはいかないだろう。そう考えただけで頭がどうかなりそうになる。

それにしても、レディ・ジョセフィーヌはどうやって屋敷から出たのかしら？　庭園の扉にはすでに南京錠がつけてあるし、正面玄関には従僕が常駐している。どうして新しいコンパニオンは老婦人を見張っていなかったの？　もしかして、ミセス・ダンカーフは女王の戴冠式を見るために休暇を取っているのかもしれない。

馬車がようやく止まり、従僕が階段をおろした。ローラは急いでれんが造りのタウンハウスに駆け寄った。ノックもせずに扉を開け、玄関ホールに足を踏み入れたが、人っ子ひとり見当たらない。例によっていくつもの花瓶と像が並べられ、階段の下では鎧一式が鈍い光を放っている。

大理石の床にローラの足音がこだました。「ミセス・サムソン？」

聞こえてきたのはどこかで犬が吠える声だ。くぐもった声から察するに、どうやら階上らしい。

チャーリー？　だとしたら――？

安堵の声をもらしながら、ローラは階段に急いだ。だが二段もあがらないうちに、烏《からす》のような陰気な姿をした家政婦が、屋敷の奥へ通じる廊下からすっと姿を現した。

「まあ、奥様、いらしてくださったんですね！　でも、いったいどこへ行かれるおつもりです？」

「階上でチャーリーが吠えている声が聞こえたの。レディ・ジョセフィーヌは見つかった？」

家政婦は目を大きく見開き、節くれ立った指でエプロンをぎゅっとつかむと、しかめっ面で階上をにらみつけた。「い、いいえ！　まだです。手紙に書いたように、レディ・ジョセフィーヌは数時間前にいなくなってしまわれました。それ以来、お姿は見ていません。ほかの使用人たちは出払っているし、困り果てていて……」

「でも、レディ・ジョセフィーヌがチャーリーを連れずに外出するとは思えないわ。絶対に彼女が戻っていないと言える？　もしかすると、あなたが地下にいたあいだに正面玄関から戻ってきたかもしれないでしょう」

ミセス・サムソンは唇を嚙み、困惑したように荒い息をついている。

「わ……わたしはそうは思いません……」

そのとき、ローラは家政婦の背後の動きに注意を引かれた。薄暗い廊下から、男性がぬっと現れた。亜麻色の髪をきれいにとかしつけ、仕立てのよい灰色の上着に縞模様の灰色の長ズボンというでたちだ。「今日のレディ・ジョセフィーヌは犬と一緒ではなかったんだ」

ローラは驚いた。「ミスター・ルパート・スタンホープ＝ジョーンズ！　いったいここで何をしているんです？　なぜウェストミンスター寺院に行かなかったのですか？」

「土壇場で予定を変更したんだ。ついさっきミセス・サムソンにも説明したところだが、恐ろしいことが起きてね。偶然にもぼくは今朝、うちの屋敷の前で起きたひどい事故を目撃してしまったんだよ」重々しい表情を浮かべて、スタンホープは言葉を継いだ。「きみを驚かせたくはない……だが……事故に遭ったのはレディ・ジョセフィーヌだったんだ」

ローラは胸がつぶれる思いだった。階段をおり、まっすぐスタンホープのほうへ近づく。

「ああ、神様！　いったい何があったんです？」

「すべてわたしのせいなんです」顔を両手で覆いながら、ミセス・サムソンがわっと泣き出した。「使用人たちを戴冠式の祝賀行事に参加させるべきじゃありませんでした。ほんの数時間なら、わたしひとりでも奥様の面倒が見られると思ったんです。でも、まさかわたしが朝食をとりに行ってるあいだに、奥様がお屋敷をこっそり抜け出すなんて――おまけにそのあと、そんな恐ろしい事故に巻き込まれるなんて」

「いったい何があったの？」ローラは叫んだ。「お願い、ミスター・スタンホープ＝ジョーンズ。何があったのか教えて。今すぐに！」

スタンホープは彼女の手を取ると、なだめるように優しく叩いた。

「どうか落ち着いて。レディ・ジョセフィーヌは無事だ。回復するまでに時間はかかるだろうが、命に別状はない。ただ、どんちゃん騒ぎをしていた集団にぶつかって倒されてしまったんだ。今日のロンドンは、そういうけだものみたいな連中がうようよしているからね！ぼくの使用人がすぐにレディ・ジョセフィーヌを屋敷へ運び込んだ。ただ……脚を骨折してしまったようなんだ」

「骨折ですって！　本当に？　彼女をここへ連れ戻すことはできないんですか？」

「レディ・ジョセフィーヌはひどく痛がっている。だから医者を呼んで応急手当てをするまでは、動かさないほうがいいと思ったんだよ」スタンホープはローラの腕をつかみ、廊下へといざなった。「さあ、すぐに彼女のところへ一緒に行こう。急いだほうがいい。レディ・ジョセフィーヌが見知らぬ他人の中に置き去りにされたと誤解してしまう前に」

心配のあまりローラは歩き出したが、つと立ちどまった。「正面にわたしの馬車を待たせてあるんです。それに乗っていくのはどうかしら？」

「ぼくの馬車は馬屋に止めてある。脇道のほうが混んでいないだろう。それに近道も知っている。きみの馬車の御者にはミセス・サムソンが事情を伝えてくれるさ」

「ええ、そういたします」家政婦が即座に言った。「お任せください、レディ・コプリー」

スタンホープの提案は理にかなっているように思える。だが彼に手を引かれて廊下を進みながらも、ローラは肩越しに振り返り、親柱の横に立っているミセス・サムソンを見ずにはいられなかった。一瞬、陽光に照らし出された家政婦の顔に冷笑が浮かんだように見えてぎくりとする。もちろん、ミセス・サムソンがいつもああいう不機嫌そうな顔をしているからだろう。ただ奇妙なことに、彼女は突っ立ったままだ。スタンホープに言われたとおり、すぐにわたしの馬車の御者に事情を説明しに行くべきなのに。でも、きっとミセス・サムソンも相当な衝撃を受けているのだろう。

それはローラも同じだった。レディ・ジョセフィーヌが苦しんでいると思うだけで胸が締めつけられる。子どもの頃、木のぼりをしていて腕を骨折した経験があるだけに、骨を折るのがいかに痛いか身に染みてわかっていた。ましてや、混乱気味の老婦人ならなおのこと。見知らぬ人に囲まれ、慰めてくれる者もいない状況で、よけいに不安な思いをしているに違いない。

急ぎ足で庭園を通り抜けたとき、ローラは扉が開いているのに気づいた。

「南京錠がなくなっているわ！」

「ああ。ミセス・サムソンが少し前に外してくれた。表通りがすごい人込みだったから、ぼくは裏にまわり、この庭園の扉を必死で叩いたんだ。彼女がその音に気づいたのはまったくの幸運としか言いようがない」

馬屋では鹿毛の馬たちが引く黒い馬車が待機していた。高い御者席に座っているのは、うつむきかげんのがっしりした体格の御者だ。帽子を目深にかぶり、頬ひげを生やしている。

どことなく見覚えがある気がしたものの、スタンホープにすばやく馬車の中へ引き入れられた瞬間、ローラの不安はすぐに消えた。内装が純白のサテンと青いフラシ天で統一されており、設備のじゅうぶん整った最高級の馬車だ。かすかな揺れを合図に馬車は狭い路地を走り出し、脇道へと向かった。

ローラは座席の端にちょこんと座り、車窓を流れる風景を見ていた。通りは歩行者があふれんばかりだ。彼らの多くはウェストミンスター寺院を目指して歩いていた。ふいに遠くでくぐもった銃声が聞こえ、群衆から歓声があがった。みんなが国旗を振りまわし、万歳を叫んでいる。

「ああ」スタンホープが頭を傾けて言う。「あれはヴィクトリア女王のウェストミンスター寺院到着を知らせる合図だ。戴冠式が終わるまで、あと二時間はかかるだろう」

「ええ、そうですね」ローラはふと思った。アレックスが屋敷に戻ってくるまで、あとどれくらいかかるかしら？　彼にそばにいてほしい。妻にはひどい仕打ちをしたけれど、おばを大切に思う彼の気持ちは本物だもの。

「そのあとは修羅場だよ」スタンホープが続ける。「どこもかしこも馬車だらけで大渋滞になるに違いない。おまけに下層階級の奴らまでどっと押し寄せ、にっちもさっちもいかない状態になる。そんな修羅場を避けることができて、ぼくらは運がよかったんだな」

スタンホープは薄い唇をゆがめて笑った。そんな彼の様子がローラは気に入らなかった。レディ・ジョセフィーヌが大変な目に遭っているというのに、〝運がよかった〟だなんて。

だが、すぐに自分を戒めた。スタンホープは寛大にも、戴冠式への出席というめったにない機会をふいにしてまで、レディ・ジョセフィーヌのために時間を割いてくれたのだ。

「本当にあなたには感謝してもしきれません」ローラは言った。「もし運がよかったことがあるとすればただひとつ、事故があなたの屋敷の前で起きたことです。おばを助けてくださったあなたに、夫も心から感謝するでしょう」

スタンホープはすっと目を細めると、ローラの感謝の言葉に応えもせず、いきなり話題を変えた。「ミセス・サムソンから聞いたんだが、きみは今朝、体の具合がよくなかったらしいね？　気を悪くしないでほしいんだが、今も顔色が悪い。よほど事故が衝撃的だったんだろう」

彼は座席の下へ手を伸ばし、隠し引き出しを開けた。純白のリネンが敷かれた引き出しの中にあったのは、銀製のフラスコ瓶とクリスタルのゴブレット二脚だ。スタンホープはフラスコ瓶の蓋を開けると、中身を片方のゴブレットになみなみと注いでローラに手渡した。

「さあ、これを飲むといい」

ローラは琥珀色の液体を見おろした。「これは？」

「軽いシェリー酒だ。飲むと気分がよくなる」

正直に言えば、ローラは何も飲みたくなかった。けれどスタンホープは親切心から勧めてくれているのに、それを断るのは無作法に思える。ローラはゴブレットを持ちあげ、ほんの少しだけ口にした。だが甘い味と刺激的な香りに、たちまち気分が悪くなってしまった。

「ありがとうございます。でも……今は胃が何も受けつけないので」

ローラはゴブレットを返そうとしたが、スタンホープは受け取ろうとしない。

「ぐっと飲み干したら嘘みたいに気分がよくなるよ」やや押しつけがましい口調で言う。

「さあ、いい子だから、ひと息に飲み干すんだ」

「本当に飲めないんです。匂いをかいだだけでも我慢できないほどなんですもの」彼女はまたしてもゴブレットを突き返した。しかめっ面をしていたものの、今度はスタンホープも受け取った。そんな彼の様子を見て、ローラは思った。妊娠を明かすつもりはないけれど、ここは何か説明しておいたほうがいいだろう。「おわかりのとおり、まだ少し具合が悪いんです」

「許してほしい。ただきみを助けたかっただけなんだ」スタンホープはふいに体の向きを変えると、御者がいるほうの壁を三度荒々しく叩いた。「こんなにのろのろ運転するとは、役立たずの御者め！」

彼の罵声を耳にして、ローラは居心地の悪さを感じた。もしかすると、気分が悪いわたしに美しい馬車を汚されることを心配しているのかしら？

「わたしなら大丈夫です、本当に」あわててスタンホープに言う。「それにこんな人込みですもの、これ以上速く進めと言うほうが無理ですわ」

馬車ががくんと揺れたため、ローラは窓の外を見た。干し草の上に腰かけた大勢の農民たちが見守る中、前のほうでは興奮した子どもたちがハンカチや手作りの旗を振りまわしている。不安に襲われていたにもかかわらず、ローラは思わず微笑み、手を振り返した。

「田舎者どもめ」スタンホープが唇をゆがめて言う。「ああいう連中は外出禁止にすべきだ。ロンドンの恥さらしじゃないか」

「わたしはそうは思いません」どうしても反論せずにはいられなかった。「あなたやわたしと同じように、彼らもまた女王陛下の臣民です。戴冠式を祝う権利は、わたしたち全員にあるはずですわ」

彼は鋭くローラを一瞥したが、さっと魅惑的な笑みを浮かべた。

「たしかにきみの言うとおりだな。とにかくぼくはもうじきロンドンを離れ、この喧騒から逃げ出すつもりなんだ」

「では、郊外に領地をお持ちですの？」

「ああ。ケントの海岸沿いに。崖からの眺めは壮観なんだ。いつかきみにも見てもらいたいな」

それはどうかしら。たとえスタンホープがハウス・パーティを企画したとしても、アレックスが出席に同意するとは思えない。ふたりの男性が一緒にいるところを何度か見たことがあるけれど、どう考えても仲がよさそうには思えなかった。もちろんアレックスがわたしを守ろうとしたのは愛情からではなく、単に負けず嫌いな性格のせいだろう。わたしがどんな男性と一緒にいても、自分の敵と見なしてしまうのだ。

「さあ、ようやく着いた」スタンホープが言った。

馬車が停車してまもなく、ローラは優美な玄関ホールに足を踏み入れていた。バラ模様の壁紙や台座に置かれた彫像に目を走らせながら、親柱の前で立ちどまる。

「レディ・ジョセフィーヌは寝室にいらっしゃるのかしら？　彼女のところへ連れていってくださる？」

「もちろんだ。二階に案内しよう」スタンホープはローラの腕を取り、大理石の階段をのぼる手助けをすると居間へと導いた。「だが、いったんこの部屋で待っていてほしい。ぼくが彼女の様子を確認してくる」

「なぜです？　痛みで苦しんでいらっしゃるなら、レディ・ジョセフィーヌは一刻も早くわたしに会いたがっているはずですわ」

「まあ、そう焦らずに。まず医者が到着しているかどうか確認してくるよ。もし診察の最中なら、邪魔してはまずいだろう」

ローラはそうは思わなかった。だが、なんといってもここはスタンホープの屋敷だ。わざわざ手助けを申し出てくれているのだから、少なくとも彼の意見を尊重するべきだろう。

「では、お願いします」

彼は手にしていたゴブレットを机の上に置いた。「もし気が変わったときのために」思いやりに満ちた声で言う。「ここにシェリー酒を置いていくよ。不安を和らげるにはうってつけだからね」

それからスタンホープはお辞儀をして、居間から出ていくと扉を閉めた。

ローラは麦わら帽子を取り、クリーム色をした布張りの椅子の上へ放り投げた。しゃれた部屋の中を落ち着きなく行ったり来たりする。ラベンダーとクリーム色を基調に、ほんの少し緑色を加えた内装の色合いは、男性の屋敷にしてはかなり珍しい。スタンホープには家具選びを手伝ってくれる母親か、女性のきょうだいがいるのかもしれない。

ローラは窓辺に近づいて外を眺めた。屋敷の前には、まだ鹿毛の馬たちが引く黒い馬車が止まっている。お医者様がレディ・ジョセフィーヌの帰宅を許可した場合に備えて、待たせてあるのかしら？　そうであってほしい。

通りでは大勢の人たちがウェストミンスター寺院に向かって歩いている。すでに戴冠式ははじまっているだろう。式典にふさわしい豪華な舞台上では聖歌隊が高らかに歌いあげ、音楽が奏でられているに違いない。貴族たちとともに式典に参加している、緋色のマント姿のアレックスを見られたらよかったのに……。

そのとき馬車の御者が屋敷を見あげ、その顔がはっきりと見えた。

ローラはわが目を疑った。ふいに息苦しくなる。あの不機嫌そうな顔や小さな黒い目を忘れるはずもない。パンボーン巡査だ！

窓辺からあとずさりし、早鐘を打っている心臓のあたりに片手を当てる。そんなばかな。パンボーン巡査のはずがない。どうして警察の巡査が御者の制服を着て、馬車を走らせているの？　そんなことはありえない。

でも、やっぱりあれはパンボーン巡査だ。揺るぎない確信に、ローラは骨の髄まで凍りつくような寒気を覚えた。

巡査がここにいる理由を必死に考えているうちに、扉が開いてスタンホープが戻ってきた。紅茶のトレイを持った若いメイドを従えている。彼が身ぶりで指し示すと、メイドはトレイを机の上に置き、急いで部屋から出て扉を閉めた。

「きみには軽食が必要だと思ったんだ、ローラ」

スタンホープに気安く〝ローラ〟と呼ばれる筋合いはない。でも、今ここでそれを指摘するのは得策ではないように思える。

「ご親切にありがとうございます。でも、まずはレディ・ジョセフィーヌに会わせてください。彼女の無事が確認できないと、なんだか落ち着かないんです」

それになぜパンボーンが御者を務めているのか、理由を探らなければならない。いったいこれにはどういう意味があるのだろう？

スタンホープがローラの腕を取った。「そんなに急ぐ必要はないさ。気の毒な老婦人は今ぐっすり眠っている。医者が痛み止めにアヘンチンキを処方したんだ」

彼はわたしがレディ・ジョセフィーヌに会うのを、わざと遅らせようとしているのではないかしら？「それならベッドの脇で彼女の様子を見守ります」

「いずれそのときが来たらね。医者はまだレディ・ジョセフィーヌの脚を吊っている最中だ。それがすんだら、きみをすぐに彼女のところへ連れていくよ」スタンホープはトレイが置いてある机に近づいた。「まずは紅茶を一杯どうだい？　これを飲めばきっと神経が休まる」

スタンホープが銀製のポットを手に取り、カップに注ぎはじめた瞬間、ローラは彼の脇をすり抜け、早足で扉へと向かった。すかさず扉を開けると廊下に出て、階段をのぼりはじめる。

あとを追ってきたスタンホープが、またしてもローラの腕をつかんだ。

「いったいどこへ行くんだ？」彼はいらだった声で尋ねた。「せっかく紅茶を飲んでもらおうと思ったのに」

「レディ・ジョセフィーヌのお顔を見るほうが先です。もし寝室へ連れていってくれないつもりなら、自分で彼女を探します。まさかここにいないということはないでしょうね？」

スタンホープの青い目が怪しく光るのを見て、ローラは心底ぞっとした。

「そんな。まさか本当にレディ・ジョセフィーヌはここに……いないの？」

「何をばかな」彼はそう言うとローラの腕を引っぱり、ふたたび居間へ向かった。「軽食をとったら、すぐに彼女に会えるさ」

「いいえ。レディ・ジョセフィーヌがどこにいるか、今すぐ教えてください」

「きみは感情が高ぶりすぎている。さあ、座って、冷めないうちに紅茶を飲むといい」

ローラの心は千々に乱れていた。スタンホープは最初にシェリー酒を、そして今度は紅茶をしつこく勧めている。どう見ても奇妙な振る舞いだ。中に鎮静剤でも混ぜてあるのかしら？　それとも……毒？　ローラは身震いを必死でこらえた。今や、スタンホープが何か邪な目的のためにわたしをここへ連れてきたのは明らかだ。愛人になれという彼の汚らわしい申し出を断ったから？　だから復讐しようというの？

体の力を抜くよう自分に言い聞かせながら、ローラはおとなしく従うふりをした。

「それなら、いただきます」従順な調子で言う。「でも、ほんのひと口だけにします。ですからどうか指の力を緩めてください。そんなに強い力で握られていては、腕が痛くなってしまいます」

スタンホープは少しだけ力を緩めた。だが、ローラが彼の手を振りほどいて逃げ出せるほどではない。見かけよりもスタンホープは力が強かった。彼に導かれるまま、ローラは居間に戻ったが、椅子を勧められてためらった。「落ち着いて座っていられる心境ではないんです」低い声で言う。

「ならば、なおさら紅茶を飲んだほうがいい」スタンホープは紅茶のカップを手に取り、彼女に手渡した。「さあ、ぐっと飲み干すと気分が楽になる。ぼくを信じて」

ローラはカップを唇に近づけ、息を吹きかけて中身を冷ました。シェリー酒と同じく、ひどく甘ったるい香りが立ちのぼっている。急に吐き気がこみあげてきたが、スタンホープがこちらをじっと見守っていた。ローラは歯を食いしばり、カップ越しに彼に向かって微笑んだ。

それから一歩スタンホープに近づくと、熱い紅茶を彼の顔めがけてぶちまけた。

スタンホープが悲鳴をあげ、あとずさりして両手を目に当てる。その瞬間をローラは逃さなかった。すかさず早足で扉へ向かい、階段に出る。正面玄関にはパンボーン巡査がいる。

だから裏口を見つけなければならない。

スカートをつまむと、ローラは階段をおりはじめた。けれどもその瞬間、正面玄関の扉が開き、パンボーン巡査が屋敷の中へ入ってきた。彼が階段を見あげてローラに目をとめる。獣のようなうなり声を発すると、巡査は猛然と階段に向かって走り出した。

29

「妻はどこだ?」アレックスは叫んだ。「もう一時間近く待たされていると、うちの御者が言っているぞ」

ミセス・サムソンは階段の脇に立ち、視線を床に落とした。「わ……わたしには何もわかりません、閣下。奥様はずっと前にレディ・ジョセフィーヌを探しに、庭園の門から出ていかれました。それ以来、お姿は見ていません」

アレックスは胸をえぐられるような衝撃を受けていた。ウェストミンスター寺院から抜け出したのは、ちょうど女王が通路を歩きはじめたときだった。任務を放棄し、あとで厄介なことになるのは百も承知だ。だがローラの身の安全を確保できるなら、伯爵の地位を奪われても構わない。そんなせっぱ詰まった心境で行列用の馬を一頭失敬し、がむしゃらに飛ばしてきた。緋色のマントをなびかせて疾走する男を前に、群衆もあきれ顔で道を空けてくれた。だがコプリー・ハウスにたどりつき、ミセス・サムソンからの手紙を読んだのは、ローラが屋敷を出てずいぶん時間が経ったあとだった。

本能的に、アレックスはローラの身に迫る危険を察知していた。しかし、焦ってやみくもに駆けずりまわっても仕方がない。まずはありのままの事実を把握しなければ。

「それで、おばの行方がわからなくなったんだな?」

「あの……いえ、閣下」家政婦は白いエプロンをつかみながら、アレックスのほうをちらりと見た。「あとでわかったんですが、奥様はご無事でした。屋根裏部屋でレディ・コプリーがひとまとめにした記念品の箱をのぞき込んでいるところを、少し前にわたしが見つけたのです。今は寝室でお休みになっています」

目を合わせようとしない家政婦の態度に彼は疑念を抱いた。「ぼくの目を見ろ」厳しい声で命じる。

ミセス・サムソンはゆっくりと顔をあげた。「はい、閣下」

「今朝、ルパート・スタンホープ=ジョーンズがここに来たな?」

家政婦はわずかに目を見開き、一瞬だけ動揺の色を見せた。「い、いいえ、閣下」

アレックスは彼女の尖った顎をつかみ、目と目をしっかりと合わせた。

「おまえは嘘をついている。彼はここへ来た。そしてローラを連れていった。そうだろう? うちの御者はふたりが正面玄関から出ていくのを見ていない。それは彼らが馬屋を通っていったからだ」

「わたしは……」

「ちゃんと話せ! さもないと妻の誘拐幇助《ほうじょ》の罪で、おまえを監獄送りにしてやる」

ミセス・サムソンが息を震わせた。アレックスには手に取るようにわかった。今、この女は必死で考えている。自分だけ罪を免れるには、どう言い訳するのが得策かを。

「わかりました」家政婦は吐き出すように言った。「おっしゃるとおりです。彼がレディ・コプリーを連れていきました。レディ・ジョセフィーヌが転んで……けがをしてしまったのだと言って。そのときは彼が嘘をついているとは知りませんでした。屋根裏部屋にいる奥様を見つける前だったんです。本当に申し訳ありません、閣下。どうかレディ・コプリーにここへ来るよう手紙を送ったことで、わたしを責めないでください。あれは不幸な間違いだったのです」

いかにも嘘くさい話だ。そもそもなぜスタンホープは、ローラが戴冠式に出席せず、屋敷にいることを知ったのか？　それはミセス・サムソンがこっそり彼に知らせたからにほかならない。おそらくスタンホープからたんまり報酬をもらっているのだろう。

だが、今はこの家政婦を問いただしている暇などない。

「スタンホープはどこへ向かった？」アレックスは尋ねた。

「アルベマール街にある彼のお屋敷だと思います」ミセス・サムソンはひざまずき、頭を垂れた。レースの室内帽から白髪がはらりと落ちる。「閣下、どうかお許しください。誓ってどなたも傷つけるつもりはなかったのです！」

その懇願にも心を動かされることなく、アレックスは玄関の扉を勢いよく開けた。ローラをここまで運んできた馬車の横で待機していた従僕に身ぶりで合図をする。

「屋敷の中へ入ってミセス・サムソンを見張っていてくれ。ぼくが戻るまで、絶対に彼女から目を離すな」

ローラは最後にもう一度だけ、化粧室の扉を大きく叩いてみた。だが、しょせん無駄な努力とわかっている。もしこの屋敷に先ほど紅茶を運んできた臆病そうなメイド以外の使用人がいたとしても、誰もわたしを助けようとはしないだろう。

もちろんパンボーンもだ。あの男はすでに警察を辞め、今はスタンホープに雇われているに違いない。

逃げ出そうとしているローラを見た瞬間、パンボーンは突進してきた。そのすばやさときたら、貧民街で追いかけまわされたときの比ではなかった。もしかすると、あのときもパンボーンはスタンホープにお金で雇われていたのかしら？　わたしが帰国するのを見張らせていたのはハヴァーシャム侯爵ではなく、スタンホープだったの？

新たな可能性に思い至り、ローラは動揺した。これはいったいどういうことなのだろう？

パンボーンと、紅茶でびしょ濡れになり激怒して居間から飛び出してきたスタンホープに挟まれて、ローラは逃げ場を失った。男ふたりに追いつめられたあげく、スタンホープの指示で、パンボーンによって階上にある化粧室に監禁されてしまったのだ。

薄暗く息苦しい部屋に閉じ込められてから、少なくとも三〇分が経とうとしている。その間、ローラは空っぽの棚や衣装戸棚をのぞき込み、武器として使えるものがないか探しまわった。けれども腹立たしいことに、化粧台にあったヘアブラシ以外は何も見つからない。

ふと気づくと、壁の高い位置にはめ込まれた小さな丸窓から陽光が差し込んでいる。ローラはスカートをつかみ、椅子を足がかりにして、さらに戸棚の上へよじのぼった。つま先立ちになると、外の様子を見ることができた。

丸窓が面しているのは屋敷の裏側だ。窓ガラスを割り、助けてと叫んでも、誰も気づいてはくれないだろう。街じゅうがお祭り騒ぎの今はなおさらだ。

スタンホープはわたしをどうするつもりなの？

全身をぶるりと震わせると、ローラは下におりて、ふたたび武器探しに戻った。目にとまったのは化粧台の足元の絨毯で鈍く光る小さなものだ。うずくまって手を伸ばすと、指先に何か鋭いものが触れた。

少し長めの帽子のピンだ。たいした武器にはならないけれど、何もないよりはいい。

次の瞬間、近づいてくる荒い足音が聞こえ、鍵が差し込まれた。ローラは帽子のピンを急いでボディスの内側に滑り込ませた。

大きく開いた扉から姿を現したのはパンボーンだった。頬ひげを生やした顔に残忍そうな笑みを浮かべている。「ご主人様がお呼びだ。おとなしくついてこい。そうすれば何も手出しはしない」

ローラは言われたとおりにした。こんな筋骨隆々の相手に抵抗しても勝ち目はない。しかもパンボーンはわたしに命令するのを心から楽しんでいる様子だ。なんとしても、アレックスの赤ちゃんを守らなければ。パンボーンに攻撃されて流産してしまうことだけは絶対に避けたい。

パンボーンにせかされ、ひと気のない寝室を通って廊下へ出た瞬間、ローラは言った。「わたしを無事に帰してくれたら、夫はあなたに多額の謝礼を払うわ。彼はとても裕福だから」

彼は笑い声をあげた。「もうそんな段階じゃない。それにおまえを無事に帰しても、おれは絞首刑になるだけだ」

パンボーンはローラを居間へ連れていった。そこにいたのはスタンホープだった。長椅子に座り、縞模様のクッションを指先で小刻みに叩いている。彼が紅茶で濡れた衣類を着替えていることにローラは気づいた。何をたくらんでいるのであれ、これだけ待たされたのはスタンホープの虚栄心のせいというわけだ。汚い格好のままでいるのが耐えられなかったのだろう。今の彼は赤紫色の上着に黄褐色の長ズボン、純白のクラヴァットという姿だった。とても女性を誘拐した男には見えない、むしろ舞踏会へ出かけるのにふさわしいいでたちだ。

パンボーンはといえば、抜け目なく扉のところに立ちはだかっている。これで逃げ出せるかもしれないという一縷の望みも絶たれたわけだ。

それでもなお、ローラはひるむことなくスタンホープの前へ進み出た。

「どういうことか説明してください」きっぱりと言う。「いったいなんの権利があって、あなたはレディ・ジョセフィーヌのことで嘘をつき、わたしを化粧室に閉じ込めたんです？家に帰してください、今すぐに！」

スタンホープは勝ち誇ったような冷笑を浮かべた。「きみの家は今からここだ。一〇年間も今日という日を待ったんだ。もうきみを手放すつもりはない」

ローラは彼を見つめた。「一〇年間――？」

「一〇年前、ぼくがきみに求婚したのを覚えているだろう？　きみの前にひざまずいたにもかかわらず、きみはぼくを拒絶した。結局は爵位が欲しかったんだな？　当時、きみ自身は爵位のない、ただの庶民だったのだから」

あの頃、たしかにローラは紳士たちからの熱心な求婚を断っていた。でも、それはアレックスと熱烈な恋に落ちたからだ。「あなたは間違っています」かぶりを振って言う。「わたしにとって大切だったのは爵位ではありません」

スタンホープが唇をゆがめた。「本当かな、伯爵夫人？　もしきみを迎えるための準備をしに出かけていなかったら、ぼくがコプリーとの結婚を止めたのに」

「わたしを迎えるための準備ですって？　どういう意味です？」

「じきにわかるさ」もったいぶった口調で、彼は言った。「だがその前に、きみに贈り物があるんだ。きみがこれをつけるところをどれだけ見たかったことか」

この人は正気を失っている。ローラはぞっとしながら考えた。彼は本当にわたしを連れてロンドンを離れるつもり？　だから正面玄関に馬車を待たせているの？　ここはスタンホープにおしゃべりを続けさせて、なんとか時間を稼がなければ。

だがそれがむなしい努力であることに気づいて、ローラはがっかりした。アレックスはまだウェストミンスター寺院にいるに違いない。戴冠式のあとは貴族全員が一列に並び、女王の指輪にキスをして忠誠を誓うことになっている。うんざりするほど時間のかかる退屈なしきたりだ。しかも帰り道で渋滞に巻き込まれることを考えれば、アレックスが屋敷へ戻り、わたしがいないことに気づくまで、あと何時間もかかるだろう。

スタンホープは窓際の机に歩み寄ると宝石箱を手に取った。箱を開け、ネックレスを取り出してうやうやしく手の中におさめ、ローラに掲げてみせる。陽光を浴びてきらきらと輝いているのはダイヤモンドのネックレスだ。真ん中には、この世のものとは思えない美しさの青い宝石がぶらさがっている。

ローラは息をのんだ。「ブルームーン？　まあ、これを盗んだのはあなただったのね！」

「そうさ。きみのためにずっと隠し持っていたんだ」

スタンホープはローラの背後にまわると、そのネックレスを首にかけた。あまりの驚きに、彼女は抵抗できずにいた。まず感じたのはブルームーンのひんやりとした感触、続いてずっしりとした重みだ。彼はローラの背中に手を当て、壁にかけられた金縁の姿見へといざなった。

ローラは鏡に映る自分の姿を見つめた。結いあげた琥珀色の髪はほつれ、顔は青ざめている。燦然と輝く青色のダイヤモンドはあまりに大きすぎて、どこかけばけばしい印象だ。

「ああ」感心したように、スタンホープが嘆声をもらした。「思ったとおり、きみの青い瞳にぴったりだ。ローラ、きみは世界でいちばん美しい女性だよ」

姿見には、ローラの背後にスタンホープの勝ち誇ったような顔が映っている。彼の指先が首筋に触れたとたん肌が粟立ち、ローラはふいに衝撃から立ち直った。すばやくスタンホープから離れ、身を守るために椅子の背後へまわり込んで、ダイヤモンドの表面に指を這わせる。「わからないわ、あなたはどうやってこれを盗んだの？　ノウルズ公爵夫人の浮気相手はあなただったの？」

スタンホープが冷ややかな笑い声をあげた。「あのばあさんと？　まさか！　ぼくが誘惑したのは彼女のメイドだ。ご存じのとおり、ああいう下層階級の連中は手なずけやすいからね。ある者には色目を使い、ある者には金を与えればいい」

ローラはパンボーンをちらりと見た。無表情な顔で扉の前に立ちはだかっている。そのとき、ふいに思い至った。スタンホープはミセス・サムソンも買収したに違いない。今朝わたしの具合が悪くなって戴冠式への出席を取りやめたことを、彼に伝えたのはあの家政婦だ。

わたしはハヴァーシャム侯爵のことを誤解していた。それにイヴリンのことも。父と侯爵が不仲だと聞かされていたせいで、自分の出した結論を盲目的に信じていた。

「父の机にイヤリングを入れたのはあなただったのね？」

「ああ、そうだ。警察に匿名で密告するつもりだった。だがコプリーが先にイヤリングを見つけ、すべて台なしになってしまった」スタンホープは冷たく険しい表情でローラを見つめた。「全部ぼくが計画したことさ。マーティン・フォークナーが逮捕されれば、きみの評判は地に堕ち、社交界から締め出される。ほかに頼る人もなければ、きみは喜んでぼくの愛人になるだろうと思ったんだ。でも、きみは姿を消してしまった」

恐ろしいことに気づいて、ローラは打ちのめされた。父が英国へ戻ったのはスタンホープに会うためだったのだ。そしてブルームーンを取り戻し、自分の汚名を晴らそうとした――わたしのために。けれどスタンホープは自分の計画が露見するのを恐れ、パンボーンに命じて父を殺させたに違いない。

そう考えると、すべてのつじつまが合う。路地に倒れている父を最初に発見したのはパンボーンだった。それにポルトガルにいるわたしへ手紙を送り、英国におびき寄せたのも彼だ。パンボーンは、父の身に何が起きたか知るためにわたしが警察を訪ねるのを知っていた。もし貧民街で逃げ出さなければ、パンボーンは間違いなくわたしをスタンホープのもとへ引きずっていくつもりだったのだろう。

ローラはガチガチ鳴っている歯を食いしばった。目の前にいる男ふたりは、共謀して父を殺したのだ。もしここで逆らえば、彼らはためらいなくわたしも殺すだろう――まだ見ぬわたしの赤ちゃんも。

「とんだ茶番だわ」ローラは強い口調で言った。「わたしにはもう夫がいるんですもの」

スタンホープが彼女を見つめる。「ああ。実際ここ数週間、コプリーはイラクサみたいにきみに引っついていたな。ぼくの最初の計画では、今夜いろいろな舞踏会が開かれている最中にきみを誘拐するつもりだった。だが今朝、願ってもない機会がめぐってきた。だからそれに飛びついたんだ」

ローラは必死で椅子の背にしがみついたが、無駄な努力だった。スタンホープにがっちりと腕をつかまれてしまった。「わたしをどこへ連れていくつもり?」

「まずは海岸沿いにあるぼくの別荘へ行く。それからヨーロッパに高飛びだ。もしきみが馬車の中でシェリー酒を飲んでいたら、すでに出発しているはずだった。でもこれから、きみにはゆっくり眠ってもらうよ」

なんとしてでも彼の計画を阻止しなければ。ここで少しでも時間を稼げば、それだけ早くアレックスがわたしを見つけてくれるはず。

「そんな計画はうまくいかないわ」スタンホープにせかされて居間から階段へ向かいながら、ローラは警告した。「わたしの夫があなたを追いかけてくるに決まっているもの。彼は必ずやあなたの居場所を突きとめて殺すわよ」

ふたりの背後を歩いていたパンボーンが冷淡な笑い声をあげた。「そのためには、まずおれを倒さないとな」

「それに、きみがいないことにコプリーが気づくまで数時間はかかるだろう」スタンホープが言う。「それからぼくたちの行き先を突きとめるのは至難の業に違いない。こちらには準備する時間がじゅうぶんにある。パンボーンとぼくでコプリーを迎え撃つんだ」

「伯爵があなたの別荘にやってきた瞬間を狙って、奴の心臓を撃ち抜きます」パンボーンは上着をまくり、革のベルトに差してあるピストルを見せた。「追いはぎの仕業に見せかけるといいでしょう。警察が駆けつける頃には、おれたちはとっくに大陸へずらかっているという筋書きです」

うろたえてはだめ。ローラは必死で自分に言い聞かせた。アレックスがひとりで乗り込んでくるわけがない。きっと助けを何人か連れてくるだろう、ただし彼が激怒し、わたしを助けようと疾風《はやて》のごとく馬を駆ってきた場合、話は別だ。

ああ、それこそアレックスのやりそうなことだ。そう考えた瞬間、ローラはぶるりと身を震わせた。

「もういい」スタンホープがパンボーンに言った。「か弱い女性を脅かすな。先に行って、周辺の様子を確かめてこい。ぼくらがここを出る姿を近所に見られたくない」

「わかりました」パンボーンは階段をおりはじめた。

パンボーンとスタンホープの距離ができるだけ離れるよう、ローラはわざとのろのろ歩いていた。ロンドンから郊外にあるスタンホープの別荘まで、おめおめと連れ去られるわけにはいかない。彼らふたりが別荘に身を隠し、アレックスを殺そうとしているのだからなおさらだ。

このままだと、夫がまんまと罠にはまってしまう。

パンボーンが階段をおりきった瞬間、ローラとスタンホープはまだ上から三段目にいた。指先でブルームーンをもてあそぶふりをして、ローラはボディスの内側からこっそり帽子のピンを取り出した。体の向きをくるりと変え、腕を振りあげて、スタンホープめがけてそれを振りおろす。

スタンホープは悪態をついて肘をあげ、ローラの攻撃をかわそうとした。首を狙ったつもりが、ピンが突き刺さったのは喉だった。たちまち鮮血が流れ出し、純白のクラヴァットが真っ赤に染まる。スタンホープがローラの腕をつかんでいた指の力を緩めた。

ローラは死に物狂いでスタンホープを振り払った。彼はふらつき、階段をよろよろと数段おりたところで止まった。そのまま倒れ込み、あえぎながら喉元に手を当てる。みるみるうちに指先が赤くなった。

ローラはあわてて階段をのぼり、踊り場へ引き返そうとした。心臓が早鐘を打っている。屋敷の奥には使用人用の階段があるに違いない。廊下の羽目板に階段へ通じる扉が隠れているはずだ。

スカートにつまずき、ローラは膝をついた。なんとか立ちあがって肩越しに振り返った瞬間、はっと息をのむ。パンボーンが階段を駆けあがろうとしていた。

だが彼が一段目に足をかけた瞬間、玄関の扉が勢いよく開いた。屋敷の中に駆け込んできたのは緋色のマント姿の男性だ。ローラは目をしばたたき、玄関ホールを見おろす階上の手すりにしがみついた。これは夢だ、夢を見ているに違いない。「アレックス！」

ローラを一瞥した次の瞬間、アレックスはパンボーンめがけて突進した。ふたりの男が床に倒れ込み、取っ組み合いをはじめる。パンチの応酬だ。パンボーンの体格はボクサーのごとく骨太で頑丈だが、アレックスには背の高さとすばやさという武器があった。アレックスがパンボーンの顎にパンチを繰り出せば、パンボーンはアレックスの腹部にジャブを見舞う。

玄関ホールに、胸が悪くなるような殴り合いの音だけが響き渡った。パンボーンの雄牛のような体力にも負けず、どうやらこの勝負、アレックスが勝ちそうだ。

男たちの戦いが続く中、ローラはスタンホープから目を離さずにいた。今や彼は起きあがり、ふらふらしながらも立っている。クラヴァットは血に染まり、片手で喉を押さえたままだ。彼は上着のポケットに手を入れると小型のピストルを取り出し、もみ合っている男たちに銃口を向けた。

アレックスを撃つ気だわ。

それ以上何も考えられず、ローラは階段を駆けおりてスタンホープに体当たりした。彼の腕を叩き、武器を奪おうとする。ピストルは音を立てて大理石の床に落ちたが、スタンホープはローラの体にがっちりと腕をまわしてきた。無表情のまま、彼はローラを無理やり階上へと引きずりはじめた。

ローラは悲鳴をあげ、なんとか相手の腕から逃れようと身をよじった。だが傷を負っているにもかかわらず、スタンホープは驚くべき力でローラを締めつけている。あまりもみ合うとふたりして階段から真っ逆さまに落ちてしまいそうで、ローラも激しく抵抗できずにいた。

踊り場にたどりついたとき、ローラにはパンボーンに決定的な一撃を見舞うアレックスの姿が見えた。がっしりしたパンボーンの体を引きずって大理石の床を横切り、敵の頭を壁に叩きつけてから、アレックスはローラを救おうと階段を駆けあがってきた。

夫の背後に広がる光景を目の当たりにして、ローラは凍りついた。だらしなく床に伸びているにもかかわらず、パンボーンがベルトからピストルを抜いて狙いを定めている。

「アレックス、かがんで！　彼はピストルを持っているわ！」

しかしアレックスは身をかがめようとせず、ローラの体をぐいと引き寄せてスタンホープを階段の下へ突き飛ばすと、自分の体を楯《たて》にして彼女を守ろうとした。次の瞬間、玄関ホールに銃声が響き渡った。

アレックスが身をこわばらせて、ローラの横へ倒れ込んだ。同時に、開けっぱなしの正面玄関からふたりの男性が駆け込んできた。ひとりはローラの御者だ。大柄な御者は階段でうめいているスタンホープをつかまえた。もうひとりは制服姿の巡査だった。巡査は警棒でパンボーンの頭を殴りつけるとピストルを取りあげ、うしろ手に縛りあげた。

ローラは必死に身をよじり、アレックスの重い体を起こそうとした。彼は目を閉じたまま、ぴくりとも動かない。アレックスに触れた瞬間、ローラははっと息をのんだ。背中が血で濡れている。どうしよう、撃たれたんだわ。傷はひどいの？

「お医者様を呼んで！」ローラは男たちに向かって叫んだ。「早く！」

巡査があわてて屋敷の外へ駆け出していく。

ローラは震える指先で、パンボーンに殴打されて傷ついた夫の顔を撫でた。さらに自分がつけた頬の傷跡もたどっていく。アレックスは今、身を挺《てい》して銃弾からわたしを守ってくれた……。

「アレックス、目を開けて。お願いよ、死なないで。いいえ、死なせるものですか」

彼はうなり声をもらすとまぶたを開けた。まっすぐにローラを見つめ、慰めるようにあげかけた片手をすぐにおろしてしまった。手をあげるのすら相当つらそうだ。

「ローラ、ぼくは……」

ローラはアレックスの手を取って唇に押し当てた。「しゃべってはだめ。よけいな体力を使わないで」

ローラは涙で視界がかすむのを感じた。アレックスを失うかもしれない。そう思うと胸が張り裂けそうだ。指をアレックスの指に絡め、きつく握りしめながら、心の中で誓う。彼をこのまま逝かせはしない。絶対に。どうして愚かにも言い争いなどしてしまったのだろう？

今となっては、その原因さえ思い出せないというのに。

「聞いてくれ」アレックスがかすれ声で言った。「きみに……伝えたいことが……」

彼は必死に何か言おうとしている。「ええ、ダーリン、なんなの？」

アレックスが燃えるようなまなざしをローラに向ける。そこには深い感情が見て取れた。

「きみを……愛している、ローラ。きみを愛しているんだ」

そして目を閉じると、アレックスは動かなくなった。

30

園芸用の手袋をドレスのポケットに押し込むと、ローラは墓地を見渡した。真新しい墓石を囲むように、白いユリと紫のグラジオラス、黄色いフリージアを植えたところだ。背の高い大理石でできた墓石には、光輪をつけた天使たちと愛情に満ちた賛辞が刻まれている。

生い茂るオークの木々の合間から聞こえてくるのはミソサザイのさえずりだ。さわやかな夏の微風が、ローラのほつれ毛をもてあそんでいる。隅々まで手入れの行き届いた、このロンドンの高級墓地の穏やかな雰囲気こそ、わたしの悲しみを癒すにふさわしい。それでもなお、これまでの日々を振り返ると、瞳を潤ませずにはいられない。なんていろいろなことが起きたのだろう。あまりに多くの思い出がありすぎる……。

そのときローラはウエストに腕がまわされ、髪に口づけられるのを感じた。

「すばらしいな、レディ・コプリー。これこそ故人を偲《しの》ぶにふさわしい場所だ」

胸を高鳴らせて、ローラは夫に微笑みかけた。黒い布で片腕を吊り、濃紺の上着を羽織ったアレックスはいつにも増してハンサムに見え、ときめきを覚えてしまう。

今から四週間前は、彼が死んでしまうのではないかという恐怖に駆られていた。銃で撃たれてから数日間、アレックスは医師も頭を抱えるほど危険な状態をさまよい続けた。銃弾は腰から斜めに入り、胸から上腕にまで到達していたのだ。だが、しばらく高熱に浮かされていたものの、彼はある朝ふいに目覚めると、驚いたことにベッドの上に起きあがった。

そこからはめざましい回復ぶりだった。最近ではローラとの愛の営みを早く再開させたくて、うずうずしている様子だ。しかし、ローラはまだ夫の求めに応じてはいない。キスと抱擁、それに会話だけでもじゅうぶん満足だ。実際ベッドで長い時間をかけて話し合うことで、ふたりの親密度はいっそう高まった。アレックスはつらかった子ども時代や、ローラと別れてからの一〇年に起きたさまざまな出来事を打ち明けてくれた。そして幸福と愛情に満ちた大家族を作りたいという夢を語ってくれたのだった。

アレックスの夢をかなえるために、わたしは自分のすべてを与えよう。ローラはそう心に決めていた。だって彼は、こんなにも多くのものをわたしに与えてくれたのだから。

「このお墓を手配してくれて本当に感謝しているのよ」夫の肩に頭をもたせかけながら、ローラは言った。「父は粗末な共同墓地より、もっと安らかに眠れる場所がふさわしい人だった。そして今ようやく、こうして本当の名前で埋葬することができたんですもの」

ふたりは腕を組み、墓石に刻まれた墓碑銘を見つめた。

アイリーンの最愛の夫であり、
ローラの最愛の父、マーティン・フォークナーここに眠るアレックスが自由なほうの腕をローラのウエストにまわした。

「ぼくはきみのお父上のことを最悪な形で誤解していた」重々しい口調で言う。「まさか、きみがそんなぼくを許してくれるとは思わなかったよ」

ローラは手を伸ばし、彼の頬の傷跡を指でなぞった。「いいのよ、アレックス。あなたとわたし、どちらも間違いを犯してしまったんだもの」

「きみも?」やや険しい顔で、アレックスが言う。「それは違う。あれはすべてぼくの責任だ」

「そんなことはないわ。父の机にイヤリングを入れたのはスタンホープだったのよ。それなのに、わたしはハヴァーシャム侯爵とイヴリンの仕業だと思い込んで……」

「だが、きみとお父上がすべてを捨ててこの国から逃げざるをえなかったのはぼくのせいだ」アレックスは言った。「きみはぼくを軽蔑して当然なんだよ、ローラ。おまけに、ぼくは本当の目的を隠してきみに近づいた。ああ、もう名づけ親の言うことには絶対に耳を貸さないぞ」

注意深く傷口を避けながら、ローラはアレックスのたくましい体にぴったりと寄り添った。彼の瞳に浮かぶ苦悩の色を見て、思わず胸が熱くなる。「いいえ、たとえどんな状況であれ、あなたが近づいてきてくれたことは本当に嬉しかったの。それにブルームーンが戻ってきて、ノウルズ公爵夫人がお幸せそうだったのは何よりだわ。それに彼女はわざわざ、わたしに謝ってくださったんですもの」

「一生をかけてきみに謝り続けなければいけないのは、このぼくだ」アレックスが言う。「ぼくはあまりに計算高くて――」

「女王陛下でさえ寛大にも、戴冠式を抜け出したあなたを許してくださったのよ。わたしにあなたが許せないわけがないでしょう。さあ、もう謝るのは終わり。わたしたちふたりとも、そろそろ過去を手放すべきときよ」

自分の言葉を裏づけるかのように、ローラはアレックスに優しいキスをした。なめらかな髪に指を差し入れ、どれだけ彼を大切に思っているかを口づけで伝える。一見遊び人に見えるかもしれないけれど、本当のアレックスはきわめて誠実な男性だ。そのことを知り、ローラの彼に対する愛情はいっそう深まった。

体を引いたローラは、アレックスの瞳が情熱の炎で煙っているのを見て嬉しくなった。いたずらっぽい笑みを浮かべながら彼が言う。「それはつまり、きみ名義の屋敷を買わなくてもいいということかい？　世継ぎが生まれても？」

アレックスはまだ平らなローラの腹部に片手を滑らせた。ふたりの子どもが宿っている場所だ。優しい手の感触に、ローラは思わず力が抜けてくずおれそうになった。朝のつわりを除けば、これほど人生のすばらしさを感じたことはない。自分は生きているという充実感を覚える。

笑みを返しながら、ローラは両手でアレックスの手を包み込んだ。

「あの恐ろしい契約書は焼き捨てるつもりよ。あんなことを言い出したのは、本当はあなたがわたしを愛していないのではないかと怖かったからなの」

アレックスはいたずらっぽく目を輝かせた。「なんてことだ、ローラ。知らなかったのかい？　はじめて会った瞬間から、ぼくがきみに首ったけだったということを。もし証拠が欲しいなら、ぼくがどれだけきみを愛しているか、たっぷり見せてあげるよ。屋敷に戻ったらすぐに」

ローラは思わせぶりに目をしばたたいてみせた。わたしもこの頑固で、誇り高く、男らしい夫に見せてあげたい。どれほど彼を愛しているかを。「そうね、ぜひそうしたいわ、今すぐにでも。そして、これからもずっと」

腕を絡ませながら、ふたりは待たせてある馬車へと歩きはじめた。

訳者あとがき

この作品は『舞踏会のさめない夢に』に続く、オリヴィア・ドレイクの《シンデレラの赤い靴》シリーズの第二作目です。このシリーズは〝不幸な境遇にあるヒロインが困難を乗り越え、赤いハイヒールの導きにより、王子様のようなヒーローと結ばれる〟という典型的なシンデレラ・ストーリー。ヴィクトリア女王の即位を目前に控えた、当時の英国の雰囲気が色濃く反映されています。

前作とは設定も舞台もがらりと異なり、なんと本作のヒロインは英国社交界を揺るがした窃盗事件の犯人の娘、ローラ・フォークナーです。事件の場に居合わせたローラが父親とともに国外へ逃亡したのは一〇年前のこと。贅沢な暮らしに慣れていた彼女も、その後は小さな家で父親とひっそり暮らしていました。ところが、そんな彼女のもとへ思いがけない手紙が届きます。父のマーティン・フォークナーがロンドンの路地で何者かに襲われ、重傷を負ったというのです。ローラは急いでロンドンへ向かいますが、時すでに遅し。父親は亡くなり、貧民者用の墓地に埋葬されたあとでした。父の不慮の死に疑問を抱いたローラは真相を解き明かすべく正体を偽り、ひとりの老貴婦人のコンパニオンとなります。ところがその老貴婦人の甥こそ、一〇年前にローラが激しい恋に落ちた相手であり、窃盗事件で父を告発しようとした憎き宿敵であるコプリー伯爵ことアレックスだったのです……。

前作『舞踏会のさめない夢に』と同じく、この作品も華麗なロマンスやめくるめく陰謀がドラマティックに描かれています。特筆すべきは、社交界の花形だったのに一気に犯罪者の娘に転落するという、シンデレラとは正反対のヒロインの境遇でしょう。この設定の妙により、一〇年という時を経て再会したローラとアレックスの恋の駆け引きにさらにひねりが加わっています。また、いつも優しさと努力を忘れず、度重なる逆境を乗り越えようとするローラの健気《けなげ》な姿に共感を覚えた読者も多いのではないでしょうか？　最後の最後まで読者を飽きさせない展開は、さすがは三〇年ものキャリアを誇り、ＲＩＴＡ賞の受賞歴もあるベテラン作家、オリヴィア・ドレイクです。

早くも、本国ではシリーズ第三作目が二〇一四年四月に刊行されています。こちらのヒロインは父親の借金を返済するため、おじの屋敷でこき使われているという設定。借金を完済し、独立する日を夢見ていた彼女ですが、その計画が突然頓挫してしまいます。なんと彼女は誘拐されてしまったのです！　どうやら次回作のヒーローは第一、二作目よりもさらにワイルドで、野性味あふれる男性のよう。そのふたりのあいだに赤いハイヒールがどう関わってくるか、レディ・ミルフォードはどういう役割で登場するのか、そもそも赤いハイヒールにはどんな秘密が隠されているのか、などなど興味は尽きません。劇的でロマンティックな《シンデレラの赤い靴》シリーズに、どうぞご期待ください。

二〇一五年一月

ライムブックス

午前零時《ごぜんれいじ》のとけない魔法《まほう》に

著　者　オリヴィア・ドレイク
訳　者　宮前《みやまえ》やよい

2015年2月20日　初版第一刷発行

発行人　成瀬雅人
発行所　株式会社原書房
〒160-0022東京都新宿区新宿1-25-13
電話・代表03-3354-0685　http://www.harashobo.co.jp
振替・00150-6-151594
カバーデザイン　松山はるみ
印刷所　図書印刷株式会社

落丁・乱丁本はお取替えいたします。
定価は、カバーに表示してあります。
 ISBN978-4-562-04467-2 Printed in Japan

著 緒莉
画 mero
原作 アトリエかぐや
TEAM Gassa-Q
sister*masochist
まぞまい
Mな妹のエッチなおねだり
ぷちぱら文庫

登場人物

楠之拓巳（くすのたくみ）

両親を十年前に亡くし、それ以来一人で幼い妹三人を育ててきた。親の遺した喫茶店を継ぎ、妹たちと仲良く慎ましやかに生活している。

楠《くす》之《の》鏡《かがみ》

楠之家の長女。全寮制の女学園に通っていて、学業優秀でまじめな優等生。妹の前ではしっかりしたお姉ちゃんとして振る舞うが、兄と二人きりの時は甘えん坊。

楠《くす》之《の》美愛《みちか》
どう？
精子さん、出せ
そうかな…？
楠之家の次女。拓巳が経営する喫茶店を手伝っている。姉妹の中では落ち着いた性格。禁断の愛を題材にした小説やレディコミを愛読している。

楠《くす》之《の》ひなた
おにーちゃん…
ひなのなめなめ、
気持ちいーい？
楠之家の三女で、末っ子の甘えん坊。身体が生まれつき弱く、読書やゲームなどのインドアな趣味が多い。美愛同様喫茶店を手伝っている。

まぞまい

sister*masochist

Mな妹のエッチなおねだり

INDEX

第一章 三人とも発情!? お兄ちゃんの精液ちょうだい！

良く晴れた七月の昼下がり。

「ごちそうさまでした」

「ありがとうございました、またよろしくお願いいたします」

常連客のＯＬが、カランコロンとドアベルを鳴らしながら扉から出て行った。

まもなく午後二時になる。食事のついでに涼を取っていた客が徐々に帰りだし、賑わっていた喫茶『フェリチタ』内にまったりした空気が流れ始めた。

この店のマスター、楠之拓巳《くすのたくみ》は、カウンターの中でホッと息をついてひとつ伸びをした。

「みち、食器下げちゃってもらえるかな」

「はい、お兄ちゃん」

返事をしたウエイトレス、楠之美愛《みちか》は、拓巳の妹だ。

拓巳には妹が三人いる。美愛は真ん中の妹で、十年前両親から継いだこの店を、一番よく手伝ってくれていた。

「ひなもちょっと手伝って――ありゃりゃ」

店の隅で宿題をやっていたはずのひなたが、テーブルに突っ伏して眠ってしまっている。どうりで静かだと思った。

幸せそうな顔で熟睡しているひなたの頭を、美愛が愛おしそうに撫でる。

「花壇の手入れやってたから、疲れちゃったんだろうね」

「そうみたいだな」

ひなたは、一番下の妹だ。今日帰ってくる鏡《かがみ》お姉ちゃんに綺麗なお花を見せるんだと、さっきまで昨日買ってきたマリーゴールドを張り切って植えていた。

「部屋に連れていくよ。このままじゃ夏風邪ひいちゃいそうだ」

ひなたはあまり体が強くない。クーラーの効いた店内で寝るのは毒だろうと思い、拓巳は軽い体をそっと抱き上げた。

ひなたをベッドに寝かせて店に戻ると、ランチタイムの洗い物はもうすべて片付いていた。テーブルもすべて拭かれている。

「ありがとう、みち」

「ううん、これぐらい大したことないよ」

美愛はこともなげに笑ったが、昼前から動きっぱなしでさすがに疲れてきているはずだ。ねぎらってやりたくて、拓巳は美愛の大好きなミルクティーを一杯淹れた。

「これでも飲んで一休みしてくれ」

「わぁー、ありがと。お兄ちゃんの淹れたミルクティー大好き」

美愛は表情を綻ばせ、両手で包むようにカップを持った。

「はぁ……美味しぃ」

うふふと嬉しそうに笑う美愛を見ていると、拓巳まで笑顔になる。すっかり大きくなって、ずいぶん女の子らしくはなったが、今でも拓巳は妹たちが可愛くてしかたがない。

自然と手が伸び、頭を撫でてしまう。美愛は頬を少し赤く染め、ぷくーっと頬を膨らませた。

「お兄ちゃんってばぁ……いつまでも子ども扱いしないでよぉ」

「ごめんごめん、ちょっとだけ」

触り心地のいいサラサラな黒髪は、本人の素直な性格をよく表している気がする。触れていると心が和んだ。

「いつもありがとうな。みちがいないと店が回らないよ」

可愛くて、気が利いて、いつも笑顔で。どこに出しても恥ずかしくない、自慢の妹だ。

こんなにステキな女の子に育った美愛を、そして育てた自分を、拓巳は誇らしく思った。

両親が突然の事故で亡くなって、もう十年になる。

幼かった妹たちを育てるため、拓巳は通っていた大学を中退し、この店を引き継いだ。

それからは毎日必死だった。両親の仕事ぶりを見ていたとはいえ、素人は素人だ。店を開けながら、経営や料理の勉強をし、お茶を淹れる腕を磨き、新しいメニューを開発し……。苦労も失敗もたくさんしたが、今までなんとかやってこられたのは、妹たちが応援してくれていたからだと心から思っている。

「お兄ちゃん、そろそろ時間じゃない？」

壁の時計を見て、美愛が言った。

「ん？　あ、ホントだ」

今日は全寮制の学校に通っている一番上の妹、鏡が帰ってくる日なのだ。拓巳はエプロンを外して財布をポケットに突っ込んだ。

「それじゃ、迎えに行ってくる」

「うん。後は任せて」

拓巳は美愛に見送られて店を出た。

×　　×　　×

「あっつ……」

拓巳はぼやきながらハンカチで額の汗を拭った。

春頃には、たしか今年は冷夏だとかテレビで言っていた気がするが、例年と変わらぬ暑さだ。日陰とはいえ、あまり長い時間外にいたくはない。じりじりした思いで、鏡が駅から出てくるのを待つ。

「あ、あのっ」

「はい？」

声をかけられ振り返ると、女子大生風の女の子が二人立っていた。二人ともなかなか露出度が高く、目のやり場に少々困る。

「フェリチタのマスターさんですよね……？」

「あ……」

そう言われてみると、確かに女の子たちには見覚えがあった。

「もしかして、いつも夕方くらいに来てくれてます？」

「そうです、そうです！　覚えててくれたなんて嬉しいです」

たしか、近くの女子大に通っているとか、聞いたことがあるような気がする。

こうして店の外でまで声をかけてもらえるのは、店が地元に浸透しているのだと思えて、素直に嬉しかった。

「いつもありがとうございます。来週ぐらいから新メニューのケーキを出しますので、ぜひまたいらしてください」

「はいっ、絶対行きます！　あの、比較的空いてる時間って、何時ぐらいですか？」

「これくらいの時間帯は、だいたい空いていますよ。今もたぶん、余裕です」

「あーいえ。空いてるというか、落ち着いてマスターさんとお話できる時間が取れる頃合いというかぁ、ね？」

「ですです。よろしければ教えていただけたら」

前のめりになって尋ねてくる二人に、拓巳は若干引き気味になる。

「三時から四時の間くらいなら、ほとんどお客さんが来られませんので、お相手できるかと思いますが……」

「だって！　これはもう行くしかないじゃん！」

「うんっ！　私、頑張る！」

いや、そんな頑張らなくても。拓巳はわずかに口元を引きつらせた。

客から、店のマスターという以上の興味を持たれてしまうことは、初めてではなかった。期待を持たせるわけにはいかず、かといってお客様である以上あまり邪険にもできず。こういうのは正直困ってしまう。

「そういえば、今日はどうされたんですか？　定休日ではないですよね？」

「あ、休みではないです。少し抜けてきただけで」

「そうなんですか。あの、もしお時間あるようでしたら、ご一緒にお茶でもいかがでしょ

う。ここからすぐのところにできたばかりのカフェ、斬新なメニューがいろいろあるんですよ」

それは同業者として、なかなかそそられるものがあるが、ご一緒するのは遠慮したい。

どうしたものかと悩んでいると、突然、腕をぐっと引っ張られた。

じとーっと恨みがましい目で見上げてきたのは、拓巳がここで待っていた相手だ。

「……何してるの」

「何って、鏡を待ってたんだけど」

愛する妹と微妙な再会を果たしていると、女子大生二人組はあからさまに肩を落とした。

「あちゃぁ……拓巳さん彼女いたんだ……」

「やっぱそうだよねぇ〜……、いないい方がおかしいもんね」

大変都合のいいことに、鏡のことを拓巳の彼女だと勘違いしてくれたらしい。

「ね、ねえっ、私今、彼女って言われたよ!?」

「あはは、そうだな」

「あれ、彼女さんじゃ……ないんですか？」

「この人は私のお兄——ッぷ!?」

拓巳は笑顔で鏡を後ろから抱き、余計なことを言いかけた口を塞いだ。

「彼女です。今はこうですけど、本当は素直で可愛げのある女の子なんですよ、あはは」

女子大生たちと別れ、二人きりの帰り道。鏡はなんだかとても機嫌が良かった。

「なあ、鏡」

「何？」

「なんで手を繋いでるんだ？」

「ダメ？」

「ダメじゃないけど」

けっこうな量がある鏡の荷物を持っているので、やや歩きづらい。会うのは久しぶりだから、甘えたいのだろうか。

成績が優秀な鏡は、全寮制の女学園に特待生として通っている。いつもは毎週土日には帰ってくるのだが、期末テストがあったため、帰ってきたのは一ヶ月ぶりだった。

「さっきの人たちって、お客さん？」

「そうだよ。よく来てくれる」

「この前ラブレター渡してきたのもあの人？」

「いや、それは別の……って、なんでそのこと知ってるんだよ」

拓巳が二週間ほど前、常連客からラブレターをもらったのは事実だった。

「美愛から全部聞いてるよ」繋いでいる手に、ぎゅっと力が込められた。「お兄ちゃん、

なんて答えたの？」

「もちろん断ったよ」

「ほんとに？　なんで？　好みのタイプじゃなかった？」

「そういう問題じゃなくてさ。今は誰とも付き合う気ないから」

拓巳は自分が器用な人間ではないことをよく知っていた。店を切り盛りして、妹たちを育てるだけで、今は手一杯だ。三十を越して、まったく女っ気がないのもどうかとは思うけれど、妹たちが無事に巣立つまでは色恋沙汰とは無縁でいたい。

「ふぅん」

鏡は心なしか不満そうだ。

「お兄ちゃんはさあ……自分がモテるってこと、もうちょっと自覚した方がいいよ」

「モテてはいないぞ、ああいう店だから、女性のお客さんが多いってだけで」

好意を抱かれることは確かにたまにあるが、どれも憧れレベルだと拓巳は思っている。スキー場でスキーの上手い男を見るとものすごく格好良く見えてしまうのと同じように、お茶を飲みに来てお茶を淹れるのが上手い男を見ると、ちょっと良く見えてしまうのだろうと。

「はぁ……私たちのことばっかりじゃなくってさ、お兄ちゃんはもっと、自分のこと気にしなきゃダメだよ。あと、変な女の人に騙されないよう気をつけること」

「はいはい、わかりましたよ。なんだか言うことが嫁さんみたいだな、鏡は」

「嫁さっ——な、何言ってるの、お兄ちゃんの馬鹿っ」

赤くなってしまった鏡を見て、拓巳はハハッと笑った。

「そういう鏡はどうなんだ？　恋人ができたら、ちゃんと言ってくれよ」

「恋人なんてできるわけないじゃない、女子校なんだから」

拓巳は少しホッとしてしまった。いつかはどこかの男のものになるのかもしれないけれど、兄としてはまだまだ全然心の準備ができていない。彼氏の話なんてされたら、正気でいられる自信がなかったのだ。

「でもほら、外でナンパされたりとか」

「ナンパするような人に興味ない」

ナンパされない、とは鏡は言わなかった。そうだろうなと拓巳は思う。贔屓目抜きにしても、鏡は可愛いし、スタイルもとてもいい。

鏡だけではない。美愛も、ひなたも、三人が三人とも成長と共に女の子らしくなってきていて、拓巳はここのところ内心穏やかではなかった。可愛い可愛い妹たちだ。もちろんそう思っているのに、ついよこしまな目で見てしまうことも正直ある。

こんな兄貴でごめんよ、と心の中で謝りながら、帰路につく。

×　×　×

店舗兼住宅の三階にある屋根裏部屋は、ずっと閉めきっていたのだからわかっていたことではあるけれど、埃とカビの匂いがすごかった。

「ひな、やっぱりこの部屋ちょっと怖い」ひなたがぽつりと言った。

無理もない、と拓巳は思う。ここはもともと、オカルトグッズや骨董品の収集が趣味だった両親が使っていた部屋だ。用途も由来もよくわからない不気味な物が所狭しと置かれていて、拓巳ですら少々気持ち悪い。

店が休みのこの日、拓巳たちは皆でこの部屋の整理をして、両親と付き合いのあった骨董屋にある程度のものを引き取ってもらおうという話になっていた。拓巳たちには、ここにあるものの価値がさっぱりわからないし、メンテナンスの知識もない。欲しいと思える人に大事にされた方が、ものも喜ぶだろうと考えてのことだった。

「こんな人形のどこがいいんだろうか」

よく言えば斬新な色使い、悪く言えば適当に塗ったような色合いの民族系人形を前にして、拓巳は首を捻った。ヒト型であるが、目と口の配置が明らかにおかしく、持っているだけで呪われそうな気がしてくる一品だ。人形の隣には、サボテンとラフレシアを合体させたような謎の置物。今にも悪臭がしてくるのではないかと不安になる。

「くちゅんっ」と、ひなたが可愛らしいくしゃみをした。

一応窓は開けたのだけれど、埃臭さはいっこうに改善されない。さっさと片付けないと精神的にも肉体的にもまずそうだ。

「お父さんとお母さんの趣味って、私には理解できないわ……」

美愛がぼやいた。

「ねえねえ、ちょっとみんな、これ見て」

鏡が弾んだ声で言った。手に持っている箱の中を、みんなで覗き込む。

それは、陶器のミルクポットだった。妖精らしい絵が側面に描かれた、淡い色合いの可愛らしいもので、不気味なオカルトグッズ群の中ではかなりの異彩を放っていた。

「可愛いっ……！　お父さんかお母さんの宝物だったのかなあ」

ひなたが目をキラキラさせている。

「見て、箱に何か書いてある」

美愛が言ったように、箱の側面には注意書きのようなものが書かれていた。

「なになに……『いわくつきの品物のため開けるな、使用厳禁』だって」

美愛が書かれていたことを読み上げると、ひなたが首を傾げた。

「いわくつきってどういう意味？」

「良くないお話があるってことだよ」

「やだぁ、怖いよ、お兄ちゃん」

「大丈夫、大丈夫、どうせたいしたことないから」

「そうそう。お父さんたちが買ってきたものが、すごいものだった試しないもの」

拓巳、そして両親が亡くなった時ある程度の年齢だった鏡は、彼らが買ってくるもののしょうもなさを良く知っていた。

「あ、鑑定書っぽいのと、説明書みたいなのも箱に入ってた」

鏡は古びた紙を取り出し、読み始めた。

「何これ……いんまのミルクポットって……」

「いんまってどういう字書くの？」と、美愛。

「淫らって字に魔法の魔」

「また妙なモノを……」拓巳は呆れてしまった。

「ええと、『このミルクポットに注がれた牛乳には催淫効果が宿る。飲んだ者は性的な欲望が増幅し、理性を抑えられなくなる。また、被虐嗜好が目覚め羞恥心や肉体的な苦痛を快楽と感じられるようになる』……だって」

みんなでテレビを見ていたら、画面の中のカップルが突然おっぱじめてしまったような気まずい空気が屋根裏部屋に流れた。

「ひぎゃく？　かいらく？」

「ひなはまだわからなくていいからな」

「まあいいわ。そんな効果あるわけないし、可愛いからうちで使っちゃいましょ」

「えぇぇ……大丈夫なのかなぁ……」

鏡の提案に美愛は少し不安そうな顔をしたが、反対まではせず、結局そのミルクポットは家で日常使いされることになった。


妹たちを先に解放し、掃除用具を片付けてからリビングに引き上げると、優雅なティータイムがすでに始まっていた。

甘くて風味豊かな匂いは、おそらくミルクティーだろう。

「お兄ちゃんもミルクティーでいい？」

カウンターキッチンの向こうから鏡が声をかけてきた。

「んー、コーヒーがいいな。エスプレッソで頼むよ」

「了解～」

鏡が淹れてくれたエスプレッソを飲み、昨日焼いたオレンジのパウンドケーキを一切れ摘まむ。疲れた体に染み渡るように美味しい。

「そういえば、この茶葉って最近買ったやつでしょ？　いつも買ってたアッサムとちょっと違うね」

ミルクティーを飲みながら鏡が言った。

「そうだよ。ウバなんだけど、香りはこっちのが好みだから買ってみたんだ」

「私も香りはこっちの方が好きかも。ウバってストレートでも美味しいんだよね？」

「そうだね、ストレートでも美味しいよ。けっこう買ったから寮に持っていくといい」

「ホント？　やったぁ～」

楽しいお茶の時間が終わり、少し経った頃だった。

「私……部屋戻ってるね」鏡がしんどそうに椅子から腰を上げた。「なんだかちょっと、疲れちゃったみたい」

「お姉ちゃん、大丈夫？　顔赤いよ、熱あるんじゃない？」

美愛が心配そうに鏡の額に手を当てた。

「熱っぽい気もするけど、たいしたことないわ、このくらい。少しだけ寝てくるね」

笑顔でそう言い残して、鏡はリビングから出て行った。

「……大丈夫かな、お姉ちゃん」ひなたも心配そうだ。

「夏風邪でも引いちゃったかな。今晩は、消化の良さそうなもの作るよ」

拓巳はさっそく頭の中で今夜のメニューを考え始めた。

それから二時間ほど経ち、いつでも夕食にできるよう支度を調えてから、拓巳は鏡の様子を見に行った。眠っているようならそのまま寝かせておいてやりたいので、いつもより控えめにノックをする。

「鏡、起きてるかー？」

「起きてる、よ……っ」

すぐに返事があったものの、やはり元気のなさそうな声をしている。

「具合はどうだ？　ご飯、食べられそうか？」

「だ、だいじょぉ……ぶ、だよ」

ちっとも大丈夫そうには聞こえなかった。

「鏡、入るよ」

部屋に入ると、鏡はパジャマ姿でベッドに座っていた。

「そんな、心配するほどじゃないよ……ほんとに、大丈夫、だからっ……はぁ、あぁ」

鏡の顔はリビングにいた時よりも赤く、息も苦しそうだ。額にべったりと前髪が張り付いてしまうほど、汗をかいてもいる。

これはやっぱり、夏風邪をこじらせてしまったのだなと拓巳は判断した。ベッドに近づき、鏡の隣に座って額に手を当てる。

「ん？　微熱か……」

いつもよりは確かに少し熱いが、たいした熱ではなさそうだ。

「だめぇ、触っちゃっ」

鏡が慌てたように拓巳の手を払いのけた。

「ど、どうした」

「う、うぅ……」

自分をまっすぐ見つめてくる瞳がうるうると潤んでいるのを見て、拓巳は内心ドキッとした。鏡は妹だというのに、こんな目で見られては妙な気分になってしまいそうだ。

「……喉、渇いただろ。今アップルジンジャー作ってくる」

頭を一撫でしてやり、鏡から離れようとした時だった。

「お兄ちゃ……もう、無理ぃ……はぁ、はぁっ」

「ん？　どうした？」

「私、もうっ……が、我慢できないぃっ……んちゅうぅっ」

拓巳の唇に、突然、むにゅっと柔らかいものが押し当てられた。

いったい何が起こったのか理解できず、拓巳はピクリとも動けない。視界が鏡で埋まる。

良く知っている鏡の匂いがする。

「んっ、んちゅぅっ……」

角度を変えて、何度も鏡の顔が近づき、唇が柔らかいもので包まれる。

ああ、キスをされているのだと、拓巳はやっと理解した。兄として、鏡を引き離さなくてはいけない。そう思うのに、まるで一時的に麻痺させられているかのように両手が上手く動かない。

「はぁ、はぁ……はぁ」

少しして、息が続かなくなったのか、鏡がやっと唇を離した。

「しちゃった……お兄ちゃんと、キス……」

肩を上下させるほど息は荒いのに、鏡の表情は意外なくらい穏やかだ。そのくせ水気を孕んだ視線は実に色っぽく、引き込まれてしまいそうになる。

「お兄ちゃん……」

「は、はい」

動揺のあまり、妙にかしこまってしまう。

「好き……だーいしゅきぃぃ！　んくちゅぷぅ」

ガバッと首に抱き付いてきたかと思うと、鏡はまたも唇を重ねてきた。勢いだけのさっきのキスとは違い、今度は唇を唇で優しく覆い、舌を口内へ侵入させようとしてくる。

ぬちゅっ、という唾液の絡む音が、妙に耳についた。

「んうぅっ……か、かが……みっ」

初めて感じる女の子の舌は、小さくて柔らかかった。

そう、三十を超えている拓巳だが、ずっと妹たち優先の人生を送ってきたため、これがなんとファーストキスだったのだ。

「はぁ……じゅるぅぅ、お兄ちゃん……好きっ、大好きぃ……」

妹とこんなことをしてはいけない。すぐに止めさせなくてはいけない。理性はそう言っているのに、体はやはり動かない。よこしまな気持ちがどんどん湧き上がってきて、なけなしの理性を押し流そうとしている。

「お兄ちゃん……私ね、風邪なんかじゃないの」

「えっ……？」

「お兄ちゃんのことを考えてたら……えっちな気分になっちゃったの」

「え……エェっ!?　ど、どうしてそんな、急にっ……」

「だって大好きなんだもん」

鏡はうっとりした顔で拓巳の手を取り、自分の股間へと誘導した。

「ば、馬鹿っ、何して――」

手の平に伝わってきた感触に、拓巳は言葉を失った。パジャマ越しでもわかる。鏡の秘部は、お漏らしをしたかのようにぐっしょりと濡れていた。

「ねえ、お兄ちゃぁん……えっちしよ？」

「ふ、ふざけるのも、いい加減にしなさい」

「イヤなの？　お兄ちゃんは私のこと……嫌い？」

「そういう問題じゃないだろ、俺たちは兄妹なんだ……というか、いったいどうしちゃったんだよ鏡」

明らかに様子がおかしい。鏡は普段、少しの下ネタでも赤面してしまうようなタイプなのだ。それなのに、何でこんなことを……。

「どうもしてないよ。今まで隠していたことが隠せなくなっただけ」

鏡は今度は、拓巳の股間に触れてきた。

「お兄ちゃんのここ、大きくなってる……私と同じで、興奮してるんでしょう？」

「そ、それは……生理現象だから……」

実を言うと、拓巳は鏡とキスしたその瞬間からフル勃起してしまっていた。

「生理現象でも何でもいい、もぉ我慢できないよぉ、お兄ちゃんとえっちしたぁい、したいしたいぃ、キスしてから、オマンコが疼いて止まらないのぉ……」

小さな子どもの頃に戻ってしまったかのような舌っ足らずな口調で、とんでもなく卑猥なことを囁く鏡。鏡が口にする言葉の一つ一つが、拓巳の本能へとべったり張り付き、男としての欲望を煽り立ててくる。

「ね、お願い、私をめちゃくちゃにしてぇ？」

小首を傾げ、熱っぽい視線と共におねだりしてくる様子に、拓巳の心は躍る。しかし、

ここで耐えなければ家族の絆に致命的な亀裂が入りかねない。

こんなのはダメだ。わかっている。それなのに拒絶の言葉を口にできない自分に拓巳は絶望した。

「もういい」

鏡が拗ねたように言った。ようやく諦めてくれた、と拓巳は思ったのだが。

「お兄ちゃんが手を出してくれないなら、私が出しちゃう」

おもむろにパジャマを脱ぎだし、自らパンツ一枚になってしまったではないか。

「か、鏡っ……」

「どう？　私、成長したでしょう」

拓巳は不覚にも妹の体に見入ってしまった。

鏡の、妹のおっぱいが、目の前にある。こうして見るのは何年ぶりだろう。鏡が小学校に上がる頃には一緒にお風呂に入ることもなくなっていたから、膨らんでからのおっぱいは初めて見た。もちろん服の上からはいつも見ているし、洗濯物はまとめて洗っているのでブラジャーのサイズだって知っている。それでも、生のおっぱいは、想像していたよりずっと大きく、綺麗だった。

「あぁ……お兄ちゃんが、私のおっぱい見てるぅ……」

ふるり、と鏡の腰に震えが走った。パンツはもとより、太股にまで愛液が滴っていて、

ものすごい眺めだ。

「ダメだ……鏡、ダメだって……」

声が震えてしまった。心臓が激しく跳ねている。

「お兄ちゃん……私、もう、大人だよ。こういうことだって、できるんだよ……」

下着姿の鏡にぎゅっと抱き付かれ、拓巳のモノは痛いくらいに硬度を増してしまう。

「それ以上はっ……ほんとに、ダメだっ」

拓巳は悲鳴のような声を上げたが、体は正直だ。ズボンの上から撫でられると、ペニスは更なる刺激を欲してビクビク震えた。

「お兄ちゃん、苦しそう……今、ラクにしてあげるね」

カチャカチャとベルトを外される音がした。興奮し過ぎて、じんじんと後頭部が痺れるような感覚が拓巳を襲う。ズボンとパンツを同時に脱がされ、屹立した肉棒が露わになる。

その先端はすでに、漏れ出した先走りでねっとりと濡れていた。

「うわぁ……これがお兄ちゃんのオチンチンかぁ……」

目をキラキラさせた鏡に股間を見入られ、強烈な羞恥に襲われる。

「私も、見て欲しいな……お兄ちゃんに、全部」

鏡は大事なところだけをどうにか隠していた布切れを、いそいそと脱ぎ捨て、生まれたままの姿になった。美術品のように美しい、それでいて肉感的で生々しい、そんな裸だった。

　ポカンと口を開けて見とれている拓巳に不敵な笑みを向け、鏡は拓巳の股の間に入った。ペニスを目の前にして、スウッと一度大きく息を吸い、吐いた。拓巳はぶるりと腰を震わせた。鏡の吐息が鈴口の辺りに当たって、少しくすぐったい。

「なんだか美味しそう……お兄ちゃん、舐めていい？」

「き、汚いからさ……やめときなさい」

　とろんとした顔をしている鏡から目を逸らし、立ち上がろうとしたが、太股を両手で押さえつけて阻止される。

「やぁだ、なめなめしたいのぉ……お願い、じっとしてて……んちゅっ」

　さっき初めてキスをした鏡の唇が、今度は亀頭に優しく押し当てられた。

　鏡の、最愛の妹の唇が、赤黒いペニスに触れ

ている。強烈な罪悪感と鮮烈な快感、そして静かな感動に同時に襲われ、拓巳は一瞬気が遠くなった。

「ちゅぅうっ、んふっ……ああん、お兄ちゃんのオチンチン、大好きぃ……ちゅぅっ」

愛らしい唇から小さな舌が出てきて、カリの辺りをぺちょりと舐めた。そのままねっとりと周辺をねぶられ、拓巳はたまらず呻いた。

「んはぁっ……れろちゅぅう、お兄しゃん、きもひーい……？　んれぉぉぉ……」

「えっと…………う、うん」

否定することはできなかった。もう拒否することもできない。

ぺちゃぺちゃと、いやらしい音が聞こえる。鏡の熱い吐息。粘っこく張り付いてくる薄い舌。三十年間童貞を貫いていた身には、過ぎた刺激だ。

「んちゅっ、ちゅっ、上の反り返ってるとこ……舐めやすいね……れろっ、れろぉおっ」

鏡はペニスの構造に興味津々らしく、亀頭を様々な角度から見ては舌で舐め上げてくる。

「ここ、なんか筋みたいのがある……んーっ……」

ツーッと裏筋を舌先でなぞられ、息が詰まる。

「びくって、なったぁ……ここなめなめされると気持ちいいんだね、もっとしてあげる」

溶けかけたアイスキャンディーでも舐めているみたいに、下から上へと何度も舌が動き、溢れ出てきたカウパー汁を舌先がすくい取っていく。

「美味しいぃ……お汁、いっぱい出てくるぅ……ちゅっ、ちゅぷぷっ」

　ダラダラと垂れ流し状態の先走りをすする鏡の表情は緩んでいて、本当に美味しいと思っているのだとわかる。

「うぐっ、くっ……！」

「んふっ、お兄ちゃんの気持ち良さそうな顔、可愛い……もっともっと、気持ち良くしてあげちゃうね」

　一度舌を引っ込めて、意味深に笑う鏡。何をするのかと思えば、あーんと大きく口を開き、唇の中に先っぽを迎え入れてしまった。

「んむうっ……んっ、うんん……」

　鏡の口の中は、もともとなのか興奮しているからなのか、とても温かかった。

「こ、こう……かなぁ……？　んっ……あむっ、れろっ、ちゅっ、じゅるっ……」

　じゅっぽじゅっぽと音を立てて、鏡の唇がカリの下辺りをしごく。こういう行為はもちろん初めてだろうから、鏡の動きはぎこちない。それでも、童貞の拓巳には十分過ぎるほど気持ちが良く、急速に射精感が高まっていく。

「んぅっ、ぢゅぽっ、ぢゅぽっ……んわぁっ!?　えほっ！　けほ、けほっ……」

　もっと深く咥えようとして喉に当たってしまったらしく、鏡がペニスを吐き出し、苦しそうに咳き込んだ。

「だ、大丈夫かっ？」

「大丈夫……っ、はぁ、はぁ、はぁぁ……初めてだから上手くできなくて……ごめんね、お兄ちゃん」

涙目でそんなことを言われ、拓巳は鏡のけなげさに胸を打たれた。

「やっぱり……もう、やめないか……？」

「やだ」

きっぱり言い切って、鏡は再びペニスを口に含んだ。鏡の頭がゆっくり前後に動く。さっきまでよりもその動きは慎重だ。

ずるーっ、ずるーっと熱くぬめる口腔粘膜で表面を擦られるのが、たまらなく気持ちいい。

「うあっ、き、気持ちいいっ……」

「はぁ、ああっ、お兄ちゃん、お兄ちゃぁあんっ……しゅきぃ、もっと、気持ち良くなってぇっ……！　れろっ、じゅぷっ、じゅぽっ」

確かな手応えを得たからか、鏡はますます熱心に口を使う。

ぞわぞわっと急激に湧き上がってくるものを覚え、拓巳はハッとした。

「か、鏡っ、ちょっといったん止めてくれっ」

「もひかひて……もう、出ちゃいそうなろぉ……？」

そのもしかしてだった。

このままでは出してしまう。精液を、妹の口の中に。それでは兄として最悪だと拓巳は焦る。しかし鏡はペニスを解放することなく、咥えたまま口の端で笑って見せた。

「それなら……最後はもーろ、きもひよくさせれあげりゅね、お兄ちゃん♪」

そう言うなり、鏡は顔をぐいぐい前後に振り始めた。じゅっぱじゅっぱとものすごい水音が立ち、亀頭から竿の半ばくらいまでが強くしごかれる。さらに、顔を引いたタイミングでぐるりと舌を亀頭に巻き付けてくるのだからたまらない。

「うあああっ……！　かが、みっ……もう、本当に、ダメなんだってっ……！」

「にじゅっ、じゅりゅぅっ、いいよお兄ちゃん、私のお口にっ、精子らしてぇ……！」

くっと玉が持ち上がるような感覚。拓巳はもう何も考えられなくなってしまう。

「ごっ……ごめん、鏡っ……!!」

精液が尿道を駆け抜けていく。その勢いを止めることなどできるはずもなく、拓巳は鏡の口の中に大量の精子をドバドバッと放出してしまった。

「んぅうっ、んぅぐぅぅぅぅぅぅっ……!!」

粘液に喉を直撃された鏡の顔が、苦しそうに歪む。それでも鏡はペニスを口から離そうとはせず、必死で受け止め続ける。

「ごめんっ……我慢できなくてッ！」

大丈夫、というように、鏡がペニスを咥えたまま少しだけ首を横に振る。

射精は長く続いた。どぷっどぷっと何度も脈打って、鏡の小さな口を満たしていく。

「んんっ……ごくっ……」

鏡の喉が上下に動いたのを見て、拓巳は目を疑った。

「んッ、んんぅっ……んぐっ、ごくっごくっ……んぁあっ……」

「鏡……」

まさか精液を飲まれるとは思わなかった。出すものを出して、落ち着きを取り戻しつつあった拓巳の頭が、再び混乱の渦へと迷い込む。

「ふううぅ……美味しかったぁ」

すべて飲み干してからやっと、鏡は拓巳の股間から顔を離した。

「ごちそうさまお兄ちゃん……大好きだよ」

うふふと嬉しそうに笑って、隣に座ってくる。触れるだけのキスが拓巳の頬に贈られた。

しかし、次の瞬間。

「あ……あれ……?」

鏡の様子が一変した。艶めいた雰囲気は消え失せ、パチパチと瞬きをして、不思議そうな顔をしている。

「私っ……お兄ちゃんに……なっ、なんでっ!? 私、口で……えっ、えぇぇえ!?」

「鏡？　どうした？」

「いや、ウソ違うのっ、あのその……えっと」

「もしかして――正気に戻ったのか？」

「ちっ違うの、お兄ちゃぁああんんんッッッ!!」

完全にパニック状態だ。フルチンでなだめるわけにもいかず、拓巳は慌ててパンツとズボンを穿いた。

「うわぁぁぁぁぁぁんんんんっ！」

鏡は裸のまま布団に潜り込み、丸くなってしまった。

こんな時、何を言ってやればいいのかわからない。それに、拓巳だって動揺している。しどろもどろになって余計なことをあれこれ言うより、今は鏡を一人にしてやった方がいいかもしれない。そう判断し、拓巳はそそくさと鏡の部屋から出た。

「――え」

廊下に出た拓巳はその場で固まってしまった。美愛とひなたが、複雑そうな顔をしてそこに立っていたからだ。

「みち……ひな……なんで……」

「声大きいんだって、二人とも」

美愛の言葉に、カッと顔が熱くなる。

「お兄ちゃんとお姉ちゃん……エッチなことしてたの……？」

「そ、それは……あの……はい……」

言い訳のしようがなかった。

俯いてしまった拓巳の肩を、美愛がポンと叩いた。

「説明してもらえるかな、お兄ちゃん」

×　　×　　×

「おーっ、懐かしいな、これ。まだ持っていたのか」

時刻は午後七時。日中整理した骨董品を受け取りに来た骨董屋の木本《きもと》はミルクポットを見ると懐かしそうに手に取った。

木本は拓巳たちの両親と昔から付き合いがあり、両親亡き後も何かと拓巳たちを気にかけてくれているありがたい存在だった。

「やっぱり、おじさんのところで買ったものでしたか」

「ああ。たしか拓巳の生まれる前だったから、三十年以上前だな……ん？　これ、まさか使ってないよな？　洗ってあるようだが……」

「使ったらダメなの？」

ひなたが尋ねると、木本は真面目な顔で頷いた。

「絶対ダメだ。これは本物だからな」

木本の言葉に、拓巳は頭を抱えた。妹たちも、「あぁ……」という感じで天井を見上げている。

夕飯時、楠之家の四人は拓巳と鏡があんなことをいたしてしまった原因を探った。そこで真っ先に可能性のひとつとして挙げられたのが、注がれた牛乳を飲んだ者に催淫効果を与えるというこのミルクポットだ。ただ、美愛とひなたもミルクティーを飲んでいたのにこの二人には今のところ特に変化が見られないのが不思議だった。

「このポットについて、おじさんが何か他にご存じなことがあれば、何でも教えてもらえますか」

「なんだ拓巳、女でもできたのか？」

「い、いえいえっ！　興味があるから知っておきたいだけです」

拓巳は適当にごまかした。まさか、すでに妹たちが全員このポットに注がれた牛乳を飲んでしまって、さっそくその一人にめっちゃノリノリでフェラされたんです、とは言えなかった。

「ふふん、まあそういうことにしておいてやるよ。このミルクポットは、淫魔サキュバスが人間の女性を性奴隷にするために作った、と言われている」

まるで小説か漫画のような話だ。

そんなものがこの世に存在するなんて、拓巳にはいまだに信じられない。しかし、すでにその効果を目の当たりにしてしまっている以上、信じざるを得ない。

「それは……なんというか、なんでそんな恐ろしい道具が人間の手に渡ってしまったんですかね……」

「わからん。なんとも奇怪な話だよな。ただ効果は絶大だ。説明書に書いてあったように、こいつに注がれた牛乳を飲んだ女性を発情させてしまう。そして、使用された女性は、自身の性癖とは別に、被虐嗜好が強まる傾向にあるらしい。淫魔が女性を支配しやすくするためとかなんとか、そんな理由だったと思う」

「な、なるほど……あの、これ発情しっぱなしってことはないですよね？」

「たしか波があって、一定間隔ではなかったはずだ。三日に一度程度の時もあれば、一日に数回起きることもあるみたいだ」

「つまり、いつくるかわからないってことですか」

「そういうことだ。個人差がけっこうあるみたいでな」

では、鏡だけ先に効果が出たのは偶然だったということか。ひなたや美愛も、これから発情する可能性が高いとなると、大問題だ。

「その……発情しないようにする方法は、ないんでしょうか」

「一時的に治める方法はある。ただその、なんというか……三人の教育上、あまりよろしくない感じの説明になってしまうのだが……」

木本は気まずそうにひなたたちをチラリと見た。

「えー、なになにー？　おっちゃん、早く教えてー！」

ひなたが身を乗り出す。鏡や美愛も興味津々の様子だ。

「ええとだな……おほん、発情を治めるには、男の精液を口にしたり肌に触れさせるといいらしいんだ」

「せいえき？」ひなたは首を傾げた。

「うぅ……」鏡は天井を仰いだ。

「そんなぁ……」美愛は真っ赤になった。

なるほど、確かに教育上あまりよろしくない情報だった。

「つまり、事前にしておくことで発情を防ぐことができるらしい」

「なるほど」

理性がある時とない時の違いはあれど、結局やることは同じということだ。

「お兄ちゃん、せいえきって何？　食べるの？」

「……ひなには後で説明するから。あの、ポットの効果がどのくらいの期間続くのかって、わかります？」

「一度飲ませれば、二週間から一ヶ月程度効くって話だったと思ったが……これもかなり個人差がありそうだ」

「けっこう長いですね……注がれた牛乳を飲んだことで、何か体に悪い影響があったりはしないいんでしょうか」

「催淫効果以外に人体に対する影響は聞いたことが無いな。おそらく命に関わるようなものではないいんだと思うぞ」

「そうなんですね」

それを聞けただけでも、拓巳は少しホッとした。妹たちの健康を害しないかどうかが一番心配だったからだ。

「おい拓巳、好きな女に使うなとは言わんが、相思相愛だとわかっている相手だけにしておけよ」

木本は拓巳の肩にポンと両手を置いた。どうやら拓巳にこれを使いたい相手がいると誤解されているようだ。

「え、あ、いや、そんなつもりでは……」

「こいつはもともとはティーセットとして一式揃っていたはずのものでな。全部使えばもっとすごい効果があったらしいんだが、今はもうバラバラになってしまっていて、ポット以外のものは所在不明だ。そしてポット単体だと、効果が出るのは、心の奥底から好きな

男がいる乙女だけらしい」

「……え？」

「惚れた相手にしか発情しないってことだよ。まあ、使ってみて相手の気持ちを確かめるというのも手段としてありかもしれないが、惚れた女が他の男に発情したところなんて見たら……俺なら立ち直れん」

そんな、まさか。

拓巳はなんだか上手く動かない首をギッギッと動かし、鏡の方を見た。

鏡は、拓巳に発情した。それって、つまり……。

「ひうぅ……」

鏡は真っ赤になって俯いてしまった。

まさか鏡が、可愛い可愛い妹が、十歳以上年の離れた三十路の兄貴のことを好きだなんて。衝撃の事実を上手く消化することができず、拓巳は呆然と立ち尽くした。

×　　×　　×

ベッドに入っても、拓巳はしばらく寝付けなかった。

ポットの効果は、二週間は続くらしい。ということは、それが明日なのか明後日なのか

はわからないが、近いうちに鏡はまた発情する。そうしたら、また今日のようなことをやらざるを得ない。

しかたがないこととはいえ、頭を抱えたくなる。発情した鏡に迫られると、正気を保てなくなってしまう。せめて、なんとか一線だけは越えないようにしなくては。

それはそれとして。ポットの効果が切れた後のことも考えないといけない。

効果が出たということは、鏡は本当に自分のことが好きなのだろう。兄妹なのだから、恋人のように振る舞ってやることはできない。だからといって、距離をとったりすることもできない、というかしたくない。

「はあぁ……」

何度目かの溜め息をついて、寝返りを打つ。

正直なところ、鏡から男として好かれていると知って、嬉しかった。手放しで喜んでいいようなものだとは思わないけれど、それでも。

熱っぽい目でこちらを見上げながらフェラチオしていた鏡の顔が、頭から離れない。いつか鏡が、誰か拓巳の知らない男に対して同じことをするかもしれないと思うと、イヤでイヤでたまらない。

「どうすればいいのかなぁ……」

いっそ、自分が鏡の恋人に。なんて、考えてはいけないことを考えてしまう。

でもそうなると、世間からの目は厳しいだろうし、自分はよくとも鏡には苦労をかけてしまうだろうし……などと思い悩んでいるうちに、拓巳はいつしか眠りに落ちていた。

何やら、股間の辺りがムズムズする。

「ちゅっ……ンぅッ……あンっ……」

こんな感覚を、拓巳は知っていた。そう、まるで鏡に口でされた時と同じような——。

「——えっ⁉」

一気に目が覚めて、バッと布団をめくる。

はたしてそこでは、妹が朝立ちしたイチモツを口に含んでいた。

ただし、鏡ではない。なんと、末の妹のひなただ。

「ふあ……おにぃちゃぁん、おはよぉ……」

「おはよう。じゃなくて、何してんだっ!?」

「エッチなことだよ。鏡おねーちゃんとおんなじの」

そう言ったひなたは、普段のまだまだ子どもっぽいひなたと別人のように色を含んだ顔をしていた。

「ひなね、んちゅっ、あふっ、ちゅるンっ……朝起きたら、すごくドキドキしてたの……そしたら、鏡お姉ちゃんとお兄ちゃんのこと思い出して……ひなもしたくなっちゃった」

ひなたの頬は赤らみ、息は少し荒く、瞳は熱っぽく潤んでいる。昨日の鏡と同じような状態だ。

どう見ても、発情してしまったとしか思われなかった。つまり、ひなたも拓巳のことが好きだということだ。

驚きのあまり、拓巳がポカンとしている間も、ひなたは熱に浮かされたような顔で血管の浮いたペニスをしゃぶっている。

「ちゅっ……んちゅっ、んぅっ、れりゅ、れろれろっ、んむぅっ……はむはむぅっ……」

当たり前だが、けして上手ではない。ただただ本能に突き動かされたように、先端を口に含んで、ちゅっちゅと吸っているだけだ。ただ、肉体的な刺激よりも、ビジュアルの破壊力がすごい。子どもだとばかり思っていたひなたの可愛らしい小さな口を、自分の赤黒い性器が出入りしている様に、拓巳の目は釘付けになってしまう。

「おにーちゃん……ひなのなめなめ、気持ちいーい……？」

「う、うん……」

「精液、出そう？」

木本が帰った後、精液って何？状態だったひなたに、一応一通りのことは説明してあった。

「出るところまではいかないかなぁ」

拓巳は正直に答えた。気持ちいいことは気持ちいいが、ひなたの拙いフェラチオでは決定力にかける。そして、射精しなければいつまでもひなたの発情は治まらない。

「うぅ……どうやったらいいのか、ひなわからないの……ごめんね、ちゃんと、お兄ちゃんを気持ち良くしてあげられなくて……」

泣きそうな顔をして上体を起こしたひなたの頭を、拓巳は優しく撫でた。

「無理にやることないよ。発情を抑えるのに精液が必要だとはいえ、俺が自分で出したっていいんだから」

「やっ！　ひなが出させてあげるの、お兄ちゃん、ひなにやり方教えて」

「……わかった」

拓巳はやむなく頷いた。ひなたはこう見えて、意外と頑固なところがあるのだ。

「前歯に唇をかぶせて、歯が直接当たらないようにして」

「ん～……こー？」

ひなたは咥えたままの状態で、唇を少し口の中へと引き込んだ。

「そうそう。歯が当たると痛いからさ、そうしてくれると安心するよ」

「ふぁい……次はぁ？」

「そのまま上下に動かして、チンチンをゴシゴシしてみてくれ」

もごもごと口を動かした後、ひなたは言われた通りに上下に唇を動かし始める。

「もっと力入れて、ぎゅーっと」

「痛くならないの……？」

「大丈夫だよ。大きくなったチンチンは硬いから」

「あぃ……やってみるぅ……あぁむっ……っ！」

少し圧迫感が出てきた。おそらくこれくらいが限界だろう。

「ん……それじゃ、その状態で、舌も使ってみよう。チンチンの裏をくすぐって欲しいんだ」

「ん～……わかっらぁ……」

上目遣いでじっとこちらを見上げながら、ひなたは裏筋が亀頭に繋がる辺りをチロチロと舌先でくすぐってきた。

「ふぁあっ、チンチンおっきくなった……ここが気持ちぃの？」

「そうそう。そのへんをしばらくやってみてくれ」

唇でしごきつつ舌を使うのはなかなか難易度が高いらしく、ちょくちょく動きが止まる。そのたびに小首を傾げてどうにか上手くやろうとしている仕草がなんとも可愛らしく、胸が高鳴る。

「ふぁっ、先っぽから、何か出てきてる……これが白いやつなのぉ……？」

「いや、それはカウパー汁って言ってね。気持ち良くなってくると自然に出てきちゃうものなんだ」

「ほへぇ……ちょっとしょっぱい……汗みたいな味がしゅる……れろれろっ……」

「ひな、ちょっと吸ってみてくれる？　できるだけ強く」

「ん、やってみる……ちゅるるぅうっ……んふぅぅ……ぢゅるるるんっ」

ひなたは頬をへこませて、某チューブ式アイスを吸うようにした。

「おっ……」

強い吸引力。こぼれ出す我慢汁が吸い取られていくような感覚はかなり気持ちが良かった。

「ハぁ……はぅんっ……うぅ……アゴがいちゃい……っ」

ひなたにはまだ早かったようだった。

「じゃあ、吸うのはいいから、さっき教えたことだけに集中してみて」

「ん、わかった……ちゅっ……はぁぅ……あぅ、くふぁっ、ちゅるるっ……んぁっ……」

ひなたの口はあまりに小さくて、拓巳のものを根元まで咥えることはとてもできない。それでも、にゅぷにゅぷと亀頭を出し入れされ、舌を絡められていると、下半身にじわりとした覚えのある感覚が湧いてくる。

「ひな、そろそろ白いやつ出そうだ……」

「ホントに……？　じゃあ、もっとしゅるねっ！」

ひなたは張り切ってそれまでよりも激しく顔を上下に振りだした。

「うおっ、それ、すごっ……！」

「じゅぽっ、じゅぽじゅぽちゅぽっ……っ、チンチン、たくしゃんビクビクしてりゅ……ぷくぷくに膨らんできて、いっぱい出てきそぉ」

「うぅ、き、気持ちいいよ、ひなっ……」

少し堰き止めていた理性の枷が外れ始め、高まる快感に神経が麻痺してきた。ブルッと腰が震える。射精に全力を注ごうと、全身の血流が肉棒に集中していくのがわかる。

「ぢゅっ、あふっ、んぅっ……ひなも、なんだか気持ち良くなってきたぁ……チンチンのおつゆ、いっぱい飲んだからかなぁ」

ひなたはもう、夢中で肉棒を貪っていて、おそらく無意識だろうが腰をゆらゆら揺らしている。甘酸っぱいような女の子の匂いが少ししてきた。ペニスをしゃぶりながらひなた

び出していく。

ドドドッと、噴火するような勢いで精液がペニスの中を駆け抜け、ひなたの口の中へ飛
「らしてぇっ、ひなにいっはい、飲ませてぇえっ……！」

「で、出るっ！」

が感じているのだと思うと、もうダメだった。


「ングぅうぅッ——！　んぐぁっ……しろいのたくしゃん……しゅごいぃっ……！」

ひなたは目を白黒させた。いっぱいに開いた唇の端から、たらりと精液がこぼれ出る。

こくりとひなたの喉が動くのを見て、拓巳は焦った。

「くっ……んっ、ひな、出しちゃってもいいぞ、飲まなくても効果はあるんだからな」

「やっ……せっかくらし、飲むぅ……んっ……んっ」

「お、おい、まずいだろ、無理するな」

「んんっ……おにいちゃんのらから、きたらくにゃい……おいひーよぉ……温かくて、ね
ばねばしててぇ、これが大人の味なんだぁ……」

射精を終えたペニスを口から出し、ひなたは満足げに笑った。

「ふううぅ……ドキドキは治まった？」

「うんっ！　おかげで少し眠くなってきたぁ……ひな満足ぅ……」

ひなたは憑き物が落ちたようにスッキリした顔をしている。本当に精液が効果的なのだ

など、拓巳は改めて実感した。

「お兄ちゃん……また、ひなとしてくれる……?」

「そ、そうだな……。今日みたいになったら」

「ありがとー。お兄ちゃん大好きぃ……」

ふにゃっと嬉しそうに笑うとひなたはベッドに倒れ込み、すうすう寝息を立て始めた。

×　×　×

「――ありがとうございましたー」

ランチタイムが過ぎ、店内は一時的に客が一人もいなくなった。

拓巳は汚れた食器を洗いながら、午前中のことを反省した。営業中だというのに、

鏡とひなたのことばかり考えてしまい、めったにやらないオーダーミスをやらかしてしまった。エプロンをしていて良かったと、心から思う。妹たちの痴態を脳裏に思い浮かべて、勃起してしまったところをお客さんに見られていたらと思うと死にたくなる。

鏡だけでなく、ひなたまで男として自分のことが好きだったなんて。世間から見たら許されないことだとはわかっているが、嬉しいと思う気持ちは抑えようがなかった。

ポットの効果はまだしばらく続く。鏡ともひなたとも、発情すればまたエッチなことをするしかない。それはもうしかたのないことだけれど、果たして効果が切れた時、元の仲の良い普通の兄妹に戻ることができるのだろうか……。

「と、いかんいかん」

また手が止まっていた。可愛い妹たちを食べさせるためにも、仕事はきちんとやらないと。

「みちー、モップ掛けお願いできる？」

テーブルの上を整頓しに回っているはずの美愛に声をかけたが、返事がない。

「みち？」

「あ……うん、わかった」

美愛の声に、いまいち元気がない。自分のことで手一杯であまり気にしていなかったけれど、そういえば今日は朝から口数が少なかったような気がする。

「みち、大丈夫か？　どこか具合悪い？」

「う、ううん、平気だよ。なんでもないから」

「ならいいんだけど……」

それ以上突っ込むのはやめて、拓巳は洗い物を再開した。

考えてみれば、自分以外の兄姉妹がこんなことになってしまったのだから、気に病んで当然だ。今までと同じように会話しろという方が酷だろう。

いつもはテキパキと動く美愛が、のろのろとモップを使っている。表情が冴えない。昨日、あまり眠れなかったのかもしれない。早めに休ませてやりたいなと拓巳は思った。

「もうすぐひなたが帰ってくるから、そしたら上がっていいからな」

「……わ、わかった」

返事がぎこちない。怒っているわけではなさそうだが、やっぱり睡眠不足で疲れているんだろうか。

「ねえ、お兄ちゃん」

「うん？」

美愛がモップを持ったまま目の前までやってきた。何やらもじもじと、爪先で床をいじっている。

「あの、あのね……」

「うん」

美愛の頬が赤い。

「私も……エッチなことしたい」

「え」

発情したというのか。そんな、まさか。拓巳は言葉を失った。

「ダメ……かなぁ」

「あ、いやっ、ダメじゃない、けど……」

鏡、ひなた。そして美愛までも、自分のことを男として好いているだなんて、信じられない。

戸惑う拓巳を、美愛は今にも泣き出しそうな顔でじっと見つめる。

「私とじゃ、いや……？」

「いやじゃないって、本当に」

妹に泣かれるのは弱い。拓巳は洗い場から離れ、美愛の方へ行った。安心させてやりたくて、頭をそっと撫でる。

「いやなわけないだろ」

「うん……」

おとなしく頭を撫でられながら、美愛は目を細めた。

鏡やひなたとは少し様子が違うなと拓巳は思った。自分を抑えられないほどの衝動に襲われているようには見えない。とはいえ、恥ずかしがり屋の美愛が発情してもいないのにこんなことを言い出すはずがないし、潤んだ瞳は確かにねっとりとした性欲を孕んでいる。

「えっと、でも、どうしようかな……」

いくら人がほとんど来ない時間帯とはいえ、店から離れるわけにはいかない。せめて、ひなたが帰ってきてからなら少しは時間を作れるのだが……。

「カウンターの下でやれば大丈夫だよ」

拓巳の返事を待たずに、美愛はカウンターの中に入り、膝立ちとなった。

「座って」

「あ、うん……」

椅子に座って軽く脚を開く。美愛の細い指が、チーッとズボンのチャックを引き下ろした。よいしょ、と下着の中からペニスを取り出し、ホォッと熱い息を吐く。拓巳はすでに昂ってしまっていることを恥ずかしく思ったが、至近距離から熱っぽい目で見つめられるとなおさら股間に血液が集まってしまう。

「教えて……お兄ちゃんは、どんなふうにされたら気持ち良くなれるの？」

「えっと……む、胸でして欲しいな、なんて……」

「え、おっぱい？」

「うん」

つい、正直な欲望を口にしてしまった。だって、この角度から美愛を見ると、胸の谷間が実に魅力的に映るのだ。

「ええと……間に挟めばいいのかな……」

美愛は自らプチプチとブラウスのボタンを外し、胸元を露出させた。ブラジャーもぐいっと引き下ろしてしまうと、乳房がたぷんと揺れながら現れた。その大きさ、淡く色づいた乳輪の可愛らしさに、拓巳は生唾をゴクリと飲み込んだ。

「うわぁ……すごい、ビクビクって動いたぁ……」

美愛は目を輝かせてビキビキに勃起したペニスをそっと胸に挟んだ。ふにゅっと柔らかい乳肉に包まれ、じんわりとした快楽が拓巳の股間に広がる。

手で握ったり唇で締められるような圧迫感は、当然ながら全然ない。しかしその柔らかさ、温もりに、拓巳は幸福感を覚えた。

「こうして欲しいとかあったら教えてね、お兄ちゃん……」

美愛は両手を胸の下に当て、寄せ集めるようにして動かし始めた。

「んしょ……んっ……んしょっ……、んん」

「おぉ……これは、なかなか……」

真っ白いおっぱいの間から、赤黒い亀頭がピョコピョコと顔を見せる。実に刺激的な光

景だ。それに加え、ウエイトレスの制服を着ている美愛と仕事場の死角でこんなことをしているという状況が拓巳を煽る。

「こ、こんなに大きくなってるのは、気持ちいいって……証拠だよね？」

「うん。初めての感覚で、不思議な気分だよ」

「私も、少しヘンな気分になってきちゃったかな……先っぽからちょっとずつおつゆがこぼれてくるの見てると、ドキドキしちゃう」

美愛の熱い吐息が亀頭をくすぐる。愛おしいモノを見るかのような目で肉棒を見つめ、ふにゅふにゅと胸を寄せ上げる姿を見ていると、拓巳の胸も熱くなった。

「んぅ……ふはぁ……んんっ……もっと、こうして欲しいとかってある……？」

拓巳にしても、こんなことをしてもらうのはもちろん初めてで、コツも何もわからない。ただ、気持ちいいとはいえ風呂に浸かっているようなまったりとした感覚で、このまま射精まで至るかというと厳しいだろうなとも思う。

「根元から搾り上げるようにやってみてくれるかな」

「ん、わかった」

美愛はおっぱいを一度支え直し、根元の辺りまで下げた。そこから搾り上げるように、亀頭へむけてズルッと胸を滑らせる。

「ふっ……」

ビリリッとした刺激が背筋を走り、拓巳は思わず声を漏らしてしまった。

「あ、ビクッてした……今の、気持ち良かった？」

「うん。もう少し強めにして、続けてくれるかな」

「もっと、ギュッとね……こう、かな……」

美愛は律儀に同じ動作を繰り返した。拓巳の漏らした我慢汁で、乳房は徐々にベタベタになってきている。滑りやすくなったおかげか、慣れてきたからなのか、美愛のパイズリをする動きがだんだんと滑らかになってきた。

「こうやって少し速くすると……反応がよくなるみたいだね」

艶やかな微笑みを浮かべ、美愛はしごく速度を上げてきた。だいぶコツを掴んできたらしく、単純な搾り上げる動きから揉み解すような感じに変わってきてもいる。

「根元からビクンって大きく震えた……嬉しい……どう？　精子さん、出せそうかな？」

「ん、たぶん……でも、早く出したいような、ずっとこうしていたいような……」

「そんなに気持ちいいんだぁ……それなら、一回だけじゃなくて、二回でも三回でも出したらいいよ、お兄ちゃん」

美愛はぐっと手に力を入れて圧迫感を強め、ガチガチに膨張した肉棒を擦り上げて追い詰めにかかる。

駆け上がってくる快感に、拓巳の意識が一瞬遠のきかけた。

「はふぅ……んんっ……んんうっ……くぁっ……もっと先っぽを刺激した方が……気持ちいい？」

「あ、そ、それいいっ」

亀頭に強烈な圧迫感を覚えた瞬間、精液がドドッと出口を求めて走り出した。それはそのままの勢いを保って、美愛の顔を直撃した。

「ひゃぁ⁉」

「あっ、ご、ごめんっ……！」

精液は塊となって何度も飛び出し、美愛の可愛い顔を白く汚していく。

「すごっ……んふうっ、こんなに出るものなんだぁ……」

「ごめん、我慢できなかった……待って、今何か拭くものを」

「いいよ、謝らなくて。私、イヤじゃなかったから……お兄ちゃんの、綺麗にしてあげるね」

精液まみれの顔をうっとりと緩ませ、美愛はぱくりと亀頭を咥えた。

「うひいっ⁉」

拓巳は射精した直後で敏感になっていたものだから、妙な声を上げてしまった。

「み、みち、そこまでしてくれなくて――んうぁっ！」

美愛はちゅううっと頬を窄めて鈴口を吸い、尿道に残った精液まですべて吸い出して

しまった。

「ちゅるんっ……れろっ、れろれろんっ、んふっ、これが……お兄ちゃんの味……すごく美味しぃ……」

「み、みち……？」

美愛の瞳は色っぽく潤んだままで、まだ発情が治まっていないようだ。それはしかたないが、イッたばかりの鈴口に舌先をねじ込むようにされると、精液とは違うものが飛び出してしまいそうになる。

「ご、ごめんみち、もうホントに離してくれないか」

「ろうしてぇ……？　もっと、出してぇ、お兄ちゃぁあん……」

「いやあの、トイレに行きたくなっちゃってさ」

股間がむずむずする。拓巳は性感とは違った焦りを覚えた。

しかし美愛は、ペニスを口から離そうとしない。

「あの、みち？」

「おくひにらしていいよぉ」

「……え？」

まさか。拓巳は耳を疑った。

「おしっこもちょうだい、お兄ちゃん……れろれろんっ、ヂュるっ、れちゅんっ！」

美愛はペニスを離すどころか、尿をほじくり出そうとでもしているみたいに激しく舌を使いだした。

「ちょ、ちょっと待っ――――！」

一度走り出してしまった尿意はもう止まらない。まずい、と思い美愛を股間から引き剥がそうとしたが間に合わず、小便は陰茎の中を駆け出した。

「んうぅぅぅんンっ！」

放尿してしまった。妹の口の中で。いつもなら排出時の開放感に浸る場面なのに、目の前の信じられない光景に鳥肌が立つ。しかし美愛は嫌な顔をするどころか、恍惚とした様子でゴクゴクと喉を鳴らしだした。

「う……み、みち……」

「んっ、ごくっ、ごぐんっ……これも、おいひぃよぉ……んんんぅ……」

美愛の腰が、ゆらゆらと揺れている。口の端

から、たらたらと液体がこぼれ、顎から滴り落ちた。拓巳はもう、完全に思考が停止してしまい、呆然とそんな美愛を見守っている。

やがて長かった放尿が終わり、美愛はちゅぽんっとペニスを口から出した。

「はぁ……全部飲んじゃったぁ……お兄ちゃぁん、ごちそぉさまでしたぁ……」

満足げに礼まで言われ、拓巳の心に衝撃が走った。

今まで、男として妹たちに好かれているらしいと頭では理解していても、信じ切れていなかった。それは、兄としての自分が好きな気持ちを恋だと錯覚しているのではないかとどこかで疑っていた。

でも、これは本物だと、実感した。

ポットの効果で、牛乳を飲んだ女性は被虐嗜好が強まるといったって、いくら何でもただの兄のオシッコまで飲めるわけがない。

「みち……本当に俺のこと……」

「だぁい好きだよ、お兄ちゃん」

美愛かがおっぱい丸出しのまままきゅうっと抱き付いてきた。美愛の口からほんのり尿の匂いがするのすら愛おしい。

だから、ついに言ってしまった。

「俺も大好きだよ、美愛」

「あっ……嬉しい、お兄ちゃんっ……！」

美愛は喜びを爆発させてスリスリと体全体を擦りつけてきた。

「お兄ちゃん、あのね……お願いがあるの……聞いてくれる？」

「いいよ、俺にできることなら何でも」

「ほんと？　あ、あのね……私の初めて、もらって欲しいの」

「そ、それは……」

拓巳はすぐに断ることができなかった。

ミルクポットの効果があるうちは射精を伴う行為をすること自体はしかたないとして、一線だけは越えちゃダメだと強く自分に言い聞かせてきたのに。

「初めては、絶対お兄ちゃんがいいって、ずっとずっと夢見てたの……ダメ、かなぁ？」

ダメに決まっている。それなのに、どうしても「ダメだ」の一言を言うことができない。

喉をせり上がって口から出てしまいそうなほどに心臓が跳ねる。射精したばかりの肉棒は、再び頭を持ち上げ、硬く反り上がっている。

「私とは……したくない？」

哀しげに小首を傾げられては、もうダメだった。

「……したいよ、俺も」

拓巳は美愛の体を抱え上げ、カウンターの上に座らせた。それから急いで入り口へ行き、

扉の向こうに掛けてあるプレートを「ＯＰＥＮ」から「ＣＬＯＳＥＤ」に裏返してきた。

「ちょっと膝立てて、腰浮かせてくれる？」

従ってくれた美愛の脚から下着を抜き取る。剥き出しになった股間から、とろとろの愛液が垂れてカウンターを汚した。

「もう、濡れてる……トロトロだ……」

ぬらぬらと、充血した粘膜が輝いている。生々しい光景に、拓巳は見入った。女の子の一番大事な場所をこうして生で見るのは、初めてだった。指で軽く開いてみると、入り口の辺りがヒクッと蠢いた。ここに来て、と誘われているみたいだ。

「あんまり見ちゃ、ダメ……恥ずかしいよ……」

美愛が腰をくねらせた。

「みち……ここに、入れたい」

もう美愛と繋がることしか考えられなくなってしまった。

「いいよ、お兄ちゃん……来てぇ」

期待と不安の入り混じった声で美愛が言った。その思いに応えるように、拓巳は肉棒の先端をそっと膣口に宛てがい、慎重に前へと進めた。

ちゅぷっと濡れた音が立ち、くびれたところまでが、内側に引き込まれたようにはまった。

「ふっぁっ……！　んぅ、ぅ……っんいぃっ！」

美愛の痛々しい声が店内に短く響き渡った。

「痛い？」

「んぎっ、いっ、お兄ちゃっ……いだ、いたいぃっ……！　は、はっ、はぁっ」

美愛の目尻に涙が浮かんだのを見て、心が痛んだ。雑巾絞りでもされているみたいに先っぽを締め付けられ、ペニスも痛い。

「も、もう少し、我慢してくれ、みちっ……！」

全力で押し出そうとしてくる細い道を、何度も腰を押し出して、じわじわ進んでいく。

三分の一ほど入ったところで、破瓜の血が流れてきて、ペニスに赤い筋を作った。

「はあっ、は、はぁっ……お兄ちゃん、お兄ちゃぁあんっ」

うわごとのように拓巳を呼びながら、美愛は耐える。拓巳は痛みに引きつっている太股を何度も撫でてやりながら、少し進めては戻しを繰り返して奥を広げていく。

「もうちょっと、だから……」

少しずつ、でも確実に肉棒は埋まっていき、やがて先端が突き当たりの壁に当たった。

「は、入った、のっ……？　お兄ちゃんの、がっ……私の中、にっ……？」

「入ったよ……わかる？　ほら、奥に当たってる」

初めて女の子と、美愛と体を繋げた感激で、拓巳の胸はいっぱいになった。美愛の中は

温かく、とても狭い。痛みからなのか、粘膜全体がドクッドクッと大きく脈打っていて、まるでペニスをもっと引き込もうとしているみたいだ。

「ふう、は、はぁ……すごい……お腹、パンパンになってる……」

「痛かっただろう？　よく我慢してくれたね、ありがとう、みち」

頬を撫でると、美愛は幸せそうにフッと笑った。

「私こそ、ありがとう、お兄ちゃん……嬉しい……夢、叶っちゃった……」

愛おしさで胸がいっぱいになり、拓巳は美愛に顔を寄せ、唇を重ねた。

「んぅ……うぅん、お兄ちゃぁあん……んちゅう……」

舌を絡め、ちゅうっと吸う。こうして上下で繋がっていると、体中すべてで美愛と交わっているようで目眩がした。

深いところまで肉棒を埋めたまま、グッグッと腰を押し付ける。そのたびに美愛の鼻先から「んっ、んっ」とくぐもった声が漏れ、たまらない気分になる。

「んっ、んっ、んっ……ぷはあっ！　あぁ、んううっ……！」

美愛が苦しそうに背中を反らせたために、唇が離れた。

「みち、大丈夫……じゃないよな、痛いよな、ごめんな」

できたばかりの傷口をグリグリ直接擦っているようなものなのだから、痛いに決まっている。わかっていても、拓巳は腰の動きを止めることができなかった。せめて少しでも苦

痛を減らしてやりたくて、激しい動きを抑えるだけで精一杯だ。

「だいじょっぷ……！　んっ、んぅっ、痛い、のは、い、痛いけど、でもっ……初めてをお兄ちゃんとしてるって、証だもん……嬉しい……は、んっんぅぅっ……！」

けなげなことを言って、美愛はチュッと自分からキスしてきた。

「もっと、動いて、お兄ちゃん……あのポットのおかげなのかな、痛いけど、気持ちいいから、もっと強くして大丈夫、だよっ……！」

美愛はそう言うが、額に玉の汗を光らせている姿を見ていると、どうしてもガンガン腰

を打ち付けようとは思えない。少し悩んで、拓巳はほんの気持ち強めにピストンして様子を探ることにした。

「んんっ！　あぁんっ……くふっぅん……！　あ、あぐっ……はふっ、はぁ、はっ……」

一瞬強くなった締め付けがすぐに緩み、それからは程良い圧迫感にペニスが包み込まれた。

「うあっ……みち、き、気持ちいいっ……！」

腰が砕けてしまいそうなくらいの快感が一気に押し寄せてきた。

処女膜が破れたばかりの美愛を気遣って上げなくてはいけないのに、我を忘れてしまいそうになる。

「ふああっ、嬉しい、お兄ちゃん、もっと、気持ち良くなってっ……！　私もっ……んぐうっ、い、いいよぉ……！」

涙の膜が張った美愛の瞳に、快感の色が見え隠れしている。甘さを含んだ喘ぎ。さっきまでペニスを間に挟んでいた乳房が、突き上げる動きに合わせて重たげに揺れる。

「何、これっ……んんっ……！　お、お兄ちゃんのが入ってくると、どんどん、熱いのが広がってくみたいっ、んんぅっ……！」

高まっていく拓巳に追従するように、美愛もまた気持ち良くなってきているようだった。

初めての感覚に戸惑ったような顔で、自分の腰をくいくい動かし出したのを見て、拓巳は

嬉しくなる。

「お兄ちゃんはっ、き、気持ちいいっ……？　私と、し、してて……気持ちいい？」

「すごくっ、き、気持ちいいよっ、みちっ……‼」

拓巳はすでに、美愛に遠慮していない。本能の命ずるまま腰を振っている。

「あんっ、ふぁ、よか、たぁっ……！　はあっ、あんっ、んぃ、くふぅんんッ！」

また秘部がきつくなり、出し入れを繰り返すペニスをぎゅっと締め付け始めた。これが決定打となって、射精感が拓巳の体中を駆け抜け、堪えていたものが今にも溢れ出しそうになる。

「うくっ……これ、やば……あっくぅ……！」

このままじゃ、中に出してしまう。それだけは絶対ダメだと思っているのに、腰は勝手に動き続け、最後の仕上げに入っていた。

「んあっ、お兄ちゃ、激し……！　ひゃう、ダメ、あ、い、痛いのにっ……あつ、熱くてっ……へんな感じ……！」

「みち、みち、俺もうっ……」

「ふああっ、へん、なのっ、あ！　奥、奥からきて、あぁ——ふぁあぁあっぁあっ！」

にゅるるんっ！と弾き出されたような感じがしたと同時に、拓巳は叫びだしたくなるような快感に襲われた。

ペニスの先から迸り出た精液が、空中を舞い、びしゃびしゃと美愛の体に降りかかっていく。

「んぅっ……あ、あぁっん……！　こんなにいっぱい、は、はふうっ……！」

美愛が白く汚れていく様を見て、ああ、俺は外に出したんだとわかった。そうなると安心感からか射精はさらに勢いを増し、またドバドバッと塊のような精液が飛び出てさらに美愛を汚した。

「すごい……からだ、とろとろぉ……」

「っ……は、はぁ、はあ、は、はっ……！」

精巣に溜まっていた精液を一滴残らず出し切り、拓巳は脱力してその場に座り込んでしまった。

「最後、少し強くし過ぎた……ごめんな……」

「ううん、大丈夫……はぁぁ、まだ中にお兄ちゃんのが入ってるみたい……」

うっとりと呟いた後、美愛は少し残念そうな表情を浮かべた。

「でも……中が、良かったなぁ……」

独り言のような美愛の呟きに、拓巳の心臓は、またも大きく飛び跳ねた。

第二章　お兄ちゃん助けて、学校で発情しちゃった！

今晩のメニューは、みんなの大好物である鶏肉のトマト煮だったというのに、食卓の雰囲気は最後まで明るいとは言い難い感じだった。

鏡が全員分お茶を淹れてくれ、改めて今後について話し合うことにしたものの、皆口が重い。鏡、ひなたに続き、なんと美愛まで発情してしまったのだ。これまでと同じように会話しろと言われても、なかなか難しいものがある。

「こんな時に……しっかりできなくてごめん」

拓巳は妹たちに頭を下げた。一家の大黒柱として、年の離れた兄として、情けない限りだった。

「俺も戸惑っちゃってて、いい解決策が思いつかないんだ」

「別に……お兄ちゃんが悪いわけじゃないし。それに私の気持ちは……変わらないし」

美愛がポソポソと恥ずかしそうに小声で言った。

「ひなもお兄ちゃんが好き。お兄ちゃんのお嫁さんになりたい」

ひなたが身を乗り出した。

「いやいやお嫁さんって……ちょっと飛躍し過ぎだろ」

「ううんっ！　ホントに思ってるもん！」

「私も、思ってるよ」

ひなた、そして美愛までが真剣な眼差しで拓巳をじっと見つめてきた。

二人の、お嫁さんになりたいという気持ちに嘘偽りがないということは、あのミルクポットのおかげでわかってしまう。だからこそ、拓巳は反応に困ってしまう。

「……私だって」

「え？」

みんな一斉に鏡の方を見た。

「私も、そうだから。お兄ちゃんへの気持ちは……同じだから……！」

目は泳ぎ、肩がワナワナと震えている。意外なことに、鏡が一番動揺しているように見える。

「皆……同じ気持ちなんだね」美愛が呟いた。

ここに、拓巳を中心とした、身内だけの四角関係ができあがってしまった。

今まで彼女の一人もできたことがないのに、いきなり四角関係。昨日まで童貞だった三十路男にはハードルが高過ぎていったい何をどうすればいいのか、正直まったくわからない。内心穏やかでない拓巳は、熱いコーヒーを飲み、まずは自分の気持ちを落ち着かせ

ることに専念した。

「お兄ちゃんは……どうなの？」と鏡が問いかけてくる。

「何が？」

「嫌じゃ、ない？　妹たちがそういう気持ちだってこと……」

「嫌なわけないだろ」

それは本当の気持ちだった。手放しで喜んでいい状況だとはまったく思わないけれど、それでも拓巳は、皆の気持ちを嬉しいと思っている。

「ほんとに？　気持ち悪く……ない？」

美愛は不安そうに瞳を揺らめかせた。

「気持ち悪いなんて思わないよ。俺だってシスコンだしさ。おあいこだって」

「お兄ちゃんとひな、相思相愛てこと？　やったー！」

ひなたは無邪気に万歳して喜んだが、ことはそんなに単純ではない。自分たちの気持ちがどうあれ、世間の目は厳しいものだと社会人の拓巳は学生の妹たちよりよく知っている。

「でも、倫理的に考えて兄妹で恋人っていうのは難しいよ」

舞い上がる気持ちに水を差すようで心苦しいけれど、年長のものとして、現実的なこともちゃんと伝えておかなければいけない。と、思って言ったのだが。

「やったっ、やったぁっ！　これでお兄ちゃんのお嫁さんになれる――！」

「あれ、ちょっと……ひなたちゃん？」

そんなことは一言も言っていないのだが。

「そっかぁ……お兄ちゃんも私のこと、好きだったんだぁ……うふふ」

「か、鏡さん……？」

「両想いってこと、だよねえ……そしたら、あんなこととか、そんなこととか、しちゃったりして……あぁん、恥ずかしいぃ……」

「もしもーし、美愛たーん」

ダメだ、三人ともまったく話を聞いてくれない。それぞれが変な妄想の世界へ旅立ってしまい、なかなか戻ってきてくれない。

収拾のつかなさに気が遠くなりかけたが、長男である自分がなんとかまとめなければどうにもこうにもならない。

「と、とりあえず……鏡！」

「ほ、ほえ？」

名指しされた鏡が、まずこっちの世界に戻ってきた。

「夏休みまでそんなに日数もないし、それまでの間は、家から通学するようにしよう。寮にいる時より早起きしなきゃいけないけど……できるよな？」

「それは大丈夫だけど……なんで？」

「ミルクポットの効果が切れるまでは、まだしばらくかかるからさ。いつどこで発情するかわからない以上、俺たちはできるだけ離れない方がいい。学校にいる時はしかたないけどさ」

「あっ……うん、そっか、そうだよね。そうする」

果たしてこの先どうなってしまうのかわからないが、ポットの効果が切れるまでは、この三人とエッチなことをするしかないのだ。

「みちとひなも。学校終わったら、なるべくまっすぐ帰ってくるように」

「はーい！」

×　　×　　×

壁の時計に目をやると、時刻は四時を少し過ぎたところだった。

喫茶店の一番暇な時間帯。拓巳はひなたが楽しそうに学校の話をするのを聞きながら、まったりと自分で淹れた紅茶を飲んでいた。もうおっさんになってしまったからなのか、こういうゆっくりとした時間の過ごし方をするのが楽しい。

鏡と美愛は、そろそろ学校が終わる頃だ。皆が揃ったら、店を任せて、すぐそこのスーパーへ夕飯に使う食材の買い出しに行こうか。などと考えていると、スマホが震えだした。

店の固定電話じゃなくてこっちにかけてくるということは、相手はプライベートな知人か家族だ。はたして、液晶に表示されていたのは鏡の名だった。

「はい、もしもし。鏡どうした？」

電話に出たが、返事がない。

「鏡？　電波遠い？　もしもーし、聞こえてる？」

『うっ……うっく、ぐすん』

聞こえてきたのは、すすり泣くような声だった。拓巳はスマホを握り締めた。

「どうした、何があったんだっ？」

しっかりものの鏡がこんな電話をしてきたのは初めてだ。学校で友達と何かあったのだろうか。

「お兄ちゃん、鏡お姉ちゃん、何かあったの？」

ひなたが心配そうに拓巳の顔を覗き込んだ。拓巳は空いている手で、ひなたの頭を撫でた。

「ううん、大丈夫だよ。ひなは何も心配しないでいいからね」

『うっく、うぅ……お兄ちゃん……あの、あのね、私……』

鏡はまだ泣いているが、それでもなんとか言葉を搾り出そうとしているようだ。

「うん、聞いてるよ、ゆっくりでいいから言ってごらん」

そう励まして、鏡の次の言葉を待つ。

『わたし、私……エッチ、したくなっちゃった……っ』

「……………え」

『だから、ね。学校で、エッチな気持ちに、なっちゃって……お兄ちゃん、聞いてる？』

「あ……ああ。勿論、聞いてるよ」

そういうこともあるかもしれないと、今までまったく考えなかったわけではないのだが、少し頭が真っ白になってしまった。

『帰りのホームルームをしてたら急に、体が熱くなっちゃって……それで慌ててトイレに入ったんだけど、全然、治まらないの。どうしよう、お兄ちゃん……うく、ぐすんっ』

とりあえず今は、学校のトイレの個室にいるようだ。

『立ってるだけで下着から垂れちゃうくらい、ぐしょぐしょで……ひぐっ、これじゃ、帰れないよう……お兄ちゃん、助けてぇ、こっち来て、それで、エッチ……はぁ、ふぅぅ』

「えっ……」

確かにそれが一番手っ取り早い。鏡の学校は女子校だから若干気が引けないでもないが、拓巳は保護者なので、中には入れる。

『お兄ちゃん……ぐす、早くぅ……っ、わたし、もう……無理ぃっ……』

「わ、わかった、すぐ行くよ！」

今の状態の鏡と、長々電話で話していてもらちがあかないし、自力で帰ってくるのはとても無理そうだ。学校に行ってからのことは着いてから考えることにして、拓巳は店を一時的にＣＬＯＳＥＤにしてタクシーで鏡の元へ急いだ。

妹の忘れ物を届けに来たという名目で校舎内に入り、鏡がいるトイレを目指す。放課後になったばかりだけあって、廊下にはけっこうな数の女の子たちがいる。女の子ばかりの環境にいきなり教師でもない男がいれば注目を集めるのは当然で、少々恥ずかしい。

その辺にいた子に一年生の教室の場所を聞き、その奥にあるというトイレの前まで無事たどり着いた。

問題はここからだ。

辺りの様子を伺い、するりと中に入る。幸いなことに、手を洗うところには誰もいなかった。忍び足で歩きつつ、個室を右端からノックしていく。

「鏡、お兄ちゃんだぞ、いるか？」

緊張で、ドアを叩く手がぬめる。これで鏡以外の子がいたら、完全にアウトだ。

「……お兄、ちゃん？」

三つある個室の左端から、か細い声が聞こえてきた。

「鏡っ」

見つけたっ、と拓巳はすぐに扉を開けた。

「…………え」

「ふぅ……んんっ……はぁ……はっ、はぁ……」

鏡は確かにいた。

個室の中でものすごい格好をして。具体的に言うと、大股開きになり、自分でスカートをめくりあげていた。下着は穿いていない。つまり、女の子の一番大事なところが丸出しだ。

こちらに近づいてくる足音が聞こえる。

拓巳は慌てて個室の中に入り、扉を閉めた。いつ生徒の女の子がトイレにやってくるかわからない状況なのだ、外から丸見えの状況でボケッと突っ立っているわけにはいかない。

足音は、トイレの前を通り過ぎ、離れていった。

「ふぅ、これで一安心……って、そんなわけあるか！」

個室に入ってどうする。これではうかつに外

へ出られない。

ここへ来た時使ったタクシーは、校門の横で待たせたままだ。鏡を見つけたら、すぐにおんぶでもして連れ出し、急いで帰るつもりだったのに。

「はぁ……ぁぁっ……お兄ちゃぁん……」

切羽詰まったような声で呼ばれ、拓巳はごくりと唾を飲み込んだ。鏡は苦しそうにはぁはぁと口で息をしている。丸出しのあそこは、失禁でもしたかのように、もうぐしょぐしょだ。

どうも鏡は、美愛やひなたよりも発情の仕方が激しい気がする。ポットの効果には個人差があるということだが、鏡は効果が切れるまで時間がかかってしまうかもしれないなと拓巳は思った。

ずっとここにこもっていたせいなのか、すごくエッチな、女の子特有のいやらしい匂いがトイレ内に充満している。頭がグラグラしてきて、拓巳は右手で眉間を押さえた。

「はぁ、はぁ……お兄ちゃん、エッチしてぇ、ここで、今すぐ……ねぇ、おねがぁいっ」

「こ、ここっ⁉」

つい大きな声を出してしまい、慌てて口を押さえる。

「いや、ここ、学校だし。いつ誰が来るかもわからないし。お兄ちゃんが背負っていくから、なんとか家まで我慢して――」

「無理いいっ！　家までなんて、我慢できないよぉっ……私のここ、もう、ぐしょぐしょになってるの見えるでしょぉ？」

くぱあっ、と鏡の指が赤くぬらついている花びらを割り開いた。粘り気のある液体がとろりと垂れ、便器の中に糸を引いて落ちた。

「う、く……」

流されてはいけない。

発情している今の鏡に、冷静な判断はできない。自分が、しっかりしなくては。そう思っているのに、熟した果実のようになっている女性器から目が離せない。

「………わ、わかった」

拓巳は鏡のおねだりと自分の性欲に屈してしまった。

「ほんとっ？」

「でも、少しだけだからな」

「えへへぇ、やったぁ〜、お兄ちゃんと、エッチぃ……♪　お兄ちゃん、早く、早くチンチン出してぇ」

ポットのせいだとわかってはいても、恥ずかしがり屋の鏡の口からこんなあからさまな言葉が出てくることがいまだに信じられない。

「それじゃ、さっそく……」

拓巳はズボンのチャックを下ろし、鏡の痴態を見たおかげですでに臨戦態勢の肉棒を取り出した。いつ誰が来るかわからない以上、あまり時間をかけることはできない。

「鏡、声、なるべく我慢してて」

拓巳は鏡の中心に猛りきったものの幹を押し当てた。そしてゆっくりと腰を前後させるとお互いの弱いところがいい感じに刺激される。

「お兄ちゃんっ……ふぁっ、いいよぉ、これ、いいぃ……ふぁ、んっ……んんぁ」

これは鏡の発情を抑えるための行為だ。万が一にもニュルッと滑って入ってしまわないよう、角度に気をつけて小刻みに腰を使う。

上からだと、鏡の何もかもがよく見える。とろりと潤んだ瞳。頬をつうっと流れる真珠のような汗。亀頭が押し付けられるたびグニュリと左右に歪む小陰唇までもが丸見えだ。

「はぁ、あぁぁ……あぁっ、ううぅ……ひぁぅうぅっ！」

鏡の口から大きな声が溢れ出た。

拓巳は動きを止め、耳を澄ませた。聞きつけてこちらに向かってくる人の気配は、とりあえずないようで、ホッと胸を撫で下ろす。

「ごめん、刺激が強過ぎたね」

クリトリスを直接いじられるのは、慣れないからなのか刺激が強過ぎるようだ。割れ目を擦るだけになるよう、慎重に腰を繰り出す。

　こうして蛍光灯の明るい光の下で見ると、鏡の局部の様子がよく見えてしまう。綺麗だな、と素直に思った。今までエロ本や無修正動画を見てそんなふうに思ったことは一度もなかった。とろりとろりと愛液をこぼすそこは、まるで醜悪なペニスの先端でいじめられて泣いているようだ。

「お兄ちゃん……私のここ、どーぉ……？　ヌレヌレだから、すべって、気持ちいい？」

「う、うん……」

「あのね、お兄ちゃんに電話する前……自分でなんとかしようって、オナニー、してたの……でも、どうにもならなくてぇ」

　オナニー、なんて単語が普通に出てきたことにドキッとする。いつもの鏡なら絶対に口にすることはない。

「お兄ちゃんと電話してた時も、お兄ちゃんの声聞きながら、おなにぃーしてたのぉ。お兄ちゃんの声、オカズにして、マンコ指でいじいじしてぇ……はぁ、はぁ」

「え……」

妹をオカズにして抜いたことは、正直言って、ある。しかし自分が妹のオカズにされる日が来るとはまったく思っていなかった。

鏡の大胆な告白を聞き、処女膣にぐいっとペニスを押し込みたい衝動に駆られそうになったが、なんとか堪える。

ブンブンと首を振って、頭の中から余計なものを追い払い、拓巳は自分の性感を追うことに集中した。精液を浴びれば、鏡は落ち着くはずだ。一刻も早く射精して、ここを脱出しなくてはいけない。

形の良い小陰唇に亀頭を押し付け、カリ首まで擦ったら、また戻る。そんなことを何度も繰り返していると、鏡がとんでもないことを言い出した。

「お願い、お兄ちゃぁんっ……マンコに、入れてぇっ……」

「っ……だ、ダメだって」

流されてはいけない。ここは女子校のトイレで、鏡は今発情している。

「入れて……ふぁぅ……入れてよぉ……お願ぁい……お兄ちゃぁん」

拙い口調の甘える声が耳の穴から、個室に充満する女の子の匂いが鼻の穴から入ってき

て、頭の中を熱くする。ほんのちょっと角度を変えて、ほんのちょっと腰を押し出したら、本当に妹の膣に入ってしまう。そんなスリル溢れる状況で当の本人から挿入をねだられ、異様に興奮した。

「ううぅ……お兄ちゃんの、いじわるぅ……ぐすっ、いじわる、やらぁ」

「い、いや、意地悪してるわけでは……」

泣き声混じりに喘がれ、動揺してしまう。

「もういいっ……自分で入れる……」

鏡が右手を伸ばし、むぎゅっとペニスを掴んだ。そして先端を膣口に食い込ませたものだから、拓巳は慌ててその手を押さえた。

「こ、こら、ダメだって！」

「だぁってぇ……ぐすっ、ひっ、なんで、入れさせてくれないのぉ、うあああぁぁん」

鏡の泣き声はますます大きくなる。これはまずい。ただダメダメ言っても、今の鏡には通じなさそうだ。

「なんでって……そんなことしたら、さすがに大きな声出しちゃうだろう？　聞きつけて鏡の友達とかが様子を見に来ちゃうって。それに大事な初体験じゃないか、こんな、トイレなんかでしたら、絶対後悔するよ」

我ながらなかなか説得力のある言葉だ、と拓巳は思ったのだ。

「そっかぁ……そうだよねぇ……んん……」

よし、納得してもらえた。あとはこのまま、急いで射精して、鏡が少し落ち着いたらタクシーで家に帰って――。

「それじゃ、行こうかぁ、お兄ちゃぁん」


どうしてこうなった。

拓巳はベンチに座り、呆然と青空を見上げた。爽やかな風が火照った頬を撫でてくれるが、自分の置かれている状況はまったく爽やかではない。

鏡がさっと身繕いしてトイレから出ようとした時は、やっと帰る気になってくれたのかと思い心底ホッとしたのに、なぜか階段を上がり、屋上に連れてこられてしまった。

「ここなら、ちょっとくらい声出しちゃっても大丈夫だし、トイレより開放的で気持ちがいいよね」

うふふと嬉しそうに笑い、鏡はいったん整えた身なりを再び自ら乱してしまった。

「あ、あのな、鏡……」

「しよう、お兄ちゃん……私とじゃ、いや？」

半裸で抱き付かれ、すがるような目で見られ、グラグラと理性が揺れる。

「いやじゃないよ、だけど、俺たちは兄妹なんだ、だからそれだけは――」

「美愛とはしたくせに」

「う……」

じと目で見られ、言葉に窮する。

聞いちゃったのか。そうだろうな。妹たちは仲が良い。秘密にしておくのは無理だろうなと思ってはいた。ただ、このタイミングでその話を持ち出されると痛い。

「どうして私とはダメなの？　私より、美愛の方が……好き、だから？」

「そんな……ことは……」

拓巳は妹たちを愛している。美愛も、鏡も、そしてひなたも。誰が一番だとか、そんな順位を付けられるようなものではない。

「じゃあ、私とも、してぇ……ここに入れてぇ、ぐちゅぐちゅって、掻き回してぇ」

いつのまにか、勃起したままだった肉棒が取り出されていた。拓巳の上に座るようにして、鏡が腰を振る。ついさっき鏡の愛液がべったりとまぶされ、一度乾いた表面に、またびしょ濡れの割れ目を擦りつけられる。

「お願い、お兄ちゃん……」

すがるようにねだられ、もうダメだと思った。拓巳は鏡の腰を後ろから抱え、今か今かと男根の侵入を待ちわびている入り口に、先端を宛がった。

「いくよ、鏡」

「……うん！　来てぇ、私の初めて、お兄ちゃんのものにしてぇ……！」

　じわりと鏡の腰を引き寄せる。十分過ぎるほどのぬめりに助けられ、にゅるっとカリ首までが膣内に入り込んだ。

「ひうっ……！　あ、あぁぁっ……」

　鏡がびくっと背中を反らして苦しそうに呻いた。

「ごめんな、痛いよな……」

「だい、じょうぶ……だから、お兄ちゃん……いいよ、奥まで一気に入れてぇ」

　鏡の中は、美愛と同じかそれ以上にきつく、なかなか奥に進むことができない。かといって力任せに挿入することもできないので、小刻みに腰を押し出して、少しずつ連結を深めようとしたのだが。

　にゅるるんっ！

「ひっぎいっ⁉　あ、がっ……！」

　押し出したタイミングで鏡もまたぐっとお尻を落としてきたせいで、ずぶずぶずぶっと一気に奥までペニスが入ってしまった。

「か、鏡、大丈夫かっ⁉」

　慌てて引き抜こうとしたが、鏡は拓巳の腕を掴み、首を横に振った。

「だ、大丈夫、だからっ……」

下を見ると、結合部から血混じりの愛液が滴り落ち、屋上のコンクリートを汚していた。妹の処女膜を破ったのだと強く実感し、満足感と高揚感が拓巳を襲った。

「す、すごい……私の中、お兄ちゃんでいっぱぁい……！」

初めて内部に侵入してきた男のモノをもぐもぐと味わうように、膣粘膜が蠢く。すぐにでも搾り取られてしまうかと思うほどの快感に拓巳は呻いた。

「こうすると……ふぐうっ、もっと、お兄ちゃんを感じられるよぉっ……！」

鏡の腰がゆらゆらと前後に揺れる。傷付いたばかりの粘膜を擦られる痛みからか、太股がプルプルと震えている。

「無理するな、鏡、痛いだろう」

「大丈夫、はぁ、痛いけど、嬉しい痛みだもん……はんっ、お兄ちゃんも、動いてえっ」

鏡にねだられ、拓巳も慎重に腰を振り始めた。ニチッニチッと粘った音を立てて、お互いの性器が擦れ合う。目が眩むような一体感に酔いしれ、次第に夢中になっていってしまう。

「あぁっ、んっ！　お兄ちゃんと、こうしてひとつになれたことが……嬉しくて……嬉しくて、私……」

鏡の目から、ポロポロと涙がこぼれ落ちた。拓巳は、頬を伝う妹の涙をそっと指で拭った。

「俺も嬉しいよ。本当に、幸せだ」

膣内をゆっくりと撹拌して幸福感に浸る。

こうして妹とセックスすることが、正しいことだとは思わない。でも、鏡と繋がれて嬉しいと思う気持ちに嘘はつけなかった。

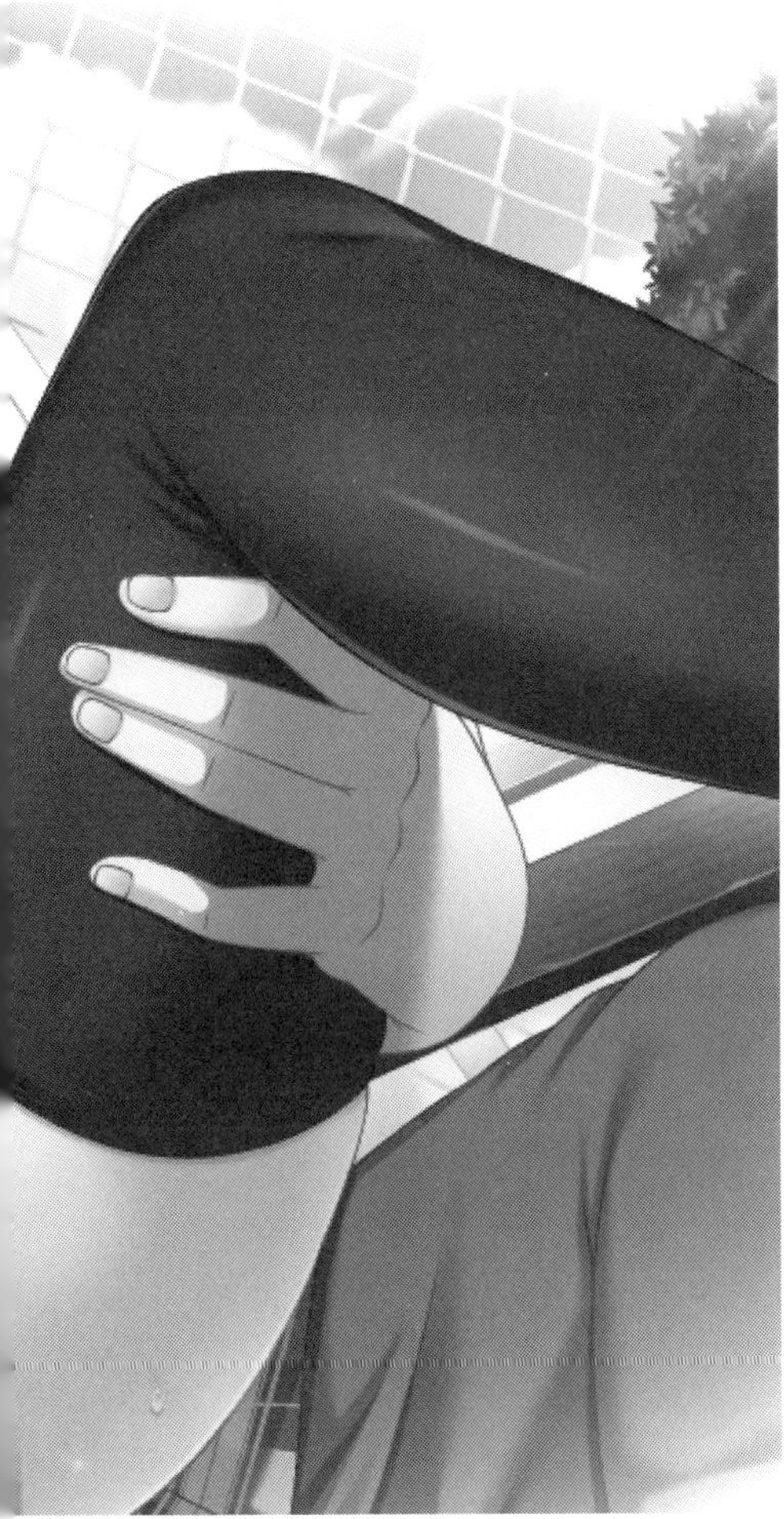

「はぁっ、あんっ！　お兄ちゃんっ……あ、んんっ！　も、もっと……動いて、いいよ。お兄ちゃんの好きに、していいからっ……」

鏡の太股をぐっと引き寄せ、くいくいと腰を突き出す。今にも暴発してしまいそうなほどの快楽が、下半身を駆け巡った。愛液と破瓜の血とで、膣内はものすごくヌルヌルしている。そんなヌルヌルの粘膜にペニス全体を包まれ、気持ち良くないわけがない。

「はぁ、はぁっ……お兄ちゃんのチンチンが、私の中で動いて、るっ……私っ……あはぁっ、お兄ちゃんと、セックスしてるんだっ！」

喜びを爆発させたように腰をくねらせる鏡が、愛おしくてたまらない。

「マンコ、ズボズボされるの、あぁっ！　いいっ、すごく、いいっ……！　痛いの、いい、気持ちいいっ……！」

ポットの効果は、破瓜の痛みさえも快感に変換させられるのか、初めてだというのに鏡はすでに快楽に喘いでいる。キュンキュンと収縮する膣穴から新たに湧き出てきた愛液で、足元には小さな水溜まりができていた。

「お、奥っ……!?　あひっ……マンコの奥に、チンチンが届いて……あっ、ひっ、ひぅうっ！」

思い切り中に突き込むと、子宮口と思《おぼ》しき部分が先端にぶつかった。

「ごめん……鏡の中、気持ち良くて、もう、コントロールがっ……」

鏡を気遣わなくてはという思いは本能に押し流され、抽送が荒々しくなっていく。

「そこっ、お兄ちゃんっ、あぁっ！ すごくっ、ふぁっ……きもち、いっ……」

気持ちいいと聞いて拓巳はさらに大胆になり、勢いをつけて何度も腰を叩き込む。

「マンコの奥っ、突かれるとっ……あふぁっ、あ、頭がっ、真っ白になっちゃうっ！」

膣奥を突き上げるたびに、鏡は惚けた顔になる。バラバラと躍る髪が、拓巳の顔を撫でた。

「お兄ちゃんのチンチン、あひぃっ……き、気持ち、よひゅぎて……私、私っ、イ、イキそうっ……」

本当にイキそうになっているらしく、ペニスを包んでいる膣粘膜が断続的に痙攣し始めている。一方拓巳は、ペニスを抜くタイミングを計りかねていた。あまり早く抜けば鏡が絶頂できず、かといって遅過ぎると、中に出してしまう恐れがある。

だが鏡は腰をくねらせながらとんでもないことを言い出した。

「な、中に……出してっ！」

「だ、ダメだって、それは」

「中じゃないと嫌なのっ！ お、お願いお兄ちゃんっ、私のマンコの中に、セーシ出してえええぇっ！」

ぎゅううぅっと、ペニスを握り潰すような勢いで膣壁が狭まった。

「あっ、まずい、出るっ……」

　慌ててペニスを抜こうとしたが、鏡は拓巳の太股に手を伸ばしてそれを阻止した。

「あっ、ひぁっ……イクッ、イクッ！　あぁん、お兄ちゃんのチンチンで、あぁ……マンコ、イッちゃうぅっ‼」

　青空に絶叫を響き渡らせて、鏡は盛大に絶頂に達した。それに引きずられるようにして、拓巳もまた膣穴に深々と埋まったままのペニスを脈打たせてしまった。

「あはぁっ、ビュルビュルッて、してるっ……わ、私のマンコ、お兄ちゃんのセーシで、いっぱいになってるっ……！」

「うあ……あ……」

　強烈な射精の快感と、妹に中出ししてしまったという罪悪感が、拓巳の脳を焼く。妹の胎内を、今まさに自分の子種が泳いでいるのだと思うと

興奮で頭がおかしくなりそうだった。

「はぁ、んっ……あ、ありがと……お兄ちゃん。中に……出して、くれて……」

アクメの余韻に浸りながら、鏡はうっとりとした顔で拓巳に頬を擦りつけた。何を言っていいのかわからなくなり、拓巳はただ、繋がったままの鏡の体をきつく抱き締めたのだった。

×　　×　　×

「お兄ちゃぁあん……」

いつも通り開店の準備に励んでいる拓巳のもとへ、今にも泣き出しそうな顔をして、制服姿のひなたがやってきた。

「ど、どうした？」

まずは事情を聞こう。拓巳は腰をかがめて、ひなたと目線を合わせた。

「あのね、おまたから……血が出ちゃってるの……」

「お、おまたっ？」

思わずひなたのその辺りに目をやると、スカートから覗いている白い太股の間に赤い筋ができているではないか。

「どこか痛いところはあるかい？」

「お腹の下が、少し」

「ひな、スカートめくらせてもらうぞ」

ペラリとスカートをまくると、パンツの底、女の子の部分から出血しているのがわかった。

間違いない。これは、初潮だ。

「そっか、ひなはまだだったか……」

驚くのも無理はない。拓巳はスカートを元に戻して、ひなたにタオルを一枚手渡した。

「垂れちゃうから、とりあえずそれでおまた押さえてて」

「お兄ちゃん、ひな、病気？」

「違うよ。初潮とか生理とか、授業で習わなかった？」

「しょちょー……あっ！」

ひなたがポンと手を叩いた。

「血が出るとか、お腹痛くなるとか、毎月くるとか先生が言ってた！」

「そうそう、それ。それが今、ひなに来てるんだよ。大人の体になってきたってことだ、おめでとう」

「ひな、もう大人なんだ！　やったぁー！」

すっかり元気を取り戻してくれたひなたを連れて、拓巳は風呂場へ向かった。

脱衣所で制服を脱がせると、スカートの裏に少量血が付いていた。揉み洗いでなんとか落ちるだろうか。パンツの方はかなりひどいことになっている。つけ置きで漂白した方がいいだろう。

「着替え用意するから、体洗っちゃいな」

「え、ひな一人で洗うの？」

「いつも一人でお風呂入ってるだろ」

「今日はいやなのー」

珍しくわがままを言うひなた。

「……まあ、いいけどさ」

拓巳はズボンの裾をまくり上げて、裸になったひなたと一緒に洗い場に入った。

蛇口をひねり、お湯の温度を確かめてからひなたの脚の間を流す。

「ひな、熱くない？」

「大丈夫……ねえ、お兄ちゃん」

「うん？」

「お姉ちゃんたちも、ひなと同じくらいの時に生理きたの？」

「そうだね。だいたい同じくらいだったんじゃないかなぁ」

鏡の時は、大変だった。大人の男は拓巳だけだったし、その手のことを教えてくれるような仲の女性もいなかった。股から血を垂れ流して泣きじゃくる鏡を背負い、全力ダッシュで病院へ連れて行って、「初潮です」と医者から言われた時のあの恥ずかしさは、たぶん一生忘れないだろう。

「鏡の時は大変だったけど、みちの時は全然だったな」

「そうなの？」

「みちは授業で習ったことをしっかり覚えてたし、鏡との一連のやり取りを見てたから。焦らず自分で対処したみたいだ」

「さすがみちお姉ちゃんだねぇ」

ちゃんとひなたにもこういう話をしておくべきだったなと、拓巳は反省した。

「洗い終わったら、生理用品の使い方とか教えるから」

「うん……ぁあっ……あんっ」

ひなたの口から、少しだけ甘い声が漏れた。

別に狙ってやっているわけではないのだが、汚れている場所が場所なので、必然的に性感帯が刺激されてしまうのだ。

「んん……お兄ちゃんっ……ちょっと、えっちぃよおぉ……」

「ごめん、我慢して、すぐ終わるから」

「え、すぐ終わっちゃうの？」

「……ひなたさんや」拓巳は溜め息をついてシャワーの栓を締めた。「俺に洗わせたかったって、そういうこと？」

「何が？　ひなよくわかんなーい」

「じゃあ、もうおしまい。綺麗になってるもん」

「えぇっ……まだ、もうちょっと……うん……」

ひなたは悩ましい声を漏らして腰をくねらせた。経血とは違うトロリとした液体が股から垂れ、太股を伝う。

「なんか……ひな、すっごいえっちな気分になってきちゃった……」

「え……」

ひなたの目付きが、明らかに熱を帯びている。息も荒い。これは、まさか。

「せーえきちょうだい、お兄ちゃあん」

「は、発情したっ⁉」

少し気持ち良くなってしまったことで、誘発されたのだろうか。ともあれ、こうなったらもう、精液に触れさせないと登校するどころではない。

「チンチン、出してぇ」

熱に浮かされたような顔で前立てをくつろげ、ペニスを取り出そうとしてくる。

「ちょ、ちょっと待って、脱ぐからっ」

このままではビショビショになってしまう。拓巳は着ていたものをすべて脱ぎ、脱衣所の方へ放り投げた。

「わーい、お兄ちゃんのオチンチンだぁ……んちゅっ、れろんっ」

バスマットに座るなり、ひなたが股間にむしゃぶりついてきた。

「ふはぁ……もぉこんなにおっきくなっちゃったぁ、えへへ」

拓巳は早くイクことに集中した。開店準備はまだ終わっていないし、ひなただってこれから学校へ行かなくてはいけない。あまり時間はかけられないのだ。

「んちゅっ……ちゅっ……んっ、れろっ……んっ、んんっ……ちゅっ……ちゅっ」

ひなたの唇が、亀頭から裏筋、裏筋から根元へと下がっていき、フクロの辺りまで到達する。

「ココってどうなんだろ……」

ひなたはポソリと呟き、はむっと玉ごとフクロを口に含んでしまった。

「ふおおっ⁉」

初めての刺激に、妙な声を上げてしまう。

「気持ちぃみたいだねぇ……先っぽがピクピクして、おつゆ出てきてるよ……っ」

ペニスを舐められているようなわかりやすい快感ではなく、ふわふわとした歯痒いような感覚が下半身にじわりと広がった。すごく気持ちが良いというほどのものでもないが、慣れないからか、ビクビクと妙に体が反応してしまう。

「なんか……ふにゅ、なかで、コロコロしてて、おもしろいねぇ……はむはむ、でもやっぱり、こっちの方が……」

ひなたはフクロから口を離すと、今度は亀頭をパクッと咥え込んだ。

舌が裏筋にピタリと張り付く。そのまま自然な流れで唇を動かし、幹をしごいてくる。

「れろっ……んっ、ちゅぽッ……ちゅルっ、ちゅぽッ、じゅるルっ……」

直接的で強い刺激に、我慢汁がコポコポと先端からこぼれてしまう。ひなたはそれを美味しそうにすすり、恍惚とした表情を浮かべた。

「ふはぁ……この前より、ちょっと甘いかも」

「甘いっ⁉」

体調によって精液の濃さや濁り具合が変わるのは知っていたが、我慢汁も変わるのだろうか。

「うん……えへへ、すっごく美味しいよぉ……ちゅるんっ、れろんっ」

本当にそう思っているらしく、硬めのシェイクを細いストローで飲もうとしているように、強い力で鈴口から我慢汁を吸い出そうとしてくる。

「ふあぁっ……おつゆ、おいひぃ……お兄ちゃんみたいな、優しぃ味だよぉ……もっとぉ……もっと、ひなにチンチンのお汁、ちょーだァいっ……」

粘液の弾ける音を立てながら、根元までいっぱいに咥えて吸い付くひなた。とろけた瞳でこちらを見上げながら、そんな熱烈な奉仕をされては、もうダメだった。

「あんまり、もたない、かも……」

「んじゅぷっ、うん、いいよ、出してぇ、じゅぽっ、じゅぽっ」

幼い妹にあまり短時間でいかされてしまうと格好がつかない、なんてチラッと思ってしまったのだが、考えてみればもたせる必要はない。朝の忙しい時間帯に、長々こうしているわけにはいかないのだ。

「あぁっ……チンチン、ビクンビクンしてるぅっ……ふあぁっ、ひなも、お口の上のとこ、擦れて気持ちぃよぉっ……」

ひなたが舌腹を裏筋に固定したまま、頭を上下に振ってくる。ザラっとした感触が鈴口から裏筋まで走り、強烈な性感が拓巳を襲う。

「そ、そろそろ……出るっ！」

精巣が疼き出し、脳髄がジワッと火照り出した。

いよいよというその瞬間、拓巳は小さな口から肉棒を引き抜き、ひなたのとろけた顔に思いっきり精液をぶっかけた。

「ひゃぁっ、あちゅぃっ……せぇし、ひなの顔に……たくしゃんぅ……」

うっとりと目を細めるひなたの可愛らしい顔中が、青臭い匂いを放つ白濁した液体にまみれていく。射精の勢いはすさまじく、口の中にも精液が飛び込み、舌や歯を汚した。

「べっとりしてて……匂いもしゅごぃ……ひなの頭の中も、せーしでいっぱぃになっちゃったみたぁい……」

ひなたは艶めいた吐息をつきながら口端に付着した精液をペロリと舐めた。その顔がなんともいやらしく、拓巳の胸はドキリと跳ねた。

×　×　×

昼下がりの店は、半分ほどの客入りだった。カウンターには常連客のＯＬと、今日初めて店に来てくれた女性客が座っていて、初対面だというのに仲良く談笑している。

「わぁ……美味しい……！」

初来店のお客が紅茶を一口飲んで目を輝かせた。拓巳はにっこりと微笑んで「ありがとうございます」と礼を言った。喜んでもらえるのは、素直に嬉しかった。

「でしょ？　ここの紅茶は随一なのよー」

常連客の女性が、自慢げに言って胸を張る。

「外から見てずっと気になってたから、いつか入ってみたいって思ってて……勇気出してみて良かったです。こんなに美味しくて、お店の雰囲気も良くて……通っちゃいそう」

「私もここの近くに来ると、ついふらふらっと入っちゃうのよね。この紅茶とマスターのお菓子が恋しくて」

まるで昔から知り合いだったかのように、二人とも親しげだ。こういう光景を、この喫茶店では時折見かける。同じ店を選ぶ時点で感性が似ていると言えるわけで、気が合う確率が高いのかもしれないなと拓巳は思う。この店を気に入ってくれる人の輪が広がっているようで嬉しい。

「それにいいオトコを眺めながら、ゆったりした時間を過ごせるってのもいいのよねぇ」

常連客に意味ありげな視線をよこされ、苦笑で返す。

「お世辞を言っても安くはなりませんよ」

「それは残念。でもマスター、あの人に似てるって言われない？　あの、なんだっけ、ほら今やってる映画に出てる……あー、名前が出てこない」

「あ、私わかったかも。あの映画ですよね？」

初来店の客が口にした映画の名前を、拓巳は知らなかった。

「そうそれ。そうだ、マスター、まだ見てないんだったら、一緒に見に行かない？」

常連客がそう言って身を乗り出した。

「いやあ、ここを空けるわけにはいきませんから」

「だったら、定休日とか」

常連客はなかなかしつこい。少々困っていると、初来店の客が恐る恐る間に入ってきた。

「もしかして、彼女さんと見に行くことになってるとか……？」

「はは、いませんよ、彼女なんて」

「じゃ、じゃあ、彼女募集中だったりっ？」

常連客がさらに前のめりになったのを見て、失敗したかなとチラッと思う。彼女がいることにしてしまった方が良かっただろうか。でもそうすると、今度はどんな女なのかとかさらに突っ込んでこられそうでもある。

「んー……今のところ彼女を作るつもりはないですねえ。お店を切り盛りするので精一杯なもので」

客との会話でこういう話題になることは、たまにある。自分の容姿についてはそこそこ理解しているものの、まともに女の子と付き合ったこともないものだから、得意な話ではないし、かわすのはヘタクソだ。

「でも彼女がいた方が何かといいと思うけど？　ほら、お店のお手伝いだってしてくれるかもしれないし！」

大事な常連さんと気まずい感じにはなりたくないので、あまりきつい言葉は使いたくな

い。さてどうしたものかと思っていると、フロアにいた美愛が営業用の笑みを浮かべて常連客に話しかけた。

「お客様、そろそろお時間ではないですか？」

「へ……あぁっ⁉　やばっ、そろそろ仕事に戻らないとまた怒られる！　マスター、ごちそうさまでした！」

「はーい、ありがとうございましたー」

常連客は大慌てで伝票を掴んでレジへ向かった。美愛が笑顔でレジを打っているのを横目で眺め、ホッと溜め息をつく。妹に助け船を出されているようじゃ自分もまだまだなと反省した。

×　　×　　×

喉が渇いた。布団に入る前に何か冷たいものを一杯飲みたい。そう思って拓巳がリビングのドアを開くと、テレビがついていた。映っているのはアニメで、見ているのは、美愛だ。

「みち、まだ起きてたのか」

「えっ……お兄ちゃ――わ、わわあっ！」

美愛はソファから転がり落ちるように下りてテーブルに置いてあったリモコンを取り、テレビの電源を切った。

「夜更かしも良いけどほどほどにな」

食器棚からコップを取り出し、冷蔵庫を開く。牛乳にするかリンゴジュースにするか三秒迷って、牛乳をなみなみと注いだ。

「みちも飲むか？」

「いらない。ね、お兄ちゃん……私が何見てたのかわかった？」

「えっ？　アニメだろ。こんな夜遅くにも放送してるんだな」

「やっぱり見られてた……」

ガーンという感じで美愛はうなだれてしまった。そんなに恥ずかしがらなくても。拓巳には美愛の羞恥ポイントがよくわからない。

「邪魔してごめん、俺のことは気にしなくていいから続き見たらいいよ」

「う、うん……じゃあ……」

恥ずかしいよりも見たい気持ちの方が強いらしく、美愛は再びテレビの電源をつけた。再開してしまえば、たちまち画面に集中してしまう。少しだけ口を開けてテレビに見入る姿は、ちょっとだけ間抜けに見えて、可愛らしかった。

美愛をここまで夢中にさせるアニメとはどんな内容なのか気になり、隣に座って一緒に

見ることにする。

　どうやらファンタジーのようだが、周囲の環境は現代日本とほぼ同じに見えた。主人公は、学生らしき男の子。彼と複数人の可愛らしい女の子たちが、異形の怪物と戦いを繰り広げている。なかなか熱いバトルだ。

　美愛はクッションを胸に抱き締め、食い入るように画面を凝視している。ここまで真剣な顔をしている美愛は、珍しい。そんなに面白いのか。美愛の知らない一面が見られたようで、拓巳は嬉しかった。

「ふぅ～……」

　次回の予告が終わり、ＣＭに入った途端、美愛は胸に詰まらせていた息を大きく吐いた。

「お疲れさま」

「あっ、お、お兄ちゃん……！　そうだった、お兄ちゃん横にいたんだった……」

「ははは、忘れるくらい夢中になってたか」

「恥ずかしいなぁ、もう……変なコだって、思わない……？」

「アニメを見ることが？　趣味なんて人それぞれだろ。それに俺もけっこう面白かったよ。しかし女の子たちが全員主人公のこと好きってすごいなあ」

「お兄ちゃんは……そういうの、どう？」

「そういうのって？」

「たくさんの女の子たちに囲まれるようなの……えっと、ハーレム？　うらやましい？」

「そりゃうらやましいさ」

ありえない話だからこそ、拓巳はあっさりハーレム願望を認めた。男なんてみんなそうだろうと思っているので、照れもない。

「そう、なんだ……お兄ちゃんでもそういうこと考えるんだ……」

「考えるだけ、な。できるわけないし」

「わかんないよ。お兄ちゃん、モテるし」

「モテてないよ」

「モテてるよ。今日だってお兄ちゃんのこと狙ってるお客さんから、映画に誘われてたじゃない」

「あんなの本気なわけないだろ」

「わかってないなぁ……ふうぅ……んん……」

もじ、と美愛が膝を擦り合わせた。トイレにでも行きたいんだろうか。

時計を見ると、いつも寝る時間をもう三十分以上過ぎていた。もう寝た方がいいだろう。

「もう寝よっか、テレビも終わったし」

拓巳はそう言って、ソファから立ち上がろうとしたが、パジャマの裾を美愛がキュッと掴んできた。

くる。

「どうした？」

「その……あの、ね……」

そわそわとして、歯切れが悪い。きゅっと拓巳の腕を抱え、上目遣いでじっと見つめて
「……えっち、したくなっちゃった」

「あ……そ、そうか」

二人して赤面し、なんとなく黙ってしまう。

「えっと……部屋、行く？」

恥ずかしそうに頷いた美愛の手を引いて、拓巳は自分の部屋へ向かった。


部屋に入るなり、美愛が体をぶつけるように抱き付いてきた。唇を重ねると、すぐに貪るようなキスになる。

「んふっ、んぅん……ちゅっ、んっ、はぁん……っ」

美愛の体は発情のため、熱く火照っている。たわわな乳房の向こうで心臓が大きく拍動しているのがわかる。息継ぎのために吐く息も熱い。美愛はもうキスに夢中で、どんなに自分を求めているのかがひしひしと唇から伝わってくるようだった。

わずかに開いた唇の隙間から舌を差し込むと、美愛はすぐ当然のように舌を絡ませ、さ

らに奥へと導いてきた。

「じゅるっ、ちゅっ……んぅ、ふ、はふっ……ちゅ、ちゅぅぅっ……ん」

舌に載せて唾液を送り込んでやれば、嬉しげに喉を鳴らして飲み下していく。お返しとばかりに美愛も同じことをしてきたので、拓巳もコクコクとすぐさま唾液を腹へ送り込んだ。混じり合っているという感覚に興奮のメーターがまた上がり、股間に熱を感じた。美愛の方はどうかと、パジャマの上から股間に触れようとしたが、体をくねくね動かされてしまった。

「みち、いやか?」

「ううん、いやじゃないけど……その、ね……」

いやではないなら触ってしまえと、手を進める。

「はっあぅ……んっ……!」

パジャマの上からでもハッキリとわかるくらいに、美愛のそこはぐっしょりと濡れていた。直接触れる前からこんなふうになってしまっているのが、恥ずかしかったらしい。

「みち、どうして欲しい?」

「ん……私が、お兄ちゃんを、気持ち良くしてあげたい」

美愛の導きで、二人してベッドに乗る。上に覆い被さってくるのかと思いきや、美愛は着ているものをすべて脱ぎ、自分がベッドに横たわった。

「お兄ちゃん、私の胸の辺りを跨いでくれる……？」

美愛の指示に従うと、ペニスを下から胸で挟んでもらう形になった。

「こ、これは……なんというか……」

女の子の上に跨がるのが、こんなにも背徳的に感じるとは。白い乳房で自分のものが包まれている様がよく見えて、たまらなく興奮する。

「はぁ……お兄ちゃんの、すごく、熱い……私の胸、やけどしちゃいそう……」

美愛の眼差しの先で、谷間から飛び出ているペニスの先がビクビクッと震えた。口元にわずかに笑みを浮かべ、美愛が舌を伸ばす。生温かいそれが亀頭に触れ、一瞬にして拓巳の体に鳥肌が立った。

「気持ち、いい……？　お兄ちゃん……？」

「あぁ、すごくいいよ、みち……」

ずり、ずり、とパンパンに膨れ上がった亀頭を舌の腹が優しく擦る。くっきりした快感に、熱いものが先端からちょろちょろと漏れ出すのがわかる。

「れろ、んりゅ、ちゅくっ……はぁ……どんどん、出てくる、お兄ちゃんの……」

肉棒を包んでいる二つの乳房も、ゆっくりと動き出した。柔らかな乳肉に揉みくちゃにされ、悦んだペニスがまた、とぷ、と欲望をこぼす。

「少し、動くよ……」

美愛が胸を寄せ集める動きに合わせて、軽く腰を振ってみる。もっちりしたおっぱいの間からぴょこぴょこと赤黒い亀頭が顔を出す様はちょっと滑稽で、たまらなく興奮した。

「んふふ、お兄ちゃん、気持ち良さそう……んっ、にゅちっ、くちゅっ、んんっ」

亀頭が口元にくるタイミングで、美愛がぺろりと舐める。美愛の舌の上で唾液とカウパー汁が混ざり、ぴちゃりと音を立てた。美愛はその液体を飲み込まず、口の端からたらたらとわざとこぼしている。それはペニスに、そして美愛の肌に馴染んでいき、パイズリの滑りを良くした。

「お兄ちゃんの……んちゅっ、ぬるぬる、動いてるぅ……おっぱい、気持ちいいぃ」

にちゅにちゅという水音が狭い部屋に響く。美愛の口から漏れ出す息の破裂音もどこかいやらしい。

だんだんと焦点が曖昧になっていく瞳。どろどろに汚れた口周り。こうして跨がって美愛のそんな姿を見ていると、まるで無理やり屈服させて行為に及んでいるようで、いたたまれないような気持ちになる。それなのに美愛は依然として嬉しそうで、乳首も完全に勃っている。

美愛に、可愛い妹に、こんなことをさせるなんて。強烈な罪悪感に胸を焼かれているくせに、拓巳は激しく腰を突き動かした。

激しく動き過ぎて塗りたくられた涎と我慢汁が白く濁り、胸の上に小さな泡が立ってい

る。ぬらぬらと光る乳房が動く妖艶さ。そこに擦りつけている快感。そのうえ敏感な亀頭を舌でこね回され、あっという間に頂点近くまでもっていかれる。

「んじゅっ、じゅぽっ、お兄ちゃ、はげしっ……！」

「ごめん、みち、出るっ……！」

極めた瞬間、拓巳はとっさに腰を引いた。驚いた顔をしている美愛の顔に、白い液体がびしゃびしゃと降りかかる。

「んっ……んふっ、ぁ……んっんんぅ……っ……！」

赤らんだ頰に、半開きの口の中に、ついさっきまでペニスを挟んでいた乳房に、すごい量の精液が飛んでいき、べったりと汚していった。

「は、はあっ、ごめん、みち……こんなにたくさんっ……」

「んーん、平気……いっぱい出るところ見れたし、あったかくてすごく気持ちいいから。うふふ、嬉しいくらいだよ」

美愛が本当に嬉しそうに笑った。精液まみれの顔でそんな表情をされると、胸がきゅんとしてしまう。

美愛の顔や体を拭いてやろうと、拓巳は一度ベッドを下りた。机の上にあるティッシュを箱ごと持って、すぐ戻る。

「お兄ちゃぁあん……」

物欲しそうな目で拓巳の股間を見て、美愛は唇に付着している精液をぺろりと舐めた。

「入れて、欲しいなぁ」

「いや、それはちょっと……」

「どうして？　この前は、してくれたじゃない」

それを言われると弱い。

「鏡お姉ちゃんともしたって、お姉ちゃん言ってたよ」

それを言われるとさらに弱い。姉妹間で情報は筒抜けらしい。

「ね、お兄ちゃん……きて、ここに……お願い、オマンコ、お兄ちゃんのオチンチンでいじめて欲しいの」

今にも泣き出しそうな顔ではしたないおねだりの言葉を口にし、美愛は脚をＭ字に開いた。細い指が、花びらを開く。中に溜まっていた愛液がとろとろと溢れ、シーツに大きな染みを作った。

美愛のあられもない姿に、少し萎え始めていたペニスは頭を持ち上げ、そのまま大きく硬く反り上がった。

「あっ……は、恥ずかしいぃ、お兄ちゃんがとろとろの私のオマンコ、じっと見てるっ」

羞恥に襲われているくせに、美愛は脚を閉じようとはせず、腰をくねらせるだけだ。入り口どころか股間全体がべたべたで、甘酸っぱい女の子の匂いがむんむんしている。

拓巳は猛々しく育った肉棒を軽くしごきながら、花に吸い寄せられる蜂のように美愛に近づいた。

「みち……」

ギシリと音を立てて、ベッドに再び乗る。

こんなことといけないとわかっているのに、一度してしまったことで心のハードルが下がってしまっている。

「ダメなお兄ちゃんで、ごめんな……」

「ダメなんかじゃないよ、美愛のお願い聞いてくれる、優しいお兄ちゃんだよ……大好きお兄ちゃん、きて、私の中に、きてえっ……」

心もち腰を前に突き出し、美愛は拓巳を誘う。

こんないやらしい格好で、こんな甘い声でおねだりされて、断れるわけがなかった。拓巳は美愛の脚の間に入り、赤い花のような入り口に先端を押し当てた。そのままぐっと腰を押し出すと、粘付いた音を立ててペニスが飲み込まれていく。

「んぁっ、は、はぁあああっ……！」

美愛の口から恍惚とした声が漏れた。

たっぷりと濡れていたので、挿入は難しくなかった。とはいえ、この前処女を失ったばかりのため、中の圧迫感は相変わらずすごい。

「ふうぅ……みち、痛くないか？」

「はぁ、はぁ、だい、じょうぶ……でもお兄ちゃんの大きいから、異物感、っていうのかな……すっごく、入ってるって感じがするよぉ」

「動いてみていい？」

「うん、お兄ちゃんの、好きなようにしていいから……」

無理して強がっているようには見えなかったので、拓巳はゆっくりと腰を使い始めた。まずは奥まで入れたペニスをゆっくりと引き抜き、抜ける寸前までいったところでまた奥へと差し入れる。こんな緩やかな動きでも、中の襞に満遍なくペニスの表面を擦られ、たまらなく気持ちがいい。美愛も気持ちがいいらしく、上からは甘い喘ぎを、下からは新たな愛液をたっぷりと溢れさせている。

「んっ、うっ、ふぁあっ……アソコすごいっ、じんじんしてっ……きもち、い、いいよぉ……お兄ちゃんっ……！」

美愛がどんなに感じているかは、秘部に埋まっているペニスが拓巳に教えてくれる。窮屈だった締まりは程良く緩み、心地良い圧迫感できゅうきゅうと巻き付いている。大量の愛液のおかげで、引き攣れるような感じもなく、感じるのは快楽だけだ。

「少し速く、するよっ……！」

ベッドの軋みが大きくなる。それと比例するように、美愛の喘ぎもまた大きくなった。

「これ、気持ちいい、お兄ちゃっ……ア、アソコ、どんどん気持ちくなって……んあああっ！」

「みち、ちょっと、声大きい……鏡とひなが、起きちゃうかも」

「で、でも、そこ突いたらっ……頭に響くのっ、ア、アソコ、んあああああっ！　だめえ、お兄ちゃっ……声、押さえられないよおおおっ……！」

「くぅっ……みち、みちっ……ッ……！」

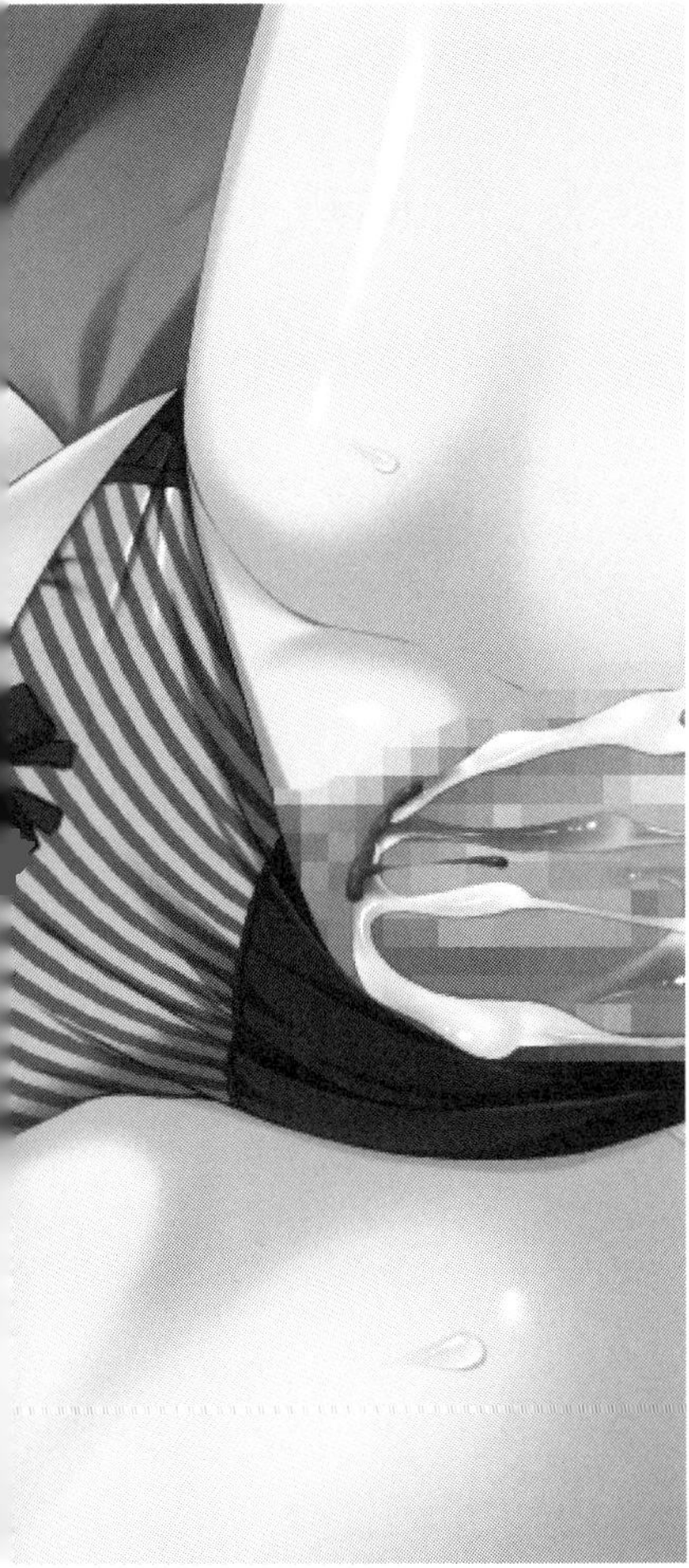

溢れ出る嬌声をどうすることもできないでいる美愛の膣奥を、ガツンガツンと先端で叩く。美愛が声をコントロールできないのなら、自分がピストンを抑え気味にするなりしなくてはならないのに、拓巳もまた自分の体を制御できなくなってしまっていた。

「んっ、あっ、んふあっ！　だめっ、き、きちゃうぅっ……！」

「俺も、イ、イきそうだから、もうっ……！　一緒にいこう、みちっ……！」

「うんっ！　お兄ちゃんと、一緒にイクううっ！」

まるで二人だけの世界に飛ばされたように、もうお互いのことしか考えられなくなってしまい、二人して性器と性器をぶつけ合うように激しく腰を使う。

「あ、奥、きてるっ……ダメ、大きい、すごくおっきいのっ、くる、くるっ！　あっ、もうむりっ……お兄ちゃっ、イっく……イ、イックウウウッ！」

これでもかとばかりに収縮した膣が精液を搾り出そうとしたが、拓巳は最後の理性でなんとかペニスを引き抜いた。抜いた時の摩擦で射精感は限界を超え、先端から勢い良く白濁液が迸り出る。

「んはああっ……二回目、なのに、すごいたくさん……あぁぁ、お兄ちゃんの匂いで、いっぱいぃ……」

ヒクッヒクッとアクメに体を痙攣させながら、美愛は鼻で大きく息を吸い、うっとりと目を閉じた。

第三章　ラブホテルで縛って、お兄ちゃん！

久しぶりに着たスーツは、どうにも体になじまず、落ち着かない。

普段は生徒と教師しかいないであろう学園内に、今日は拓巳のような保護者の姿がチラホラ見える。とはいえ、拓巳は保護者としてはとびきり若く、校門をくぐってからというもの好奇の視線を浴びまくりだ。

「ほら、お兄ちゃん、こっちこっち」

鏡にぐいぐいと腕を引かれ、三者面談する場所である教室を目指す。

廊下で少し待ち、前の回の親子が出てきたところで、鏡と二人、教室に入る。

担任の教師は、若い女性だ。二十六、七というところだろう。肩までの長さの髪は綺麗に切りそろえられていて、アンダーリムの眼鏡と相まって、とても理知的な印象を受ける。

担任は拓巳の姿を見ると、パッと表情を輝かせた。その視線に、教え子の保護者として以上の熱量を感じないこともなかったが、そういう目で見られることはたまにあるので、動揺はしない。

「鏡さんの進路に関してですが、お兄様は鏡さんのご希望、聞いてらっしゃいますか？」

「教師を目指しているとは聞いています」

「そうですか。ええと、鏡さんは現在、地元の大学の教育学部を希望していらっしゃいますが……」

一度手元の資料に目を落とし、先生は話を続ける。

「鏡さんの学力でしたら、もっとレベルの高い大学を狙えると私は思います」

「なるほど」

もったいないと思ってくれる気持ちはありがたかった。ただ拓巳は、鏡がどこの大学を志望しようと、鏡の意思を尊重し、全力で応援するつもりでいた。三人の妹を抱え、経済的にすごく余裕があるとは言わないが、それでも妹を進学させる甲斐性くらいはある。

「私が地元の大学を希望しているのは、家から近いからです。なので、他の大学へ行く気はありません」

鏡は迷いのない顔で言った。

「んー……確かに家からの距離というのは大きな要因だとは思いますが……少し踏み込んだ話になって恐縮なのですが、経済的な問題はない……ということでよろしいですか？」

担任が鏡から拓巳へと視線を戻す。

「はい。学資保険もかけてますし、公立だろうと私立だろうと、問題なく通わせられます」

「素晴らしいですわ。お若いのに……って、先輩に向かってお若いと言うのも失礼ですわ

ね、でもとてもご立派だと思います」

「ありがとうございます」と頭を下げてから、言葉の違和感に気づいた。

「……センパイ？」

「あ……」言っちゃった、というように担任は口を押さえた。頬が赤い。

「実はあの……私、お兄様が通っていらした大学出身でして。お兄様のことは、キャンパスで何度かお見かけしたことが」

「ああ、そうだったんですか！　奇遇ですね、こんなところでお目にかかるなんて」

「は、はい♪」

中退してしまったこともあって、拓巳は大学絡みの人間と会う機会があまりない。なんだか嬉しくなってしまい、担任と大学談義に花を咲かせてしまった。

「──まぁ、そんなことがおありだったんですね」

「いやぁ、あの頃は若かったので、いろいろと無茶を……」

「今でも十分お若いじゃないですか。ご存知でした？　お兄様って私の友達の間でもものすごく人気でいらして……」

「ゴホン」

鏡の咳払いで、拓巳と担任は三者面談の真っ最中だったことを思い出した。

「あ……ご、ごめんなさい。私ったらつい……」

「いえいえ。仲良く昔話に花を咲かせていても、私は全然構わないのですが、この後も面談の予定が控えていらっしゃると思いますので」

鏡の目が笑っていない。三者面談だというのに、当の主役をほったらかしにして別の話に興じてしまったのはまずかった、と拓巳は反省した。

「ええと、つまりね、今の鏡さんの学力なら、私たちが通っていた大学にも手が届くのではないかと、そう言いたかったのですよ」

「お兄ちゃんの、大学……？」

鏡がキョトンとした顔になる。

「そうよ。私も通っていたけれど、あの大学に入ったのは正解だったと思ってる。確かに教員免許を取るだけなら、どこの大学でもいいかもしれない。でもね、レベルの高い大学に入れれば、その分だけ夢の可能性が広がるの。選択肢が増えるのよ」

まだ時間はあるのでよく考えてみてください、と言われ、この日の面談は終わった。


学校からの帰り道、鏡は浮かない顔をしていた。

「どうした？」

「……何でもない」

「何でもないって顔じゃないよ。言って」

「よくわかるね」

鏡は少しだけ苦笑して、すぐ真顔になった。

「後悔……してない?」

鏡の言いたいことは、すぐわかった。

「鏡は優しいな」

「別に、優しくなんか……だって私は、お兄ちゃんの犠牲の上で、自分の夢を叶えようとしてるんだもの」足を止め、不安げに拓巳を見上げて鏡は言う。「お兄ちゃんだって、教師になりたかったんでしょう? 大学やめちゃったこと、やっぱり後悔してるんじゃない?」

「してないよ」

「うそ。そんなに簡単に、夢を諦められるはずないもの」

「それが案外そうでもなくてさ。あ、鏡の前だから無理して言ってるわけじゃないよ」

拓巳は微笑んで鏡の頭をそっと撫でた。

「確かに俺は、鏡たちを養うために大学を中退して店を継いだ。でも、他に選択肢がなかったわけじゃない。父さんたちが遺してくれた保険金で大学生活を続けて、教師になることだってできたと思う」

「じゃあ、どうして……」

「より確実な方を選んだってのはあるなあ。教員免許を取っても、絶対すぐ教師になれる

ってものじゃないから。それと……俺、店が好きなんだ。父さんと母さんの作ったあの店が。だから、守りたかった」

「……私も、好き」

「だろ？　だからさ、全然後悔なんてしてないんだ。鏡たちも店も守ることができて、この十年、俺幸せだったからさ」

「お兄ちゃん……」

鏡の目にうっすらと涙が浮かんだ。

「だからさ、鏡は俺に負い目を感じる必要なんて一切ない。俺自身が犠牲になったなんてこれっぽっちも思ってないんだから、悩むだけ無駄ってもんだ」

拓巳は鏡の頬を包んで、顔を上に向けさせた。

「鏡なら、きっといい先生になれるよ。生徒たちからは恐がられそうだけど」

「もう、お兄ちゃんったら……でも、ありがとう。お兄ちゃん、大好きだよ」

少し背伸びをして、鏡がチュッと唇を合わせてきた。

手と手を繋ぎ合い、なんとなく二人して無言になる。このまま家に帰ってしまいたくない。鏡の瞳は雄弁にそう言っていた。

「お兄ちゃん……ひとつ、お願いがあるんだけど……」

「何？」

「あのね……」

それから十分後。拓巳と鏡はなんとも可愛らしい部屋で、二人してキョロキョロしていた。

「ラブホテルって、こんななんだぁ……」

「いや、もっと普通の感じの部屋もあるんじゃないのか？ 知らないけど」

内装はピンクで統一され、枕の形はハート型。照明までピンクっぽい色をしていて、もう、なんというか、そういうことをするための部屋という感じだ。

拓巳にしたってこんなところに入るのは初めてなので、よくわからない。

鏡のお願いというのはラブホテルに連れて行って欲しいというものだった。二人きりになりたかったのは拓巳も同じだったので、こうして学校と家の中間地点辺りにあるホテルに入った。

鏡と、セックスする。そのことの重みを、拓巳は感じている。

セックス自体は初めてではない。ただ、鏡は今、発情していない。ミルクポットのせいだという言い訳はできない状況なのだ。

ポットの効果が消えても、それじゃあ元の仲の良い兄妹に戻りましょう、めでたしめでたし、というわけにはいかないだろうなと薄々感じていたが、これで決定的になった。

「お兄ちゃん……しよ……」

「うん……」

二人の顔が近づき、ちゅ、と軽く唇が当たる。動物がじゃれ合うように鼻を擦りつけ合う。鏡の髪からは甘い香りがした。

「お兄ちゃん……私のお願い聞いてくれたから、今度は私がお兄ちゃんのお願い聞いてあげるぅ」

鏡は拓巳の耳を甘咬みしながら囁いた。

「お願いかぁ……」

何にしようか考えている間も、鏡はすりすりと全身を擦りつけてくる。そうなると鏡の乳房が拓巳の胸板にぐりぐり当たるわけで、その心地良い柔らかさにうっとりしてしまう。

「その……パイズリ、して欲しいなーなんて……」

妹相手に欲望を正直に口にするのは、なかなか恥ずかしい。それでも言ってみると、鏡は嬉しそうに「いいよ」と笑った。

鏡はベッドに腰掛け、頬を染めながら自ら胸元をくつろげた。大きくて張りがあって、何度見ても鏡のおっぱいは綺麗だ。

拓巳はパッパと着ていたものを脱ぎ捨てて下半身を露わにした。ペニスはすでに、期待だけで大きく膨らみ、天井を向いている。

「あ、ちょっと待って」

鏡が普通に乳房で挟もうとしたのを、手で制す。

「縦パイズリっていうのを、一度してみたいなと思ってさ」

「縦パイズリ？　って、何？」

ある程度以上に胸が大きくないとできそうにない、高難度のパイズリだ。とはいえ拓巳とて以前ちょろっとAVで見ただけなので、詳しいわけではない。

「おっぱいをこう、手で捧げ持つ感じにしてみてくれるかな」

「こ、こう？」

「そんな感じ。ちょっとそのままじっとしてて」

谷間に肉棒を突き刺すようなイメージで、腰を押し出す。にゅるっと、亀頭が胸の谷間をこじ開けるようにして進んでいく。

「お、おおっ……これは……」

拓巳は思わず感嘆の声を漏らした。

通常のパイズリと違うのは、ペニスの角度だ。普通のパイズリだとどうしても飛び出してしまう亀頭までもが谷間に埋没し、しっかりと乳肉に包まれている。

「うわあ……お兄ちゃんの、私のおっぱいに全部、入っちゃった……」

「はぁ、はぁっ……鏡、そのままおっぱいを縦に交互に動かしてみてくれるかな」

「う、うん……こうかな……」

鏡は双丘を左右の手で掴み、交互に上げ下げし始めた。そうすると中の肉棒が余すところなく擦られ、刺激されることになり、拓巳は快楽に呻いた。

「うぁっ……これは、思ってた以上に気持ちいいな」

「男の人って、ほんと、色んなこと考えるよねぇ」

鏡は呆れたような感心したような顔で言った。

「こうすると、なんだかおっぱいを犯してる感じがするんだよね。挿入的な意味で」

「よくわかんないけど、お兄ちゃんが変態なのはわかったわ」

鏡は苦笑しながら、おっぱい全体でペニスを擦り続ける。

「こういうのは、いや？」

「いやなわけないじゃん。お兄ちゃんが喜んでくれるなら、私はなんだって嬉しいよ」

そんなけなげなことを言ってくれる鏡を心底愛おしいと思うのに、同時に汚してしまいたいとも思う。本当に、男ってやつは、どうしようもない。

「はぁ、はぁ……鏡、今度はおっぱい持ったまま、動かないで」

「え、もういいの？」

「いや、今度は俺が動くから。俺のチンコで、鏡のおっぱいを犯したい」

一度腰を引き、ずるるっとペニスを谷間から引き抜く。ギンギンに勃起し、血管の浮い

たペニスがビクビクと跳ねた。

汗で蒸れている上に鈴口からけっこうな量の我慢汁が漏れ出たため、谷間はローションでも塗ったみたいにヌルヌルしている。

「犯す……私のおっぱい、お兄ちゃんに犯されちゃうんだ、はぁぁ……い、いいよ」

自分の胸を見下ろし、鏡は熱い溜め息をついた。

「いくよ」

一声かけてから、拓巳は勢いを付けて腰を押し出した。そのまま激しく腰を振る。真っ白い乳肉に赤黒い男根がグサグサ突き刺さっている様は、まさに犯しているという感じがしてゾクゾクする。

興奮するのは鏡も同じらしく、鼻先から甘ったるい声を漏らしている。

「あっ……すご、あ、あはあぁん……おっぱいの中で、動いてるぅっ」

「痛くないか？」

かなり激しくやってしまっているので少し心配になったのだが、鏡はうっとりした顔で首を横に振った。

「大丈夫……こうしたら、どうかなぁ」

鏡がぎゅむっとおっぱいを中央に寄せ、ペニスを圧迫してきた。

「あはあっ！　こうすると、はぁ、乳首擦れて、気持ちいいぃっ」

硬くなった乳首がコリコリと当たってアクセントとなり、拓巳の方も気持ちがいい。夢中になって腰をピストンさせていると、どんどん我慢汁が溢れ出してにちゃにちゃと音がし始めた。

「はぁっ、ん、エッチな音……この音聞いてると、私もすっごくエッチな気分になっちゃう……っていうか、スイッチ、入っちゃったかも」

鏡の腰が、物欲しげにくねっている。見上げてくる瞳は発情しきっていて、ミルクポットの効果がまた現れ始めたのがすぐにわかった。どうやらラブホテルという直球そのままな環境が、呪いのトリガーを引いてしまったらしい。

「お兄ちゃあん、私のおっぱいでイッていいよぉ……でもその後は、オマンコにも、チンチンちょうだいね」

発情した鏡の口からは、いつもなら絶対口に出さないようなあからさまな言葉がボロボロ出てくる。その言葉と妖艶な表情に見入られ、拓巳は狂ったように腰を振った。

「うっ、くううっ……鏡、出すぞ、おっぱいに、いっぱいぶっかけるからなっ」

「あっ、あひっ……チンチン、ビクビクしてるっ、くるっ、熱いのくるっ……！」

「うぐっ……おあああぁっ！」

拓巳は雄叫びとともに思い切り腰を突き出した。

胸の谷間から勢い良くビュッと精液が噴き上がり、おっぱいをべたべたに汚していく。

「ふぁっ、あっ、あはぁんっ……射精っ、すごいぃっ……精液の匂い、すぅ、あはぁ……好きぃ」

恍惚とした表情ですべてを受け止め、顔にまで飛んだ精液を舐めたりもしたが、鏡の発情が落ち着く様子はない。

「今度は、こっちに……ね？　オマンコ、いじめて欲しいなぁ」

鏡は制服のスカートをめくり、ビショビショに濡れてしまった下着を見せつけるようにして腰を揺らめかせた。

拓巳は壁の時計をチラリと見た。退出時間まで、あと一時間以上ある。せっかくならゆっくりと楽しみたいし、家ではやりづらいようなことがしてみたい。

「はぁ、はぁっ……お兄ちゃん、もう……私我慢できない、入れて、鏡の下のお口に、チンチン挿してぇ」

「まあそう焦らないでくれ。やってみたいことがあるんだ」

拓巳はまず、鏡の体から制服を剥ぎ取り、裸にした。それからテレビの脇に設置されている自販機にお金を入れ、めぼしいものをいくつか買った。

「喉渇いたの？」

「飲み物じゃないよ。こういうところにはさ、エッチをもっと楽しむためのものがいろいろ売ってるんだ」

ご丁寧に、初心者向けの簡単な解説書まで付いている。

まず手に取った赤い綿ロープを見て、鏡は嫌がるどころか目を輝かせた。

「私……それで、縛られちゃうの？　身動きとれなくされて、お兄ちゃんにいじめられちゃうんだ……」

ミルクポットの効果として、被虐嗜好が強まるというものがある。ということは、ポットの効果が切れたら、鏡はこういうプレイを嫌がるようになるのだろうか。わからないが、今は、心の底から喜んでいるのが見てとれる。

「よし、じゃ、やってみよう……手を後ろに回して」

解説書と首っ引きで、妹の綺麗な白い肌に、赤いロープを掛けていく。

「きつくないか？」

「ん、大丈夫……」

そもそも、なぜ縛らなくてはいけないのか。なぜ、縛られた姿に興奮するのか。そんな根源的なことを考えながら、胸に、腹に、脚に、ロープを掛けていく。

一通り鏡の拘束を済ませると、拓巳はその姿に圧倒された。

絞り出され、形の歪んだ胸。強制的に丸出しにされた股間。ものすごい非日常感だった。

初心者中の初心者なので、難しい縛り方はしていない。それでも、赤いロープの食い込んだ鏡の体は、とても艶めかしかった。

「すごい、動けないのに全然きつくないよ」

鏡が感心したように言って身を捩らせた。脚を大きく開いた状態で固定しているので、性器を見せつけ、誘っているように見える。

「なんかこう……すごいな」

「すごいって？」

「鏡がすごくエッチに見える」

「興奮、しちゃう？」

「うん。もっとエッチにしてもいい？」

「ん……いいよ」

「鏡、あーんって、口開けてくれるかな」

言われた通りにした鏡の口に、拓巳はタコ焼きくらいのサイズの球体を入れた。ポコポコとたくさん穴の開いたそれは、ボールギャグと呼ばれる道具だ。ベルトで頭に固定してしまえば、呼吸はできても、口を閉じることができなくなる。

鏡の口の端から、飲み込めなかった唾液がたらりと垂れるのを見て、拓巳はたまらなく興奮した。

もう一つ、今買ったものを取り出す。肩こりなどにも使われる、電動マッサージ器だ。

「ふぐ……う、ううぅ……」

鏡は何か言いたげだが、ボールギャグのせいでまともに言葉を話せない。

誘うように腰が揺れる。興奮で赤く充血したようになっている割れ目に、拓巳は電マを押し付け、スイッチを入れた。

ブーンと低い音が鳴ると同時に電マが震えだし、鏡の体がブルッと震える。

「んぐっ……っく、ぐううううっ！」

眉間に深い皺を刻み、ガクガクと腰を揺する鏡。

鏡が嫌がっていないのはわかる。それでも、たとえ鏡がどう思っていようと、電マの振動から逃れることも、抗議の声を上げることもできないのだと思うとゾクゾクしてしまう。

「すごいな……ビショビショだ」

拓巳の一言に、鏡はカアッと頬を赤く

染めた。しかしどれだけ恥ずかしくとも、あそこを隠すことはできない。今の鏡にできることは、拓巳の責めを甘受し、快感に耐えることだけなのだ。

「つくぅ、ふぅう、はぁ、んっく、うぅっ……！」

無機質に震える電マで、何度もしつこく割れ目をなぞる。クリトリスの真上で固定してグッと押し込んでみると、鏡の体に痙攣が走った。

「んっぐ、んん……ッ、あふっ、んん、ん、んッ！」

口元からこぼれる唾液の筋も、形の歪んだ乳房に浮かんだ玉のような汗も、鏡のすべてがいやらしい。

目に涙まで浮かんでいるのを見て、拓巳はもう、我慢ならなくなってきてしまった。

「鏡……入れたい……」

「ふぐ、ひ、ひて、おにいひゃん、ひてへっ……いぐ、んっ、いぐいぐいぐっ！」

「え？」

「いぐっ、んっ、んうううううぅぅぅっ……!!」

鏡が突然ブリッジするように背を反らし、ガクガクッと体を痙攣させた。

達したのだと、拓巳は少し遅れて理解した。器械による絶頂は、パーンといきなり弾けるようで、手での愛撫やセックスなどでのイキ方とは全然違った。

大きく見開いた目から涙、枷をはめられた口からは唾液、強制的に開かれた性器からは

愛液を垂れ流して、鏡は快感の波に翻弄されている。そんな鏡の姿は、拓巳の心を満足感でいっぱいにした。

涎まみれになってしまったボールギャグを外し、鏡の頭をそっと撫でる。

「苦しくなかった？」

「だい、じょうぶ……ふっ、は、はあぁぁ……」

鏡はお腹に溜まった空気を全部吐き出すかのように、大きく息を吐いた。ボールにはたくさん穴が開いているとはいえ、やっぱりそれなりに苦しかったらしい。

「あ、あのね、お兄ちゃん……これ、一回ほどいてもらっていい？」

「ごめん、体痛くなっちゃったかな」

「そうじゃないんだけど……あの……お、おトイレ、行きたくなっちゃった」

「え、トイレ？」

「うん……オ、オシッコ、したくなっちゃって」

拘束された体をもじもじと揺する様は、相当催しているように見える。

「そのまま運んであげよっか？」

「うぅ、それは何かすごくイヤ……オシッコするところ、お兄ちゃんに見られちゃうってことじゃない。そんなの、恥ずかし過ぎて死んじゃうよ」

そんなこと言われると、是が非でもオシッコするところを見てみたくなってしまう。後

ろから抱え上げてやれば、鏡は抵抗できない。半泣きでオシッコする鏡を想像しただけで、痛いくらいに股間のものが硬くなってしまう。

「いや、それより……」

拓巳は縛られたままの鏡の上に、ゆっくりと覆い被さった。

「え、ちょっと、お兄ちゃん……んあああああっ⁉」

淫らな汁が溢れっぱなしの割れ目に、拓巳は一気にペニスを押し込んだ。

「ダメッ、お兄ちゃんダメだよぉ……！　私、オシッコしたいのに……本当にダメェ！」

抗議の声を上げる鏡だが、その瞳はとろんと蕩けてしまっている。狭い膣壁はじわじわと蠢いて、肉竿を奥へ誘導しようとしているようだ。

「はぁ……はぁ……行き止まりまで入っちゃってるよぉ……もぉ、お兄ちゃんの馬鹿ァ、ひどいよぉ……」

先端に、子宮口らしき少し硬い感触を覚え、拓巳はひどく昂ってしまう。とてもじっとしていられず、グイグイと大きなストロークでペニスを出し入れし始める。

「はぁ……はぁ、ダメ……お兄ちゃんっ……！　お願い……ト、トイレに行かせてぇ！ほんとに、漏れちゃうってばあああっ！」

鏡は本気で懇願している。しかし拓巳は止まらない。ロープで縛られて、ろくろく身動きのできない妹を串刺しにするように、深く強く勃起を打ち込んでいく。ロープでくびり

出されたバストが、ピストンに合わせて重たげに揺れる。

「すごい締まってるよ……鏡のマンコ……！」

「だって、オシッコ我慢してるから……！　ふぁ、あっ、あぁあああ〜っ……！」

もちろんそれもあるだろうが、それだけではないだろうと拓巳は思っている。

トイレに行かせてもらえず揺さぶられているという状況が、鏡をこれ以上ないくらいに昂らせているのだ。

「はぁう……はぁ……あぁ……あ、あぁ……もう漏れる……お兄ちゃんにオシッコ、かかっちゃうぅ……」

迫り来る尿意を逸らそうとしているのか、鏡の腰が卑猥にくねる。そんな必死な努力を無駄にするように、拓巳はさらに激しく腰を叩きつける。

「ふぁ……はぁ……気持ちいいとこばっかり……ダメって、言ってるのに……！」

「出していいんだ、鏡……このまま俺に……！」

「……あっ」

気の抜けたような声がして、ふっと鏡の体から力が抜けた。そして次の瞬間、繋がっている部分の少し上にある小さな穴から、弧を描いて尿が噴き出した。

「あ……あぁ……出ちゃった……オシッコ、出ちゃったよぅ……」

それはとても温かく、そして勢いがあった。どれだけ鏡が我慢していたのかがよくわか

る。

「あったかくて気持ちいい、鏡のオシッコ……」

「ううぅ……恥ずかしいよぅ、オシッコ、止まらないぃ」

一度溢れ出したものは、もう止めることなどできない。半べそかいて放尿し続ける鏡は、たまらなく可愛かった。可愛くて、興奮する。拓巳は放尿真っ最中の鏡の中で、再び激しく動き出した。

「そんなあっ……まだ、オシッコ出てるのにぃッ……！　ふあっ、お兄ちゃん、止まってえええっ！」

拓巳は止まれなかった。温かい妹の尿を浴びながら、立ちこめる匂いに煽られ、夢中で腰を振った。

「だめ、だめだめだめぇえっ、お兄ちゃん、私、おかしくなっちゃうよぉっ……んああっ、はあああんっ」

ペニスを包む膣粘膜の動きで、鏡がイキかけているのだとわかる。

「はぁっ、はぁっ、い、いっちゃうよぉ……！　私、このままいっちゃう……!!」

「っはぁ、はぁ……い、いいよ……！」

よっぽどたっぷり溜め込んでいたらしく、勢いは弱まったものの、まだ突き上げるたびピュッピュッと尿道口からオシッコが出てくる。

「オシッコしながらいっちゃう……！　いく、いく、いく、お兄ちゃん、いくぅ～っ！」

ギチギチッとすごい強さで膣粘膜が収縮し、それと同時にまたピュウウッとオシッコが飛び出す。拓巳も込み上げてきたものを堪えることができず、射精に至った。

強過ぎる快感のせいで目の前が真っ白になり、何も考えられなくなる。

「熱いよぉっ……マンコ、焼けちゃうっ……！　精液、奥に全部来ちゃってる……！」

しまった、中で出してしまった。

そう気づいた時にはもう遅く、結局すべて鏡の子宮にぶっかけてしまった。

「鏡……あの、ごめん……」

さすがにやり過ぎたと思ったのだが、鏡は怒っていなかった。

「すごかった……こんなの、気持ち良過ぎるよぉ……」

オシッコやら精液やら愛液やらですごいことになってしまっているベッドに体を預け、満たされた顔をしている鏡を見ていると、拓巳の腰の奥はまたズクリと重たくなった。

×　×　×

ドロドロになってしまった体を隅々まで綺麗にしてから帰ったのに、二人がラブホテルへ行ったことは、リビングに入るなりそこにいた美愛にバレた。

「すごい……みち、エスパーみたいだな」

「わかるよ。二人して、うちで使ってないシャンプーの香りプンプンさせてるんだもの」

「あ、なるほど……」

鏡と顔を見合わせて苦笑し合う。共犯者みたいな気分を共有している二人を見て、美愛はますます不機嫌になる。

「ずるいよ、鏡お姉ちゃん」

「ずるいって言ったって、しょうがない……じゃない……」

緊急事態だったのならともかく、ホテルに入った時点ではまだ発情していなかったもの

だから、鏡はやましそうに美愛から目を逸らしてしまった。予防の目的で精液に触れることだってあるとしても、何もホテルへ行く必要はない。

「機嫌直してよ、みち。みちの好きなミルクゼリー作るからさぁ」

「ゼリー！　って、そんなことじゃ誤魔化されないんだからね」

「じゃあ何作れば機嫌直してくれるんだ？」

「作らなくていいから、私ともラブホテルに行って」

「えっ」

「お姉ちゃんと入れるなら、私とだって入れるでしょ」

そう言われてしまうと突っぱねることもできず、結局翌日店が終わったらということで話は付いた。


「わぁ～……すごーい……」

ホテルの部屋に入るや否や、美愛はたたっと駆け出して大きなベッドに近付き、まじまじと観察し始めた。

昨日よりはまだ落ち着いた部屋だなと拓巳は思った。設備は大差ないけれど、色合いが普通のホテルに近い。

「こんな大きなベッド、うちには置けないよね」

「ダブルベッドはさすがになあ」

「あのガラス……あ、そっか、お風呂とかあるんだよね」

美愛の姿が視界から消えてしまった。美愛がこんなにはしゃいだ姿を見せるのは珍しい。

初めてのラブホテルにテンションがハイになってしまっているようだ。

拓巳の方はというと、二回目ということもあり、美愛よりは落ち着いている。

「お兄ちゃん、すごいよお風呂！　ジャグジー？　みたいなのがついてるっ」

「へぇ、後でお湯溜めて入ってみようか」

「あ、もう今溜めちゃってるよー」

るんるんした様子で美愛が部屋に戻ってきた。もうすっかり、機嫌は直っているようだ。

「それじゃ俺、お湯溜めてる間に体洗っちゃおうかな」

「……え？」

ピシッ、と美愛の笑顔が凍った。

「ん？　一緒に行く？　洗い場広いだろうから大丈夫だと思うけど」

「ダメ、ダメダメー！　洗っちゃったら、お兄ちゃんの大事なのが全部流れちゃうっ」

「だ、大事なのって……」

シャワーで流せるものなんて、汗だとかそんなものだけだと思うのだが。

「とにかく、ダメ！　お兄ちゃんはここで待ってて」

そう言って浴室へ向かおうとする美愛の手首を掴んで阻止する。

「で、みちは何であっち行くわけ？」

「え？　お湯溜めてる間に体洗っちゃおうかなって」

「……みちの大事なものが流れるからダメ」

「え、ええええぇぇーっ⁉　そ、そんなのいやぁ、恥ずかしいよ……！」

「なんでだよ。みちと同じことを言っただけだろ」

顔を赤くして抵抗する美愛の手をやや強引に引き、ベッドの上に転がす。

「え、あ、あ、ちょ、ちょっとお兄ちゃん⁉　待って待って、まっ……」

諦め悪くジタバタしている美愛の太股の裏を持ち上げ、ガバッと脚を開かせる。

「やっ、やだ、こんな格好……！　お兄ちゃん、は、恥ずかしい、よぉ……」

ブラウンの下着が秘部にぴっちりと張り付いていて、布越しでもその辺りの形がよくわかる。

ヤダヤダ口では連呼しているが、美愛の吐く息は熱く、荒い。間違いなく興奮し始めている。発情しているのか、単に興奮しているのかは拓巳にはよくわからない。

ミルクポットの効果には個人差があるというのは本当で、妹たちは三人とも発情の仕方がそれぞれ違う。

鏡が一番効果が出ていて、発情する回数が多く、その度合いも激しい。美愛は発情の仕

方が緩やかで、発情しているのかどうか傍《はた》からはわかりづらい。ただ、被虐嗜好が一番強まっているのは美愛だと思う。ひなたは効果が薄かったのか、発情する回数が一番少ない。ただそれは、体がまだ幼いからなのかもしれないとも拓巳は思う。

「すごいな、みち……まだ触ってもいないのに、下着にどんどんエッチな染みが広がっていってる」

「だって、こんな恥ずかしい格好にされて、お兄ちゃんに見られてるって思ったら、私っ……」

もっと恥ずかしくしてやりたいと思い、パンツの上から顔を割れ目に押し当てた。そうしておいて大きく息を吸い、美愛の匂いを胸一杯に吸い込む。

「んー……すごくエッチな匂いがするな。酸っぱいような。ちょっとオシッコの匂いもするかも。みち、ちゃんと拭いてる？」

わざとそんなことを言うと、美愛は今にも泣き出しそうな顔になってイヤイヤと首を振った。

「ッ……！　ほ、ほんと、もうダメ！　お兄ちゃんっ、顔、離してよぉ……っ……！」

「ふふ、パンツびしょびしょで気持ち悪いだろ、脱いじゃおうか」

ずるりと下着を下ろすと、美愛の恥ずかしいところが丸見えになる。ぬらりと部屋の鮮やかな光で輝く秘部は、いつにも増して妖しく艶やかだった。

「うっわ、すごい……みちこれ、なんかお漏らししちゃったみたいになってるよ」

「だって、だってだってっ、お兄ちゃんがいじめるんだもんっ……」

「いじめられて気持ち良くなっちゃったんだ……ほんとにエッチだよね」

美愛の瞳からは今にも大粒の涙が落ちそうになっているけれど、それが哀しみの涙でないことは、目付きの熱っぽさでわかる。

早く何か入れてとねだっているように、入り口がきゅっと収縮した。

「みち、ここに入れて欲しい？」

指先でツンとつついて尋ねると、美愛は拓巳から目を逸らし、小さく頷いた。

「じゃ、ちょっと待ってて」

拓巳は一度立ち上がり、テレビの横に設置してあるアダルトグッズの自動販売機の方へ向かった。

「お兄ちゃん……？」

すぐにでも拓巳のものを入れてもらえると思っていたらしく、美愛が不安そうな顔になる。

「お待たせ」

「そ、それって……！」

拓巳が買ってきたものを見て、美愛が息を呑む。色こそピンク色だけれど、形は明らか

に男性器を模してあるそれは、バイブだった。

「それ、い、入れちゃうの、私のあそこに……？」

「そう、入れちゃうの」

　バイブをしっかり握り、拓巳は恐る恐る美愛の膣口に宛がった。昨日鏡に使った電マとは違い、中に入れてしまう玩具だからか、なんだか緊張してしまう。

　軽く手を押し出しただけで、ズブズブッとまるで中に引き込まれるようにバイブは飲み込まれた。

「ふああっ……は、入っちゃったあぁ……！」

　美愛が気持ち良さそうに唇を震わせている。勢い良く入れ過ぎたかとちょっと心配になったけれど、問題なさそうだ。

「ええと、スイッチは……これか」

　カチッ。

「んぁああっ、はぁあんんっ！」

　美愛の体が、シーツから浮き上がるほどに跳ね上がった。

「んっ、何これぇっ！　あ、ああっ、響いてる、お腹の中っ……ぶるぶるって……！」

　初めての感覚に、美愛は激しく身悶える。恥じらう余裕すらなくした美愛の姿に興奮し、拓巳は振動しているバイブをしっかりと掴み、ズボズボと出し入れしてみた。

「あっ、ふんんっ！　奥が、おくっ、じりじりっ、てぇ……！」

深いところまで挿入して、奥の壁を震わせてやるのが一番感じるようだ。

「みち、どこが気持ちいい？　言ってごらん」

「アソコ、が、すごいの、お兄ちゃんっ……あ、あああっ」

「アソコじゃわからないなあ。ちゃんと言って」

言わなきゃ抜いちゃうぞ、という意味を込めてズルーッとバイブを引くと、すがり付くように膣粘膜が巻き付いてきた。

「マ、マンコ気持ちいい、オマンコ、すごいのおっ……！」

美愛の口から卑猥な単語が飛び出した。

普段の美愛なら、どんなに促されようが

絶対に口にするはずのない言葉だ。

「よく言えたね、それじゃ、ご褒美に……」

拓巳はうねうね動いているバイブで力強く膣奥を抉った。バイブがくねるため空気が入ってしまうからか、ぐっぽぐっぽとすごい音が立つ。

「ひぅっん⁉ あ、あ、あっ、何、これ……そこ、なんかヘン、体が全部、震えて、と、止まらないっ……」

「ここ？ あ、Ｇスポットに当たってるのかな……？」

上手い具合に急所を突いたようなので、そこから先端が外れないようにして、グッグッと押し込む。

「あっ、そこダメ、なんかきちゃう、くる、だめだめだめえっ、あ、出る、でちゃうううううっ！」

「え、出ちゃう……？ うわっ⁉」

美愛の股間からぴゅううっと液体が噴き出し、拓巳の胸の辺りを直撃した。拓巳は一瞬美愛が漏らしたと思ったのだが、尿特有のあの匂いはしない。

「潮噴いちゃったのか……すごいな、みち」

潮吹きなんて都市伝説の類いかと思っていたから、拓巳は素直に感動した。まさかこの目で見られる日が来るとは。

「んあっはぁっん……! また、で、てぇ……なんで止まらな、は、はぁぁッ!」

美愛の潮吹きは長く続いた。止まったと思ったらまたブシュッと飛び出してくる。何度もそれを繰り返し、ようやく止まったのを確認してから、拓巳はバイブのスイッチを切った。

「はあっ、は、はぁぁっ……いっぱい、出ちゃったぁ……ああ……」

美愛の体も着ている服も、シーツも、そして拓巳まで、大量に出た潮でぐしょぐしょだ。とはいえ尿とは違うので、あまり匂いはしなかった。

「もうおしまいにする?」

拓巳はバイブから手を離した。それは美愛の膣圧でニューッと出てきて、シーツの上に転がった。

「ううん……今度は、お兄ちゃんの、入れて欲しいぃ……」

物欲しそうな目をしてねだられ、喉が鳴った。

「俺も入れたい……けど、その前に……」

拓巳は持って来た鞄の中から、昨日買った赤いロープを取り出した。

「これを、だな……こうして……」

達した直後でくったりとしている美愛の服を脱がせ、綿ロープを掛けていく。上半身だけにしたこともあり、昨日よりずっとスムーズにできた。白い肌に赤いロープが食い込ん

でいるのは、やっぱりいい。鏡に負けないくらい美愛にも似合っていて興奮する。

「よし、できた。みち、痛くないか？」

「大丈夫、ちょっときつめの方が、なんか縛られちゃったって感じがしていいから……でも……」

美愛がちょっと恨みがましい視線を向けてきた。

「なんかちょっと、お兄ちゃん慣れてたね。販売機じゃなくて鞄から出してきたし……これ、鏡お姉ちゃんにも使ったでしょ」

「わかっちゃった？」

笑ってごまかし、ビキビキに硬くなったペニスを、まだヒクついている膣口に宛がう。いじめられたがりの美愛をもう少し焦らしてやりたい気持ちはあるけれど、拓巳の方がもう限界だった。

ぐっと腰を押し付け美愛の中にすべてを埋め込む。

「あはあっ！　はんんっ……んぅぅふぅぅっ……！」

赤い縄を纏った美愛の上半身が、衝撃にブルンッと震えた。すでにバイブで十分解れていたそこは、容易に根元までペニスを飲み込んだ。

「あっふあ、はぁはあっ……お兄ちゃんの……バイブより、全然大きい……」

ねっとりと熟したような粘膜が、根元から先端までを絞るように収縮する。じっとして

いても気持ち良くてたまらない。

「ごめん、俺、あんまりもたないかも……」

じゅぷっじゅぷっと、溢れ出てくる愛液を中に詰め直すように肉棒を繰り出す。さっき潮を噴いたポイントに先端が当たるように調整すると、美愛の口から押さえきれない嬌声が溢れた。

「ふあっ、そこ、すごっ……ひう、当たってる、当たってるよぉっ、あんっ、あああん」

突き上げる動きに合わせて、キュッキュッと中が締まる。擦れ合う部分が燃えるように熱い。拓巳は半開きの口から呻き声を漏らしながら腰を振り、自分と美愛の快楽を追う。

「うあっ、中、熱いっ……！　お兄ちゃん、奥、奥まできてるっ、こんな、激しいっ」

美愛の肩の辺りが、もどかしげに揺れている。本当なら拓巳にすがりつきたいのだろうが、縛られているためそれはできない。

「好きだろ、激しいのっ……くうっ、みち、締め過ぎっ……出ちゃうって！」

「う、ん……！　だ、出してっ、いいよ、私もまた、またきそうだからぁ……あ、はんっ、な、中っ……にっ……！　中に、いっぱい出してっ……お兄ちゃあんっ！」

「いや、それはダメだって……」

昨日の失敗が拓巳の胸に蘇る。鏡がお漏らししてしまったのを見て興奮し過ぎてしまい、中に出してしまった。改めて考えてみるまでもなく、妹の膣内に射精するなんて、ダメに

決まっている。

今日は、今日こそは、イク前に抜こう。中出ししたがる男の本能に無理やり蓋をして、ピストン運動を続ける。

「んあぁっ、ダメ、そんな激しくしたら、こ、壊れちゃうよおおっ……！」

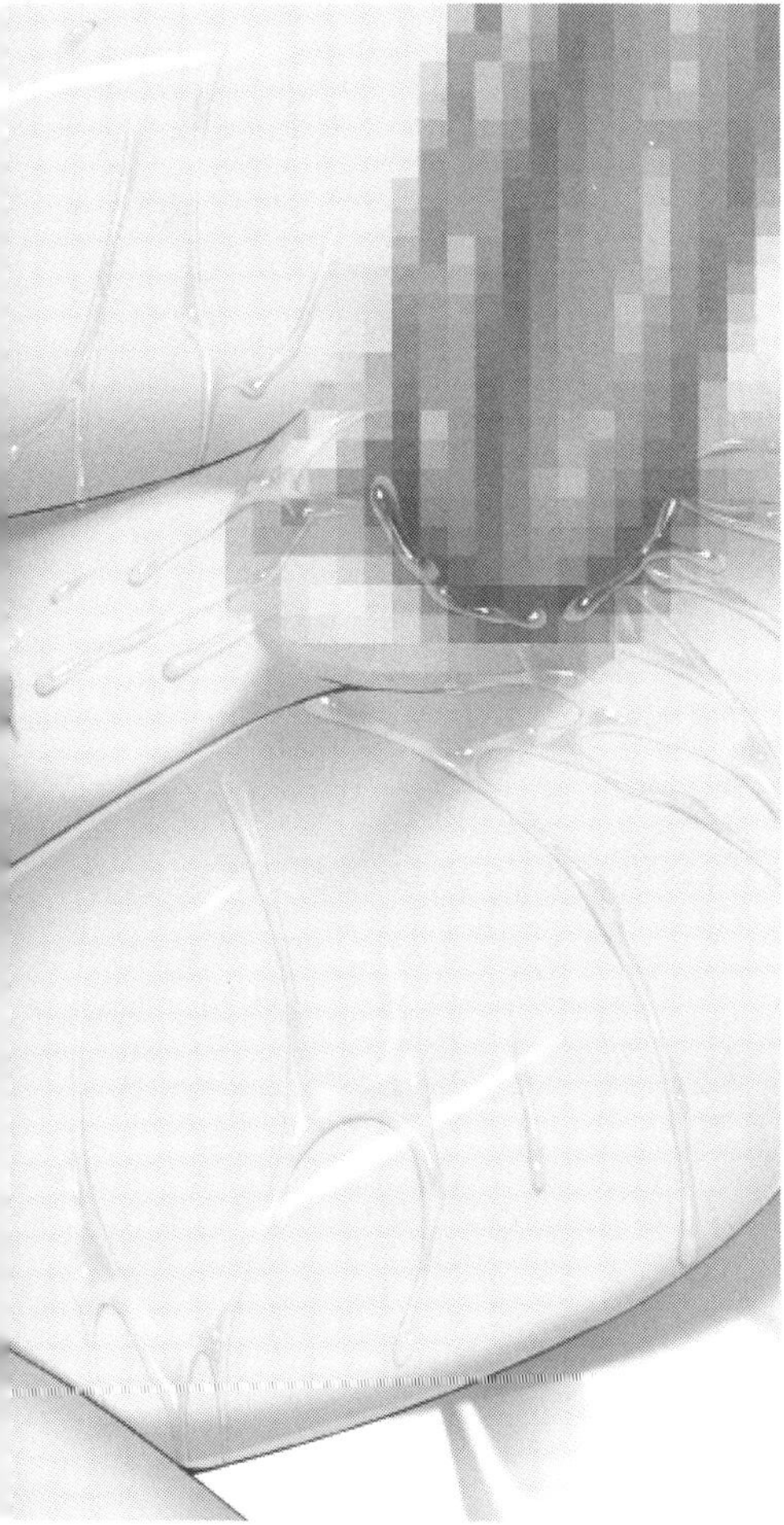

「そういうのが好きなんだろ？　ほら、マンコが締まった……みちは、ほんと、エッチな子だよなっ」

「私、エッチじゃ、ないぃ、お兄ちゃんに、そんなふうに思われちゃうなんて、は、恥ずかしいいっ……！」

「エッチじゃなかったら、こんなにオマンコびしょびしょにならないって、ほら、言って、エッチなみちは、どこが気持ち良くなってるんだ？」

「う、うぅ……オ、オマンコ……オマンコ、ずぼずぼってされるのが、気持ちいいれすううっ……！」

自分で言って自分で感じたらしく、また潮でも噴いたかと思うほどの愛液がどばっと結合部から漏れ出た。

「あっあっ、だめ、だめもう、もうぅっ……オマンコ、びりびりってしてる、もうイっちゃ、イっちゃうっ……」

上擦った喘ぎを漏らし、美愛は一直線に絶頂へと駆け抜けていく。ぐちゃぐちゃに濡れ乱れたベッドの上で快楽に狂う美愛をじっと見つめ、拓巳もまた限界を迎える。

「くっ、ううっ、で、出る……！」

予兆を感じ、肉棒を引き抜こうとした時だった。

「んあぁ！　イ、イくっ、イくううぅっ！　あ、あ、ぁ、あああああああ‼」

美愛の両脚が拓巳の腰に巻き付き、ぐっと自分の方に引き寄せた。

「えっ、み、みちっ……!?」

まずい、と思ったがどうすることもできず、拓巳は精液を美愛の膣内でドバドバと放ってしまった。

「あぁっ、中、出てる、お兄ちゃんのが私の中にっ……！」

恍惚と目を細めて中出しされる感触に浸る美愛。こんなことダメだとわかっているのに、その顔を見ていると、罪悪感だけでなく、満足感や征服感を覚えてしまう。

結局一滴残らず美愛の中に注いでしまい、拓巳は大きく溜め息をついた。

「はぁぁぁ……みち……ダメだって、言ったじゃないか……」

「ごめん、なさい……でも、中に欲しかったんだもん……」

美愛の縄を解いてやると、白い肌にうっすらと跡が着いていた。すぐ消える程度のものだけれど、なんとも色っぽい。

「お詫びに、お兄ちゃんの……綺麗にしてあげるね」

妖艶な笑みを浮かべ、美愛が股間に顔を寄せてくる。愛液や精液で汚れたペニスを舌でペロペロしてくれるのかと思いきや、美愛はいきなり喉の奥までペニスを咥えてしまった。

「んごっ……！　おぅふっ、おっおぉっ……じゅっ、ぢゅぽっ、ぢゅぼぉっ!!」

苦しそうな声がペニスと唇の隙間から漏れた。思わず大丈夫かと声を掛けそうになった

が、美愛の瞳はまだとろけている。少し苦しいくらいが感じるのだ。

それはいいのだが、顔を引くタイミングで尿道口に舌を食い込ませてくるものだから、なんだか下半身が性欲とは別なものでムズムズしてきてしまう。射精したばかりの亀頭は敏感なのだ。

「ちょっと待ってみち、一回ストップ……！」

「なんれ？」

「トイレ、行きたくなってきちゃって」

「いいよ、らして……んぶっ、にゅちっ、ちゅっ、ちゅううっ」

まったくペニスを解放してくれる様子がない。

「ちょ、ほんとに出ちゃうからっ」

「らから、いいって……おにーひゃんの

おひっこ、飲んれあげゆ……んじゅっ」

　とどめとばかりに舌先で鈴口をほじられ、あっさりと決壊する。

「くうっ……！」

「おごぎゅっ……ごきゅ、ごくごきゅうぅっ……！」

　じょぼじょぼと出てきた尿は美愛の喉を通り、胃へと注がれる。美愛は喉を鳴らしてうっとりとそれを飲み干していくが、放尿の勢いに飲み込む速さがついていかない。

「んごっ、ふ、んぶっ……！　んぎゅ、ごきゅっ！　んぅ、うううぅっ……」

　だらだらと、美愛の口の端から薄黄色い液体がこぼれ、顎を伝って胸にまで垂れる。

「んふううぅぅ……全部、飲めなくてごめんなさい、お兄ちゃあん……」

　そう言ってペロペロとペニスの表面を舐め清め始めた美愛を見て、拓巳はまた股間に血液が集まっていくのを感じた。

第四章 トイレで犯して、お兄ちゃん！

「お兄ちゃーん！　ランチAセット、アイスコーヒー二つでお願いー」

店内に、ひなたの元気な声が響いた。

「はいよー」

今日拓巳は、ひなたと二人で店に立っている。

「すみませーん、注文お願いします」

「はーい、今伺います～」

姉二人がいない分頑張ろうとしているのか、ひなたは普段よりも積極的に接客をしている。三人とも学校に行っている時は拓巳一人で回せているのだからそこまでしてくれなくとも正直大丈夫だったりする。とはいえ、いてくれれば助かるのも事実だし、可愛いウエイトレスが一生懸命立ち働く姿はお客さんからも好評だった。

「すみませーん、このレアチーズケーキとニューヨークチーズケーキって、写真だと見た目がほぼおんなじなんですけど、どう違うんですか？」

「あ、それはですねー……」

コーヒーを淹れながら耳を澄ませていると、ちゃんとわかりやすく適切な説明ができているようだ。前にも同じようなことを聞かれてあたふたしてしまったことから学習したらしい。

「あと、こっちのパフェもオススメですよー」

「へぇー。じゃあ、それもひとつお願いします」

「ありがとうございます～」

オススメまでできるようになっている。ひなたの成長を嬉しく思い、拓巳はカウンターの中で目を細めた。

それから少しして、ランチタイムが終わると店内は急に静かになった。

アイスティーを差し出すとひなたはパアッと表情を輝かせた。

「ひな、お疲れ」

「さっすがお兄ちゃん、よくわかってる！　ちょうど喉渇いたなって思ってたところなんだぁ」

本当に喉が渇いていたらしく、ひなたはゴクゴクと喉を鳴らしてアイスティーを半分くらいまで一気に飲んだ。

「今日はひながいてくれて助かったよ。頑張ってたね、ありがとう」

そっと頭を撫でると、ひなたは嬉しそうにえへへと笑った。

「だってひな、早くお姉ちゃんたちみたいになりたいんだもん。お料理とか、飲み物作ったりとかも、できるようになりたいなあ」

「鏡やみちだって、ひなと同じ年の時は今のひなと同じ感じだったよ」

「そうなの？」

　うん、と拓巳は頷く。

「鏡はよくカップ割ったりしてたなあ。みちはみちで、人見知りするタイプだからなかなかお客さんに声かけられなかったりしてたし」

「そう、なんだぁ……」

　ひなたは少しホッとしたような顔になった。自分より何でもできる姉たちしかいない環境だから、比べて落ち込んだりしていたのかもしれない。

「だからさ、無理に背伸びすることなんてないんだよ。ひなはひなだ。自分なりに頑張ればいいさ」

「んー……でも……」

「うん？」

「ひな、お兄ちゃんに、もっとしっかりした女の子だって思われたい」

「いやだから、そんな急がなくても――」

「ひなのこと、まだまだ子どもだって思ってるんでしょ？　だからひなだけ、ラブホテル

連れてってくれないんでしょう？」

「いやいやいやいや、それ違うから」

拓巳は顔の前でブンブン手を振った。いったい何を言い出すのか。

「ひながどうこうっていうか、妹とラブホテルに行く方がおかしいんだって」

「だってお姉ちゃんたちとは行ったじゃない」

「それは……」

鏡と美愛が、ベラベラひなたに話したとは思えない。二人の会話を聞いてしまったとか、そんなところだろうか。それほど広くないこの家で一人にだけ何かを秘密にするのはなかなか難しい。

「ひなともラブホテル、行ってくれる？」

「……ひなには、まだ早い」

「ほらやっぱりひなだけまだ子どもだって思ってる」

ひなたは唇を尖らせてむくれたが、拓巳は頑として譲らなかった。

ひなたはベランダに干してあった洗濯物をすべて取り込み、大きなカゴに入れてリビングに運んだ。

「よっこらしょっと……ふうぅ」

重かった。家族四人分の洗濯物は、毎日のように洗っていてもけっこうな量になる。それを全部畳み、それぞれの部屋に置いてくるのが今日のひなたの仕事だ。

「一、二……あれ？」

拓巳のパンツを手に、ひなたは首を傾げた。たしか干した時は三枚あったはずなのに、二枚しかない。もう一度ベランダに出て辺りを見回してみたけれど、見つからなかった。

「風で飛ばされちゃったのかなあ……」

まだ新しいパンツだったのに、もったいないと思うけれど、ないものはしかたがない。気を取りなおして今度はリビングに掃除機をかけ始めた。

「ふふ〜ん、いいお嫁さんになれるかな〜♪」

こうして家事をこなしていると、女子力が上がっていっている気がする。姉たちに追い付くためには、まだまだ頑張らなくっちゃ。

リビングが綺麗になったので、続けて自分の部屋も片付け、掃除機をかけた。

「そうだ、お兄ちゃんのお部屋もお掃除してあげよっと！」

徹底的に綺麗にすれば、きっと褒めてもらえる。そう思って、意気込んで拓巳の部屋へ行ったのだが。

「んー……」

全然散らかっていなくて、ひなたは拍子抜けしてしまった。

それでも、せっかく来たのだからと掃除機をかけ、ベッド周りに積んであった本を本棚にしまっていく。

「なんだろ、これ？」

本棚の奥に、不自然に詰め込まれた雑誌のような本を見つけた。気になって引っ張り出し、パラリと開いてみる。

「こ、これは……！」

俗に言う、エロ本というやつだった。

ひなたはドキドキしながらページをめくった。全裸だったり、着けている意味があるのかよくわからない下着だけだったりする女の人の写真が沢山載っている。中には、男性器を咥えたり乳房で挟んでいるような写真もあった。

「すっごい……」

ひなたは思わず自分の胸元を見下ろした。とても拓巳のものを挟んだりなんてできそうもない。胸だけではない。腰はきゅっとくびれていて、お尻はボーンと出ていて、体付きも自分とは全然違う。

「おっ！　なんだこれ⁉」

見開きのページで、ひなたの目は釘付けになった。

女の人が股を大きく開いて、あそこに男の人のものを入れている。

「チンチン、入るのっ!?　え、え、これ、どうなってるんだろ……」

写真ではよくわからない。それでも、ずっぽりと半分くらい中に入っているのはわかった。

「ひなにも……入るのかな……」

ひなたは拓巳のペニスを脳裏に思い浮かべた。いっぱいに口を開いても入りきらなかった、あの大きくて太い肉の棒。あんなものが自分の股に入るなんて、どう考えても無理だと思ってしまう。

「でも、お姉ちゃんたちは、したんだよね……」

二人が直接ひなたに言ってきたわけではない。どんなに気持ち良かったか語り合っていたのをこっそり聞いてしまっただけだ。そう、とても気持ち良かったと、二人とも言っていた。

兄とエッチなことはしたけれど、セックスはまだしたことがない。もしセックスができたなら。もう大人になったと、そう思えるような気がした。


その夜、ひなたは数日ぶりで発情した。

そうなるともう、精液を浴びるなり飲むなりするしか治める方法はない。拓巳とひなたは二人でひなたの部屋に入り、裸になってベッドの上で向かい合った。

「お兄ちゃん……ひなのおっぱい、どうすれば早く大きくなるのかなぁ。お姉ちゃんたちみたいに、柔らかくて大きいおっぱいになりたいよぉ」

「そんな焦ることないって。成長すればだんだん大きくなるよ」

「だって、このままだと、おっぱいでお兄ちゃんのオチンチン挟めないし」

「は、挟むっ⁉」

「お兄ちゃん、そういうの好きなんでしょ？　本に折り目ついてたし」

ひなたは昼間拓巳の部屋で見つけたエッチな本のことを話した。

「ひな……そういうのは、勝手に見ちゃいけません……」

「ごめんなさい。でもおもしろかったよ」

「あーっ、もうっ！」

拓巳はベッドから立ち上がり、脱いだばかりのシャツを羽織った。そして脱衣所の棚からタオルを一本取ってすぐにひなたの部屋に戻った。

「お兄ちゃん？　何するの……？」

「お仕置き」

拓巳はひなたの肩をポンと押した。コロリとベッドに転がったひなたの手首を、タオルでひとまとめにして縛ってしまう。

「ひな、お仕置きされちゃうんだ……」

ひなたは目をとろんとさせて拓巳を見上げている。こうして横たわると、ささやかな胸はさらにささやかに見えた。手の平全体でそっと触れてみると、ひなたは「ひゃんっ」と子犬みたいな声を上げて、体を震わせた。敏感な反応に昂り、乳房の先をきゅっと摘まむ。

「んあうっ！　あぅ……もっと、お仕置きしてぇ……ひなをいじめて、お兄ちゃあん」

ぬいぐるみがたくさん置かれたベッドに横たわり、腕を拘束されているひなたを見ていると、ものすごい罪悪感が湧いてくる。しかし異様に興奮しているのも事実で、この成長途上にあるおっぱいをいじり回して泣かせたいとも思ってしまう。

ひなたの上半身に跨がり、膨張したペニスでコリッと乳首を弄ぶ。ひなたの体がピクリと跳ねた。

「きゃうっ……チンチンで乳首コリコリされるの、気持ちいい、かも……」

「俺も気持ちいいよ。ひなのまだ柔らかい乳首が、必死で押し返そうとしてきてるみたいだ」

たとえ挟むことができなくとも、できることはあるのだ。とはいえ、いかにも幼い胸にグロテスクな男根を押し付けている光景は、犯罪臭がすごい。すごくて興奮する。

「ふはあ……お兄ちゃんのチンチン、先っぽがパックリ割れてるんだねえ……」

「この前だって見ただろ」

「前は咥えてたから、ちゃんと見れなかったんだもん……んんっ、おっぱい、熱くなって

きたぁ……くううんっ」

拓巳は硬くなってきた乳首をグリグリと押し潰すように裏筋を押し付けた。ひなたは快感から逃げるように体をくねらせて可愛らしい声を上げた。

「ひなは乳首が弱いんだな」

「だって、お兄ちゃん、そこばっかり……ひゃん、気持ち良く、なっちゃうよぉっ」

先端から漏れ出たカウパー汁で、乳首の周囲がてらてらと光っている。発展途上の白い胸を、大人の欲望で汚していると思うと、背徳感で背筋が震えた。

「体がっ……びりびりするよぉ……チンチンから、電気、流れてるみたいぃ……っ！」

ひなたの顔は、もう耳まで真っ赤だ。両手を拘束されているせいで押し寄せて

くる快感を上手く逸らせないらしく、全身でペニスを感じ、悶えている。

「チンチンも、びくびくしてる……ふはぁっ、ひなの乳首で気持ち良くなってるんだねぇ、ああ、チンチンのおつゆ、いっぱい、ひなに塗りつけてぇっ」

ミルクポットのせいとはいえ、まだまだ子どもだと思っていたひなたがこんなふうに卑猥な言葉を口にし、感じた顔を見せるなんて。

「んんぅっ……あふっ……んぁっ……ひゃぁんっ！」

亀頭から根元にかけて大きくストロークして、敏感な部分を刺激する。嬌声を上げたひなたの口から、わずかに涎が垂れた。小さな乳首は、もうこれ以上は勃起できないほどに膨れ上がっている。

「ふぁっ……あああんんっ……、ひな、なんかくるよぉ……ビクビクって、お腹の下らへんがムズムズしてきたぁっ……」

ひなたが戸惑った顔をしている。

「やぁっ、やぁぁんっ、何これぇっ、頭の奥まで、ムズムズしてきてぇっ……あぁっ」

もしかしたら、乳首でイカせられるかもしれない。そう思えるくらい感じているひなたを眺めていると、拓巳の方にも込み上げてくるものがあった。

「そういう時は『イク』っていうんだよ」

「ふぁいっ……イクっ……イキそぉっ、おにぃちゃんのチンチンで、おっぱいイッちゃい

そうだよぉぉっ！」

「俺もそろそろ……っ」

「ひゃぁんっ、お兄ちゃんの白いの、ひなにたくさんちょーだぃっ！　ひなの顔にたくさんかけてえっ、早く、早くぅっ……あっ、イク、イクイクイクウウウゥッ……！」

小さな体をいっぱいに反らして、ビクビクと痙攣するひなた。そんなひなたの可愛いイキ顔に、拓巳は熱い精液を思い切りぶっかけた。

「きゃぁんっ、あちゅぃっ、しろいの……いっぱいぃ……！」

白い精液が、紅潮した頬を伝ってシーツに落ちる。根元から絞り、中に残っていた精液を乳首に擦りつけてやると、絶頂したばかりで敏感になっている体は大げさなくらいビクッと跳ねた。

「はぁ、はぁ、はあ、お兄ちゃん、お兄ちゃぁん……」

ひなたの瞳は、まだ熱を孕んだままだ。

「まだ、治まらない……？」

「うん……はぁ、もっと、もっと、欲しいよぉ……ね、今度はひなのやりたいこと、してもいい？」

「いいよ」

またペロペロしたいとかそういうのかな、と思いながら、手首のタオルを解いてやる。

ついでにそれを使って精液まみれの顔を拭いてやった。

「今度はお兄ちゃんが横になって」

言われた通りにすると、小さな手を瞼の上に置かれた。

「目をつぶってて。ひながいいって言うまで開けちゃダメだからね」

「わかった」

何をしてくれるんだろう。ちょっとドキドキする。

「ゼッタイ、ゼッタイ、開けたらダメだからね」

しつこく念を押し、ひなたは体の上に跨がってきた。

挟むとかなんとか言っていたから、パイズリだろうか。ひなたが上に乗る形なら、少しは谷間ができて、パイズリっぽいことができるかもしれない。

「はぁ……ハァ……ぐっ、ううんっ！」

「……ん？」

今までに感じたことのないような強烈な締め付けを亀頭に感じた。ものすごく硬くて狭いところを無理やり裂いていくような、そんな感じだ。

「んんぅっ……んぐぅうっ、はぁっ、はぁあぁぅんっ！」

「ひ、ひなっ⁉　いったい何をして――」

ひなたがあんまりにもつらそうな声を出すものだから、拓巳はさすがに心配になり、瞼

を開いた。

「ひなぁっ⁉　これはいったい‼」

とんでもない光景が目に飛び込んできて、頭の中が真っ白になる。

ひなたが、一番下の妹が、騎乗位の形でペニスを自分のあそこに入れようとしているではないか。

「あっ……まだいいよって、言ってないのに、目ぇ開けちゃダメだよ、お兄ちゃぁん」

「ちょちょちょ、ちょっと待て！」

なぜ。どうして。疑問符ばかりが頭の中をグルグルと駆け回り、上手く思考が働かない。

「動か、ないでよぉ……じっとしててくれないと、入れづらい……くう、ううううっ！」

べったりと額に脂汗を浮かべて、ひなたは腰を下ろしていく。

まだ幼いひなたの膣は、あまりにも狭過ぎて、拓巳の方も痛いくらいだ。ということは、ひなたはどれほどの痛みを感じていることだろうと胸が痛くなる。

「あっ……」

何かを突き破るような感触。ひなたの口から、吐息混じりに、少し気の抜けたような声が漏れた。半ばくらいまで膣に埋まっているペニスに、ツーッと根元の方まで鮮血が伝い落ちる。

それは初めての証であり、処女を卒業した証拠にもなった。

「ひな……だ、大丈夫か……？」

「ん、へーき……痛いけど、すぐ慣れると思うぅ……お兄ちゃんは？　どう？　き、気持ちい？」

「いや、そりゃ気持ちいいけど、でも……」

考えなくてはいけないことは、たくさんある。それなのに、下半身から湧き上がってくる快感が邪魔をして、冷静になることができない。

「良かったぁ、お兄ちゃんが気持ち良くなってくれるなら、ひなも嬉しいぃ」

ここまで入ってしまうと、後はもうひなたの体重でずぶずぶと埋まっていってしまい、ペニスは根元までひなたの膣内に収まってしまった。

「はぁ……はぁんっ……おっきぃチンチン……ひなの中、いっぱいだよぉ……っ」

握り潰されるかと思うようなきつさでぎゅううっと絞られ、拓巳は歯を食いしばった。気を抜いたら、一瞬にしてもっていかれてしまいそうだ。

「うふふ、ひな、これで大人に……お姉ちゃんたちとおんなじに、なれたかなあ」

「ひな……」

ひなたが嬉しそうに、へにゃっと笑った。

姉たちと自分で扱われ方が違うことに、ひなたなりに心を痛めていたのかもしれないと拓巳は思った。それはけして、ひなたを仲間はずれにしていたとか、そういうことではな

かったのだが、寂しい思いをさせたことに対するフォローは確かに足りていなかったように思う。

「ごめんな、ひな……」

「何が？　ひな、嬉しいよ、お兄ちゃんとセックスできて……んはぁ、痛いのだって、血が出るのだって、全部嬉しいからぁ」

ひなたの腰が、ほんの少し前後に揺れた。それだけで鋭い快感が走り、拓巳は反射的に腰を突き上げてしまった。

「ふぐうっ⁉」

「あ、ご、ごめんっ」

「ううん、だ、大丈夫……びっくりしただけ」

ひなたはまだ痛そうではあるけれど、痛くてどうしようもないという感じには見えない。これも、ミルクポットの効果なのだろうか。

「お兄ちゃんは、じっとしてて……ん……んぅ……」

ひなたは目を閉じて、小さな円を描くように腰を揺らめかせた。なじむまではひなたのペースに任せた方がいいだろうと、拓巳は動かず、ひなたの様子を見守ることにする。

ひなたの膣内は、鏡や美愛のそことは全然感触が違った。まず、とにかくきつい。陰茎内の血流が妨げられてしまうのではないかと思ってしまうほどに。それから、締め付け方

が急で、強烈だ。じんわり締めるのではなく、いきなり全力でギュッとくる。

「お兄ちゃんのチンチン、ぺろぺろしてる時とは全然違うっ……アソコで擦ると、体の奥が、熱くなってきちゃうぅ……」

感触を確かめているように、ひなたは慎重に腰を動かしている。大股を開いて、まるで拓巳に結合部を見せつけているかのように。痛みはまだあるようで、ときどき一瞬だけ顔をしかめている。だからといって動きを止めてしまうことはなく、繋がった部分を眺めては甘い吐息をつく。

「ああっ……んふぅっ……お兄ちゃんの、すっごく硬くて熱い……こういうことしてるページに折り目ついてたけど、お兄ちゃんって、妹に乗られるの……好きなの？」

「えっ」

折り目って。あれか、昼間見られたエロ雑誌の話か。

「『妹ライフ』って雑誌で、『妹にされるの好きなんでしょ、お兄ちゃん♪』って、書いてあったよ」

「ぐっ」

拓巳はぐさっと胸を射貫《いぬ》かれたような衝撃を覚えた。エロ本を見られてしまったこと自体も恥ずかしいけれど、ピンポイントで性癖を知られてしまったことはもっと恥ずかしい。軽く死にたくなる。

「お兄ちゃんの、好きを叶えてあげられたなら、ひなも嬉しいよ……んっ、一生懸命、気持ち良く、してあげるからねっ」

きゅきゅっと嬉しげに膣肉が収縮し、鋭い快感が拓巳の背筋を駆け抜けた。感じているのは体の反応と表情でバレた。ひなたの口角が上がる。

「ひゃん、あっ、ぐちゅぐちゅって、すごい音してる……これって、チンチンのおつゆが、いっぱい出てきてるから、なんだよね……？　ぬるぬるしてて、気持ちいいっ」

「それもあるけど、どっちかというと、ひなのあそこから出たおつゆの方が、多いと思うぞ」

「ふえ？　そういえば、チンチン舐めた時、パンツ濡れてたっけ……そっか、こんなにぐちゅぐちゅしているのは……ひなのおつゆが、いっぱい出てるからなんだぁ」

うっとりした顔で言って、ひなたは腰の動きを強めた。

「はあ、すごい、ぐちゅぐちゅって、すっごぉい……あっ、あっ、あはぁんっ」

可愛らしい喘ぎ。鼓膜に絡み付くような粘り気のある水音。そんないやらしい音を聞きながら、いかにも子どもっぽいひなたの割れ目に大人の性器が突き刺さっているのをじっと見つめる。大人の男女がする行為を、成長途上の妹としているという事実が目の前に突きつけられているようで、たまらなく興奮した。

「アソコがビリビリするぅ……、せっくすって、こんなに気持ちいいんだねぇ……っ」

「ひなにはまだ……早いと思うんだが……」

「早くないよぉ、この前、生理も来たんだし」

そういえば、ついこの間初潮が来たばかりだった。

「お兄ちゃんのチンチンだって、ちゃんと気持ち良くできてるし……だから、お兄ちゃんはもう、ひなのこと子ども扱いしたら、ダメなんだからね」

今まで見たことのないような大人びた顔で言われ、ドキリとした。一回り以上も年上なのに、こうして上に乗られて見下ろされていると、開けてはいけないドアを開けてしまいそうな気がした。

「またチンチン、少しおっきくなってるぅ……ひなのお腹をドンドン叩いてくるよぉっ」

ひなたの口の端から、たらりと唾液が糸を引いて落ちた。快感で痛みが麻痺してしまったのか、その顔はもう、恍惚としてきている。

「んぐぅっ……ああっ、何これぇっ……気持ち良過ぎるよぉっ！」

上下、左右とひなたの腰がくねる。まるでペニスがひなたに貪り食われているように拓巳は感じた。

頭の中は靄がかかったようになってきているのに、ペニスの神経だけはどんどん敏感になってきて、早く出したいとそれしか考えられなくなる。

「チンチン、ビクビクッてしてるよぉ……お兄ちゃんも、そろそろイッちゃうのぉ？」

「ん……も、もう、出そうっ……！」

込み上げてくる感覚に耐えられなくなり、拓巳はひなたの腰をぐっと掴んで、下からガンガン突き上げた。

「やっ……やあああんっ、んっ、激し、イッちゃうっ、イッちゃぅぅよぉぉおっ！」

高まる快感に身を委ね、射精に向けて意識を集中させる。

「ひゃぁぁぁぁんんんっ……‼」

ひなが達すると同時に、膣内がギチギチッと強烈に締まり、拓巳を道連れにする。

抜かなければ。頭の片隅でそう思ったが、快感で体が上手く動かず、そのまま膣内に精液を放ってしまった。

「熱いせーえき、いっぱい入ってくるぅ……ふはぁ、すごく気持ちいい……お兄ちゃんに包まれてるみたぃ……」

ひなたは幸せそうに目を細めたが、拓巳の心には、理性が戻るに連れ、してしまったことへの罪悪感が湧いてきた。

「ひな……こんなお兄ちゃんでごめんな……」

「なんで？　ひな、幸せだよ。お兄ちゃんとちゃんとセックスできてすごく嬉しい」

ひなたが上半身を倒し、胸に顔を擦りつけて甘えてくる。そんな仕草が愛おしくて、拓巳は汗まみれの丸いおでこにチュッとキスをした。

×　×　×

トン、トン、トン。

ノックを三回して、「みち、ご飯だよー」と声をかけたが、反応はない。出かけた様子はないはずなのにと拓巳は首を傾げた。

「……入るよ？」

一声掛けてから美愛の部屋に足を踏み入れる。

「くぅ……くぅ……」

美愛は机に突っ伏したまま眠っていた。宿題でもしていたんだろうか。パソコンの画面を見ると、ワープロソフトが立ち上がっていて、文字がびっしり打ち込まれている。

読書感想文か何かだろうか。何の気なしに画面に目をやると、「お兄ちゃん」という単語が散見された。

なんだ？と思い、少し読んでみて、驚いた。

「こ、これは……」

表示されている部分をサッと見ただけでもわかる。

これは、美愛と拓巳を登場人物にした、かなりエッチな小説だ。

「ふぁ……お兄ちゃん……？」

人のいる気配に気づいたらしく、美愛が目を覚ました。まだ眠そうにパチクリと瞬きするのがとても可愛らしい。

「お、おはよう……晩ご飯できてるよ……」

「呼びに来てくれたんだ、ありがと――」

一気に目が覚めたという様子で、美愛はバッとモニターの方を見た。

「……見た？」

「ちょっとだけ」

「ごめんなさいごめんなさいごめんなさーい！　お願い、引かないで！　私のこと、嫌いにならないでぇ……！」

いきなりテンパった。こんな美愛は珍しい。

「う、うん、とりあえず少し落ち着こうか。まずはさ、ご飯食べよう。鏡とひなも待ってるから」

食事している間、美愛はほとんど口をきかなかった。具合でも悪いのかと、鏡やひなたに心配されてしまったほどだ。

片付けと入浴を済ませ、後はもう寝るだけとなってから、拓巳は改めて美愛の部屋へ出

向いた。

「その……さっきは、ごめん。勝手に読んじゃって悪かったよ」

　ベッドの上で正座して向かい合い、美愛に頭を下げる。

「う、ううん……開きっぱなしにして寝ちゃった私が悪いの……」

　読まれてしまったのがまだ恥ずかしいらしく、美愛はもじもじと指先で布団をいじっている。それでも、夕食前よりはだいぶ落ち着いてくれたようだ。

「お兄ちゃん……引いてない？」

「引いてない」

　拓巳は即答した。断じて引いてなんかいない。そんなものを書いてしまう美愛を可愛いと思う。ただ、リアクションには少々困った。

「あの……よく書くの？　ああいうの……」

「もう何年も書いてるからよく覚えてないけど……たぶん、すごい量になってると思う」

「そ、そう……」

　そんなに書くことがあるのか。すごい量っていったいどれくらいなのか気になるところだ。

「最近はあんまり書いてなかったんだけどね……今日はほんと、久しぶりに書きだしたら楽しくなっちゃって」

「あ、そうなの?」

「だって、本当にお兄ちゃんとエッチなことするようになったわけだから、現実の方が楽しくなってきちゃって」

「なるほどな……」

満たされない思いを小説に託していたから、あまり書かなくなっていた、と。

でも今日、美愛は小説を書いた。それはつまり、満たされていないということだ。

「お兄ちゃんにいじめて欲しいとか、いじわるして欲しいとか思うのって、あのミルクポットのせいだって私思ってた……だけど、違うみたい」

美愛がポツポツと胸に秘めていた思いを吐き出し始めた。拓巳は正座のまま、神妙に話を聞く。

「だって、ミルクポットのせいだったら、発情してない時はそんなこと考えないはずじゃない。でも現実には、私、そんなことばっかり考えてる……家でも、学校でも。ポットはたぶん、ただのきっかけ。私も知らなかった私の一面を引き出しただけなんじゃないかって思うんだ」

「……わかった」拓巳は背筋を伸ばした。「小説、読ませてくれるかな」

「え?」

「そこに書かれてるのが、みちのやりたいことなんだろう? やろうよ」

それで美愛が満たされるならと思って提案したことだったが、美愛の妄想《ゆめ》はそれなりにハードルが高かった。

何度かエッチなことをしていてなお小説に書いてしまうだけのことはあり、普通の流れからは絶対こうはならないだろうというシチュエーションだ。正直、読んでいて興奮した。

拓巳は鏡とひなたが眠ったのを確認してから、美愛と二人、用意したものを持ってトイレに入った。

「じゃ、じゃあ、脱ぐね……」

美愛が着ていた服を脱ぎ、ちょっと変わった形をしたピンク色のショーツ一枚という姿になった。

「脚上げてくれる？　固定しちゃうから」

「は、はい……」

M字開脚状態で便座に座った美愛の足首を、以前買った赤い綿ロープで片方縛る。そしてロープをタンクの後ろに回してもう片方の足首に縛り付け、脚を閉じられないようにしてしまった。

さらに手錠をかければ、美愛は妄想した通りの姿となった。

「うーん、すごい格好だなあ……」

「エッチに見えてる？」

「ものすごく」

字で書かれたものと、現実として目の前にあるのとでは大違いだった。

「お兄ちゃん……チンチン、もう大きくなっちゃってる……」

テントを張っている拓巳の股間辺りを、美愛は愛おしそうに眺めた。

「そりゃそうだよ、みちのこんな姿見せられたら」

美愛の体に唯一残された下着は、割れ目をギリギリ隠せているかどうかという、際どいデザインだ。それでいて、クリトリスの辺りは不自然に膨らんでいる。なぜならそこに、ローターが仕込んであるからだ。

「動かすよ」

一声かけてから、拓巳は持って来たリモコンを操作した。ブーンという低い振動音がして、美愛が体を強張らせた。

「はぅぅうっ……！」

さすが専用の下着、美愛が多少動いたところでローターはずれることなく、ちょうどいい位置に当たったままだ。

「どう？　どんな感じだ？」

「はぁ……はぁ……すごくいい……！　おマメにね、ずぅーっと当たってるの……！」

ちなみにこの下着とローター、そして手錠は美愛が持っていたものだ。以前ラブホテルでバイブを使ったことから大人の玩具に興味を持ってしまったものの、恥ずかしくて拓巳におねだりすることはできず、小説の参考資料に必要だからと自分に言い訳して通販でこっそり購入したらしい。

「ふぅ……はぁっ、んっ……はぁ……はぁあ……！　お兄ちゃん、見てくれてる……？　みちのすっごく恥ずかしいところ……」

「ああ、見てるよ」

見られることでより感じるらしく、割れ目から浸み出た愛液が、エッチな下着に染みを作っていく。

「お兄ちゃんの視線、ぞくぞくする……！　マンコ、疼いてきちゃう……」

物欲しそうな目で股間を見つめられたが、拓巳は首を横に振った。

「ダメだよみち。ちゃんと小説の通りにしないと」

「わかってるけど……んっ……これ、思ったより、すごく、イイんだもん……！」

美愛の組み立てたストーリーに沿うと、すぐには挿入できないことになっている。この玩具を使って、性器がすっかり解れてからがいいらしい。

「くぅん、ふぁ……あっ……はぁあ……はぁ……お兄ちゃん……ッ……！」

「まだだよ、みち」

便座の上でしきりに体をよじらせる美愛だが、拘束されているせいでどこにも快感を逃がすことができず、すべて受け入れるしかない。単調だけれど的確なローターの責めを受け、物欲しげに割れ目から涎を垂らしている美愛は、最高にいやらしい。

「んぅっ、はぁっ……はぁ……！　お、お兄ちゃん……私っ、んぁあっ……！」

「もしかして、もうイキたくなってきちゃった？」

コクコクと頷き、美愛はぶるりと体を震わせた。

真夏のトイレの中は、夜とは言っても蒸し暑い。こもる熱気の中で、美愛の体は熱源としてさらに室内の温度を上げているように思えた。

「っくぅ、あっ……あっ、あっ、いく……いく……ッ！」

異常なシチュエーションと熱気の中で、美愛の快感は一気に膨れ上がる。

「いっくぅううううぅぅーッ……！」

美愛は真夜中にそぐわない派手な嬌声を放った。同時に、股間からはジョジョ……と音がするほどの量の透明な液体が溢れ出てきて、下着の脇からボタボタと便器の中に落ちる。

「ふぁっ、まだ、震えてる……っ……！　気持ちイイの、止まんないよぉ……!!」

美愛が潮を噴いてイッても、拓巳はローターのスイッチを切らなかった。だから美愛は絶頂からまともに下りてくることができない。

「くぅう、いく……まだ、イッてる……お、おかしくなっちゃうよぉっ……！」

淡々とした微振動に翻弄され、ピクピクと太股の内側を強張らせる美愛。これ以上続けると腰が抜けてしまうかと思える頃になってやっと、拓巳はスイッチを切った。

「みち、気持ち良かった？」

「ふぁあ……はぁ……す、すごかったぁ……」

美愛は呆けたようになって荒い呼吸を繰り返している。タンクにすっかり背中を預け、体に力が入らないようだ。

しかしまだ終わりじゃない。むしろ拓巳的にはこれからが本番だ。そろそろ見ているだけでは限界だった。

ズボンとパンツを脱ぎ捨てる。美愛の中に入りたいと痛いほど主張してくる勃起が現れ、美愛はごくりと唾を飲み込んだ。

「来て、お兄ちゃん……私を、お兄ちゃん専用の肉便器にしてぇ……」

ものすごいセリフを吐いて、美愛は不自由な体を精一杯揺すって誘ってくる。

拓巳はショーツ脇の紐をほどき、びしょ濡れ状態の割れ目を露わにした。ズキズキと脈打つ肉棒を、入り口に宛がう。吸い付くようなぬめった感触を先端に覚え、反射的に腰を突き出す。

「ふぁあああっ……！」

狭い膣内を強引に抉り抜くように進み、一息で奥まで達する。

「はぁ、はぁ、すごっ……太いよ、お兄ちゃんの……熱過ぎるよ……！」

性器全体を心地良い締め付けが襲い、体中に幸福感が満ちていく。快感で、膝から力が抜けてしまいそうだ。とてもじっとしていられず、拓巳は蜜がたっぷりと詰まった肉穴の中で前後に動きだした。

「んっ……あっ……あぁあっ……はぁ……気持ちっ、いぃっ……ひぃっ……！」

ぴったりと圧迫してくる膣壁が、容赦なく亀頭を舐めまわしてくる。トイレの中は明るく、エラの張った勃起が出入りする度に陰唇がめくれるのがよく見えた。

「もっと、激しくして、いいからぁっ……！　そっちのが私も気持ちいいからぁ」

行き止まりに強く当たると、美愛のお尻がキュッと引き締まる。つられて膣肉も肉棒を絞るから、気持ち良くてたまらない。

「ぐうっ……みち、俺、あんまりもたない、かも……」

膣壁にぎゅうぎゅう揉みしだかれて、射精衝動を間近に感じた。もう少し続けたい。だけど気持ちだけで耐えられるほど美愛の膣内は甘くなかった。

「んんっ……あはぁ、あっ……あっ、お兄ちゃんの、震えてる……お兄ちゃんっ、はぁんっ、んぁああっ、射精しそうなのぉ……？」

「ああ……出したい……みちの中に、いっぱい……！」

陰嚢の辺りが、じぃんと痺れた気がした。絶対ダメなことだとわかっているのに、何度

か妹たちに中出ししてしまったことで、その感覚に病みつきになってしまった。

「我慢しないでぇっ、お兄ちゃんの好きな時に、好きなとこに出していいからぁあ」

パンパンと、激しく肉と肉がぶつかり合う。拓巳はピストンの速度を上げ、自分と美愛を快楽の極みへと追い上げていく。

「あんぁああっ！　お兄ちゃっ、激しい、すごい気持ちっ、気持ちいいよおおぉ!!」

大きな声で快感を訴え、美愛は体を仰け反らせた。

拓巳は身震いしながら美愛の中で射精した。咥え込まれた肉棒がさらに締め付けられる。その中で脈打ちながら、熱い白濁を美愛に注いでいく。

「お腹、熱い……お兄ちゃんの精液で、いっぱいになっちゃう……！」

射精しながらも執拗に腰を繰り出し、膣内を掻き混ぜる。

すべて出し切ってしまってからペニスを抜くと、ダラダラと白っぽい液体が膣口から溢れ、便器の中へ落ちた。絶頂の後特有の震えが、美愛の体を波打たせている。

「お兄ちゃん……イッちゃったなら、私の脚に、アレ書いて」

「あ、あぁ……そうだったな」

それも今日のエッチを構成する大事な要素だった。

拓巳は用意していたサインペンを手に取り、美愛の太股に横線を一本引いた。これは算数のマイナスでもないし、漢字の一でもない。『正』の字の一画目なのだ。

「今日、いくつ書いてもらえるのかなぁ。私、すっごく楽しみ……」

美愛の書いた小説では、一晩で『正』の字が二つできていた。なんとか、一つくらいは書き上げて、美愛の夢を叶えてやりたい。

五回と考えると一瞬気が遠くなりかけたが、なんとか自分を奮い立たせ、拓巳は再び美愛の腰を抱えた。

×　×　×

アウトレットモールに着いてからというもの、鏡はずっと上機嫌で、拓巳の腕を抱えるようにして歩いている。

ここには食料品から雑貨、家電や家具まで、一通り何でも揃っている。二人は

定休日を利用して店で使うものを買い出しにきていた。

「あと、何か買うものあったっけ？」

「店のものはもういいかな。あとは家のもので何かあれば……あ、俺、パンツ買いたいんだった」

「パンツ？」

「ああ。なんだか最近、枚数が足りない感じがしてさ。そういやこの前、風で飛んでったんだか、干してたのが一枚減ってたってひなが言ってたな」

「そういえば……私が昨日洗濯物取り込んだ時も、お兄ちゃんのパンツ、一枚足りないような気がしたのよね……」

「何で俺のばっかり飛んでくんだ……」

「下着泥棒に盗まれた、とか」

鏡がそんなことを言い出すから、拓巳は笑ってしまった。

「鏡たちのパンツならともかく、俺のを盗んでどうするんだよ」

「わかんないよ。お兄ちゃんのこと狙ってる女の人が持ってったかもしれないじゃない」

「ないない」

百歩譲って自分を狙っている女性がいたとしても、だからといってパンツは盗まないだろう、普通。などと話しながら歩いていると、ふと鏡の足が止まった。どうしたのかと思

い視線の先を追ってみると、カップルに大人気だという大きな観覧車がゆっくりと回っていた。

「乗りたいのか？」

「あ……う、うん」

「いいよ、行こう」

「本当っ？」と鏡が表情を輝かせた。

「いいよ、ただし、パンツ買ってからな」

「うん！」

平日の遅めの時間ということもあり、観覧車はほとんど待ち時間なしで乗ることができた。係員の案内に従って、二人で小さな部屋の中に入る。向かい合って座るとすぐに扉の鍵をかけられた。

「わ、わっ、上がってる！」

「そりゃ上がるよ。観覧車だし」

ちょっと笑ってしまってから、思い出した。そういや鏡は高いところがあまり得意でなかったのではないか。

「鏡、大丈夫なのか……？　昔は公園のジャングルジムですら上れなかったろ」

無理だと言われてももう下りられやしないのだが、心配になる。

「だい、じょうぶ……」と答えた鏡の顔は強張っていた。

「でもちょっと怖いんだろ。無理に乗ることなかったのに」

「だって……お兄ちゃんと一緒に、乗りたかったんだもん……」

いかにもカップルっぽいことがやりたかったということだろうか。その気持ちは嬉しいし、可愛いなと思う。

本当に可愛い。鏡が好きだと心から思う。

だけど、美愛も、そしてひなたも、拓巳にとっては大切な妹で、大好きだ。今はまだいい、三人のうち誰とエッチなことをしようとも、ミルクポットのせいという言い訳が成立つ。でも効果が切れたらいったいどうすればいいのか。誰か一人を選ぶなんてとてもできる気がしないけれど、誰も選ばず、全員とただの兄妹に戻ることもできないだろうなと思ってしまう。

「……と、そうだ」

拓巳はゴンドラを揺らさないよう注意しながら鏡の隣へと移動した。

「こうした方が、怖くないだろ？」

ぴたっと体をくっつけ、手も握ってやると鏡は嬉しそうに顔を見上げてきた。

「うん……ありがとう、お兄ちゃん」

どちらからともなく顔が近づき、唇が重なる。ぴちゃりと舌が絡み、ジンと下腹部が痺れた。拓巳はなんだかムラッとしてしまい、鏡の肩に腕を回してぐっと引き寄せた。そして空いた手で服の上からおっぱいを揉むと、鏡が慌てたように顔を離した。

「プハッ、ハァ、ハァッ……あん、もうお兄ちゃん……こんなところで……」

「でも、もう怖くなくなっただろ？」

「そう、だけど、こんなところでこんなこと、したら……あはぁ、誰かに……」

「大丈夫だよ。下からじゃ中の様子はわからないから」

だから、もう一度キスをする。一度目よりもずっと濃厚で、長いキスだ。

「はふぁ、お兄ちゃぁあん、だ、だめぇ……エッチな気分に、なっちゃうから……」

「なっちゃっていいよ」

胸を揉んでいた手を、少しずつ下へとずらしていく。もっと鏡に触りたい。エッチな姿が見たい。何度も肌を重ねているうちに、実の妹なのにという葛藤はあまりしなくなってしまった。無意識に考えないようにしているのかもしれない。

「はふぁ、あんっ！　お兄ちゃん、だめぇ……スカートの中に、手、入れたら……あっ」

ヌチュッと、湿った感触が指に伝わってきた。明らかに汗ではない、少し粘り気のある液体だ。

「キスだけで、感じちゃったんだ」

「だ、だって……その……ううぅ……」

真っ赤になってしまった顔を俯かせて恥じらう鏡が愛おしい。

「そんな恥ずかしがることないよ、俺だって、ほら……」

鏡の手を股間に導く。ズボンの下でペニスが勃起しているのを知り、鏡は赤い顔をさらに赤くした。

「お兄ちゃん……したいの……？」

「正直、したい」

「そう、なんだ……それじゃ……」

ズボン越しにサワサワと股間を撫でていた鏡の手が、チーッとチャックを下ろした。屹立したものを取り出し、熱っぽい息を吐く。何をするのかと思えば、そのまま足元に跪いて、幹に唇を寄せてきた。

「お兄ちゃんのチンチン……もう、カチカチ……ぴちゃ、れろ……」

涎をたっぷりと塗りつけるように鏡の舌が動く。

「うっ、ふぅっ……ふぅ……舐めるの、上手になったね」

頭を撫でてやると、鏡は嬉しそうに鼻を鳴らした。

「んっ、ふぁ……はぁ、はぁっ……チンチンの匂い、すごい……」

「こらこら、あんまり嗅ぐのはやめなさい」

　暑い中けっこう長い時間歩き回っていたから、汗ばんでいる自覚はある。鏡の匂いを嗅ぐのは好きだけれど、自分が嗅がれてしまうとなんだかすごく恥ずかしかった。それなのに鏡は、熱っぽいフェラチオを続けながら、鼻をスンスンと鳴らし、ひたすら匂いを嗅いでくる。

「チンチン、私が……あっ、んんっ……き、綺麗にして、あげるからね……」

　ついさっき、カフェで美味しそうにパフェを食べていたあの可愛らしい口に汚れた性器を舐めさせているかと思うと、ものすごく興奮してしまう。

「お兄ちゃんすごいお汁出てるぅ……んじゅりゅっ、じゅぶりゅぅぅ……」

　鈴口で玉を作っていた我慢汁が、鏡の舌で舐め取られた。

「うっ……鏡、口に咥えてくれないか」

このままではいつ射精してしまうかわからない。さすがにここで顔射してしまっては、まずいだろう。後始末に時間がかかってしまう。

「ん、わかったぁ……むちゅっ」

鏡は嫌な顔一つせず、口を大きく開けて亀頭を飲み込んだ。柔らかな口腔粘膜がペニスをねぶり、下半身がとろけてしまいそうな快感を覚える。

「はむっ、んっ、チュルッ……ジュルルッ……どう？　気持ち、いい？」

「んっ、いいよ鏡……気持ちぃい」

「んふっ、うれひい……我慢ひなくへ、いいよ……好きな時に、じゅるっ、出してぇ」

もう何度もやっているからか、鏡の舌の動きはまるでアイスでも舐めているみたいに滑らかだ。長女とはいえ、いまだあどけなさの残る鏡がフェラを完璧にこなしているのを見ると、背徳的な興奮がまたやってくる。

ふと外に目をやると、ゴンドラはすでに一番高いところにさしかかろうとしている。あまりのんびりこうして楽しんでいるわけにはいかないようだ。

「鏡の中で、いきたい……」

願望を正直に口に出すと、鏡は目だけでこちらを見上げてきた。

「ほれって……セックスしたいってこと……？」

頷くと、鏡はチラッと窓の外に目をやった。そして、今ゴンドラがどのくらいの位置にあるのか知ると、すぐに立ち上がった。

「いいよ、お兄ちゃんのしたいことなら私、なんでもしてあげたいから……」

「ありがとう。それじゃ、そこに手をついてみてくれるかな」

「えっと……こう？」

お尻を突き出すような格好でガラスに手をつき、少し不安そうに振り返ってくる。

「そうそう」

拓巳は手早く鏡の着ていた服のボタンを外し、乳房を露出させた。それからパンツをズルリと膝まで下ろし、剥き出しになった尻たぶを撫でた。

「鏡のお尻ぷにぷにしてて触り心地いいな」

「あんまり揉まないでよ、恥ずかしい……早くしないと、観覧車が一周しちゃうよぉ」

そうだった。拓巳は急いでペニスを秘部に当てた。

「すぐ入れちゃって大丈夫か？」

「はぁっ、んぁっ、大丈夫……もう濡れちゃってるから……」

確かに潤っているように思えたので、拓巳は鏡の腰をがっちりと掴んで固定し、一気に奥まで肉棒をねじ込んだ。

「ひぁっ、あっ、あぁあああああーっ！」

いとも簡単に行き止まりにまで達した亀頭は、激しく子宮口を叩いた。

「あはっ、ひっ！　奥までっ……届いてるううっ……！」

「いくよ、鏡っ……！」

ズブ、ズブ、と杭を打ち込むように力強いストロークを繰り出す。膣内に溜まっていた愛液が溢れ出し、ボタボタッと床に落ちた。ここを出る時、拭くなりしなくちゃいけないなと、快楽に痺れた頭で考える。

「ああっ、お兄ちゃん、激しっ……！　観覧車、揺れちゃうぅっ……」

「怖い？」

「ちょ、ちょっと……でも、気持ちいいよぅ、あひいっ！」

窓ガラスに上半身をへばりつかせて、鏡はよがる。もっと感じさせてしまえば怖くなくなるかと思い、拓巳はさらに激しく腰を叩きつける。膣奥を突くと、プチュッ、プピュッと可愛い音を立てて愛液が飛び出してきた。それは太股を伝い落ち、ずぶ濡れのパンツをさらに濡らした。

「鏡はここを責められるのが大好きだもんな」

子宮口を重点的に突き上げると、鏡は劇的に反応が良くなる。髪を振り乱して悶え、顔の前のガラスを熱い吐息で曇らせている。お互い汗だくだし、ただでさえ暑いものだから、狭いゴンドラの中は湿度がえらいことになっている感じがした。

「鏡、しっかり立ってて」

膝がガクガクしてきた鏡の腰を掴み、ぐっと上に引き上げる。こうすると繋がっているところだけでなくお尻の穴まで丸見えになる。

「はぁ、はっ……あっ、あひっ！　も、もっ……ら、らめぇっ……」

「イキそう？　イッていいよ、俺ももうイキそうだ……」

というか、イカないとまずい。観覧車はもう、折り返し地点を過ぎ、どんどん下りていっているのだから。

「うん、イ、イクッ、私、こんなとこでぇ……イックうううぅぅ！」

鏡が盛大に体を震わせてアクメに達した。すさまじい膣圧で、鏡が拓巳を道連れにしようとしてくる。拓巳もまたイキたくて、最後のピストンを繰り出す。ガクンッガクンッとゴンドラ自体もわずかに揺れた。

「くううっ、出る、鏡っ、鏡ぃっ……！」

今にも崩れ落ちてしまいそうな鏡を後ろから思い切り抱き締め、堪えていたものを開放する。

「あぁっひっ……んくっ、んっ、あああぁーっ！　すごいぃっ、マンコの中、お兄ちゃんの精液っ、んひぃっ！」

二人だけの空間だからか、興奮っぷりもすごい。窓ガラスに映っている鏡の顔は、汗と

涎でもうドロドロだ。

「熱いの、いっぱい出てるぅっ！　種付けされて、あぁ、イクッ、また、イックゥッ！」

胎内を精液で満たされる感触にうっとりと酔いしれる鏡。拓巳はそんな鏡の深いところに精嚢に溜まっていた精液をすべてぶっかけながら、真っ赤になっている耳にそっとキスをした。

第五章　四人で仲良く、気持ち良く

テーブルには、できたての朝食が並んでいる。しかしその場にいる四人は全員、手を膝においたままで、料理に箸を付けようとはしない。

テーブルの真ん中に皆の目が集まっている。

それは、差出人不明の手紙だった。封筒に入っていたのは、パソコンでプリントされた手紙が一通と、写真が一枚。手紙には「嘘つき」の三文字が、紙の中央に大きく赤で書かれていた。写真には拓巳と美愛の二人が写っていた。背景にはラブホテルが写っていて、そこから出てきた時撮られたのだとわかる。

「みちのストーカーの仕業なんじゃないかって、俺は思うんだけど……」

拓巳は自説を披露してみたが、三人は首を傾げる。

「違うと思うな」鏡が言った。

「どうしてだ？」

「その……言いづらいんだけど、美愛ってお兄ちゃん以外の男の人にすっごく厳しいの」

「ちょっと、何言うのお姉ちゃん！」

「厳しいって言うより、興味ゼロ？」

「あーひなもなんとなくその感じわかるー。みちお姉ちゃん、お兄ちゃん以外の人だと全然態度違うもん」

「だから美愛に告白した男の子って、二度と美愛に近寄ってこなくなるっていうか……まあそんな感じなのよ」

「もー二人ともやめてよー」

美愛は恥ずかしがって真っ赤になってしまったが、拓巳は内心嬉しかった。自分だけが特別だと明確に区別され、嬉しくないはずがない。

「ともかく、告白だって最近全然されてないし、私には今ストーカーになりそうな人の心当たりないの……だからお兄ちゃんだよ、絶対これ」

「お、俺っ？　はは、まさか」

拓巳は笑い飛ばそうとしたが、鏡とひなたは笑わなかった。

「ひなもそう思うよ。お兄ちゃんカッコイイし、お店でいっつもキラキラしてるもん。お兄ちゃん目当てで来るお客さん、いっぱいいるよね」

キラキラしているかどうかはわからないが、お客さんからの好意を感じることはたまにある。ただそれは、憧れ程度のものだろうと、拓巳は軽く考えていた。

「そうそう。それにお兄ちゃんって誰にでも優しいから、そんなつもりなくともヘンに気

を持たせちゃうってことあるよね」

鏡の言葉に、美愛もひなも、そうそうという感じで何度も頷く。

「えー……そうかな……」

確かに好意を持たれても、今までやんわりとしか断ってこなかった。でも、お客さん相手にそんなキッパリとした態度を取るのは正直難しいし、こちらにも気があるような態度は取っていなかったつもりなのだが。

「あっ……そういえば、ひながこの前洗濯物を取り込んだ時、お兄ちゃんのパンツが一枚なくなってた。あれって、もしかして……」

「私が取り込んだ時も、一枚減ってたよ。これやっぱり、絶対お兄ちゃんのストーカーだよ！」

ひなたと鏡がパンツの件を持ち出すと、美愛の顔色が変わった。

「……許せない。お兄ちゃんのパンツですって？　そんな大事なもの盗ってくなんて」

「みち？」

「私だってめったに盗らないし、ちゃんと後で戻してるのに！　なんて残虐なっ……！」

「あ、あの、美愛さん？」

「安心して、お兄ちゃん。そんな卑劣なことする極悪人、私がこの手で捕まえてギッタンギッタンにして二度と明るいところを歩けないように——」

「とっ、とりあえず警察に相談してくる！　まだ俺がターゲットって決まったわけじゃないから、みんなも少し身辺に気をつけておいてくれ」

×　　×　　×

日が傾き、影はより一層長く伸びている。日中の暑さはまだ残っており、少し速く歩くだけで汗が滲み出てきて、シャツが肌に張り付く。

「……みち、何か感じる？」

「ううん、何にも」

「だよなあ……」

不審な手紙が届いてからここ数日、拓巳はこうやって店が落ち着いた時間に店番を鏡とひなたに任せ、美愛と仲良く腕を組んで歩いている。

もちろん、ただの散歩ではない。イチャイチャしている姿を見せつけて、ストーカーをおびき寄せよう！という、美愛の立てた作戦だ。

ストーカーに対する美愛の怒りはすさまじい。他の三人がどん引きするレベルだ。しかも、手紙がどうとか写真がどうとかいうところにはそれほど興味がないらしいというか、とにかく拓巳のパンツを盗んだことが許せないらしい。

『私だってめったに盗らないし、ちゃんと後で戻してるのに！』という美愛のあの時の言葉は、聞かなかったことにした。

「はぁ……今もお兄ちゃんの大切なパンツがストーカーの手元にあるんだって思うと、私気が狂いそう」

「は……はは……」

警察は、一応話を聞いてはくれたものの、やはり盗まれたものが男物のパンツということで、熱心に対応してくれているとは言い難い。

「――っ！」

突然、美愛の纏う空気が変わった。何事もなかったかのように普通に歩き続けているが、ピリピリと全身の神経を昂ぶらせているのがわかる。

「後ろにいる」

「わかってる」

拓巳もまた、背中に寒気が走るような感覚を味わっていた。ものすごいねっとりとした視線が向けられているのを、確かに感じる。前にも横にも不審な人の姿はない。ならば後ろしかないが、振り向いてしまえばすぐに逃げられてしまうだろう。

「第二フェイズに移行するよ、お兄ちゃん」

美愛に腕を引かれ、着いた先には、遊具のいくつか置いてある児童公園があった。

「こっちこっち」

　手を引かれて、奥の方にあったベンチへ、美愛と並んで腰掛ける。するとちょうど振り向くような形になったので、ごく自然に今までの後方を確認することができた。

　上手く隠れていると思っているようだが、公園入り口のやや離れた家の塀に身を寄せている人物の姿がチラチラ見えている。顔まではよくわからない。女性だということは、服装からわかった。ということはやっぱり、美愛ではなく自分のストーカーだったのかと、拓巳は複雑な思いだった。

「むむむ……公園の中に入ってくると思ったのに……これじゃあこっちから捕まえに行けないじゃないの……」

「無理だろうな。俺たちが近づく素振りを見せたら、一目散に逃げ出すぞ、あれは」

「もっとこっちにおびき寄せる方法……んー……」

「まあでも、尾行されてる事実がわかっただけでも収穫だよ。このことを警察に話せば、きっとこの前よりは熱心に対応してもらえるんじゃないかな」

「お兄ちゃん、キスして」

「……はい？」

　俺の話、聞いてました？と言いたくなるような美愛の言葉に、思わずマヌケな声を出してしまった。

「いい、私からするっ……んちゅっ、んんーっ」

美愛が背中に腕を回し、強引に唇を奪ってきた。拓巳は驚いたが、すぐに美愛の意図を察した。キスにいつものような熱をまったく感じなかったからだ。よく見てみれば、目は細めているだけで閉じておらず、あのストーカーの方を注視している。

いちゃつく様を見せつけてもっとこちらへおびき寄せようと、そういうつもりなのだろう。

「こっち来ないなぁ……このくらいじゃダメってことか……ようし、それじゃあ、あそこ行こう、お兄ちゃん。タコさんの山の遊具の中」

「は？」

「あの中でエッチしてるフリしよう！　あそこなら遠くからじゃ見えないでしょ？　だから絶対近くまでくるよ」

それなら別にエッチしてるふりはしなくてもいいんじゃないだろうか。そう思わないこともないけれど、拓巳はおとなしく美愛に手を引かれて遊具の中に入った。

それから三分後には、二人は体を繋げていた。

「んぁっ……！　お兄ちゃん、ちょっと……んんっ！　はぁ、つ、強いよぉ……」

「う、ご、ごめん……」

どうしてこうなった、と快楽に浸りながらぼんやり考える。最初はただ、体を寄せ合っていただけだったのだ。それが、キスをして、胸に触れ、なんてしているうちになし崩しでこういうことになってしまった。

こんなところで、俺たちはいったい何をしてるんだろう。

「はぁはっ、んっ……ス、ストーカーは……まだ、こっち、来てない……？」

「みたいだね……くっ……！　ちょっとみち……中、締め過ぎだって……ッ」

「だって、んんんっ……！　か、感じ過ぎて、もう自分ではどうにもっ……んぁぁっ！」

家やホテルでした時よりも美愛の感じ方はすごい。何せ場所が場所だ。タコ山の中で隠れているといっても、ここが外であることには変わりない。そして今はまだ夜ではない。公園で遊ぶような子どもの大半は帰宅しているだろう時刻とはいえ、いつヒョイッと幼児がここを覗くかわかったものではない。そんな破滅ギリギリのスリルが、拓巳の、そして美愛の体を火がついたように熱くした。

「んぅ、はふうっ……お、お兄ちゃん、待って、待ってぇ……私ぃっ……！」

背中に回していた手で服を引っ張り、美愛が何やら必死に訴え始めた。

「どうした？」

「あ、頭に、気持ちいいの、ガンガン響いてづ……もう、イ、イッちゃいそうっ……」

「え、もう？　ずいぶん早いな」

「だって、こんな外でしてて、お兄ちゃん、すごく激しくてっ……いじめられてるっていうより、乱暴、されてるみたいでっ……あぁっ、また私、変なこと言ってるっ……！」

「へえ、俺に犯されてる、とか、そういうこと考えちゃったんだ？」

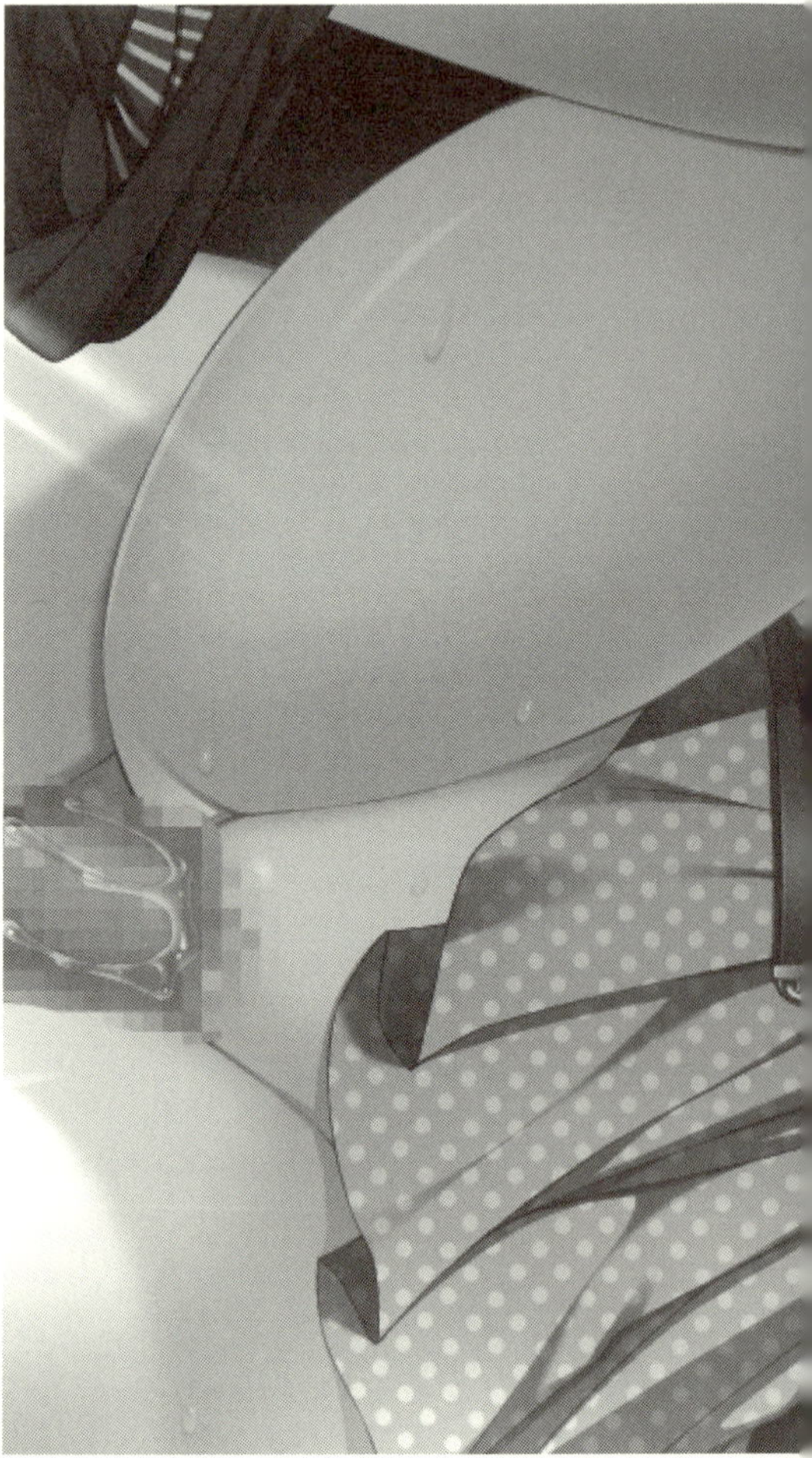

実際は合意の元での行為ではあるけれど、そう考えるとなんだかゾクゾクした。主に美愛のせいで最近めざましく成長してきている拓巳のS心に火がついた。

「い、いじめられることの最上位だから……だから、その、すごく、か、感じて――ひゃうううっ⁉」

ゴリッと子宮口を力強く押し上げると、美愛の口から大きな声が上がった。

「そんな声出したら、遊びに来たちびっ子が驚いて様子を見に来るかもしれないよ」

「だって、そんな、深いところ突かれたら、声、我慢でき……っ、あ、あああぁっ！」

美愛の嬌声も、繋がった部分から立つぐちゃぐちゃという音も、この狭い空間ではものすごく響いて大きく聞こえる。

「ますます、締まってきてるな、みち……！　マンコ、ぎゅうぎゅうだっ……！」

「も、ダメ、くるのっ、きちゃうっ、イくっ、わたし、イ、イくうううっ！」

ギチギチッと中が締まり、美愛が絶頂に達した。いやらしいイキ顔をしっかり見据えながら、拓巳もまた精を放つ。

「あ、熱いの、気持ちい、お兄ちゃんのせーえき、あ、あ、あはあぁぁぁっ」

「はあ、はあっ、ふうぅ……けっこう、出たなこれ……」

ペニスを抜き、少し冷静になった頭で状況を確認する。美愛の秘部からとろりと溢れてきた精液は、いつもより濃いように見えた。やっぱり外でやっているということで、変に

興奮しているみたいだ。そして変になっているのは、拓巳だけではなかった。

「お、お兄ちゃん、もっとしてぇっ……オマンコ、強いの欲しいのぉ……キスしてぇ……くち、塞いで、塞いだままっ、してぇ……！」

絶頂したばかりでまだ腰がひくついているというのに、美愛が両脚を絡め、なんとか拓巳をまた中に迎え入れようとしてくる。

「いいよ……上も下も、たくさん掻き混ぜてやるからな……っ」

噛み付くように唇を奪い、ほぼ同時に硬いままだったペニスを膣に押し込む。

「んむううっ！　んふっ、んふーっ……！　んんっ、じゅ、りゅる……」

もっと、もっともっとというように、美愛が拓巳に腕やら脚やら舌やらすべてを絡み付かせる。

拓巳は体中、どこもかしこも美愛と混ざり合っているような一体感を覚えた。

「くちゅっ、んれろろっ！　ぷはああっ、お、奥だめえっ……！　深過ぎるからああっ」

唇を振り払って美愛が叫んだ。確かにペニスは先ほどよりも奥の壁を小突いているような感覚があった。おそらく子宮が下りてきているのだろう。トントンと入り口をノックする感じで突き入れると、美愛の反応はますます激しくなる。愛液と精液でとろとろだというのに出し入れが少し難しくなるほどに膣内が狭まった。

「おく、おく、とんとんだめえっ……！　頭しびれて、オマンコ、熱くなっちゃ……ひやあぁんっ！」

美愛のお腹や太股に、時折ヒクッと痙攣が走る。体が強張るのに反比例して、入り口の辺りは緩んできているように拓巳は感じた。

「あぐうっ、激しっ……！　オマンコ、おく、入っちゃうっ、先っぽ入っちゃうよおっ」

美愛は狂ったように頭を振り立てたが、脚の方は強く拓巳の腰を引き寄せ、もっと奥へ導こうとしている。

「うあ、これ、ほんとに入りそうっ……！」

拓巳は美愛の腰を強く掴み、フッと膣内の締め付けが緩んだタイミングを見計らって、渾身の力で肉棒を突き込んだ。

むりゅっ、と初めての感覚が亀頭を襲う。子宮口を越えたのだとわかり、ブワッと全身が総毛立つような興奮を覚えた。

「あひゅあああああっ!?　くぁ、ん、ふあああああぁぁあっ!!」

子宮まで貫かれた衝撃に美愛が絶叫した。繋がった部分の上からは、ぷしゃあああっと黄色い液体が弧を描いて飛び出してきた。

「美愛、イケッ、子宮の中に直接精液出すから、オシッコ漏らしながらイクんだっ！」

ぐっぽぐっぽと膣奥の口を犯しながら拓巳は叫んだ。もう美愛の子宮を自分の精液で満たすことしか考えられない。

「あっ、チンチン、奥にはまって、膨らんでっ……せーえき、来てええっ！　お兄ちゃん、

一緒、イ、イクっ、あっ……あっ、ひゃあああぁぁぁあああっ！」

とぷとぷと子宮の中に精液を注ぐ音が、拓巳の頭に響く。そんな幻聴するほどに大量の精液が、ペニスの先から迸っていた。

「ふぁっ……く……は……が……」

あまりの衝撃に、美愛はわなわなと唇を震わせている。大きく見開いた目尻から、ツーッと涙がこぼれた。弛緩した股からは、まだしょぼしょぼと勢いのない放尿が続いている。

「お兄ちゃん……もっと、してぇ……わたしのこと、むりやりして、いじめてぇ……」

美愛は虚ろな目をしているくせに、口元に笑みさえ浮かべ、まだそんなことを言っている。

拓巳は緩んだ膣からペニスを抜き取り、美愛の顔の前に突きつけた。

「あ、咥えるんじゃなくて」

お掃除フェラしようとした美愛を手で制す。

「え……どうして？」

「口じゃなくて、顔で綺麗にしてくれ」

「顔で……？　ん、わかったぁ……」

とろんとした瞳をしている美愛の顔は、客観的に見てもかなり可愛い。この可愛らしい顔でべったり濡れたペニスを拭うのだと思うと興奮が抑えられない。

精液に愛液、ついでにオシッコまで付着しているペニスに、美愛は躊躇なく頬を寄せた。

「んしょ、ん、んうぅ……こんな、感じかなあ……？」

綺麗なものを汚すという行為は、どうしてこんなに興奮するんだろう。そんなことを考えながら、拓巳はうっとりした顔で肉棒に頬摺りする美愛の頭をそっと撫でてやった。

×　×　×

「はあああぁぁ……」

客足が一時的に途絶えた店内で、美愛は今日何度目かの深い溜め息をついた。

「みちお姉ちゃん、そんな溜め息ばっか

りついてたら、幸せが逃げちゃうよー」

「だあってぇ……はあぁぁぁ……」

ひなたに言われたそばから、また溜め息をついている。原因はもちろん、昨日のことだ。

我に返って遊具の中から出た時、二人は走り去っていくストーカーの後ろ姿を見た。あの様子だと、けっこう近くから見られていた可能性が高い。そして、半裸な上にドロドロな状態では追いかけることもできず、ストーカーにはまんまと逃げられてしまった。まさに見られ損。何のためにあんなことをしたのやら。

「アレもソレも、見られちゃったのかもと思うと、もう……恥ずかしくて死んじゃいそうだよぉ……」

「まあな……」

恥ずかしいのは拓巳だって同じだ。昨日は異様に興奮してしまい、すごいことをやってしまった気がする。昨日の自分を殴りつけてやりたい気分だった。

とその時、カランカランとドアベルが鳴り、二十代半ばくらいの女性客が一人入ってきた。週に一度くらい来てくれている常連客だ。

「あ、いらっしゃいませ」

美愛は気を取りなおしたように営業用の笑みを浮かべた。

「お好きなお席へどうぞ」

美愛が奥のテーブル席を手で指し示したが、女性客は強張った表情でカウンターへ近づいてきた。

「カウンターになさいますか？　どうぞ」

笑顔で席を勧めたが、彼女は座ろうとしない。

「これを……お返しします」

女性客は肩に掛けてあるトートバッグから、ビニール袋を取り出した。化粧っ気のない顔が、怯えたようにひきつっている。

何だかよくわからないまま、拓巳はビニール袋を開けた。

「こ、これは……！」

出てきたものは、なんと盗まれたはずの拓巳のパンツだ。

「じゃ、あなたがお兄ちゃんのストーカー⁉」

美愛とひなたが目をまん丸にした。

「もう二度とこんなこと、しません……だから、ゆ、許してください！　お願いです！」

「……とりあえず、落ち着こうか。俺もあなたも。ひな、店の看板、クローズにしてきて」

「はいっ」

人数分の飲み物を淹れて、テーブル席で改めて向かい合う。

紅茶を一口飲んでから、女性はポツポツと事情を話しだした。

彼女は、正真正銘、拓巳のストーカーだった。ストーカーを始めたのは、この夏の始め頃。初めてこの店に来た時拓巳に一目惚れしたのだという。その際、常連客との会話で拓巳が『彼女はいらない』と言ったのを聞き、とても残念に思ったのだという。

しかし最近、その発言を覆す出来事に遭遇してしまった。

「美愛さんとホテルから出てくるところを、見てしまいまして……彼女いらないって言ったのは、もう彼女がいたからなんだ、私は騙されたんだって思ってしまって……それからです、嫌がらせを始めたのは……本当に軽率な行動で……すみませんでした」

「こちらも悪かったです……僕の方こそ、軽率な発言をしてしまい、すみませんでした」

彼女に対して憤る気持ちは、拓巳にはもうなかった。こうして謝りにきてくれただけで、十分だ。ただ、やけにびくびくした態度でいることが気になった。

「その……ひとつ、伺っていいでしょうか」

「は、はいいっ……！　その、わ、わたしは、その、まだっ……」

「ん？　あの、なぜ今日ここに来てくださったのかなって、ちょっと不思議に思ったものですから、理由を聞きたいと思っただけなんですが」

「そ、それはっ……あの、昨日のアレを、見てしまったから、です……」

「え……あー、もしかして、一部始終……？」

女性が頷く。

「あんな場所で、あんな激しく……あんなの、とても私には無理、マスターの欲望を受け止めることなんてできっこないって、思って……」

拓巳はそこの窓を突き破って逃げ出したくなった。それは美愛も同じようで、下を向いてプルプル震えている。

「あの……できればご覧になったことは、誰にも話さないでいただきたいのですが」

「も、もちろんです！　どんなことがあっても絶対に他の人になんてしゃべれません！」

「ではこれで一安心です。ストーカーなんていなかった……ということで」

「あ、ありがとうございます……！」

これにて、ストーカー事件は無事平和的に解決したのだった。

×　　×　　×

その夜、拓巳は妹たち三人から、改めて話があると切り出された。

食事を終えたテーブルにそれぞれの飲み物を置いたところで、鏡が話し出す。

「ミルクポットの効果がとっくに切れてるってこと……お兄ちゃんも気づいてるよね？」

薄々そうかな、とは思っていた。

「三人とも、か？」

「たぶん、だけど」

微妙な沈黙が四人の間を流れる。いつ頃切れたのかを考えたところで意味はないだろう。大事なことは、効果が切れた後も拓巳と妹たちがエッチなことをしていたということだ。拓巳は今まで、三人からハッキリ効果が切れたと言われていないことに甘えていた。これからはもう、ポットのせいだという言い訳はきかない。

発情が起こらない以上、もう妹たちとエッチなことをする必然性はない。一番いい選択肢は、元の仲の良い兄妹に戻ることだろう。

でも、三人が自分を一人の男として好きだということは間違いないのだ。それを知ってしまったうえで普通の兄妹に戻るのは難しいとも思う。

「それでね、私たち三人で話し合ったの。これから、どうすればいいかって」

「……うん」

まずは妹たちの希望を聞こうと、拓巳は背筋を伸ばした。

「私も、美愛も、ひなたも、お兄ちゃんのことが大好き。この気持ちは本物なの」

「うん」

ミルクポットの効果が現れてしまったということはそういうことだ。

「だから私たち、三人とも、お兄ちゃんの恋人になりたいって思ってる……でも、誰かがお兄ちゃんの恋人になることで、家族が気まずくなっちゃうのもイヤなの」

「……うん」

それは拓巳も同じ思いだった。両親を亡くしてからずっと、家族四人で力を合わせて仲良く暮らしてきたし、これからだってそうでありたい。心からそう思う。

「だからね、その……」

そこでいったん鏡が言葉に詰まってしまい、美愛がポンと肩に手を置いて励ます。

「お姉ちゃん、頑張れ」

「ひなが言おっかー？」

「ううん、ここはやっぱり長女である私が言う……すうう……はあぁ……」

一度深呼吸してから、鏡が真剣な目で拓巳を見た。

「お兄ちゃん」

「は、はい」

「私たち三人を、お兄ちゃんの恋人にしてくださいっ、お願いします！」

その手があったか。

って、それでいいのか？

「あの……本気か？　というか、正気か？」

「正気を疑わないでよ、私たち、ちゃんと話し合ったんだって！」

美愛がドンッと食卓を叩いた。

「お兄ちゃんが誰か一人を選ぶってことは、他の二人は振られるってことでしょう？　でも私たち、自分以外の誰かが傷付くのはイヤなの。私だってそう。仮に私が選ばれたとしても、お姉ちゃんとひなが傷付くのはイヤ」

「ひなもやだ。お姉ちゃんたちが悲しい顔してるところ見たくない……だからさ、みんなでお兄ちゃんの恋人になっちゃえば、みんな嬉しくっていいと思うんだ！」

「それでいいのか？　ほ、本当に？」

もう一度問うと、三人はしっかりと頷いた。

俺が皆の彼氏。皆が俺の彼女。可愛い妹たち全員と、恋人としてハグしたりキスしたりエッチなことをしたりできる。

自他共に認めるくらいシスコンの拓巳に、異論のあるはずがなかった。

「俺も、みんなが好きだ。鏡も、みちも、ひなも！　三人のことが大好きだ！」

「お兄ちゃんっ……！」

嬉しさ爆発とばかりに抱き付いてきた三人の可愛い恋人たちを、拓巳はしっかりと抱き留めた。

晴れて恋人同士となった四人が、休みの日にやってきたのは、ラブホテルだった。

四人でエッチなことをするには、家のベッドでは小さ過ぎるし、何よりひなたが、自分

だけ一度も行ったことがないのはずるい、と強く主張したからだ。

「わーい、ラブホテル、ラブホテルー！」

初めてこういうところに入ったひなたは大はしゃぎだ。

「なんか……すごい部屋だねえ……」

二回目だけあって、鏡と美愛には多少余裕があるけれど、部屋が部屋なものだから、若干引き気味だ。ピンク色っぽい内装でベッドが大きい部屋、ということで選んだ部屋は、その可愛らしい内装に似合わず、なかなかえぐい設備がそなえてあったのだ。アダルトグッズも各種揃っていて、至れり尽くせりだ。

「お馬さん、ぱっかぱかー！　ひなこれやりたーい！」

ひなたが元気に駆け寄ったのは、三角木馬だ。首に蝶ネクタイなんて巻いた、なかなか可愛い馬だけれど、胴体には太い張り型がついている。

「ひな、これ欲しいなあ。お部屋にあったら可愛いよね」

「それは止めておこうか。遊びに来たお友達が卒倒しちゃうぞ」

そうかなあ、なんて言いながら、ひなたはさっさと服を脱ぎ、裸になった。

「お兄ちゃん、これ自分じゃ乗れないから乗せてぇ」

「はいはい」

拓巳はひなたの腰を掴み、ひょいっと馬に乗せてやった。期待でもう濡れていたあそこ

は、けっこうな太さのバイブをしっかりと飲み込んでしまった。

「あっ、すっごいぃ……！　お兄ちゃん、これも、使ってみたぁい」

ひなたが指差したのは、木馬に乗せられた人が自分の意思で下りられないよう拘束する、ベルトのような道具だ。さっそくそれをひなたのウエストに巻き付けてやると、腰の両脇から伸びている紐が天井辺りに固定されているため、ひなたはもう木馬から下りられなくなってしまった。ついでに、手錠をかけてやり、拓巳はひなたから一歩離れた。

「……す、すごいな」

いかにも幼い体付きをしているひなたが三角木馬に乗らされている様子は、犯罪じみて見えた。

「お兄ちゃん、これ、動かしてぇ」

ねだられるままバイブのスイッチを入れると、木馬の上で小さな体がぶるっと震えた。

「あ、ああ、しゅごい震えてるっ……んっ、くぅ、ううぅ……！」

すっかりエッチなことに慣れてしまった体は敏感で、ひなたはたちまち甘い声を漏らしだした。

そんなひなたを見て、鏡と美愛がもじもじと体をくねらせだす。

「お兄ちゃあん……」

「ん？　みちもこれ、乗ってみたい？」

「それもいいけど……あの、してみたいことがあるんだけど……」

「いいよ、言ってごらん」

三人と上手くやっていくには、平等に扱うことが大切だ。ひなたの「ラブホテルに行ってみたい」「三角木馬に乗ってみたい」という希望は今叶えたのだから、美愛にも何か希望があるなら叶えてやりたい。

「あのね、お……お尻で、エッチ、してみたいなって……いやあっ、恥ずかしいっ」

「おー……アナルセックスかぁ」

美愛とはずいぶん変態っぽいプレイを楽しんだけれど、そういえばまだ後ろの穴は使ったことがなかった。拓巳としても、それはぜひやってみたい。

「鏡はどうする？　一緒にやる？」

「えっ」と声を上げて、鏡はカアッと顔を赤くした。しかし興味はあるらしく、小さく頷いた。

ひなたの様子を伺うと、あそこをバイブで掻き回されながら、うっとりした顔でエッチな乗馬を楽しんでいる。ひなたはしばらく馬に任せることにして、拓巳はベッドの上で鏡と美愛に裸になってもらった。

「お兄ちゃん、早くぅ……」と、美愛が突き出したお尻を揺らめかせる。

鏡も同じようにお尻を突き出してはいるが、美愛より恥ずかしそうで、尻の両脇にきゅ

っと力が入っている。

　こういう格好をしていると、割れ目はもちろん、その上のお尻の穴まで丸見えだ。もちろん今までも何度も見ているのだが、これからここに入れるのだと思うと新鮮な気持ちだった。

「しかしこれ……ほんとに入るのかな……」

　見ていて心配になるほどに、二人のアナルは色合いといい佇まいといい清楚な感じで、とてもペニスが入るようには見えなかった。

「大丈夫だよ。小さく見えても、ちゃんとチンチンが入るようにできてるんだから」

「た、たぶんそういうふうに神様は作ってないと思うけどな」

　まずはしっかり解してからと思い、両方の手の平にたっぷりとローションを絡める。そして右手で鏡、左手で美愛のアナルに親指で触れ、グリグリと押し込んでみた。

「あっ……お兄ちゃんの指、入っちゃううっ……！」

　ローションのおかげでひっかかりを感じることもなく、にゅるんっという感じで指が中に引き込まれた。とはいえ、中のきつさは膣以上だ。

「か、鏡もみちも、もうちょっとお尻の力抜いてみて」

　括約筋を広げるように、中に入れた指で小さな円を描く。入り口部分の締め方は特にすごく、指が鬱血してしまいそうだ。こんなところにペニスを突っ込んだらいったいどれだ

けの快感を味わえるのだろうと、ドキドキしてきた。

「っくぅ……はあ……少し、慣れてきたかも……」

　美愛の慣れ方が、ずいぶんと早い。過激な小説を書いてしまうほどエッチなことに関心の高い美愛だから、もしかしたら自分でいじってみたことがあるのかもしれないと拓巳は思った。一方、鏡の方はまだまだという感じで、強烈な違和感に眉を寄せ、耐えるような顔をしている。試しに指を二本に増やしてみると、つらそうに小さく呻いた。

「んー……みちはだいぶ良さそうだな。よっ……と、これで二本だ」

「はぁっ……い、いっぱい動いてる……お尻の中、指でいたずらされちゃってる

……！」

中でバラバラに指を動かしてみたが、美愛は気持ち良さそうだ。尻穴近くにあるもう一つの穴からは、愛液が糸を引いてシーツにまで垂れている。

「みちは、これもう、入れられそうだなあ」

「ほんと？　あぁん、お兄ちゃん、入れてっ……！　オチンチン、お尻にちょうだい」

「美愛……いいなぁ……」

「鏡には、これ入れてみよう」

拓巳は二人が服を脱いでいる間に買っておいたアナルバイブを取り出した。指よりは太いが、イチモツよりは細い。

「入れるよ、鏡、ちょっと力抜いてて……」

たっぷりとローションを塗ってから、バイブを鏡のお尻に宛がう。ぐっと押すと強い圧迫感があったが、それでも潤滑剤のおかげでズブズブと奥へと埋まっていく。

「はぅっ……！　あっ……あぁああっ……入っちゃうぅ……！」

「おお……すごいなぁ……」

お尻の皺が伸びきって異物を受け入れている様は、なんとも刺激的だ。美愛も興味深そうに姉の尻を見ている。

「お姉ちゃん、痛くない？」

「痛くは、ないけど……くぅん、ちょっと苦しい、かも……ヘンな感じ……」

慣れようとしているのか、鏡は意識して深い呼吸をしているようだ。

「動かしてみて大丈夫そう？」

「う、うん……」

鏡が頷いたので、スイッチを入れてみる。ブーンとモーター音がして、尻穴の中でバイブが震えだした。

「ひぃっ……！　あ、ふ、震えてる……！　はぁっ、はぁっ……！」

「どんな感じだ？　気持ちいい？」

「んっ、オマンコの壁も、一緒にブルブルってしてて、それが気持ちいいかも……」

なるほど。一番の性感帯はやはり性器で、そこを裏側から刺激する感覚は悪くないようだ。鏡にはしばらくこのままバイブで感じていてもらうことにして、拓巳は美愛の後ろに回り、尻を抱えた。

「挿れるよ、みち」

「う、うん……来て、お兄ちゃん……！」

肉棒をローションまみれにして、美愛のアナルに押し当てる。そこは十分に解れていて、先端が入ったかと思うと、ズブズブッと一気に砲身が埋まってしまった。

「んっ、あぁあああああっ！」

美愛は貫かれた衝撃に大きく背を仰け反らせたが、痛みを感じてはいないようだ。

「ふぁっ、はぁっ、はぁ、これで、全部……？」

「ああ、全部、入ったよ」

美愛のお尻の中は、とても熱かった。膣壁とは違う、滑らかな感触だ。

「私、お尻でされるの、好きかも……初めてだけど、わかるの。お兄ちゃんはどう？」

「俺も気持ちいいよ、すごく」

一度こんな締め付けを味わってしまったら、これからセックスするたびどちらに入れるか迷ってしまいそうだ。それほど魅力的な感触だった。

美愛も気持ち良さげな顔をしているので、拓巳はさっそく動いてみることにした。腰を引くと、肉棒を引き留めようとしているみたいに肛門が盛り上がり、たまらなく興奮する。

「あぁっ……なんか、すごい……これすごいぃっ……」

すぐに果てるだろうという予感は、動き始めてすぐに確信に変わった。新鮮な行為をしているという気持ちの問題もあるが、単純に摩擦の気持ち良さがものすごい。気を抜いたらあっという間に果ててしまいそうだ。少しでも気を逸らそうと、拓巳は隣にいる鏡に刺さったバイブをいじくってみた。

「はうっ、あっ……あっ、あっあっ、熱い……！」

「みちも……チンチン、熱い……お尻……はぁっ……とっても……んぁああっ……！」

官能的な嬌声が、ハモったように聞こえた。手に伝わってくる鏡のアナルの感触にも興奮させられ、気を逸らすどころではなくなってしまう。

「ふぁあっ、はぁ、もっと、奥まで来てぇ……みち、大丈夫だから……っ！」

奥といっても、膣とは違い、行き止まりが見当たらない。根元まで埋め込んでもまだ先があり、どこまでも埋まっていってしまいそうな感覚に襲われる。

「お尻の中で……あぁっ……すごい！　チンチン……いい、あっ、あっあっ！」

初めてアナルを犯されたというのに、美愛はもう喘ぎっぱなしだ。つるりとした粘膜がきゅんきゅん締まり、出し入れしているとたまらなく気持ちがいい。快感が出口を求めて暴れ出しているのを感

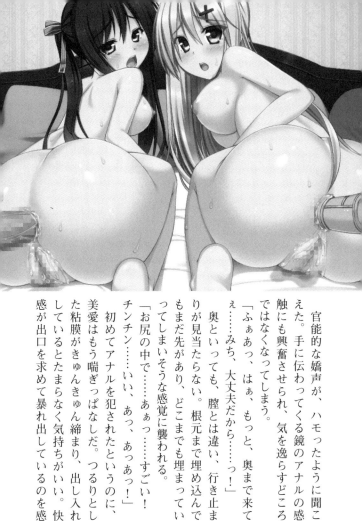

じる。

「うあっ、あ、もうダメだっ……！」

拓巳は無意識のうち、美愛の腰を思い切り引き寄せていた。パンッパンッともう本能だけで腰を振り、自分の快楽を追ってしまう。

「ふあああっ、あっ、お尻、壊れちゃっ……あひいいいいっ……！」

「くっ、出る、みちっ……!!」

身動きできないほどきつく締められ、拓巳は美愛と深く結合したまま、勢い良く精液を吐き出した。

「んああっ、お、お尻の中に来てるうっ……！　お兄ちゃんの精子、溢れちゃううっ」

美愛の尻の中が、ビクッビクッと痙攣している。後ろでするのは初めてなのに、一緒にイッてしまったのだろうか。だとしたら、こんなに嬉しいことはない。

肉棒を引くと、亀頭が抜ける瞬間美愛はまたビクビクッと大きく震えた。

「えへへ……お尻の処女も、お兄ちゃんにあげちゃったぁ……」

尻穴から精液を垂らしながら、嬉しそうに笑う美愛。そんな美愛を、アナルバイブを咥えた鏡が羨ましそうに見ている。

「いいなぁ、美愛……」

「鏡は、こっちはもうちょっと訓練してからの方がいいと思うぞ」

拓巳は鏡の尻穴から、ゆっくりとバイブを抜き取った。アナルはすぐに閉じたが、赤く、少し腫れたようになっている。

「私もそう思う……残念だけど、まだとても入りそうにないもの。ね、お兄ちゃん、だったら今日はオマンコにちょうだぁい」

とその時、これまでお馬さんで一人遊びをしていたひなたが大きな声で割って入ってきた。

「待ってえええええっ、ちょっとみんな、ひなのこと、忘れてなーい!? 仲間はずれにしないでよーっ！」

「も、もちろん忘れてないって」

「本当に？ お兄ちゃん何回出しちゃったの？ いっぱい出して量減ってない？」

「まだ一回しか出してないよ」

ひなたの拘束具を外し、三角木馬の上から下ろしてやる。床に立たせようとするとよろけてしまったので慌てて支えた。木馬に取り付けていたバイブはもうびしょびしょで、ほかほかと湯気が立ちそうだ。

ひなたをお姫様抱っこでベッドまで連れて行くと、すぐに股間にむしゃぶりついてきた。

「あっ、ちょっと、それ、今まで私のお尻にっ……！」

美愛が止めようとしたが、遅かった。ひなたの口はもうパクッと亀頭を咥えてしまって

いる。

「んみゅう……ん、何か、ヘンな味する……いっつもと違うねえ……んむっ」

ちょっと苦い、と言いつつ、ひなたは口を離そうとはしない。綺麗にしているつもりなのか、レロレロと砲身に舌を這わせ続ける。

「ひな、私も……ん、ぺろ……」

ノリノリでしゃぶるひなたにあてられたのか、鏡もペニスに口を寄せてきた。

「お、おおっ、これはっ……！」

男なら一度は夢見る、ダブルフェラ。しかも、相手はどちらも自分の妹で、恋人だ。拓巳は興奮を通り越して、何だか感動してしまった。今見ているこの光景を、写真に撮って引き延ばして、額に入れて壁に飾りたいくらいだ。

「ううぅ……わ、私もっ！　んちゅっ、んむむ……」

二人を見て羨ましくなってしまったのか、なんと美愛までペニスに顔を寄せてきたではないか。

「こうやって、んみゅ、お兄ちゃんのチンチンをみんなで囲むのも、いいものらねえ」

亀頭をはむはむしながらひなたが言う。

「そんな、鍋でも囲んでるみたいに……まあでも、れろっ、お兄ちゃんが喜んでくれるならいっかぁ……むちゅっ、れろっ」

鏡が言うように、拓巳はこれ以上ないくらいに喜んでいた。

だって、トリプルフェラだ。自分の人生において、こんなことをしてもらえる日が来るとは思っていなかった。

「いい人生だった……」

「ちょっとお兄ちゃん、そんなもう人生終わるようなこと言わないでよ」

美愛が苦笑いして、わざと少し歯を立てて幹を甘く噛んだ。

「そうだよ、私たちの幸せは、これからでしょう?」

「そうそう……んふっ、いっぱい気持ち良くなってね、お兄ちゃあん」

裸の妹たちが、血管の浮いた男根を囲み、一生懸命ペロペロしてくれている。人生を終わらせるつもりはまだないが、これ

を天国と言わずしてなんと言おう。何だかもう、あまりにも夢のような光景過ぎて、自分がシスコンをこじらせてついに妄想の世界で生きるようになってしまったんじゃないかと心配になってしまう。

「ふぁぁっ……おにいひゃんのチンチン、ぴくんぴくんって……んちゅ、じゅぷるぅ」

鏡が根元の辺りに横から口付けして、キスマークが付くくらいに吸いついてきた。

「むちゅ、ちゅるるぅっ……ふむ、ふはぅ、お兄ひゃん、しゅごいお汁……はぁぅ」

ひなたがちゅーっと、ジュースでも飲むみたいに鈴口に吸い付く。

「ここ、好きれしょ、この傘みたいな、でっぱりぃ……れる、ちゅぷっ」

美愛の舌先が、カリをツーッとなぞった。

三人の最愛の恋人にここまで情熱的に奉仕されては、我慢なんてできるはずがない。

熱いものが腹の底から込み上げてきて、拓巳はブルッと腰を震わせた。

「あっ、で、出そう……もう出るっ……！」

「ぺろれろっ、ふあ、チンチン震えれ……ふひゃううっ……！」

可愛い妹たちの前で、グロテスクな男根が欲望の詰まった白濁液をドバッと噴き上げた。

それは妹たちの顔に降り注ぎ、紅潮した頬や半開きの口を容赦なく白く染めていく。

「ふあっはあぁっ……お兄ちゃんの、せーしさん……ふぁ、あぁぁ」

美愛が目を細めて口元に付いた精液を舐めた。

「んんっ……お兄ちゃんのネバネバ、お顔にいっぱいだよぉ……」

ひなたがうふふと笑って亀頭に頬擦りしてきた。

「はあんっ……お兄ちゃんの、せーえきぃの匂い、好きぃ……」

鏡がスンスンと鼻を鳴らして精液の匂いを嗅いでいる。

みんな精液の匂いや味、温かさにうっとりしていて、少しも嫌がる様子はない。そんな姿を見ていると、射精したばかりだというのにまた異常なくらい下半身が熱くなる。

勃起したペニスを見ると、三人は目を輝かせて股を開き、拓巳を誘ってきた。

「お尻もすっごく気持ち良かったけど、今度はオマンコに、チンチンちょうだぁい」

「ずるい、美愛はしたばっかりじゃない……今度は私よぉ」

「ひなも！　ひなも入れて欲しーっ！」

三つ並んだ女性器は、どれも拓巳のものを欲して赤く充血している。

妹たち全員が俺の恋人。

俺だけのハーレム。

「よーし、今日は出し尽くすまで、順番に、何度でもやるぞっ！」

力強く宣言し、拓巳は歓声を上げた妹たちに飛びかかっていった。

エピローグ　これからも、ずっと

ミルクポットをめぐるゴタゴタがあってから、一年が過ぎた。

その間、いろいろあったわけだけれど、なんだかあっという間だったように拓巳は思う。

「はあああぁぁ……気持ちいいぃ……」

拓巳は檜のいい匂いを胸一杯に吸い込んだ。鏡がそろそろ受験勉強で忙しくなるというので、今のうちにと、四人で温泉旅館にやってきたのだ。奮発して専用露天風呂の付いた部屋にしたから、周りの目を気にすることなく妹たちと温泉を楽しむことができる。

それに……。

「んんっ……ぴちゅっ、れろっ、お兄ちゃん……気持ち良さそう……」

浴槽の縁に座っている拓巳の足元にいるのは、鏡と美愛だ。乳房を寄せ上げていきり立った肉棒を挟み、舌を伸ばしてペロペロと先端を舐めてくれている。

火照った体を夜風に吹かれながら、こうして四つのおっぱいでむにゅむにゅ揉みくちゃにされていると、しみじみ幸せを感じる。

「美愛、もうちょっとこっち寄って……ん、そんな感じ」

「二人でちゃんと合わせないとダメみたい。お姉ちゃん、一緒に動かしてみよう」

仲良く相談しながら、二人は一生懸命胸で奉仕してくれている。息が合っているのは、やっぱり姉妹だからだろうか。

「んふ……先っぽからネバネバが出てきちゃった、ちゅく、っちゅ……れろ……れろ」

「あん、美愛、私にもちょうだい……んん……」

美愛が鈴口から舐め取った我慢汁を、鏡がキスして奪う。取り合いなんかしなくとも、どんどん出てくるのにと、少しおかしくなる。

「ねえ、お兄ちゃぁん……私やっぱり、近くの大学に行こうと思うの……んちゅっ、お兄ちゃんとも、美愛やひなたとも、離

れたくないし……」

「俺としては、鏡が望む学校ならどこでもいいと思ってるよ……まあでも、やっぱり近くにいてくれると、正直嬉しいけどね」

「私も……ちゅっ、お姉ちゃんと一緒にいられたら、嬉しいなぁ……」

美愛にもそんなことを言われ、鏡は嬉しそうにフフッと笑った。

「ずっと、こんなふうに、みんなで仲良く暮らしたい……」

「暮らせるさ」

きっかけは、両親が遺したヘンテコなミルクポット。そいつはミルクを飲むと発情するなんていう、とんでもない代物だった。

あれがなかったら、自分たちはいったいどうしていたんだろうと、拓巳は時々考える。

妹たちはきっと、自分の思いを胸に秘め続けていたことだろう。ミルクポットのせいで、本来であれば秘められ、表には出なかったはずのものが白日の下に晒されてしまい、否応なく互いを意識せざるを得なくなった。

今では拓巳は、そして妹たちは、あのミルクポットに感謝している。あれがあったおかげで、こうして自分の気持ちに正直になり、結ばれることができたのだから。

「これからもよろしくな、鏡、みち……」

「ちょおおおおっと待ったあああああっ！」

ガラララッ！と引き戸を開いて露天風呂に乗り込んできたのは、ひなただ。

「ずーるーいーー！　ひなだけ仲間はずれにしてー‼」

「ひなが夕食食べ過ぎて横になってるうちに寝ちゃったからでしょ」と美愛が涼しい顔で言う。

「そ、そうだけど、やっぱりずるい！」

「わかったわかった、ほら、ひなたもおいでよ」と鏡がしかたないなあというように手招きする。

ひなたはザバザバザバとお湯に入ってきたかと思うと、腰を突き出して、誘うようにフリフリと振った。

「お兄ちゃぁん、入れてぇ……ひな、今エッチな夢見ちゃって、したくてたまらなくなっちゃったの」

拓巳はプリンと丸いひなたのお尻を抱え、今の今まで鏡と美愛が愛してくれていたペニスで割れ目をなぞった。

「ひなの次は、私ね、お兄ちゃぁん……」

「美愛ずるい、次は私だってばぁ」

美愛と鏡が、体の両脇から肌を擦りつけてくる。

「大丈夫だって、そんな焦らなくても……今日は時間も精液も、まだまだたっぷりある

からさ」

世間から見たら、きっとこんな兄妹は間違っているだろう。でもこれが俺たちの幸せなのだと、拓巳は三人の妹たちに触れながら強く思った。

あとがき　緒莉

発情した妹に「お兄ちゃんの精液、ちょうだぁい」とせまられて、抗える兄がいるだろうか。いや、いない！

しっかりもので成績優秀な長女、鏡。おとなしそうに見えて一番妄想力のたくましい次女、美愛。甘えん坊でまだまだ子どもっぽい三女、ひなた。こんな可愛い妹たちに囲まれて暮らしていたら、そりゃあシスコンにもなってしまいますよね。

というわけで、けしてモテないわけではないのに三十年以上童貞を貫いてしまった主人公の拓巳ですが、妹たちがミルクポットのせいで発情するようになってからは、清々しいほどにあれもこれもやりまくりです。君も牛乳飲んじゃったのかいと突っ込みたくなるくらいに。

妹たちは三人ともそれぞれ個性的でとっても可愛いですが、私の一番のお気に入りは、次女、美愛です。エッチです。とってもエッチです。被虐願望が高まるというミルクポットの効果が出るよりずっと前から、お兄ちゃんが私をトイレで拘束してオモチャでいじめて中出ししちゃうという妄想を小説にしてネットで公開しちゃうくらいエッチです。その小説、読んでみたい！

精液どころか尿まで美味しそうに飲んでくれちゃう美愛ちゃん、まじ天使です。美愛ちゃんをよろしくお願いいたします。

ぷちぱら文庫

まぞまい
～Mな妹《いもうと》のエッチなおねだり～

2015年 5月22日　初版第1刷 発行

■著　　者　緒莉
■イラスト　mero
■原　　作　アトリエかぐや TEAM Gassa-Q

発行人：久保田裕
発行元：株式会社パラダイム
〒166-0011
東京都杉並区梅里2-40-19
ワールドビル202
TEL 03-5306-6921

印 刷 所：中央精版印刷株式会社

PP209

新刊案内

お兄ちゃんの
オチ○ポミルク…
だぁいすき♪
巨乳JK
催淫調教
キモ兄は妹をミルク飲み人形に
ぷちぱら文庫211
蝦沼ミナミ 著
ちくび 画
ZION 原作
定価 690円+税
6月発売予定!!